Ruby Braun

Vengeance

RUBY BRAUN

VENGEANCE

Academy of Dreams Analysis

Roman

Forever

Forever by Ullstein
Forever.ullstein.de

Wir verpflichten uns zu Nachhaltigkeit
- Papiere aus nachhaltiger Waldwirtschaft und anderen kontrollierten Quellen
- Druckfarben auf pflanzlicher Basis
- ullstein.de/nachhaltigkeit

FSC MIX Papier FSC® C083411

Originalausgabe bei Forever
Forever ist ein Verlag der Ullstein Buchverlage GmbH, Berlin
2. Auflage April 2024

ISBN: 978-3-95818-796-2

Umschlaggestaltung: zero-media.net, München
Titelabbildung: FinePic®, München (Mohnblume),
© Joanna Jankowska / Trevillion Images (Motte, Tarotkarten)
Satz: LVD GmbH, Berlin
Gesetzt aus der Albertina MT Pro
Druck und Bindearbeiten: CPI books GmbH, Leck

Für Marco.
Ich schenke dir diese Geschichte, wie ich
dir mein Herz geschenkt habe. Danke, dass du
es so sanft, sicher und strahlend liebst.

Liebe Leser:innen,

Vengeance ist ein fiktives Werk, doch es behandelt Themen,
die potenziell retraumatisierend wirken können.
Eine Auflistung der Themen findet ihr auf der letzten Seite.
Bitte passt gut auf euch auf.

Alles Liebe
Ruby

Wer träumt, sündigt.
Wer nicht träumt, stirbt.

Prolog

Nemesis

»Warum träumen wir?« Auf der Leinwand hinter Jupiter Sterling erscheint das Abbild eines Hirnscans. Mit dem Laserpointer deutet sie auf die farbig hervorgehobenen Areale. »Mittlerweile wissen wir, dass unser Gehirn im Traum ebenso aktiv ist wie im Wachzustand. Es werden nur andere Bereiche stimuliert. Der frontale Kortex, das Logikzentrum, ist wenig aktiv, wohingegen vor allem der Bereich am Werk ist, in dem wir Emotionen verarbeiten und Erinnerungen speichern.« Der rote Cursor bewegt sich über den Hirnscan. »Wenn wir träumen, verlieren wir das Zeitgefühl. Unser logisches, rationales Denken ist ausgesetzt, dafür ist unsere Kreativität geradezu entfesselt.«

Aus dem Abbild des Gehirns sprießen Blumen, zarte Gänseblümchen und hellrosa Tulpen überwuchern den Scan, winden sich um die Hirnareale.

»Aber warum genau träumen wir?« Jupiter Sterlings Stimme schwingt durch den Saal. Sie ähnelt keinem lieblichen Singsang, keinem schüchternen Säuseln, aber auch keinem unsicheren Donnern. Ihre Stimme schwingt. Wie ein stolzer Adler erhebt sie sich und füllt jeden Winkel des klassizistischen Baus – von den Säulen bis unter die Kuppel.

Nach wenigen Minuten des Zuhörens bestätigt sich meine Annahme über sie: Selbst eine Frage klingt bei dieser Frau wie eine Aussage. Und selbst ich verspüre in ihrer Gegenwart den widerwilligen Wunsch, genau so sein zu wollen wie sie.

»Sind unsere Träume Spiegel unserer tiefsten Sehnsüchte und Begierden? Bricht sich das triebhafte Es Bahn, um ganz im freudschen Vokabular zu sprechen? Oder ist der Grund unserer Träume weniger sensationell? Verarbeiten wir schlicht Erlebnisse und Erfahrungen des Tages? Räumt unser Gehirn nachts für uns auf? Sind Träume nur Abfallprodukte des Schlafs?« Die Hände fragend erhoben, tritt sie vom Rednerpult zurück und kommt auf das Publikum zu. Ihr maßgeschneiderter Hosenanzug wirkt im Kerzenschein des *Sigismund Schlomo Theatre* bronzefarben. »Diese und zahlreiche weitere Fragen werden Sie sich, liebe Studierende, in den kommenden Semestern stellen und mal mehr, mal weniger befriedigende Antworten finden. Für uns ist es tatsächlich zweitrangig, warum wir träumen, viel wichtiger jedoch, *dass* wir es tun.«

Sie breitet die Arme aus und möchte ein Gemeinschaftsgefühl erzeugen, doch ich spanne die Schulterblätter an und drücke sie fest in die Rückenlehne meines Stuhls.

»*Wir* … das sind ab heute auch Sie, meine verehrten Damen und Herren. Ich heiße Sie im Namen der Leitung und des gesamten Kollegiums herzlich an der *Academy of Dream Analysis* willkommen.«

Applaus flutet den Saal. Während ich nur die Handflächen aneinanderlege, kann ich die Vorfreude der anderen auf der Zunge schmecken. Um einen Studienplatz an der ADA zu bekommen, muss man mehr leisten, als nur aus einer traumgeborenen Familie zu stammen. Alle Anwesenden haben ihr Leben lang darauf hingearbeitet, haben sich für Bestnoten aufgerieben, für außerschulisches Engagement aufgelöst, haben sich auf Teufel komm raus zu *interessanten Persönlichkeiten* hingezüchtet – wie auch immer ein von Unsicherheit und Achselhaarwachstum geplagter Teenager eine interessante Persönlichkeit sein kann. Alles, um hier studieren zu dürfen, um einen Zulassungsbescheid in einem königsblauen Samtumschlag zu erhalten, alles, um an der *Akademie der Träume* angenommen zu werden.

Jupiter Sterlings Blick geht durch die Menge, und obwohl sie unsere Gesichter nur streift, muss sich jeder und jede Einzelne von ihr gesehen fühlen. Sie lächelt. Mit Augen und Zähnen, und ihr Charisma tropft wie dickflüssiger Honig von der Bühne.

Der Hirnscan hinter ihr ist mittlerweile von einer leuchtenden Blumenwiese bewachsen.

»Ich bin Jupiter Sterling, die Direktorin der ADA«, sagt sie künstlich bescheiden, wohl wissend, dass das gesamte Publikum genaue Kenntnis darüber hat, wer sie ist. »Und ich freue mich außerordentlich über Ihre Ausbildung zu *Luziden auf höchstem Niveau*. Die Akademie ist Teil des Weltgeschehens und ist es gleichermaßen nicht. Wir tragen zur internationalen Forschung bei, überschreiten gleichzeitig aber physikalische Gesetze.«

Ich lege leicht den Kopf in den Nacken und blicke zur imposanten Decke des Theaters. Mein Vater, ein leidenschaftlicher Architekturliebhaber, hat mir unzählige Male von diesem Kuppelbau erzählt. *Die Innenkuppel ruht auf zwanzig kreisförmig angeordneten korinthischen Säulen. Zwanzig!*

Jede Säule, das erkenne ich jetzt, ist zudem kunstvoll verziert, ebenso wie die mit Stuck geschmückten Rundfenster, durch die die hellviolette Dämmerung fällt. Auch von dem Fresko in der Kuppelmitte hat Papa gesprochen. Es zeigt das Gemälde *Der Nachtmahr* von Johann Heinrich Füssli. Abgebildet ist eine schlafende Frau in einem durchlässigen weißen Schlafkleid, auf deren Oberkörper ein dämonischer Inkubus sitzt und mich entgeistert anstarrt, als hätte ich ihn gerade dabei gestört, sich an der Wehrlosen zu vergehen.

So oft habe ich diesen Ort durch die Augen meines Vaters gesehen, dass ich jetzt, bei meinem ersten tatsächlichen Besuch, nicht weiß, welche Empfindung mir und welche ihm gehört.

»An dieser Akademie tun wir vor allem eines: Wir träumen«, fährt Jupiter Sterling in salbungsvollem Ton fort. »Wir träumen nicht im metaphorisch kitschigen Sinn, sondern tatsächlich. Wir träumen, um die reale Welt zu beeinflussen. Doch vergessen Sie während ihres Studiums niemals – ich wiederhole: niemals! –, dass wir träumen, um die Welt zu verbessern.«

Ich löse den Blick von Füsslis Albtraum. *Wir träumen, um die Welt zu verbessern.* Am liebsten würde ich zynisch auflachen, doch mein Gesicht bleibt ausdruckslos.

»Obwohl Sie sich vermutlich Ihr Leben lang auf dieses Studium vorbereitet haben, wird Ihr Leben nie wieder so sein, wie es gestern noch war. Dieses Studium wird Sie verändern. Wer weiß, vielleicht glauben Sie am Ende sogar an Magie?« Die Direktorin lächelt abermals ihr Honiglächeln, und es beginnt zu schneien.

Die Erstsemester um mich herum strecken und recken ihre Köpfe, staunendes »Ah« und »Oh« erklingt. Die Flocken tanzen von der Theaterdecke herab, wiegen sich im Kerzenschein, fallen auf den marmorierten Boden, auf die Bühne, ins Publikum. Eine unwirkliche Stille legt sich über den Saal, der Schneefall ist ein Spektakel, doch eines von zauberhafter Ruhe, beinahe einschläfernd. Eine Schneeflocke schmilzt auf meiner Wange.

Ich hebe den Unterarm und beobachte die Eiskristalle auf meinem Handrücken, wie von ihren Pfützen das orangewarme Licht zurückgeworfen wird.

In diesem Moment kann ich die Hoffnungen und Sehnsüchte der anderen spüren. Wie Nebel breiten sich ihre Träume im Theatersaal aus, wabern vorsichtig, aber bestimmt zwischen den Stuhlreihen umher. Mit Gesichtern voller Erwartungen, Pläne und Ziele blicken sie zur Decke, aus der das Gestöber hervorbricht, zum Fresko, das in dieser Szenerie weniger unheilvoll erscheint.

Mit der Chance, an der ADA zu studieren, geht eine äußerst vielversprechende Karriereoption einher. Zahlreiche Alumni sind zu einflussreichen Persönlichkeiten in Politik und Wirtschaft geworden, haben Nobelpreise und olympische Medaillen gewonnen, sind zu international renommierten Künstlern und Künstlerinnen aufgestiegen. Doch der seit Akademiegründung im Jahr 1899 größte Erfolg ereignete sich vor wenigen Jahren, als unter Jupiter Sterlings Leitung Luzide auf höchstem Niveau die Weltpolitik beeinflussten, indem sie eine Wahl manipulierten. Wer bei diesem Coup beteiligt war, hat es geschafft. Neben dem Geld genießen die Mitwirkenden seither Ruhm und Ehre, sie wurden nach der Wahlbeeinflussung schlagartig zu Menschen mit einem Ruf, sind keine Individuen mehr, sondern prestigeträchtige Namen. Ich kann spüren, dass meine Kommilitonen nichts sehnlicher wollen, als genau das zu erreichen. Denn wird man so nicht unsterblich?

Als der Schneefall verebbt, sind die Häupter meiner Mitstudierenden weiß bestäubt, ihre Gesichter immer noch staunend und erwartungsvoll.

Hier, in den Tiefen des finnischen Lapplands, umgeben von flüsternden Kiefernwäldern und singenden Seen, liegt die Akademie der Träume. Hier, so sagt man, kommen wir Träumenden her. Hier, so sagt man, brichst du deinen immerwährenden Winter, begegnest deinen Albträumen, besiegst sie oder wirst besiegt. Hier, so sagt man, kannst du unsterblich werden.

Hier, so sage ich, werde ich Rache nehmen.

1

Nemesis

33 Stunden zuvor

»Das Deckenfresko im Theater zeigt Füsslis *Der Nachtmahr.*«

Obwohl ich Papa mehrmals gesagt habe, dass ich meine Tasche selbst tragen kann, umklammert er sie eisern bis zur Sicherheitskontrolle.

»Es ist beeindruckend, wie plastisch die Abbildung wirkt. Der gesamte Theaterbau ist höchst faszinierend. Die Innenkuppel beispielsweise ruht auf zwanzig korinthischen …«

»Das reicht jetzt, Edouard«, unterbricht meine Mutter. »Ihr Flug geht gleich.«

Papa lächelt mich entschuldigend an, dann öffnet er die Arme. »Die Architektur der Akademie wird dich begeistern.« Er drückt mich fest an sich. »Wahrlich eine Meisterleistung.«

»Nemesis strebt keinen Studienabschluss in Architektur an«, sagt Mama, als ich mich von Papa löse und er endlich von meinem Handgepäck ablässt. »Ihr Fokus liegt auf Neiro, habe ich recht?«

»Natürlich.« Als ich meine Mutter umarme, sticht mir ihr starker Geruch nach Vanille in die Nase.

»Sehr gut.« Sie tritt einen Schritt zurück und mustert meine Erscheinung, streckt die Hand aus und streicht mir das Haar glatt. »Sei stark, meine Kleine. Sei stark.«

»Das werde ich«, versichere ich ihr, kann jedoch den Blickkontakt nicht länger aufrechterhalten und sehe zu meinem Vater, in dessen Augen Tränen glänzen.

»Nicht doch.« Ich fasse nach seiner Hand und drücke sie.

Als Mama Papas Reaktion bemerkt, schnalzt sie missbilligend mit der Zunge. Dabei sollte gerade sie Verständnis haben, ist sie doch diejenige in unserer Familie, die nah am Wasser gebaut ist. »Mach es deiner Tochter doch nicht noch schwerer.«

»Ich …«, setzt Papa an, doch meine Mutter fährt ihm über den Mund.

»Du hattest neunzehn Jahre Zeit, um dich auf diesen Abschied vorzubereiten. Seit sie auf der Welt ist, steht fest, dass sie dieses Studium beginnen wird.«

Ich schultere meine Tasche. Bevor der Streit meiner Eltern eskalieren kann, hebe ich die Hand. »Wenn ich den Flug nicht verpassen will, muss ich jetzt los. Sobald ich angekommen bin, rufe ich an.« Mit Blick auf meinen Vater füge ich hinzu: »Und spätestens zu den Feierlichkeiten zur Wintersonnenwende sehen wir uns wieder.«

»Richtig.« Mama nickt mehrmals. »Es gibt keinen Grund für Tränen, schließlich haben wir uns in weniger als einem Monat wieder.«

Mit dem Handrücken wischt sich Papa über die Augen, doch auch er nickt.

Nachdem ich die Sicherheitskontrolle passiert habe, drehe ich mich noch einmal zu ihnen um. In ihrem schwarzen Mantel und den kniehohen Stiefeln, mit den exakt frisierten Locken, der Brille und dem karminrot gefärbten Mund steht meine Mutter aufrecht da und sieht mir nach. Ihre Lippen formen Worte, die ich so oft gehört habe, dass mein Verstand trotz Distanz ruft: *Sei stark*. Mein Vater neben ihr trägt einen ebenso teuren Kaschmirmantel, doch sein hellbraunes Haar ist derart zerzaust, dass er nicht zu Mamas akkurater Erscheinung passt. Mehrere Zentimeter liegen zwischen ihnen, sodass sie sich nicht anfassen, sich nicht gegenseitig stützen. Ich erkenne sie als meine Eltern, doch nicht als Liebespaar.

Als ich zum Gate gehe, spüre ich deutlich, dass zwischen den Tränen meines Vaters und der Abgeklärtheit meiner Mutter nicht viel Raum für meine eigenen Gefühle ist. Erst als ich das Boarding hinter mir und auf meinem Fenstersitz Platz genommen habe, schließe ich für einen Moment die Augen und lasse die Nervosität zu, die mein Herz flattern und meine Handflächen feucht werden lässt.

Natürlich hat es mich auch vor der *Academy of Dream Analysis* gegeben. Obwohl ich tagsüber viel Zeit mit den Vorbereitungen für das Studium verbracht und nachts gelernt habe, luzide zu träumen, hat es Momente einer gewöhnlichen Kindheit und Jugend gegeben. Vornehmlich in den Sommern, in denen mein Bruder Neiro uns in München besucht hat, aber auch außerhalb davon habe ich erst Kindergeburtstage und später Partys besucht, bin shoppen und ins Kino gegangen. Ich habe jemanden geküsst und mit jemandem geschlafen, und mit ein bisschen Anstrengung könnten all diese Jemande ihre Namen zurückbekommen. Doch die Namen, Gesichter und Erinnerungen würden nichts daran ändern, dass ich zeit meines Lebens nur oberflächliche Beziehungen geführt habe. Bekanntschaften statt Freundschaften. Flirts statt tiefer Gefühle. Für manche mag das einsam klingen, für mich war es in Anbetracht meiner Zukunft selbstverständlich.

Ich bin auf ein privates Gymnasium gegangen und habe Abitur gemacht, doch sobald meine Mitschüler von ihren Plänen nach dem Schulabschluss gesprochen haben, bin ich schweigsam geworden. Seit der Gründung sorgen europäische Behörden mit strengsten Vorschriften und höchster Genauigkeit für die Geheimhaltung der ADA. Was hätte ich also sagen sollen? *Viel Erfolg beim Business-Studium in London, ich werde meinen Abschluss mit Bestnoten dazu nutzen, um im finnischen Lappland an einer Akademie zu studieren, die mich darin ausbildet, mithilfe meiner Träume die reale Welt zu beeinflussen. Und übrigens: Mein mitternachtsblaues Haar ist nicht gefärbt, ich habe es von meiner Mutter – so ist das wohl, wenn man aus einer Familie Traumgeborener stammt.*

Ich ziehe die Unterlippe zwischen die Zähne und beiße drauf. Meine Hände sind schweißnass, sodass ich sie am Stoff meiner Hose abreiben muss.

Jetzt gibt es kein Zurück mehr.

Der Lautsprecher knackt, dann erklingt eine weibliche Stimme: »Sehr geehrte Damen und Herren, wir begrüßen Sie an Bord von *Finnair* auf unserem Flug von München nach Helsinki. Bitte nehmen Sie Ihren Sitzplatz ein.«

***

Von Helsinki fliege ich weiter in Richtung Norden, immer dem Polarkreis entgegen. Obwohl ich Ausschau nach Menschen halte, die so wirken, als hätten sie dasselbe Ziel wie ich, bin ich in der nordfinnischen Stadt Rovaniemi die Einzige, die von einem Fahrer abgeholt wird. Er hält zwar kein Schild in der Hand, auf dem *Academy of Dream Analysis* steht, steuert jedoch so zielgerichtet auf mich zu, als wüsste er genau, dass es sich bei mir um eine Erstsemester-Studentin der sagenumwobenen ADA handelt. So bleibt mir in Rovaniemi keine Zeit, die Hauptstadt Lapplands und den angeblichen Heimatort des Weihnachtsmannes zu erkunden, denn nach einer höflichen, doch distanzierten Begrüßung auf Englisch führt mich der Chauffeur umgehend zu seinem Wagen und setzt die Fahrt fort.

Da meine Anreise in die wenigen Stunden Tageslicht fällt, die Nordfinnland Ende November noch erübrigen kann, sehe ich die weiten Schneeflächen am Fenster vorbeiziehen. So weit und weiß, dass sich mein Blick darin verliert. Leiser Jazz tönt durch den Innenraum des Autos, und ich bin froh, dass der Fahrer kein Interesse an Konversation zeigt. Ein Schild markiert den Punkt, an dem wir den Polarkreis überschreiten, und mein Herz stolpert. Die Nervosität hat sich in den letzten Stunden zu einer Aufregung gesteigert, die mir Übelkeit bereitet. Mit jedem weiteren Kilometer gen Norden komme ich der ADA näher. Und mit jedem Kilometer presse ich die feuchten Handflächen fester gegen meinen Bauch, um diese magenumdrehende Anspannung niederzuringen.

Als wir eine zweispurige Straße befahren, die von beiden Seiten umgeben ist von tiefblauem Wasser, setze ich mich auf und rücke nah ans Fenster.

»Das ist der *See der Sehnsucht*«, informiert mich der Fahrer, verfällt aber wieder in Schweigen.

Von meinem Vater weiß ich, dass dieser See von Süden kommend die einzige Zufahrt zur Akademie ist. Ich atme tief durch die Nase ein und durch den Mund aus, um mein verrücktspielendes Herz zu beruhigen. Den Kopf gegen die Fensterscheibe gelehnt, spüre ich wohltuende Kälte an meiner Schläfe.

Die Seeoberfläche wirkt wie ein glatt gezogenes graublaues Tischtuch. Keine Wellen, keine Schlieren, keine Regung, und dennoch beschleicht mich das Gefühl, als würde das Wasser meinen Namen singen. Oder sind wir bereits auf dem Gelände der Akademie? Dort, wo meinem Bruder nach all den Jahren endlich Gerechtigkeit widerfahren soll?

Ich schließe die Augen, den Kopf immer noch gegen die kühle Scheibe gelehnt, die Hände nach wie vor auf meinen rumorenden Bauch gepresst.

Ich komme, Neiro. Ich komme.

***

»Nemesis von Winther …« Der muskulöse Sekretär blättert mit vorgeschobener Unterlippe durch seine Unterlagen, bis seine Finger stoppen. »Ah! Da haben wir Sie.« Er zieht ein Papier hervor und reicht es mir. »Zimmer neun im Erdgeschoss der Studierendenunterkünfte.«

Ich nehme das Blatt entgegen und erkenne einen Lageplan der Akademie, auf dem ein rotes Kreuz mein Zimmer markiert.

»*Die* von Winther?«, fragt eine Kollegin, die schräg hinter dem Mann am Kopierer steht, und mustert mich über den Rand ihrer runden Brillengläser hinweg. Ihr Tonfall ist neugierig, doch auf der Schwelle zu abschätzig, weshalb ich beschließe, sie zu ignorieren.

»Vielen Dank«, sage ich zu dem trainierten Muskelberg vor mir. »Brauche ich …?«

»*Die* von Winther?« Die Brillenträgerin tritt vom Kopierer an die Empfangstheke aus moosgrünem Granit, und ihr Starren wird immer unverschämter.

Es hat mich zwar überrascht, aber auch erleichtert, dass sowohl der Fahrer als auch der Sekretär nicht deutlicher auf meinen Nachnamen reagiert haben. Schließlich nimmt meine Familie aufgrund ihrer schlafwandlerischen Veranlagung seit jeher eine exponierte Stellung unter den Traumgeborenen ein. Dass mein Bruder nicht nur aus dieser Blutlinie stammte, sondern tatsächlich schlafwandelnde Fähigkeiten besessen hat, machte ihn zum letzten lebenden Schlafwandler unserer Zeit.

Ohne auf seine Kollegin einzugehen, lächelt mich der Mann an, wobei sich entzückende Grübchen auf seinen Wangen bilden. Auch ich schenke ihr keine Beachtung, obwohl ihr Starren unangenehm auf mir brennt. Aber was soll ich sagen? *Ja, Nemesis von Winther. Ja, genau aus der von Ihnen angenommenen Familie. Ja, Schwester des Schlafwandlers von Winther. Nein, selbst keine Schlafwandlerin.*

»Neun ist meine Glückszahl«, sagt der Grübchenträger. »Viel Erfolg beim Studienstart.«

Erneut bedanke ich mich bei ihm, klemme mir den Lageplan unter den Arm und bugsiere meinen gigantischen Koffer aus dem Sekretariat. Noch ehe die Tür hinter mir zugefallen ist, wiederholt die Frau ein drittes Mal: »*Die* von Winther, ja? Die Schwester des toten Schlafwandlers? Ich sag es nicht gern, aber dass der nicht mehr lebt, ist besser so.«

Ich wünschte, ich hätte ihre letzten Worte nicht gehört: *Dass der nicht mehr lebt, ist besser so.* Fuck. Will sie auf meine Vergeltungsliste? In dem Versuch, meinen Zornimpuls zu unterdrücken, trete ich gegen die quer stehenden Rollen des Koffers und zerre ihn grob über den Gang.

Laut Lageplan liegt das Sekretariat neben der Direktion, dem Speisesaal sowie dem Sportzentrum im Westflügel der ADA. Die studentischen Schlafräume befinden sich immer noch auf dem Gelände, doch außerhalb des Hauptgebäudes in einem separaten Haus. Während ich den Koffer über die gepflasterten, mit Reif bedeckten Wege ziehe, möchte ich die Gelegenheit eigentlich dazu nutzen, mich umzusehen, schließlich kenne ich die Akademie bislang nur aus den Erzählungen meines Vaters. Doch ich kann die Wutflammen, die die Bemerkung der Sekretärin in mir ausgelöst hat, nur schwer ersticken.

Erst als ich das mehrstöckige Barockgebäude erreiche, in dem die Studierenden wohnen, ist mein Zorn verraucht. Dabei ist es so wichtig, dass ich mich im Griff habe. Denn die grausige Sekretärin, die es *besser so* findet, dass mein Bruder nicht mehr lebt, ist vermutlich nur der Anfang. Wer weiß, was in nächster Zeit noch auf mich zukommt? Wenn ich meinen Plan nicht selbst vereiteln möchte, muss ich meine Wut im Zaum halten und mich nicht von ihr beherrschen lassen.

Ich ziehe die massive Eichentür auf. Der Geruch von Holzpolitur kommt mir entgegen. Ein ausladender Kronleuchter erhellt den Gang, von dem die Zimmer abgehen. Den Blick auf die stuckverzierte Decke gerichtet, schiebe ich meinen Koffer voran, bleibe jedoch stehen, als eine der Zimmertüren aufgeht und eine Frau in meinem Alter auf den Flur tritt.

»Nein, Elio, ich kann …« Sie erblickt mich, stockt, dann: »Hallo.«

Ich grüße zurück, und obwohl ich sie nicht unverhohlen anstarren will, kann ich den Blick nicht lösen. Ihr Haar ist lang und fliederfarben, im Gegensatz zu mir trägt sie bereits die Akademieuniform, im Fall der Frauen eine weiße Bluse mit Spitzenbesatz und Kragen, dazu einen schwarzen Faltenrock, dicke Strumpfhosen und Loafer aus Leder. Doch ihr Make-up ist so auffallend, dass die Uniform an ihr nicht bieder wirkt, sondern wie die zurückhaltende Kulisse für ihr unglaubliches Gesicht. Ihre Augen glitzern purpurfarben, feine Linien ranken sich ihre Schläfen hinab, ein kleiner Stein schmückt ihre Nase, und die Lippen sind in einem tiefen Brombeerton gefärbt. Am Blusenkragen trägt sie eine große sternförmige Brosche, die, wenn ich mich nicht täusche, das Abzeichen der Familie Barbosa ist.

Sie sieht von dem Koffer zu mir. »Erstsemester?«

Ich nicke. »Und du?«

»Gestern angereist.« Sie kommt auf mich zu und streckt mir ihre Hand entgegen. »Esra Barbosa. Freut mich sehr.«

Offensichtlich habe ich ihre Brosche der korrekten Familie zugeordnet. Ich ergreife ihre Hand und schüttle sie. »Nemesis von Winther, freut mich ebenfalls.«

Ihre dünn gezupften Brauen springen in die Höhe, und ich kann in ihrem überraschten Ausdruck erkennen, dass auch sie mich meiner Familie zuordnet. Innerlich wappne ich mich für eine ähnlich verletzende Aussage wie die der Sekretärin, doch Esra schaut mich nur an, die Brauen weiterhin erhoben, und hält meine Hand fest.

Ihr direkt in die Augen schauen zu können, ist faszinierend, denn ihre Iriden sind silbrig gesprenkelt.

Doch als sie nach mehreren Sekunden immer noch meine Hand umschlossen hält, räuspere ich mich und entziehe ihr meine Finger.

»Entschuldige bitte«, sagt sie und möchte sich anscheinend ebenso wenig wie ich an Familienhintergründen und Stammbäumen festbeißen, weshalb sie sich schwungvoll umdreht und den Gang hinunter zeigt. »Ich weiß nicht, welche Zimmernummer du hast, aber alle Räume der Erstsemester liegen auf diesem Flur.«

»Danke«, erwidere ich, obwohl ich sicher bin, meine Räumlichkeiten auch ohne ihr Zutun zu finden, schließlich stehen wir bereits vor Zimmer Nummer fünf.

»Also dann«, sagt Esra, als ich an ihr vorbeigehe. »Auf ein traumhaftes erstes Semester.«

»Auf ein traumhaftes erstes Semester«, gebe ich zurück, nehme jedoch im Kopf eine kleine Korrektur vor: *traumhaft für die einen, albtraumhaft für die anderen.*

2

Mercy

Als das Schneegestöber im *Sigismund Schlomo Theatre* losbricht, sehe ich nicht wie alle anderen hinauf zum Deckenfresko, sondern geradewegs in das Gesicht der Frau, die mir das Herz brechen wird. Zwei Stuhlreihen vor mir dreht sie ihren Kopf zur Seite, hebt den Unterarm, und während sie die schmelzenden Flocken auf ihrem Handrücken beobachtet, betrachte ich ihr Profil. Ihre ausgeprägte Nase zeigt einen minimalen Haken, die Rinne über ihrem Mund ist so tief, dass der Schwung zur Oberlippe meisterhaft gelingt, ihr Haar ist hüftlang, glänzend und in der Realität nicht schwarz, sondern blauschwarz.

Ich fühle mich nicht wie vom Blitz getroffen, spüre weder Überraschung noch Schock. Es ist vielmehr so, als würden die Zahnräder eines Uhrwerks ineinandergreifen und meinen Verstand zum Ticken bringen. Es ist eine Erkenntnis, ein Verstehen, ein wacher Moment.

Bereits beim Betreten des Theatersaals habe ich mich nach einem Gesicht umgesehen, das mir absurd vertraut vorkommt, und ich kann nicht leugnen, dass ich einen Hauch masochistischer Enttäuschung gespürt habe, als ich in den Reihen der Studierenden niemanden erkennen konnte. An einem anderen Ort als der *Academy of Dream Analysis* wäre sie mir vielleicht bereits aufgrund ihrer Haarfarbe aufgefallen, doch da viele Traumgeborene einen Hang zu extravagantem Auftreten haben, hat ihr mitternachtsblaues Haar meine Aufmerksamkeit nicht erregt. Doch mit jeder Sekunde, in der ich ihr Profil eingehender studiere, verwandelt sich der Hauch von Enttäuschung mehr in einen Hauch von Erwartung.

Denn dort, rechts außen, ein bisschen wie in Eis gegossen, sitzt sie – die Frau meiner Träume.

So sehen wir uns also wieder. Wobei ich besser sagen sollte, so sehe *ich* sie wieder, denn sie hat mich höchstwahrscheinlich noch nie vor Augen gehabt. Ich allerdings kenne sie bereits aus meinen Träumen. Doch mehr noch als ihr Profil, mehr als ihr langes Haar verrät ihre Traurigkeit sie. Diese ausgehungerte Traurigkeit, die von ihr ausgeht, während sie ihren Arm sinken lässt und immer noch nicht zur Decke emporschaut, sondern ihren Blick nach vorn auf meine Tante richtet.

Es ist der erste offizielle Studientag, und meine Kommilitonin offenbart sich als die Frau, die mich in meinen Wahrträumen heimgesucht hat.

Als die Frau, die mir das Herz gebrochen hat.

Interessant.

Als der Schneefall endet, tritt Jupiter nah an den Bühnenrand. Ihr Blick geht über mich hinweg, als wäre ich ein Studienanfänger unter vielen. Sie tut das für mich, damit ich mich gewöhnlich und durchschnittlich fühlen kann, doch im Moment bin ich nur herausgefordert von einer Frau, die zwei Stuhlreihen vor mir sitzt und mich noch keines Blickes gewürdigt hat.

»Bitte vergessen Sie beim Ausgang nicht Ihre Stundenpläne, und nehmen Sie sich gern einen Lageplan der Akademie mit, falls Sie noch keinen haben«, sagt meine Tante abschließend. »Ich wünsche Ihnen einen gelungenen Start.«

Erneut ertönt Applaus, dann erhebe ich mich von meinem Stuhl und schiebe mich hinter Elio aus der Reihe.

»Einen Lageplan gefällig?«, fragt mein bester Freund, als wir an der Tür stehen.

»Wenn er mir einen Weg aus der Hölle aufzeigt, gern.«

Grinsend greift Elio nach zwei Stundenplänen und drückt mir ein bedrucktes Papier in die Hand. »Den hast du längst gefunden, vertrau mir.«

Während wir uns von dem Strom Studierender aus dem Theater spülen lassen, recke ich den Kopf und sehe mich nach ihr um. Es ist Esra, Elios Zwillingsschwester, die in ihrem sonnengelben Kunstfellmantel neben ihr geht und sie in ein Gespräch verwickelt hat.

»Ich kann mir nichts Schöneres vorstellen«, murmelt Elio mit Blick auf den Stundenplan, »als unsere Woche mit *Einführung in Psychoanalyse* bei Professor Sharma zu beginnen.«

»Wieso? Sharma und dein Vater sind doch gute Freunde, oder?«

»Das schon, aber willst du deine Woche wirklich damit starten, dein Es zu ergründen? Während Studierende anderswo auf der Welt ihren Montagnachmittag damit verbringen, über Rechtstexten oder philosophischen Abhandlungen zu brüten, werden wir uns mit unserem Todestrieb und unserer Libido auseinandersetzen.«

Auf dem Weg vom Theater in Richtung Ostflügel des Hauptgebäudes, in dem sich die Unterrichtsräume und Vorlesungssäle befinden, kommen wir am Flugplatz der Seeadler vorbei. Gellende Rufe dringen zu uns, sodass sich mehrere Studierende neugierig umdrehen und Ausschau nach den majestätischen Vögeln halten. Meine Kommilitonen sind im Laufe ihres Lebens vermutlich gelegentlich an der ADA gewesen, das Gelände in Gänze ist aber Neuland für sie. Ich hingegen bin mit der Akademie so vertraut, dass ich die Rufe der Seeadler nicht mehr bewusst wahrnehme. Da erst meine Mutter die Leitung der Akademie innehatte und nun meine Tante die Direktorin ist, bin ich hier aufgewachsen und kenne jeden Winkel, jedes Versteck, fast jedes Geheimnis.

Die Sonne steht bereits tief, sodass sich die Dämmerung wie ein tiefblauer Schleier über den Himmel legt. Es fällt feiner Schnee, die Flocken sind so zart, dass sie sich bei der erstbesten Berührung auflösen. Elios schwarze Locs glänzen vor Feuchtigkeit.

»Bitte sag nicht *Libido*. Das klingt nach Paartherapie, in der die eingeschlafene Libido beklagt wird.«

»Ist dir *Sexualtrieb* lieber?«, fragt Elio, während wir den Flugplatz hinter uns lassen. »Oder Begehren? Mein heimlicher Favorit: Wollust.«

Grinsend deute ich auf den Ostflügel, der sich zu unserer Linken erstreckt. »Noch ein wenig Geduld und du kannst deine Wollust in Sharmas Kurs bis aufs Letzte ergründen.«

Gusseiserne Laternen säumen den Weg durch den Innenhof, ihr Licht schimmert hellorange in der hereinbrechenden Nacht. Esra und die Unbekannte erreichen vor uns den Eingang zum Ostflügel und treten durch die gerundete Tür. Ich lasse Elio zwei, drei Schritte Vorsprung, um noch einmal in den Himmel zu sehen. Meine Augen suchen die untergehende Sonne, die nur noch schwach gelb über den Horizont lugt.

Ich kenne das Gelände der ADA wie meine Westentasche. Ich bin hier Kind und Jugendlicher gewesen, habe mich verloren und nicht wiedergefunden. Mein Lachen hallte durch die Flure, als meine Mutter Alba mit mir Fangen gespielt hat, mein Weinen hallte durch dieselben Gänge, als beide meiner Mütter nicht mehr da waren. Ich bin Kind, Jugendlicher, Sohn, Neffe und Teufelsjunge gewesen, nur Student, das bin ich an der *Academy of Dream Analysis* mit dem heutigen Tag zum ersten Mal.

Elio bemerkt mein Verharren und dreht sich zu mir um. »Hey«, sagt er sanft. »Ich bin bei dir, okay?«

Meine Augen verengen sich, als ich die Sonne einen weiteren Moment fokussiere, dann atme ich stoßweise aus, reiße mich vom endenden Tag los und begrüße wie so oft die Nacht. Hinter Elio betrete ich als Letzter unseres Jahrgangs den Ostflügel.

***

»Hallo zusammen, setzen Sie sich bitte, setzen Sie sich.« Professor Sharma wirbelt in den Raum, wirft seine Unterlagen auf den Schreibtisch und sich hinterher auf den Stuhl.

Während ich mich neben Elio in der letzten Reihe niederlasse, beobachte ich aus dem Augenwinkel, wie die Unbekannte aus meinen Träumen zwischen Esra und einer brünetten Kommilitonin Platz nimmt. Es ist eine Frage der Zeit, bis wir miteinander interagieren müssen, schließlich ist unser Jahrgang mit dreißig Studierenden nicht gerade groß. Vermutlich ist es meiner selbstzerstörerischen Tendenz geschuldet, aber ich genieße meinen Wissensvorsprung, genieße, dass sie sich noch nicht einmal nach mir umgedreht hat, während ich ihre Präsenz im Raum überdeutlich wahrnehme.

»Setzen, setzen«, weist Sharma die wenigen Studierenden an, die noch nicht Platz genommen haben, doch ehe sie dies tun können, fährt er bereits fort: »Auch in meinem Namen ein herzliches Willkommen an der Akademie. Nach der zunächst verwirrenden Einführung …« Sein Blick fliegt durch die Reihen, bis er für wenige Sekunden an mir hängen bleibt. »Entschuldigen Sie, Mister Sterling, Ihre Tante ist rhetorisch kompetent, doch manchmal neigt sie zu irrelevanten Ausschweifungen … Nun, jedenfalls haben Sie sicherlich Fragen, obwohl diese sich in der Einführung hätten klären sollen, schließlich ist dies der Sinn einer solchen Veranstaltung. Hübscher Schnee hin oder her.« Sharma durchwühlt seine Unterlagen, dann rafft er die losen Blätter wieder zusammen und klopft den Stapel auf der Tischkante zurecht. »Fragen?«

Schweigen.

Der Professor atmet hörbar aus, ein gequältes Seufzen. »Sind Sie schüchtern? Eingeschüchtert?«

Ich hebe die Hand.

»Mister Sterling, bitte.«

»Wenn ich mir anmaßen darf, für den Kurs zu sprechen, dann sind wir nicht schüchtern, sondern wissen schlicht nicht, worauf Sie hinauswollen, Sir«, sage ich weniger der Antwort wegen, sondern mehr, um eine Reaktion in der ersten Reihe zu provozieren.

Doch sie dreht sich nicht nach meiner Stimme um, sondern verharrt reglos auf ihrem Platz und schaut zum Pult.

»Richtig.« Sharma nickt mehrmals. »Richtig.« Er springt von seinem Stuhl auf und geht vor dem Smartboard hin und her. »Sie haben sich für ein Studium an der *Academy of Dream Analysis* entschieden. Mit welchem Ziel? Niemand? Mister Sterling?«

Der Professor lässt den anderen nicht einmal die Möglichkeit, sich zu melden. Zwischen *Niemand?* und *Mister Sterling?* liegt weniger als eine Sekunde.

»Hier werden Luzide auf höchstem Niveau ausgebildet«, antworte ich. »Luzide Träume sind auch als Klarträume bekannt, in denen sich die Träumenden ihres Traumzustands bewusst sind und ihre Träume aktiv lenken können. Doch die ADA bildet nur diejenigen aus traumgeborenen Familien aus, die das Potenzial zeigen, ihre luziden Träume so zu perfektionieren, dass sie die reale Welt damit beeinflussen können.«

Der Dozent nickt abermals, doch dabei macht er eine Handbewegung, als wäre ihm meine Antwort zu langatmig gewesen.

»Am Ende Ihres Studiums bestimmen Sie nicht nur Ihre Träume, sondern nehmen auch Einfluss auf die Realität. Muss ich ausführen, mit wie viel Macht und Verantwortung dieses Können einhergeht? Muss ich nicht. Schließlich spreche ich zu klugen Menschen, richtig?«

Professor Sharma scheint ein Mann zu sein, dem sein eigener Kopf immer einen Schritt voraus ist. Er eilt zurück zu seinem Schreibtisch. »Sehen Sie«, weist er uns an, nimmt auf dem Stuhl Platz und legt seine Stirn auf die Tischplatte, »sehen Sie genau hin.«

Gespannt richte ich mich auf, um besser zum Pult schauen zu können, doch in den ersten Sekunden passiert nichts, außer dass wir einwandfreie Sicht auf die Halbglatze des Dozentens haben. Sein Oberkörper hebt und senkt sich gleichmäßig, sein Atem ist nicht mehr zu hören, und gerade als ich mich frage, ob dieser gerundete Rücken eine gesunde Sitzposition ist, erhebt sich rechts vom Pult ein Stift. Wie von Geisterhand schwebt er in der Luft und malt einen roten Kreis auf das Smartboard.

Mein Blick schnellt zu Sharma, doch dieser sitzt nach wie vor reglos am Tisch.

Der Stift sinkt zurück in die Ablage. Mit dem Ellbogen stoße ich Elio an, doch der flüstert nur »Paranormale Aktivitäten« und starrt ebenso fasziniert nach vorn.

Plötzlich hebt der Professor den Kopf. Die Tischkante hat eine rote Strieme auf seiner Stirn hinterlassen. »Jetzt sind Sie aber eingeschüchtert, habe ich recht?« Er wischt sich eilig mit dem Hemdsärmel über den Mundwinkel, um den Sabber aufzufangen. »Brauchen Sie nicht zu sein, wirklich nicht, das war nur eine kleine Demonstration, um nicht zu sagen, winzig … nicht der Rede wert. Wer kann mir erklären, was soeben geschehen ist? Niemand? Mister …«

Elio neben mir meldet sich, und ihm wird umgehend das Wort erteilt.

»Sie haben gerade die reale Welt beeinflusst. Sie …«

»Richtig«, unterbricht Sharma und deutet mit beiden Händen auf den roten Kreis am Smartboard. »Ich bin soeben eingeschlafen, habe geträumt, habe dabei gemerkt, dass ich träume, und beschlossen, meinen Traum zu lenken. Ich habe mir diesen Kursraum vorgestellt, so detailliert wie möglich, diese Hightech-Tafel, diesen Stift …« Er hebt besagtes Schreibgerät in die Höhe. »Als ich mir absolut sicher gewesen bin, in genau diesem Raum vor diesem Board mit diesem Stift zu stehen, habe ich den Nexus betreten. Den *Nexus*! Da wird das luzide Träumen erst wirklich interessant, denn über den Nexus verlassen Sie Ihre Träume und betreten die Realität. Sind Sie wieder eingeschüchtert? Nicht doch! Den Nexus lernen Sie erst in höheren Semestern kennen, jedenfalls habe ich meinen Nexus durchschritten, während ich dort geschlafen habe.« Mit dem Stift deutet er auf den Stuhl am Schreibtisch. »Und ich habe gleichzeitig – also zur exakt selben Zeit – hier«, ruckartig dreht er sich Richtung Smartboard und zeigt hin, »gestanden und habe diesen roten Kreis gezeichnet. Ist das nicht …?« Er möchte sich die Haare raufen, bekommt jedoch mehr Glatze als Haar zu fassen. »Ist das nicht … absolut bahnbrechend? Natürlich ist es das. Das ist luzides Träumen auf höchstem Niveau. Das ist der Grund, weshalb Sie hier sind. Fragen?«

Schweigen.

Professor Sharma wirft den Stift zurück in die Ablage. »Wie Sie gesehen haben – oder vielleicht sollte ich sagen, wie Sie *nicht* gesehen haben –, war ich unsichtbar. Wenn man als luzider Träumer die reale Welt betritt und Einfluss auf sie nimmt, ist man für das menschliche wache Auge nicht fassbar. Meine Handlung hingegen ist sehr wohl sichtbar, schließlich haben Sie hautnah miterlebt, wie der rote Kreis auf dem weißen Hintergrund erschienen ist. Es gibt vieles zu beachten, schließlich ist das luzide Träumen auf höchstem Niveau eine Wissenschaft für sich, im wahrsten Sinne des Wortes. Doch zu gegebener Zeit mehr dazu, ich möchte Sie an Ihrem ersten Tag nicht verwirren, haben Sie bereits Ihren Stundenplan erhalten? Haben Sie?«

Mehrere Köpfe nicken und müssen furchtbar rauchen. Einerseits aufgrund der hektischen Sätze, die aus Sharma heraussprudeln, andererseits jedoch, weil meine Mitstudierenden zum ersten Mal in ihrem Leben die Praktik des luziden Träumens erlebt haben. Ich hingegen senke den Blick und begutachte meine vernarbten Handflächen, konzentriere mich auf die unnatürlich verfärbte Haut und die pastellrosa Verwachsungen. So oft habe ich meine Tante über den Nexus ausgefragt, wollte haargenau wissen, wie es sich anfühlt, wie es schmeckt und riecht, den eigenen Traum zu verlassen und in die Realität einzudringen … Ich habe mich so lange nach jedem, *jedem* Detail erkundigt, dass sie mir eine Tonaufnahme ihrer Schilderungen gemacht und mit den Worten *Wenn ich mich noch einmal wiederholen muss, fault meine Zunge ab* übergeben hat. Mein verrottetes Herz weiß, wohin mich dieses Vorhaben geführt hat.

»Wie Sie dem Plan entnehmen können«, fährt der Professor fort, »treffen wir uns jeden Montagnachmittag für zwei Stunden.« Er eilt zu seinem Laptop und schließt ihn ans Smartboard an. Während seine Dateien laden, tippt er mit der Schuhspitze rhythmisch auf den Boden. »Endlich! Ein Bild!« Der Pointer kreist auf der Präsentation. »Psychoanalyse. Einführung in die Psychoanalyse. Damit werden wir uns dieses Semester befassen. Irgendwelche spontanen Eingebungen zum Begriff? Niemand? Vielleicht …?«

Die braunhaarige Studentin aus der ersten Reihe hebt die Hand, und ihr Arm ist noch nicht einmal komplett durchgestreckt, da erteilt ihr Sharma bereits das Wort.

»Sigmund Freud«, sagt sie, doch ich bekomme weder ihre weiteren Ausführungen noch die übereilte Zustimmung des Dozenten mit, denn mein Blick richtet sich auf ihre Sitznachbarin. Sie hat der Brünetten ihr Gesicht zugewandt und hört aufmerksam zu, während ich erneut ihr Profil fokussiere. Aristokratische Nase, tiefe Rinne über der Oberlippe, scharf hervortretende Wangenknochen, dazu dieses unglaubliche Haar. Es ist faszinierend, wie die Schemen meines Traums in der Realität Konturen bekommen. Allein vom Ansehen kann ich nicht sagen, dass ich ausgerechnet von ihr geträumt habe, dafür waren meine Wahrträume zu verschwommen, doch ich schaue sie an und *weiß einfach*, dass sie es ist. Ich fühle es so gewiss, dass ich jede Wette eingehen würde.

Ich lehne mich zurück und verschränke die Hände in meinem Schoß. Der Schatten eines Lächelns zuckt über meine Lippen. Es wird wahrlich interessant werden zu beobachten, ob sie töricht genug ist, es mit meinem verkommenen Herzen aufzunehmen.

3

Nemesis

»Wie fandest du Professor Sharma?« Esra senkt ihre Stimme. »Es war irgendwie anstrengend, ihm zu folgen. Versteh mich nicht falsch, nicht *er* ist anstrengend, nur seine Art zu unterrichten.«

»Keine Sorge«, gebe ich zurück. »Selbst wenn du ihn anstrengend finden würdest, verpetze ich dich sicher nicht bei ihm.«

Nach *Psychoanalyse* geht ein Teil des Kurses in den Speisesaal. Da mich Esra bereits auf dem Weg vom Theater zum Unterrichtsraum gefragt hat, ob ich mitkommen möchte, und ich bis jetzt keine Gelegenheit gefunden habe, den Speisesaal zu besuchen, schließe ich mich der Gruppe an. Gestern habe ich nur das in Plastik verpackte Sandwich aus dem Flugzeug gegessen.

»Ich glaube …« Eine Studentin namens Stella dreht den Lageplan und verrenkt gleichzeitig ihren Kopf. »Wir sind hier.« Sie deutet mit dem Finger auf den Ostflügel. »Und wir müssen … äh … hierhin, in den Westflügel, also auf die gegenüberliegende Seite. Am besten gehen wir wieder durch den Innenhof.«

Mein Vater hat mich selbstverständlich nicht nur über die Architektur des Theaters unterrichtet, sondern auch über die monumentale Bauweise der Akademie an sich. *Ein klassizistischer Bau, wie er schöner nicht sein kann*, höre ich ihn in meinem Kopf, als ich hinter Esra und Stella den Innenhof betrete. Meine Ankunft war so sehr von meiner Wut auf die Sekretärin dominiert, dass ich meine neue Umgebung nicht auf mich wirken lassen konnte, doch das ist heute anders.

Vom Hauptgebäude mit seiner säulengestützten Front, den aufwendig gearbeiteten Reliefs und dem beeindruckenden Giebeldreieck geht sowohl der Ost- als auch der Westflügel ab. Dahinter liegen die Bibliothek und das Theater mit dem vergoldeten Kuppelbau. Alles erstrahlt in poliertem Marmor, die gesamte Akademie wirkt wie ein Schloss aus spiegelglatter Eleganz und gnadenloser Härte. Der Innenhof ist von Straßenlaternen gesäumt, die die schneebedeckten Wege beleuchten. Ich bilde mir ein, den Flügelschlag der Seeadler zu hören, und blicke in Richtung Norden. Mein Vater hat recht. Das Gelände ist so konzipiert, dass das Theater den absoluten Fluchtpunkt darstellt. Glasklare Linien, symmetrische Formen – ein ebenso imposanter wie rational kühler Bau.

»Beeindruckend, nicht wahr?« Esra bemerkt meinen staunenden Blick und dreht sich um die eigene Achse. »Obwohl ich bereits oft an der ADA gewesen bin, ist es dennoch jedes Mal so, als würde ich … träumen.« Ihr Lachen tanzt über den Schnee und verliert sich in der Dunkelheit. Sie reibt die Hände aneinander. »Was ist mit dir? Warst du bereits hier? Viele Erstsemester kennen die Akademie schon vor Studienbeginn.«

»Ja«, lüge ich. »Ein paar Mal, aber das ist ewig her.« In Wahrheit habe ich mich mit den Schilderungen meines Vaters begnügt. Ich weiß, dass meine Eltern mich unter anderen Umständen bei ihren seltenen Akademiebesuchen mitgenommen hätten, doch ich bin eine zu große Schande, um präsentiert zu werden.

Während wir in unseren langen Mänteln den Innenhof durchqueren, hakt Esra glücklicherweise nicht weiter nach, sondern wendet sich Stella zu, deren Haare ebenso erdbeerrot sind wie ihre Wollmütze. Ich verdränge das Gefühl, das sich in mir ausbreiten möchte. Was es für *mich* bedeutet, endlich hier zu sein. Was es bedeutet, tatsächlich die Wege zu beschreiten, die mir mein Vater seit Jahren so präzise beschrieben und dennoch vorenthalten hat. An dem Ort zu sein, an dem sich meine Eltern nicht lieben, aber kennengelernt haben. Und an dem … mein Bruder gestorben ist.

»Laut Plan befindet sich im Westflügel nicht nur der Speisesaal, sondern auch das Sportzentrum und die Direktion«, informiert Stella, als wäre sie eine Reiseführerin in Ausbildung.

»Man findet sich vermutlich schneller an der Akademie zurecht, als sich an das finnische Wetter zu gewöhnen«, raunt ein blonder Hüne hinter Esra und mir. »Diese widerliche Nässe macht mich jetzt schon fertig.« Er zieht sich die Mütze vom Kopf und schüttelt den schmelzenden Schnee ab.

Im Speisesaal angekommen, reihen wir uns in die Schlange ein. Hinter mir steht Esra, die sich aus ihrem badeentengelben Mantel schält, dahinter die braunhaarige Studentin, neben der ich im Psychoanalyse-Kurs gesessen habe.

Missmutig verzieht sie ihren herzförmigen Mund. »Ich verstehe schon, dass wir vor dem Schlafen nicht zu schwer essen sollen, aber was ist das?« Sie deutet auf die Salatbar. »Hasenfutter?«

»Du kannst dir auch eine Suppe oder ein Sandwich holen«, erwidert Esra.

Als ich die Brünette vor Professor Sharmas Eintreten vorsichtig angelächelt habe, ihre Mimik aber mit jeder Sekunde Blickkontakt härter wurde, habe ich den Kontaktversuch eilig unterbrochen.

Sie schiebt die Unterlippe noch weiter vor. »Ich hatte ja die Befürchtung, dass es die Finnen kulinarisch nicht so draufhaben, aber wenn das jeden Tag so geht, brauche ich eine Küchenzeile in meinem Zimmer.«

Wir rücken in der Schlange vor und bekommen unsere Suppen mit Brotbeilage gereicht. Der hohe Saal mit bunten Glasfenstern ist um kurz nach sechs mäßig besucht, denn zu Abend gegessen wird erst viel später. Allgemein laufen die Uhren an der ADA anders. Der Unterricht beginnt erst am Nachmittag und reicht bis in den späten Abend, manchmal bis in die Nacht hinein. Um Mitternacht sind die Tische des Speisesaals vermutlich voller besetzt als jetzt.

Esra setzt sich mir gegenüber an einen der massiven Tische aus Kirschholz. Pustend probiert sie einen Löffel Lachssuppe. »Nicht schlecht.«

»Nicht schlecht?« Die Brünette zwei Plätze weiter rümpft die Nase. Ich habe nicht gesehen, dass sie das Essen bereits probiert hat, doch sie sagt: »Das ist keine Suppe, das ist geschmacklose Brühe.«

»Daran wirst du dich wohl gewöhnen müssen, Prinzessin Victoria«, schaltet sich der blonde Riese mit spöttischem Tonfall ein.

Victoria …

Im Kopf gehe ich die Namensliste durch, die ich mir vor Semesterstart mehrmals angesehen habe. Victoria Alliata! Die Zweitgenannte auf der nach Nachnamen alphabetisch sortierten Liste. Ihre Familie gehört einem bis heute blühenden Adelsgeschlecht aus Sizilien an. Hochadel, wie meine oberflächliche Google-Recherche ergeben hat.

Über den Rand meines zum Mund geführten Löffels mustere ich sie. Ihre Haut schimmert im Kerzenschein des Speisesaals golden, weder Augen noch Lippen sind geschminkt, ihr Haar fällt glatt und formlos bis auf die Schultern.

»Was glotzt du so, von Winther?«

Verdammt. Rasch schiebe ich den Löffel Lachssuppe in den Mund und senke den Blick. *Von Winther …* Ich scheine nicht die Einzige zu sein, die sich auf ihre Mitstudierenden vorbereitet hat.

»Von Winther?« Der Blonde lehnt sich so weit über den Tisch, dass er mich ansehen kann. Dabei fallen Strähnen seines langen Haars in die Suppe. »Wie der Schlafwandler?«

Der Löffel fällt mir aus der Hand und scheppert auf den Tisch, Suppentröpfchen spritzen über das rotbraune Holz. Hitze schießt mir in die Wangen, ich bin peinlich berührt von meinem Missgeschick und spüre gleichzeitig wieder Wut in mir aufsteigen, weil die Bemerkung des Blonden ähnlich abwertend klingt wie gestern bei der Sekretärin.

»Natürlich wie der Schlafwandler«, mischt sich Victoria ein. »Sieht man mal von den haarsträubenden Gerüchten ab, dass es sich bei der dreijährigen Rana Kaya um eine Schlafwandlerin handeln soll, genießen wir die große Ehre, die Schwester des letzten Schlafwandlers in unserem Jahrgang zu haben.« Mit einer wegwerfenden Geste in meine Richtung unterstreicht sie ihre hämischen, sarkastischen Worte.

Meine Wangen glühen nun noch stärker. Zur Hölle mit der Selbstbeherrschung. Neiro ist an diesem Ort gestorben. Ganz gleich, ob man schlafwandlerische Fähigkeiten als widernatürlich und abscheulich empfindet, werde ich es nicht dulden, dass sein Name in den Dreck gezogen wird.

Ich fixiere Victoria, in deren braunen Augen die pure Provokation thront. Über den Tisch hinweg fasst Esra nach meiner Hand, doch als ich meine zurückziehe, steht sie plötzlich auf.

»Habt … habt ihr das schon gesehen?«, fragt Esra, beugt sich über den Tisch, sodass sie den Blickkontakt zwischen Victoria und mir unterbricht, und deutet auf den Stundenplan. »In drei Wochen wird es einen Ausflug zum Schwanensee geben.« Mit dem Zeigefinger tippt sie auf den entsprechenden Vermerk.

»Und ich habe gehört, dass heute Nacht eine Erstsemesterparty im Gewächshaus stattfindet«, ergänzt Stella.

»Eine Party? Da bin ich dabei!« Eine Kommilitonin mit raspelkurzem Haar und riesigen Kreolen an den Ohren hebt begeistert die Hände in die Luft.

Ruckartig steht Victoria auf. Sie wirft ihr Haar zurück und einen vernichtenden Blick in die Runde, der am längsten auf mir ruht. Mit einem Schnauben greift sie nach ihrem Teller und verlässt unseren Tisch.

Esra sinkt auf ihren Platz zurück und sieht mich mitfühlend an, doch ich weiche ihrem Mitleid aus, greife nach dem Löffel und esse die Suppe auf, obwohl mir der Appetit vergangen ist.

Als wir wenig später zum nächsten Kurs aufbrechen wollen, stehe ich gerade auf und hebe ein Bein über die Sitzbank, als der langhaarige Blonde so stark gegen meine Schulter rempelt, dass ich zurückplumpse und beinah meinen Teller fallen lasse.

»Was soll …?«

Doch er unterbricht mich.

Aus froschgrünen Augen sieht er auf mich herab und zischt: »Schlafwandelnder Freak!«

***

Da uns bis zum Beginn des nächsten Seminars nur noch wenige Minuten bleiben, hetzen wir zurück zum Ostflügel, wobei ich tunlichst darauf achte, genug Abstand zu dem Blonden zu halten. Jahrelang habe ich an der Kontrolle meiner Emotionen gearbeitet, habe versucht, mich weder von Trauer noch von Wut bestimmen zu lassen, doch kaum bin ich hier, werde ich an meine Grenzen gebracht.

Als der Hüne in einen anderen Raum eilt als ich, flacht mein Zorn endlich ab. Unser ohnehin überschaubarer Jahrgang von dreißig internationalen Studierenden wird für die Kurse noch mal halbiert, was mich die Hoffnung hegen lässt, nicht nur ihn, sondern auch Victoria für die nächsten neunzig Minuten los zu sein.

»Guten Abend.«

Am Pult sitzt ein Mann, vermutlich der Dozent. Obwohl er unsere eintretende Gruppe anlächelt, irritiert mich seine Erscheinung. Er trägt ein langes Gewand, das im Sitzen den Fußboden berührt, doch seine aus den Ärmeln ragenden Hände sind komplett tätowiert, ebenso wie sein Hals. Selbst sein Gesicht und der kahle Kopf sind von schwarzer Tinte überzogen.

Es fehlt nur noch die Sense und ich sehe mich einer klischeehaften Version des Todes gegenüber.

»Das ist Professor O«, flüstert Esra, als sie sich in der hinteren Reihe neben mich setzt. »Eine der exzentrischsten Persönlichkeiten der Akademie.«

»Daran besteht kein Zweifel«, erwidere ich und werfe erneut einen Blick auf den Mann mit unübersehbarem Hang zum Morbiden.

Als Victoria bis zum Kursbeginn nicht auftaucht, möchte ich schon erleichtert seufzen, da stolpert jemand anderes gehetzt in den Raum.

»Entschuldigen Sie die Verspätung.«

»Sie haben noch vierzehn Sekunden, Mister Sterling. Zwölf, elf, zehn …«

Mister Sterling eilt zu einem Sitzplatz. Wie bei Victoria habe ich natürlich auch ihn und seine Familie durchleuchtet. Besonders durchleuchtet. Denn er, Mercury Sterling, ist schließlich der Neffe der Akademiedirektorin.

»Und Sie«, sagt der Professor zu der Studentin, die in den Raum stürzt, »sind zu spät. Das ist die erste und letzte Verwarnung.«

Es ist Victoria. Mit hochrotem Kopf und Entschuldigungen stammelnd nimmt sie in der ersten Reihe neben Mercury Platz. Ich bin mir nicht sicher, ob sie mich gesehen hat, und rücke noch ein bisschen näher an die Wand.

»Jedes Semester bietet die Akademie ein anderes musisches Fach an. Literatur, Musik, Bildende Kunst, Tanz«, beginnt der Dozent. »Wenn Sie mich fragen, ist ein Kurs viel zu wenig, wissen wir doch, wie existenziell Kreativität für unsere Träume ist. Doch der Lehrplan ist herausfordernd genug.« Er macht eine wegwerfende Handbewegung, sodass sein Ärmel nach unten rutscht und einen ebenso tätowierten Unterarm preisgibt. Als er sich von seinem Stuhl erhebt, schwingt und klirrt sein langes Gewand. »Ich bin Professor O, und in diesem Semester beschäftigen wir uns mit der Kunstepoche der Schwarzen Romantik. Als Unterströmung der Romantik bildete sie sich in Europa gegen Ende des 18. Jahrhunderts aus. Typische Motive waren das Unheimliche, Grauenvolle, Dämonische. Es ging um Gewalt und den Tod. Die Abgründe der menschlichen Psyche bis hin zum Wahnsinn wurden thematisiert. Aber auch Sex und Erotik spielten eine Rolle, der Exzess, die ungezügelte Begierde und die Lust.« Auf der Leinwand hinter O erscheint ein Gemälde. »Miss von Winther, beschreiben Sie mir doch bitte, was Sie sehen.«

Die Aufforderung überrascht mich nicht so sehr wie die Tatsache, dass O meinen Namen kennt. Ich räuspere mich. »Zu sehen ist eine nackte Frau, die einem Skelett gegenübersteht. Die Frau entspricht dem damaligen Schönheitsideal – kleine Brüste, dafür breitere Hüften, sehr helle Haut, die Haare elegant hochgesteckt. Sie scheint sich nicht vor dem Skelett zu fürchten … vielmehr blickt sie leicht sehnsüchtig zu ihm auf, fast so, als herrschte eine sexuelle Spannung zwischen ihnen.«

Professor O nickt zustimmend. »Auf dem Gemälde des belgischen Künstlers Antoine Wiertz finden sich Hauptmotive der Schwarzen Romantik: Tod und Sex.« Er zeigt weitere Beispiele der Kunstepoche, unter anderem *Der Nachtmahr* von Füssli, das als Fresko die Decke des Theaters schmückt.

Victorias Hand schnellt in die Höhe, und der Dozent erteilt ihr das Wort.

»Mit Verlaub«, sagt sie mit einer Stimme, die ganz ihr selbst gehört, kein nervöses Räuspern, kein schüchternes Nuscheln. »Aber sollten wir nicht darüber sprechen, dass jedes einzelne von Ihnen aufgerufene Kunstwerk Frauen zutiefst sexualisiert? Entweder scheinen die Körper halb tot und missbraucht, unterwürfig anbetend oder Frauen werden als Hexen dämonisiert wie bei Francisco de Goya.«

»Ein sehr guter Einwand, Miss Alliata«, lobt der Professor. Offenbar hat er sich akribisch vorbereitet und alle unsere Namen gelernt. »Vor allem, da wir es mit in der Regel männlichen Künstlern zu tun haben, die Frauen abbilden. Vielleicht sollte ich nicht Frauen, sondern *Weiblichkeitsvorstellungen* sagen. Wir werden im Laufe des Semesters auch darüber diskutieren. Ziel ist es einerseits, dass Sie ein umfassendes Verständnis der Schwarzen Romantik erlangen.« O beendet seine Präsentation und nimmt am Pult Platz. »Andererseits strebe ich am Ende des Semesters eine eigene Ausstellung an. Sie sollen, ausgehend von den Merkmalen der Epoche, Ihr eigenes Werk erschaffen. Ich will das Unheimliche, Grauenvolle, Gruselige sehen. Ihre eigenen Abgründe, Sehnsüchte und Begierden. Natürlich könnte ich Ihnen anbieten zu abstrahieren, Ihnen sagen, dass Sie nicht Ihr Intimstes offenlegen müssen, doch genau das Gegenteil ist der Fall. Ich will Sie durchaus an Ihre Grenzen bringen, schließlich ist die künstlerische Auseinandersetzung therapeutischer Natur.«

In dem Moment, in dem O den Laptop zuklappt, sieht Mercury Sterling über die Schulter, und sein Blick geht suchend durch den Raum. Als er mich sieht und erkennt, dass ich ihn ebenso anstarre, wird seine erwartungsvolle Miene statisch.

Sehr gut. So kann er sich mein Gesicht schon einmal einprägen, schließlich wird er es ohnehin nicht mehr vergessen können, wenn ich mit seiner Familie fertig bin.

Unnachgiebig bohren sich unsere Blicke ineinander, bis ich herausfordernd die Augenbrauen hebe und er … lächelt. Minimal, doch seine Mundwinkel zucken in die Höhe.

»Bringen Sie nichts weniger als Ihre Albträume zu Papier«, schließt der Professor, und obwohl Mercurys Mundwinkel weiterhin angehoben sind, wird sein Blick abgründig.

So abgründig, als wäre nicht er mein, sondern ich *sein* persönlicher Albtraum.

4

Nemesis

Als ich nach dem Seminar bei O die Zimmertür hinter mir schließe und gegen das Holz sinke, bin ich dankbar für einen Moment des Durchatmens. Doch die Luft ist meiner Lunge noch nicht einmal ganz entwichen, als mein Handy zu klingeln beginnt. Eilig haste ich in Richtung Nachttisch und bekomme das Telefon zu fassen.

Ein Videocall meiner Mutter. Ich hebe ab und puste mir dabei eine Haarsträhne aus dem Gesicht.

»Wolltest du nicht anrufen, sobald du angekommen bist?«

Ich setze mich auf die Bettkante. »Entschuldige bitte. Nach der langen Anreise war ich gestern so erschöpft und heute …«

»Schon okay«, sagt Mama. »Hauptsache, du bist sicher angekommen.« Im Hintergrund erkenne ich das deckenhohe Bücherregal, das in unserem Münchner Wohnzimmer steht. Meine Mutter sitzt auf der Couch, ihre Erscheinung wird von den gedimmten Wandleuchten golden in Szene gesetzt.

»Das bin ich.« Ich bemühe mich um ein Lächeln.

»Schön. Zeig mir dein Zimmer.« Mama richtet sich auf, ich wechsle die Kameraperspektive und gehe mit ihr durch den Raum. Durch *mein* Zimmer mit der Nummer neun. Da wir nachts schlicht unsere Ruhe brauchen, um zu träumen, genießen wir bereits zu Beginn des Bachelorstudiums Einzelzimmer.

Es ist rechteckig, hat eine hohe Decke und einen Erker. Das Metallgestell des Himmelbetts läuft oben in geschwungenen Verzierungen zusammen, während sich die seidigen Vorhänge bis auf den Steinboden ergießen. Gegenüber vom Bett befindet sich ein dunkler Tisch, auf dem Stumpenkerzen stehen, Lavendel in einer Vase trocknet und eine Originalausgabe von Freuds *Traumdeutung* liegt.

»Du hast unser Familienfoto noch gar nicht aufgestellt«, bemerkt meine Mutter mit Blick auf den Schreibtisch.

Ich eile zu meinem Koffer, der halb ausgepackt vor dem Himmelbett liegt. »Einen Moment.« Wühlend arbeite ich mich durch den Inhalt. Drei Paar Handschuhe, einen Kaschmirschal und eine Packung Tampons später halte ich zwei Bilderrahmen in den Händen. Mittig stelle ich die gerahmten Fotos auf den Tisch.

»Das ist ein schöner Platz, sehr präsent«, lobt Mama, während ich auf ihr jüngeres Gesicht auf dem Foto blicke. Mein Vater hat den Arm um sie gelegt, nicht eng und beschützend, sondern vorsichtig und zurückhaltend, während sie meinen Bruder Neiro wiegt und auf das Baby hinabsieht, als wäre es ihr ausgelagertes Herz. Nicht nur ihr Stolz und Glück, nein, ihr ganzes Herz. Die Gewissheit, dass meine Mutter mich noch nie so angesehen hat, lässt meinen Blick zu dem zweiten Bild schnellen. Neiro, gerade volljährig, sitzt auf dem Fahrersitz seines ersten eigenen Autos. Die dreijährige Lucy steht in Ringelsöckchen auf seinem Oberschenkel und zieht sich am Lenkrad empor, sodass sie gerade so durch die Windschutzscheibe linsen kann. Mein Bruder lacht und sieht das kleine Mädchen an, als wäre sie wiederum *sein* ganzes Herz.

»Der Erker«, schwärmt Mama, und ihre blecherne Stimme holt mich zurück in die Gegenwart. »Die Zimmer sehen noch genauso aus wie bei uns damals. Die Erkerfenster sind exakt so schön wie in meiner Erinnerung.«

»Man kann sie sogar beheizen.« Ich trete zum Erker. Er ist wahrlich wunderschön. Ganz aus Glas gearbeitet, sodass man in den lappländischen Nachthimmel blicken und unter den Polarlichtern schlafen kann.

»Beheizen? Das gab es bei uns nicht.«

Ich zeige ihr die Funktion am Lichtschalter.

»So investiert die Akademieleitung also unser Geld.« Ihr Ton ist derartig missbilligend, dass ich bereue, die beheizbaren Fenster überhaupt erwähnt zu haben.

Ich wechsle zur Frontkamera und lächle wogenglättend. »Es ist … genau so, wie ihr es erzählt habt.«

Mama lächelt verkniffen. »Gewöhn dich ein paar Tage ein, aber dann darfst du keine Zeit mehr verschwenden, Nemesis. Vergiss nicht, dass du endlich nachholen kannst, was du die letzten Jahre verpasst hast.«

»Ich weiß.«

»Gut. Schlaf schön, meine Kleine. Und kämm dein Haar, die Feuchtigkeit sorgt für Frizz.«

»Mache ich. Liebe Grüße an Papa.«

»Richte ich aus«, versichert sie, doch ich weiß, dass sie es nicht tun wird. Im nächsten Moment hat meine Mutter den Anruf beendet.

Seufzend sehe ich zum Himmelbett. Gern würde ich mich rücklings draufwerfen, an die stuckverzierte Decke starren und mich fragen, wie es wäre, die ADA als gewöhnliche Studentin zu besuchen, doch da diese Frage sowieso zu nichts führt, verbiete ich sie mir. Stattdessen nutze ich die verbleibenden Minuten, bis Esra mich zur Erstsemesterparty abholt, um meine Haare in den Griff zu bekommen.

***

Von den Schlafräumen der Studierenden bis zum Gewächshaus überqueren Esra und ich den gesamten Campus. Unmittelbar vor den studentischen Unterkünften passieren wir eine Sauna und zwei Hot Tubes, die mir bisher nicht aufgefallen sind. Da einer davon in Benutzung ist, steigt der heiße Dampf wie Gespensteratem in die schwarzblaue Dunkelheit empor. Wir kreuzen die breite Zufahrtsstraße, ohne auf dem vereisten Asphalt auszurutschen, und schlagen einen Bogen in nordwestliche Richtung. Die gepflasterten Wege sind von den gleichen verzierten Laternen gesäumt wie der Innenhof. Münzgroße Flocken fallen auf unsere Köpfe nieder, der frisch gefallene Schnee knirscht mit jedem Schritt unter unseren Stiefelsohlen.

Esra hat sich die Wollmütze tief ins Gesicht gezogen und reibt die behandschuhten Hände aneinander. »Riechst du das?« Ihr Atem verflüchtigt sich in der Luft, die stark nach Pferd riecht. »Wir laufen gerade am Rentierstall vorbei.« Sie presst einen Finger gegen die Lippen und murmelt: »Wenn du ganz leise bist, hörst du vielleicht ihr Wiehern oder wie ihre Hufe über den Stallboden scharren.«

Konzentriert blicke ich in Richtung Stall, der sich diffus im Laternenschein abzeichnet, höre jedoch nichts. Dass die ADA Rentiere durchaus als Fortbewegungsmittel nutzt, hat mir mehr oder minder erfolgreichen Reitunterricht eingebracht.

Esra nimmt den Finger von den Lippen und deutet in die Dunkelheit. »Und da hinten befindet sich der Husky-Zwinger. Wie soll man sich da entscheiden, wen man zuerst streichelt?«

Wir setzen unseren Weg fort, laufen auf den Zwinger zu, und ich nehme tatsächlich ein leises Fiepen wahr.

»Nach unserer Anreise am Samstag konnte ich nicht einmal meinen Koffer auspacken, sondern musste sofort zu den Welpen. Ich würde meinen Familiennamen nie zu meinem Vorteil nutzen, außer er verschafft mir Zutritt zu Husky-Babys.« Esra lacht auf, und es klingt, als hätte man gegen ein Glockenspiel geschlagen.

Ich schaue sie von der Seite an. Strasssteine umrunden ihre Augen, und ihre Lippen leuchten in einem zarten Orange.

»Du kennst dich wirklich gut auf dem Akademiegelände aus«, sage ich, doch sie zuckt nur mit den Schultern.

»Eigentlich bin ich sehr vergesslich, aber da unser Vater selbst an der ADA unterrichtet und eng mit der Direktorin befreundet ist, sind mein Bruder Elio und ich so oft hier gewesen, dass selbst ich mir den ein oder anderen Weg merken kann.«

Auch wenn ich mich heute Nacht gern in mein Bett zurückgezogen hätte und in meinem Traum an die portugiesische Westküste gereist wäre, sind Informationen wie diese genau der Grund, weshalb ich die Party besuchen muss. Wenn die Barbosas enge Vertraute von Jupiter Sterling sind, könnte Mister Barbosa in die genauen Todesumstände meines Bruders eingeweiht sein.

Schlagartig höre ich weder die Rentiere noch die Huskys, sondern bilde mir ein, das erste Wort zu vernehmen, das meine Eltern miteinander gewechselt haben, und den letzten Schritt, den mein Bruder gegangen ist.

Vor uns erstreckt sich ein hohes gläsernes Gewächshaus. Flimmernd pink hebt es sich vom finsteren Nachthimmel ab und wirkt wie aus einer fremden Galaxie.

Esra tritt an die Tür und zieht sie auf. »Nach dir.«

Als ich das Gewächshaus betrete, kommen mir umgehend ein süßlicher Geruch und feucht-schwüle Luft entgegen. Hunderte von Blumen ergießen sich in ordentlichen Reihen zu unseren Füßen. Beim Anblick der Pflanzen erfüllt mich eine absurde Mischung aus Faszination und Abneigung; ich will nicht unverhohlen starren und gleichzeitig kann ich die Augen nicht von den Blumen nehmen.

»Das ist Schlafmohn«, erklärt Esra, als ich vor einem Beet in die

Knie gehe. »Die Akademie baut ihn an, um das Morphium daraus zu gewinnen.«

Vorsichtig nehme ich ein Blütenblatt zwischen die Finger und befühle die seidige Oberfläche. Ich weiß genau, was das ist, denn ich fühle mich, als würde ich an Neiros Totenbett knien.

»Typischerweise sind die Blüten des Schlafmohns lila, aber es heißt, dass die vorherige Direktorin Neptune Sterling aufgrund persönlicher Vorlieben veranlasst hat, den Schlafmohn der Akademie rot zu züchten.«

Meine anfängliche Zerrissenheit schlägt mit jeder Sekunde zu blanker Abscheu um. Jupiter Sterlings ältere Schwester Neptune hat sich offensichtlich für eine Schöpferin gehalten, für eine Art Übermenschen, der sich die Natur nach *persönlichen Vorlieben* formen kann. Und nicht nur die Natur. Auch die Studierenden hat sie formen wollen, indem sie sie systematisch von Schlafmohn abhängig machte, damit sie mehr träumen und bessere Leistungen erzielen konnten.

Bevor mir in Esras Gegenwart auch nur ein Wort der Anschuldigung über die Lippen kommt, lasse ich von der Blüte ab und richte mich auf. Als wir durch die Blumenreihen gehen, dringt immer deutlicher mit Elektrobeats versetzte klassische Musik an unsere Ohren, sodass Esra rhythmisch ihre Hüften bewegt.

Doch ich kann ihr nur schwerfällig folgen. Die Köpfe des Mohns nicken unheilvoll im Takt, die zarten Blütenblätter werden von dem fluoreszierenden Licht beleuchtet, sodass sie wirken wie mit Blut übergossen. Mit dem Blut meines Bruders. Mit jedem Meter fühle ich mich mehr, als würde ich auf seinem Grab wandeln. Jeder Schritt, den ich gehe, und jeder Stiefelabdruck, der sich in den Boden gräbt, ist eine Erinnerung an Neiros letzte Minuten.

Am Ende des Gewächshauses sitzen mehrere Studierende auf improvisierten Sitzgelegenheiten wie Sofas aus Paletten oder Hockern aus umgedrehten Blumentöpfen. Viele Gesichter kommen mir aus der Begrüßungsveranstaltung oder den ersten beiden Kursen bekannt vor, andere hingegen habe ich noch nie gesehen.

»Möchtest du etwas trinken?«, ruft Esra mir über die Musik hinweg zu. Als ich nicke, schiebt sie sich zur provisorischen Theke durch.

Ich bleibe am Rand zurück und entdecke Victoria, die an der Hand eines Studenten eine elegante Drehung vollführt. Über der spitzenbesetzten Bluse der Akademieuniform trägt sie einen einfarbigen weiten Pullover und anstelle des Rocks eine schwarze Hose.

Vor dem Beginn unseres Studiums müssen Traumgeborene fehlerfrei luzide träumen können, was bedeutet, dass wir die absolute Kontrolle über unsere Träume haben. Mit Annahme an der *Academy of Dream Analysis* beginnt der dreijährige Bachelor, in dem das Erschaffen eines Nexus oberste Priorität hat. Nur wer am Ende des Grundstudiums in der Lage ist, einen Durchgang zwischen der eigenen Traumwelt und der Realität zu erzeugen, wird zum Masterstudium zugelassen.

In den vergangenen Jahren ist die Zahl der Studierenden, die ihren Bachelor mit einem funktionierenden Nexus abschließen konnten, zwar gestiegen, doch es ist immer noch nur ein Bruchteil derer, die das Studium antreten. Der Leistungsdruck ist bereits unter den gewöhnlichen Traumgeborenen enorm, natürlich sind außergewöhnliche Fähigkeiten wie die Schlafwandlerei ein unfairer Wettbewerbsvorteil. Denn Schlafwandelnde, wie mein Bruder einer war, können nicht nur die eigenen Träume kontrollieren, sondern auch in die Träume anderer eindringen. Mehr noch, talentierte Schlafwandelnde können sogar in weitere Teile des Innenlebens einer anderen Person gelangen, beispielsweise in ihre Erinnerungen oder ihr Unterbewusstsein. Es ist also nicht so, dass ich

Victorias kritische Haltung dem Schlafwandeln gegenüber nicht nachvollziehen kann, aber sie wirkte nicht kritisch, sondern regelrecht feindselig.

Als Esra an mich herantritt und mir ein Kristallglas reicht, nehme ich das Getränk dankend entgegen und nippe daran. Es schmeckt wenig alkoholisch und stark nach Erdbeere. Man sollte meinen, dass der Gebrauch von Rauschmitteln an der Akademie verboten ist, da ihr Konsum den Schlaf erheblich verschlechtern kann, doch hier fließt der Alkohol in Strömen. Vermutlich wäre die Doppelmoral, Alkohol zu verbieten, während man den Gebrauch von Schlafmohn fördert, selbst der Direktion zu offensichtlich.

»Da drüben sind Elio und Mercy.« Sie deutet mit ihrem Glas zu den Paletten. »Möchtest du mich begleiten?«

Meine Augen folgen ihrer Bewegung und ich sehe *Mercy* – wie Esra ihn genannt hat – auf einem Palettensofa sitzen. Elio schüttet ihm den Inhalt einer Glaskaraffe in den Mund, wobei Flüssigkeit von seinen Mundwinkeln über das Kinn rinnt und auf seinen gerüschten Hemdkragen tropft. Am Saum des Kragens erkenne ich einen Schriftzug aus schwarzer Tinte, der jedoch so weit von Stoff verdeckt wird, dass ich ihn nicht entziffern kann. Als Elio johlend die Karaffe sinken lässt und Mercury den Kopf nach vorn kippt, fällt sein Blick so präzise auf mich, als hätte er gewusst, dass ich am Rand der Menge stehe.

Ich nehme einen weiteren Schluck meines Getränks, ehe ich Esra folge und wir uns durch tanzende Körper drängen. Mein Herzschlag schnellt bei dem Gedanken, in Interaktion mit Mercury Sterling treten zu müssen, unangenehm in die Höhe, doch es ist nur eine Frage der Zeit, bis ich mich mit ihm auseinandersetzen *muss*.

Plötzlich werde ich am Oberarm gepackt und herumgerissen. Ich starre in Victorias Gesicht, der Ausdruck darin ist beängstigend leer. »Wenn das nicht unser Von-Winther-Abkömmling ist«, zischt sie, und die Kombination aus ihrem verächtlichen Tonfall, den Worten und der Dreistigkeit, mich anzufassen, lässt die Wut, die ich im Speisesaal empfunden habe, erneut hochkochen.

Ich entreiße ihr meinen Arm und beuge mich so weit zu ihr vor, dass unsere Gesichter sich ganz nah sind. »Was willst du von mir?«

Ihr Blick ist wie ein gespannter Pfeil auf mich gerichtet, ein Muskel an ihrem Unterkiefer zuckt, und einen Moment lang glaube ich, dass sie mir ins Gesicht spucken möchte. Doch dann erwidert sie: »Ich will deine Freundin sein.«

»Meine *was?*«

Sie nickt. »Deine Freundin. Wir könnten beste Freundinnen werden.«

Ruckartig trete ich einen Schritt nach hinten, pralle gegen einen Rücken und werde zurück zu Victoria gestoßen.

»Jede Person, jedes Lebewesen an dieser verfluchten Akademie kennt deine Familie, Nemesis.« Sie lächelt bitter. »Von der Küchenschabe bis zu Jupiter Sterling persönlich, sie alle wissen, wer dein Bruder war und was mit ihm passiert ist.«

Obwohl sie mich nicht mehr berührt und mehrere Zentimeter zwischen uns liegen, schlagen ihre Worte auf mich ein.

»Glaubst du, dein Bruder macht dich zu etwas Besserem? Glaubst du, eure Familie verdient besondere Anerkennung? O nein. Ich weiß noch nicht, wie ich dich auf den zweiten Platz stelle, aber ich werde es tun. Ich werde mich nicht von Nemesis von Winther in den Schatten stellen lassen, nur weil du aus einer schlafwandelnden Familie stammst.« Eine Mischung aus Hass und Neid flackert über ihr Gesicht, doch Victoria kneift die Augen zusammen, und als sie sie wieder öffnet, ist das bittere Lächeln zurück. »Nemesis … außergewöhnlicher Name, hm? Kommt aus der griechischen Mythologie, richtig? Und bedeutet noch gleich …?« Als würde sie ernsthaft überlegen, tippt sie sich gegen die Stirn. »Rache. Nemesis ist die Göttin der Rache. Aber weißt du, weshalb mich mein Vater Victoria genannt hat und nicht Vittoria, was der italienischen Version eigentlich entsprechen würde? Weil ich gewinne. Siege. Die Beste bin. Deswegen hat er mich nach der römischen Göttin des Sieges benannt. Und genau das werde ich in diesem Studium auch tun. Siegen, Nemesis. Ich werde siegen.«

Obwohl mein Herz himmelwärts schlägt und meine Wut von Angst verwaschen wird, bemühe ich mich um einen spiegelglatten Ausdruck. Ich hebe nur minimal die Brauen, als ich erwidere: »Du verwechselst da was. Nemesis ist nicht die Göttin der Rache, sondern der ausgleichenden Gerechtigkeit.« Ehe sie zu einer Antwort ansetzen kann, wende ich mich ab und dränge mich durch die tanzende Menge. Äußerlich wirke ich gefasst, doch innerlich zerfallen ihre Worte zu Scherben, die in mein Herz schneiden.

Sie alle wissen, wer dein Bruder war und was mit ihm geschehen ist.

Eine Lüge. Sie wissen eben nicht, was mit ihm geschehen ist. Sie denken, sie wissen, dass er vor neun Jahren an einer Überdosis Schlafmohn gestorben ist. Sie bekunden ihr Mitgefühl für diese schreckliche Tragödie, doch sie sind davon überzeugt, dass es ein selbst verschuldetes Unglück war, dass Neiro, getrieben von Ehrgeiz und seiner Sucht, immer mehr wollte, bis er schließlich zu viel bekommen hat. Doch sie wissen nichts über den Schmerz meiner Eltern, nichts über meine Mutter, die mit tränenüberströmtem Gesicht *Mörderin* schreit, bis ich in ihr mehr wild gewordenes Tier als trauernde Frau sehe. Nichts über meinen Vater, der mir stundenlang Vorträge über Architektur halten kann, aber keine Sekunde, keine Silbe dafür übrig hat, was der Tod seines Sohnes mit ihm gemacht hat. Nichts über die schwindelerregenden Höhen, in denen meine Mutter brüllt, mein Vater noch leiser wird und ich unter mein Bett flüchte. Das erste Mal habe ich als Kleinkind unter meinem Bett gelegen und die Bretter des Lattenrosts gezählt, das letzte Mal vor einem halben Jahr. Wie kann man offiziell erwachsen sein und immer noch unter dem Bett kauern?

Wissen sie das?, will ich Victoria anschreien. *Weiß das von der Küchenschabe bis zu Jupiter Sterling jede Person, jedes Lebewesen in dieser verdammten Akademie?*

Doch als ich mich zwischen den Feiernden hindurchgeschoben habe und Esra mich irritiert fragt, ob alles in Ordnung sei, greife ich eisern in meine Brust, halte mein Herz umklammert und ringe um Selbstkontrolle, sodass ich nur nicke.

»Schwesterherz«, ruft Elio und winkt uns zu den Paletten.

Ich fühle mich verloren, zumal Mercurys Aufmerksamkeit sich auf mich richtet und ich mich unter seinem Blick noch mehr verliere. Also setze ich mich auf einen umgekippten Blumenkübel und halte mich an meinem Kristallglas fest.

»Skorpion, richtig?« Elio formt mit Unterarm und Hand ein zustechendes Tier, das eher an eine Schlange als an einen Skorpion erinnert. Bei dieser Bewegung fallen mir seine grün lackierten Fingernägel auf.

»Nein«, erwidere ich, froh über den Themenwechsel, der mich nicht nur von Victoria ablenkt, sondern auch von den Konflikten innerhalb meiner Familie. »Stier.«

Seine Augenbrauen springen vor Überraschung in die Höhe. »Stier?« Er legt einen Arm um Esra. »Habe ich jemals so danebengelegen?«

Esra schüttelt lachend den Kopf. »Ich glaube nicht.«

»Und du?«, frage ich meinen sommersprossigen Kommilitonen. »Vielleicht Jungfrau? Oder Waage?«

»Netter Versuch«, antwortet er mit einem Glanz in den türkisblauen Augen, der Herzen schmelzen lässt. »Aber ich bin tatsächlich Skorpion. *Wir* sind Skorpion.« Er springt auf, nimmt seine

Schwester an der Hand und zieht sie ebenfalls von den Paletten hinunter. »Ein Tanz«, ruft er und verbeugt sich tief. »Ein Tanz mit meiner Zwillingsschwester.«

Perplex sehe ich ihnen nach und bin nach dem verstörenden Zusammenprall mit Victoria nicht sicher, was ich von den Zwillingen halten soll. Obwohl ich nicht an die ADA gekommen bin, um Freundschaften zu schließen, ist Esras Freundlichkeit angenehm, während ich mich bei ihrem Bruder frage, ob er mich mit seinem Charme nur umschmeichelt, um mich wenig später in den Abgrund zu stoßen.

Als ich mich auf dem Blumentopf umdrehe, treffe ich auf Mercury Sterling. Überrascht weiche ich zurück, denn er ist auf den Paletten weit nach vorn gerutscht und beugt den Oberkörper in meine Richtung. Im Neonpink des Gewächshauses glänzt sein dunkles Haar, als wäre es feucht. Unter dem eng anliegenden Hemd zeichnet sich sein Oberkörper ab, so schlank, dass seine Schlüsselbeine unter dem Stoff hervorstehen, doch noch immer kann ich nur den Ansatz seiner Tätowierung am Hals erkennen.

»Du bist die Frau meiner Träume«, sagt er, während mich seine gewitterschwarzen Augen völlig einnehmen und zum Zentrum seiner Aufmerksamkeit machen.

Ich lache. Laut und ein bisschen schrill. Wie kann er es wagen, mich so anzusprechen? Weiß er nicht, wer ich bin? »Das ist kein Flirt, das ist eine Beleidigung.«

»Ich flirte nicht mit dir.«

Seine ernste Miene lässt mein Lachen stocken. Skeptisch runzle ich die Stirn. »Nein«, ein weiterer Blick in sein schonungsloses Gesicht. »Tust du tatsächlich nicht.«

»Verrätst du mir deinen Namen?«

»Du kennst nicht den Namen der Frau deiner Träume?« Ich hoffe, dass meine Irritation nach Sarkasmus klingt.

Er schüttelt leicht den Kopf, sodass die Strähnen in seiner Stirn wippen. »Nein.«

Es ist unverschämt, regelrecht geschmacklos. Nicht weil es mein eigenes Ego beschmutzt; es könnte mir nicht gleichgültiger sein, dass Mercury nicht weiß, wer ich bin. Aber dass er mir nicht einmal meinen Familiennamen zuordnen kann, zeigt, wie bedeutungslos das Schicksal meiner Familie für die Sterlings ist. »Nemesis«, sage ich widerwillig. »Nemesis von Wi…«

»Wer wird seine Seele an den Sandmann verkaufen?«, brüllt ein blonder Student und springt auf und ab. »Wer wird seine Seele an den Sandmann verkaufen?« Er hält ein Tütchen mit gold glänzendem Pulver in der Hand, doch ich fokussiere sein Gesicht und erkenne in ihm den Hünen wieder, der mir im Speisesaal *Schlafwandelnder Freak!* zugezischt hat.

»Wird?«, fragt Esra an der Hand ihres Bruders. »Was ist mit dem freien Willen?«

Doch der Blonde geht nicht auf ihre Bemerkung ein, sondern hüpft immer ungezügelter durch die Menge, rempelt andere an, fällt beinah zu Boden, doch rappelt sich wieder auf. Als er das Tütchen aufreißt, ertönen mehrere Rufe gleichzeitig.

»Warte!«

»Scheiße, Melchior, lass das!«

»Spinnst du?«

Doch zu spät. Melchior hat den Inhalt bereits auf seine Handfläche geschüttet und pustet kräftig. Das glitzernde Pulver breitet sich aus, schwebt wie Sternenstaub durch die Luft; wie bei einem Schneegestöber ist alles voll davon, es rieselt nieder auf Boden, Haut und vor Abenteuerlust offene Gesichter.

Und bevor ich verstehe, atme ich das Gemisch ein.

Mercury schließt genießerisch die Augen, und das Pulver setzt sich in seinen tiefschwarzen Wimpern ab, trifft auf seine vollen

Lippen. Träge fährt er sich mit der Zunge über die Unterlippe, während ich ein unangenehmes Kratzen im Hals spüre und mir nicht anders zu helfen weiß, als noch einmal nach Luft zu schnappen. Meine rechte Hand hält immer noch das Glas fest, doch meine linke schnellt an meine Kehle. »Was ist das?«

»Schlafmohn.« Mein Gegenüber öffnet die Augen. »Aus dem weißen Milchsaft der Pflanze wird Morphium gewonnen. Das wollen wir doch alle, oder? Schön schlafen. So schön schlafen.«

Das Kratzen wird zu einem Brennen. Es wäre vernünftig gewesen, das Gewächshaus umgehend zu verlassen, als Melchior das Tütchen aufgerissen hat, doch jetzt ist es zu spät.

»Ich will meine Seele nicht an den Sandmann verkaufen«, sage ich dennoch. *Ich will nicht so enden wie mein Bruder.*

»Keine Sorge.« Mercury lacht angesichts meiner aufkommenden Panik. »Das Pulver wird aus den Samenkapseln hergestellt, es macht bei Weitem nicht so süchtig wie der Saft. Es versetzt dich vielmehr in einen tranceähnlichen Zustand, als dass es dich einschlafen lässt. Ein bisschen wie das Zwischenstadium zwischen Schlaf und Aufwachen.«

Vielleicht ist es Einbildung, doch ich spüre einen leichten Schwindel.

»Du musst nur vorsichtig sein, was du in dem Moment des Konsums empfindest.«

»Wie meinst du das?«

Er hebt die Hand, und einen Moment lang fürchte ich, dass er mich anfassen möchte, doch er deutet nur auf mein Haar, in dem goldene Partikel des Pulvers glänzen. Mein Blick fällt auf die fingerlosen Spitzenhandschuhe, die er ebenso wie zahlreiche Silberringe trägt, grobe wie feine.

»Die Emotion, die du bei Einnahme des Pulvers verspürst, wird verstärkt. Also wähle weise.«

Verletzlich. Verletzlich ist das Erste, was ich fühle, und das Zweite, was ich denke, denn zunächst geht ein *Fuck* durch meinen Kopf. »Was fühlst du?«, lenke ich ab.

»Trauer.« Er sagt das Wort so nüchtern, als würde Trauer einen Menschen nicht irreparabel brechen.

Ich will fragen, ob Trauer wirklich eine Emotion oder vielmehr ein Prozess ist, doch meine eigene Verletzlichkeit macht mich angreifbar genug.

Als würde er meine Dünnhäutigkeit spüren, lehnt er sich noch ein wenig weiter zu mir vor und sagt: »Genug von mir. Wir waren bei deinem Namen stehen geblieben.«

Mein Blick rast über sein Gesicht. Wenn ich mir mehr Zeit lasse, wenn ich bedächtig von seinen dunklen Augen zu der geraden Nase und dem akkurat geschwungenen Mund sehe, werde ich nie wieder damit aufhören. Ich werde mich nie wieder an seinem Gesicht sattsehen können. Den Blick auf das Kristallglas gesenkt, beschließe ich, mich ebenso ahnungslos zu stellen, wie er es anscheinend ist. »Und dein Name lautet?«

»Mercury Sterling.«

»Sterling? Wie die Direktorin? Jupiter Sterling?«

»Sie ist meine Tante.«

»Deine Tante? Ach so.«

Vielleicht liegt es an dem Pulver, an dem Getränk oder schlicht an meiner Verfassung, doch das Geschehen scheint wie in Zeitlupe verzerrt.

Ich hebe den Blick. Treffe auf seinen. Gerate in diesen Sturm. Sage »Mercy, hm?«, woraufhin er verlangsamt einen beringten Finger an seine Lippen legt und ein, zwei Sekunden verstreichen lässt, ehe er antwortet: »Wenn du mir wehtun möchtest, nennst du mich so.«

»Mercy«, wiederhole ich.

»Ich weiß, dass du mir wehtun wirst«, sagt er mit einem herausfordernden Funkeln in den Augen. »Ich frage mich nur, wieso.«

Ich sehe hinauf zur gläsernen Decke. Heute Nacht sind keine Polarlichter zu sehen, dafür ist es zu bewölkt; heute Nacht gibt es nur das pink schimmernde Gewächshaus und darin einen jungen Mann, der Sternenstaub geatmet und mich gefragt hat, wieso ich ihm wehtun werde.

»Weil«, wispere ich so leise, dass er es unmöglich hören kann, »deine Tante eine Mörderin ist.«

5

Mercy

Nemesis von Winther, vervollständige ich in Gedanken, denn ihre Familie ist mir ein Begriff. In ihrer Blutlinie liegt die schlafwandlerische Fähigkeit. Doch als ich mich bei einem Abendessen vor wenigen Wochen mit meiner Tante über die neuen Studierenden unterhalten habe, hat Jupiter wie nebenbei erwähnt: *Nemesis von Winther ist keine Schlafwandlerin.*

Keine Schlafwandlerin also, aber die Frau aus meinen Träumen.

Als Melchior ein weiteres Tütchen Schlafmohn-Pulver aufreißt und über die feiernde Menge schüttet, zieht sich Nemesis den Blusenkragen über die Nase. Ich muss mir ein Lächeln verkneifen, denn es ist offensichtlich, dass sie nicht fühlen will. Was auch immer sie versucht zu unterdrücken, an einem Ort wie der ADA wird es sie einholen.

Ich hingegen atme tief ein, genieße das Brennen in meinem Rachen und den Schwindel, der mich nach wenigen Sekunden erfasst. Die glänzenden Partikel setzen sich abermals in Nemesis' Haar und auf ihrer Kleidung ab, sodass sie aussieht wie eine von Gold geküsste Unheilsbringerin.

Sobald sich die volle Wirkung des Schlafmohns entfaltet, zuckt ein so bodenloser Schmerz durch meine Brust, dass ich mich zusammenkrümmen will. Doch ich bleibe aufrecht sitzen, schiebe die Schultern weiter zurück und werde starr. Halte inne. Halte aus. Denn ich verdiene das Gefühl von Traurigkeit, das über mich herfällt. Ich verdiene es so sehr.

Da Esra und Elio sich immer noch am Rand der Menge befinden, zwar nicht mehr miteinander tanzen, aber diskutieren, da Elio seiner Schwester gerade vermutlich hitzig vom Pulverkonsum abrät, nutze ich den unbeobachteten Moment und beschließe zu gehen.

Denn ich spüre sie. Spüre die Tränen, die in meine Augen treten. Tränen, die ich unzählige Male habe fließen lassen und die dennoch nicht versiegen wollen.

Unter Nemesis' verwundertem Blick erhebe ich mich von den Paletten und eile in Richtung Ausgang. Ich presse mir die Hand aufs Herz, kralle die Finger in den seidigen Stoff meines Hemds und würde gern über meinen Anblick lachen, denn wie ich mich wie ein Angeschossener durchs Gewächshaus schleppe, muss wahrlich erbärmlich aussehen.

Die Novemberkälte lässt binnen Sekunden meine Zähne aufeinanderschlagen und meinen Körper erzittern, doch den zugedröhnten Kopf klärt sie nicht. Tränen, von Trauer und eisigem Wind getrieben, rinnen über meine Wangen. Da ich den Campus nur in Wollhose und Hemd überquere, bin ich komplett durchgefroren, als ich unsere Schlafräume erreiche.

Vor Studienbeginn habe ich ein Zimmer im Gebäude der Lehrkräfte bewohnt, unweit der Räumlichkeiten meiner Tante. Doch Jupiter hat darauf bestanden, dass ich mit dem ersten Tag des Semesters in das Haus der Studierenden umziehe. *Ein Neuanfang wird dir guttun*, hat sie gesagt und eigenhändig meine Kleidung in einen Koffer geräumt.

Setzt ein Neuanfang nicht voraus, dass mit dem Alten abgeschlossen wurde? Dass es ein Ende gegeben hat?, hätte ich sie gern gefragt, aber ich habe nur den Koffer zugemacht und ihn über die Schwelle getragen.

Als ich Zimmer einundzwanzig erreiche, sind meine Hände so taub, dass ich kaum den Schlüssel im Schloss drehen kann. Doch die Tür springt auf, und ich stolpere in den kargen Raum, schalte die Pendelleuchte an der Decke ein und ziehe die wadenhohen Stiefel aus. Schnee tropft von den Sohlen und sammelt sich in kleinen Dreckpfützen auf dem Steinboden. Ich erreiche das Bett, setze mich ans Ende, gestatte mir jedoch nicht, mich hinzulegen, denn die Gefahr ist zu groß, dass ich einschlafe. Nüchtern kann ich mich kontrollieren, doch voll auf Schlafmohn, der mich noch intensiver fühlen lässt, traue ich mir nicht.

Um mich nicht vom Schlaf verführen zu lassen, wandern meine Augen, nach Ablenkung suchend, durch den Raum. Das trauernde Loch frisst sich weiter in meine Brust, und es wäre so verlockend, mich in einen anderen Bewusstseinszustand zu begeben, doch … Mein Blick stoppt bei meinen Traumtagebüchern. Man kann es den Aufzeichnungen zwar nicht entnehmen, doch seit ich mich an meine Träume erinnere – und das ist wegen meiner Mütter verdammt früh der Fall gewesen –, ist meine Welt tagsüber voller Farbe, während sie nachts in ein verwaschenes Grau getaucht scheint. Rund zwölf Prozent der Menschheit träumen in Schwarz-Weiß, ich gehöre dazu.

Ich falle vom Bett auf die Knie und rutsche zum Schreibtisch, in dessen Ablage sich die Tagebücher stapeln. Mit immer noch kalten Fingern ziehe ich das grüne hervor und blättere durch die Seiten.

Neun Mal habe ich bereits von ihr geträumt. Jeder einzelne Traum bedeutet einen Eintrag in meinem tannengrünen Traumtagebuch. Jetzt, nachdem ich Nemesis tatsächlich in der Akademie getroffen habe, markiere ich sie farbig mit einer Haftnotiz. Wenn man öfter von ein und demselben Ereignis träumt, bedeutet das noch nicht, dass es sich dabei um einen Wahrtraum handelt. Man erkennt einen Wahrtraum erst in dem Moment, in dem sich das Traumgeschehen in der realen Welt verwirklicht, erst dann fallen beide Ebenen übereinander, und man weiß, dass die wiederkehrenden Träume nicht einfach nur Träume, sondern Vorhersagen waren.

Mit meinen zwanzig Jahren habe ich bisher drei Wahrträume gehabt. Der erste hat sich rund um meine Einschulung ereignet. Ich habe immer wieder von einem offenen Fenster geträumt, an dem ich gestanden und ein animalisches Rufen gehört habe, einen Furcht einflößenden Gesang, der wie skurriles Hundegebell geklungen hat. Dazu sind Federn vor dem Fenster herabgerieselt, schneeweiße Federn mit erdbraunen Flecken, doch immer, wenn ich den Arm nach einer Feder ausgestreckt hatte, bin ich aufgewacht. Als ich meiner Mutter Neptune davon erzählt habe, hat sie gelacht und gesagt, ich träumte sicherlich von einer Schnee-Eule, die Männchen würden so singen, um ihr Revier zu verteidigen. Wenig später habe ich am Fenster unseres Klassenraums gestanden und beobachtet, wie der Schnee gefallen ist, als plötzlich etwas gegen die Scheibe donnerte. Da wir uns im ersten Stock befunden haben, habe ich das Fenster geöffnet und bin hinausgestiegen. Im Schnee zu meinen Füßen hat ein Vogel gelegen, der glücklicherweise noch lebte. Um ehrlich zu sein, hatte das, was sich da vor mir befand, wenig mit einer majestätischen Schnee-Eule gemein, sondern mehr mit einem gerupften Hühnchen, aber in diesem Moment habe ich meine Träume verstanden. Ich habe den kleinen Kauz mit nach Hause genommen und meinen Müttern unser neues Familienmitglied vorgestellt. Angesichts des ramponierten Gefieders und des unangenehmen Geruchs waren beide nicht sonderlich begeistert, doch Peach durfte bleiben. Wenn ich an ihr Ende denke, daran, wie verängstigt sie in jener Nacht gepiept, wie ihr panischer Flügelschlag mich geweckt hat, wenn ich mich daran erinnere, wie ihr lebloser Körper auf dem Käfigboden gelegen hat, wird mir wieder einmal bewusst, dass ich meine eigene Hölle verdiene.

Mein zweiter Wahrtraum war zugleich mein größter Albtraum.

Und der dritte Wahrtraum hat sich als solcher erfüllt, als ich sie – Nemesis – bei der Willkommensveranstaltung im Theater gesehen habe. In den neun Traumsequenzen hat sie mit dem Rücken zu mir in einem gläsernen Raum gesessen, vor sich eine Staffelei, ein Pinsel in ihrer linken Hand. Ich habe nicht erkennen können, was sie gemalt hat. Ich habe nicht einmal genau ausmachen können, wo wir uns befanden. Das Bild war unscharf, verschwommen, doch was ich genau wahrgenommen habe, ist ihre Traurigkeit. Sie hat sich von meiner eigenen unterschieden. Denn meine Traurigkeit muss sehr satt sein, schwer wie nasse Wäsche, so vollgesogen, dass sie jeden Schritt erschwert. Ihre Traurigkeit war nicht so fassbar, viel fragiler, und ich bin mir nicht sicher, ob sie selbst weiß, dass sie sie umschwebt.

In dem Moment, in dem sie sich zu mir herumgedreht hat, über die Schulter geblickt und den Oberkörper gedreht hat, hat mich ein bittersüßer Schmerz erfasst. In dem Moment habe ich mit absoluter Sicherheit gewusst, dass sie, eine Unbekannte aus meinen Träumen, mir das Herz gebrochen hat.

Und dann sitzt sie wie vorhin im Gewächshaus leibhaftig vor mir – ihr Haar ist nicht mehr nur schwarz, sondern mitternachtsblau, ihr schemenhaftes Gesicht bekommt echte Kanten und Rundungen, doch was exakt so bleibt wie in meinen Träumen, ist diese Traurigkeit. Und die Frage, wieso sie mir das Herz bricht.

6

Nemesis

Obwohl ich wenig vom Schlafmohn-Pulver konsumiert habe, pocht noch am Nachmittag ein unangenehmes Druckgefühl hinter meiner Stirn. Dass meine Aufmerksamkeit gänzlich auf Jupiter Sterling liegen sollte, macht den Kopfschmerz nicht besser.

»Der Mensch verfügt über zwei Wahrnehmungssysteme: das Bewusstsein und das Unterbewusstsein.« Sie ist nicht länger die glänzend charmante Repräsentantin der Akademie, sondern die Dozentin des Kurses *Kartografie des Unterbewussten*. Seit Seminarbeginn hat sie kein einziges Mal gelächelt, keinen Schnee von der Decke rieseln lassen und einen Studenten, der seiner Nachbarin etwas zuflüsterte, rhetorisch so geschickt zurechtgewiesen, dass es nach einer höflichen Abmahnung geklungen hat, während wir alle die Bloßstellung dahinter verstanden haben. Ihre Sätze sind so präzise wie ein geschriebenes Skript, was es mit dröhnendem Kopf nicht einfacher macht, ihr zu folgen. Es ist mir bereits bei der Einführungsveranstaltung aufgefallen und auch bei ihrem Neffen Mercy, doch nun höre ich den britischen Akzent deutlich. Das Englisch-Niveau an der ADA ist hoch, immerhin müssen hier Menschen mit unterschiedlichen Muttersprachen fließend miteinander kommunizieren können.

»Das Unterbewusstsein nimmt bis zu 80 000 Informationen

pro Sekunde auf und kann diese bis zu 10 000-mal schneller verarbeiten und abspeichern als unser Bewusstsein.« Auf der Leinwand erscheint das Bild eines Eisbergs. »Der Großteil eines Eisbergs befindet sich unter Wasser, während lediglich die Spitze sichtbar ist. Dieses Modell können Sie auf die Wahrnehmungssysteme adaptieren: zwanzig Prozent Bewusstsein, achtzig Prozent Unterbewusstsein.«

Heute ist ihr Hosenanzug waldgrün, und sie hat das weißblonde Haar zu einem strengen Dutt zusammengefasst, kein einziges Haar wagt es, sich aus der Frisur zu lösen.

»Es ist einleuchtend, dass automatisierte Handlungen wie Atmen oder Blinzeln unterbewusst gesteuert werden, doch im Grunde lenkt unser Unterbewusstsein neunundneunzig Prozent der Funktionen unseres Organismus. Neunundneunzig Prozent! Bereits im Mutterleib werden Reaktionen auf Signale und Reize im Unterbewusstsein festgeschrieben, sodass unsere täglichen Handlungen weniger eine freie Entscheidung als vielmehr die auf Routinen und Gewohnheiten basierende Reaktion unseres Unterbewusstseins sind.«

Vor Beginn des Kurses hat Sterling die Tische in eine U-Form stellen lassen, sodass ich Mercy schräg gegenübersitze. Er hat mich bisher keines Blickes gewürdigt, und ich habe das Gefühl, dass er krampfhaft versucht, nicht in meine Richtung zu sehen. Seine Ignoranz ist mir deutlich lieber, als dass er mich wie letzte Nacht im Gewächshaus als *Frau seiner Träume* bezeichnet. Nach einer zweiten Runde Schlafmohn-Pulver, bei der ich meine Bluse über die Nase gezogen und flach geatmet hatte, hat Mercy still und reglos auf den Paletten vor mir gesessen. So reglos, als wäre er zu einer gläsernen Skulptur geworden, die bei der leisesten Berührung umkippen und zerbrechen würde. Seine Augen haben sich mit Tränen gefüllt, während das Pulver in seinen Wimpern schimmerte, er blinzelte kein einziges Mal, bis er mit wässrigen Augen aufstand und das Gewächshaus verließ.

»Ich werde Sie nun in Zweierteams einteilen«, fährt die Direktorin fort. »Die Aufgabe ist komplex, doch ich will mich nicht wiederholen, also hören Sie aufmerksam zu.« Sie tritt in die Mitte der Tische, ihre Pfennigabsätze klappern über den dunkelgrauen Stein. »Ziel des Kurses ist, dass Sie in sogenannten Kartografiesitzungen eine Karte Ihres Unterbewusstseins erstellen. Doch das werden Sie nicht allein machen, sondern zu zweit. Denn eine Person wird im Zustand der Hypnagogie Zugang zu ihrem Unterbewusstsein erlangen und mithilfe von Handzeichen und Beschreibungen der anderen Person schildern, was sie sieht. Die andere Person fertigt auf Grundlage dieser Informationen eine Karte an.«

Jupiter Sterling verschränkt die Arme hinter dem Rücken und geht die Tischreihen auf und ab, unter ihrem Blick scheinen die Studierenden zu schrumpfen und mein Kopfschmerz beginnt, stärker zu pulsieren. Der Lichtblick: Victoria ist im Parallelkurs, sodass ich nicht Gefahr laufe, mit ihr zusammenarbeiten zu müssen. Die Schattenseite: Auch Esra ist nicht in meinem Kurs, sodass sie als Partnerin ebenfalls nicht infrage kommt, während … Mein Blick zuckt zu Mercy, der die Tischplatte fokussiert, als wäre sie das Interessanteste, das er jemals gesehen hat. Neben ihm sitzt Melchior, der blonde Riese, der letzte Nacht mit dem Pulver um sich geworfen hat, als wäre es Puderzucker. Er kann kaum die Augen offen halten und kneift sich immer wieder in die Wange, um wach zu bleiben. Ich kann mich nicht entscheiden, ob er oder Mercy der schlimmere Teampartner wäre.

»Um das luzide Träumen zu perfektionieren und sich dem eigenen Nexus anzunähern, ist es notwendig, dass Sie sich mit Ihren unbewussten Vorgängen vertraut machen. Doch Vorsicht«, die Direktorin bleibt abrupt stehen und hebt eine Hand, »unterschätzen

Sie diese Aufgabe nicht. Die Hypnagogie beschreibt den Bewusstseinszustand zwischen Wachen und Schlafen. In diesem Zustand können Sie neben Wachträumen auch Halluzinationen oder sogar Schlafparalysen erleben. Zudem kann Ihr Unterbewusstsein allerlei Überraschungen für Sie bereithalten.« Sie kehrt zu ihrem Pult zurück und blättert durch die Unterlagen, bis sie ein Papier hervorzieht.

Die Anspannung im Raum verursacht mir eine Gänsehaut. Ich verschränke meine Arme und reibe möglichst unauffällig über die Oberarme, doch das nervöse Frösteln lässt nicht nach. Wir alle träumen seit unserer frühen Kindheit luzide, fühlen uns mächtig und überlegen, wenn wir unsere Träume bestimmen, doch nun wird es mit jedem Tag realer, den eigenen Traum zu verlassen und unberührtes Terrain zu betreten. Wenn ich mich dieser Herausforderung stelle, dann möglichst mit jemandem an meiner Seite, zu dem ich ein Mindestmaß an Vertrauen aufbauen kann.

»Melchior Olsson und Ivan Perković bilden ein Team.«

Vor Erleichterung trommle ich mit den Fingern auf meine Oberarme, während Melchior schwerfällig eine Hand hebt und sie dem Kommilitonen zwei Plätze weiter links hinstreckt. Ivan, dessen Haar weiß wie Schwanengefieder ist, ergreift seine Hand und schüttelt sie.

»Auf eine produktive Zusammenarbeit«, sagt Ivan, lässt jedoch Melchiors Hand erst los, als er mit Nachdruck hinzufügt: »Bei klarem Verstand.«

Jupiter Sterlings Stimme verbindet einen Namen mit dem anderen, und kurz meine ich, eine nach Nachnamen alphabetisch geordnete Reihenfolge zu erkennen. Doch als die rothaarige Stella Seretis und die Brille tragende Polina Below zusammengeführt werden, verwerfe ich meine Theorie. Die Härchen auf meinen Armen stehen wie elektrisiert in die Höhe und ich reibe über den festen Blusenstoff. *Bitte nicht, bitte …*

»Mercury Sterling«, sie lässt das Blatt Papier sinken, und als sie von ihrem Neffen zu mir sieht, weiß ich, dass ich verdammt bin, »und Nemesis von Winther.«

Ich unterdrücke einen Protestschrei, doch ein entsetztes Keuchen entweicht mir dennoch. Mehrere Augenpaare richten sich auf mich, auch die Direktorin sieht mich an.

»Stimmt etwas nicht?«, will sie wissen.

Hastig schüttle ich den Kopf, doch ich kann weder sie noch ihren Neffen angucken. Verdammt. *Verdammt, verdammt, verdammt.* Woher soll ich wissen, was mich in meinem Unterbewusstsein erwartet? Woher soll ich wissen, wie stark ich kontrollieren kann, was ich in einer solchen Sitzung mitteile? Wer garantiert mir, dass mich mein Unterbewusstsein nicht überwältigt und ich ungefiltert alles preisgebe, was in mir vorgeht? Als Jupiter Sterlings Neffe ist Mercy der Allerletzte, dem ich intime Einblicke in mein Innenleben gewähren möchte. *Wirklich* der Allerletzte, mit dem ich etwas annähernd Vertrauliches teilen will.

Sterling holt mehrere Ringbücher aus ihrer Ledertasche hervor. Mit einer Handbewegung fordert sie Polina Below ganz vorn auf, die Bücher zu verteilen. »Ich habe eine Schritt-für-Schritt-Anleitung verfasst. Dennoch sollten Sie nicht zögern, bei Unstimmigkeiten oder Problemen auf mich zuzukommen. Sollte Ihr Unterbewusstsein Traumatisches für Sie bereithalten, bieten wir psychologische Betreuung an. Ansonsten appelliere ich an Ihre Sensibilität. Eine Kartografiesitzung ist eine außergewöhnliche Situation, in der man im Zustand der Hypnagogie sehr verletzlich ist. Gehen Sie äußerst behutsam miteinander um, denn Sie kennen die Regeln: Jede absichtliche Grenzüberschreitung führt zu Ihrem unwiderruflichen Akademieausschluss.«

Als die Ringbücher verteilt sind, beendet Jupiter Sterling das Seminar. Ohne den Hefter auch nur oberflächlich durchzublättern, stecke ich ihn ein und schultere meine Tasche. Ich muss raus aus diesem Raum, weg von Mercy und seiner Tante, um in Ruhe über einen Ausweg nachzudenken. Sollte ich Jupiter Sterling um einen anderen Teampartner bitten, würde sie sicherlich Fragen stellen, und momentan fällt mir keine Begründung ein, die mich nicht umgehend vom Studium ausschließen würde.

Als hätte sie meine Gedanken gehört, dreht sich die Direktorin zu mir um, als ich auf Höhe des Pults bin.

»Miss von Winther«, sagt sie und ihr überfreundlicher Ton ist zurück. »Hätten Sie noch einen Moment?«

Wie angewurzelt bleibe ich stehen, sehe von der rettenden Tür zu Sterling, die mich anlächelt, als wäre ich der erste Krokus nach einem langen Winter.

»Äh …«

»Wie schön.« Sie hängt sich die Tasche über die Schulter. »Begleiten Sie mich doch in mein Büro.«

Unter den verwunderten Blicken der anderen verlasse ich hinter der Direktorin den Kursraum. Doch während wir den Campus überqueren, achte ich penibel darauf, ihr nicht zu nahe zu kommen. Ich möchte ihr Parfüm nicht riechen, nicht in unangenehmen Small Talk verwickelt werden oder mein Gehirn nach einer möglichst eindrucksvollen, klugen Bemerkung zermartern müssen. Vielmehr überkommt mich das impulsive Bedürfnis, meine Fersen in den Boden zu rammen, auf sie zu zeigen und vor allen anderen zu schreien: *Diese Frau hat meine Familie zerstört.* Doch ich ramme nicht, zeige nicht, schreie nicht, sondern folge ihr still über den Innenhof bis zu ihrem Büro im Ostflügel.

Sie schließt die Tür auf und bittet mich hinein.

Ich hätte mit einer Einrichtung im Stil eines englischen Herrenhauses gerechnet – Schreibtisch aus Massivholz, Chesterfield-Sessel, vielleicht ein Kamin. Ich hätte mir auch etwas ganz anderes, sehr

Klares, fast Steriles vorstellen können, mit viel Glas und weißen Möbeln. Doch diese Unordnung habe ich wahrlich nicht erwartet.

Jupiter Sterling muss erst stapelweise Papier vom Stuhl nehmen, um ihn mir anbieten zu können.

»Ich weiß, ich weiß.« Die Tasche gleitet von ihrer Schulter. »Das Genie beherrscht das Chaos.« Sie nimmt gegenüber von mir Platz, der Schreibtisch zwischen uns quillt über vor Büchern, Notizen, Ordnern, dazwischen benutzte Gläser und Tassen, Stifte, Stempel, sogar eine Badeente liegt neben der Tischlampe. Als die Direktorin meinen Blick auf die Ente bemerkt, greift sie nach ihr und ein Quietschen ertönt.

»Hilft beim Stressabbau«, erklärt sie und drückt die Ente ein paarmal zusammen, doch dann lässt sie sie fallen und rutscht auf ihrem Stuhl zurück.

»Miss von Winther«, beginnt sie und überschlägt die Beine. »Ich freue mich sehr über Ihr Studium an der ADA. Vermutlich können Sie sich denken, warum ich Sie um ein persönliches Gespräch bitte.« Ihr gesamter Gesichtsausdruck wird mit einem Mal mitleidig. Ihre Augen knicken ein, eine Sorgenfalte lässt ihre Stirn knittern, selbst ihre Mundwinkel sacken herab. Sie macht eine Pause, wartet auf einen Einwand meinerseits, doch ich bleibe tonlos, nur ein Summen umschwirrt meine Ohren.

»Oneiros von Winther ...«

Ich zucke zusammen, als hätte sie mich geohrfeigt.

»Neiro war Ihr Bruder, und es tut mir schrecklich leid, was mit ihm passiert ist.«

Kein weiteres Wort!, will ich brüllen, doch stattdessen nimmt das Summen zu, wird so laut, als würde ein Schwarm Hornissen meinen Kopf umkreisen. So fest ich kann, beiße ich mir auf die Innenseite meiner Wangen.

Jupiter Sterling beugt sich vor und legt die Arme auf ihren

Schreibtisch, als wolle sie mir die Hand reichen. »Ich kann den Verlust Ihres Bruders nicht ungeschehen machen. Glauben Sie mir, das war für uns alle ein Schock, und ich kann Ihre Trauer verstehen.« Aus ihren grünen Augen spricht so viel geheucheltes Mitgefühl, dass mir schlecht wird. »Auch ich habe meine Schwester verloren, und es gibt keinen Tag, an dem ich nicht auf die ein oder andere Weise um sie trauere.«

Plötzlich springe ich auf. Ich stehe auf meinen Beinen, ehe mein Kopf verstanden hat, was mein Körper tut. Doch wenn ich eine Sekunde länger auf diesem Stuhl sitze, vor dieser überaus talentierten Lügnerin, und ihre vergifteten Worte über mich ergehen lassen muss, werde ich die Beherrschung verlieren. Dann werde ich brüllen und schreien und mich womöglich auf sie stürzen. Also halte ich mich an dem Gurt meines Rucksacks fest und gehe auf die Tür zu.

Jupiter Sterling steht ebenso ruckartig auf. »Entschuldigen Sie, wenn ich Ihnen zu nahe getreten bin. Eine Frage müssen Sie mir aber dennoch beantworten.«

Stur blicke ich zu Boden, mache einen Schritt nach dem anderen.

»Ihr Bruder war ein Schlafwandler. Nicht nur der letzte, von dem wir sicher sagen können, dass er diese besondere Begabung besessen hat, sondern zweifellos einer der talentiertesten seit Gründung der Akademie.«

Ich halte inne und mir dämmert, worauf sie hinauswill. Die Direktorin will wissen, was sie von mir zu erwarten hat, will herausfinden, ob ich so begabt bin wie Neiro und über dieselbe Kraft verfüge, nicht nur meine eigenen Träume zu kontrollieren, sondern auch in das Innenleben anderer einzudringen … und ob ich ihrer Machtposition dadurch ähnlich gefährlich werden kann wie mein Bruder damals.

Sie eilt um ihren Schreibtisch herum und kommt auf mich zu, ich spüre sie in meinem Rücken, spüre meinen rasenden Herzschlag, spüre, wie mir der Schweiß an Händen und Stirn ausbricht.

Langsam drehe ich mich zu ihr um. Wenige Meter vor mir bleibt sie stehen, ihre makellose Erscheinung glänzt in diesem gigantischen Chaos, sie hat wenige Falten um Augen und Mund, dafür umso mehr Bedauern in den Zügen.

»Ihre Eltern haben Sie bei der Studienanmeldung nicht als Schlafwandlerin angegeben.« Jedes ihrer Worte ist mit äußerster Sorgfalt gewählt. »Ist das korrekt, Miss von Winther? Oder liegt hier ein Fehler vor?«

»Es ist korrekt«, antworte ich, und meine Stimme … sie klingt so erbärmlich leer. »Ich bin keine Schlafwandlerin.«

***

Zur ersten Kartografiesitzung in der Nacht von Dienstag auf Mittwoch komme ich zu spät. Um kurz nach null Uhr biege ich in den *Maulwurfshügel* ein, den Teil der Akademie, der sich in zahlreichen Tunneln unterirdisch erstreckt. Der Gang wird von Fackeln beleuchtet, deren Halterungen in die Steinwände geschlagen sind. Schein und Schatten greifen wie Monsterklauen nach mir, als ich schlitternd vor einer der Türen am Gangende zum Stehen komme und sie aufreiße.

Der Raum umfasst wenige Quadratmeter und ist äußerst spartanisch eingerichtet. Neben einer Liege, die an klischeehafte Psychotherapeutenzimmer erinnert, gibt es einen Holzstuhl, vor dem ein runder Beistelltisch steht. Mercy sitzt auf ebendiesem Stuhl, das geöffnete Ringbuch vor sich auf dem Tisch, und kaut am Nagelbett seines Daumens.

Als ich eintrete, lässt er die Hand sinken und sein Blick geht über mich hinweg, über meine vom Duschen nassen Haare, mein immer noch gerötetes Gesicht, den übergroßen Pullover und die Stoffhose. Im Sportzentrum habe ich schlicht nicht auf die Zeit geachtet. Das Seil ist über meinen Kopf hinweggepeitscht, meine Beine haben sich von jeder gezielten Überlegung gelöst, ihren Rhythmus gefunden und funktioniert, als wären sie Maschinen und keine Körperteile. Meine Mission wird mich nicht nur psychisch, sondern auch körperlich an meine Grenzen bringen, weshalb ich vor vor wenigen Jahren damit angefangen habe, exzessiv seilzuspringen. Mittlerweile bin ich geradezu süchtig nach dem Gefühl, mich körperlich völlig zu erschöpfen, süchtig nach der Verlässlichkeit, über meinen Schmerz bestimmen zu können.

Mercy hingegen trägt noch die Akademieuniform, taillierte Hosen, eine gemusterte Weste über dem leicht knittrigen Hemd und eine schlichte Krawatte.

Ich setze mich auf den Rand der Liege und schiebe die Hände unter die Oberschenkel. Nach dem gestrigen Gespräch in Jupiter Sterlings Büro habe ich einen Entschluss gefasst. Auch wenn die Gefahr besteht, dass Mercy in den Kartografiesitzungen etwas Intimes über mich erfährt, werde ich meine Situation als Chance sehen. Denn auch Mercy muss sich vor meinen Augen seinem Unterbewusstsein nähern, auch er riskiert, etwas Vertrauliches über sich preiszugeben, sodass ich jede Information, jedes Detail über die Sterlings aufsaugen und zu gegebener Zeit gegen sie verwenden werde.

Meine Beine schaukeln in der Luft, ein, zwei Schwingungen lang gucke ich ihnen dabei zu, dann hebe ich den Blick und sehe Mercy ins Gesicht. »Ich fange an.«

»Was?«

Mit dem Hintern rutsche ich mittig auf die Liege und lege mich ausgestreckt hin. Mein Kopf ist auf ein hartes Rundkissen gebettet, während ich die Hände auf dem Bauch verschränke und die Augen schließe. Ich schiebe die Finger unter den Pulloverärmel und taste nach dem Armband an meinem rechten Handgelenk. Das von silbernen Fäden durchzogene Armband ist ein Geschenk Neiros an Lucy gewesen. Mit dem Versprechen, das Schmuckstück möge sie vor allen Albträumen sowie negativen Einflüssen beschützen und ihre Selbstbestimmung stärken, weshalb sie es stets bei sich tragen soll, hat er es ihr überreicht. Jahre später hat sie es mir mit den gleichen Worten übergeben.

»Was heißt das, du fängst an? Einfach so?« Mercy klingt so entsetzt, dass ich die Lider öffne. Er steht vor der Liege und hält das Ringbuch in die Höhe, als sei er der Prediger und der Hefter die Bibel. Sein samtschwarzes Haar wirkt durchwühlt, immer wieder fasst er sich an den Knoten seiner Krawatte und rüttelt daran. »Wir haben uns nicht einmal eingelesen. Ich weiß nicht, was du beweisen willst, aber dein Leichtsinn kann gefährlich werden.«

»Ich will nichts beweisen. Ich will die Zeit, die ich mit dir in einem Raum verbringe, nur möglichst kurz halten.«

Seine dunklen Augen verengen sich zu Schlitzen, und unter diesem durchdringenden Blick möchte ich mich am liebsten winden. Doch dann verziehen sich seine Mundwinkel wieder so minimal wie in dem Kurs von Professor O, ein kurzes Zucken, doch es hallt in mir nach wie ein Echo.

Mercy sinkt zurück auf den Stuhl, nimmt sich ein weißes Blatt Papier und einen Bleistift vom Beistelltisch. »Wie du willst.«

Ich umschließe das Armband fester, sage mir mehrmals, dass ich auf mich vertrauen kann, dass ich zu weitaus schwierigeren Manövern fähig bin, dass ich mich jahrelang vorbereitet habe, und atme mit geschlossenen Augen ein. Halte die Luft an. Atme langsam aus. Vier Sekunden ein, sieben halten, acht Sekunden ausatmen. Wieder und wieder.

»Hier steht, du sollst dir einen sicheren Ort vorstellen, bevor du dein Unterbewusstsein betrittst. Einen Ort, an den du sofort zurückkehren kannst.«

»Ich weiß«, brumme ich. »Ich habe das Ding bereits gelesen.«

Mercy verstummt, und ich kehre zu meinem Atem zurück: *Vier, sieben, acht. Vier, sieben, acht …*

Beim Übergang vom Wachzustand in den Schlaf – vier – tritt die Hypnagogie ein – sieben –, ein Bewusstseinszustand, der einer Hypnose ähnelt – acht. Ein Zustand – vier –, in dem die schlafende Person – sieben …

Graue flimmernde Leere.

Schwefelgeruch.

Ich bin unbekleidet.

Plötzlich eine Treppe, breite Stufen, fester Stein. Instinktiv weiß ich, dass ich sie hinabgehen muss.

1 *was*

2 *bleibt*

3 *von*

4 *dir*

5 *wenn*

6 *du*

7 *auf-*

8 *hörst*

9 *zu*

10 *wollen*

Ein Schritt wie auf zu dünnem Eis. Lauf. Schneller! Doch unter den Fußsohlen bricht die Welt, es ächzt und krächzt, und da rennt das nackte Mädchen vor sich selbst weg und sich selbst in die Arme, töricht, wer einen Weg finden will, töricht, wer an Beständigkeit glaubt, wenn alles zu Bruch geht. Ein Schritt auf zu dünnem Eis. Fall. Härter! Doch im Herzen bricht die Welt.

Ich schrecke hoch.

»Bist du okay?« Mercy steht am Ende der Liege, sein linkes Auge zuckt nervös, und er atmet schnell.

»Ich … ich glaube schon, ja.« Mit den Armen stütze ich mich ab und setze mich auf. Mein Puls schlägt regelmäßig, mir ist nicht schwindelig oder unwohl, ich bewege die Beine, die Arme, lasse den Kopf kreisen. Eine merkwürdige Wehmut umklammert mein Herz, als würde es mir leidtun, das Mädchen in den Trümmern zurückgelassen zu haben, aber gleichzeitig weiß ich, dass ich keine andere Wahl hatte.

Mercy zeigt mir das leere Blatt Papier. »Ich habe dich mehrmals gefragt, was du siehst. Hast du mich überhaupt gehört?«

»Nein. Ich bin die Treppe des Bewusstseins hinabgestiegen, aber dann habe ich versucht, mich auf brüchigem Untergrund fortzubewegen, doch alles um mich herum ist zerfallen.«

»Hast du dich nicht an deinen sicheren Ort zurückgeholt?«

Nein. Denn ich habe keinen sicheren Ort.

Mein erster Impuls war stets das Bett, unter das ich mich schieben und die Bretter des Lattenrosts zählen möchte, doch da mir dieser Ort wahrlich jämmerlich vorkommt, habe ich jahrelang erfolglos versucht, mir einen anderen *Safe Place* vorzustellen. Ich schwinge die Beine über die Liege. »Ich habe es versucht, aber dann war ich bereits im Wachzustand.«

Mercy runzelt die Stirn, rollt das Papier in der Hand zusammen und wirkt angespannt, fast so, als hätte er Erwartungen gehabt, die nicht erfüllt wurden. Hat seine Tante ihn bereits auf mich angesetzt? Kann er ihr nach unserer ersten Sitzung nur unbefriedigende Informationen über mich liefern?

Nachdem mich Jupiter Sterling auf meinen schlafwandelnden Bruder angesprochen hat, glaube ich erst recht nicht, dass sie ihren Neffen und mich zufällig zusammenarbeiten lässt. Nein, nichts, was die Direktorin tut, ist dem Zufall überlassen, keine Handlung, kein Wort, keine Gefühlsregung.

Als ich an der Liege vorbei zum Stuhl gehe, komme ich Mercy in dem engen Raum so nah, dass seine Präsenz auf meiner Haut kribbelt. Ich schüttle mich kaum merklich und deute zur Liege. »Du bist dran.«

Mercy schält sich aus der Weste, löst den Knoten und nimmt die Krawatte ab. Wenn ich lange genug auf den Stehkragen seines Hemds starre, kann ich die Tätowierung darunter entziffern, doch er rutscht bereits auf die Liege und legt sich ausgestreckt hin. Ich nehme auf dem Holzstuhl Platz und lasse den Blick durch den Raum schweifen, vom aufgeklappten Ringbuch auf dem Beistelltisch – *Schritt 1: Stellen Sie einen hypnagogen Zustand her* – über die kahlen Steinwände bis zur spärlichen Deckenbeleuchtung. Ich schaue überallhin, nur nicht zu Mercy, weil es mir unangenehm intim vorkommt, ihn beim Wegdämmern zu beobachten. Als ich mich selbst auf der Liege befand, habe ich nicht darüber nachgedacht, doch jetzt, als ich Stift und Papier in den Händen halte und darauf warte, dass er aus seinem Unterbewusstsein heraus zu mir spricht, vermeide ich den direkten Kontakt.

Minutenlang versucht Mercy, seine Atmung auf den Vier-sieben-acht-Rhythmus umzustellen, doch als ich mich darauf konzentriere, höre ich seine Zwischenzüge. Ich richte mich im Stuhl auf und sehe zu ihm. Obwohl sein Gesichtsausdruck entspannt ist, er weder die Augen zusammenkneift noch die Stirn runzelt, erkenne ich seine Unruhe daran, dass er mit seinen auf der Brust liegenden Fingern unablässig an seinen Ringen herumdreht.

»Alles okay?«, flüstere ich, doch er schüttelt ablehnend den Kopf.

Na, sieh mal einer an. Jupiter Sterlings Neffe hat Probleme, in einen hypnagogen Zustand zu kommen.

Als er aufhört, an seinem Schmuck herumzuspielen, und seine Hände zur Ruhe kommen, fasse ich Papier und Stift fester. Ich warte darauf, dass die Zwischenzüge aus seiner Atmung verschwinden, doch nichts geschieht. Mercy liegt zwar vollkommen reglos da, doch sein Brustkorb hebt und senkt sich nach wie vor zu schnell, als dass er die Treppe des Bewusstseins hinabschreiten könnte.

Im nächsten Moment öffnet er die Augen und setzt sich so abrupt auf, dass mir vor Schreck der Stift aus der Hand fällt und blechern auf dem Beistelltisch aufschlägt. Wir scheinen beide den Atem anzuhalten, denn für Sekunden herrscht absolute Stille in dem winzigen Raum. Erst als er von der Liege rutscht, nach seiner Weste greift und sie anzieht, beginne ich zu verstehen.

»Äh … Das war's?«

Achtlos zuckt er die Schultern. »Schätze schon.«

Schätze schon? Woher kommen dieser abgebrühte Ton und seine gleichgültige Haltung? Was ist mit dem Mercy, der sich erst einmal einlesen wollte und durchaus angespannt wirkte, ehe er sich auf die Liege begeben hat? Der Mercy, der an seinen Ringen drehte, als hinge sein Seelenheil davon ab? Seine akademische Leistung ist mir völlig gleichgültig, meinetwegen kann er durch jeden einzelnen Kurs fallen und die Akademie als Jahrgangsschlechtester verlassen. Doch dass ich mich dem Risiko aussetze, mich vor ihm meinem Unterbewusstsein zu nähern, und damit Gefahr laufe, etwas Intimes über mich zu verraten, er sich aber noch nicht einmal bemüht, seine Atmung zu regulieren, macht mich rasend.

»Versuch es noch mal«, fordere ich.

»Das reicht fürs erste Mal.« Mercy fasst nach der Krawatte und legt sie sich um.

»Das reicht?« Ich lache scharf auf. »Du hast es nicht einmal geschafft, deine Atmung in den richtigen Rhythmus zu bringen, was eine absolute Grundvoraussetzung für dieses Studium ist.«

Er hat den Knoten seiner Krawatte noch nicht festgebunden, als er in der Bewegung innehält und mich ansieht. Ich erwarte, dass er sich angegriffen fühlt, doch sein Blick ist geradezu amüsiert und ein karges Lächeln umspielt seine Lippen, als er sagt: »Bist es nicht du, die so wenig Zeit wie möglich mit mir in einem Raum verbringen will?«

»Nachdem wir unsere bestmögliche Leistung abgerufen haben, ja.«

»Woher willst du wissen, dass das nicht meine bestmögliche Leistung war?« Sein Tonfall ist ahnungslos unschuldig, doch das Lächeln auf seinen Lippen gewinnt an Spannweite und wird geradezu süffisant.

Ich stehe vom Stuhl auf. »Verarsch mich nicht.«

Gespielt überrascht hebt er die dunklen Augenbrauen. »Das würde mir nicht einmal im Traum einfallen.« Er zieht den Knoten seiner Krawatte fest, geht die wenigen Schritte bis zur Tür und öffnet sie. »Ich bitte dich nur, meine Grenzen zu respektieren, denn wenn du es nicht tust, droht dir der Akademieausschluss.« Mit einer höflichen Geste fordert er mich auf, zuerst aus der Tür zu treten, doch sein Gebaren facht meine Wut nur weiter an. »Oder möchtest du etwa riskieren, dass ich dich bei der Leitung verpfeife?«

Bei der Leitung verpfeifen? Er meint wohl, dass er bei seiner Tante angekrochen kommt, ohne die er bei seiner Leistung vermutlich nicht einmal zum Studium zugelassen worden wäre.

Aber ich beiße mir auf die Zunge und schlucke nicht nur meine Bemerkung, sondern auch meinen Zorn hinunter. Nein. So schnell wird mich Mercury Sterling nicht aus der Reserve locken. Wenn er sich wie ein Unschuldsengel gibt, werde ich ihm so lange den Himmel auf Erden vorspielen, bis ich die Hölle über seine Familie bringen werde.

Ich nehme den Ringhefter vom Tisch und trete mit einem sirupsüßen Lächeln aus der Tür, die er mir nach wie vor aufhält.

7

Mercy

Obwohl Nemesis mehrere Meter vor mir geht, kann ich ihr blumiges Shampoo riechen. In ihrer Stoffhose und dem übergroßen Pullover sieht sie aus, als hätte sie sich auf dem Weg ins Bett verlaufen. Ihr feuchtes langes Haar schwingt bei jedem Schritt, und mich auf die pendelnde Bewegung zu konzentrieren, hilft, bei mir zu bleiben. Mir war klar, dass *Kartografie des Unterbewussten* mein härtester Kurs werden würde, doch ich habe nicht damit gerechnet, dass sich allein das Platznehmen auf der Liege so unangenehm anfühlen würde. Dennoch werde ich einen Teufel tun und mich in Nemesis' Gegenwart meinem Unterbewusstsein nähern. Vermutlich glaubt sie, ich würde nicht einmal den Vier-sieben-acht-Atemrhythmus beherrschen und nur zum Studium zugelassen worden sein, weil Jupiter Sterling meine Tante ist. Aber wenn das der Fall ist, nehme ich es liebend gern in Kauf.

Der Fackelschein erleuchtet die Gänge in einem schimmernden Orange, doch die feuchte Kälte, muffige Luft und das stete Gefühl, beobachtet zu werden, verleihen dem Maulwurfshügel den Charme von Katakomben. Vermutlich waren die unterirdischen Schlaflabore bereits so kostspielig, dass es der Akademie nun an Geld mangelt, um den gesamten Maulwurfshügel zu modernisieren.

Als wir auf das Ende des Gangs zusteuern, biegt Nemesis aufgrund ihres Vorsprungs als Erste um die Ecke. Doch als sie erschrocken zurückstolpert, schließe ich schnell zu ihr auf. »Was …?«

»Sei leise.« Sie streckt den Arm aus, als wollte sie mich zurückhalten.

Verwirrt runzle ich die Stirn und beuge mich so weit vor, dass ich um die Ecke blicken kann, Nemesis jedoch nicht berühre. Zwei Männer kommen die Treppe herab, die wir emporsteigen müssen, um vom unterirdischen Maulwurfshügel nach oben in den Südflügel der Akademie zu gelangen. Im Schein der Fackeln kann ich ihre Gesichter zwar nicht genau ausmachen, doch zumindest einen der Männer identifiziere ich aufgrund seiner Glatze als Professor Wagner. Er hat den Lehrstuhl für Schlafmedizin inne und hält den anderen, deutlich jüngeren Mann an der Hand. Unter anderen Umständen wäre ich um die Ecke gebogen, hätte freundlich gegrüßt und die Treppe genommen, doch etwas an der Art, wie die Männer sich bewegen, hält mich zurück. Während Wagner standfest wirkt, klammert sich der andere geradezu an dem Professor fest, als könnte er sich aus eigener Kraft nicht aufrecht halten.

Als sie den Treppenabsatz erreichen, lobt der Dozent: »Sehr gut, Mister Fernández, weiter so.«

Doch dieses *Weiter so* fällt Mister Fernández sichtlich schwer, denn er schleppt sich in winzigen Schritten voran und scheint ohne Wagners Stütze fast zusammenzusacken.

Nemesis, die in der Hocke unter mir kauert und ebenso gebannt um die Ecke starrt wie ich, flüstert: »Der Typ ist doch auf Drogen.«

Das liegt nahe, denn so, wie Fernández an Professor Wagners Arm hängt, wirkt er geradezu schlaftrunken. Als beide in einem von der Treppe aus links abgehenden Tunnel verschwinden und damit zu den Schlaflaboren steuern, festigt sich mein Eindruck, dass Mister Fernández nicht nüchtern ist, sondern unter dem Einfluss von Schlafmohn steht. Vermutlich handelt es sich bei ihm um einen Studenten aus den höheren Semestern, der sich schneller seinem Nexus nähern will, indem er mehr schläft, folglich mehr träumt und so in seinen Träumen häufiger einen Nexus beschwört. Auch wenn erst meine Mutter Neptune, später Jupiter den weitverbreiteten Drogenkonsum an der ADA von mir fernhalten wollten, kenne ich die Problematik. Mit zwanzig bin ich außerdem zu alt, um mir von meiner Tante vorschreiben zu lassen, welche Rauschmittel ich konsumiere, weshalb ich das ein oder andere Mal zum golden glänzenden Pulver greife, um meinen Emotionen auf die Sprünge zu helfen.

Ich trete hinter der Ecke hervor. »Lass uns gehen.«

Nemesis folgt mir, doch als wir die Treppe erreichen, macht sie keine Anstalten, zurück ins Hauptgebäude der Akademie zu gelangen, sondern scheint Professor Wagner und seinem Studenten folgen zu wollen.

»Was hast du vor?«, zische ich, doch sie nimmt keine Notiz von mir, sondern betritt den Gang, der zu den Schlaflaboren führt.

Angesichts ihres leichtsinnigen Verhaltens verdrehe ich die Augen. Die Schlaflabore sind kein verbotenes Terrain, doch sie werden erst mit fortschreitendem Studium relevant, weshalb eine umherirrende Studentin des ersten Semesters auffallen würde. Meine Tante würde sie dafür zwar nicht von der ADA werfen, aber ihr Herumgeschnüffel wird Jupiter negativ auffallen. Ihr und mir, denn mit jedem Schritt, den Nemesis so unverfroren in Richtung der Schlaflabore geht, hinterfrage ich ihre Absichten mehr. Ist sie neugierig? Auf der Party im Gewächshaus hat es eher so gewirkt, als würde ihr bereits das Pulver des Schlafmohns zuwider sein und sie sich von jeglichem Konsum distanzieren wollen …

Ihr Bruder kommt mir in den Sinn. Auch wenn ich nicht viel über die von Winthers weiß, ist mir Oneiros allein aufgrund seiner Schlafwandlerei bekannt. Und wenn mich mein gefährliches Halbwissen nicht täuscht, ist der letzte Schlafwandler unserer Zeit an einer Überdosis Morphin gestorben.

Ich mache auf der untersten Treppenstufe kehrt und folge ihr. Als ich sie erblicke, durchschreitet sie gerade ein eisernes Tor, das Professor Wagner vermutlich geöffnet, aber nicht wieder verschlossen hat. Um den Abstand zwischen sich und den zwei Männern zu wahren, schleicht Nemesis nur langsam voran, weshalb ich sie zügig einhole. Sie muss mein Kommen gehört haben, denn sie blickt über ihre Schulter.

»An deiner Stelle würde ich mir diese Spionageaktion noch einmal überlegen, denn wenn du erwischt wirst, könnte das die erste Verwarnung sein.«

Sie bleibt stehen und dreht sich zu mir um. »Wäre das dann nicht mein Problem?«

Sie hat recht. Frau meiner Wahrträume hin oder her, Nemesis ist mir so gleichgültig wie alle anderen Kommilitonen außer den Barbosa-Zwillingen. Ich würde mich vermutlich auf ein Spiel mit ihr einlassen, würde herausfinden wollen, wie gefährlich sie meinem Herzen werden kann, wenn sie es darauf ankommen lassen würde, doch solange sie Abstand hält, kann er von meiner Seite aus gar nicht groß genug sein. Doch ihr Motiv macht etwas mit mir, denn es geht um Verlust. Sie hat ihren Bruder an die Drogen verloren und hofft vermutlich, etwas in diesen feuchtkalten Gängen zu finden, das sie sich ihm näher fühlen lässt. Aber das wird sie nicht, denn die Realität raubt gewissenlos jede Hoffnung.

Auch wenn Jupiter meine Mutter verteidigt, ist das Drogenproblem der ADA auf Neptune Sterling zurückzuführen. Seit Mum Mitte der Neunzigerjahre die Leitung übernommen hat, wird Schlafmohn angebaut, aus dem unter anderem Morphium und Opium gewonnen werden.

Weißt du, wie schwer es deine Mutter hatte?, fragt Jupiter jedes Mal, wenn wir über dieses Thema diskutieren, und ja, natürlich hatte es Mum schwer. Sie war nicht nur die erste Frau, sondern auch die erste homosexuelle Frau an der Akademiespitze und musste sich in einem männlich dominierten Machtgefüge durchsetzen. Unter dem Einfluss von Schlafmohn können Studierende länger und intensiver träumen, was dazu geführt hat, dass die Anzahl derjenigen, die einen stabilen Nexus erzeugen können, gestiegen ist. In Summe erhöhte sich die Leistung der ADA unter Mums Leitung stark, sodass sich ihr Führungsstil nicht nur als erfolgreich bewiesen, sondern auch große Anerkennung gefunden hat. Noch heute heißt es, dass man *seine Seele an den Sandmann verkauft hat*, wenn man richtig drauf ist, süchtig nach den eigenen Traumwelten. Warum Jupiter den Kurs ihrer älteren Schwester beibehält, ist mir dennoch ein Rätsel. Ich weiß, dass meine Tante den Morphiumkonsum verabscheut, doch sie hält daran fest und lässt es weiterhin geschehen. Vermutlich scheut sie sich vor dem Leistungsabfall und den sinkenden Zahlen der Studierenden, die einen Nexus erschaffen können.

Ich sehe Nemesis in ihrem übergroßen Pullover an, dessen Ärmel über die Hände schlackern, und ich versuche, mir vorzustellen, wie es sich anfühlen muss, einen geliebten Menschen an den Schlafmohn zu verlieren.

Mitgefühl steigt in mir auf, wird jedoch jäh unterbrochen, als sie ihren Zeigefinger an die Lippen legt, die Augen weitet und die Brauen hebt. »Hörst du das?«

Ich höre den Widerhall meiner eigenen Gedanken, das Knistern der Fackelflammen, ein stetes Tropfen … und so etwas wie einen Schrei? Es klingt gleichzeitig geseufzt und gequält, gekeucht und gepeinigt. Dann eine Spitze, so hoch und schmerzerfüllt, dass ich zusammenfahre.

Nemesis läuft los, ich folge ihr einen Sekundenbruchteil später. Als wir um die nächste Ecke biegen, erkenne ich am Ende des

Gangs die Schlaflabore. Die Fackeln sind hier durch LED-Wandleuchten ersetzt worden, und leise Klaviermusik tönt aus den Lautsprechern über den Labortüren. Unter die Pianoklänge mischt sich unser aufgeregter Atem, ansonsten herrscht Stille hinter den Eisentüren. Keine Stimmen, keine Schritte, keine Schreie – nichts als statische Stille.

Ich möchte Nemesis nicht anfassen und doch strecke ich die Hand nach ihr aus. »Lass uns gehen«, wiederhole ich.

Im grünlich-weißen Licht dreht sie sich zu mir um, blickt von Eisentür zu Eisentür, dann sieht sie mich an. Ihr Ausdruck erschreckt mich mehr als der Schrei, sie wirkt dünnhäutig und bleich wie Transparentpapier. Mein Herz rennt im Takt ihres Verlusts davon.

Bumm, bumm, bumm, bumm …

Die Klaviermusik tänzelt durch den Gang, eine beruhigende Melodie in Dur, die vom nächsten Schrei zerrissen wird, qualvoll und brechend.

Wenn möglich, ist Nemesis noch durchsichtiger geworden, doch ihr Blick lässt mich nicht los. Es wirkt fast so, als hätte sie körperliche Schmerzen. Als würde ich ihr allein dadurch wehtun, dass ich sie ansehe.

Was weiß sie – abseits des Todes ihres Bruders – über die Drogenpolitik der Akademie? *Zu viel*, wenn man die Entschlossenheit bedenkt, mit der sie Wagner gefolgt ist.

Der Gang mit den Schlaflaboren liegt so unschuldig vor uns, als hätten wir uns die Schreie nur eingebildet. Das Licht flackert, die Klaviermusik ertönt, die Eisentüren schweigen ebenso wie Nemesis, die auf dem Absatz kehrtmacht und geht.

8

Mercy

Sechs Jahre zuvor

»… für die meisten Studierenden ähnelt die Annäherung an den Nexus einer Nahtoderfahrung, vermutlich denkst du, dass man eine solche Erfahrung nur in einer lebensbedrohlichen Situation machen kann, doch auch eine Meditation kann beispielsweise Nahtoderlebnisse hervorrufen, jedenfalls ist das Durchschreiten des Nexus eine Transzendenzerfahrung, in der das Gefühl des luziden Träumens um ein Vielfaches gesteigert wird. Die dissoziative Störung ist so stark, dass eine Depersonalisation hervorgerufen wird, also das Gefühl, außerhalb des eigenen Körpers zu stehen und das eigene Leben von außen beobachten zu können; der Nexus wird oft als eine Art Tunnel oder Durchgang beschrieben, an dessen Ende sich ein helles, wärmendes Licht befindet, doch es handelt sich nicht um ein Licht, sondern um eine reflektierende Oberfläche, in der sich bei näherer Betrachtung die Realität spiegelt, die man beeinflussen möchte. Die meisten Studierenden berichten von positiven Gefühlen, während sie sich dieser spiegelnden Oberfläche nähern, sie empfinden tiefe Gefühle von Ruhe, Zufriedenheit und Schmerzfreiheit, doch manche – es sind wirklich wenige, aber es kommt vor, deswegen erwähne ich es – erfahren nahezu traumatische Angst sowie Panikzustände, sie befinden sich in einem Überlebenskampf. Die Gefühle sind vor allem für ungeübte

Träumende extrem, weshalb die Annäherung an den Nexus und dessen Passieren professionell begleitet werden muss. Um die Jahrtausendwende gab es einen Studenten, der im zweiten Semester auf eigene Faust versucht hat, den Nexus zu durchschreiten – mit fürchterlichen Konsequenzen, denn in dem anormalen Bewusstseinszustand des luziden Träumens auf höchstem Niveau ist die Grenze zwischen der Traumwelt und der Realität hauchdünn, wahnsinnig fragil, und dieser Student hat unwissentlich Kreaturen Zutritt gewährt, die selbst für die Hölle eine Nummer zu groß sind. Was ich damit sagen möchte: keine Selbstexperimente! Jetzt hat deine Tante auch genug geredet, mein Mund ist schon ganz trocken, schlaf schön, mein Liebling …«

9

Nemesis

Das freie Wochenende nutze ich für einen Bibliotheksbesuch. Die erste volle Woche an der Akademie liegt hinter mir, und obwohl mich all die neuen Eindrücke, die Mitstudierenden und die verschiedenen Kursinhalte überwältigen und vielleicht überfordern sollten, empfinde ich nichts dergleichen. Alles, worüber ich nachdenken kann, ist Neiro. An der *Academy of Dream Analysis* fühle ich mich ihm so nah wie nirgends sonst, aber diese Nähe schmerzt. Sie schmerzt, wenn ich durch die Reihen an Mohnpflanzen im Gewächshaus gehe, und sie schmerzt, wenn ich vor den Schlaflaboren stehe.

Schlaflabore, pah! Ich sollte besser von Folterkammern sprechen, denn die Schreie, die Mercy und ich in der Nacht von Dienstag auf Mittwoch gehört haben, lassen mir noch Tage später Schauder über den Rücken rinnen. In solch einer Folterkammer ist mein Bruder gestorben, in solch einer Folter …

»Ich kann dich förmlich denken hören.«

Mit aufs Herz gepresster Hand fahre ich herum. »Himmel, Esra, willst du bei mir einen Herzinfarkt riskieren?«

Esra lacht leise, zieht sich einen Stuhl an meinen Tisch und setzt sich so dicht neben mich, dass sich unsere Knie berühren. Als sie sich über das aufgeschlagene Buch beugt, rieche ich Kirschblüten und Pfirsich, irritierende Gerüche an einem Ort, der von Kälte und der Nacht dominiert wird.

»Wieso studierst du die Chronik der Akademie?«, möchte sie wissen. »Fühlst du dich durch Sharmas Psychoanalyse-Aufgaben nicht ausgelastet?«

Möglichst beiläufig blättere ich durch die vergilbten Seiten. »Vielleicht kann ich Freuds Abhandlungen über den weiblichen Penisneid nicht länger ertragen.«

Ein dumpfer Schlag ertönt, als ich das tausendseitige Buch zuschlage. Obwohl es sich um eine aktualisierte Ausgabe handelt und Jupiter Sterlings Wahl zur Direktorin bereits darin vorkommt, wird der Name meines Bruders nicht einmal erwähnt. Als wäre er ein Absolvent unter vielen gewesen, ein Niemand, dessen Name die eigene Existenz nicht überdauert.

Der roséfarbene Glitzer um Esras Augen sieht aus, als wäre ein Stern auf ihrem Gesicht zerfallen. Ihr Blick verweilt auf der Chronik, dann mustert sie mein Gesicht. »Ich habe noch eine Idee, wie du dich von Freuds Penisneid ablenken kannst.« Sie lächelt einladend, doch ihr Flüstern wird zu einem kaum hörbaren Raunen. »Willst du mit mir ausreiten? In den Wald?«

»Ausreiten?«

Sie nickt. »Wir haben noch ein paar Stunden, bevor die Sonne untergeht. Ich vermisse die Gerüche und Geräusche des Tages, die Helligkeit, das Gefühl, wirklich wach, wirklich lebendig zu sein. Als Traumgeborene fällt es mir schon schwer, die Nacht so zu lieben, wie ich es sollte. Ich wäre mit Abstand die miserabelste Vampirin der Geschichte.«

Schmunzelnd sehe ich von meinen auf den braunen Buchdeckel herumtrommelnden Fingern in Esras Gesicht. Sie ist auf eine Art schön, die einem nicht sofort ins Auge springt, sondern die man findet, wenn man bereit ist, danach zu suchen.

Ich verdiene ihre Freundlichkeit mir gegenüber nicht. Sie ist wie ein Geschenk, das ich nicht erwidern kann, aber ich bin egoistisch genug, es dennoch anzunehmen. Denn vielleicht ist es angesichts der Ablehnung, die mir von Victoria und Melchior entgegenschlägt, keine schlechte Idee, jemanden auf meiner Seite zu wissen. Ich würde nicht so weit gehen und von Freundschaft sprechen, eher von einer Art Allianz, von einer Verbündeten.

Meine Finger hören auf zu trommeln. »Du bist zwar keine miserable Vampirin, aber ich bin in der Tat eine miserable Reiterin. Doch jetzt kannst du nicht mehr sagen, ich hätte dich nicht vorgewarnt.«

***

»Ich habe gehofft, dass es sich nur um ein Gerücht handelt, aber anscheinend war mein Reitunterricht nicht umsonst.«

»Normalerweise eignen sich Rentiere nicht so gut zum Reiten wie Pferde.« Esra wedelt mit dem Bund Möhren, den sie extra aus dem Speisesaal geholt hat, und die Tiere drängen sich in freudiger Erwartung an den Zaun des Außengeländes. »Doch diese Exemplare sind besonders. Sie sind größer und kräftiger als ihre Artgenossen in freier Wildbahn. Meine Mutter ist sogar der Meinung, dass die Milch der hiesigen Tiere eine heilende Wirkung hat.«

Eine Schicht Neuschnee bedeckt den Kiesweg, der zum Stall führt. Die Luft riecht nach Kälte, Pferd und Heu. Ich bleibe hinter Esra stehen, die die einzelnen Möhren aus dem Bund löst und in dem Gedränge aus Zungen und schnappenden Mäulern versucht, das Gemüse möglichst gerecht aufzuteilen. Auch Rentiere kenne ich bislang nur aus den Erzählungen meines Vaters. Manche besitzen ein mächtiges Geweih, das ihnen wie eine Krone auf dem Kopf sitzt, andere haben eher kleine Hörner, doch sie alle gucken aus riesigen runden Augen zu Esra, die nicht nur eine Möhre, sondern ihren gesamten Unterarm im Schlund eines Tiers zu verlieren droht.

»Verschaffst du dir wie bei den Husky-Welpen durch deinen Nachnamen Zutritt zum Stall?« Als eine gigantische Zunge in Richtung meines Gesichts leckt, gehe ich in Deckung.

»O nein. Hier überzeuge ich allein mit Können. Ich bin eine passable Reiterin, auch wenn ich es aufgrund der körperlichen Anstrengung leider nicht oft mache.« Kampflos gibt Esra die Karotte auf und streichelt das weiße Fell am Hals des Rentiers. »Wenn du meinen Bruder fragst, geht meine Tierliebe zu weit. Zu Hause in Portugal habe ich mich einen Sommer lang um dreizehn schwarze Straßenkatzen gekümmert.«

»Dreizehn?«

»Dreizehn.« Sie nickt entschieden, fügt jedoch mit einem aparten Lächeln hinzu: »Von denen haben zwar nicht alle ein schwarzes Fell gehabt, aber es macht sich gut in der Erzählung.«

»Es macht sich sehr gut«, bestätige ich. »Noch besser, wenn du bei der Fütterung der Katzen regelmäßig unter einer Leiter hindurchgegangen bist.« Vorsichtig strecke ich die flache Hand aus und spüre den Atem, der aus den Nüstern dringt und sich in der Kälte verflüchtigt.

Mit einem Kuss löst sich Esra von dem Rentier und tritt an mich heran. »Berührungsängste? Das legt sich gleich, wart's nur ab, bis du auf dem Rücken sitzt.«

Während wir die Tiere satteln, stehe ich mehr hinderlich im Weg, als aktiv zu helfen. Esra ist Profi, ehe ich mich's versehe, hat sie zwei Tiere aus der Herde ausgewählt und für den Ausritt bereit gemacht. Nur in den Sattel rutscht sie nicht so mühelos wie angenommen, es kostet sie sichtlich Kraft.

Ich schiebe die Stiefelspitze in den Steigbügel und hüpfe dem Tier auf einem Bein hinterher, als es sich bewegt. Den Sattelknauf fest umklammert, rede ich beruhigend auf das Rentier ein, verspreche Karotten in Hülle und Fülle sowie astreine Hufpflege, doch es trottet weiter voran und ich hopse hinterher.

Esra prustet los, ich muss ebenfalls lachen, irgendwann hieve ich mich unter Tränen und keuchenden Bauchschmerzen in den Sattel.

»Hast du nicht von Reitunterricht gesprochen?« Lachend wischt sich Esra mit dem Handschuh über die Augen.

Als ich einigermaßen sicher sitze, presse ich die Oberschenkel fest an die Flanken des Tiers und umfasse das Zaumzeug, als hinge mein Leben davon ab. »Ich habe dich vorgewarnt. Der Unterricht war nicht sonderlich erfolgreich.«

»Ein kompletter Misserfolg aber auch nicht.«

»Du lügst.«

Esra mitsamt Rentier setzt sich in Bewegung. »Stimmt. Aber tut eine höfliche Lüge manchmal nicht gut?«

Ich fühle mich wie auf hoher See, als das Tier losläuft. »Kann man dabei eigentlich seekrank werden?«

»Du meinst rentierkrank? Ich glaube nicht.« Über die Schulter wirft sie mir einen amüsierten Blick zu, und ich bin fest entschlossen, mich im Sattel zu halten.

Esra meldet unseren Ausritt beim nördlichen Außenposten. Das weitläufige Akademiegelände ist zwar nicht umzäunt, aber mehrere Wachposten markieren die Grenzen und – was noch entscheidender ist – kontrollieren die Zufahrt. Das ist für die Geheimhaltung unabdingbar.

Nachdem Esra mit der uniformierten Frau gesprochen hat, lassen wir die Akademie hinter uns und betreten die südlichen Ausläufer des Waldes. Es gibt kein Unterholz, keinen Bewuchs unterhalb der Baumkronen, nur dünnstämmige Nadelbäume, die aus der Schneedecke ragen.

Sobald wir in den Wald eintauchen, überkommt mich eine Ruhe, keine Starre, sondern verheißungsvolle Stille. Zwischen den Bäumen liegen immer wieder Granitblöcke, wie dunkelgraue Kugeln, die von einer gigantischen Hand achtlos in die Landschaft geworfen wurden.

»Obwohl sich die Magie der ADA offiziell auf unsere Träume beschränken soll, sind für mich Orte wie dieser Beweis genug, an allumfassendere Zauber und Wunder zu glauben.« Mit ihrem perlenbesetzten Stirnband und dem cremeweißen Daunenanzug wirkt Esra auf dem Rücken des Rens, dessen Geweih in der tief stehenden Sonne glitzert, wie eine moderne Prinzessin.

»Deine Familie …«, beginne ich, doch mein Rentier bleibt stehen und beugt den Kopf, um unter dem Schnee nach Flechten zu suchen, sodass ich vorsichtig am Zaumzeug ziehe, um es in Bewegung zu halten.

»… ist magisch vorbelastet«, beendet Esra meinen Satz und lacht.

»Dein Vater ist Henrique Davi Barbosa, richtig? Der Prediger?«

»Prediger?« Nun klingt Esras Lachen empört, als hätte ich sie beleidigt. »Ich würde keine so religiöse Vokabel verwenden. Er ist Astrologe.«

Meine Mutter nennt die Familie Barbosa einen Haufen Quacksalber, die mit pseudowissenschaftlichen Ansätzen die Reputation der Akademie in den Dreck ziehen. Vor allem ihren Glauben an die ewig Schlafenden belächelt sie als primitiven Totenkult und verhöhnt die Magie, die die Blutlinie der Barbosas angeblich wirken kann.

Sternenmagie, pah!, spottet Mama regelmäßig. *Was soll das sein? Eine verstrahlte Verehrung von Horoskopen?*

Ich hingegen frage mich, weshalb Astrologie nicht mehr Teil des ADA-Lehrplans ist, wenn niemand das Unerklärliche leugnen kann, das über der gesamten Akademie schwebt.

»Was ist mit deiner Familie, Nemesis?«

Wir reiten durch ein sumpfartiges Gebiet, Wasserrinnsale fließen langsam zwischen Grasinseln hindurch, und ich frage mich, wann sie gefrieren. Moos bedeckt Felsblöcke, dazwischen erheben sich die weiß-bräunlichen Stämme von meterhohen Birken.

»Mit meiner Familie?«, frage ich begriffsstutzig zurück, weil ich nicht weiß, worauf sie hinauswill.

»Ja.« Esra reitet nun direkt neben mir. »Ich kenne die Geschichten, die man sich über die von Winthers erzählt, aber meine Eltern haben nie in der Gerüchteküche mitgemischt. Mein Vater sagt, man soll dreimal über sich selbst nachdenken, wenn man auch nur einmal in die Versuchung kommt, über andere herzuziehen.«

»Kluger Vater«, murmle ich, während ich an Mama und ihre Tiraden über Sternenmagie denke.

Esra schweigt, ich spüre nur ihren abwartenden Blick auf mir.

»Was ist mit meiner Familie? Nun …« Ich atme hörbar aus, ein halbes Seufzen. »Meine Eltern stammen beide aus schlafwandelnden Familien.«

»Wirklich?« Esras Überraschung schießt wie ein Pfeil durch die uns umgebende Stille. Ihre vorschnelle Neugier muss ihr unangenehm sein, denn sie räuspert sich und fährt befangen fort: »Ich meine … beide? Ist das nicht superselten, nachdem … nachdem …«

»Nachdem es keine Traumgeborenen mit schlafwandlerischen Fähigkeiten mehr gibt?«, beende ich ihr Gestotter.

Esra nickt. »Es ist furchtbar, was in den 50er- und 60er-Jahren des vergangenen Jahrhunderts mit den Schlafwandelnden passiert ist. Mein Vater glaubt, dass die Elite der Akademie die unkontrollierbare Macht der Schlafwandelnden gefürchtet hat, doch das rechtfertigt noch lange nicht, dass sie nahezu ausgelöscht wurden.«

Meine Mutter hat nicht nur ihren Sohn, sondern auch ihren Vater aufgrund ihrer schlafwandlerischen Fähigkeiten verloren.

Ihre Verluste sind die schmerzhaften Schicksalsschläge, die Mama ertragen muss, doch die große Tragödie ihres Lebens ist vermutlich, dass sie selbst nicht als Schlafwandlerin geboren wurde. Wenn sie über ihren toten Sohn oder Vater spricht, ist da so viel Anerkennung, so viel aufrichtige Bewunderung, nahezu Vergötterung, und gleichzeitig so viel Neid. Meine Mutter liebte ihren schlafwandelnden Sohn mehr als sich selbst, aber manchmal frage ich mich, wie weit sie gehen würde, um selbst seine Fähigkeiten zu besitzen.

»Die Begabung« – *oder sollte ich im Fall meines Bruders nicht besser von Fluch sprechen?* – »vererbt sich nur in jeder zweiten Generation, was bedeutet, dass meine Großeltern Schlafwandler waren, während meine Eltern ...«

»... keine sind«, beendet Esra, als ich nicht weiterspreche. »Dein Bruder Neiro hingegen schon.«

Neiro. Auch wenn mein schlafwandelnder Bruder bekannt ist, macht es mich hellhörig, wie flüssig sein Spitzname über ihre Lippen kommt, geradezu vertraut. Ich sehe sie misstrauisch an. »Was weißt du über ihn?«

Esra bemerkt meinen skeptischen Blick. Im diesigen Tageslicht sehe ich, wie ihr Körper auf dem Rentier noch steifer wird, wie sie die Zügel fester fasst, die Oberschenkel enger an die Flanken des Tiers drückt. »Nicht besonders viel. Er war ein Freund meines Vaters«, antwortet sie ausweichend.

»Ein Freund deines Vaters?« Bei Mamas Missachtung den Barbosas gegenüber überrascht mich diese Aussage fast mehr als die Tatsache, dass Esra ihn *Neiro* genannt hat. Und wenn es stimmt? Wenn mein Bruder die Barbosas nicht nur oberflächlich gekannt hat, sondern tatsächlich mit ihnen befreundet war? Falls ja, ist es ein weiterer Beleg dafür, wie sehr er sich von unserer Mutter und ihren Ansichten distanzieren wollte.

Esra hält den Blick in die Weite gerichtet, in der sich Kiefer an

Kiefer und Birke an Birke reihen. »Wenn wir uns weiter in Richtung Norden halten, kommen wir bald zu einer Lichtung«, wechselt sie das Thema und übergeht meine Nachfrage. »Dort gibt es eine Hütte, in der wir eine Pause machen können.«

»Eine Hütte?«

Sie nickt, sieht mich jedoch nach wie vor nicht an. »Die ADA kontrolliert nicht nur das unmittelbare Akademiegelände, sondern auch weite Teile des Lands drum herum, weshalb wir dort ungestört Rast machen können.«

Wir reiten so lange schweigend weiter, bis Esra ein Lied anstimmt, das ich nicht kenne. Als wir die Lichtung erreichen, erschrecke ich über den tiefen Stand der Sonne, deren letzte Strahlen von der Schneedecke reflektiert werden und die Hütte in einen rotgoldenen Schimmer tauchen. Bei dem Gedanken, den Wald bei Anbruch der Dunkelheit durchqueren zu müssen, überkommt mich ein unangenehmer Schauder, doch ehe ich Esra darauf ansprechen kann, tritt eine Gestalt aus der großen Blockhütte. Ich ziehe am Zaumzeug, sodass das Rentier ruckartig stehen bleibt, doch Esra hebt den Arm und winkt.

»Elio«, ruft sie. »Wir sind da!«

»Dein Bruder ist hier?«, frage ich irritiert.

Esra strahlt mich an. »Ja, sie sind mit dem Motorschlitten vorgefahren.«

Sie?

Ich sehe in Esras Gesicht, ihr Lächeln wirkt so aufrichtig und arglos, dass mich das Gefühl von Betrug im nächsten Moment beinah vom Rentierrücken kippen lässt. Denn nicht nur Elio geht die wenigen Treppenstufen der Veranda herab und eilt auf uns zu, auch Victoria und Mercy treten aus der Hütte.

»Du … du …«, stammle ich. »Du hast mir nicht gesagt, dass das ein Gemeinschaftsding wird.«

»Wieso? Stört dich das etwa?« Esra möchte sich aus dem Sattel schwingen, doch wild mit den Armen rudernd kommt ihr Bruder auf uns zugelaufen und ruft: »Warte! Ich helfe dir!«

Als Elio uns erreicht, nickt er mir zu, doch dann verzieht sich seine Mimik vorwurfsvoll. »Wieso seid ihr nicht mit dem Motorschlitten gefahren? Das Reiten ist doch viel zu anstrengend.« Er reicht Esra eine Hand und hilft ihr vom Rücken des Rens.

»Ich konnte einfach nicht widerstehen«, gibt sie zurück. »Du weißt doch, wie sehr ich die Tiere und das Reiten liebe.«

»Und wie kräftezehrend es ist«, murmelt ihr Bruder, tätschelt jedoch den Brustkorb des Reittiers.

Esra sieht zu mir empor. »Alles okay?«

Nein, will ich sagen, mich jedoch ebenso wenig lächerlich machen oder mein Problem mit Mercy und Victoria erklären. Also schüttle ich langsam den Kopf. »Ich bin nur … überrascht.« Und fühle mich irgendwie hintergangen.

Esra reicht mir die Hand, doch ich lehne ab und schwinge mich ohne Hilfe aus dem Sattel. Dabei verfehlt meine Stiefelspitze den Steigbügel, sodass ich quietschend vom Rücken des Rens rutsche und unsanft im Schnee lande. Elio lacht, streckt mir jedoch eine Hand hin, an der er mich auf die Beine zieht.

»Eure Gesichter sind knallrot«, sagt er. »Geht in die Hütte und wärmt euch auf, ich kümmere mich um die Tiere.«

Als sich Esra bei mir unterhakt und wir auf die Hütte zugehen, versuche ich, mich auf den knirschenden Schnee, die Abendsonne in unserem Rücken und selbst auf meine völlig verhärteten Muskeln zu konzentrieren. Alles, um mich von Mercys und Victorias penetranten Blicken abzulenken.

»Herzlich willkommen«, sagt Victoria, als wir die Treppe zur Veranda emporsteigen. Sie trägt eine karierte Flanellhose und einen Hoodie mit Meerschweinchen-Print.

Mercy fokussiert Esra. »Ich dachte, du kommst allein.«

»Das wollte ich auch. Aber dann habe ich Nemesis in der Bibliothek über ihren Büchern brüten sehen und …« Sie sieht von Mercy zu mir, von mir zu Mercy. »Was ist los? Hab ich was verpasst?«

Victoria zuckt die Schultern. »Also *ich* freue mich, dass Nemesis dabei ist.«

Ja, ganz sicher.

Ich ignoriere sowohl sie als auch Mercy. Stattdessen frage ich Esra: »Gehört die Hütte auch zur Akademie?«

»Inoffiziell«, antwortet Victoria. »Sie ist Eigentum meiner Familie, aber mein Vater stellt sie der ADA zur Verfügung.«

Wir ziehen unsere dreckigen Stiefel im Flur aus und folgen Victoria ins Wohnzimmer. *Hütte* ist ein geradezu zynischer Begriff, um den Luxus zu beschreiben, der sich hier offenbart. Die hellen Holzwände sind mit Wandteppichen und Geweihen geschmückt, ein Feuer brennt im Kamin, um den sich eine cognacfarbene Sofalandschaft und mehrere Bücherregale reihen, die offene Küche geht in den Wohnbereich über, und an dem ausladenden Esstisch finden über zehn Personen Platz.

Es ist so gemütlich und einladend, dass sich mein Inneres zusammenzieht. Was mache ich hier? So tun, als würde ich ein entspanntes Wochenende mit Freunden an einem idyllischen Ort verbringen? Einem Ort, an dem wir gemeinsam kochen und Spiele spielen, nachmittags mit den Rentieren ausreiten und abends in heilenden Umarmungen von unseren Kindheitstraumata erzählen?

»Ich … äh … reite zurück. Zur Akademie.«

Zwei Augenpaare richten sich auf mich, Mercy sieht in Richtung Kamin, in dem das Feuer knistert.

»Du kannst nicht zurück, das ist viel zu gefährlich«, sagt Esra, während Victoria schnaubt: »Jetzt sei nicht albern, Nemesis, du schaffst es gerade so, dich im Sattel zu halten, da willst du allein durch den stockdunklen Wald irren?«

»Aber«, ich sehe an meiner Funktionsjacke und der Skihose hinab, »ich habe nichts dabei. Weder Wechselkleidung noch eine Zahnbürste.«

Victoria stöhnt entnervt auf. »Ich habe doch gesagt, dass mein Vater die Hütte zur Verfügung stellt, sie wird also regelmäßig von Studierenden besucht. Es ist alles da, was du für eine komfortable Übernachtung brauchst.«

»Und alles darüber hinaus hat Elio mit dem Motorschlitten mitgebracht«, ergänzt Esra kleinlaut. Vermutlich dämmert ihr, dass sie die Zusammenkunft in der Hütte zumindest in einem Nebensatz hätte erwähnen können, als sie mich zu dem Ausritt eingeladen hat.

Die Haustür springt auf, schwere Stiefelschritte dringen aus dem Flur, der Reißverschluss einer Jacke wird geöffnet, dann erscheint Elio im Türrahmen zum Wohnzimmer. Mit gehobenen Brauen blickt er in die Runde, doch dann schlägt er wie ein übermotivierter Fußballtrainer in die Hände. »Kommt schon, Leute, was sind das denn für Gesichter? Wir haben die erste Studienwoche hinter uns, das muss gefeiert werden! Die Rentiere sind versorgt, die Schwitzhütte ist vorgeheizt, das Brennholz reicht locker bis morgen früh, und ihr schmollt?« Mit dem Zeigefinger deutet er der Reihe nach auf uns. »In fünfzehn Minuten sehe ich euch mit nichts als einem Handtuch bekleidet in der Sauna.«

10

Nemesis

Ich habe den Baumwollstoff eng um meinen Körper gewickelt, und trotzdem ist das Handtuch gerade so groß, dass sowohl meine Brüste als auch mein Intimbereich bedeckt sind. Die Oberschenkel fest aneinandergepresst, sitze ich auf der mittleren der drei Holzbänke. Das gedimmte Licht taucht den Innenraum der Sauna in ein tiefes Orangegold, es riecht ein wenig nach Harz und Zeder.

Auf einem Saunatuch links von mir liegt Esra, sie trägt etwas, das sie mir als *Handtuchkleid* vorgestellt hat, ein Frotteestoff mit Trägern und Dekolleté-Ausschnitt. Nachdem die angeblich kreislaufschwache Victoria den Saunabesuch abgelehnt hat, hat Elio Esra mehrmals gefragt, ob sie sich die Hitze nach dem erschöpfenden Ausritt zutraut. Doch sie hat nur gelacht, auf mich verwiesen und hält nun mit hinter dem Kopf verschränkten Armen und angewinkelten Beinen einen Monolog über den anstehenden Vollmond.

»Vollmondrituale eignen sich hervorragend für das Manifestieren und Visualisieren von Zielen. Man lässt los und heißt eine unangetastete Chance willkommen, der ideale Zeitpunkt, um dem Universum die eigenen Wünsche zu übergeben.«

Ich höre ihr nur mit halbem Ohr zu. Den Blick halte ich auf das Thermometer an der Tür geheftet, das anzeigt, dass sich die Temperatur den achtzig Grad nähert. Mercy sitzt mir gegenüber, ein zusätzliches Handtuch bedeckt seine Leistengegend, doch sein tätowierter Oberkörper ist nackt, und als er kurz nach mir die Sauna betreten und sich gesetzt hat, habe ich endlich das Tattoo an seinem Hals lesen können.

In schwarzen knochigen Lettern steht da: *NO MERCY*. Keine Gnade.

Mit seinen Mitmenschen? Mit der gesamten verdammten Welt? Oder doch mit sich selbst?

Ich fixiere das Thermometer, weil mein Blick wie verflucht von Mercy angezogen wird und es mich viel Selbstbeherrschung kostet, weder das Tattoo an seinem Hals noch die restlichen Bemalungen mit schwarzer Tinte auf seinem Oberkörper zu studieren.

Mit jedem Grad Erwärmung nimmt mein Unwohlsein zu. Es liegt weniger an der Anwesenheit der Zwillinge, sondern mehr an meinem eigenen Versagen, Mercy nicht *nicht* anzustarren.

»Mein Körper hat sich zwar noch nicht dem Mondzyklus angepasst, aber ich merke doch, wie sich meine Periode stets um ein, zwei Tage verschiebt. Was ist mit dir, Nemesis, bist du gerade fruchtbar?«

»Was?« Meine Stimme krächzt, doch meine Augen lösen sich von der Temperaturanzeige und fliegen zu Esra, die den Oberkörper aufrichtet und sich auf die Ellbogen stützt.

Mir ist so heiß. So unfassbar heiß.

»Na ja, stimmt dein Menstruationszyklus schon mit den Mondphasen überein?«, fragt sie, als würde sie sich nach meiner liebsten Eissorte erkundigen. »Zu Neumond bluten, zu Vollmond fruchtbar sein.«

Elio lacht, sodass sein gesamter Oberkörper auf der hellen Holzbank vibriert. »Schwesterherz«, sagt er. »Auch wenn es bei dir nicht der Fall ist, andere Menschen haben so etwas wie eine Schamgrenze.«

»Die hat Esra auch«, mischt sich Mercy ein. »Nur eben völlig verschoben. Sie schämt sich nicht dafür, über ihre Menstruation zu sprechen, aber wenn sie auch nur eine Minute zu spät kommt, ist ihr das furchtbar unangenehm.«

»Weil das nicht nur mich betrifft, sondern mindestens eine weitere Person«, verteidigt sich Esra und sinkt mit theatralischer Geste zurück auf das Tuch.

»Woher kennt ihr euch eigentlich?«, frage ich und vermeide immer noch tunlichst, zu Mercy zu schauen, doch sein Umgang mit den Zwillingen ist so vertraut, dass sie sich unmöglich erst vor wenigen Tagen getroffen haben können.

Es braucht mehrere Sekunden, in denen Esra Hilfe suchend zu Mercy guckt und Elio sich mehrmals räuspert.

»Äh«, antwortet Elio schließlich. »Mercys Tante Jupiter hat ihn vor ein paar Jahren zu unserem Vater gebracht.«

Mehr sagt er nicht, doch da ich die Familie Sterling durchleuchtet habe, weiß ich, dass Mercys Mütter vor ein paar Jahren bei einem tragischen Autounfall ums Leben gekommen sind. Um genau zu sein, vor neun Jahren, im Sommer desselben Jahres, in dem Neiro gestorben ist. Nach Neptune Sterlings Ableben hat ihre über zwanzig Jahre jüngere Schwester Jupiter die Leitung übernommen und ist seither Direktorin der ADA. Dass Jupiter Mercy zu den Barbosas »gebracht hat«, ist eine interessante Formulierung, die in mir sofort Fragen aufwirft. Hat Mercy bei den Barbosas gewohnt? Wenn ja, weshalb und wie lange? Und warum explizit zu Mister Barbosa? Weil der Astrologe Sternenmagie wirken kann?

Ich spüre Mercys Blick auf mir. Seit meiner Ankunft in der Hütte ist auch er mir aus dem Weg gegangen, doch nun richten sich seine Augen auf mich, während meine wieder das Thermometer fokussieren.

»Es ist Zeit für einen Aufguss, wir wollen doch richtig schwitzen!«, verkündet Esra und sieht erwartungsvoll zu ihrem Bruder.

»Bist du dir sicher?«, fragt er, doch Esra wedelt nur mit der Hand und versichert: »Absolut.« Unter ihrem zustimmenden Johlen verlässt Elio die Sauna, nur um mit einem Eimer und einer Holzkelle wiederzukommen.

»Holunderblüte mit einem Hauch Minze«, erklärt er, während er vor dem Ofen steht und die erste Kelle aromatisierten Wassers über die Granitsteine kippt. »Mercy, würdest du uns einheizen?«

Ich bereue es zutiefst, mitgekommen zu sein. Als Mercy sich das Handtuch um die Hüften bindet und aufsteht, als sein von schwarzer Tinte gezeichneter Körper in der Mitte der Sauna steht und er beginnt, ein Frotteetuch über dem Kopf zu schwenken – so zu schwenken, dass sich die Muskeln in seinen Oberarmen anspannen und Schweißperlen seinen Oberkörper hinabfließen –, bereue ich es, diese Sauna auch nur mit der Fußspitze betreten zu haben. Jetzt erscheint mir sogar die Alternative, bei Victoria in der Hütte zu bleiben, äußerst attraktiv.

Der süßlich frische Geruch von Holunderblüte und Minze trifft ebenso auf meine Haut wie die durch Mercy erzeugte Hitze. Mein Herz prescht voran, pumpt so wild in meiner Brust, als würde ich seilspringen. Ich habe die Haare zwar zu einem Pferdeschwanz zusammengebunden, doch sie kleben an meinem Rücken, Schweiß rinnt Nacken und Arme hinab, ich spüre die Feuchtigkeit zwischen meinen Beinen.

Esra springt auf und greift nach dem Saunatuch. »Ich muss raus«, stöhnt sie mit ampelrotem Kopf. »Mir ist schwindelig, ich brauch 'ne Abkühlung.«

Als Esra sich an Mercy vorbeischieben will, lässt er das Handtuch sinken und setzt sich wieder, nun jedoch auch auf die mittlere Bank, sodass wir uns genau gegenübersitzen. Abermals spüre ich seinen Blick auf meiner glühenden Haut, wie er von Kopf bis Fuß über mich geht, und ich drücke die Oberarme enger an den Körper, damit mein Handtuch nicht verrutscht, lasse den Kopf zurückfallen und schließe die Augen.

No mercy. No mercy. No mercy.

Was passiert hier? Weshalb habe ich das Gefühl, dass nicht nur die Hitze des Saunaaufgusses dafür verantwortlich ist, dass mein Blut kocht?

Erst als ich einen kühlen Luftzug spüre, öffne ich die Augen wieder. Fataler Fehler. Denn auch Elio hat die Sauna verlassen, sodass ich mit Mercy zurückbleibe, der mich unerbittlich anstarrt, als wäre ich ein Fiebertraum.

Feigling. So hätte ich ihn gern im Maulwurfshügel genannt, als er vor den Eisentüren der Schlaflabore gestanden und mich angesehen hat, als wüsste er nicht, was seine Tante mit den Studierenden macht. Aber das glaube ich ihm nicht. Ich bin überzeugt, dass er genau weiß, wozu Jupiter Sterling fähig ist, jedoch nichts dagegen unternimmt. *Feigling,* hätte ich gern geschrien, das Wort wie eine hässlich falsche Note im Klavierspiel, schmutzig wie Gekritzel an der Steinwand. Doch ich habe nicht geschrien. Ich habe mich nur umgedreht und bin gegangen, weil ich mich so herzzitternd davor gefürchtet habe, dass sich eine Eisentür öffnet und ich im Schlaflabor dahinter meinen toten Bruder sehe.

Mercys Blick ist wie eine Falle, in die ich tappe, und ich frage mich, wer von uns beiden der größere Feigling ist. Er hat mich noch nie berührt, doch jetzt tut er es. Mit diesem intensiven Blick fasst er mich an, und ich? Ich gebe auf, gebe nach, sehe ihm direkt ins Gesicht, direkt in das Gewitter seiner Augen.

Schwarze Strähnen kleben in seiner Stirn, seine Haut ist gerötet, die Kiefermuskeln angespannt. Gesicht, Hals, Oberkörper, alles ist von Schweiß überzogen.

Ich presse die Oberschenkel noch enger aneinander, mein Unterleib zieht verräterisch, doch ich halte den Kopf gehoben, weil ich nicht auf das dünne Handtuch über seinem Schritt hinabsehen will.

Wie eine Falle, denke ich, weiß ich – und dennoch schaffe ich es nicht, mich von seinem Blick zu befreien.

Er hebt eine Hand. Führt sie an seine Lippen. Gleitet mit dem Daumen über seine Unterlippe.

Ich keuche. Dieser beschämend begierige Laut kommt aus meinem Mund und erfüllt den gesamten Raum.

Mercy lächelt. An seinem Daumen verziehen sich seine Lippen zu einem milden Lächeln, als hätte er Verständnis für meine Einfältigkeit, geradewegs in seine Falle getappt zu sein, als würde er mir meine fehlende Beherrschung *verzeihen*.

Es ist genug. Noch eine Sekunde länger und ich demütige mich noch mehr, indem ich das Handtuch fallen lasse und um echte Berührung bettle.

Ich springe auf, die Beine wackelig, meine Schritte bis zur Tür stolpernd, doch ich reiße sie auf, und die Kälte trifft mich wie ein Faustschlag. Mein Atem wummert durch die schneebedeckte Stille, ich lege die flache Hand auf mein tobendes Herz und konzentriere mich auf meinen Atem.

Hinter mir schwingt die Tür auf, doch ich drehe mich nicht zu ihm um, stattdessen beobachte ich den gefrorenen Nebel, der durch das Schwarz-Violett der Nacht wabert.

»Sag mir, was dein verfluchtes Problem mit mir ist«, fordert Mercy. Als ich nichts erwidere, weil ich fürchte, dass mir das Herz aus dem geöffneten Mund springt, fährt er ungebremst fort: »Du meidest mich, findest meine Anwesenheit im selben Raum fast unerträglich, du kannst mich nicht einmal anschauen. Sobald sich unsere Blicke treffen, ist es, als würde ich dir wehtun … bis auf gerade eben.«

Nun drehe ich mich doch zu ihm um, sein Körper dampft, der

nebulöse Dunst hüllt ihn ein, als wäre er eine Erscheinung aus Himmel und Hölle zugleich. »Gerade stand auch eine Art von Schmerz in deinen Augen, aber, bei Gott, kein schlechter. Also bitte, Nemesis, sag mir, was dein verfluchtes Problem mit mir ist. Warum hasst du mich so?«

Mein Herz pocht mir bis zum Hals, ich spüre jeden Schlag überdeutlich.

Warum – bumm – ich – bumm – dich – bumm – hasse?

Weil du mich jede Sekunde, jede einzelne verdammte Sekunde daran erinnerst, wer für mein Unglück verantwortlich ist.

Ich öffne den Mund, mein Atem steigt empor, die Antwort balanciert auf meiner Zungenspitze.

»Mercy? Nemesis?«

Ich fahre herum und erkenne eine schemenhafte Gestalt, die auf uns zukommt. Esra. Esra, die mittlerweile einen dicken Bademantel, Stiefel und eine Mütze trägt. Als sie den Steg zur Sauna erreicht, sieht sie zwischen mir und Mercy hin und her. »Alles okay? Wie lange wart ihr noch da drin? Ich musste ein bisschen laufen, mein Kreislauf erinnert eher an eine Neunzig- als an eine Neunzehnjährige.«

Weder Mercy noch ich sagen ein Wort. Ich habe das Gefühl, dem Moment nicht hinterherzukommen, fühle mich immer noch so dünnhäutig unter Mercys Blick, so verletzlich aufgrund seiner Frage.

»Oooookay!« Esra hebt abwehrend die Hände. »Vielleicht wollt ihr beide euch erst mal etwas anziehen? Frieren eure Füße nicht an dem vereisten Holz fest?« Sie streckt die Arme aus und ihre Hände wollen wärmend über meine Oberarme reiben, doch ich mache einen winzigen Schritt zurück, sodass Esras Augenbrauen in die Höhe schießen. »Vielleicht wollt ihr euch auch nichts anziehen … Oh, oh, entschuldigt! Ich störe.«

»Nein«, sage ich hastig. Na wunderbar, mein hinterhältiger Mund kann neben Keuchen auch Worte hervorbringen. »Ich …

ähm … gehe duschen.« Ohne weiter darüber nachzudenken, laufe ich barfuß in Richtung Hütte.

»Deine Füße«, ruft Esra. »Deine armen Füße.«

Doch halb rennend, halb hüpfend erreiche ich die Blockhütte und trete ein. Ich höre, wie sich Victoria und Elio unterhalten, wie ihr Gespräch sich zwischen dem Brutzeln der Pfanne und dem Blubbern des kochenden Wassers verliert. Ein würziger Geruch strömt bis in den Flur, doch ich nehme direkt die Treppe in den ersten Stock und schließe mich im Badezimmer ein.

Im Spiegel mustern mich Augen, denen überhaupt nicht gefällt, was sie soeben gesehen haben. Meine Wangen sind tiefrot, Flecken übersäen meinen Hals und mein Dekolleté. Ich ekle mich vor mir selbst. Ekle mich vor der schwachen Nemesis, die sich krampfhaft davon abhalten musste, Mercys tätowierten Oberkörper zu mustern. Ekle mich vor der Sehnsucht, die er in mir entfacht hat, ekle mich davor, dass ich ohne Esras Auftauchen womöglich auf seine Frage eingegangen wäre.

Ich suche nach einem frischen Handtuch und trete unter die Dusche, drehe den Strahl voll auf und lasse das siedend heiße Wasser auf mich herabregnen.

Warum hasst du mich so?

Tue ich das? Hasse ich Mercury Sterling? Ja. So irrational sich das anhört, allein sein Nachname klingt nach dem Schmerz meiner Eltern, nach Lucys Verlust und meiner Trauer. Allein sein Nachname führt mir mit jeder Silbe vor Augen, dass ich den einzigen Menschen, der mich jemals wirklich und wahrhaftig geliebt hat, verloren habe.

Mechanisch shampooniere ich mein Haar ein, verreibe die blumige Seife auf meinem Körper und hoffe, damit auch den Ekel vor mir selbst den Abguss hinunterzuspülen.

Warum haben meine Eltern nicht ausführlicher mit mir über

Mercy gesprochen? Sein Name ist das ein oder andere Mal gefallen, schließlich wissen sie, dass Jupiter Sterling einen Neffen in meinem Alter hat, der ebenfalls sein Studium an der ADA beginnt. Sie wissen nahezu alles über diese Frau, von dem Auto, das sie fährt, über die Sprachen, die sie spricht, bis zum Tod ihrer Schwester vor neun Jahren. Aber warum haben sie mich nicht *auf ihn* vorbereitet, mich vielleicht sogar vor ihm gewarnt? Weil sie es als Selbstverständlichkeit ansehen, dass ein Sterling nichts als menschlicher Abschaum für mich ist? Weil ich sie verraten würde, ließe ich auch nur einen Moment zu, Mercy als eigenständige Person zu betrachten und nicht als Familienmitglied der Sterlings?

Ich bleibe so lange unter der Dusche, bis das heiße Wasser aufgebraucht ist. Als ich aus der Kabine steige, gleicht der Raum einem Dampfbad. Spiegel sowie Fensterscheiben sind beschlagen, doch ich habe meine widerstreitenden Gefühle von mir gewaschen und fühle mich gefasster. In ein Handtuch gewickelt verlasse ich das Bad und gehe durch den dunklen Flur bis zu dem Gästezimmer, das mir Elio vor dem Saunagang gezeigt hat. Da meine Kleidung vom Ritt hierher verschwitzt über der Stuhllehne hängt, öffne ich den Kleiderschrank und stelle fest, dass Victoria zu viel versprochen hat. Bis auf einen Stapel Schlafkleider ist der Schrank leer. Im schwachen Deckenlicht erkenne ich, dass das Stück Stoff aussieht wie ein Krankenhaushemd aus Deutschland, kastiger Schnitt, weiß-blaue Musterung, doch glücklicherweise ist es hinten nicht offen, weshalb ich es überziehe.

Meine nassen Haare zu einem unordentlichen Dutt zusammengenommen, gehe ich nach unten und treffe im Wohnbereich auf Esra, Elio, Victoria und Mercy, die am Tisch sitzen und etwas essen, das wie Curry aussieht.

»Wir haben nach dir gerufen«, sagt Elio, als er mich im Türrahmen stehen sieht. »Setz dich, iss mit uns.«

Ich gehe auf den Tisch zu. »Unter der Dusche habe ich euch nicht gehört.«

»Wie siehst du denn aus?« Victoria ringt das Besteck in ihren Händen. In schwarze Stoffhose und Kapuzenpullover gekleidet sitzt Mercy neben ihr, doch er dreht sich nicht zu mir um.

»Das fragt gerade die, die einen Pullover mit Meerschweinchen-Print trägt«, antworte ich, woraufhin Victoria an sich hinabsieht. »Was hast du gegen Meerschweinchen? Die haben vierzehn Zehen, vierzehn!«

Esra steht auf und kommt auf mich zu. »Das ist viel zu kalt. Kaminfeuer hin oder her, ich hole dir von mir Socken und was zum Überziehen.«

Als ich mich an den Tisch setze, füllt Elio eine Schale mit Reis und Curry.

»Danke«, sage ich und greife nach einem Löffel.

Während ich esse, verliert sich Victoria in weiteren Fakten über Meerschweinchen, und ich erkenne sie so aufgekratzt gar nicht wieder. Kennt sie Mercy und die Zwillinge auch schon länger als eine Woche? Anders kann ich mir ihren gemeinsamen Ausflug zur Hütte nicht erklären.

Esra taucht zu meiner Linken auf. »Socken und einer meiner Lieblingspullover«, sagt sie und hält mir Kniestrümpfe mit trällernden Weihnachtsmännern sowie einen Strickpullover hin. Dankend ziehe ich die Kleidung über und löffle – modisch mindestens so fragwürdig wie Victoria – mein Curry weiter.

Plötzlich scheint es Victoria eilig zu haben, denn sie beginnt, den Tisch abzuräumen, stapelt Teller und Schüsseln, zieht Mercy das halb geleerte Weinglas unter den geschürzten Lippen weg. Verwundert sehe ich Esra an, die nur auf ihr Handgelenk tippt, als würde sich dort eine Uhr befinden. »Wir müssen uns ein bisschen beeilen, wenn wir den Zeitplan einhalten wollen.«

»Welchen Zeitplan?«, fragt Mercy, während er Rotwein in eine Teetasse schüttet.

»Den Zeitplan des Rituals«, ruft Victoria von der Küchenzeile zum Tisch. Gemeinsam mit Elio räumt sie dreckiges Besteck in den Geschirrspüler. In ihrer karierten Flanellhose sieht sie aus, als würde sie sich auf einer Übernachtungsparty befinden, doch mir ist bereits am Tisch aufgefallen, dass sie sich ihre Unterlippe blutig beißt.

Mercy kippt den Wein hinunter, als wäre er Schnaps. »Ritual?«

Die Suppenkelle über dem Kopf schwenkend, stöhnt Victoria frustriert auf. »Das Sigillenritual, Mercury, bitte, du bist doch sonst nicht so schwer von Begriff.«

»Ich hab's ihm nicht gesagt«, raunt Elio ihr zu, doch man hört ihn bis zum Esstisch.

Mercy steht auf, seine Körperhaltung ist mit einem Mal angespannt, die Hände zu Fäusten geballt. »Was hast du mir nicht gesagt?«

Elio kommt beschwichtigend auf ihn zu. »Entspann dich, Kumpel, alles ist gut.«

»Gut?« Mercy spuckt das Wort aus. »Von welchem Ritual spricht Victoria denn, wenn alles gut ist? Was für ein Scheiß läuft hier?«

Ich sehe zu Esra, die meinen Blick nicht erwidert. Mit geröteten Wangen schaut sie auf die Tischplatte hinunter, als wäre die Maserung des Holzes höchst interessant. Die Erkenntnis trifft mich wie ein Schlag, das Gefühl von Betrug kehrt so heftig zurück, dass sich mir der Magen zuschnürt.

»*Das* ist der wahre Grund«, sage ich stockend, und mein Löffel fällt in die letzten Reste Curry. »Deswegen hast du mich in der Bibliothek angesprochen. Nicht weil du mich zufälligerweise gesehen und Mitleid mit der ach so einsamen Nemesis bekommen hast. Nein.« Ich schiebe meinen Stuhl zurück und stehe auf, die Augen auf Esra geheftet, die mich nach wie vor nicht ansehen kann. »Das war von langer Hand geplant. Der Ausritt, die Hütte, das Ritual.«

»Ich … Wir …« Esra sieht Hilfe suchend zu Victoria und Elio. »Wir brauchen fünf Personen.«

»Ich bin raus.« Entschlossen geht Mercy in Richtung Tür, doch Victoria springt ihm in den Weg.

»Moment mal«, protestiert sie, als wäre sie diejenige, die in einen Hinterhalt gelockt wurde. »Hier ist niemand *raus*. Ich habe Tage mit der Vorbereitung verbracht, der Vollmond steht um Mitternacht in der idealen Sternenkonstellation und überhaupt … Denkst du, ich verbringe freiwillig Zeit mit euch?«

Esra findet offenbar einen Funken Anstand wieder. »Nemesis, Mercy, es tut uns leid, dass wir euch so vor den Kopf stoßen«, sagt sie beschwichtigend. »Doch das Sigillenritual kann für uns alle lebensverändernd sein. Im positiven Sinne! Es wird uns dabei helfen, unsere größten Träume und sehnlichsten Wünsche zu erfüllen. Ihr glaubt doch nicht wirklich, dass sich an einem Ort wie der ADA die Magie nur auf unsere luziden Träume und den Nexus beschränkt.«

»Es ist einen Versuch wert«, pflichtet Elio seiner Schwester bei, doch er schaut nicht sie an, sondern so entschuldigend zu Mercy, dass sein Blick fast flehentlich wirkt.

»Ich soll an irgendeinem Hokuspokus teilnehmen, während mir Curryreste im Mundwinkel kleben und ich Kniestrümpfe mit bärtigen Männern trage?«, frage ich.

Elio grinst, Mercy sieht mich zum ersten Mal nach der Sauna an.

»Der Mondgöttin sei Dank!«, ruft Victoria und hebt die Hände. »Sie besitzt einen Funken Humor.«

Esra blickt demonstrativ auf meine Kniestrümpfe. »Ich finde, die stehen dir ausgezeichnet.«

11

Nemesis

Wenig später sitzen wir in einem Kreis vor dem Kamin. Obwohl ich mich getäuscht und benutzt fühle, zwinge ich mich zu Pragmatismus. Wenn Victoria, Esra, Elio und sogar Mercy bereit sind, an einem okkulten Ritual teilzunehmen, das ihnen bei der Erfüllung ihrer sehnsüchtigsten Träume helfen soll, bieten sie mir ungewollt eine einmalige Chance, wertvolle Informationen über sie zu bekommen. Neiro hat mir zwar nur wenige Bücher hinterlassen, doch die habe ich so akribisch studiert, dass ich mit Sicherheit sagen kann, dass das Sigillenritual nicht erwähnt wird. Daher hat es mein Interesse geweckt.

Doch je weiter Victorias Vorbereitungen voranschreiten, desto mehr verliere ich den Glauben daran, dass mir diese Zeremonie überhaupt etwas nutzen könnte, denn die Aufmachung erinnert stark an einen billigen Jahrmarktzauber.

Auf einem dunklen Seidentuch baut Victoria eine Art Altar auf. Meditative Klänge tönen aus den Lautsprechern, nur das Feuer im Kamin beleuchtet die Szenerie, sodass die Schatten der Flammen über die glänzende Tuchoberfläche flackern. Um die feuerfeste Schale herum platziert Esra gegen den Uhrzeigersinn mehrere Kristalle, darunter Amethyst, Rosenquarz und Mondsteine, dazwischen stellt Elio hohe schwarze Kerzen auf.

»Unter das Wachs ist Wolfsblut gemischt«, sagt er mit Blick auf meine argwöhnische Mimik.

»Natürlich«, entgegne ich, denke jedoch: *Hokuspokus – ich hab's doch gleich gesagt.*

Victoria nickt eisern. »Es stimmt. Das Wachs muss mit Wolfsblut angereichert werden, genauso wie das Papier von Hand gebeizt werden muss.«

»Und der Stift muss durch die Hand einer toten Jungfrau gegangen sein«, ergänzt Mercy mit vor Ironie triefender Stimme.

Esra schüttelt den Kopf. »Ne, die Kugelschreiber sind Werbegeschenke eines Baumarkts, dessen Namen ich vergessen habe.«

Victoria schraubt den Deckel eines kleinen Glases auf. Ihre Miene ist hoch konzentriert, von der Haut ihrer Unterlippe ist bald nicht mehr viel übrig. »Meersalz«, flüstert sie wie zu sich selbst und streut mit den feinen weißen Körnern eine Spirale auf den Boden der Schale. Mit dem Ellbogen tippt sie den neben ihr sitzenden Elio an. »Streichhölzer.«

»Was?«, fragt Mercy. »Der Baumarkt hatte keine Feuerzeuge als Werbegeschenke?«

Victoria ignoriert ihn, doch Esra presst den Zeigefinger gegen die Lippen und macht »Pssst!«.

Ich drehe den Kopf leicht nach links und sehe Mercy an. Im Schneidersitz sitzt er auf dem Boden vor der Couch, hat sich die Kapuze seines Pullovers tief ins Gesicht gezogen und beäugt die Szene mit einer Mischung aus offenem Spott und … unterdrückter Furcht? Seine Nasenflügel beben, sein Kinn zittert minimal. Erst als Elio ihn ein weiteres Mal bittend angesehen hat, hat er zugestimmt und sich zu uns in den Kreis gesetzt. Doch als ich seinen ablehnenden Gesichtsausdruck sehe, frage ich mich, ob er sich vor dem Ritual ängstigt? Und wenn ja, warum? Meine anfängliche Neugier weicht immer mehr der Überzeugung, dass unsere lächerliche

Aktion höchstens einer Gruppe Teenager ähnelt, die als Mutprobe nachts auf dem Friedhof Gläserrücken spielen. Denn Esra irrt sich. Die Magie beschränkt sich sehr wohl auf unsere Träume und den Nexus, niemand an der ADA schwingt einen Zauberstab oder spricht Beschwörungen.

Mit dem entflammten Streichholz zündet Victoria die schwarzen Kerzen an, wieder entgegengesetzt dem Uhrzeigersinn. Aus einem weiteren Gläschen streut sie getrocknete Blütenblätter zu dem Salz in die Schale, dann starrt sie sekundenlang mit leerem Blick auf den Altar, auf die Kristalle, die Kerzen, die Schale mit Salz und Blüten.

Als sie lautstark ausatmet und Esra neben mir zusammenzuckt, kann ich ein Augenrollen nur schwer unterdrücken.

»Seid ihr bereit?«, fragt Victoria, doch ohne eine Antwort abzuwarten, verteilt sie an jeden von uns ein vergilbtes Papier und einen Kugelschreiber, auf dem *K-Rauta* steht. »Die Sigillenmagie funktioniert so, dass wir einen ausformulierten Wunsch auf ein abstraktes Symbol reduzieren. Das Papier mit dem Symbol wird dann zerstört und unser Bewusstsein muss den Wunsch vergessen, damit er in unser Unterbewusstsein gelangen und dort erfüllt werden kann.«

»Nichts für ungut«, sage ich. »Aber ihr glaubt doch nicht wirklich an diesen Hokuspokus?«

»Hokuspokus?« Esra klingt ähnlich beleidigt wie vorhin beim Ausritt, als ich ihren Vater als »Prediger« bezeichnet habe. »Es geht hier doch nicht um irgendeine Art der Hexerei, Nemesis. Es geht um die Kraft des Universums, um das Gesetz der Anziehung! Durch das Ritual manifestieren wir unsere tiefsten Sehnsüchte und lassen unser Unterbewusstsein für uns arbeiten.«

Im Augenwinkel bemerke ich, wie Mercy und Elio einen langen Blick wechseln. Elio sieht seinen Freund fast flehentlich an, und seine Lippen formen Worte, die ich nicht entziffern kann. Mercy scheint mit sich zu ringen, mit dem Teil, der *Humbug* rufen und aufstehen möchte, und mit dem, der in Versuchung gerät.

Die Erfüllung meiner bitterlichsten Bitte, wäre das kein Akt der Gnade?

»Schluss damit!« Unwirsch pustet sich Victoria Strähnen ihres braunen Haars aus dem Gesicht. »Du hast keine Wahl, Mercury. Ich habe diese Gruppe nicht aus Barmherzigkeit genau so zusammengestellt. Ihr alle seid hier, weil wir gemeinsam die perfekten – ich wiederhole: *perfekten* – Bedingungen stellen, damit die Magie des Universums wirken kann. Glaubt mir, ich habe Stapel an Literatur durchgearbeitet, um sagen zu können: Eine Gruppe wie uns gab es an der Akademie noch nie.«

Esra legt die Stirn in Falten. »Wie meinst du das?«

Victoria deutet auf sich. »Ich bin am 21. Juni geboren, dem Tag der Sommersonnenwende. Mercy am 21. Dezember, zur Wintersonnenwende.« Sie zeigt auf mich. »Nemesis in der Nacht vom 30. April auf den 1. Mai, also in der Walpurgisnacht. Und ihr Zwillinge … Vielleicht geht euch ja selbst ein Licht auf.«

»An Samhain«, ergänzt Elio. »Ich bin am 31. Oktober um 23:58 Uhr zur Welt gekommen, Esra vier Minuten später, am 1. November um 00:02 Uhr.«

»Moment.« Ich schüttele den Kopf und hebe eine Hand. »Woher kennst du all unsere Geburtsdaten?« Auch ich habe mich im Vorfeld des Studiums auf meine Kommilitonen vorbereitet, aber Victorias Präzision bereitet mir Sorgen, sodass Misstrauen in mir aufwallt.

»Mein Vater leitet den institutionellen Arm der ADA in Italien, es war kinderleicht, an eure Daten zu kommen«, antwortet sie, verdreht jedoch dabei die Augen, als wäre meine Frage reine Zeitverschwendung. Nacheinander sieht sie uns an. In ihren herbstlaubfarbenen Augen steht so viel Entschlossenheit, dass ich sicher bin, Victoria würde Gewalt anwenden, wenn einer von uns nicht kooperieren sollte.

»Das hier«, mit einer Bewegung ihrer Hände schließt sie alle Utensilien auf dem Tuch ein. »Das hier ist kein Blödsinn von *www.astro.com*. Wir lassen uns nicht mit dem bisschen Magie abspeisen, das die Akademie uns zur Verfügung stellt. Sorry, Mercy, kein direkter Angriff auf deine Tante, aber irgendwie schon.«

Niemand sagt ein weiteres Wort, nur die Klänge der meditativen Musik, das Knistern des Feuers und unsere pulsierenden Herzen sind zu hören. *Wie eine Gruppe Teenager,* rufe ich mir in Erinnerung.

»Nehmt euch einen Moment Zeit und denkt über euren größten Wunsch nach, dann schreibt ihn ausformuliert auf das Papier«, weist Victoria uns an.

Ich frage mich, ob sie notiert: *Nemesis aus dem Weg schaffen …*

Kein Wort werde ich aufschreiben. Selbst wenn ich an dieses Ritual glauben würde, selbst wenn Victoria recht behalten und uns diese haarsträubende Zeremonie der Erfüllung unserer tiefsten Sehnsüchte näher bringen sollte, wüsste ich nicht, was ich mir wünschen sollte. Mein dringlichstes Sehnen ist, den Tod meines Bruders zu rächen. Doch davon abgesehen … Zur Hölle, ich weiß es nicht. Vielleicht so etwas Weltverlorenes wie, dass meine Mutter mich ein einziges Mal nur als ihr Kind sieht? Oder – zwar eine Nummer kleiner, aber ebenso naiv –, dass ich sie stolz mache? Nein, bei mir scheint alle Hoffnung verloren, denn diese haben Neiro und Lucy mit sich ins Grab genommen.

Als ich den Kopf hebe, begegne ich vier Augenpaaren, die mich anstarren.

»Bist du endlich fertig?«, raunt Victoria, doch als ich stur den Kopf schüttle, stöhnt sie genervt. »So schwer kann das doch nicht sein, Nemesis, jedes Kind hat eine Antwort darauf, was es sich am meisten wünscht.«

»Gesundheit, erfolgreiches Studium, erfüllte Beziehungen«, will Esra mir auf die Sprünge helfen, doch Victoria unterbricht sie.

»Es ist doch offensichtlich«, sagt sie, und ihr Blick brennt sich so glühend in mich, als wollte sie mich damit brandmarken. »Nemesis wünscht sich nichts sehnlicher, als ihrem berühmten toten Bruder nachzueifern.«

Ich funkle sie bitter an. »Ach ja? Du scheinst ja genau zu wissen, was ich will.«

Victoria verschränkt die Arme vor der Brust. »Ist es nicht so?«

»Nein.«

»Dann«, sie löst weder ihre Arme noch ihre glutvollen Augen von mir, »willst du nach seinem erbärmlichen Drogentod eben den Ruf eurer Familie wiederherstellen.«

Wut rennt über mich hinweg, so rasend, dass ich sie kaum zurückhalten kann. Mein Puls feuert unkontrolliert in die Höhe, ich balle die Hände zu Fäusten, sodass das Papier darin zerknüllt. »Erbärmlicher Drogentod?«, bringe ich zwischen den Zähnen hervor, spüre, wie angespannt mein Kiefer ist.

Esra und Elio wechseln einen besorgten Blick, Mercy mustert mich wachsam, die gesamte Aufmerksamkeit des Raums liegt auf mir, während ich *so* kurz davor bin, die Nerven zu verlieren. *So verdammt kurz davor.*

»Das Drogenproblem deines Bruders war ein offenes Geheimnis«, entgegnet Victoria und wagt es, leichthin mit den Schultern zu zucken.

Ich beiße mir so stark auf die Zunge, dass ich Blut schmecke. In Zeitlupe öffne ich die Faust, lege das knittrige Papier und den Stift auf das dunkle Tuch und rutsche zurück. Ich konzentriere mich auf jede einzelne Handlung, um mich von meinem Zorn abzulenken.

»Wo willst du hin?«, empört sich Victoria, doch Esra sagt: »Gib ihr eine Minute.«

Doch ich brauche weder eine Minute noch eine Stunde, ich brauche Abstand. Abstand zu Victoria, die die Dreistigkeit besitzt zu glauben, irgendetwas über das Schicksal meines Bruders sagen zu können. Abstand zu Mercy, dessen Röntgenblick ich auf mir spüre, bis ich den Wohnbereich verlasse.

Zurück im Gästezimmer schließe ich die Tür hinter mir ab und lehne den Rücken gegen das harte Holz. Mein Herz schlägt immer noch so schnell, als würde ich seilspringen, ein eisiger Film überzieht meine Haut, und mir ist kotzübel. Flach presse ich die Hände auf den Bauch und atme gegen die Übelkeit an, versuche, mich auf die gegenüberliegenden Gardinen zu fokussieren, nicht auf die dunkle Verführung der Landschaft, die sich in den Fenstern zeigt, sondern auf den monotonen, bewegungslosen Stoff.

Erbärmlicher Drogentod.

Das Deckenlicht sticht zu hell in den Augen, also tapse ich im Dunkeln durch den Raum, die Arme von mir gestreckt und ins Leere fassend, bis ich den Schreibtisch erreiche und die Lampe einschalten kann. Im kleinen Kegel ihres orangefarbenen Lichts greife ich nach meinem Handy und setze mich mit angezogenen Knien aufs Bett. Ehe ich genauer darüber nachdenke, wähle ich die Nummer meiner Mutter, und das Dröhnen der leeren Leitung dringt an mein Ohr.

»Ich habe schon geschlafen«, murrt Mama in den Hörer. »Was ist?«

»Entschuldige die Störung«, erwidere ich, doch ich brauche dringend Rückendeckung. »Aber ich bin auf etwas Interessantes gestoßen.«

Sofort verändert sich der Ton meiner Mutter. »Auf was?«, fragt sie begierig und scheint mit einem Mal hellwach. »Was hast du herausgefunden, meine Kleine?«

Ich berichte ihr von dem Gewächshaus und wie nach Neiros

Tod immer noch skrupellos Schlafmohn angebaut wird, als wäre er verdammtes Gemüse und die ADA eine Selbstversorger-Community. Ich erzähle ihr von dem Studenten, der schläfrig und betäubt zu den Schlaflaboren geführt wurde, und von den markerschütternden Schreien. Mehrmals betone ich die horrende Menge, die angebaut wird, und erst als es zu spät ist, bemerke ich, wie ich meine Erzählung zugespitzt habe, wie ich das ein oder andere Detail erfunden habe, weil ich auf die Anerkennung meiner Mutter hoffe.

»Der Drogenkonsum der Studierenden wird von Jupiter Sterling aktiv forciert«, schlussfolgert Mama, auch wenn sie nicht so beeindruckt klingt wie erwartet. »Es ist eine nahtlose Fortführung der Rauschmittelpolitik ihrer Schwester Neptune. Die Träumenden werden von der Akademieleitung in die Sucht getrieben, das ist offensichtlich.«

»Und es kann … tödlich enden«, ergänze ich. »Wie bei Neiro.«

»Wie bei Neiro«, bestätigt sie, und der Name meines Bruders klingt aus ihrem Mund wie pure Wehklage.

»In seinen letzten Momenten …«

»Müssen wir jetzt darüber sprechen?«

Erbärmlicher Drogentod.

»Ja«, sage ich und nicke impulsiv. »In seinen letzten Minuten hat er seine Sicht mit dir geteilt, stimmt's? Du hast gesehen, was mit ihm passiert ist, auch wenn er in der Akademie war und du zu Hause in München.«

Mama stößt einen tiefen Seufzer aus, erwidert jedoch schließlich: »Ich habe gesehen, wie er an einer Liege festgeschnallt wurde, wie sich Jupiter Sterling über ihn gebeugt und ihm eine Spritze in die Vene gestoßen hat. Ich habe seine Panik gefühlt, seinen Schmerz und Überlebenskampf, all das, während er festgezurrt an die geflieste Decke eines Schlaflabors gestarrt hat. Ich habe …« Sie schluchzt. »Ich habe gespürt, wie er stirbt, Nemesis, und ich konnte nichts dagegen tun. Ich konnte ihm nicht helfen.«

Unzählige Male habe ich die Tränen meiner Mutter gesehen, und dennoch ist es jedes Mal so, als würde ich sie zum ersten Mal fühlen. Ich kann noch nicht einmal behaupten, dass mein Herz immer wieder bricht, es ist vielmehr so, als würde ihr Weinen mich nach und nach aushöhlen und leer zurücklassen.

»Sssch«, mache ich beruhigend, während Mama immer verzweifelter weint. »Ich werde sie dafür büßen lassen. Ich werde dafür sorgen, dass die gesamte Akademie erfährt, was sie getan hat.«

»Ja«, wimmert sie. »Das wirst du. Denn du bist mein Mädchen.«

Nach dem Telefonat sitze ich den Rest der Nacht mit angezogenen Beinen auf dem Bett, starre aus dem Fenster und harre der Dinge.

Meine Mutter erhofft sich im Laufe meines Studiums einschlägige Informationen, um Jupiter Sterling des Mordes an meinem Bruder zu überführen. Doch das, was ich vorhabe, ist so viel weitreichender als einfache Spionage.

Ich weiß, dass es aussichtslos ist, auf die Morgendämmerung zu warten, doch ich sitze still hier, bis ich kein Geräusch mehr in der Hütte wahrnehme, keine Stimmen, keine Schritte, nichts. Dann ziehe ich meine verschwitzte, aber immerhin wärmende Kleidung vom Vortag an, schleiche aus dem Haus und suche die Rentiere.

12

Mercy

Als wir am frühen Sonntagnachmittag die Akademie erreichen, fühle ich mich geradezu erlöst. Ich habe mich von Anfang an gefragt, weshalb Elio und Esra Victorias Einladung zur Hütte so übereilt angenommen haben, doch das sinnlose Sigillenritual hat meine Verwunderung beantwortet. Elio hat in meinen Augen gelesen, was ich von dem Scheiß halte, doch genauso habe ich in seinen gelesen, dass er es Esra zuliebe versuchen möchte. Und da ich den Barbosa-Zwillingen meinen Glauben an Freundschaft verdanke, habe ich mitgemacht. Bis Victoria Nemesis derart provoziert hat, dass sie das Ritual abgebrochen hat. Zu meiner Erleichterung. Zu Victorias tiefstem Missfallen.

»Glaubt Nemesis, man könne das Ritual so mir nichts, dir nichts wiederholen?«, beschwert sie sich, als wir die Motorschlitten in der Garage des Verwaltungsgebäudes abstellen. Hier befindet sich die Krankenstation, die Feuerwehr und sonstige Logistik der Akademie.

Esra rutscht vom Sitz und nimmt den Helm ihres Bruders ab. Nachdem sie heute Morgen mit Erkältungssymptomen aufgewacht ist, hat Elio darauf bestanden, dass er auf dem Rentier zurückreitet und seine Schwester mit uns zurückfährt.

Esra schüttelt ihr fliederfarbenes Haar aus. »Du hast sie verletzt.«

»Verletzt? Ich habe lediglich die Wahrheit gesagt.«

»Bei der Mondgöttin«, flucht Esra. »Ich kann Menschen, die Ehrlichkeit als Vorwand nehmen, um Arschlöcher zu sein, wirklich nicht leiden. Du kannst froh sein, wenn Nemesis ihren Ritt zurück unbeschadet überstanden hat.«

Ich bin sicher, dass Victorias Haar nicht nur wegen des Helms elektrisiert zu Berge steht, sondern auch wegen Esras deutlichen Worten. Die Feuerpause nutzend, nehme ich mein Gepäck vom Schlitten und frage Elios Schwester: »Kommst du klar?«

Sie braucht ein, zwei Sekunden, um sich aus dem Blickduell mit Victoria zu lösen, doch dann dreht sie sich zu mir um. »Natürlich. Ich werde gleich ein heißes Bad nehmen und früh schlafen gehen, dann sollte ich morgen wieder ganz die Alte sein.« Das Lächeln, das sie hinterherschiebt, straft sie Lügen. Es wirkt erschöpft und kraftlos, doch ich kenne Esra gut genug, um ihr keine ungefragten Ratschläge zu geben. Stattdessen nehme ich auch ihr Gepäck vom Schlitten und sage: »Ich bringe es dir später auf dein Zimmer.«

»Das ist nicht …«, setzt sie an, unterbricht sich jedoch selbst und belässt es bei einem schlichten »Danke«.

Ich sehe in ihre müden veilchenfarbigen Augen. »Dafür nicht.«

Als ich die Garage verlasse, höre ich Victoria fragen: »Geht da was zwischen dir und Sterling?«, doch Esras überraschtes Lachen ist so ansteckend, dass auch ich grinsen muss.

»Spinnst du?«, erwidert sie. »Das ist, als würdest du mich fragen, ob zwischen Elio und mir was geht.«

Der Rest ihrer Konversation geht im Knirschen des Schnees unter, als ich vom Verwaltungskomplex zu dem wenige Hundert Meter entfernten Gebäude gehe, in dem die Lehrenden und die Privaträume meiner Tante untergebracht sind. Als ich den Flur entlanggehe, frage ich mich zum wiederholten Mal, weshalb man an einem Ort, an dem die Leute hauptsächlich schmutztriefende Winterstiefel tragen, beigefarbenen Teppichboden verlegt hat, doch die Frage löst sich auf, sobald ich Jupiters Räumlichkeiten erreiche. Nachdem ich geklopft habe und hineingebeten werde, stelle ich mein Gepäck ab und ziehe die Jacke aus.

»Hallo, mein Liebling.« Meine Tante klappt ihre Lektüre zu, legt das Buch auf den Beistelltisch und schwingt ihre Beine von der karamellfarbenen Chaiselongue. In Strümpfen kommt sie auf mich zu, und als sie eine Umarmung andeutet, nehme ich ihren vertrauten Geruch wahr – klar wie Bergluft. »Wie war's in der Hütte?«

Ich werde ihr nichts von dem Sigillenritual erzählen. Denn obwohl Nemesis recht hat, es als Hokuspokus zu bezeichnen, möchte ich meine Tante nicht damit beunruhigen, dass eine Handvoll Erstsemester ihr Unterbewusstsein auf eigene Faust herausfordert. Stattdessen gehe ich tiefer in ihren Wohnraum und antworte ausweichend: »Die Sauna ist sehr … heiß.«

Im Kamin brennt ein Feuer, und eine dampfende Tasse steht neben dem Buch, das Jupiter abgelegt hat. Für ihre Verhältnisse ist es ziemlich aufgeräumt, der Schreibtisch quillt zwar über vor Dokumenten, aber bis auf eine dünne Decke ist die Chaiselongue textilfrei. Ich trete an den Servierwagen auf goldenen Rollen heran, öffne ihren teuersten Whisky und schenke die bernsteinfarbene Flüssigkeit in ein Kristallglas.

»Mercy«, sagt sie warnend, als ich das Glas an die Lippen führe und einen Schluck trinke.

Sie sieht es nicht gern, wenn ich Alkohol konsumiere, und vielleicht möchte ich sie etwas aus der Reserve locken. Während ich das Glas schwenke, blicke ich auf die strudelnde Flüssigkeit hinab. »Wie ist Nemesis von Winthers Bruder gestorben?«

Letzte Nacht habe ich sie genau beobachtet. Seit dem Tod meiner Mütter sind mir Trauer und Verlust so ins Herz gewachsen, dass ich eine Gleichgesinnte erkenne, wenn ich sie sehe. Aber Nemesis'

Wut ist bemerkenswert. Meine Mütter bei einem Autounfall zu verlieren, hat auch mich in die Arme des Zorns getrieben, doch das war nur die vordergründige Emotion. Dahinter lag rohe Verzweiflung über ein tragisches Unglück, was meine Wut auf eine Art entleert hat. Doch ihre Wut ist nicht leer, sie quillt über. Sie treibt sie an, treibt sie vor sich her, hält sie geradezu am Leben. So sehr, dass mich die bisherige Erzählung vom Drogentod ihres Bruders stutzig macht.

Das Knacken der Holzscheite, die züngelnden Flammen, meine schweigende Tante, die nach wenigen Sekunden tief seufzt. Sie tritt neben mich, greift nach dem Whisky und schenkt sich so viel ein, dass das Glas zu drei Vierteln gefüllt ist. Nachdem sie einen kräftigen Schluck genommen hat, sagt sie: »Ich war nicht auf dieses Gespräch vorbereitet, im Gegenteil, in meinem Liebesroman brach gerade ein unerwartetes Gewitter aus, und die beiden Protagonisten mussten sich in eine verlassene Hütte retten.« Sie greift nach meinem Pulloverärmel und zieht mich in Richtung der Sitzgelegenheiten vor dem Kamin.

Ich lasse mich in einem Sessel gegenüber der Chaiselongue nieder und beobachte, wie meine Tante die Beine auf die Liegefläche hebt und die Füße unter die Baumwolldecke schiebt. Wie einen wärmenden Tee hält sie das Whiskyglas in beiden Händen, als sie mich ansieht und fragt: »Was genau möchtest du wissen?«

»Ich weiß nicht viel über die von Winthers, lediglich, dass Nemesis' Bruder ein Schlafwandler war, während sie selbst diese Fähigkeit nicht besitzt.«

Jupiter nickt. »Du hast recht. Oneiros von Winther war ein Schlafwandler, ein überaus begabter sogar. Ich hatte gerade meine Habilitation begonnen, als er mit dem Studium an der ADA anfing. Schnell war klar, dass sein eiserner Ehrgeiz, kombiniert mit seinem brillanten Kopf und seiner schlafwandlerischen Gabe zu außerordentlichem Erfolg führen wird. Er war Jahrgangsbester, dann traf ich ihn im Doktorandenkolloquium, obwohl er erst im vierten Bachelorsemester war, und als die stellvertretende Direktion neu besetzt wurde, war er einer der Favoriten für die Stelle.«

»So … wie du.«

Sie nippt an ihrem Getränk. »Ja, wir standen in gesunder Konkurrenz zueinander.«

»Gesund? Wie in *freundschaftlich gesund*?«

»O nein«, Jupiter schüttelt den Kopf, doch ihr Dutt ist so stramm und makellos, dass sich keine Haarsträhne löst. »Neiro und ich … wir waren keine Freunde. Er war in meinen Augen kein besonders guter Mensch. Ein Traumgeborener von einmaligem Talent? Sicherlich. Aber ein bescheidener Mann, der sein eigenes Ego zum Wohl aller zurückstellen konnte? Mitnichten.«

»Am Ende hast du dich durchgesetzt und wurdest stellvertretende Direktorin.« Unter meiner Mutter Neptune, die die *Academy of Dream Analysis* leitete, bis … Ich atme scharf ein und trinke den Whisky aus.

Jupiter nickt schwerfällig und sieht in die glänzende Flüssigkeit hinab, als würde sich darin ihre Vergangenheit spiegeln. »So war es.«

»Weil«, ich räuspere mich, »Neiro freiwillig von der Stellvertretung zurückgetreten ist?«

Sie ruckt den Kopf in meine Richtung, und ihr Blick ist messerscharf. »Ich dachte, ich hätte dir beigebracht, keine Fragen zu stellen, die den Eindruck erwecken, dass du minderbemittelt bist. Natürlich ist er *nicht* zurückgetreten.«

»Sondern?«

Sie setzt sich auf, nimmt die Beine von der Chaiselongue und stellt sie hüftbreit auf den Boden. »Er ist in der Nacht vor der Wahl zur Stellvertretung gestorben.«

»Unmittelbar in der Nacht zuvor?«

Jupiters waldgrüne Augen werden schmal und ihre Nasenflügel zucken. Wäre ich nicht ich, würde ich spätestens jetzt Angst bekommen. Meine Tante besitzt die zweifelhafte Gabe, ihr Gegenüber mit Worten derart zu demütigen, dass man am Ende auf Knien um den eigenen Selbstwert fleht.

Doch schließlich nickt sie. »Am Morgen wurde mir gesagt, dass es keine Wahl geben und ich die Stelle bekommen würde, weil Oneiros von Winther an einer Überdosis gestorben sei.« Die Ironie in ihrem Bedauern ist nicht zu überhören.

Mein Finger umkreist den Rand des Glases. »Und für diese Überdosis war er selbst verantwortlich?«

Jupiter schnalzt mit der Zunge. »Natürlich war er das. Als ich ihn in dieser Nacht zum Schlaflabor begleitet habe, war außer uns niemand anwesend, der ihm hätte zu viel Schlafmohn verabreichen können.« Sie legt den Kopf in den Nacken und stürzt den Alkohol hinunter, dann stellt sie das Glas auf dem Liebesroman ab.

Ich weiß, dass ich ihre Grenze austeste und mir das nur erlauben kann, weil ich ihr Neffe bin. Aber Nemesis' Verhalten ist mir so rätselhaft, dass ich weiterfragen muss. »Warum hast du ihn begleitet, wenn du ihn nicht leiden konntest?«

»Ich habe gesagt, dass ich ihn menschlich unerträglich fand, aber rein fachlich … Fachlich habe ich mit niemandem so reibungslos zusammengearbeitet wie mit Neiro. Wir waren wie ein perfekt aufeinander abgestimmtes Uhrwerk und haben uns diesbezüglich vertraut.«

Ihr harter Ton lädt nicht zu weiteren Fragen ein, doch ich lasse mich davon nicht einschüchtern. Stattdessen blicke ich ihr geradewegs ins Gesicht, als ich nachbohre: »Warum wird immer noch Schlafmohn angebaut, wenn es Leben kosten kann?«

Meine Tante steht auf und sieht auf mich herab. »Es hilft beim

Schlafen. Muss ich dich daran erinnern, dass auch du es im Rahmen deiner … Therapie bekommen hast?«

»Merkwürdig, dass es bis zu Neiro von Winthers Tod kommen konnte, wenn er als Schlafwandler doch so einmalig und unentbehrlich für die ADA war«, übergehe ich ihre Frage und erhebe mich ebenfalls, sodass wir uns gegenüberstehen. Sie hat dieselben Augen wie meine Mutter Neptune, ein sattes, durchdringendes Grün, während ich meine Augen- und Haarfarbe von meiner Mutter Alba habe.

»Merkwürdig finde ich es nicht, wenn man bedenkt, dass viele Traumgeborene immer noch gegen die Existenz von Schlafwandelnden sind. Nach ihrer beinahe vollständigen Auslöschung in den 1950er- und 60er-Jahren war es deine Mutter Neptune, die diese menschenverachtende Politik Mitte der 90er-Jahre änderte und es Schlafwandelnden wie Neiro ermöglichte, nicht nur zu überleben, sondern wieder Teil der Traumgeborenen zu werden. Für diese Entscheidung wurde Neptune so stark kritisiert, dass sie kurzzeitig sogar Gefahr lief, die Leitung zu verlieren. Schlafwandeln ist eine unkontrollierbare Macht, die ein hohes Risiko birgt. Luzide Träumende können die Realität beeinflussen, allein das ist in den falschen Händen absolut verheerend, doch Schlafwandelnde können noch mehr. Sie kontrollieren nicht nur ihre eigenen Träume, sondern dringen in fremde ein und können weitere Teile des Innenlebens einer anderen Person unterwandern. Ein Schlafwandler, der in deine Träume gelangt und diese unterwirft, kann dich dort sogar töten, ohne dass man es ihm in der ›Realität‹ nachweisen kann.« Das Wort *Realität* setzt sie in Anführungszeichen, da für uns Träume selbstverständlich zur Wirklichkeit gehören und wir das Träumen mit dem wachen Zustand gleichstellen. »Deswegen«, fährt sie fort, »gibt es immer noch zahlreiche einflussreiche Stimmen in unserer Gemeinschaft, die schlafwandlerische

Fähigkeiten äußerst kritisch sehen und Neiros Tod nicht sonderlich beklagt haben. Vor allem wenn man berücksichtigt, dass gerade die Familie von Augusta von Winther ihre schlafwandlerischen Fähigkeiten in den Dienst von Nazideutschland gestellt haben soll, wird deutlich, weshalb Neiro einerseits als letzter Schlafwandler verehrt, andererseits aber mit äußerster Vorsicht beobachtet wurde.«

»Aber Nemesis ist keine Schlafwandlerin.«

»Richtig. Das muss für ihre Mutter die reinste Qual sein, eine Lebensblamage.«

Meine Tante tritt nah an mich heran und zupft mir ein Staubkorn vom Pullover. »Nemesis ist schwach, Mercy.« Ihre Stimme ist in ihrer Sanftheit völlig erbarmungslos. »Ihre unterdrückten Gefühle quellen ihr aus jeder Pore, all der Schmerz, die Bitterkeit und Trauer. Mich erfüllt Fremdscham, wenn ich sie auch nur ansehe.« Sie tätschelt mir die Schulter, kehrt in ihren beigefarbenen Strümpfen zurück zur Chaiselongue und nimmt das Glas von ihrer Lektüre.

»War's das?« Sie öffnet das Buch.

»Natürlich.« An der Tür schultere ich Esras und mein Gepäck. »Danke für deine Zeit.«

»Schlaf schön«, sagt sie, doch sie sieht nicht zu mir auf.

Als ich das Gebäude der Lehrkräfte hinter mir lasse und auf die studentischen Unterkünfte zusteuere, bestimmt eine Frage mein Denken: Empfindet Jupiter auch bei meinem Anblick Fremdscham? Ist es das, was nach meiner Gräueltat übrig geblieben ist? Hat meine Tante das Blut, das ich vergossen habe, nur von den Marmorwänden der Akademie geschrubbt, um sich heute für mich zu schämen, weil auch mir mein Schmerz immer noch aus jeder Pore quillt?

Das darf nicht sein. Nach allem, was Jupiter für mich getan hat, ist es das Mindeste, dass ich funktioniere und keine weiteren Probleme mache.

In der taubenblauen Dämmerung sehe ich, wie die Eichentür zum Studierendenhaus aufgezogen wird und Nemesis in den Abend tritt. Sie trägt Sportkleidung und ein Seil in ihrer rechten Hand, steuert zielgenau das Hauptgebäude der Akademie an.

Nach dem Ritual ist sie offenbar so rasend gewesen, dass sie in den Morgenstunden allein zurück zur ADA geritten ist. Und auch jetzt wirken ihre Schritte bebend.

Warum ist sie so wütend? So unsagbar wütend … Und warum hasst sie mich so?

Sie will in den Kartografiesitzungen so wenig Zeit wie möglich mit mir verbringen. Sie sieht mich vor den Schlaflaboren so vorwurfsvoll an, als wäre ich für die Schreie verantwortlich. Sie blickt mich an, als würde *ich* ihr wehtun. Und als ich sie nach der Sauna mit alldem konfrontiert habe, als ich sie gefragt habe, warum sie mich hasst, schien es einen Augenblick lang so, als würde sie tatsächlich etwas erwidern, was bedeutet, dass es eine Antwort auf meine Frage gibt.

Meine Gedanken fangen Feuer, sprühen wie Funken durcheinander. Ihr Bruder ist in der Nacht vor der Wahl der stellvertretenden Akademieleitung gestorben. Ausgerechnet in dieser Nacht und ausgerechnet … *Als ich ihn in dieser Nacht zum Schlaflabor begleitet habe, war außer uns niemand anwesend, der ihm hätte zu viel Schlafmohn verabreichen können*, wiederhole ich Jupiters Worte in meinen Gedanken. *Außer uns niemand anwesend, außer uns niemand anwesend, außer uns …*

Die Erkenntnis ergießt sich wie zähflüssiges Pech über mich. Abrupt halte ich inne.

Tu das nicht, Nemesis. Bring nicht meine Tante mit dem Tod deines Bruders in Verbindung.

13

Nemesis

Das Seil fliegt über meinen Kopf hinweg, ich höre das Peitschen dicht an den Ohren, während sich meine durchnässten Hände an die Plastikgriffe klammern, als wären es Rettungsringe.

Schneller.

Ich wechsle von einem einfachen Sprung in einen doppelten, springe höher, schwinge das Seil doppelt so schnell. Hektisch verlangt meine Lunge nach Luft, ich atme nur noch durch den Mund ein, Schweiß läuft meine Schläfen und den Rücken hinab, ich spüre Rinnsale zwischen meinen Brüsten.

Schneller.

Das Blut pocht in meinem Kopf, ich nehme die Übersäuerung meiner Beinmuskulatur wahr, diesen schwer-müden Zustand, auf den ich keine Rücksicht nehmen kann.

Schneller.

Den anaeroben Bereich erreiche ich erst bei achtzig bis neunzig Prozent der maximalen Herzfrequenz, also treibe ich mich weiter an und wechsle in den Criss Cross Legs, überkreuze die Beine und löse die Verschränkung bei jedem Sprung, dann reiße ich die Knie so hoch ich kann.

Erbärmlicher Drogentod.

Erbärmlich. Ich bin flammende Lunge und hechelnder Atem, bin zu viel Lactat und körperlicher Schmerz. Und gleichzeitig die bestmögliche körperliche Voraussetzung für meine Rache.

Zehn weitere Sprünge. Noch zehn, neun, acht, dann habe ich den anaeroben Zustand lang genug gehalten. Sieben, sechs: Schwindel erfasst mich, mein Kreislauf bricht zusammen. Doch fünf, vier, drei: Mein Sichtfeld löst sich an den Rändern auf. Zwei, die Beine wollen zusammenklappen, eins: Ich lasse das Seil fallen und sinke daneben auf den Mattenboden.

Es ist eine fahrlässige Idee, dass Liegen jetzt gut für mich wäre, doch ich kann mich nicht mehr aufrecht halten. Die Hände auf den Bauch gepresst, versuche ich, gegen den Schwindel anzuatmen, tief durch die Nase ein und durch den Mund aus. Mein Herz prallt gegen den Brustkorb, doch ich weiß, dass es nur die Generalprobe für die weitaus gefährlichere Premiere ist.

Ich muss mich kontrollieren. Es kann – *es darf* – nicht sein, dass wenige Sätze aus Victorias Mund mich derart aus der Fassung bringen, denn so viel unkontrolliertes Gefühl bietet die reinste Angriffsfläche. Mit zusammengebissenen Zähnen hieve ich mich aus der liegenden Position und greife nach dem Seil, dann komme ich auf meine pulsierenden Beine. Mit nur einer Hand ziehe ich meinen Zopf fest und wische mir mit dem Handrücken über die Stirn. Ich schmecke den salzigen Schweiß auf meinen Lippen, als ich mich für eine vierte Runde bereit mache, mich hüftbreit hinstelle und das Seil fest in die Hände nehme.

Ich springe mich locker ein, nach links und rechts, überkreuze die Arme, setze zum doppelten Sprung an, als ich höre, wie am Ende des Trainingsraums die schwere Metalltür ins Schloss fällt.

Ich halte inne. Bisher habe ich das leere Sportzentrum an einem Sonntagabend sehr genossen, doch jetzt trete ich einen großen Schritt nach vorn, blicke zwischen den Geräten und Laufbändern hindurch und sehe Victoria, dicht gefolgt von Elio.

In einem ersten Impuls möchte ich mich verstecken. Meine emotionale Verfassung ist zu instabil, als dass ich mich mit Victoria auseinandersetzen möchte. Doch ehe ich den Versuch starten kann, mich hinter einem großen Gymnastikball zusammenzukrümmen, hat sie mich entdeckt.

»Da hat Mercy uns doch den entscheidenden Tipp gegeben«, ruft sie, während sie mit schnellen Schritten auf mich zukommt. »Auch wenn ich bisher angenommen habe, dass Seilspringen auf den Hof einer Grundschule gehört.« Sie bleibt vor der Gummimatte stehen, Elio schräg hinter ihr.

»Boxerinnen springen auch viel seil«, sagt er, hebt zur Begrüßung die Hand, und ich erwidere automatisch seine Geste.

Victoria rümpft die Nase. »Ich bin nicht gekommen, um über Nemesis' Ambitionen zu diskutieren, sondern um meine eigenen zu sichern, die du«, sie sieht mich nachdrücklich an, »gefährdet hast, indem du das Sigillenritual abgebrochen hast. Hoffentlich muss ich dir kein zweites Mal sagen, dass wir die Zeremonie beim nächsten Vollmond wiederholen.« Ihre apricotfarbenen Lippen formen ein verkniffenes Lächeln.

Ich nehme das Seil in die rechte Hand, um mir mit der linken den Schweiß von der Stirn zu wischen. »Ich scheiß auf dein Ritual, Victoria.«

»Wie bitte?« Als würde sie wirklich Wert auf Elios Reaktion legen, dreht sie sich halb zu ihm um, doch in der nächsten Sekunde liegt ihr Blick wieder auf mir. Eine tiefe Zornesfalte treibt sich in ihre Stirn. »Du ›scheißt‹ auf mein Ritual? So einfach machst du es dir?«

Einfach. Mein Schnauben klingt wie eine Mischung aus Verbitterung und Hohn. »Nenn mir einen Grund, *einen* vernünftigen Grund, weshalb ich mitmachen sollte.«

Es ist das erste Mal, dass ich sie sprachlos erlebe. Sie öffnet den

Mund zur Erwiderung, schließt ihn jedoch wieder, nicht ohne die Stirnfalte zu vertiefen. »Deinen sehnlichsten Wunsch …«

»Fang gar nicht erst so an.« In die Ecke der Matte tretend, greife ich nach meiner Wasserflasche und drehe den Verschluss auf. »Ich brauche dein albernes Hokuspokus-Ritual nicht, um meine Ziele zu erreichen.« Ich trinke einen Schluck, lasse das Wasser langsam meine trockene Kehle hinunterfließen. »Keine schwarzen Kerzen, keine Kristalle oder Salze, keine handgeschriebenen Wünsche, ich brauche nichts davon. Und euch brauche ich auch nicht …« Mein Blick geht zu Elio. In schwarzer Stoffhose, gebügeltem Hemd und karierter Weste steht er hinter Victoria und verströmt ähnlich seiner Schwester diese warme Aura. Doch ich misstraue ihrem Netz aus Herzlichkeit und Sympathie, zumal ich sicher weiß, dass sie eng mit Mercy befreundet sind und offensichtlich auch eine wie auch immer geartete Beziehung zu Victoria haben.

Elio scheint mein Unbehagen zu spüren, denn er tritt aus Victorias Windschatten hervor und erhebt seine einfühlsame Stimme. »Es tut Victoria und mir wirklich leid, dass wir euch in der Hütte mit dem Ritual so überrumpelt haben.«

Victorias Augenbrauen springen Richtung Haaransatz. »Es tut uns leid?«

»Ja«, beharrt Elio mit genervtem Seitenblick auf sie. »Es tut uns leid. Sehr leid.«

»Wahnsinnig leid«, bekräftigt Victoria in ironisch jammerndem Ton.

Elio seufzt. »Jedenfalls können wir verstehen, dass der Abend in der Hütte alles andere als … ähm … glücklich verlaufen ist. Aber Fakt ist: Wir brauchen dich, Nemesis. Also bitte, bitte hilf uns.«

Ich sehe von ihm zu Victoria, die erneut ihre Unterlippe zerbeißt. Sie kann meinen Blick nicht erwidern, weil sie nie zugeben würde, mich für irgendetwas zu brauchen. Sie würde lieber mit ihrem sturen Stolz untergehen, als eine helfende Hand zu ergreifen. Und vielleicht kann ich diese Eigenschaft sogar nachvollziehen.

Unter meinem schweren Pferdeschwanz beginnt mein Nacken zu jucken, weil der Schweiß langsam trocknet. »Ich werde darüber nachdenken«, sage ich zögerlich und betont, »wenn ich verstehe, warum ihr so bitterlich hinter dem Sigillenritual her seid. Was erhofft ihr euch davon?«

Victoria wirft die Arme in die Luft. »Wirst du jetzt größenwahnsinnig? Als ob ich dir von meinem größten Wunsch erzählen würde! Da könnte ich dir genauso gut eine geladene Waffe in die Hand drücken und darauf hoffen, dass du nicht abdrückst. Ich bin doch nicht lebensmüde.«

Ich hebe abwartend die Brauen und sehe zu Elio. Wir alle wissen, dass es ein ungleicher Handel ist, wenn ich so etwas Intimes über sie erfahre und sie sich somit in die Arena der Verletzlichkeit begeben, während ich hinter dem Schutzgitter bleibe.

»Eine geladene Waffe?«, fragt Elio Victoria. »Bist du jetzt nicht … überdramatisch?«

»Ich?« Mit beiden Händen deutet sie auf sich selbst. »Niemals.« Doch ihr Ton klingt selbstironisch.

Elio fährt sich über seine tiefschwarzen Locs. »Nun gut«, ruckartig entweicht ihm Luft. »Ich möchte das Ritual durchführen, um Esra zu retten. Auch wenn ich wenig Hoffnung habe, möchte ich es nicht unversucht lassen.«

Um Esra zu *retten*?

Mein Gesichtsausdruck muss meine Überraschung spiegeln, denn Elio nickt nur. »Wovor?«, frage ich schließlich. »Wovor möchtest du deine Schwester retten?«

»Ist deine Frage nach meinem sehnlichsten Wunsch damit nicht beantwortet?«, entgegnet er sanft, aber bestimmt.

Ich weiß, dass ich für weitere Informationen auch etwas von

mir preisgeben muss, doch dazu bin ich unter keinen Umständen bereit.

Ich zucke die Schultern, nehme das Seil wieder in beide Hände und lasse es einmal über meinen Kopf hinwegschnellen. »Ich überlege es mir, aber zusagen, dass ich beim nächsten Vollmond dabei bin, kann ich nicht.«

Wenn ich meinen Plan so verfolge, wie ich es vorhabe, kann ich in einem Monat sonst wo sein – körperlich wie psychisch. Ich kann Jupiter Sterling des Mordes überführt haben oder von der Akademie geflogen sein.

»Siehst du«, faucht Victoria. »Es bringt überhaupt nichts, mit ihr zu reden, denn sie ›überlegt es sich‹. Während wir auf sie angewiesen sind, blickt sie überheblich auf uns herab und ›überlegt es sich‹.«

Elio umfasst zwar ihr Handgelenk und fordert sie zum Gehen auf, doch dabei sieht er mich auf eine verheerende Weise an. Verheerend, weil seine blaugrünen Augen hinter meine Worte, meine Mimik, selbst hinter meine Taten zu blicken scheinen. Während Victoria sich bereits umdreht, formen seine Lippen lautlos den Namen seiner Schwester.

***

Alles, was über die Kontrolle der eigenen Träume hinausgeht, habe ich mir selbst beigebracht. Meinen Eltern habe ich mich nicht anvertrauen dürfen, und die einzige Person, die mich hätte unterrichten können, ist wenige Monate vor meinem zehnten Geburtstag gestorben. Mama hat mich in das Zimmer im Keller geschickt, um mein luzides Träumen zu perfektionieren, doch da ich nicht wie Neiro war, habe ich keine weitere Förderung erhalten. Die wenigen Bücher, die mein Bruder hinterlassen hat, habe ich akribisch studiert, denn mir war stets bewusst, dass mein Leben davon abhängt.

Doch ich habe noch heute das Gefühl, auf einem völlig unzureichenden Wissensstand zu sein, weshalb die Aufregung meinen gesamten Körper kribbeln lässt, als ich nach der Dusche mein Zimmer betrete und auf das Himmelbett zugehe.

Ich habe meiner Mutter versprochen, dass ich Jupiter Sterling büßen lassen und dafür sorgen werde, dass die gesamte Akademie von ihrer Tat erfährt. Doch zuerst muss ich mit eigenen Augen sehen, was sie Neiro angetan hat. Die Schilderungen meiner Mutter begleiten mich seit fast zehn Jahren, ich kenne sie in- und auswendig, kann die letzten Minuten meines Bruders wiedergeben, als hätte er seine Sicht nicht mit Mama, sondern mit mir geteilt, und dennoch muss ich es mit eigenen Augen sehen. Das schulde ich mir, aber vor allem Lucy. Denn ich kann nicht absehen, was mit mir geschieht, wenn ich Jupiter Sterling öffentlich des Mordes bezichtige, weshalb es das Mindeste ist, dass ich mir selbst den ultimativen Beweis liefere.

Die Nachbarskinder in München waren meine ersten Testpersonen. Mit vierzehn habe ich eine Zeit lang auf sie aufgepasst, vor allem samstagabends, und mich in ihre Erinnerungen geschlichen. Es stimmt, was Neiros Aufzeichnungen sagen: Kinder sind leichte Opfer, sie werden so stark von ihren Emotionen bestimmt, dass ihr Innenleben völlig schutzlos ist.

Die Direktorin der ADA ist aber keine Vierjährige. Und allein die Vorstellung, in Jupiter Sterlings Erinnerungen einzudringen, womöglich von ihr entdeckt zu werden, schnürt mir die Kehle zu. Doch mir bleibt nichts anderes übrig, wenn Neiro Gerechtigkeit widerfahren soll.

Als ich mich ins Bett lege, suche ich eine möglichst bequeme Position und schließe die Augen. Mein Herz hämmert vor Nervosität, meine Kehle wird mit jedem Schlucken trockener, mein Kopf ist laut und überfüllt:

Bist du dir sicher? Nein.

Wirst du es trotzdem versuchen? Ja.

Was passiert, wenn es schiefgeht und du im lethischen Wasser landest? Keine Ahnung.

Bisher habe ich über die Gefahr von lethischem Wasser nur in Neiros Büchern gelesen, und die Aussagen waren alle recht vage. Bei meinem Eindringen in die Erinnerungen der Nachbarskinder ist mir nichts passiert, ich habe ihr Innenleben betreten, als hätten sie mir die Tür aufgehalten. Das lag zum einen sicherlich an ihrem jungen Alter, zum anderen jedoch daran, dass sie keine Traumgeborenen sind. Denn der Fluss des Vergessens soll nur die Erinnerungen Traumgeborener umfließen. Wenn ich aber in ebendiesem lethischen Wasser lande, habe ich ein gewaltiges Problem. Ein Schluck davon und ich könnte meine komplette Identität vergessen – mein Körper lebte zwar weiter, aber meine Existenz wäre ausgelöscht. Alles weg. Jede Erinnerung, jedes Gefühl, jede Sehnsucht und jeder Schmerz.

Das Herz schlägt mir bis zum vertrockneten Hals. Wenn ich mich weiter hineinsteigere, wird meine Aufregung mein Verderben sein. Ich muss mich beruhigen, *muss* bedacht und konzentriert vorgehen, weshalb ich mich dazu zwinge, mir vorzustellen, auf einer Wiese zu liegen und in den Himmel zu schauen. Die Frühlingssonne küsst meine Haut, Blumen wiegen in der süßlichen Brise, das Summen von Insekten dringt an mein Ohr. Der Himmel ist pastellblau, das Gras sattgrün, mein Kleid aus beigefarbenen Leinen, die angenehm auf meiner Haut liegen. Ich bin ruhig, geradezu friedlich, meine Atmung geht langsam, meine Lider öffnen sich schwer, und ich blinzele in den Himmel, lasse die Wolken träge über mich hinwegziehen. Wolken, in die ich all meine überspringenden Gedanken lege und sie von mir schiebe, sie auslagere, ihnen zugucken kann, ohne von ihnen bestimmt zu werden.

Bist du dir sicher? Ja.

Sobald sich Atmung, Herzfrequenz und Gedankenspiralen beruhigt haben, konzentriere ich mich auf den Vier-sieben-acht-Rhythmus und gelange in einen hypnagogen Zustand. Möchte man in die Träume einer anderen Person gelangen, muss man einschlafen, doch zum Eindringen in Erinnerungen muss man einen hypnagogen Bewusstseinszustand herstellen. Davon haben nicht nur die unbefriedigenden Quellen in Neiros Büchern gesprochen, meine eigene Praktik mit den Nachbarskindern hat diese Theorie bewiesen. Gleiches gilt für den Bezug zu der Person, in deren Erinnerungen man gelangen möchte. Ohne persönlichen Kontakt ist es unmöglich, sich dem Verborgenen in einem anderen Menschen zu nähern. Je vertrauter die Beziehung oder je kürzer die körperliche Distanz, desto leichter gelingt das Eindringen. Doch ich kann mich schlecht in Jupiter Sterlings Bett legen, um ihr körperlich nah zu sein, weshalb ich mich präzise auf eine Erinnerung mit ihr konzentriere. Vor meinem inneren Auge spiele ich wieder und wieder das Gespräch in ihrem Büro durch, wie überzeugend sie ihr Mitleid geheuchelt hat, wie ihre falsche Anteilnahme ihre Mimik gefärbt hat, wie ernüchternd wertlos ich mich gefühlt habe, als sie sich vergewissert hat, dass ich keine Schlafwandlerin bin. Ich denke an Details, an die Badeente auf ihrem Schreibtisch, ihre roséfarben lackierten Nägel, die einzige Knitterfalte in ihrem sonst makellosen Hosenanzug. Ich beschwöre die Erinnerung so lebhaft wie möglich herauf und kralle mich an ihr fest, wie ein Bullterrier beiße ich zu und lasse nicht mehr los. *Lasse nicht los. Lasse. Nicht. Los.*

Vergebens. Anstatt mich mit erhöhter Herzfrequenz einer Abstraktion von Jupiter Sterlings Gedächtnis zu nähern, falle ich. Doch der schockierte Schrei geht Millisekunden später unter, als ich auf eine harte Oberfläche aufschlage und literweise Wasser über mir zusammenbricht.

Fuck.

Sofort strample ich mit Armen und Beinen, um nach oben zu gelangen. Die Lippen hart aufeinandergepresst, bricht mein Kopf durch die Oberfläche, doch die Wellen sind so hoch, dass ich nichts als schwarzblaues Wasser sehe, nichts als den kreischenden Wind höre, nichts als das Unglück spüre, das sich mir schmeichelnd vorstellt.

Ich befinde mich im Fluss des Vergessens. Jetzt muss ich für meine naive Selbstüberschätzung bezahlen.

Die Wellen brechen über mir zusammen und begraben mich unter sich, ich kann kaum genug Luft holen, da werde ich bereits in die Tiefe gerissen. Irgendwann und irgendwie gelange ich an die Oberfläche und ringe hektisch nach Atem, bevor ich die Lippen eisern zusammenpresse und wieder unter Wasser gestoßen werde. Meine Lunge brüllt, meine Glieder sind erschöpft, die Kälte des Flusses frisst sich erbarmungslos in mich.

Ich *muss* aufwachen. Ich muss hier raus. Ich bin stärker, stärker, stärker.

Wofür das alles, Nemesis? Für Neiro. Nein, für mich. *Für mich.*

Als ich die Augen aufschlage, japse ich nach Luft, als würde ich nicht in dem Himmelbett liegen, sondern tatsächlich in eisigem Wasser ertrinken. Doch das haben andere Bewusstseinszustände so an sich, für meinen Körper und Kopf sind die Ereignisse real, und meine Reaktion darauf ist echt. Ich strample die Decke beiseite, setze mich auf und lege die Hand auf meinen Brustkorb. Tief ein- und ausatmen.

Alles ist gut. Ich bin in Sicherheit. Ich habe nichts von dem lethischen Wasser zu mir genommen, ich weiß genau, wer und wo ich bin.

Im schwachen Schein der Nachttischlampe blicke ich zwischen den Stäben des Himmelbetts zur stuckverzierten Decke, zähle die

Ornamente, es sind vierundzwanzig, zähle sie erneut, es sind immer noch vierundzwanzig.

Als ich sicher bin, mich beruhigt zu haben, rutsche ich wieder zurück in die Kissen und ziehe die Decke bis zu den Schultern hoch.

Und dann versuche ich es erneut. Einbruch in die Erinnerungen der Akademiedirektorin. Empfang im Fluss des Vergessens. Ich ertrinke. Wieder und wieder und wieder.

14

Nemesis

»Prägen Sie sich Ihre Finger gut ein«, weist uns am Montag Professorin Achebe an. »Betrachten Sie die einzelnen Glieder, die Falten um die Fingerknöchel, Ihre Nägel. Zählen Sie Ihre Finger, ja, zählen Sie sie.«

Letzte Woche fand um diese Zeit die Willkommensveranstaltung im *Sigismund Schlomo Theatre* statt, weshalb das die erste Stunde *Grundlagen des luziden Träumens* ist. Mit unseren Stühlen bilden wir einen Halbkreis um die Dozentin mit den granatapfelroten Locken.

»Die meisten von Ihnen werden fünf Finger pro Hand zählen«, fährt sie fort, streckt jedoch ihre eigene Hand ohne kleinen Finger aus. »Ausschlaggebend ist, dass Sie Ihre Finger präzise sehen, dass nichts verschwimmt oder Sie plötzlich drei statt fünf zählen. Das ist eine bewährte Methode, um zu überprüfen, ob Sie träumen oder nicht.«

Angesichts meiner letzten Nacht bin ich froh über das Niveau des Kurses. Ich habe kaum geschlafen, sondern mich wieder und wieder durch lethisches Wasser gekämpft, sodass ich nicht weiß, wie ich heute noch *Psychoanalyse* und *Schwarze Romantik* überstehen soll.

Mit schweren Lidern sehe ich auf meine Hand hinab und zähle, doch unter ausgeschlafenen Bedingungen ist die Übung reine Zeitverschwendung. Mit sechs Jahren habe ich diese Technik bereits benutzt, um mich in meinem Traum zu vergewissern, dass ich wirklich träume. Denn zwischen Traum und Wachzustand unterscheiden zu können, ist die Grundvoraussetzung für luzides Träumen. Erst wenn man sich darüber bewusst ist, *dass* man träumt, kann man nach und nach darüber bestimmen, *was* man träumt. Oft hat meine Fingeranzahl im Traum zwischen drei und vier geschwankt, doch ich war sicher zu träumen. Heute bin ich so geübt darin, meinen Traumzustand zu erkennen und meine Träume zu kontrollieren, dass ich diese profane Technik nicht mehr brauche.

»Eine weitere Methode …«

Ist das Nase-Zuhalten, vervollständige ich Achebes Satz im Kopf. Auch das habe ich als Kind praktiziert.

Die Professorin fasst sich ins Gesicht. »Im Wachzustand können Sie durch eine zugehaltene Nase keine Luft bekommen«, erklärt sie mit nasaler Stimme, »doch im Traum funktioniert das. Dort halten Sie sich die Nase zu und atmen problemlos ein, woran Sie erkennen können, dass Sie träumen.«

»Das hat mir als Kind Angst gemacht«, raunt Mercy neben mir. »Ich wollte mir nie die Nase zuhalten, weil ich fürchtete, zu ersticken.«

Ich weiß nicht, was in ihn gefahren ist, doch als er den Raum betreten hat und mich im Stuhlkreis sitzen sah, hat er es offensichtlich für eine gute Idee gehalten, sich neben mir niederzulassen. Ob das noch so wäre, wenn er wüsste, dass ich die ganze Nacht lang versucht habe, in die Erinnerungen seiner Tante einzudringen?

Die Beine lässig übereinandergeschlagen, begutachtet er seine von sich gestreckte Hand. Verdammt. Er hat schöne Hände, schlanke, lange Finger, bläuliche Adern, die seinen Handrücken überziehen, kurz geschnittene, saubere Nägel. Dazu die Ringe, feines Silber und grobe Siegelringe mit schwarzen und grünen Steinen. Wirklich schöne … Als Mercy die Hand dreht, fallen mir Narben auf der Innenfläche auf, hellrosa Verwachsungen von der Handwurzel bis zu den Fingern, doch ehe ich sie genauer betrachten kann, ballt er die Faust, dreht den Kopf in meine Richtung und erwischt mich beim Starren.

Scham rötet meine Wangen, und ich senke rasch den Blick, bemerke jedoch, wie Mercy grinst.

»Der Aufguss in der Sauna …«

Bilde ich es mir ein oder perlt jedes seiner Worte geradezu samtig von seinen Lippen?

»Hat er dir gefallen?«

Bei der Erinnerung an seinen tätowierten Oberkörper, das plötzliche Pochen meines Unterleibs und diese verzehrende Hitze empfinde ich wieder Selbstekel. Es ist blamabel, dass ich mich ausgerechnet von Mercury Sterling so intensiv habe ansehen lassen.

Mit verschränkten Armen lehne ich mich leicht zu ihm. »Lenk nicht vom Unterricht ab. Wer Probleme mit dem Vier-sieben-acht-Atemrhythmus hat, sollte definitiv Finger zählen und sich die Nase zuhalten.«

Sein Grinsen wird nur breiter. »Hast du meine Finger auch gezählt oder nur angestarrt?«

Warum flirtet er so unverschämt mit mir? Ich habe angenommen, mein Desinteresse deutlich gemacht zu haben, als ich ihm in *Kartografie des Unterbewussten* sagte, dass ich über das Fachliche hinaus nichts mit ihm zu tun haben will.

»Miss Seretis, wären Sie so lieb und öffnen die Truhe auf dem Pult?« Professorin Achebe lächelt Stella freundlich an, die aufsteht und zu der Messingtruhe geht. Seit die Dozentin sie dort vor Unterrichtsbeginn platziert hat, frage ich mich, was sich in der Truhe befindet, weshalb ich mich neugierig nach vorn beuge.

Stella löst das Schloss und hebt den Deckel. Ein erstauntes Raunen geht durch unseren Halbkreis, und auch ich halte gebannt den Atem an.

Leuchtend bunte Kugeln steigen aus der Truhe empor. Sie sind groß wie Tennisbälle, doch ihre schimmernde Oberfläche wirkt fragil wie bei Seifenblasen. In den unterschiedlichsten Pastelltönen schweben die Kugeln auf uns zu, als würden wir sie magisch anziehen.

»Das sind Tagträume«, erklärt Achebe, doch mein Fokus liegt allein auf diesen faszinierenden Kugeln, die von innen heraus strahlen wie Miniatursonnen.

»Berühren Sie sie. Na los, keine falsche Scheu.«

Vorsichtig strecke ich die Hand nach einer blassgelben Kugel aus, die auf mich zusteuert. Wie ein Schmetterling setzt sie sich auf meinen Zeigefinger. Im ersten Moment fühle ich nur eine wohltuende Wärme, doch als die Kugel im nächsten Augenblick zerspringt, befinde ich mich nicht mehr im kalten Unterrichtsraum.

Urplötzlich höre ich das stetige Rauschen von Wellen. Spüre feinen heißen Sand unter und kühlenden Palmenschatten auf mir. Blumenduft, Vogelgezwitscher, das Gefühl von tiefer Ruhe, das jedes andere Bedürfnis, jede Sorge und sich wiederholenden Gedanken unter sich begräbt. Da bin nur ich, an diesem paradiesischen Ort, und diese schwere Entspannung lässt mich stärker in den Sand sinken.

»Wow.«

Ich werde aus meinem Tagtraum zurück in die Akademie katapultiert.

»Wow«, wiederholt Polina rechts von mir und schüttelt den Kopf, als könne sie nicht glauben, was sie soeben erlebt hat. »Ich war gerade in der ersten Reihe eines Taylor-Swift-Konzerts.«

»Und ich habe gerade den schönsten Sonnenuntergang meines Lebens gesehen«, staunt Stella.

Professorin Achebe lacht, sodass sich tiefe Falten um ihren Mund graben. »Es ist mir jedes Jahr eine helle Freude, die Erstsemester mit den Tagträumen vertraut zu machen.« Sie tritt an die leere Messingtruhe heran und schließt den Deckel. »Dabei handelt es sich um etwa einminütige bildhafte Fantasien, die Ihnen guttun sollen. Viele Kugeln lassen Sie einen Moment in der Natur genießen, ob Sonnenuntergänge am Meer, die Ruhe eines Waldes oder die klärende Luft auf einem Berg. Wir wissen, dass der Aufenthalt in der Natur förderlich für die Gesundheit ist, weshalb Ihnen die meisten Tagträume eine solche Minute schenken. Andere wiederum«, sie deutet auf Polina, die leise vor sich hin singt, »halten ein Erlebnis für Sie bereit. Konzerte, Theater, einen geselligen Barbesuch, aber auch Tätigkeiten wie das Lesen eines Buchs im Café. Ich muss zugeben, dass dieser Tagtraum einer meiner liebsten ist. Das Rascheln der umgeschlagenen Buchseite, der Duft nach gemahlenem Kaffee und Mandelgebäck, das Trommeln des Regens gegen die Fensterscheibe«, sie seufzt entzückt. »Ich weiß, wie kitschig das klingt.«

Während ein mintgrüner Tagtraum auf Ivans Hand zerspringt und die Augen meines weißblonden Kommilitonen glasig werden, schiele ich zu Mercy. Entweder er hat in derselben Minute wie ich taggeträumt oder noch gar nicht. Als wollte er die Berührung mit einer strahlenden Kugel vermeiden, verschränkt er die Hände im Schoß. Aber warum? Die Tagträume sind mit Abstand das Seelenwärmendste, was ich an der ADA bisher erlebt habe.

»Wie Sie gesehen haben«, fährt die Dozentin fort, »zerplatzen die Fantasien, wenn sie andocken dürfen. Aber Sie müssen nicht sparsam mit ihnen umgehen, denn sie lassen sich in einem simplen Verfahren reproduzieren. Ich setze mich dafür ein, dass die Tagträume in der gesamten Akademie herumschwirren und zur freien Verfügung stehen, schließlich können Sie einminütige Pausen sicherlich gebrauchen. Doch da mein Antrag noch nicht genehmigt ist, erwartet Sie ein neuer Tagtraum erst nächste Woche in meinem Unterricht.« Damit beendet Achebe die Stunde.

»Die Minute war viel zu kurz«, beschwert sich Polina bei Stella, als sie ihre Sachen zusammenpacken. »Ich habe zwar den Song erkannt, doch höchstens eine Strophe mitsingen können.«

»Dann musst du dich heute Nacht eben dorthin zurückträumen«, erwidert Stella, dreht sich dann zu mir um und fragt: »Kommst du wieder mit zum Essen? Vielleicht gibt es ja etwas anderes als Lachssuppe.«

Doch ehe ich den Mund zu einer Antwort geöffnet habe, schnellt Mercy dazwischen. »Ich wollte Nemesis gerade dasselbe fragen.«

Perplex sehe ich ihn an. »Äh … Was?«

»Du kannst dich uns auch anschließen, Mercury«, schlägt Stella vor, und Polinas Blick geht so lasziv über ihn, als wollte sie ihn an Ort und Stelle entkleiden.

»Ja«, sagt sie mit einem Wimpernaufschlag wie aus dem Film, »du kannst dich uns liebend gern anschließen.«

Doch Mercys sturmgraue Augen ruhen auf mir. Er sieht mich auf eine Art bittend an, die mich restlos verwirrt. Was ist bloß los mit ihm?

Ich lächle Stella und Polina unverbindlich an. »Nächste Woche vielleicht. Mercy und ich …«

»Haben etwas zu besprechen«, vollendet er, und ich nicke, als würde ich verstehen.

Doch sobald unsere Mitstudierenden außer Hörweite sind und sich der Raum geleert hat, fahre ich zu ihm herum. »Was haben wir zu besprechen?«

Er steckt die Hände in die Taschen seiner hochgeschnittenen Cordhose, wippt auf den Fußballen vor und zurück, beobachtet mich. Sein Ausdruck ist gelassen, nahezu entspannt, das ideale Pokerface.

Scheiße. Weiß er, was ich letzte Nacht versucht habe? Hat Jupiter Sterling meinen Einbruch in ihre Erinnerungen bereits bemerkt? Aber warum sollte sie ihren Neffen vorschicken?

Mein Herz macht entsetzte Sprünge, doch ich versuche, mir nichts anmerken zu lassen, und greife nach meinem Mantel, der über der Stuhllehne hängt.

»Also dann«, ich räuspere mich steif, »gehen wir essen?«

Doch Mercy wippt nur vor und zurück, vor und zurück. Sein Blick ist so durchdringend, dass er durch meine Kleidung direkt auf meiner Haut glüht. Unter seinem eng anliegenden Rollkragenpullover kann ich die knochigen Ausläufer seines *NO MERCY*-Tattoos ausmachen.

Es ist ein Fehler, zur geöffneten Tür zu gucken, denn Mercy folgt meiner Bewegung.

Ein schauerliches Lächeln geht über seine Lippen, dann schnalzt er mit der Zunge.

»Willst du weglaufen?«

Sollte ich? Zur Hölle, nein. Ich werde nicht vor Mercury Sterling davonlaufen, als hätte er irgendeine Form der Macht über mich.

Geräusche vom Gang dringen in den verlassenen Raum, Bruchstücke von Unterhaltungen, Gelächter, Schritte … Ich kann jederzeit gehen. Doch ich mache keinen Schritt von Mercy weg, sondern einen auf ihn zu. Wir stehen so dicht voreinander, dass ich sein schweres Parfüm rieche. Strahlen der untergehenden Sonne fallen durch die hohen Fenster und lassen sein in der Mitte gescheiteltes Haar glänzen.

»Wir haben etwas zu besprechen?« Ich hebe herausfordernd die Brauen. »Dann sprich.«

Einige Herzschläge lang starrt er auf mich nieder, und ich fühle mich unter dem Rauchgrau seiner Augen so entblößt und alleingelassen.

Er beugt den Oberkörper vor, kommt mir bedrohlich nah, flüstert, während ich wie paralysiert auf seine Lippen stiere: »Ich habe mit meiner Tante über den Tod deines Bruders gesprochen.«

Er hat was?

Der Mantel rutscht mir vom Arm, fällt auf den dreckigen Fußboden, ich taumle zurück. »Du hast *was?*«

Mercy nimmt die Hände aus den Hosentaschen, hebt meinen Mantel auf und klopft den Staub ab. »Deine Wut über Victorias taktlose Bemerkungen war sehr … aufschlussreich.«

Aufschlussreich für wen? Sicherlich nicht für mich.

Er hängt den gefütterten Wollmantel über eine Stuhllehne, setzt sich und überschlägt die Beine.

Verloren stehe ich vor ihm, nicht sicher, ob ich hören will, was er zu sagen hat. *Oder doch weglaufen?*

»Dein Bruder ist im Februar 2014 gestorben, richtig? In der Nacht vor der Wahl zur stellvertretenden Akademieleitung. Ich weiß nicht, ob es außer ihm und meiner Tante andere Anwärter auf die Stelle gegeben hat, aber es hat sich sicherlich zwischen den beiden entschieden.«

Eine eisige Kälte überkommt mich. Ich spüre, wie sich unter meiner Bluse die Härchen auf meinen Armen aufstellen, spüre, wie trotz erhöhtem Puls mein Herz klirrt. Mercy ist nach Jupiter Sterling die letzte Person, mit der ich über Neiro sprechen will, die letzte Person, die den Namen meines Bruders auch nur in den Mund nehmen sollte.

Ich verschränke die Arme, presse sie eng vor die Brust, kann mich jedoch nicht selbst wärmen. »Er hätte die Stellvertretung bekommen, wäre er nicht …«

Mercy legt den Kopf schief. »Wäre er nicht gestorben?«

Ein Zittern erfasst mich. Die Gänsehaut jagt von den Armen über den Rest meines Körpers, und meine Zähne schlagen aufeinander. Ich will meine heiße Wut zurück, will mich von ihr aufheizen lassen, doch ich fühle nur diese bitterkalte Leere, die mit jedem Wort aus Mercys Mund weiter in mich kriecht.

»Neiro hat regelmäßig Schlafmohn konsumiert«, fährt er fort, als handle es sich um einen Tatsachenbericht und nicht um das grausame Ende meines Bruders. »Auch an diesem Abend hat er die Schlaflabore aufgesucht, um mithilfe der Droge intensiver zu träumen. Meine Tante hat ihn begleitet.«

Ein Schnauben kommt mir über die bebenden Lippen. Natürlich hat Jupiter Sterling *ihn begleitet,* sie hat ihn bis in den Tod begleitet.

Mercy steht auf und reicht mir den Mantel. »Du frierst.«

Ich will seine verdammte Hand wegschlagen. »Was wird das?«, bringe ich zwischen klappernden Zähnen hervor. »Willst du mich quälen?«

»Nein, nur verstehen.«

Doch es ist, wie er nach der Sauna gesagt hat: Mercys Blick tut mir weh. Er sieht mich so tief an, dass er meinen inneren Winter heraufbeschwört. Trauer um Neiro, Trauer um Lucy, Trauer um meine Eltern, die eisblaue Gewissheit über meinen Verlust lässt mich beben.

Als ich den Mantel nicht ergreife, legt er ihn wieder ab, verbirgt die Hände abermals in den Hosentaschen und geht vor den aufgereihten Stühlen auf und ab. »Neiro und Jupiter suchen also wenige Stunden vor einer Wahl, die für beide karriereentscheidend ist, die Schlaflabore auf. Jupiter hat mir gesagt, dass sich bis auf sie und deinen Bruder niemand dort unten aufgehalten hat, folglich waren sie allein. Am nächsten Morgen ist Neiro tot, es heißt, er ist an einer Überdosis gestorben.«

Es heißt? Glaubt Mercy nicht an diese Version der Geschichte? Zweifelt er sie tatsächlich an?

Fragend verzieht er das Gesicht. »Ist das korrekt?«

Ich traue ihm nicht. Von den Spitzen seiner rabenschwarzen Haare bis zur Sohle seiner Loafer irritiert mich sein gesamtes Auftreten so sehr, dass ich nur die blutleeren Lippen zusammenpresse und schweige.

Sein Blick geht zur nach wie vor offen stehenden Tür, dann zu mir. »Nemesis, bitte, ich versuche, dich zu verstehen.«

»Warum?«

»Weil ich mich selbst besser verstehen will.«

Geht es am Ende um seinen eigenen Verlust? Um die Trauer um seine Mütter, die im selben Jahr wie Neiro gestorben sind? Aber ich kann ihm nicht helfen, kann ihm nichts geben, das sein eigenes gefrorenes Herz tauen lässt.

Er macht einen Schritt auf mich zu. »Neiro ist im Februar 2014 vor der Wahl zur stellvertretenden Akademieleitung gestorben, richtig?«

Auch wenn sich alles in mir sträubt, bringe ich ein halbes Nicken zustande.

Noch ein Schritt. »In der Nacht zuvor war er allein mit Jupiter in den Schlaflaboren und hat Schlafmohn konsumiert.«

Warum wiederholt er sich ständig?

»Doch es war zu viel, richtig?« Mercy steht jetzt eine Armlänge von mir entfernt. »Er hat sich zu viel Morphin gespritzt …«

»Nicht *er* hat …«

»*Nicht er?*« Mercys Stimme klingt wie brechendes Eis, unheilvoll ruhig, doch mit dem irreversiblen Versprechen, alles und jeden mit in die Tiefe zu reißen. »Nicht er hat sich zu viel Schlafmohn gespritzt?«

Mir wird der Boden unter den Füßen weggerissen, und ich falle geradewegs auf Mercys Bühne. Er ist ein begnadeter Schauspieler, ein Täuscher, ein …

»Du manipulatives Arschloch.«

Er lacht, doch in der nächsten Sekunde wird jede Belustigung von der Dunkelheit geschluckt, mit der er mich fixiert. »Nicht er, sondern meine Tante, habe ich recht? Das ist es, was du glaubst.«

»Das ist, was ich weiß.«

Seine schönen Gesichtszüge verrutschen zu einer hässlichen Fratze, die Nasenflügel beben, sein Unterkiefer verspannt sich, seine Augen werden nachtschwarz. Er beugt sich vor und deutet mit dem Zeigefinger auf mich. »Wage es noch einmal, den Namen meiner Tante in den Dreck zu ziehen, und ich schwöre bei der Mondgöttin, dass ich dir dein Leben zur Hölle mache.«

Mercys Drohung ist alles, was meine Wut braucht, um endlich zurückzukehren. Heiß flammt sie unter meiner Haut auf, fackelt meine zittrige Trauer und hilflose Panik nieder. »Wenn du glaubst, dass du der erste Mensch bist, der mir das Leben zur Hölle macht, muss ich dich enttäuschen.«

»Dein Bruder war ein verdammter Junkie, der sich selbst aus dem Leben geschossen hat.«

»Ein verdammter Junkie?« Mein Zorn ist so zügellos, dass ich ihm am liebsten ins Gesicht spucken würde. Jahrelang habe ich mir vorgemacht, meine Wut domestizieren zu können, doch Mercy verwandelt meine Selbstkontrolle in reinen Zerstörungswillen. Er hat mich abermals in seine Falle tappen lassen, hat sich selbst als Köder ausgelegt, und jetzt bin ich hier, gefangen in dieser Situation und meiner Weißglut.

»Ich konnte mich nicht einmal von ihm verabschieden. Ich habe es nicht einmal geschafft, zum Sarg zu gehen und etwas zu sagen, weil ich seinen Anblick nicht ertragen habe. Den Anblick seiner *Leiche*. Hast du eine Ahnung, wie es sich anfühlt, den einen

Menschen zu Grabe zu tragen, den du liebst?« Natürlich hat er das. Er hat nicht nur einen, sondern gleich zwei geliebte Menschen beerdigen müssen. »Deine Mütter sind bei einem Autounfall ums Leben gekommen, ein tragischer, aber unglücklicher Unfall … ein Zufall. Etwas, das keine Kraft dieser Welt hätte verhindern oder rückgängig machen können. Aber Neiro … Er hätte nicht sterben müssen.«

Ich sehe in seinen Augen, wie die Wunde, die die Erwähnung seiner Mütter schlägt, blutet und blutet. Gut so. Ich will ihm wehtun, so, wie er mir wehtut.

»Neiro hat seine letzten Momente mit meiner Mutter geteilt. Sie musste dabei zusehen, wie ihr Sohn zu viel Schlafmohn gespritzt bekam, sie hat dabei zugesehen, Hunderte Kilometer entfernt von ihm, machtlos, völlig hilflos.« Nun bin ich es, die drohend nah an Mercy herantritt. »Ich werde beweisen, dass Jupiter Sterling eine Mörderin ist. Ich werde meinem Bruder die Gerechtigkeit bringen, die er verdient, und es wird mir die größte Genugtuung sein, auf dem Weg dorthin nicht nur deine Tante, sondern auch dich zu ruinieren.«

Wenn möglich werden seine Augen noch dunkler. Er schweigt, und in dieser Stille liegt so viel Bedrohlichkeit, so viel zerstörerische Ruhe, dass das ein guter Moment wäre, um Angst zu bekommen. Doch Angst ist das Letzte, was ich empfinde. Dennoch zucke ich zusammen, als Mercy die Hand hebt und kurz vor meinem Gesicht verharrt. Er mustert mich, sein Blick geht sekundenlang von meinen Augen über meine Nase zu meinem Mund. Sekundenlang nichts als diese alarmierende Starre in seinem Engelsgesicht, diese Ruhe vor dem Sturm.

»Tu das nicht«, sagt er in einem geradezu säuselnden Ton, während seine Hand die Konturen meiner Wange bis hinunter zu meinem Kinn nachfährt, ohne mein Gesicht tatsächlich zu berühren.

»Ich habe versucht, dir freundlich gegenüberzutreten. Ich habe wirklich versucht, mich nicht auf deine peinliche Abneigung mir gegenüber einzulassen, sondern … nett zu sein. Unvoreingenommen. Höflich. Aber du weißt nicht, worauf du dich einlässt, wenn du mir drohst. Du hast … keine Ahnung.«

Sein Blick und Ton, seine gesamte Haltung mir gegenüber wird geradezu schmeichelnd. In seine Augen tritt so etwas wie … Mitleid? Bedauern? Ich kann es nicht genau sagen, doch was ich genau festmachen kann, ist die Tatsache, dass mich sein Theater noch rasender macht.

Ich schlage seine Hand weg. »Du kanntest nicht einmal meinen Namen. Deine Familie ist so überaus selbstbezogen, dass für euch nichts als euer eigenes Schicksal zählt. Neiros Tod ist neun Jahre her und niemand, nicht eine Person in dieser verdammten Akademie, interessiert sich für die Umstände. Dabei war er der mächtigste Träumer seiner Generation. Warst du auf seiner Trauerfeier?«

Mercy schweigt, durchleuchtet mich nur weiter mit seinem Blick, der zwischen Abscheu und Mitleid rangiert.

»Natürlich nicht. Genauso wenig wie deine Tante. Weil es euch scheißegal ist, was mit meinem Bruder und meiner Familie geschah.« Weil es ihnen scheißegal ist, dass Neiros Beerdigung auch die von Lucy war. Nun ist es meine Stimme, die nicht mehr wütet, sondern grabesstill wird. »Ich werde Jupiter Sterling für ihre Taten zur Rechenschaft ziehen, und wenn das bedeutet, dass ich erst dich zerstöre, weil du dich heldenhaft vor sie wirfst, dann bist du mein willkommenes Bauernopfer.«

»Mich heldenhaft vor sie werfen?« Mercy fasst sich gespielt ergriffen ans Herz, doch dann bekommt sein Ausdruck etwas so Endgültiges, etwas so Stockdunkles, dass mir ein Schauder über den Rücken läuft. Seine Augen werden geradezu unmenschlich, seine Konturen absurd hart, als hätte etwas von ihm Besitz ergriffen. »Das ist genau das, was ich für die Menschen tue, die ich liebe: Ich beschütze sie bedingungslos. Und da du niemand bist, den ich liebe, aber diejenigen bedrohst, für die ich etwas empfinde, gebe ich dir eine letzte Chance, von deinen lächerlichen Vorwürfen zurückzutreten.«

Wir stehen immer noch so dicht voreinander, dass ich leicht den Kopf in den Nacken legen muss, um ihn anzusehen. Ein teuflisches Lächeln umspielt meine Lippen. »Da ich niemand bin, den du liebst? Hat dein Traum dir nicht ein durch mich gebrochenes Herz prophezeit?«

Mercy lächelt. Seine vor Wut und Abneigung entstellte Miene wird durch dieses goldene Lächeln beflügelt, und es ist, als hätte ich einen tödlichen Engel vor mir. Er tritt zurück, steckt die Hände in die Taschen seiner Hose und lächelt mich immer noch so beunruhigend milde an. »Das Gute ist, dass wir beide die Antwort auf die Frage kennen, was schlimmer ist: ein gebrochenes Herz oder ein gebrochener Wille?«

15

Nemesis

»Hey.« Esra lächelt mich vorsichtig an und deutet auf den freien Platz neben mir. »Darf ich?«

Ich zögere, doch nicke schließlich. Da ich nach der Konfrontation mit Mercy zu spät zu *Psychoanalyse* gekommen bin, haben Esra und ich seit dem Sigillenritual nicht mehr miteinander gesprochen. Dennoch wiederholt mein Kopf bei ihrem Anblick umgehend Elios Worte im Sportzentrum: *Ich möchte das Ritual durchführen, um Esra zu retten.*

Das bisschen Lidschatten und der blaue Lippenstift können nicht darüber hinwegtäuschen, wie müde Esra aussieht. Ihre Nase ist gerötet, die Lippen spröde, ihr Haar in einem schlichten Zopf zusammengefasst.

»Geht es dir nicht gut?«

Sie schnieft. »Ich habe mich bei unserem Ausritt zur Hütte erkältet und schleppe mich nur in die Kurse, weil ich nicht gleich zu Beginn so viel Stoff verpassen will.« Mit dem Stuhl rückt sie an den äußeren Tischrand heran. »Ich will dich nicht anstecken, denn ich hoffe, dass es dir gut geht?«

Ein heiseres Lachen kitzelt in meiner Kehle, sodass ich huste. »Ja, danke.«

Es geht mir sehr gut, um nicht zu sagen blendend. Nachdem Mercy mich dazu gebracht hat, vor ihm zuzugeben, dass ich seine Tante für eine Mörderin halte, könnte es mir wahrlich nicht besser gehen.

Esra zieht eine Packung Taschentücher aus ihrer Umhängetasche und schnäuzt sich die Nase. »Ich habe wirklich das Immunsystem einer Neunzigjährigen.«

Mit aller Kraft verdränge ich die Gedanken an Mercy und konzentriere mich auf meine Sitznachbarin. »Hat Victoria dir auch schon unmissverständlich zu verstehen gegeben, dass sie das Sigilenritual wiederholen will?«

Esra nickt, doch dabei fixiert sie ihre Finger, die nach dem Federmäppchen aus Leder greifen und einen Stift hervorziehen. »Elio hat mir davon erzählt.«

»Und wirst du dabei sein?«

Sie niest in ihren Blusenärmel, dann putzt sie sich erneut geräuschvoll die Nase. »Sagt man nicht, dass eine Erkältung drei Tage kommt, drei Tage bleibt und drei Tage geht? Dann sollte ich bis zum nächsten Vollmond wieder fit sein«, scherzt sie und schlägt ihren Ordner auf.

Ich tue es ihr gleich, blättere lose durch meine Notizen zur Kunstepoche der Schwarzen Romantik, kreise jedoch wieder und wieder um die Frage, was Elio mit *Esra retten* gemeint hat. Doch ich stehe den Barbosa-Zwillingen nicht nah genug, als dass ich einfach fragen könnte, zumal ich mich auf mein eigenes Mercy-Desaster fokussieren sollte.

Wenn man vom gottlosen Bastard spricht … Mercy betritt den Kursraum, gefolgt von Victoria. Ich halte zwar den Blick auf das linierte Papier gesenkt, doch aus dem Augenwinkel sehe ich, wie sie durch die Reihen gehen und sich zwei Tischreihen vor Esra und mir niederlassen.

Victoria dreht sich zu uns um. »Geht es dir besser?«, fragt sie an Esra gewandt.

Diese zuckt die Schultern. »Nicht wirklich, aber ich schätze, mehr, als es auszusitzen, kann ich nicht tun.«

Victorias haselnussbraune Augen richten sich auf mich. »Hi.«

Ich nicke verkrampft. »Hey.«

Als sie sich wieder umdreht, fällt mein Blick auf Mercy. Wie in Stein gemeißelt sitzt er da und rührt sich keinen Millimeter. Allein der Anblick seines Rückens und des dunkelhaarigen Hinterkopfs lassen mich unter dem Tisch die Fäuste ballen. Er hat recht. Er ist mir in unseren ersten Aufeinandertreffen distanziert, aber höflich begegnet, hat mich nicht mit derselben Feindseligkeit begrüßt, die ich an den Tag gelegt habe. Und dennoch hat er mir heute seine hässliche Seele offenbart.

Professor O betritt den Raum. Wie in der vergangenen Woche trägt er ein langes Gewand, das aufgrund der vielen Goldkettchen bei jedem Schritt klirrt. Ich frage mich, wie viele Wochen Seminar vergehen müssen, bis ich mich an seinen totenähnlichen Look gewöhnt habe.

»Ich begrüße Sie zur zweiten Sitzung«, sagt O. »Heute werden wir …«

Die Tür geht auf, und ein Student mit herunterhängenden Schultern und schuldbewusstem Blick schleicht in den Raum. Kurz bevor er einen rettenden Stuhl in der ersten Reihe erreicht, räuspert sich der Professor. »Vielleicht habe ich mich letzte Woche nicht deutlich genug ausgedrückt, aber ich dulde keine Verspätung.«

Ich kann von der letzten Reihe aus sehen, wie puterrot das Gesicht des langhaarigen Studenten wird. »Entschuldigen Sie, aber die Stunde hat offiziell noch gar nicht …«

»Wer nach mir den Seminarraum betritt, ist zu spät.« Os Tonfall ist nicht unbedingt hart, doch vermutlich sorgt allein sein tätowierter Kopf dafür, dass alles aus seinem Mund Kommende einen unheilvollen Unterton bekommt. Mit einer eleganten, fast tanzenden Bewegung deutet er zur Tür. »Raus.«

»Aber … aber …«, stottert der Langhaarige. »Dieser Kurs ist der einzige, der dieses Semester zur Schwarzen Romantik angeboten wird.«

»Dessen bin ich mir bewusst.« Nun wird die Stimme des Professors tatsächlich bedrohlicher, auch seine Mimik und Körperhaltung verhärten sich. »Sie sind durchgefallen, versuchen Sie es zum Sommer noch einmal oder besuchen Sie den Parallelkurs zu einer anderen Kunstepoche.«

Der Student öffnet den Mund, doch angesichts der Erscheinung unseres Dozenten bleibt eine Erwiderung aus. Mit ampelrotem Kopf schultert er seinen Rucksack und verlässt den Raum.

Ich spüre Esras Blick von der Seite, und als meiner ihren trifft, sehe ich in ihrem Ausdruck das Mitgefühl, das auch ich empfinde.

»Heute«, fährt O ungerührt fort, »werden wir erste Ideen für unser Kunstprojekt sammeln. Wie bereits erwähnt, ist das Ziel des Seminars eine Vernissage am Semesterende. Da ich nicht davon ausgehe, es mit einer Vielzahl erfahrener Künstler und Künstlerinnen zu tun zu haben, und der kreative Prozess für die meisten sicherlich Neuland sein wird, werden wir theoretische Grundlagen zur Epoche mit unmittelbarer Praxis verbinden. Was für die heutige Stunde bedeutet, dass Sie erste Ideen für Ihr Werk sammeln.« O stellt seine Ledertasche auf das Pult und öffnet den Reißverschluss. »Mister Perković, wiederholen Sie doch bitte die Hauptmotive der Schwarzen Romantik.«

Ich muss den Kopf zur Seite drehen, um meinen Kommilitonen in der Reihe vor uns ansehen zu können. Sofern ich das beurteilen kann, sieht Ivan dem langhaarigen Studenten, der soeben aus dem Kurs geflogen ist, erstaunlich ähnlich. Ist es Zufall oder eine weitere

Machtdemonstration des Professors, ausgerechnet ihn als Erstes dranzunehmen?

»Die Kunstepoche zeichnete sich vor allem durch ihr Interesse an Tod und Sex aus«, antwortet Ivan widerwillig.

O nickt, als wäre ihm der säuerliche Tonfall seines Studenten nicht aufgefallen. »Nicht umsonst wird die Schwarze Romantik auch Schauerromantik oder Dunkle Romantik genannt. Im Fokus stand das Gruselige und Unheimliche, die dunklen Seiten der Psyche, psychische Erkrankungen, aber auch Phänomene wie Träume und Albträume. Zudem ging es um erotische Sehnsüchte und Begierden. Das Doppelgängermotiv spielte eine große Rolle, versuchte man doch, sich mit einer Art Alter Ego zu verbinden und somit dem Unterbewusstsein auf die Schliche zu kommen. Die Vorstellung, sich nicht völlig mit dem rationalen Verstand begreifen zu können, war im wahrsten Sinne des Wortes *Horror.*«

Der Füller eilt über das Papier, während ich mir Notizen mache. Angestrengt versuche ich, nur auf Professor O und das linierte Blatt vor mir zu achten, doch Mercys penetranter Hinterkopf schiebt sich immer wieder dazwischen.

O greift in seine Tasche und holt einen Stapel Pappbecher hervor. Er tritt an eine Studentin in der ersten Reihe heran, die nicht die von der Akademie vorgegebene Uniform trägt, sondern ein blassrosa Kleid. Einen Moment lang mustert der Dozent ihre Kleiderwahl, dann gibt er ihr den Becherturm und fordert sie auf, sich einen zu nehmen und den Rest weiterzugeben.

»Heute werde ich Ihnen keine weiteren Beispiele zeigen. Ich möchte, dass Sie möglichst frei denken, anhand der Motive in sich gehen und Impulse zulassen, die Sie unter anderen Umständen direkt unterdrückt hätten, weil sie moralisch verwerflich, tabuisiert oder schlicht menschlich abstoßend sind. Aber genau dorthin wollen wir gelangen – an den Marianengraben Ihrer Seele, an den Ort, an dem es niemals Licht geben wird. Ihre widerlichsten und widersprüchlichsten Sehnsüchte, Begierden und Ängste … Hören Sie tief in sich hinein, und wenn Sie denken, abgründiger kann es nicht werden, gehen Sie noch tiefer. Und schreiben Sie es auf. In diesem freien, assoziativen ersten Schritt geht es noch nicht darum, dass Sie aus Ihrer Idee auch ein Kunstwerk machen können. Es geht erst einmal ums Zu- und Loslassen.«

Esra reicht mir einen Pappbecher. Unsere Finger berühren sich federleicht, dann unsere Blicke. Ich sehe in ihren Augen mein Unbehagen und meine Befangenheit. Ich verstehe zwar, was Professor O uns sagen möchte, doch selbst in der Theorie löst sein Vorhaben Alarmsignale in mir aus.

»Für Ihr Traumstudium ist es von höchster Relevanz, dass Sie sich mit sich selbst auseinandersetzen. Dass Sie negative Gefühle in sich tragen, ist nicht entscheidend, Schmerz, Traumata, mitunter Gewalterfahrungen, all das wird Sie nicht zu schlechten Luziden machen. Doch wenn Sie sich nicht damit konfrontieren, wenn Sie nicht die Verantwortung übernehmen und proaktiv mit Ihren realen Albträumen umgehen, dann garantiere ich Ihnen, dass Ihre Karriere von kurzer Dauer sein wird. Hier führe ich gern eine Verbildlichung an: Stellen Sie sich Ihren Gefühlshaushalt als Abstellkammer vor. Wenn Sie die Tür zu Ihrer Kammer öffnen und einen wohlsortierten Raum vorfinden, in dem Sie genau wissen, wo welche Emotion oder Erfahrung zu finden ist, haben Sie die besten Voraussetzungen, Großes zu bewirken. Öffnen Sie die Tür jedoch und es kommt Ihnen das reinste Gefühlschaos entgegen, werden Sie unter dieser Lawine begraben.«

Ich habe zwar immer gehofft, einen aufgeräumten Gefühlshaushalt zu besitzen, doch meine unkontrollierte Wut heute Nachmittag hat mich eines Besseren belehrt.

»Notieren Sie bitte auf kleine Zettelchen Ihre Ideen. Ich möchte noch einmal betonen: Lassen Sie jenseits moralischer Grenzen alles zu, es gibt keine Gefühlsverbote. Dann entscheiden Sie in einem nächsten Schritt, welche Ideen sich für eine zweite Runde qualifizieren, und entsorgen all diejenigen, die nicht infrage kommen. Dafür ist der Pappbecher. Er dient als eine Art Mülleimer.«

Eine ehrfürchtige Stille erfasst den Raum, ich höre kaum das Atmen der anderen. Während ich ein Papier zur Hand nehme und es in kleine Stücke reiße, tritt Professor O noch einmal an die Studentin in dem rosafarbenen Kleid heran. In einem aufgesetzten Flüsterton, der so laut ist, dass der gesamte Kurs ihn hören kann, sagt er: »Ich bitte Sie, meinen Kurs zu verlassen. Es ist mir unmöglich, Studierende zu unterrichten, die bereits bei der Wahl ihrer Kleidung scheitern.«

Esra entfährt ein Keuchen. Der Kopf des Professors zuckt in unsere Richtung, doch Esra presst die Lippen aufeinander. Die Studentin packt zwar ihre Sachen zusammen, doch als sie sich durch die Stuhlreihe schiebt, schnaubt sie: »Ich werde mich über Sie beschweren.« Die Tür bebt in den Angeln, als sie hinter ihr ins Schloss fällt.

Natürlich ist die Kleidervorschrift eine Disziplinarmaßnahme der Akademie, und es droht eine Abmahnung, wenn man gegen sie verstößt. Doch auf den Fluren sind immer wieder Studierende in privater Kleidung zu sehen, selbst Professor O widerspricht mit seinen Gewändern der Anordnung. Ich fühle den Kloß in meinem Hals deutlich. Sein Vorgehen ist unverhältnismäßig, und eigentlich müssten wir Partei für die Mitstudierenden ergreifen. Doch ich bin mir sicher, dass ich bei Widerworten ebenso aus dem Kurs fliege, und ich erinnere mich daran, weshalb ich an die Akademie gekommen bin. Sicherlich nicht, um die Probleme anderer zu meinen eigenen zu machen.

Dennoch schreibe ich als erste Idee auf ein Zettelchen: *Professor O für seine fragwürdigen Methoden abstrafen.*

Ich halte inne, schiele vorsichtig zu Esra hinüber, die in Schildkrötengeschwindigkeit ein DIN-A4-Papier in kleine Rechtecke schneidet. Als ich weiter von ihr abrücke, spüre ich die kalte Steinwand an meiner linken Seite und komme mir einerseits lächerlich vor, mich so von Esra abzuschirmen, als könnte sie von mir abschreiben. Doch andererseits möchte ich wirklich nicht, dass sie meine Notizen lesen kann, ich möchte nicht, dass irgendjemand jemals meine Ideen zu Gesicht bekommt. Denn wenn ich nur den Versuch starte, über meine tiefsten Ängste, Widerlichkeiten und Sehnsüchte nachzudenken, komme ich mir wahnsinnig verletzlich vor, meine Grenzen einladend offen für jedweden Widersacher.

Ich schlucke, lasse den Blick über die gesenkten Köpfe der anderen streifen, doch als ich auf die mahnenden Augen des Professors stoße, neige ich den Kopf und notiere das Erstbeste, das mir einfällt: *Ich sorge mich darum, dass sich meine Befürchtung bestätigt, glutenintolerant zu sein.* Obwohl eine solche Befürchtung sicherlich nicht das ist, worauf O anspielt, ist es ein Anfang.

Es wäre mir trotz Female Empowerment peinlich, wenn jemand den Vibrator unter meinem Kopfkissen findet. Allein beim Aufschreiben spüre ich, wie meine Ohren heiß werden.

Zudem schäme ich mich für meine unterschiedlich großen Brüste. Wow, ist das unangenehm. Ich glaube, dass ich diese Tatsache noch nicht einmal vor mir selbst zugegeben, sondern versucht habe, meinen Körper zu ignorieren.

Tiefer.

Ich fürchte mich vor dem Tag, an dem ich meinem Vater sagen werde, dass er schwach ist. Der Tag wird kommen.

Ich habe Angst, den Mord meines Bruders nicht zu rächen, weil ich im letzten Moment ebenso bemitleidenswert schwach bin wie mein Vater.

Ich fürchte und sehne mich gleichermaßen danach, endlich eine Entscheidung bezüglich Lucy zu treffen. Gnade oder Vernichtung?

Ich habe so eine Scheißangst davor zu werden wie meine Mutter.

Ich habe so eine Scheißangst davor zu werden wie meine Mutter mit ihren unkontrollierbaren Gliedmaßen und ihrer »ausrutschenden Hand«.

Ich habe wirklich so eine Scheißangst davor zu werden wie meine Mutter.

Ich fürchte mich davor, dass Liebe für mich nur noch ein verkrustetes Herz bedeutet.

Kaum merklich zucke ich zusammen, als ich die nächste Empfindung notiere: *Ich habe eine Scheißangst davor, noch einmal das Verlangen zu spüren, um Mercury Sterlings Berührung betteln zu wollen.*

Entsetzt starre ich auf meine Worte. Der Inhalt vieler meiner Zettelchen sollte mich in Bestürzung versetzen, doch das passiert nicht, weil ich mir schon seit Langem im Klaren darüber bin und mein halbes Leben damit verbracht habe, so zu fühlen und zu denken. *Um Mercury Sterlings Berührung betteln zu wollen,* ist jedoch eine Sehnsucht, die mich zutiefst anwidert. Nach allem, was heute passiert ist, schreibe ich ausgerechnet *das* auf? Bin ich noch bei Verstand?

Mein Blick schnellt in seine Richtung. Er hat den Oberkörper tief über den Tisch gebeugt, doch sein Bein wippt unablässig auf und ab. Mit Abscheu knülle ich das Papier zusammen und werfe es als erstes in den Pappbecher, dann folgen fast alle anderen Ideen, denn bis auf meine befürchtete Glutenintoleranz ist kein Zettelchen vor dem Mülleimer sicher. Ich habe mich von den Anweisungen mitreißen lassen, und nun befindet sich mein Innerstes auf Papierfetzen in einem billigen Pappbecher – für alle Welt nachlesbar, durch Worte lebendig geworden.

Um eine Alternative zur Glutenintoleranz zu haben, schreibe ich auf den letzten Zettel: *Ich fürchte, dass der Sommer mich gemeinsam mit Neiro verlassen hat.*

»Ich hoffe«, erklingt die Professorenstimme vom Pult, »dass Sie Ihre ersten Ideen möglichst zügellos notieren konnten. Bitte entscheiden Sie sich jetzt, welche der Ideen unbrauchbar sind«, er hebt den Pappbecher in die Höhe, »und welche sich für die nächste Runde qualifizieren.«

Verstohlen schaue ich zu Esra, doch zu meiner Überraschung liegt nur ein einziges sorgfältig gefaltetes Papierchen vor ihr, die anderen Rechtecke sind unbeschrieben, und ihr Becher ist leer.

Sie bemerkt meinen Blick und lächelt mir aufmunternd zu. »Bist du okay?«, flüstert sie so leise, dass ich mehr die Bewegung ihrer Lippen errate, als sie tatsächlich zu hören.

Ich nicke etwas steif. »Und du?«

Ihr Lächeln wird einen Deut breiter, dann greift sie zum Taschentuch und schnäuzt.

»Nun«, fährt der Dozent fort, »schieben Sie Ihre brauchbaren Ideen weit von sich.«

Ich runzle die Stirn.

»Sie haben richtig gehört«, bestätigt O, steht auf und geht um das Pult herum. »Mich interessieren nicht die Impulse, die bereits von Ihrem Verstand durchgewinkt wurden, sondern die, die Sie als Abfall erachtet haben.«

Mir gefriert das Blut in den Adern. Wie bitte? Mit einem Mal erfasst mich blankes Entsetzen – all meinen Ideen gegenüber. Ich werde keine dieser schrecklichen Offenbarungen für einen verdammten Kunstkurs hergeben.

Mit hinter dem Rücken verschränkten Armen geht der Professor durch die Reihen, sein langes Gewand schleift über den Boden, und die Ketten klirren bei jedem Schritt.

Mein Puls schnellt in die Höhe, ich spüre, wie mir der Schweiß ausbricht. *Nein. Unter keinen Umständen.* Ich überlege, wie ich möglichst unauffällig nach dem Pappbecher greifen und die Zettelchen herausfischen kann, doch O steht genau am Ende unserer Tischreihe, und ich bin mir sicher, dass ich eine meiner Ideen vortragen muss, wenn er meine hervorschnellende Hand bemerkt.

»Mich interessiert Ihr seelischer Schmutz, genau das, was Sie selbst als moralischen Dreck wahrnehmen.« Als er unsere Reihe durchschreitet, halte ich den Atem an und weiß nicht, wo ich hinsehen soll. Es ist auffällig, wenn ich zu demonstrativ wegschaue, doch es ist ebenso verheerend, wenn ich seinen Blick erwidere.

Er bleibt vor Esra stehen und kehrt uns den Rücken zu, sodass ich die Schlangentätowierung studieren kann, die sich von seinem Nacken über seinen kahlen Hinterkopf zieht.

»Miss Alliata«, säuselt O, und mir entweicht Luft aus meiner schmerzenden Lunge. »Wären Sie so freundlich und machen den Anfang? Lesen Sie doch bitte einen Ihrer Gedanken aus dem Pappbecher vor.«

Victoria versteift sich. Auf ihrem Stuhl dreht sie sich mechanisch in die Richtung des Dozenten, sodass ich in ihr erbleichtes Gesicht sehen kann, ehe sie klamm nickt.

»Ihre Ausführungen zu den sexistischen Motiven der Schwarzen Romantik haben mich beim letzten Mal so beeindruckt, dass ich Ihnen gern den Vortritt gewähren möchte«, sagt O, und obwohl es wahrlich wie ein Lob klingt, frage ich mich, ob es nicht vielmehr eine Bestrafung ist.

Victoria räuspert sich, Mercy schaut sie von der Seite an, und ich meine, Mitgefühl in seinem Gesicht zu erkennen. Ich sehe nicht, wie sie nach dem Pappbecher und einem Zettel greift, da sie den hinteren Reihen wieder den Rücken zugewendet hat, doch dann erklingt ihre Stimme, die den Umständen entsprechend immer noch fest ist, doch für Victorias Verhältnisse kraftlos. »Ich sehne … Ich sehne mich danach …« Pause. Erneutes Räuspern. »Ich sehne mich danach, meine Mutter zu vergiften.«

Ein erschrockenes Raunen geht durch die Studierenden, ich höre eine Kommilitonin »Ist die völlig wahnsinnig?« keuchen, doch der Professor stampft mit dem Fuß auf, und der Raum ist schlagartig mucksmäuschenstill.

»Der Student oder die Studentin mit der nächsten abwertenden Reaktion verlässt umgehend diesen Kurs«, rügt O mit strenger Stimme. »Sie können gern alle weiterhin so tun, als wären Sie moralisch ungetrübtes Wasser, doch es ist nur eine Frage der Zeit, bis man auch Ihre Verfärbungen sieht. Wer im Glashaus sitzt, sollte nicht mit Steinen werfen.« Unter seinem direkten Blick wird die keuchende Studentin klein und kleiner, dann wendet er sich wieder Victoria zu. »Miss Alliata, zunächst möchte ich mich bei Ihnen für Ihren Mut und das Vertrauen bedanken. Sie haben notiert, dass Sie Ihre Mutter vergiften wollen.« Bei O klingt das nach einer Alltäglichkeit, nach einem Problem wie ein platter Reifen – ärgerlich, aber lösbar.

Der Professor befindet sich mittlerweile auf Höhe von Victorias Tischreihe, nur noch Mercy trennt sie von dem Dozenten. »Bitte, stehen Sie auf.« Mit einer Handbewegung bekräftigt O seine Aufforderung, der Victoria nachkommt. Als sie sich von ihrem Stuhl erhoben hat, erkenne ich sie wieder. Sie hebt den Brustkorb an, schiebt die Schultern zurück und reckt das Kinn in die Höhe. Ein wahnwitziges Bedürfnis drängt sich in mir auf, denn ich möchte ihr am liebsten zurufen: *Du schaffst das!*

»Warum wollen Sie Ihre Mutter vergiften?«

Genau. Am besten klein anfangen.

Victoria sträubt sich. Ich sehe ihren Widerwillen, ihr Ausdruck ist trotz feuerroter Wangen trotzig, sie möchte sich nicht der Scham ergeben. Doch vermutlich fühlt sie sich so entblößt, dass ihr die Beantwortung jeder weiteren Frage wie Selbstverletzung vorkommt.

»Ich hasse sie«, bringt sie schließlich hervor.

»Hass ist eine mächtige Emotion. Warum hassen Sie sie?«

»Weil …« Victoria verstummt und presst stur die Lippen aufeinander.

O macht einen winzigen Schritt auf sie zu. »Warum hassen Sie Ihre Mutter?«, wiederholt er, doch Victoria bleibt eisern stumm, sodass sich der durchdringende Blick des Professors tiefer in sie bohrt, als würde er sie damit gewaltsam festhalten wollen.

»Warum hassen Sie Ihre Mutter?«, verlangt er erneut zu wissen.

»Weil sie furchtbar ist«, platzt es aus ihr hervor. »Weil sie seit meiner Geburt in Konkurrenz zu mir steht. Weil sie um die Gunst meines Vaters buhlt, als wäre sie kein eigenständiger Mensch, sondern nur von Wert, wenn ein Mann ihr Aufmerksamkeit schenkt. Weil sie sofort verstanden hat, dass mein Vater mich mehr liebt als sie, aber sollte das nicht so sein? Sollten Eltern ihre Kinder nicht über alles und jeden lieben? Sollte sie mich nicht auch so lieben, anstatt krankhaft eifersüchtig auf ihre Tochter zu sein?«

Wie eine Lawine rollt Victorias Stimme über uns hinweg, ihr Tonfall wird ebenso zynisch wie brüchig, und als sie schluchzt, habe ich das Gefühl, dass mir dieses Geräusch unwiederbringlich ins Herz schneidet. Es ist das erste Mal, dass ich so etwas wie Mitgefühl mit Victoria empfinde, doch vielleicht, vielleicht ist selbst diese Reaktion meinerseits egoistisch, und ich fühle nicht mit ihr, sondern erkenne mich in ihren Worten wieder und fühle mit *mir*.

O hat den Kopf leicht schief gelegt. »Ihren Vater hassen Sie nicht?«

Victoria schüttelt vehement den Kopf. »Wie könnte ich? Er hat sich von ihr getrennt, als es schlimmer wurde.«

»Was wurde schlimmer?«

Als unsere Kommilitonin nicht antwortet und das Kinn sinken lässt, wiederholt O unbarmherzig: »Was wurde schlimmer?«

»Ihre … ihre Anschläge auf mich«, schreit Victoria. »Ich war ein kleines Kind, verdammt. Ich habe ihr nicht absichtlich die Liebe meines Vaters genommen.«

»Sie sagten Anschläge. Präzisieren Sie.«

Er tut ihr weh. Seine drängenden Fragen reißen Wunden, schlagen Verletzungen, entfachen Erinnerungen, die sie niederbrennen. Das Vorgehen des Dozenten ist fahrlässig, dennoch geht niemand dazwischen, auch ich nicht.

Victorias Hände sind zu Fäusten geballt. »Ich war noch nicht einmal ein Jahr, als ich fast in der Badewanne ertrunken bin«, zischt sie. »*Ein Unfall,* wie meine Mutter beteuert. Ich war vier Jahre alt, als sie Chemikalien in das Shampoo mischte, damit mir die Haare ausfielen, die mein Vater so an mir liebte. Vier!« Sie löst die Faust und hebt vier Finger, ihre Stimme schlingert, ihre Mimik ist schmerzerfüllt. »Ich war acht, als sie mein verdammtes Müsli vergiftete. Ein paar Gramm Zyankali unter die Zuckercornflakes, hm? Das schmeckt sicherlich hervorragend!« Victoria kämpft gegen den Zusammenbruch an. Ihre Schultern beben, und ihr entweicht erneut ein Schluchzen, doch sie beißt so fest die Zähne zusammen, dass ihre gesamte Mimik verkrampft. Als sie sich vorbeugt und unter dem Tisch nach ihrer Tasche greift, berührt Mercy sie am Arm, doch sie schüttelt ihn ab und faucht: »Fass mich nicht an!« Sie zerrt die Tasche hervor, wirft achtlos ihre Sachen hinein und kippt den Inhalt des Pappbechers über den Tisch.

»Bitte schön«, schreit sie in Richtung O. »Sie möchten es doch ganz genau wissen. Da haben Sie meinen seelischen Schmutz. Ich sehne mich danach, meine Mutter zu vergiften, weil sie mich vergiften wollte. Zur Hölle, ich war ein Kind.«

Kommentarlos lässt der Professor Victoria aus dem Raum stürmen. Sekunden, nachdem sie die Tür hinter sich ins Schloss geworfen hat, ist immer noch kein Laut zu hören. Mein eigener Atem geht so flach, dass ein drückendes Gefühl meinen Brustkorb beschwert.

O klatscht in die Hände, ein schleppender Applaus, der Victoria nie erreichen wird. »Auch wenn es zu Beginn etwas unangenehm wird, werden Sie am Ende des Semesters dankbar sein, diesen Kurs durchgemacht zu haben.«

»*Etwas unangenehm?*«, fragt Esra erstickt. »Das, was Sie soeben getan haben, war grausam.«

»Miss Barbosa, ich belasse es unter den emotional aufgeladenen Umständen bei einer Verwarnung, aber das nächste Mal melden Sie sich zuerst, ehe Sie das Wort ergreifen.« O lässt sich auf den Stuhl vor seinem Pult nieder und überschlägt die Beine. »Ich habe nur Fragen gestellt.«

»Ja, ab…«

»Habe ich Ihnen gestattet zu sprechen?« Er würdigt Esra nicht einmal eines Blickes, als er ihr das Wort abschneidet. »Der Kurs ist für heute beendet. Wir sehen uns nächste Woche.«

16

Nemesis

Mercys Stimme hält mich davon ab, in den Tiefschlaf zu sinken. »Gib mir ein Zeichen, wenn du die Treppe des Bewusstseins erreicht hast.«

Erneut flimmernde graue Leere und Schwefelgeruch.

Dankenswerterweise bin ich nicht splitterfasernackt, sondern trage ein weißes Schlafkleid, der Stoff ist zwar durchscheinend dünn, aber besser als nichts.

Als ich am Absatz der breiten Stufe stehe, hebe ich die Hand und hoffe, dass mein Körper diese Bewegung auch in der wachen Welt vollzieht.

1 *was*

2 *bleibt*

3 *von*

4 *dir*

5 *wenn*

6 *du*

7 *auf-*

8 *hörst*

9 *zu*

10 *wollen*

»Bist du am Ende angekommen?«

Ich gebe ein weiteres Zeichen der Bestätigung. Es kostet mich all meine Konzentrationsfähigkeit, meinen Gehirnwellenbereich auf der richtigen Frequenz zu lassen, damit ich Zugang zu meinem Unterbewusstsein bekomme und nicht wie beim ersten Mal kurz und schmerzhaft durch eine zusammenbrechende Trümmerlandschaft renne. Es ähnelt einer Gleichgewichtsübung, die nach außen hin völlig mühelos wirkt, bei der jedoch der gesamte Körper und Geist unter Hochspannung stehen. Ein unachtsamer Moment … und alles gerät ins Wanken.

»Was siehst du?« Mercys Stimme dringt bestimmt, doch ungewöhnlich sanft zu mir hindurch.

»Eine Art … Museum.«

Tatsächlich schaffe ich es, erst einen, dann einen zweiten Schritt auf dem wankenden Boden zu gehen. Der Untergrund schwankt so stark, als befände ich mich auf einem Schiff bei tosender See. Um das Gleichgewicht zu halten, strecke ich beide Arme vom Körper und taumle voran. Vor mir erstreckt sich in der Tat eine Art Museum. Eigentlich würde ich mir gern einen Moment nehmen, um diesen Anblick auf mich wirken zu lassen, schließlich kommt es nicht oft vor, dass man Zutritt zu seinem Unterbewusstsein erhält, doch ich bin sicher, dass der fragile Zustand der Hypnagogie sofort in sich zusammenfällt, wenn ich den Blick schweifen ließe und meine Konzentration auch nur ein My lockern würde. Also kämpfe ich mich weiter voran, meine Beine brennen vor Anspannung, mein Kopf fühlt sich an, als würde er in einen Schraubstock gespannt werden.

Es ist ein kurioses Museum, das ich zu betreten versuche. Der schwankende Korridor nimmt am Ende eine krumme, geometrisch absurde Biegung, die Wände laufen windschief zusammen, die gerahmten Erinnerungen erscheinen bizarr verzerrt, und die darin abgebildeten Menschen werden durch ihre ellenlangen Gliedmaßen und kantigen Köpfe zu verformten Gestalten. Zwischen meinen Erinnerungen befinden sich schräge Spiegel, in denen Schattenfiguren ihre Krallen schärfen und die Zähne fletschen. Doch was das Schauspiel meines Unterbewusstseins wahrlich bizarr macht, ist die Farbgebung. Alles ist in überdrehte, satte Farben getränkt – intensives Senfgelb und flirrendes Azurblau, wie mit einem Filter überzogen. Während ich durch diesen expressionistischen Albtraum schwanke, schmecke ich Eisen auf der Zunge.

»Wo bist du?«

»Korridor, linke Wand, nah beim Eingang«, keuche ich. »Erste Erinnerung, gerahmt wie ein Bild.«

»Was siehst du?«

Mein Blick fokussiert die Erinnerung, und die abstrakten menschlichen Darstellungen wirbeln auf, in einem bunten Strudel laufen sie ineinander, vermischen sich, bis die Farben zu einem schmutzigen Grau werden, dann lichtet sich der Nebel, und ich erhasche einen Blick auf …

Schmerz durchzuckt mich so unvermittelt, dass ich die Handfläche auf die Brust drücke wie bei einem Herzinfarkt.

Mein Bewusstsein erinnert sich nicht mehr an diesen Moment, doch im Museum meines Unterbewusstseins darf ich bestaunen, wie ein Neiro im Teenageralter hinter meinem Vater das Krankenhauszimmer betritt und, noch ehe er meine Mutter begrüßt, zur Wiege geht, in der ich schlafe. Das Lächeln, das sich auf seinem Gesicht aufspannt, dieses warme, goldene, bedingungslose Strahlen, führt mir bitterlich vor Augen, dass ich mich nie wieder so geliebt fühlen werde wie von meinem Bruder.

»Nemesis? Verdammt, hol dich zurück an deinen sicheren Ort.«

Ich schaffe es nicht. Stattdessen bebt der Boden unter meinen

Füßen, die schrägen Wände kippen auf mich zu, die gerahmten Erinnerungen erzittern. Ich renne los, raus aus diesem einstürzenden Irrenhaus, doch der Untergrund ist so schwankend, dass ich falle. In einem lächerlichen Versuch, mich abzuschirmen, reiße ich die Arme in die Höhe, doch da bricht meine Welt über mir zusammen und begräbt mich unter sich.

Als ich die Augen aufreiße, bemerke ich meine Hand, die sich auf mein Herz presst, meine Finger, die sich in den Stoff meiner Bluse klammern. Ich spüre einen leichten Schweißfilm auf der Haut und setze mich vorsichtig auf, Strähnen meines gelösten Zopfs fallen mir ins Gesicht.

»Alles okay?« Mercy steht am Ende der Liege und beobachtet mich mit besorgter Miene.

Ich sehe ihn nicht an, sondern schwinge die Beine über die Liege und atme dreimal tief durch – ein durch die Nase und aus durch den Mund. »Mein Unterbewusstsein hat mir einen Streich gespielt«, sage ich und nehme endlich die Hand von meinem Brustkorb. Der Schmerz in der Herzregion ist real, doch ich weiß, dass es kein wirklicher Infarkt ist. »Es hat mir eine Erinnerung gezeigt, die ich unmöglich haben kann.«

»Unser Gehirn vermischt gern Fantasien und Vorstellungen mit echten Erlebnissen, um möglichst vertraute Bilder zu erzeugen.«

Ich nicke und steige von der Liege. Währenddessen ziehe ich das Gummi aus meinem Haar, um den Zopf neu zu flechten, doch als es sich über meine Schultern ergießt, spüre ich Mercys aufmerksamen Blick auf mir. Ich erwidere ihn, ertappe ihn beim Starren und ziehe argwöhnisch die Brauen hoch. Sofort sieht er auf das Papier in seiner Hand, das er auf dem Beistelltisch ablegt. Ich trete näher und erhasche einen Blick auf seine Skizze, aus der am Ende des Semesters im Idealfall eine Karte meines Unterbewusstseins wird. Zu sehen ist die Treppe des Bewusstseins, an deren Ende sich der von mir beschriebene Korridor abzeichnet. Dicht am Eingang der erste Eintrag: die von mir geschilderte gerahmte Erinnerung.

»Nach deinem Versuch kann ich die Skizze noch ergänzen«, sage ich, während ich mein Haar flechte. »Ich habe noch ein paar Einblicke in mein Museum bekommen, die ich nicht artikulieren konnte.«

»Meinem *Versuch?*« Mercy lockert den Knoten seiner Krawatte, doch stoppt in der Bewegung.

»Ja.« Ich lasse mich auf dem Holzstuhl neben dem Beistelltisch nieder. »Deinem Versuch. Beim ersten Mal hat es bei dir ja nicht sonderlich gut funktioniert.« Mein Tonfall klingt so blasiert wie beabsichtigt. Ich hasse es, dass ausgerechnet er in diesem Kurs mein Partner ist und ich mich in eine derart verletzliche Position begeben muss. Ich verabscheue das Gefühl, mich unter seinen Augen meinem Unterbewusstsein zu nähern und nicht nur meinem Inneren, sondern auch Mercy schutzlos ausgeliefert zu sein.

Sein abgründiger Blick bringt unser Miteinander auf den Punkt. In einer mehr aktiv- als passiv-aggressiven Stimmung treten wir uns gegenüber und funktionieren rein fachlich miteinander. Unsere Konfrontation liegt zwei Tage zurück, doch es könnte ein ganzes Leben dazwischenliegen, und ich würde nicht über Mercys Worte hinwegkommen.

Dein Bruder war ein Junkie.

Er nimmt die Ringe ab, und ich sehe unweigerlich auf seine schlanken Finger, erinnere mich an die Narben auf der Handinnenfläche. Als mir bewusst wird, dass ich schwer schlucke, wende ich rasch den Blick ab, ohne anzubieten, ihm den Schmuck abzunehmen. Stattdessen tritt er an mich heran und beugt sich über den Beistelltisch, um die Ringe abzulegen. Sein Geruch steigt mir in die Nase, dieser warme, dunkle Duft. Sein Parfüm muss wahrlich ein Vermögen kosten.

Den Schmuck bereits neben den Ringhefter platziert, hält er inne. Unsere Köpfe sind jetzt auf einer Höhe, und als er seinen leicht nach rechts dreht, treffen unsere Blicke voll gefrorener Härte aufeinander.

»Schau zu und lerne.«

»O ja«, erwidere ich spöttisch. »Ich bin sicher, dass ich noch viel von dir lernen kann.«

»In Sachen effizienter Gesprächsführung bestimmt.«

Ich verachte seinen wissenden Ausdruck, die provokante Andeutung eines Lächelns, das genießerische Blitzen in seinen Augen, weil er etwas gegen mich in der Hand hat. Es ist nur eine Frage der Zeit, bis Mercy seiner Tante sagt, dass ich sie für eine Mörderin halte. Welche Konsequenzen das haben würde, kann ich nicht absehen, doch mit jedem endenden Tag, an dem ich nicht in das Büro der Direktorin zitiert werde, steigt meine Nervosität. Was hat Mercy vor? Ich bin sicher, dass er einen perfiden Plan verfolgt, dem ich zuvorkommen muss.

Mit gelockerter Krawatte und dem obersten Hemdknopf geöffnet, rutscht er auf die Liege. Ich kann die schwarzen Ansätze seines *NO MERCY*-Tattoos sehen, und eine Gänsehaut elektrisiert mich. Seine Nähe lässt meine Nervenenden aufs Unangenehmste klingen.

Ich greife nach Stift und Papier, rutsche tiefer in den Stuhl und höre Mercys Atmung, die für den Vier-sieben-acht-Rhythmus zu schnell geht. Entnervt rolle ich die Augen, doch sage: »Gib mir ein Zeichen, wenn du die Treppe des Bewusstseins erreicht hast.«

Minutenlang passiert nichts, doch als sich seine Atmung tatsächlich verlangsamt, stehe ich vom Stuhl auf und werfe einen Blick auf sein Gesicht. Verwirrt runzle ich die Stirn. Hinter Mercys Lidern bewegen sich seine Augen hin und her, exakt so wie in der REM-Schlafphase, doch um sich seinem Unterbewusstsein zu nähern, soll man nicht einschlafen, sondern im hypnagogen Zustand zwischen Schlaf und Wachwelt verweilen.

»Bist du an der Treppe angekommen?«, will ich erneut wissen, obwohl ich eigentlich fragen will: *Was zur Hölle tust du da?*

Er regt sich nicht, liegt so seelenlos da, dass ich nicht einmal mehr seinen Atem höre.

»Mercy?«, frage ich lauter. »Kannst du mich hören?«

Seine Miene verzieht sich unheilvoll, er runzelt die Stirn, seine Augäpfel zucken hektisch hin und her, seine Kieferpartie verkrampft. Ich verfolge minutiös Regung für Regung, wie sich sein Ausdruck vor Schmerz verzerrt, wie sein schönes Gesicht, durch was auch immer ihm gerade widerfährt, zur Bühne eines grausamen Schauspiels wird.

»Hol dich an deinen sicheren Ort zurück«, weise ich ihn an, gehe wenige Schritte und stehe nun am Ende der Liege. »Dein sicherer Ort, Mercy. Sofort!«

Doch im nächsten Moment bäumt er sich auf, wie besessen schnellt sein Oberkörper nach oben, um augenblicklich zurück auf die Liege zu fallen.

Scheiße. Mondgöttinnenverdammte Scheiße.

Ich lasse Stift und Papier fallen, eile an den Kopf der Liege, doch ehe sich meine Hände an seine Schultern legen und ihn schütteln, erfüllt ein Schrei den kargen Raum. Der Ton explodiert, fährt mir durch Mark und Bein, sodass ich zurückzucke und auf Mercy hinabstarre.

Er schreit erneut. Der brachiale Klang dringt aus seiner Kehle, so tief verzweifelt und in Angst ertränkt, dass mich heftige Schauder überkommen.

Ich muss ihm helfen. Ich muss. Doch sollte ich? Ist es nicht genau das, was mir meine Mutter all die Jahre eingebläut hat? Das, was uns von meinem erbärmlich schwachen Vater unterscheidet?

Dass ich mich eben nicht von so etwas wie Mitleid leiten lasse? Denn sind nicht die, die in einer so durchtrieben schlechten Welt versuchen, gut zu sein oder zumindest etwas Gutes zu tun, nichts weiter als Narren? Jupiter Sterling würde es an meiner Stelle genießen, ihren ärgsten Widersacher so leiden zu sehen, schließlich hat sie keinen Halt vor weit Schrecklicherem gemacht.

Vielleicht kannst du mit einem milden Herzen besser in den Spiegel schauen, aber weit wird es dich nicht bringen, sagte meine Mutter einst zu mir. *Denn der Nächstbeste mit eigenen Ambitionen wird dich im besten Fall ausnutzen, im schlimmsten vernichten. Deswegen musst immer du die sein, die zuerst zuschlägt, Nemesis.*

Schritt für Schritt taumle ich zu dem Stuhl zurück, doch ich kann den Blick nicht von Mercys Gesicht nehmen. Pure Folter steht darin geschrieben.

Es sollte mich mit Genugtuung erfüllen, ihn so zu sehen, schließlich hat es auch seine Tante beflügelt, meinen Bruder aus dem Leben zu löschen. Seine Tante, die er so vehement verteidigt.

Doch als ich den Stuhl in den Kniekehlen spüre und mich darauf sinken lasse, fühle ich mich alles andere als befriedigt. Im Gegenteil, es geht mir miserabel. Doch ich lasse ihn schreien. Lasse ihn zucken. Lasse ihn mit seinem Albtraum allein.

Um mich selbst zu bestrafen, halte ich mir nicht die Ohren zu und senke auch nicht den Blick. Ich sehe hin.

17

Nemesis

Die Minuten, in denen Mercy gegen seinen Albtraum ankämpft, erscheinen mir wie eine kleine Ewigkeit. Dabei bin noch nicht einmal ich diejenige, die diese Qualen durchstehen muss, sondern lediglich verharrt und dabei zusieht.

Ich hebe mich halb aus dem Stuhl, und als ich sehe, wie sich das Zucken hinter seinen Lidern beruhigt, weiß ich, dass er jeden Moment aufwachen wird. Als er die Augen aufschlägt und sich abrupt aufsetzt, fliegt sein Kopf hin und her, als müsste er sich vergewissern, dass er in Sicherheit ist. Sein gehetzter Atem wummert durch den Raum, und als sein Blick schließlich auf mich trifft, erkenne ich geplatzte Äderchen in seinen Augen. Seine Mimik ist immer noch panisch, auch wenn er versucht, sie unter Kontrolle zu bringen. Mercy verbirgt das Gesicht in den Händen, krümmt den Oberkörper zusammen und hält die Luft an. Sekundenlang verharrt er in dieser kauernden Position, dann atmet er stoßweise aus, lässt die Hände sinken und rutscht an die Kante der Liege. Er stützt sich auf seinen Armen ab, streckt die langen Beine aus und legt den Kopf in den Nacken. Ich starre auf seinen Hals, auf den Adamsapfel, auf die schwarze Tinte.

»Du ergötzt dich an meinem Zustand«, sagt er, doch sein Blick bleibt zur Decke gerichtet, sein nachtschwarzes Haar fällt ihm aus der Stirn. »Du genießt es, mich so zu sehen, habe ich recht?« Langsam kommt Bewegung in seine Starre, er winkelt die Beine an, stößt sich mit den Armen von der Liege ab und steht auf. Als er auf mich zukommt, mit sicheren, eleganten Schritten und einer gefühllosen Miene, lasse ich mich nicht täuschen. Er schämt sich. Er schämt sich für seinen *Zustand* und dafür, dass es ausgerechnet ich bin, der er sich so zeigen muss.

Mercy bleibt dicht vor dem Stuhl stehen. Ich blicke zu ihm hinauf, von seiner Gürtelschnalle über das weiße Hemd bis zu seinem Gesicht, während er auf mich herabsieht und all seine Abscheu mir gegenüber offenbart.

»Du bist …« Er geht einen weiteren Schritt vor und instinktiv spreize ich die Beine, sodass er zwischen meine Oberschenkel tritt. Mein Atem stockt, dann setzt er ganz aus. »Du bist eine sadistische …«

»Hure?«, helfe ich ihm auf die Sprünge, um das wahnsinnige Kribbeln zu überspielen, das meinen gesamten Körper erfasst, als er zwischen meinen Schenkeln in die Hocke geht. Unsere Beine pressen sich aneinander, es ist nur Stoff auf Strumpfhose, und dennoch brennt sich diese Berührung in meine Haut.

»Nein.« Mercy schüttelt lächelnd den Kopf, wobei seine Strähnen hin und her wiegen. »Ich würde dich nie eine Hure nennen.« Er beugt den Oberkörper nach vorn, sodass ich automatisch zurückrücken möchte, doch die Lehne des Stuhls stoppt mich. Ich kann wieder sein Parfüm riechen und starre auf seine Lippen, als wären sie mein Verderben. Mercy genießt, was er mit mir macht, und ich hasse ihn und mich selbst dafür. Ich hasse, dass ich wie blockiert vor ihm sitze und mich kaum traue zu atmen, wie ich hoffe, ebenso gut zu riechen wie er, obwohl meine Gedanken mit wahrlich anderem beschäftigt sein müssten.

Mercys Blick geht quälend langsam und intensiv über mein Gesicht. Er sieht mich an, als würde er mich mit seinen Augen liebkosen wollen. Sein Blick ruht selbstsicher auf meinen Lippen, als er wispert: »Dich so zu nennen, wäre eine Beleidigung für alle Huren.«

Damit greift er an mir vorbei, nimmt seine Ringe vom Beistelltisch und erhebt sich. Einen großen Schritt zurücktretend, legt er die Ringe an, bindet seine Krawatte fest und verlässt den Raum, ehe ich mich auf dem Stuhl auch nur einen Zentimeter bewegt habe.

***

Wieder einmal bin ich für die absurden Öffnungszeiten des Speisesaals dankbar, als ich weit nach Mitternacht durch die verglasten Flügeltüren trete und nicht nur die Option auf eine warme Mahlzeit habe, sondern auch auf ein wenig Geselligkeit. Denn an den langen Holztafeln befinden sich noch Studierende, die an heißen Getränken nippen und sich über ihre Lektüren beugen oder in Gruppen beieinandersitzen, Nudeln auf ihre Gabeln aufrollen und sich unterhalten. Der Speisesaal riecht nicht nach Bratfett, sondern nach unterschiedlichen Gewürzen. Von der meterhohen Decke hängen drei riesige Kronleuchter, deren flackerndes Kerzenlicht eine warmgoldene Atmosphäre erzeugt. In der hinteren Ecke des Saals spielt eine Violinistin eine melancholische, träumerische Melodie, denn ruhige Musik soll sich förderlich auf unseren Schlaf auswirken.

Nachdem ich einen Minztee bestellt habe und durch die Reihen gehe, nehme ich ein Winken im Augenwinkel wahr. Esra und Elio sitzen unweit der Geigerin an einem Tisch, vor ihnen leere Teller mit dreckigem Besteck. Esra winkt mir überschwänglich zu, während Elio zurückhaltender lächelt.

Ich kann nicht genau festmachen, weshalb ich den Zwillingen gegenüber so misstrauisch bin. Natürlich hätte Esra mir von dem geplanten Sigillenritual erzählen müssen, aber gilt das wirklich als Verrat? Es fällt mir nur so verdammt schwer zu vertrauen, dass Freundschaften fast so beängstigend für mich sind wie die Vorstellung einer Liebesbeziehung.

»Setz dich zu uns«, ruft Esra, und ich gebe mir einen Ruck.

»Nemesis«, grüßt Elio in einem Singsang, als wäre mein Name ein Sonderangebot auf dem Wochenmarkt. »Schön, dich zu sehen.«

Ich sehe von ihm zu seiner Schwester und sein verunsicherter Blick legt nahe, dass Esra nicht weiß, dass neben Victoria auch Elio aktiv für ein erneutes Sigillenritual wirbt.

Mit dem Kinn deute ich auf ihre Teller. »Spätes Abendessen?«

»Ja.« Esra legt ihre gefalteten Hände demonstrativ auf den Bauch. »Es war ein langer Tag oder eine lange Nacht, je nachdem, wie du es sehen möchtest.« Sie seufzt. »Ich habe versucht, mit Victoria zu sprechen, doch sie hat mir deutlich zu verstehen gegeben, dass sie nicht über das, was am Montag in Os Kurs passiert ist, reden will.«

»Das muss wirklich unangenehm gewesen sein«, stimmt Elio zu. Obwohl er im Parallelkurs ist, hat Esra ihm anscheinend von unserer Unterrichtsstunde erzählt. »Mercy hat zwar versichert, mit seiner Tante über diese Methoden zu sprechen, aber viel Hoffnung hat er nicht. Anscheinend ist O unangreifbar.«

»Sind das Männer in Machtpositionen nicht immer? Wir sind sicherlich nicht der erste Kurs, der seinen Psychospielchen ausgesetzt ist.«

Obwohl ich puste, verbrenne ich mir die Zunge am Tee. »Vielleicht sind seine Methoden bewährter, als wir denken? Versteht mich nicht falsch, ich wäre lieber gestorben, als auch nur eins meiner Zettelchen vorzulesen, aber ist es am Ende nicht das, was wir lernen sollen? Nicht nur jede Faser unserer Träume zu kennen, sondern auch unsere tiefsten Abgründe.«

Esra verzieht das Gesicht. »In meinen Augen ist O ein Narzisst.«

Über den Rand meiner Tasse hinweg mustere ich sie. Obwohl sie auffällig geschminkt ist, ist ihre Müdigkeit unübersehbar. Esra hat tiefe Augenringe, die selbst unter einer Schicht Concealer hindurchschimmern, und ihre Haut wirkt fahl. Mein Blick geht zu Elio, der mich beobachtet und minimal den Kopf schüttelt.

Er möchte seine Schwester retten. *Retten.* Im übertragenen oder im leibhaftigen Sinn? Und wenn ja, wovor? Oder vor wem?

»Bist du immer noch erkältet?«, frage ich sie, woraufhin sie demonstrativ hustet.

»Leider ja. Aber das wird schon. Wo kommst du gerade her?«

»*Kartografie des Unterbewussten.*« Bei der Erinnerung an das Pulverfass mit Mercy zieht sich alles in mir zusammen.

»Oh«, Esra nimmt die Hände vom Bauch und gestikuliert aufgeregt, »das ist der beste Kurs des Semesters! Ist es nicht komplett abgefahren, dass wir uns unserem Unterbewusstsein nähern können? Hast du schon Fortschritte gemacht?« Ein begeistertes Leuchten tritt in ihre ermatteten Augen.

»Ich habe einen Fuß hineingesetzt. Es zeigt sich mir als eine Art Museum.«

»Ein Museum? Wie aufregend! Mein Unterbewusstsein wirkt dagegen furchtbar öde. Ich glaube nämlich, dass es wie eine Art Tunnelsystem funktioniert, aber es fällt noch zu schnell in sich zusammen, als dass ich es genau sagen könnte.« Ihre ausschweifende Gestik lenkt meine Aufmerksamkeit auf ihre Hände, und ich betrachte ihre langen pinken Fingernägel, die mit Schmetterlingen geschmückt sind.

»Und Mercy?« Ich höre die Vorsicht in Elios Stimme, obwohl er um Beiläufigkeit bemüht ist. »Er hat mir gesagt, dass ihr ein Team seid. Wie kommt er klar in dem Kurs?«

Ich trinke einen Schluck Tee, hauptsächlich, um Zeit für eine Antwort zu gewinnen. Wie er klarkommt? Überhaupt nicht. Statt sich in einen hypnagogen Zustand zu begeben, liegt er entweder nichts tuend da oder schläft ein und leidet an Albträumen, die ihn um sich schlagen und schreien lassen. »Es fällt ihm schwer.«

Elios Ausdruck wird mitfühlend. Er ist genauso schön wie seine Schwester, auch wenn seine Gesichtszüge weicher sind als die von Esra.

»Ihr …« Mit den Fingernägeln zupfe ich ein Minzblatt vom Stängel und kaue darauf herum. »Als wir in der Sauna waren, habt ihr davon gesprochen, dass Jupiter Sterling Mercy zu eurem Vater gebracht hat. Darf ich fragen, warum?«

Die Zwillinge tauschen einen Blick, und ich weiß, dass ich zu schnell zu viel will. Esra wickelt eine dicke Strähne ihres Haars um den Finger und beginnt, es zu zwirbeln. »Hör zu, Nemesis, es liegt einfach nicht bei uns, darüber zu sprechen, verstehst du?«

»Er hat in *Kartografie des Unterbewussten* große Schwierigkeiten, oder?« Elios Frage gleicht einer Feststellung, und als ich nicke, seufzt er.

Ich beuge mich weit über den Tisch und flüstere so leise, dass es im Violinspiel beinahe untergeht: »Statt sich heute seinem Unterbewusstsein zu nähern, ist er in einen verstörenden Traumzustand geglitten, hat geschrien und um sich geschlagen.«

Es klingt, als würde ich Esra und Elio ein Geheimnis anvertrauen, doch der Blick, den sie wechseln, offenbart mir alles, was ich wissen muss. Er ist flüchtig wie eine Berührung im Vorbeigehen, doch darin liegt so viel schwere Sorge, dass sich meine Vermutung bestätigt: Die Barbosa-Zwillinge kennen den Grund für Mercys Albtraum. Und wenn ich ihn auch erfahre, kann ich ihm vielleicht etwas entgegensetzen, wenn er mich bei seiner Tante verpfeifen will.

»Wie bitte?« Ich nehme Esra die Bestürzung in ihrer Stimme ab, die Überraschung darin jedoch nicht.

Mit einem leisen Klacken stelle ich die Tasse auf den Tisch und verschränke meine Finger. Ich lächle erbarmungslos freundlich, als ich sage: »Was wisst ihr über Mercys Albträume? Ihr wollt sicher nicht, dass ich ihn in der nächsten Kartografiesitzung genau in dem Moment damit konfrontiere, in dem er am instabilsten ist, oder?«

»Lass die Spielchen.« Unablässig dreht Esra an ihren Strähnen. »Du, Victoria und auch Mercy lauft mit einer Härte durch die Welt, die ihr für Stärke haltet, dabei schreit sie nach Verletzungen.«

»Ich habe nicht nach einem therapeutischen Rat gefragt.«

Esras Blick bohrt sich in meinen. Sie verengt die Augen und beäugt mich mit Geringschätzung, die mich gekränkt hätte, wäre ich nicht das Miststück, das ich nun einmal bin.

»Wir können dir nicht erzählen, was Mercy durchlitten hat. Es steht uns einfach nicht zu, es ist seine Geschichte, nicht unsere«, sagt sie hart. »Aber …«, ihre Augen suchen und finden die ihres Bruders und sofort wird ihr Ausdruck milder, »was Mercy getan hat … Er … Ich komme mir vor, als würde ich ihn verraten, und dennoch sage ich dir, dass du auf dich aufpassen solltest.«

»Du warnst mich vor Mercury Sterling?«

»Ich bin davon überzeugt, dass er ein guter Mensch ist, ein sehr guter sogar. Aber er hat Dinge getan, die ihn … emotional unerreichbar gemacht haben.«

Ich lache auf. »Behauptet nicht jeder zweite Typ, keine Gefühle zulassen zu können?« Behaupte ich das nicht selbst auch von mir?

»Nein.« Esra lässt ihre Haarsträhnen los und schüttelt so heftig den Kopf, dass Elio ihr eine Hand auf den Oberarm legt. »Du verstehst nicht. Mercy ist kein Mann, der die Verantwortung für seine Gefühle nicht übernehmen kann und in Therapie gehen sollte. Er …«

Esras Gestammel macht mich wahnsinnig. Ich will über den

Tisch nach ihren Schultern greifen und sie schütteln, doch ich schiebe nur die Hände über die Tischplatte in ihre Richtung und lehne mich weiter vor. »Er hat *was*?«

Elio nimmt die Hand vom Arm seiner Schwester. Im Kerzenschein schimmern seine Augen teichgrün. »Pass in diesen Kartografiesitzungen einfach auf dich auf, okay?«

18

Mercy

Nach der Kartografiesitzung irre ich über den Campus, als hätte ich die Orientierung verloren. Ich trage nur Hemd und Hose, weil ich hoffe, dass mir die Kälte nicht nur unter die Kleidung, sondern auch unter die Haut kriecht und dort endlich meine Panik erfrieren lässt.

Fuck. Fuck. Fuck!

Das hätte mir nicht passieren dürfen. Ich hätte nicht unkontrolliert in einen Albtraum abrutschen dürfen.

Mit der flachen Hand schlage ich mir ins Gesicht, einmal, dann noch einmal härter. Ich muss mich zusammenreißen. Aber wie soll das funktionieren, wenn ich vor weniger als einer Stunde derart die Beherrschung verloren habe, dass ich mich in meinem Schwarz-Weiß-Horror wiedergefunden habe? Vor Nemesis? Und das, obwohl ich nüchtern war. Ich habe weder Alkohol noch Schlafmohn-Pulver konsumiert und dennoch …

Eine weitere Ohrfeige, weitere ziellose Schritte im Schnee, doch die klammernde Panik will einfach nicht von mir ablassen.

Es ist ihre Schuld. Durch ihre Anschuldigung, meine Tante sei für den Tod ihres Bruders verantwortlich, bringt sie das bisschen Stabilität, das ich mir über die letzten Jahre mühsam aufgebaut habe, ins Wanken.

Ist meine Tante eine Mörderin? Nein. Unter keinen Umständen. Es besteht nicht der geringste Zweifel … Oder doch? Immer wenn ich gedanklich an diesen Punkt komme, wenn ich mich innerlich von Jupiters Unschuld überzeugen will, sehe ich, wie sie Amélie Morels Leiche wegbringen lässt, wie sie die Anwesenden mit lethischem Wasser zum Vergessen zwingt, wie sie innerhalb weniger Stunden die Ordnung wiederherstellt und am nächsten Tag den Unterricht fortsetzt, als wäre nichts geschehen. Ich sehe sie Peaches Käfig öffnen und den toten Vogel herausnehmen, während sie mir versichert, dass alles gut werden wird, dass sie dafür *sorgt*, dass alles gut wird. Mit jedem Schlag meines verlorenen Herzens weiß ich, dass sie das alles für mich getan hat. Weil sie mich liebt wie ihr eigenes Kind. Weil sie ihrer Schwester bei meiner Geburt das Versprechen gegeben hat, mich ebenso bedingungslos zu beschützen, wie Neptune es tun würde.

Ein Keuchen entrinnt meinen Lippen und mein Atem steigt wie Nebel in die Nacht. Es ist ihre Schuld. Es ist meine Schuld. Es ist alles meine Schuld.

»Mercy!«

Ich fahre herum. In der von Laternen schimmernden Dunkelheit kommt Elio auf mich zu.

»Endlich«, keucht er mit geröteten Wangen. »Ich habe den gesamten Campus nach dir abgesucht.« Bei meinem Anblick werden seine Augen tellergroß. »Scheiße.« Hektisch zieht er seinen Mantel aus und legt ihn mir über die Schultern. »Wie lange bist du schon in deinem dünnen Hemd hier draußen?«

»Ein paar Minuten.«

»Du meinst wohl ein paar mehr Minuten. Deine Lippen sind eisblau.« Er will mir über die Oberarme reiben, lässt aber im letzten Moment die Hände sinken und sagt nur: »Lass uns reingehen.«

Ich sehe in den samtschwarzen Himmel, hinauf zu den unzähligen Sternen. In der Ferne flimmern Polarlichter, als würden sie die Ankunft einer großen Herrscherin verkünden. Die Nacht ist schnee- und ich bin hoffnungslos.

»Nemesis glaubt, dass Jupiter ihren Bruder umgebracht hat.«

Elio versteift sich, doch es liegt nicht an der Kälte. »Sie glaubt *was?*«

Ein halbes Nicken. »Um ihn als Konkurrent auf die Stelle der stellvertretenden Akademieleitung auszuschalten.«

In den Augen meines besten Freunds steht Fassungslosigkeit. »Hat sie den Verstand verloren?«

Ich senke den Blick auf meine durchgefrorenen Hände. Die Haut an meinen Knöcheln ist aufgeplatzt, doch ich zähle fünf Finger. Albtraum oder Wachzustand? Kann ich wenigstens das noch kontrollieren?

»Elio, ich …« Meine Stimme splittert.

Nun fasst er mich doch an, legt seine Hände an meine Schultern und zieht mich zu sich. Ich falle gegen seine Brust, und obwohl die körperliche Nähe einen Fluchtinstinkt in mir auslöst, ringe ich ihn nieder und lasse mich halten.

»Am Freitag kommt mein Vater an die Akademie, er kann dir helfen, hörst du? Du bist nicht verloren, Mercy, das lassen weder ich noch Esra und am allerwenigsten deine Tante zu.«

***

Auch wenn Elio mich angewiesen hat, am Freitag mit seinem Vater darüber zu sprechen, dass ich die Kontrolle verloren habe und in einen Albtraum geschlittert bin, überkommt mich bei Henrique Davi Barbosas Anblick eine andere Idee.

Es ist okay, dass mein bester Freund mich derart panisch erlebt hat, schließlich steht er mir noch näher als Jupiter, aber bereits am nächsten Morgen schämte ich mich furchtbar für mein Auftreten. Ein unbeabsichtigtes Einschlafen, ein unangenehmer, aber kurzer Traum und ich werde so überbordend dramatisch?

»Henrique!« Ich schlängele mich zwischen den Studierenden hindurch, forme mit der Hand eine Art Trichter und rufe über zahlreiche Köpfe hinweg: »Henrique!«

Esras und Elios Vater hält inne. Er trägt einen auffallend weinroten Anzug mit Ornamenten, eine bestickte Krawatte und silberne Schuhe. Als er sich in der Menge umdreht und mich auf sich zukommen sieht, strahlt er mich offen an. Ich habe kein Interesse zu erfahren, wer mein biologischer Vater ist, denn meine Mütter sind stets meine Eltern gewesen, doch wenn es einen Mann gibt, der eine väterliche Rolle in meinem Leben einnimmt, dann er.

»Mercury«, ruft Henrique und breitet die Arme aus, doch anstatt mich in eine Umarmung zu schließen, deutet er ein Klopfen auf meine Schulter an. »Wie schön, dich zu sehen, mein Junge.«

»Wir wären uns spätestens in deiner Einführung zur Traumdeutung begegnet«, sage ich, während wir nebeneinander den Korridor hinabgehen. »Aber ich wollte die Chance nutzen, um Hallo zu sagen.«

»Jeder Akademiebesuch ist mir eine helle Freude.« Wie zur Untermalung seiner Worte lässt er seinen Blick über die gotischen Säulen und hohen Spitzbögen gleiten. Durch die Fenster fällt die rauchblaue Dämmerung und verdrängt die letzten Sonnenstrahlen, die sich in schwachen Streifen auf dem Marmorboden abzeichnen.

Es ist für mich unerklärlich, dass Fächer wie Astrologie und Traumdeutung nicht mehr fest im Stundenplan verankerte Kurse sind, sondern nur noch dreitägige Einführungen. Dabei sollte es die gesamte Akademie besser wissen. Meine Tante weiß es besser, die Barbosas sowieso, und selbst ich kann die Existenz parapsychologischer Phänomene nicht leugnen. Doch als ich Jupiter danach gefragt habe, hat sie das Gespräch verweigert.

Henrique sieht mich von der Seite an. »Wie geht es dir?«

Ich bemühe mich um ein überzeugendes Lächeln. »Gut, danke, und dir?«

Er übergeht meine Nachfrage, stattdessen spüre ich, wie sich sein Blick intensiviert. Ich kenne Elio gut genug, um zu wissen, dass er nicht mit seinem Vater über mich gesprochen hat und Henrique mich so durchleuchtet, weil das die Barbosas so an sich haben. Auch Esra und Elio pflegen die gruselige Angewohnheit, einem das Gefühl zu vermitteln, mehr zu sehen als das, was man zu präsentieren versucht. Doch ich möchte nicht, dass Henrique in mir ausschließlich den Jungen sieht, der die Kontrolle über seinen Schmerz verloren hat.

»Schön«, sagt er, doch ich ahne, dass er mir nicht glaubt. »Und wie geht es meiner Tochter?«

»Esra geht es den Umständen entsprechend. Sie leidet an einer Erkältung, die von Tag zu Tag schlimmer zu werden scheint.«

Henrique brummt zustimmend. »Den Eindruck habe ich auch, selbst wenn sie mir das Gegenteil versichern möchte.«

Esra würde nie zugeben, wie schlecht ihr Zustand tatsächlich ist. Ich habe zwar viel Erfahrung, wenn es darum geht, Tote zu betrauern, doch wie es sein muss, jahrelang um die eigene Tochter oder Schwester zu trauern, wenn diese noch lebt, übersteigt mein Vorstellungsvermögen.

»Du achtest auf sie, habe ich recht, mein Junge?«

»Selbstverständlich«, versichere ich, obwohl wir beide wissen, dass niemand auf Esra achten kann.

Wir biegen um die Ecke, und es sind nur noch wenige Meter bis zum Büro meiner Tante. Ganz gleich, wie subtil ich versuchen werde, meine Frage zu stellen, Henrique wird mich durchschauen, weshalb ich auch mit der Brechstange das Thema wechseln kann und wenig galant lospresche: »Kannst du mir etwas über die von Winthers erzählen?«

Um Ereignisse wie in der letzten Kartografiesitzung zu vermeiden, brauche ich mehr Informationen über Nemesis und ihre Familie. Es hilft mir wenig, mit Henrique über meinen Kontrollverlust zu sprechen, wenn der Auslöser in Gestalt einer Studentin mit tiefblauem Haar durch die Akademie wandelt und davon überzeugt ist, meine Tante sei eine Mörderin. Ich muss mehr über ihren Bruder Neiro erfahren, mehr über die Umstände seines Todes, und wenn es jemanden gibt, der mir dieses Wissen liefern kann, dann sicherlich Esras und Elios Vater.

Er bleibt abrupt stehen, sodass seine teure Ledertasche gegen meinen Oberschenkel prallt. »Über die von Winthers?«

Studierende schieben sich genervt an uns vorbei, da wir mitten im Gang verweilen. Ich nicke entschlossen.

»Nun«, Henrique fährt sich durch seinen Afro, eine Geste, die ich selten bei ihm sehe. »Selbst nach jahrelanger Überlegung bin ich noch zu keiner befriedigenden Antwort gekommen, wie ich es finde, dass mit Oneiros von Winther der letzte Schlafwandler gestorben ist.« Kurz flackert eine ungezügelte Emotion über sein Gesicht, die er jedoch so schnell wieder einfängt, dass ich sie nicht deuten kann.

»An einer Überdosis Schlafmohn.«

Henrique nickt. »Ich habe ihn vor dem übermäßigen Konsum gewarnt, aber er hat nicht auf mich gehört. Am Ende hat ihn sein Ehrgeiz in den Tod getrieben, seine ohnehin außergewöhnlichen Fähigkeiten haben ihm nicht gereicht. Neiro von Winther wollte stets mehr, wollte den stabilsten Nexus, den längsten Aufenthalt in der Realität, die er durch seine Träume beeinflusst hat. Es war nie genug.«

»War er eine ernst zu nehmende Konkurrenz für Jupiter?«

Henrique lacht auf, nicht so, als würde er mich verhöhnen, doch so, als hätte er es immer noch mit einem naiven Jungen und nicht mit einem erwachsenen Studenten zu tun. »Natürlich war er das. Er war ein Schlafwandler, Mercy. Aber deine Tante ist ihm unfassbar souverän entgegengetreten, hat sich auf keinen Hahnenkampf eingelassen und durch Leistung überzeugt. Ich glaube, dass die Sterling-Frauen eine Ausnahme unter den Traumgeborenen darstellen, denn sie fürchten Schlafwandelnde nicht. Es ist schließlich deine Mutter Neptune gewesen, die Neiros Studium an der ADA ermöglicht hat.« Er möchte das Gespräch an dieser Stelle beenden und wendet sich ab, doch ich trete ihm in den Weg.

»Und Nemesis von Winther? Sie ist keine Schlafwandlerin.«

»Das ist vermutlich der Grund, weshalb ihre Mutter Augusta zeit ihres Lebens beteuert, nur einen Sohn zu haben.«

Autsch.

Henriques türkisfarbene Augen werden schmal. »Woher rühren all diese Fragen, mein Junge?«

Mein Puls gerät aus dem Takt. »Nur aus Interesse.«

Doch die Skepsis in seinem Blick nimmt zu. »Aus Interesse? Meiner Meinung nach sind die von Winthers keine besonders interessante, sondern eine besonders tragische Familie. Wenn du klug bist, erstickst du deine Neugier im Keim und hältst dich von ihnen fern.«

Auch wenn seine Worte über das Verhältnis zwischen Jupiter und Neiro Balsam für meine zweifelnde Seele sind, muss ich mich ein letztes Mal vergewissern. »Tragisch wegen Neiros selbst verschuldetem Drogentod?«

»Sicherlich deswegen, aber auch wegen Lucy von Winther.«

Verwirrung durchfährt mich und ich verziehe fragend das Gesicht. *Wegen wem?*

»Ich muss weiter, aber wir können unser Gespräch gern nach der Einführung in Astrologie fortsetzen.« Henrique wendet sich ab, sodass mein Arm hervorschnellt und ich ihn zurückhalte.

»Wer ist Lucy von Winther?«

Er blickt herab auf meine Hand, die seinen Unterarm touchiert, und ich verstehe, was für einen fatalen Fehler ich begangen habe. Als würde mich die Berührung unter Strom setzen, reiße ich den Arm weg und stolpere rückwärts, doch er greift nach meiner Hand. Ich möchte sie ihm entreißen, doch er hält sie fest, nur einen Herzschlag lang, dann lässt er mich los. Würde Henriques Miene nicht völlig ausdruckslos werden, seine Augen aber unnatürlich zu leuchten beginnen, könnte man infrage stellen, ob er mich überhaupt berührt hat. Doch ich starre in sein Gesicht, starre in das fluoreszierende Türkis seiner Augen und weiß, dass er es weiß.

Er weiß es.

»Mercy«, haucht er erschrocken und blinzelt mehrmals. »Du …«

»Es ist nichts«, unterbreche ich ihn. »Es geht mir gut.«

Er schreit mich an, ohne laut zu werden, indem er so nah an mich herantritt, dass seine Lippen fast mein Ohr berühren. »Mercury Sterling, du hast die Verbindung zu deinen Müttern immer noch nicht gelöst«, zischt er, und seine Worte hallen in meinem Kopf wider, als würde er nicht mit seiner Stimme sprechen, sondern mit der zwielichtigen Magie der Sterne. Ein erbarmungsloser Himmel tut sich über mir auf, sternlos und so verschlingend schwarz wie mein Herz.

Plötzlich schwingt die Bürotür meiner Tante auf, und sie tritt heraus. Wir fahren auseinander, Jupiter winkt überschwänglich und ruft: »Henrique, es ist mir die größte Freude.«

Sofort glättet sich seine Miene, und es ist keine Spur Übernatürlichkeit in seiner Erscheinung zu erahnen. »Jupiter Sterling«, wummert sein tiefer Bass freudig durch den Gang. »Die einzig wahre.«

Meine Tante kommt auf uns zu und runzelt leicht die Stirn. »Gibt es schon etwas vor dem Astrologieseminar zu besprechen?«, fragt sie mit Blick auf mich.

Ich schüttle den Kopf. »Wir sind uns zufällig begegnet.«

»Ah ja?« Jupiters Stirnfalte vertieft sich.

»Ein Gespräch mit deinem Neffen ist jede Sekunde wert«, springt Henrique für mich in die Bresche. »Wenn du uns noch einen Moment schenken würdest?«

Die Stirn meiner Tante entspannt sich. »Natürlich.« Sie wendet sich zum Gehen. »Cappuccino mit extra Milchschaum?«

»Gern. Mit Hafermilch.«

»Das weiß ich doch, Henrique.«

Als Jupiter außer Hörweite ist, sieht mich Esras und Elios Vater ein letztes Mal an. Ich bin am Arsch. Wenn er meiner Tante erzählt, dass ich …

»Bitte nicht«, flüstere ich mit einer Dringlichkeit, für die ich mich in Grund und Boden schäme. »Bitte sag ihr nichts.«

Doch er antwortet nur mit diesem Blick, unter dem ich mich völlig entblößt fühle. »Löse diese Verbindung, mein Junge, sonst wird Jupiter dein geringstes Problem sein.«

19

Nemesis

In der Nacht von Samstag auf Sonntag kann ich mich nicht mehr zurückhalten. Seit dem Gespräch mit Esra und Elio im Speisesaal wächst eine wahnwitzige Idee in mir, von der ich mir wünschen würde, dass sie verstummt, doch sie wird mit jedem Tag lauter und wortgewandter.

Ich muss wissen, was es mit Mercys Träumen auf sich hat. Ich muss wissen, ob er in der Kartografiesitzung tatsächlich unkontrolliert in einen Albtraum geraten ist, der ihn hat schreien lassen wie einen Verwundeten. Ich *muss* es wissen, schließlich weiß er auch zu viel über mich. Doch ich darf das Risiko nicht unterschätzen. In die Träume einer anderen Person zu gelangen, fügt ihr per se weder körperliche noch mentale Schmerzen zu, es hinterlässt auch keine Spuren oder Langzeitfolgen. Aber sobald ich drin bin, kann ich entdeckt werden, weshalb ich höllisch aufpassen muss.

Ich ziehe Neiros Armband von meinem rechten Handgelenk und lege es neben das Kopfkissen. Es schützt mich vor albtraumhaften Einflüssen und stärkt meine Selbstbestimmung, aber ich möchte nicht riskieren, dass es mir den Eintritt in Mercys vermutlich unschöne Träume erschwert. Als ich tiefer in die Kissen sinke, kostet es mich Mühe, meinen Puls zu beruhigen und meine Aufregung auszusperren, doch ich rede mir ein, dass mein Aufenthalt von so kurzer Dauer sein wird, dass Mercy nichts – rein gar nichts! – davon mitbekommen wird.

Wie beim Eindringen in fremde Erinnerungen setzt auch das Betreten von Träumen eine persönliche Bindung voraus. Je enger und vertrauter diese ist, desto einfacher ist der Zutritt. Direkte Berührungen sind der engste Kontakt, der bestehen kann, doch da ich mich nicht in Mercys Bett schleichen werde, muss unsere emotionale Bindung reichen. Auch wenn sie keine positive ist, ist sie eine der intensivsten, die ich je gehabt habe.

Statt die Treppe des Bewusstseins hinabzugehen, gehe ich sie hinauf und schlafe mit jeder Stufe tiefer ein. Ein hypnagoger Zustand reicht, um das Unterbewusstsein zu betreten, doch um in Träume zu gelangen, muss ich mich dem Schlaf hingeben. Und dabei an Mercy denken. An das Tattoo an seinem Hals, seine vernarbten Hände, das Gewitter seiner Augen. Daran, wie er mich als *Frau seiner Träume* bezeichnet hat. Er weiß ja gar nicht, wie richtig er damit liegt. Daran, wie seelenlos sein Ausdruck geworden ist, als er mir gedroht hat. Daran, wie er mich gefragt hat, was schlimmer sei: ein gebrochenes Herz oder ein gebrochener Wille? *Wie glücklich du dich schätzen kannst, zwischen beidem noch zu wählen, Mercy.*

Sobald ich den Treppenabsatz erreicht habe, drängt sich mir seine Traumwelt so stark auf, als wollte sie mein Innerstes unterwerfen. Es ist ein Übelkeit erregendes Gefühl, derart unsicheres Terrain zu betreten und mehr und mehr Kontrolle an den Schlaf abzugeben, doch wenn ich Antworten will, habe ich keine andere Chance.

Während ich an Jupiter Sterlings Erinnerungen verzweifelt und im Fluss des Vergessens gelandet bin, ist der Zugang zu Mercys Traum erschreckend offensichtlich. Wenige Meter vor mir tut sich ein Schlund auf. Es ist, als würde mich eine starke Windbö erfassen und vorwärtstreiben; mein Haar, selbst meine Kleidung werden in die Richtung gezerrt. Dunkelgraue Strudel wabern aus dem Schlund hervor und lassen mich nicht erkennen, was mich erwartet. Entweder ich überlasse mich der Ungewissheit oder ich mache einen Rückzieher. Das ist meine letzte Möglichkeit, mich aus seinem Traum herauszuhalten, doch ich verdränge meine Zweifel und gebe mich dem Nebel hin. Mir wird die Sicht genommen, und es fühlt sich an, als würde ich wieder und wieder ins Leere treten. Mein Herz sackt herab, um hinaufgeschleudert und dann wieder fallen gelassen zu werden, mein Puls erhöht sich so schnell, dass ich glaube, den anaeroben Bereich zu erreichen, und froh bin um jede Stunde, die ich mit exzessivem Seilspringen verbracht habe. Es stinkt nach verbrannter Erde, der Geruch ist so durchdringend, dass ich sicher bin, daran zu ersticken.

Doch dann bin ich durch. Nur, um den wahren Höllengrund zu betreten.

In einem unwirklichen Schwarz-Weiß-Szenario kniet Mercy auf einer verlassenen Straße. Hinter ihm ein Auto, dessen Motorhaube so stark eingedrückt ist, dass man nur noch von einem Wrack sprechen kann. Vor ihm … zwei tote Frauen.

Tiefschwarze Flüssigkeit tränkt den Asphalt, der Schädel der einen Frau ist aufgeplatzt, der anderen wurden die Beine eingequetscht. Ich kann den Anblick kaum ertragen, wenn ich vorhin bloße Übelkeit verspürt habe, ist mir jetzt so schlecht, dass ich mich auf der Stelle übergeben möchte.

Mercy hält beide Frauen an jeweils einer Hand. Sein Kopf ist gesenkt, seine Schultern beben vor Schluchzern, er wimmert und wiederholt: »Bitte nicht. Bitte nicht. Bitte, bitte nicht.«

Der Tod seiner Mütter. Mercy wird von seinen Albträumen dazu gezwungen, den Tod seiner Mütter wieder und wieder zu durchleben. Das ist die grausamste Folter, die ich mir vorstellen kann.

Plötzlich komme ich mir unfassbar fehl am Platz vor, wie eine widerliche Voyeurin, die sich diesen intimsten aller Momente einverleibt. Ich wollte Antworten haben? Dann geschieht mir mein schlechtes Gewissen recht.

Obwohl ich nach wie vor an den Ausläufern seines Traums stehe, spüre ich selbst hier die niederdrückende Schwere seiner Trauer wie Treibsand, in den man tiefer sinkt, je stärker man dagegen ankämpft. Er kniet immer noch zwischen seinen toten Müttern, das rauchende Autowrack dahinter, in einer steingrauen Wolke verflüchtigt sich der Dampf in den silbern glänzenden Himmel. Außer der asphaltierten Straße gibt es nichts zu sehen, in alle Richtungen erstreckt sich Leere. Ich kann mir nicht erschließen, wie es zu dem Unfall gekommen ist. Ein kurzer Moment des Abgelenkt-Seins, der an einem Baum oder im Graben endete?

Als Mercy den Kopf hebt und gen Himmel blickt, als könnte er auf göttliche Hilfe hoffen, erschrecke ich vor dem Ausdruck in seinem Profil. Er läuft über vor purem Schmerz. Es ist jene Art von Leid, das man schlicht aushalten muss, das nie wieder rückgängig zu machen ist, gegen das alles Schreien, Bitten und Betteln nicht hilft, denn es ist gnadenlos.

Mercy ist so eingenommen von den zwei Toten zu seinen Knien, dass er mich nicht bemerkt. Er muss dringend lernen, sich besser abzuschirmen. Langsam gehe ich rückwärts, nähere mich dem Übelkeit erregenden Schlund, der mich aus seinem Grauen herausbringen wird. Wind zerrt an mir, peitscht mein Haar zurück, ich rieche bereits verbrannte Erde, als ein Kreischen die Farblosigkeit zerreißt. Es ist ein unmenschlicher Laut, viel zu hoch und animalisch.

Bestürzt schaue ich um mich, doch auch Mercys Kopf fährt herum, und die Zeit scheint auf doppelter Geschwindigkeit zu laufen, es geht alles so schnell, dass ich zwar zurückhetze, den Ausgang jedoch nicht erreiche, als sein Blick auf mich fällt.

Nein. Nein, nein, nein!

Mercy keucht. Erst Verwirrung, dann Schock erschüttern seine Miene. Er lässt die Hände seiner Mütter los, und an den Stellen, an denen er die Leichen berührt hat, wirkt seine Haut wie verätzt. Träge kommt er auf die Beine, seine Erscheinung wirkt in diesem Szenario wie ein Schatten.

»Nemesis«, sagt er entgeistert. »Du …? Was …?«

Nein, nein, nein.

Ich bin geliefert, am Ende, das war's. Doch anstatt mich umzudrehen und aus seinem Traum zu stürzen, stehe ich wie blockiert da.

Erneut ertönt dieses furchterregende Kreischen.

»Du musst sofort verschwinden«, schreit Mercy und macht einen Satz in meine Richtung. »Wie auch immer du das machst, raus aus meinem Traum.«

Das ist das Ende. Das Ende meines größten Geheimnisses. Warum erfüllt mich das genau jetzt, im falschesten aller Momente, mit völlig widersinniger Erleichterung? Warum schlägt mein Herz nicht schneller, rasender, panischer, sondern langsamer, als würde es sich beruhigen?

Mercy kommt auf mich zu, während ich mich keinen Zentimeter bewegen kann. »Verschwinde. Sofort.«

Hat er schon verstanden? Weiß er, was ich bin?

Als er mich erreicht, packt er mich am Handgelenk. Ich starre auf seine Finger, die mich umklammern. Dort, wo seine wunde Haut meine trifft, brennt und juckt es fürchterlich, doch ich unterdrücke den Impuls, ihn abzuschütteln.

»Du …« Ein Schrei zerfetzt die Stille. Mercys Augen weiten sich, seine Pupillen schwimmen münzgroß in den Iriden, und seine Lippen öffnen sich zu einem stummen Flehen. Gerade als ich in die Richtung der bestialischen Laute blicken will, rennt er los und reißt mich mit sich. Überrumpelt stolpere ich hinter ihm her, an dem zerstörten Wagen und den Leichen seiner Mütter vorbei.

»Zur Hölle, was …?«

»Renn«, ruft er, während seine Finger mein Handgelenk loslassen, doch nur, um sich mit meinen zu verschränken. »Renn um dein und um mein Leben.«

Während wir mit hetzenden Herzen und hechelndem Atem die Straße hinablaufen, die länger und länger zu werden scheint, reiße ich den Kopf herum, doch ich kann nichts entdecken außer die aus dem Nichts kommende verlassene Straße.

Die Landschaft verändert sich. Wie der Wechsel eines Bühnenbilds sprießen Bäume aus der Leere, erst zaghaft, dann immer deutlicher, bis die Straße auf einen massiven Kiefernwald trifft.

»Sobald wir den Wald erreichen …«, keucht Mercy.

»… sind wir sicher?« Schweiß bildet sich zwischen unseren Händen, doch wir lassen nicht los. Ich aus reiner Überforderung, er aus … Ja, aus welchem Grund eigentlich?

Er lacht bitter. »Nein. Dann beginnt das eigentliche Katz-und-Maus-Spiel.«

Als Luzide haben wir die Kontrolle über unsere Träume, allein wir bestimmen, was wir tun. Das ist nicht nur Grundvoraussetzung für das Studium, es ist essenziell, um annähernd bei Verstand zu bleiben. Denn Träume sind heimtückische Verräter, die einem bei der erstbesten Gelegenheit in den Rücken fallen. Wenn man die Kontrolle über sie verliert, ist man ihnen machtlos ausgeliefert, gepaart mit dem Unterbewusstsein erlebt man in einem Moment süchtig machend schöne Gefühle, nur damit sie einem im nächsten brutal entrissen werden. Mercy scheint diese Kontrolle gänzlich verloren zu haben.

Als wir den Wald erreichen, werden meine Schritte langsamer und ich wage zurückzublicken. Ich kann die Entscheidung nicht einmal bereuen, denn Panik flutet mich so stark, dass meine Beine unter mir wegzubrechen drohen. Wir werden verfolgt. Von zwei schemenhaften Kreaturen, die wie blutrünstige Wölfe ihre deformierten Köpfe in den Nacken werfen und heulen.

Mein Verstand setzt aus, der Überlebensinstinkt ein. Adrenalin treibt mich voran, lässt mich dicht hinter Mercy tiefer und tiefer in den Wald stürzen. Ich kann spüren, mit welcher Geschwindigkeit sie sich nähern, kann die Ausweglosigkeit unserer Situation erahnen, die Qual, in die wir geradewegs hineinrennen, weil wir nicht schnell genug davonlaufen.

Meine Lunge brennt, doch das Kreischen lässt mich wie besessen rennen. Muss Mercy das jede Nacht durchleben? Läuft er jede Nacht um sein Leben?

Ich schlage hart auf. Scharfer Schmerz durchzuckt meine Handflächen und Knie, Blut läuft mir in den Mund, weil ich mir auf die Lippe gebissen habe, einen Moment lang verschwimmt der Waldboden vor meinen Augen.

Mercys stürmische Stimme über mir. »Bist du verletzt?«

Ich komme auf alle viere, sehe die Wurzel, die mich hat stürzen lassen, dann ist mein Kopf und Körper wieder im Hier und Jetzt. Das Heulen ist ganz nah, also springe ich auf. Mercy beäugt mich mit so viel Sorge, als würde er sich mehr um mein Schicksal kümmern als um sein eigenes.

Ich riskiere einen Blick über die Schulter. Zwischen den hohen Baumstämmen brechen die dämonenähnlichen Kreaturen hindurch, zwei riesige Monster mit langen, spindeldürren Gliedmaßen, die jegliches Licht zu verschlucken scheinen. Sie schleifen ihre missgebildeten Arme über das Moos, wobei ihre Krallen Furchen in den Boden graben. Ihre Köpfe bestehen aus geöffneten Schädeln, aus denen Rauch emporsteigt, der die Nadeln von den Kiefern fallen lässt. Ihr Geruch nach Verwesung dreht mir den Magen um, sodass ich rasch durch den Mund einatme, um mich nicht an Ort und Stelle zu übergeben. Der Boden unter ihnen scheint sich noch schwärzer zu färben. Und immer wieder dieses Kreischen, dieses widerlich hohe, durchdringende Kreischen.

»Sie rufen mich«, wispert Mercy mit erstarrtem Blick auf die Schreckgestalten, die sich uns rasend nähern.

Ich springe auf ihn zu, packe ihn an den Schultern und zwinge ihn, mich anzusehen. Es kostet mich meinen letzten Rest Selbstbeherrschung, doch meine Stimme ist fest, als ich sage: »Es ist immer noch dein Albtraum. *Deiner*. Du kannst ihn umdeuten.«

»Ich kann nicht.« Mercy klingt so resigniert, als hätte er dieses grausame Spiel Nacht für Nacht durchgemacht, um stets zum selben Ergebnis zu kommen: Es gibt kein Entrinnen.

»Zwing dich zu einer Tür, die wir hinter uns schließen können. Zwing dich mit aller Kraft dazu, sie zu vernichten oder sie zu verwandeln. In … süße Waschbär-Babys.«

»Waschbär-Babys?«

Unter anderen Umständen hätte ich über Mercys entgeisterten Ausdruck gelacht.

»Du kannst diesen Albtraum umdeuten. Ich weiß, dass du es kannst«, wispere ich eindringlich, während ich zwischen den Worten nach Luft ringe, um nicht durch die Nase einatmen zu müssen.

Mercy legt einen Finger an seine vollen Lippen. »Hör zu, Nemesis. Sie rufen meinen Namen.«

Ich wehre mich dagegen, ihr entsetzliches Kreischen an mich heranzulassen, doch je näher sie uns kommen, desto deutlicher wird es.

»Mercy, Mercy, Mercy.«

Wie eine abscheuliche Melodie, wie ein grausames Gebet singen sie seinen Namen.

Nun bin ich es, die seine Hand umfasst und ihn weiterzieht. Als ich ihre klaffenden Mäuler hinter uns spüre, wird der faulige Gestank so penetrant, dass mir Gallensaft die Speiseröhre emporschießt.

»Bitte«, flehe ich Mercy an, während wir über den Waldboden hetzen. »Bring dich auf andere Gedanken. Irgendwie.« Ich sage es *für ihn*. Ich renne *für ihn*. Ich bitte *für ihn*. Denn es ist *sein* Albtraum. Und egal, wie schwer es ist, die Kontrolle zurückzuerlangen und ihn umzudeuten, weiß ich doch, dass in ihm die Kraft steckt, es zu tun. Ich kann seinen Traum verlassen und aufwachen, aber er muss Nacht für Nacht an diesen schrecklichen Ort zurückkehren.

»Bitte, Mercy, zerstöre sie. Ich weiß, dass du es kannst.«

»Ich kann nicht«, schreit er. »Ich kann *nicht*. Sie werden mich holen, sie müssen mich holen, sie kriegen mich jedes Mal, jedes Mal sezieren sie mein Herz … Ich …«

Ruckartig bleibe ich stehen und bringe damit auch Mercy zum Stoppen. »Wenn du es nicht tust, dann vernichte ich sie.«

Ich möchte es nicht tun. Nur durch brachiale Gewalt kann ich Mercys Traum unterwerfen und ihn dazu zwingen, sich zu verändern. Es ist ein tiefer Eingriff in Mercys Privatsphäre, aber diesen Horror verdient nicht einmal er.

Auf dem Absatz mache ich kehrt. Nun liegen weniger als zehn Meter zwischen uns und den beiden Monstern. Albtraum hin oder her, meine Angst ist verdammt real, doch ich kann keine Rücksicht darauf nehmen. Gerade als ich die abscheulichen Kreaturen fest in den Blick nehme und mich auf die Atmosphäre der Traumwelt konzentriere, stellt sich Mercy vor mich.

»Was tust du?«, frage ich perplex.

Seine Miene ist grotesk verhärtet, als würde er zwar wissen, was ihm blüht, dennoch fest entschlossen sein, es klaglos auszuhalten.

»Was …?«

Seine Ablenkung reicht. Eine der Kreaturen springt hervor,

fletscht die Zähne, Speichelfäden dick wie Seile tropfen auf den Boden, die Erde verätzt unter dem Sekret.

Ich hetze zurück, falle, Mercy reißt mich am Arm in die Höhe, doch das Monster holt aus und erwischt mich mit seiner Kralle, schnappt mit seinem geifernden Maul nach mir. Schmerz schlägt in mich ein, so heiß, dass ich verbrenne.

Mercy zieht mich zurück, bringt wenig – viel zu wenig – Abstand zwischen uns und die Höllenkreaturen.

Auch seine Berührung ist purer Schmerz. Erneut erfasst mich ein Brennen, als er eine Hand in meinen Nacken legt, mich zu sich zieht und seine Lippen auf meine presst.

In den Tiefen seines Albtraums küsst mich Mercury Sterling. Doch nicht meinetwegen, auch nicht seinetwegen, nicht weil er oder ich es so wollen. Mich durchzuckt die Erkenntnis, dass er sich nicht vor *mich* gestellt hat, auch nicht zwischen mich und diese Höllenkreaturen, sondern vor *sie*.

Hart liegt sein Mund auf meinem, unnachgiebig und bitter. Und dennoch ist dieser Kuss alles, was mich davon abhält zu verglühen.

20

Nemesis

Schlimmer als Mercys Albtraum ist das, was mich erwartet, als ich die Augen aufschlage. Denn der sengende Schmerz begrüßt mich, als würde er an meinem Bett sitzen.

Ich taste nach der Nachttischlampe und schalte sie ein, reiße die Decke von mir und starre auf mein Bein.

Das kann nicht sein. Das ist unmöglich. Selbst wenn meine Panik und Angst real sind, selbst wenn mein Herz noch rast, selbst wenn mich die Bilder aus Mercys Horrortrip noch jagen, ist das, was ich soeben erlebt habe, immer noch ein Traum. Ein Hirngespinst, das mich mental belasten und mir im übertragenen Sinn den Schlaf rauben kann, aus dem ich aber keine tatsächlichen Verletzungen davontragen werde.

Doch die zentimeterlange Wunde an meinem Oberschenkel möchte mich eines Besseren belehren. Mein Fleisch ist aufgerissen und klafft auseinander, Blut quillt hervor und tränkt mein Schlafkleid sowie das Laken. Ich würge.

»Nemesis!« Es hämmert gegen die Tür. »Mach auf!«

Mercys fiebrige Stimme hält mich davon ab, mich zu übergeben. Als ich mich aus dem Bett hieve und zur Tür humple, spüre ich, wie schwach mein Kreislauf ist. Mir ist so schwindelig und heiß, dass mir der Schweiß ausbricht.

Sobald ich den Schlüssel im Schloss herumgedreht habe, stürzt Mercy in mein Zimmer. Wie benommen stiert er auf mein Bein, auf den zerfetzten Stoff und die blutende Wunde, erst Pulsschläge später richtet er den Blick auf mein Gesicht. Seine Augen sind bodenlos.

Schweiß läuft meine Schläfen hinab, sammelt sich über meiner Oberlippe, und ich zittere, obwohl mir so warm ist.

Mercy reißt meinen Mantel vom Haken und kommt auf mich zu, doch ich weiche zurück.

»Was«, bringe ich hervor, jeder Buchstabe bebend, »was hast du mit mir gemacht?«

Er antwortet nicht, ist in der nächsten Sekunde nur so dicht bei mir, dass er vor mir auf die Knie fällt, mein Schlafkleid weiter zerreißt und mit dem Stoff provisorisch mein Bein abbindet.

»Wenn du überleben willst, musst du mir jetzt vertrauen«, knurrt er, erhebt sich und wirft mir den Mantel über.

Ich bin so schwach auf den Beinen, dass ich mich nicht dagegen sträube, als er sich einen meiner Arme um die Schulter legt. Halb tragend, halb schiebend bugsiert er mich erst aus dem Zimmer, dann aus dem Studierendenhaus. Ich habe unzählige Fragen, bin jedoch so betäubt von der quälenden Hitze, dass ich mich einfach mitziehen lasse. Als wir auf das Hauptgebäude der Akademie zuhalten, tropft mein Blut auf die schneebedeckten Wege … wie eine Spur aus gefallenen Rubinen, die im Mondschein glänzen.

Mercy trägt nur Schlafhemd und Hose, er schleppt mich barfuß über den Campus. Wir haben die Hälfte des Weges hinter uns, als ich nicht mehr an mich halten kann und mich übergebe. Er hält mein Haar, streicht mir über den Rücken, flüstert: »Es wird alles gut, vertrau mir«, dann stützt er mich wieder und wir hinken voran.

Trotz der Minusgrade kühle ich nicht ab. Von meinem Oberschenkel ausgehend rollt ein Feuer über mich hinweg, das jeden

Zentimeter meines Körpers verglüht. Mir ist so heiß, lavaheiß. Alles dreht sich, verschwimmt, verformt sich wie bei einem Fiebertraum. Mein Kopf sinkt an Mercys Brust, meine Lider fallen zu.

»Halte durch«, keucht er. »Nur noch ein paar Meter.«

Irgendwann bleiben wir stehen, Schlüssel klimpern, eine Tür quietscht, Licht hinter meinen geschlossenen Lidern. Ich werde vorwärtsgetragen, dann wieder Schlüssel, Tür, Licht. Endlich sinke ich nieder.

Als ich mühsam die Augen öffne, erscheint Mercys schemenhaftes Gesicht vor mir. Er legt eine Hand an meine schweißnasse Stirn, dann schlägt er sanft gegen meine Wange. »Bleib bei mir, okay?«

Ich will, aber es ist so verdammt schwer. Mein Bewusstsein hängt am seidenen Faden, mein Blut kocht und rinnt gleichzeitig mein Bein hinab. Geräusche dringen dumpf zu mir, doch sie scheinen so weit entfernt, dass sie sich zu einem Hintergrundrauschen vermischen.

Nur Mercys Stimme gelangt durch den Schleier. Er echot meinen Namen, plötzlich scheint er ganz nah. »Nemesis«, flüstert er. »Es tut mir leid.«

Es tut ihm …

Ich schreie. Schreie, schreie, schluchze. Es fühlt sich an, als würde man mir die Haut abziehen, der Schmerz ist so geschliffen scharf, dass sich ein Gefühl von Ohnmacht schützend über mich legen will.

Doch ich werde nicht ohnmächtig, sondern verstumme. Meine Schreie bleiben in der Kehle stecken. Ich blinzle, als sich meine Sicht klärt. Blinzle, als ich Mercys panisches Gesicht vor mir sehe.

»Es tut mir leid.«

Wie bei einem schlagartigen Temperaturabfall lässt die Hitze nach. Auch wenn das Feuer nicht gänzlich erstickt ist, spüre ich es nur noch schwach lodernd unter meiner Haut. Mein Kopf pocht, doch ich kann annähernd klare Gedanken fassen.

Mein Blick geht von Mercy durch den winzigen Raum, der einem Wandschrank gleicht. Mehr als ein Sekretär und der Stuhl, auf dem ich kauere, findet keinen Platz. Ein Fläschchen gefüllt mit einer Tinktur wie flüssiges Silber steht auf dem Sekretär, daneben liegt Verbandsmaterial. Die Wände sind über und über mit Abbildungen beklebt, die den Schein der Deckenleuchte reflektieren und unnatürlich schimmern. Sie alle zeigen das gleiche Motiv in unterschiedlichen Ausführungen: einen Baum.

Ich sehe auf mein Bein hinab. Der Rock meines Schlafkleids ist nur noch ein Fetzen Stoff, die Blutung der Wunde durch mehrere Lagen Kompressen gestillt, die ähnlich silberhell glänzen wie die Tinktur in dem gläsernen Fläschchen.

»Was ist passiert?«, frage ich heiser.

Mercy hält mir drei Finger vors Gesicht. »Wie viele?«

»Wo sind wir?«

»Wie viele Finger, Nemesis?«

Ich huste. »Drei.«

Er atmet so schwer aus, als hätte er minutenlang die Luft angehalten. Aus seiner knienden Position vor mir sinkt er zurück und lehnt sich mit dem Rücken gegen den Sekretär. Ich sehe von seinen nackten, schmutzigen Füßen über seine glänzende schwarze Pyjamahose bis zu seinem zerwühlten Haar. Sein Hemd ist nach oben gerutscht und ein Stück seines flachen Bauchs liegt frei – genau die Stelle, die eine blättrige Rosentätowierung erahnen lässt. Vorwürfe und Schuld zeichnen seine Miene.

»Was ist passiert?« Doch kaum habe ich die Frage wiederholt, kehren meine Erinnerungen zurück. Ich weiß zwar nicht, wie ich in den Wandschrank gelangt bin, doch sein Albtraum läuft wie ein Horrorfilm durch meinen Kopf.

Die Straße, das Autowrack, seine toten Mütter. Die Bestien, die mich verwundet haben. Mich, weil ich mich in seinen Traum geschlichen habe.

Der Kuss.

»Du bist eine Schlafwandlerin«, sagt er schlicht, und der ruhige Ton steht in so starkem Kontrast zu allem, was in dieser Nacht passiert ist, dass ich perplex schweige. Vielleicht hätte ich es abstreiten können, doch mit der stoischen Gewissheit, mit der mich Mercy ansieht, weiß ich, dass es sinnlos ist.

»Und *du* hast die Kontrolle über deine Träume verloren.«

»Das habe ich nicht.«

Demonstrativ blicke ich auf mein Bein hinab. »Dann erklär mir das hier.«

Mit beiden Händen fasst er sich ins Haar, reißt den Kopf zurück, das Tattoo liegt offen, sein Kehlkopf zuckt. »Ich habe nicht die Kontrolle über meine Träume verloren«, sagt er so leise, als wäre es nicht für mich bestimmt.

Ich stütze mich auf den Stuhllehnen ab und richte mich auf. Als ich mein Bein anhebe, spüre ich die Wunde, doch der Schmerz ist aushaltbar. Die silberne Flüssigkeit scheint Wunder zu wirken.

»Wenn das stimmt und du als luzider Träumer nach wie vor die Kontrolle hast, bedeutet das im Umkehrschluss, dass du den Horror, den wir erlebt haben, freiwillig wählst.« Ich kann selbst kaum glauben, was ich da sage, deswegen betone ich: »Aus freiem Willen, Mercy.«

Er erwidert nichts und bestätigt damit alles.

Fassungslos starre ich ihn an. »Bist du … bist du völlig wahnsinnig?«

Sein Lachen klingt trostlos. »Das alles wäre nicht passiert, wenn du nicht in meinen Traum eingedrungen wärst.«

»Dann ist es also meine Schuld, dass deine Höllenkreaturen mir das Bein aufgeschlitzt haben? Was sind das überhaupt für Monster?« Mit jeder Sekunde, in der mein Verstand das Geschehene verarbeitet, wird mir das Ausmaß von Mercys Situation bewusster. Ich rücke näher an die Wand, spüre das Holz des Stuhls in meinem Rücken, kann mit jedem sich fügenden Gedanken nicht genug Abstand zwischen uns bringen.

»Du bist richtig am Arsch, hab ich recht?« Gänsehaut überkommt mich, mein Ton ist so viel entsetzter als beabsichtigt. »Es ist eine Sache, sich einem selbst gewählten Albtraum hinzugeben, eine völlig andere jedoch, wenn die Kreaturen darin nicht nur fiktiv sind, sondern realen Schaden anrichten. Was …«, ich atme rasselnd durch, »… für eine Teufelsbrut lässt du in deine Träume eindringen, Mercury Sterling?«

Er kippt den Kopf nach vorn, und sein Blick macht mir Angst. Da ist wieder diese ruchlose Dunkelheit, die von ihm Besitz ergreift.

»Ein Wort«, er hebt den Zeigefinger, »ein Wort an irgendjemanden, und ich mache öffentlich, dass du eine Schlafwandlerin bist.«

Ich habe geglaubt, zu erschöpft zu sein, um wütend zu werden, aber Mercy bekommt mich auf Temperatur. Vielleicht will ich auch die ängstliche Enge in meiner Brust weiten und greife deswegen auf meine verlässlichste Emotion zurück, doch ich beuge mich vor und verenge die Augen zu Schlitzen. »Du drohst mir schon wieder.«

Auch sein Ausdruck wird diamanthart. »Ich möchte nur deutlich machen, dass du dich zukünftig aus meinen Angelegenheiten raushalten sollst.«

»Super«, ich werfe verächtlich die Hände in die Luft, »dann haben wir uns in eine Pattsituation gebracht. Lass uns doch einfach wieder schlafen gehen, oder? Ich werde friedlich davon träumen, in der Sonne zu liegen, während du es ein bisschen adrenalingeladener magst, stimmt's? Eine Verfolgungsjagd mit potenziell tödlichem Ausgang, wer kann sich eine erholsamere Nacht vorstellen?« Ich schnaube, stemme mich aus dem Stuhl und komme auf mein gesundes Bein, doch als ich einen Schritt gehen will, durchfährt mich ein spitzer Schmerz, sodass ich stöhnend zurückfalle.

Mercy steht auf und greift nach einer Zange, die auf dem Sekretär liegt. »Lass mich dir helfen«, sagt er und tritt an mich heran.

Stur will ich den Kopf schütteln, weiß aber, dass ich mir damit nur selbst schade. Als er ein »Bitte« hinterherschiebt, drehe ich mein verletztes Bein in seine Richtung. Mit der Zange entfernt er die Kompressen, die Wunde darunter ist immer noch frisch und gerötet, aber sie hat sich geschlossen und blutet nicht mehr. Reste der silbernen Tinktur verlaufen wie dickflüssige Farbe auf meiner Haut.

»Was ist das für ein Wundermittel?«, will ich wissen, als Mercy sich zum Sekretär wendet und eine frische Kompresse in die Flüssigkeit tunkt.

Er geht vor mir auf die Knie. »Darf ich?«

Als ich nicke, schiebt er meine Beine mit seiner Hüfte sacht auseinander. Das Schlafkleid ist so zerrissen, dass nur noch wenige Stofffetzen meine nackte Haut bedecken, an meiner Hüfte blitzt sogar die Spitze meiner Unterwäsche hervor. Doch auch wenn ich mich vage daran erinnere, wie Mercy mich an sich presst, stützt, mir über den Rücken streicht, scheint es jetzt so, als wollte er direkten Körperkontakt vermeiden. Mithilfe der Zange legt er die metallisch glänzende Wundauflage auf die Verletzung und achtet darauf, dass seine Hände mich nicht touchieren. Es brennt höllisch, fühlt sich an, als würde man literweise Desinfektionsmittel über eine offene Wunde gießen, doch ich beiße die Zähne zusammen. »Scheiße«, keuche ich gequält. »Was ist das?«

»Fluide Sternenmagie.«

Der Schmerz ist schonungslos, aber kurz. Sobald die Tinktur auf meine Haut trifft und einwirkt, lässt er nach.

»Sternenmagie wie die der Barbosas?«

Mit seiner freien Hand macht er eine kreisende Bewegung, die die unterschiedlichen Baumabbildungen einschließt. »In meinen Augen hat der Begriff Sternenmagie das Niveau eines volkstümlichen Kindermärchens, aber vielleicht ist er auch der Kitsch, den die sonst so ernste ADA braucht?«

Ich betrachte den Baum genauer. Obwohl sich die Darstellungen in Farbe und Größe unterscheiden, wird er stets mit tiefem Wurzelwerk, einem massigen, in sich verschlungenen Stamm und einer ausladenden Krone abgebildet. Wurzeln und Baumkrone scheinen gleichwertig ausgeprägt – wie unten so auch oben.

Mercy tupft über meine Wunde. Dass er dabei den Blick auf meinen entblößten Oberschenkel gerichtet hält, macht mich nervös. Um mich von meinem beschleunigenden Herzschlag abzulenken, frage ich: »Die Magie wird aus diesem Baum gewonnen? Was haben die Sterne damit zu tun?«

Er nickt, hebt jedoch nicht den Kopf. »Während Pflanzen tagsüber durch das Sonnenlicht Fotosynthese betreiben, nachts aber auf Dunkelatmung wechseln, verhält sich der Barbosa-Baum faszinierend anders. Für ihn sind Mond- und Sternenlicht überlebenswichtig, daraus zieht er seine Energie, sodass man sagen kann, er betreibt nachts Fotosynthese. Alles an ihm ist magisch aufgeladen, vom Blatt bis in die Wurzel.«

»Wow«, flüstere ich und kann nicht glauben, wie abwertend meine Mutter über die Barbosas spricht. Das Bein ihrer eigenen Tochter ist der lebende Beweis für die Wirksamkeit ihrer Sternenmagie und dennoch hat Mama mir ein Leben lang erzählt, das alles sei Humbug. »Wo befindet sich der Baum?«

»Auf dem Land der Barbosas in Portugal.« Mercy dreht den

Oberkörper und legt die Zange auf dem Sekretär ab, greift nach einer sterilen Packung Verbandsmaterial und öffnet sie.

»Und der Saft des Baums hilft gegen das Gift der Kreaturen aus deinem Albtraum«, schlussfolgere ich. War das der Grund, weshalb Jupiter Sterling ihren Neffen zu Esras und Elios Vater gebracht hat?

Mercy sieht mir ins Gesicht. Unter dem richtigen Lichteinfall könnten seine Augen vielleicht so silbern glänzen wie die fluide Magie. Der Ausdruck darin ist mild, aber entschlossen, sodass ich sicher bin, dass er mir nichts über diese Monster erzählen wird.

Ihn so nah zu spüren, seine Hüfte zwischen meinen gespreizten Schenkeln zu fühlen, seinen sinnlichen Duft zu riechen … und zu wissen, dass seine Hände meine nackte Haut anfassen könnten, sorgt für Hitze in meinem Inneren. Keine, die dem vernichtenden Feuer von vorhin ähnelt, sondern zweifelhafte Begierde. Es ist ein Moment, vor dem ich mich in Os Kurs noch gefürchtet habe: dass ich mich nach Mercys Berührung sehne.

Ich lege die Finger an meine Lippen, mit den Augen folgt er meiner Bewegung, und ich sehe, wie er schluckt. Das Echo seines Kusses liegt noch auf meinem Mund, und ich kann spüren, wie hart und unnachgiebig er seine Lippen auf meine gepresst hat, wie sehr dieser hässliche Kuss zu uns passt.

»Es tut mir leid, dass ich dich ohne deine Zustimmung geküsst habe«, raunt er, die Stimme belegt, meinen Mund fixierend. »Bitte verzeih mir.«

Verlangen verwässert meinen Verstand, fließt durch mich hindurch und reißt mein Herz mit. Empfindet er auch nur einen Deut dieser Anziehung? »Ich verzeihe dir, wenn du mir sagst, weshalb du mich geküsst hast.«

Mercy beugt sich vor, unsere Gesichter zwanzig, dreißig Zentimeter voneinander entfernt. Akribisch beobachtet er jede meiner

Regungen, als seine Finger zart über meinen Oberschenkel streichen und mich durch ein Tippen auffordern, das Bein anzuheben.

Ich gehorche, sodass er den Verband um meinen Schenkel wickeln kann; Lage für Lage macht mich der sachte Kontakt mit seinen Kuppen willensschwächer. Mein Puls rennt davon, eine sichtbare Gänsehaut überkommt meinen Körper, und die Erinnerung an den tatsächlichen Schmerz, den seine Berührungen in seinem Albtraum ausgelöst haben, lässt mich noch mehr erschauern.

Mit einer Geduld, die mich nur ungeduldiger macht, fixiert er den Verband. Dabei ruhen seine Hände auf mir, und allein die Nähe baut Spannung in meiner Mitte auf. Als er mir in die Augen sieht, weiß ich nicht genau, was er darin liest, aber ein genießerisches Leuchten tritt in seine.

Vorsichtig legt er eine Hand auf den Wundverband, ich fühle den Druck seiner Finger auf der Innenseite meines Schenkels und spüre, wie ich feucht werde.

Mehr. Bitte mehr.

Er muss es in meiner Mimik lesen, denn seine Hand gleitet mein Bein hinauf, nur so weit, dass sein Daumen etwas über den Verband ragt und damit direkt auf meiner Haut liegt. Als er ihn langsam kreisen lässt, muss ich ein Wimmern unterdrücken.

»Ich habe dich geküsst, weil das ein verlässlicher Reiz war, um mich aufzuwecken.«

Sein mich minimal massierender Daumen lässt meine Nerven erzittern. »Ein verlässlicher Reiz?«, frage ich, beeindruckt von der Standfestigkeit meiner Stimme. »Also kannst du deine Träume doch nicht kontrollieren.«

Mercy macht ein tadelndes Geräusch mit der Zunge. »Ich beherrsche meine Träume.« Sein Daumen hält inne, und er zieht die Hand zurück. »Ich wollte nur angesichts unserer prekären Lage absolut sichergehen.«

Sofort sehne ich mich nach seiner Berührung. »Und mich zu küssen ist ein Reiz, der zu hundert Prozent stark genug ist?«

»So ist es«, sagt er und erhebt sich von den Knien, doch mir entgeht nicht, wie widerwillig er das Gesicht verzieht. Während ich halb erregt vor ihm sitze, ist ihm vermutlich jeder Hautkontakt zuwider. Erneut spüre ich Hitze, doch diesmal ist es Scham.

Mit einem Korken verschließt Mercy die Tinktur und verräumt sie sowie die medizinischen Utensilien im Sekretär. Er greift nach meinem Mantel, der in der Ecke liegt, und hält ihn mir hin.

Ich hebe mich aus dem Stuhl und trete probeweise auf. Schmerz schießt mir den Oberschenkel hinauf, doch es ist mehr ein starkes Ziehen als pure Höllenqual.

»Die Wunde sollte schnell verheilen«, sagt Mercy, als ich den Mantel an mich nehme und überziehe. Er schiebt die Türen des Wandschranks auseinander, und als wir hinaustreten, steht mir der Mund offen.

»Wir befinden uns in dem Büro deiner Tante?« Obwohl der Raum nur schwach von einer Tischlampe erleuchtet wird, erkenne ich das Chaos sofort wieder.

»Du kannst froh sein, dass du an einem Wochenende in meine Träume eingebrochen bist und Jupiter in ihren Privaträumen vermutlich lesend vor dem Kamin eingeschlafen ist.« Er schiebt die Türen zu, die in das deckenhohe Bücherregal eingelassen sind.

Die Sternenmagie befindet sich also im Büro der Direktorin. Interessant.

Mercy geht durch den Raum, ich humple hinterher. Müdigkeit lässt jeden meiner Schritte noch schleppender werden. »Woher wusstest du eigentlich, in welchem Zimmer ich wohne? Stalkst du mich?«

Er schnaubt und löscht das Licht. »Ob *ich dich* stalke?« Ich höre, wie er sich durch die Dunkelheit in Richtung Bürotür tastet. »Muss ich dich daran erinnern, wer in wessen Träumen herumspioniert hat? Ich bin mit der Akademiedirektorin verwandt, natürlich habe ich Einblick in die Studierendendaten.«

Vermutlich ist es sehr deutsch von mir, doch ich murmle »grandioser Datenschutz«, während ich mit ausgestreckten Armen durch den finsteren Raum irre und mich an Mercys Stimme orientiere. Ein Quietschen entfährt mir, als ich gegen ihn stoße. Als Mercy die Tür öffnet, fällt ein Streifen Mondlicht vom Flur in das Büro.

»Einen Moment noch.« Ich lege meine Hand auf seinen Unterarm, achte aber darauf, dass ich nur sein seidiges Schlafhemd berühre. Im milchig-weißen Licht hält er inne und sieht auf mich herab, nur schemenhaft kann ich sein Gesicht erkennen.

»Woher wusstest du, dass ich kein Hirngespinst deiner Traumwelt bin?«

Mercy versteift sich, entgegnet jedoch fast tonlos: »Weil du die einzige Farbe in meinem Schwarz-Weiß-Horror warst.«

21

Nemesis

In der nächsten Woche bin ich häufiger in der Bibliothek anzutreffen als in den Seminaren oder dem Sportzentrum. Während alle anderen sich auf den Ausflug zum Schwanensee am kommenden Wochenende vorbereiten, bin ich in Gedanken beim Vergangenen.

Mercys Albtraum lässt mich nicht los. Weniger die Tatsache, dass er ihn anscheinend selbst gewählt erleidet, sondern mehr, dass ich mich ihm als Schlafwandlerin offenbart habe. Sobald ich diese Gewissheit zulasse, sobald ich länger als ein paar Sekunden über das Ausmaß dessen nachdenke, habe ich das Gefühl zu hyperventilieren. Schlagartig werden meine Atmung und mein Puls so panisch, dass mich ein ohnmächtiger Schwindel erfasst und ich mich dazu zwinge, etwas zu tun. Also sitze ich in der Bibliothek und wälze Bücher. Wenn Mercy nicht dazu bereit ist, mit mir über die dämonenhaften Kreaturen aus seinen Träumen zu sprechen, werde ich mir anderweitig Informationen beschaffen. Die Barbosa-Zwillinge zu fragen, wäre zu auffällig, sie würden sich sicherlich an Mercy wenden – und Victoria werde ich unter keinen Umständen in die Sache involvieren.

Die *Academy of Dream Analysis* ist keine jahrhundertealte Institution, deren Geschichte bis in die Neuzeit, geschweige denn bis ins europäische Mittelalter zurückreicht. Stattdessen schlage ich mich mit etwas mehr als hundert Jahren Existenz herum, die auch noch den politischen Erschütterungen des 20. Jahrhunderts unterworfen sind. Wie beispielsweise der systematischen Auslöschung der Schlafwandlerei in den 50er- und 60er-Jahren. Alle derzeit lebenden erwachsenen Schlafwandelnden wurden ihrer Fähigkeiten beraubt, verschont wurden nur ihre Kinder, die fortan darauf hoffen konnten, die Veranlagung ihrer Eltern geerbt zu haben. Wie im Fall meiner Eltern, die zwar beide selbst keine Schlafwandelnden sind, die Fähigkeit aber an Neiro und mich weitergegeben haben. Eine Fähigkeit, die es uns ermöglicht, Grenzen zu überschreiten. Wir können in das Innenleben anderer Personen eindringen, in ihre Erinnerungen und Träume, besonders Begabte sollen sogar fremdes Unterbewusstsein betreten können. Ich als real existierende Person hätte Mercy in seinem Albtraum Schaden zufügen können, tatsächlichen, leibhaftigen Schaden – und nicht nur das Unwohlsein, das ein fiktiver Albtraum mit sich bringt.

Ich bewege meinen rechten Oberschenkel. Die Wunde ist so gut wie verheilt, nur noch eine rosafarbene Narbe erinnert an die monströse Klaue, die mir das Bein aufgeschlitzt hat. Doch dass ich eine echte Verletzung davongetragen habe, bringt mich wieder und wieder zu dem unglaublichen Schluss, dass die Höllenkreaturen aus Mercys Albtraum mit ähnlichen Fähigkeiten ausgestattet sein müssen wie wir Schlafwandelnde. Auch sie können Grenzen überschreiten, auch sie entspringen nicht nur der Imagination. Aber kann das im Umkehrschluss wirklich bedeuten, dass diese Monster der Traumwelt entfliehen und in die Realität gelangen können?

Allein der Gedanke erfüllt mich mit so tiefem Entsetzen, dass mein Herz ächzt. Wenn auch nur der leiseste Verdacht besteht, dass ich richtigliege, wäre die Gemeinschaft der Traumgeborenen doch längst in hellem Aufruhr, oder? Die Existenz dieser Kreaturen würde thematisiert werden, schließlich stellen sie eine ernst zu nehmende Gefahr dar.

Die Wunde, die mir erbarmungslos zugefügt wurde, führt unweigerlich zu dem erstaunlichen Heilmittel, der fluiden Sternenmagie. Und zu den Barbosas, die diese wirken. Und zu Jupiter Sterling, die die Tinktur in einem Wandschrank in ihrem Büro aufbewahrt. Ist die Annahme übereilt, dass die Existenz der Sternenmagie auf die Existenz der albtraumhaften Biester hinweist? Damit würden mindestens die Barbosas und die Sterlings von den Wesen wissen, öffentlich jedoch darüber schweigen.

Resigniert verberge ich das Gesicht in den Händen. Freitagabend ist die Bibliothek so verlassen, dass ich meinen eigenen Herzschlag höre. Die ganze Woche lang sind Mercy und ich uns aus dem Weg gegangen. Am Dienstag habe ich ihn mit Esra und Elio im Speisesaal angetroffen, doch nachdem ich mich nach Esras Erkältung erkundigt hatte, bin ich weitergegangen. In der Kartografiesitzung am Mittwoch hat er nach meinem Bein gefragt, und nachdem ich ihm versichert hatte, dass die Wunde gut heilt, ist er auf die Liege gerutscht, nur um nach wenigen Minuten des Daliegens wieder aufzustehen und zu verkünden, er habe alles versucht.

Das kalkweiße Licht der Tischlampe flackert in unregelmäßigen Abständen, als wollte auch es mir sagen, dass meine Recherchen im besten Fall unbefriedigend, im schlimmsten völlig verstörend sind. Mein Hirn fühlt sich verknotet an, ich habe kaum gegessen und getrunken, Müdigkeit lässt jeden Gedanken verlangsamen, doch obwohl mir morgen ein kilometerlanger Marsch zum Schwanensee bevorsteht, bringe ich es nicht über mich, die Buchdeckel zu schließen. Ich blättere zu den Notizen, die mich am ehesten an die Erlebnisse aus Mercys Albtraum erinnern. In einer aktualisierten Abhandlung über *Träume und Trauer* bin ich auf zwei Aufzeichnungen gestoßen, die mich stutzig machen.

Die erste stammt aus dem Jahr 1909: Eine Frau verliert ihr Kind und infolge ihres Traumas sucht sie ärztliche Hilfe auf. In den psychoanalytischen Sitzungen berichtet sie von ihrem toten Neugeborenen, das sie in ihren Träumen heimsucht. Der behandelnde Arzt diagnostiziert ihr eine labile Psyche und weibliche Hysterie. Als die Frau Wochen später angibt, dass ihr Kind nicht nur in ihren Träumen erscheint, sondern leibhaftig in ihrem Schlafzimmer aufgetaucht ist, wird sie in ein damaliges Irrenhaus eingewiesen. Protokolliert wurde der Vorfall von Otto Rank, einem engen Vertrauten Sigmund Freuds – zu einem Zeitpunkt, an dem die ADA bereits zehn Jahre existiert hat.

Die zweite Aufzeichnung, die mein Interesse weckt, beschreibt, wie 1972 ein Traumgeborener seine schlafwandelnde Frau nach langer Krankheit verliert. Er berichtet von einer Art »Monster«, das in seinen Träumen erscheint und ihn an seine Frau erinnert. Um sich seiner verstorbenen Liebsten näher zu fühlen, kultiviert der Mann diese nächtlichen Besuche, bis er die Kreatur schließlich in seinem Traum küsst. Den Angaben des Traumgeborenen zufolge explodiert sein Traum und das »Monster« befindet sich in seinem Schlafzimmer, verweilt dort, bis der Morgen graut und der Mann sein »Leben leben muss«. Dreimal wiederholen sich die Ereignisse, bis der Herausgeber von *Träume und Trauer* ergänzt, dass der Mann eines Morgens wie von einer Bestie zerfetzt in seinem Bett aufgefunden wurde.

In der zweiten Schilderung fällt mir auf, dass beim Tod der Schlafwandlerin von einer »langen Krankheit« die Rede ist und nicht davon, dass ihr systematisch ihre Fähigkeiten geraubt wurden und sie daran gestorben ist. Doch das ist zweitrangig. Viel interessanter ist, dass beide Aufzeichnungen von Kreaturen berichten, die zunächst in den Träumen der Trauernden erschienen sind, dann jedoch auch in den Schlafzimmern gesehen wurden. Natürlich könnte es sich um Hirngespinste psychisch kranker Menschen handeln, doch was, wenn diese Monster die Grenzen der Traumwelt überschritten haben und tatsächlich in die Realität gelangt sind? Vor allem der »wie von einer Bestie zerfetzte« Mann in Aufzeichnung zwei lässt mich an mein verwundetes Bein und mein in Stücke gerissenes Schlafkleid denken.

Das Licht der Tischlampe flackert. Auf meinen Notizen sammelt sich in einer blauen Pfütze Tinte, denn ich drücke den Füller so fest auf das Papier, dass er ausläuft.

Die Barbosas praktizieren nicht nur Sternenmagie, von der keineswegs nur die Sterlings, sondern mittlerweile auch ich überzeugt bin, sondern glauben auch an die ewig Schlafenden. Meine Mutter bezeichnet diesen Glauben als »primitiven Totenkult«. Ich habe keine genaue Vorstellung von ihnen, bislang habe ich mich Mamas Unglauben angeschlossen und gedacht, es handle sich um die Verehrung von Verstorbenen. Doch kann die Sternenmagie der Barbosas etwas mit ihrem Glauben an die ewig Schlafenden zu tun haben?

Der Stuhl knarzt, als ich ihn zurückschiebe und mich erhebe. Ich strecke die Arme über den Kopf, mein unterer Rücken knackst, doch die Dehnung ist wohltuend. Als ich den Oberkörper nach links und rechts drehe, frage ich mich, was Neiro von alldem gehalten hat. Wenn stimmt, was Esra sagt, und mein Bruder mit ihrem Vater befreundet war, muss er nicht nur von der Sternenmagie und dem Totenkult gewusst, sondern sich eine dezidierte Meinung darüber gebildet haben.

Ich blicke auf den Schreibtisch. Neben meinen Notizen liegt mein stumm geschaltetes Handy. Vielleicht ist es Zeit, mal wieder meine Mutter anzurufen.

***

»Tagelang meldest du dich nicht, nur um mich jetzt mit so einem Unsinn zu behelligen?«, wütet meine Mutter am nächsten Morgen. »Nach all den Jahren hast du endlich die Chance, etwas für Neiro zu tun, aber du verschwendest deine Zeit mit den ewig Schlafenden?« Bei den letzten zwei Wörtern klingt sie regelrecht fassungslos.

Ich sitze zwischen Daunenschlafsack und langer Thermounterwäsche vor meinem Bett, müsste längst meinen Rucksack gepackt haben und mich auf den Weg zum Innenhof machen, doch da ich sie nicht schon wieder nachts aus dem Bett klingeln wollte, musste mein Anruf bis zum Samstagmorgen warten. Kurz habe ich darüber nachgedacht, nicht sie, sondern meinen Vater zu kontaktieren, doch da ich weiß, wie viel Schmerz ihm allein die Erwähnung seines toten Sohnes bereitet, habe ich Mamas Nummer gewählt.

»Besteht denn eine geringe Möglichkeit, dass Neiro an sie geglaubt hat?«, frage ich ruhig.

»Ziehst du ernsthaft in Erwägung, dass dein Bruder irgendwelche Toten verehrt hat? Er war Wissenschaftler, Nemesis, kein Wahnsinniger.«

»Ich dachte nur …«

»Vielleicht würde es dir helfen, weniger zu denken und mehr zu machen«, unterbricht sie.

Ich kann ihr zornverzerrtes Gesicht genau vor mir sehen, ihre blassblauen Augen, die hart werden wie Aquamarin. Obwohl uns ein ganzes Meer voneinander trennt, reagiert mein Körper auf ihren Ausbruch, und ich zucke zusammen.

Sie atmet mehrmals durch. »Bitte«, fährt sie gefasster fort, »bitte verliere nicht den Fokus.«

»Das werde ich nicht.« Plötzlich schäme ich mich für meinen Anruf. Mama hat recht. Statt in Jupiter Sterlings Erinnerungen zu gelangen und sie des Mordes zu überführen, verplempere ich wertvolle Stunden in der Bibliothek, bin spätabends so müde, dass ich in meinen Träumen einfach nur an einer Küste entlangwandere, und tue nichts, was Neiro Gerechtigkeit bringt. Im Gegenteil. Ich lasse mich in Mercys Traum erwischen und offenbare mich als Schlafwandlerin.

»Sie hat ihn mir genommen«, sagt meine Mutter, und ihre Stimme ist dünn, kurz vor dem Brechen.

Ich hasse, wenn sie weint, denn ihre Tränen erweichen augenblicklich mein Herz und es ist, als hätte ich keinen eigenen Willen mehr. »Ich weiß.« Mein Ton ist ganz sanft. »Und dafür wird sie bezahlen.«

Mama hickst, doch weint nicht. »Du musst dich wirklich mehr bemühen, meine Kleine.«

»Das werde ich«, versichere ich, erleichtert darüber, dass wir einem Zusammenbruch entkommen sind.

»Du willst doch nicht versagen, oder?«

»Auf keinen Fall«, antwortet mein Mund, doch ich weiß es besser. Ich habe längst versagt, denn Mercy weiß, dass ich eine Schlafwandlerin bin.

»Dann stell keine dummen Fragen mehr, hast du verstanden?« Damit beendet sie das Telefonat.

Sekundenlang starre ich auf den schwarzen Bildschirm und male mir die Reaktion meiner Mutter aus, wenn sie wüsste, wie sehr ich wirklich versagt habe. Ich bin das personifizierte, bühnenreife Scheitern, ein einziger Reinfall. Allein die Vorstellung, Mama wüsste, dass ich nicht nur eine Schlafwandlerin bin, sondern mich ausgerechnet Mercury Sterling als solche gezeigt habe, lässt meinen Körper vor Angst krampfen. Rasch lege ich das Telefon weg und verstaue meine Sachen in dem Rucksack. Auf das Hängemattenzelt folgt ein Underquilt, der vor Wind schützt, eine Isomatte sowie Wechselkleidung. Obwohl der Rucksack überquillt, kann ich nicht auf meine Zahnbürste verzichten, stopfe zu der Taschenlampe noch Ersatzbatterien hinein und schultere das schwere Ungetüm, mit dem ich es kaum aus meinem Zimmer hinaus und die Treppe hinab schaffe. Eine kilometerweite Schneewanderung … Na, das kann ja was werden.

***

Ich versuche, mich möglichst unsichtbar zu machen. Obwohl es keine festgelegte Rangordnung gibt, hat Mercy anscheinend das Kommando übernommen. Er meldet unseren Jahrgang beim nordöstlichen Wachposten ab und führt uns vom Akademiegelände in Richtung Wald. Die Exkursion soll den Zusammenhalt unseres Jahrgangs stärken und das Gemeinschaftsgefühl erhöhen, doch ich bin unsicher, wie viel sie bei dem herrschenden Leistungsdruck tatsächlich bewirkt. Wir alle wissen, dass nur die wenigsten von uns am Ende des Bachelors einen stabilen Nexus erschaffen und zum Master zugelassen werden.

»Wir haben Glück mit dem Wetter«, höre ich Elio über die Köpfe hinweg rufen. »Der Winteranfang ist erstaunlich mild, sodass die Temperaturen heute Nacht nur im einstelligen Minusbereich liegen sollten.«

»Mir werden trotzdem die Eier abfrieren«, grölt ein anderer, und mehrere Studenten fallen in sein Lachen mit ein.

Da ich keinen einzigen Kurs mit dem Langbärtigen habe, kenne ich seinen Namen nicht.

»Wenn euer Geschlechtsteil so anfällig ist, wieso ist *Eier haben* dann ein Synonym für Stärke?« Victoria schiebt sich ihre Pelzmütze aus den Augen.

»Sieh dich doch mal um«, erwidert er. »Gleichberechtigung hin oder her, der Anteil der männlichen Studenten an der ADA ist fast doppelt so hoch wie der der Frauen. Woran das wohl liegt?«

»Sicherlich nicht an der Unfähigkeit der Frauen.« Victoria sieht ihn mit ihrem Killerblick an.

»*Einzig und allein* an ihrer Unfähigkeit. Ihr seid Quotenfrauen, Jupiter Sterlings verzweifelter Versuch, ein paar Weiber an die Akademie zu bringen.« Er genießt es sichtlich, Victoria zu provozieren, und ich danke der Studienkoordination, dass ich ihn in keinem Seminar ertragen muss. In den Strähnen, die unter seiner Mütze hervorgucken, und in seinem langen Bart haben sich Eiskristalle verfangen.

»Halt die Klappe, Brian«, mischt sich Elio ein.

»Wieso? Deine Schwester ist doch das perfekte Beispiel. Nimmt offiziell einen Studienplatz ein, schiebt aber bei der erstbesten Herausforderung ›gesundheitliche Gründe‹ vor, um sich durchzumogeln.« Brian malt Gänsefüßchen in die Luft, und sein Ton wird spöttisch-weinerlich. »Oder warum kann ich keinen zwanzig Kilogramm schweren Rucksack auf Esras Rücken entdecken?«

Elio stemmt abrupt die Fersen in den Schnee und fährt zu Brian herum. Ich habe das Gesicht des Barbosa-Zwillings noch nie so erbarmungslos kalt gesehen, doch als er unseren Kommilitonen mit seinen Eisaugen fixiert, gefriert selbst mir das Blut in den Adern. »Ein weiteres Wort über meine Schwester und ich lasse dich Rentierscheiße fressen.«

»Ach ja?«, höhnt Brian, doch seine Stimme schlingert.

Es ist Mercy, der Elio eine Hand auf die Schulter legt, seinen Blick einfängt und den Kopf schüttelt. Elio schnaubt und bedenkt Brian mit einem Blick roher Verachtung, wendet sich jedoch ab und geht weiter. Bevor auch Mercy kehrtmacht, treffen sich unsere Blicke. Nach wie vor versuche ich, mich möglichst unsichtbar zu machen, halte mich eher am hinteren Rand der Gruppe, den Blick auf den Schnee gesenkt, doch Mercy sieht so zielgerichtet in meine Richtung, als hätte er gewusst, wo ich mich befinde. Er ist ganz in Schwarz gekleidet – von den Wanderschuhen über die Trekkinghose bis zur Jacke, die Kleidung liegt eng und schmeichelnd an seinem Körper. Sein schwarzes Haar glänzt vor Nässe, und ich frage mich unweigerlich, ob seine Ohren ohne Kopfbedeckung nicht schrecklich kalt sein müssen. Doch als mein Blick auf seine Lippen fällt und eine Erinnerung an unseren Albtraumkuss meine Wirbelsäule hinabrieselt, nimmt er die Sonnenbrille aus den Haaren und setzt sie auf. Er kehrt mir den Rücken zu und geht weiter.

Unsere Pattsituation hält offensichtlich an. Noch haben keine in Schwarz gekleideten Männer irgendeines internationalen Geheimdienstes meine Zimmertür aufgebrochen und mich der Schlafwandlerei überführt, ebenso wenig wurde er aufgrund seiner Albträume weggesperrt. Abgesehen von meinen Recherchen zu den Höllenkreaturen gibt es ein Detail dieser Nacht, über das ich immer wieder nachdenke. Je öfter ich den Moment Revue passieren lasse, desto mehr verstärkt sich mein Gefühl, dass sich Mercy *vor* diese abscheulichen Wesen gestellt hat. Dass er sie beschützt hat. Aber wieso? Wieso duldet er diese nächtliche Folter?

Plötzlich taucht zu meiner Linken ein Student auf, der mich auf eine Art angrinst, die mir sofort verrät, dass er es alles andere als gut mit mir meint. Ich erkenne sein rundes, mit Bartstoppeln versehenes Gesicht und seine langen blonden Haare wieder. Er ist der Typ, der mir am ersten Tag im Speisesaal *Schlafwandelnder Freak!* zugezischt hat. Melchior. Er sieht aber auch ein bisschen wie ein Michael aus.

»Findest du nicht, dass Brian recht hat?« Seine Frage ist zwar an mich gerichtet, doch er stellt sie so laut, dass alle anderen mithören können. »Du bist doch genauso ein inkompetentes Frauenzimmer wie Esra. Dein Bruder war ein Schlafwandler und du bist …? Ein Nichts?«

Ich möchte bei dem Wort *Frauenzimmer* vor Fremdscham umfallen. »Michael«, seufze ich mit einem Seitenblick, der mitleidig und gleichzeitig abwertend ist. »Meiner Kenntnis nach bist auch du kein Schlafwandler, also hast du dich gerade selbst beleidigt.«

»Ich heiße Melchior«, erwidert er empört.

Mit einer abfälligen Handbewegung nach vorn sage ich: »Geh einfach deines Weges, Michael.«

Ich höre Victoria lachen. Mein Kopf ruckt in ihre Richtung, und sie lächelt mich breit an. Auch Mercys Blick über die Schulter spüre ich auf mir, doch ich erwidere ihn nicht. Mercy anzusehen, macht mich auf eine widerliche Art verletzlich, die ich in der Auseinandersetzung mit Melchior nicht gebrauchen kann.

»Jeder hier ist über den Tod deines Bruders glücklich«, sagt dieser. »Die Traumgeborenen sind *glücklich* darüber, dass diese … diese … schlafwandelnde Abartigkeit ausgerottet ist.«

Auch wenn mich Neiro aufgrund meines jungen Alters nicht explizit vor der Ablehnung der anderen gewarnt hat, hat er mich dennoch auch davor beschützt, indem er mich angewiesen hat, meine Schlafwandlerei vor der Welt zu verbergen.

»Schlafwandler sind an der ADA genauso unerwünscht wie Frauen«, ruft Brian, woraufhin Melchior zustimmend johlt und viele andere Studierende lautstark protestieren. Ich sehe, wie Victoria stehen bleibt, den schweren Rucksack von ihren Schultern gleiten lässt und auf Brian zustürmt. Sie schubst ihn so heftig gegen die Brust, dass er zurücktaumelt, das Gleichgewicht verliert und im Schnee landet. Wie eine hilflose Schildkröte strampelt er mit Armen und Beinen, kommt aber aufgrund des Rucksacks nicht wieder hoch.

»Drehst du jetzt komplett durch, Alliata?« Melchior stampft zu Brian, der Victoria mit schamrotem Kopf anblitzt, und streckt seinem Freund eine Hand hin.

»Du bist der nächste, Michael«, erwidert Victoria leichthin, obwohl sie Melchior nur bis zur Schulter reicht.

»Noch eine weitere Provokation«, mischt Mercy sich ein, »und ihr beide kehrt zur Akademie zurück.« Er deutet auf Melchior und Brian, der sich aus seinen Rucksackgurten windet und schwerfällig auf die Beine kommt.

»Meinst du, du hast was zu sagen, nur weil Sterling deine verfluchte Tante ist?«, schnauzt er, doch unter Mercys stählernem Blick wird er mit jedem Wort leiser.

»Weitergehen«, ruft Elio den Studierenden zu, die um Victoria und Brian einen Kreis gebildet haben. »Wenn wir annähernd vor Einbruch der Dunkelheit an der Laavu ankommen wollen, müssen wir uns sputen.«

Wir folgen einem mehr oder weniger durch die Bäume geschlagenen Weg, und ich bin froh, dass die Schneeschicht so dünn ist, dass meine Stiefel nicht einsinken. Während Esra und ich den Wald in Richtung Nordwesten durchquert haben, um zur Hütte von Victorias Familie zu kommen, hält sich unser Jahrgang jetzt nordöstlich. Meine Schultern schmerzen von dem Gewicht des Rucksacks, doch ich lenke mich ab, indem ich jeden Schritt im Kopf mitzähle. Elio hat recht, wir haben Glück mit dem Wetter. Der Himmel ist nahezu wolkenlos, glänzend blau und endlos weit. Die Sonne strahlt in den wenigen Stunden, in denen sie sich überhaupt zeigt, erstaunlich kräftig auf uns herab. Esra, die aufgrund ihres fehlenden Rucksacks vorgelaufen ist und nichts von den Streitigkeiten mitbekommen hat, kommt hüpfend zurück und verkündet, dass sie in der Sonne aufblühe wie eine Blume. Victoria sieht die sich im Kreis drehende Esra an, als wäre sie einerseits tatsächlich eine wunderschöne Blume, als habe Victoria aber andererseits eine ausgewachsene Pollenallergie.

Ich rücke die Sonnenbrille zurecht, die ich auf meiner Nase

trage, um meine Augen vor den reflektierenden Strahlen auf dem Schnee zu schützen, und genieße die Kälte, die meine Wangen spannen und meinen Atem in Wölkchen aufsteigen lässt.

Irgendwann weitet sich der Abstand zwischen den Birken, und ein reißerisches Geräusch dringt zu uns durch. Wenige Hundert Meter weiter lichtet sich der Wald, und ein breiter Fluss zieht von Süden nach Norden, sodass er unseren Weg kreuzt. Teilweise ist die Oberfläche gefroren, doch Anfang Dezember hätte ich nicht damit gerechnet, dass so viele Stromschnellen eisfrei sind.

»Wenn wir uns noch ein bisschen flussaufwärts halten, sollte die Stelle breit und flach genug sein für eine Überquerung«, sagt Esra, die mittlerweile neben Elio geht, und deutet auf eine abgeflachte Stelle unterhalb einer Enge, an der sich der Fluss zu beiden Seiten ausdehnt. Während die Gruppe Elio und Esra flussaufwärts folgt, beraten mehrere Studierende darüber, wie wir am besten den Fluss überqueren.

Als mein Vater mir letzten Winter von dem jährlich wiederkehrenden Ausflug zum Schwanensee erzählt hat, sind wir zur Vorbereitung in der Isar Eisbaden gewesen. Auch wenn ich nur wenige Minuten durchgehalten habe, war es die versprochene heiße Schokolade hinterher wert. Anders als meine Mutter ist das Papas Art gewesen, mich auf meine Zeit an der ADA einzustimmen.

Nachdem wir uns auf ein Vorgehen geeinigt haben, reihe ich mich in die Schlange ein. Esra ist die Erste, die den Fluss überquert, dicht gefolgt von Mercy und Elio, die sich Esras Rucksackinhalt anscheinend aufgeteilt haben. Obwohl wir gezielt nach einer flachen Stelle gesucht haben, steht sie bis zu den Oberschenkeln, Elio und Mercy bis zu den Knien im Wasser. Ich sehe, wie die Strömung an ihnen reißt, wie Elio ins Wanken gerät und sich an dem Seil, das sie über den Fluss gespannt haben, festhalten muss. Als Esra die andere Seite erreicht hat, klettert sie die verschlammte Böschung hinauf und reißt oben angekommen die Hände zu einer Siegerinnenpose in die Luft. Wir jubeln.

Die Reihe rückt vor, zwei Studierende vor mir steht Victoria, die sich zu uns umkehrt und sagt: »Löst die Hüft- und Brustgurte eures Rucksacks. Falls ihr fallt und abtreibt, könnt ihr das Ding so schneller loswerden.« Nickende Köpfe und Hände, die die Schnallen lösen. »Und«, fügt sie hinzu, »seht nicht nach unten. Der Anblick des fließenden Wassers unter euch kann ähnlichen Schwindel auslösen wie Höhe.« Obwohl ihr Ton gewohnt grob ist, treffen sich unsere Blicke, und ich lächle sie ebenso minimal an wie sie mich. Es ist das erste Mal, dass ich sie nach Os verheerender Befragung sehe, und obwohl sie mit derselben unverletzlichen Härte auftritt, hat sich mein Blick auf sie unwiderruflich verändert.

»Los, von Winther, du bist die Nächste«, drängt Melchior und stößt mich gegen die Schulter. Ich werfe ihm einen vernichtenden Blick zu, doch dann rutsche ich, so gut es mein Rucksack zulässt, die Böschung hinab, ergreife das Seil, das mir Stella reicht, und steige in den Fluss. Sofort durchdringt nicht nur die Nässe meine Hose und Stiefel, sondern auch die Kälte, die meine Gliedmaßen ganz taub macht. Ich atme scharf ein und hangle mich am Seil entlang, suche auf dem glitschigen Untergrund Halt und stemme mich gegen die Strömung. Wie von Victoria empfohlen, halte ich den Kopf aufrecht und sehe nach vorn, doch als mein Blick sich mit Mercys kreuzt, gerate ich ins Stolpern. Die Sonnenbrille ins Haar geschoben, die Hände in die Hüften gestemmt, beobachtet Mercy akribisch, wie ich mich durch den Fluss kämpfe. Unter seinem Blick lodert eine Hitze in mir auf, die im krassen Gegensatz zur Kälte des Flusses steht.

»Du bist selbst zum Laufen zu dumm«, höre ich Melchior hinter mir, seine Stimme vergiftet von seinem verletzten Ego.

Als ich nicht auf seine Bemerkung eingehe, sondern meine

Konzentration auf den Weg richte, ruft er: »Brian hat recht. Schlafwandler gehören nicht an die ADA, sie sind keine Traumgeborenen, sondern Missbildungen. Deine gesamte Familie besteht aus kranken Freaks.«

Ich spüre in meinem Rücken, wie er an Tempo zulegt. Ein Blick über die Schulter verrät mir, dass er mit hasserfüllter Miene den Abstand zwischen uns verringert, schneller geht und heftiger an dem Seil zieht. Was hat er vor? Mich vor versammelter Gruppe in den Fluss stoßen? Von noch mehr Adrenalin getrieben, beschleunige auch ich meine Schritte über die aalglatten Steine.

»Lauf schön vor mir weg«, zischt Melchior hinter mir. »Das macht es umso besser, wenn ich dich erwische.«

Mein Körper bemerkt die Kälte längst nicht mehr, stattdessen bin ich einzig und allein darauf fokussiert, so schnell wie möglich das andere Ende des Ufers zu erreichen. Melchiors erhitzter Atem dringt an mein Ohr, ein so widerlich lüsternes Geräusch, dass ich unter meinen zahlreichen Kleidungsschichten Gänsehaut bekomme. Ich halte das Seil so fest wie möglich zwischen meinen Handschuhen, balanciere das Gewicht des Rucksacks aus und konzentriere mich auf den nächsten Tritt. Wie ein grausames Mantra wiederholt Melchior hinter mir »Missbildung, Missbildung, Missbildung«, und erneut wird mir bewusst, wie sehr Neiro mich vor solchen Anfeindungen schützen wollte, wie sehr sich seine Anweisung, meine Schlafwandlerei geheim zu halten, auf meine tatsächliche Sicherheit auswirkt.

Sobald meine Stiefel das schlammige Flussufer erreicht haben, reiße ich den Rucksack von meinen Schultern, bedanke mich innerlich bei Victoria für den Tipp, die Gurte vorher zu lösen, und stemme den Rucksack zu den Studierenden hinauf, die bereits die Böschung bezwungen haben. Ich strecke die Hand nach Stella aus, doch es ist Mercy, der sich durch die Reihe drängt und meine Hand ergreift. Die Füße in den steilen Abhang gestemmt, lasse ich mich von ihm nach oben ziehen.

Als ich schwer atmend neben ihm stehe, tritt er so dicht an mich heran, dass nur ich hören kann, wie er flüstert: »Alles okay?« Sorge färbt seine Stimme.

Seine unerwartete Nähe feuert meinen erhitzten Puls weiter an. Ein Blick in sein Gesicht verrät mir, dass er genau gesehen hat, wie Melchior mich bedrängt hat. Wut durchzuckt seinen Ausdruck.

Ich nicke.

»Und mit deinem Bein?«, fragt er, sieht an mir herab, und seine Augen verweilen so lange auf meinem Oberschenkel, als würde er durch die klatschnasse Hose direkt auf meine Haut blicken wollen.

»Sobald wir ankommen, überprüfe ich die Narbe, aber es schmerzt nicht«, erwidere ich ebenso leise.

Auch Melchior hat das Flussufer erreicht und stemmt seinen Rucksack nach oben. Mercy tritt an den Abhang heran und sieht auf ihn hinab, sein Blick so beängstigend flackernd, dass ich nicht sicher bin, was er mit unserem Kommilitonen anstellt. Doch das ist irrelevant, denn ich schiebe mich an Mercy vorbei, gehe auf die Knie, um mehr Halt zu haben, lehne mich über die Böschung und reiche Melchior die Hand. Mit einem Grinsen, das meine Geste als eingeschüchterte Unterwerfung interpretiert, ergreift er meine Hand und drückt so fest zu, dass ich die Zähne zusammenbeißen muss.

»Mäuschen, Mäuschen …«, säuselt er, doch ich entreiße ihm nicht nur meine Hand, ich stoße ihn regelrecht von mir. Melchior kracht die Böschung hinab, überschlägt sich und landet im Schlamm. Als er panisch versucht aufzustehen, rutscht er aus, taumelt zurück und fällt rücklings in den Fluss. Völlig durchnässt und nach Atem ringend, kommt er in dem kniehohen Wasser auf die

Beine und starrt mit einem durch und durch bösartigen Ausdruck zu mir herauf.

Brian eilt auf ihn zu, ruft: »Hey, Mann, alles klar bei dir?«, doch Melchior schlägt wutentbrannt seine ausgestreckte Hand weg.

Ich spüre Mercys Blick auf mir. Und die Blicke aller anderen. Jetzt habe ich mich doch zentriert, die Aufmerksamkeit auf mich gezogen und meine Deckung verlassen, doch das ist mir egal. Den Mittelfinger in Richtung Melchior gestreckt, trete ich von der Böschung zurück und gehe zu meinem Rucksack.

22

Mercy

Wir erreichen den halb offenen hölzernen Unterstand kurz vor Einbruch der Dämmerung. Die untergehende Sonne taucht den Birkenwald in ein flirrendes Lavendelblau, immer wieder fällt Schnee von den Ästen und rieselt auf unsere Köpfe herab. Als wir den Waldrand erreichen und zwischen den Bäumen hervortreten, zieht die Sonne pastellrosa Schlieren in den Horizont. Vor uns erstreckt sich der Schwanensee, an dessen Ufer ein Laavu mit Feuerstelle steht. Er gehört offiziell nicht mehr zur Akademie, ist jedoch ähnlich wie die Hütte von Victorias Vater ein beliebtes Ausflugsziel bei den Studierenden. Ich bin das erste Mal mit meinen Müttern hier gewesen. Wir sind auf dem gefrorenen Eis Schlittschuh gefahren, später haben sie sich gestritten, weil Neptune stets so viel gearbeitet und wenig Zeit gehabt hat, doch sobald sie gemerkt haben, dass ich zuhöre, haben sie aufgehört. Ich möchte gern glauben, dass die Ehe meiner Mütter trotz der übermächtigen Verantwortung für die ADA glücklich war. Sie sind stets liebende Elternteile gewesen, doch ich hoffe, dass sie sich diese Liebe auch gegenseitig geben konnten.

Unser Jahrgang teilt sich in verschiedene Gruppen mit entsprechenden Aufgaben ein. Während Nemesis zu der Gruppe gehört, die Brennholz zusammenträgt, kümmere ich mich um die Zelte, die zwischen die Bäume am Waldrand gehängt werden müssen. Dabei habe ich Melchior und Brian besonders im Blick. Ich bin sicher, dass meine Tante eine vorgeschobene Begründung finden kann, um die Suspendierung der beiden zu rechtfertigen. Auch wenn ihr Verhalten vielleicht nicht offiziell für den Ausschluss aus der ADA, sondern nur für eine Verwarnung reicht, wird Jupiter es so hinbiegen, dass beide von der Akademie fliegen, wenn ich sie darum bitte.

Obwohl meine Hände völlig ruhig sind, als ich das Hängemattenzelt aus meinem Rucksack hole und zwischen zwei Baumstämmen festbinde, machen mich Melchior und Brian rasend. Nachdem ich den Underquilt, der seitlich und von unten vor Wind schützt, und die Isomatte ausgebreitet habe, gehe ich zu Esra und helfe ihr mit dem nächsten Zelt.

»Hast du das schon mal gemacht? Im Winter draußen übernachtet?«, fragt sie, während sie mit verhedderten Schnüren kämpft.

»Nein«, erwidere ich, doch meine Aufmerksamkeit richtet sich auf Nemesis, die gestapelte Holzscheite zur Feuerstelle trägt. Ihr dunkelblaues Haar fließt unter der Mütze hervor und leuchtet in der silberblauen Dämmerung. Jedes Mal, wenn ich sie ansehe, denke ich in exakt dieser Reihenfolge:

1. *Sie ist eine Schlafwandlerin.*
2. *Sie ist eine verdammte Schlafwandlerin. Das bedeutet, dass sie meiner Tante wirklich gefährlich werden kann.*
3. *Es ist meine Schuld, dass sie in meinem Traum verwundet wurde. Es ist meine gottverdammte Schuld.*
4. *(Ich habe sie geküsst. In Klammern, weil dieser Gedanke sich extrem belästigend aufzwingt, obwohl ich ihn verdrängen will.)*

In dem Moment, in dem sie wie eine Heilsbringerin in meinem Traum erschienen ist und ich verstanden habe, dass sie nicht meiner Fantasie entspringt, wusste ich, dass sie einen irreversiblen Fehler gemacht hat. Aber auch ich habe fahrlässig gehandelt, indem ich meinen Traum nicht besser geschützt habe. Denn so ist sie nicht nur Zeugin meiner Bestrafung geworden, sondern wurde verletzt. Ohne Gegenmittel hätte sie ihr Bein verlieren können und es wäre mein Verschulden gewesen.

Was hast du mit mir gemacht? Ihre Frage war begleitet von einem Blick, als wäre ich der Teufel, und hat mich die gesamte letzte Woche heimgesucht. Was habe ich mit ihr gemacht? Was hat sie mit mir gemacht? In welche gottlose Situation haben wir uns gebracht?

»Das Zelt hängt jetzt.« Esra lacht. »Auch ohne deine Hilfe.«

Ich reiße meinen Blick von Nemesis los und bemerke, wie Esra mich beobachtet.

»Sorry«, erwidere ich, als ich feststelle, dass ich die letzten Minuten mehr Hindernis als Hilfe gewesen bin.

Mit einem Kopfnicken in Nemesis' Richtung sagt Esra: »Ich kann es dir nicht verübeln. Auch ich liebe Frauen, die Männern den Arsch aufreißen.«

***

Stunden später sitzen wir auf der schmalen Bank, die sich durch den gesamten Unterstand zieht. Das Holz ist von der Witterung grau und an einigen Stellen spröde, doch das Feuer wärmt unsere erschöpften Glieder. Viele Studierende haben ihre Schuhe ausgezogen und trocknen ihre Kleidung in der Nähe der Flammen. Zu dem Stockbrot reichen wir Rentierwurst sowie Johannisbeermarmelade herum, eine Thermoskanne mit Tee geht durch die Reihen, und über dem Feuer kocht in einer gusseisernen Kanne frischer Kaffee.

Durch meine Familie bin ich zu involviert in die Akademiepolitik, kenne die Machtkämpfe und strategischen Ziele, weiß, dass es am Ende nie um den oder die einzelne Träumerin geht, sondern darum, dass wir als Kollektiv im Sinne der ADA funktionieren. Und dennoch verstehe ich im Ansatz, was meine Tante mit dieser Exkursion bezwecken will. Während ich mit etwas Abstand zwischen Elio und Ivan sitze, mir der Geruch des Kaffees in die Nase steigt und ich dabei zusehe, wie Esra Nemesis und Victoria zum Lachen bringt, überkommt mich tatsächlich ein Gefühl der Zugehörigkeit. Mir ist bewusst, dass die Akademiespitze nur am Zusammenhalt unserer Gruppe interessiert ist, damit wir später bei so etwas Unvorstellbarem wie einer Wahlmanipulation perfekt aufeinander abgestimmt agieren, und dennoch hat dieser Abend einen müden Zauber, den ich bereitwillig anerkenne. Selbst Melchior und Brian machen sich ausgehungert über die Rentierwurst her und halten die Klappe.

Das glühende Orangerot der Flammen verflüchtigt sich in der Dunkelheit. Heute Nacht ist der Himmel so wolkenlos, dass die Chance auf Polarlichter groß ist. Glitzernd bricht sich das Mondlicht auf dem gefrorenen Schwanensee, und bis auf das knisternde Feuer, die gedämpften Stimmen und Nemesis' Lachen ist nichts zu hören.

»Mein Vater würde Esra und mir noch heute allerlei Märchen und Fabeln erzählen, wenn wir sie nicht schon in- und auswendig kennen würden«, sagt Elio, der mein Starren auf den See bemerkt. »Kennst du beispielsweise die Erzählung über *Tuonelan Joutsen?*«

Ich schüttle den Kopf. »Ich schätze, meine Mütter waren eher daran interessiert, dass ich Dinge über die *echte* Welt lerne«, sage ich, wobei ich das Wort *echt* überbetone, schließlich führt die gesamte Existenz der ADA die *echte Welt* ad absurdum.

Elio schnaubt belustigt. »Richtig. Deine Mütter haben dich nur pädagogisch wertvolle und kindgerechte Medieninhalte konsumieren lassen. Kein Fernsehen, bei dem dein Kindergehirn völlig überdreht hätte werden können.«

Ich nicke. »Kein Fernsehen, keine Märchen.«

Er stößt aufmunternd gegen meine Schulter. »Ich kann es nicht oft genug sagen, aber wie gut, dass du mich hast. Wie du weißt, bin ich SpongeBob-Schwammkopf-Spezialist der ersten Stunde und brillanter Märchenerzähler.«

»Ein Alleskönner sozusagen.«

»Ein Alleskönner«, bestätigt er mit bescheidenem Lächeln. »Zurück zu *Tuonelan Joutsen*.«

»Zurück zu wem?«, erkundigt sich Ivan links von mir und beugt sich vor, um Elio besser ansehen zu können.

»Entschuldigung?«, ruft dieser gespielt schockiert. »Der nächste Unwissende? Der nächste Kulturverweigerer?« Elio springt auf und richtet sich vor dem Feuer zu voller Größe auf.

Es passiert nicht oft, aber ich genieße es jedes Mal, wenn er seine Bühnenpersönlichkeit durchblicken lässt.

Mit theatralischen Handbewegungen und einer salbungsvoll dröhnenden Stimme beginnt er: »Glaubt man der finnischen Mythologie, schwimmt im Fluss vor der Unterwelt ein wunderschöner Singschwan, das Gefieder krähenschwarz, er selbst heilig.«

Die Augen aller Anwesenden richten sich auf Elio, dessen Schatten über die Holzwand des Unterstands flackert. Er ist ein Geschichtenerzähler wie sein Vater, er kann Menschen mit seinem Charme und seinen Worten sofort in seinen Bann ziehen.

»Doch wehe dem …«

»Oder *der*«, ruft Victoria dazwischen.

Elio dreht sich schwungvoll in ihre Richtung und deutet eine Verbeugung an. »Doch wehe der Person, die dem Schwan von Tuonela zu nahe kommt. Denn wagt es jemand, den wunderschönen

Vogel zu töten oder es auch nur zu versuchen«, alarmierend hebt Elio einen Finger und seine Stimme wird grabestief, »geht er oder sie selbst zugrunde.«

Ich klatsche in die Hände, andere fallen in meinen Applaus mit ein, doch Brian ruft vom anderen Ende der Laavu: »Das sind billige Schauergeschichten.« Dabei streckt er die Hände von sich und wackelt mit den Fingern, als würde er sich fürchten.

»Buuuhuuu«, macht Melchior.

»Der schwarz gefiederte Singschwan ist ein Wesen der finnischen Mythologie«, sagt eine Studentin mit eckiger Brille, ich glaube, ihr Name ist Polina. »Er stammt aus dem Nationalepos *Kalevala,* natürlich gibt es ihn nicht.«

»Sag ich doch.« Brian beißt von seiner Wurst ab.

Mit großen Schritten umkreist Elio die Feuerstelle. »Ich wäre vorsichtig damit, Märchen und Erzählungen sofort als unwahr abzustempeln.«

»Na klar«, spottet Melchior, in dessen Bartstoppeln Essensreste hängen. »Das sagst du, weil dein Vater dieser lächerliche Sternenanbeter ist. Ihr glaubt ja auch an die ewig Schlafenden.«

Melchior sehnt sich wahrlich danach, von Elio die Fresse poliert zu bekommen. »Astrologe«, höhnt er. »Ich finde die Bezeichnung *Spinner* passender.«

»Ach ja?«, mischt sich Victoria ein. »Wir sind doch am Schwanensee. Wenn du es so viel besser weißt, dann versuch doch mal, dich einem Singschwan zu nähern, Michael.«

»Ich heiße Melchior.«

»Nach einem der Heiligen Drei Könige aus der verdammten Bibel, wenn wir schon von Märchen sprechen.« Victoria lächelt giftig, während einige Studierende lachen.

»Meine Familie ist nun mal gottesfürchtig«, schnaubt Melchior, wobei ihm die Doppelmoral nicht aufzufallen scheint.

Ich möchte weder über irgendwelche Schwäne in der Unterwelt noch über die ewig Schlafenden diskutieren. Elio erinnert mich viel zu stark an seinen Vater und dessen Entsetzen, als er verstanden hat, dass ich die Verbindung zu meinen Müttern immer noch nicht gelöst habe.

Ich stehe von der Bank auf, gehe auf das Feuer zu und frage mit Blick in die Kanne: »Wer möchte Kaffee?«

***

Später liege ich in Fleece gekleidet, den Daunenschlafsack bis über die Nase gezogen, im Hängezelt und starre hinauf in den Himmel, in dem Polarlichter tanzen. In gespenstisch grünen Schleiern flackern sie über das Firmament.

Seit ich Nemesis dazu gebracht habe, vor mir zuzugeben, dass sie meine Tante des Mordes verdächtigt, schwillt in mir mit jedem Blick in ihr schönes Gesicht mehr Hass an. Ich hasse nicht sie, aber ich hasse es, dass sie mich an Jupiter zweifeln lässt. Hasse, dass sie den wenigen Halt, den ich gefunden habe, gefährdet. Hasse, dass ich in dem Albtraum mit ihr plötzlich doch infrage gestellt habe, ob ich ihn kontrollieren kann. Hasse besonders, dass es Reiz genug war, sie zu küssen, um mich aufwachen zu lassen.

Ich habe in ihr die Frau aus meinem Wahrtraum erkannt und das hat ein gewisses Interesse geweckt zu sehen, wer diese Frau ist, die mir angeblich das Herz bricht. Doch dann hat sie meine persönliche Büchse der Pandora geöffnet, ahnungslos darüber, dass ihre Anschuldigungen weit über meine Tante hinausreichen.

Ich winkle die Beine etwas an, da das rechte bereits taub wird. Heute Nacht werde ich wach liegen. Denn auch wenn die Wahrscheinlichkeit gering ist, möchte ich nicht Gefahr laufen, in einen unkontrollierten Albtraum zu rutschen, sodass ich schreiend und um mich schlagend von meinen Kommilitonen geweckt werden muss.

Heute Nacht werde ich wach liegen – und das gleicht einem Eingeständnis, oder?

Als ich aufgeregtes Murmeln höre, setzte ich mich in dem Hängemattenzelt so gut wie möglich auf und blinzle in die Dunkelheit. Zwischen den Birken sehen die Zelte der anderen wie riesige Kokons aus. Gerade als ich zurücksinken will, höre ich nicht nur erneut Geräusche, sondern nehme auch eine huschende Bewegung zwischen den Bäumen wahr. Ich halte den Atem an und konzentriere mich auf die Stimmen.

Melchior und Brian.

Ich möchte die Augen in einem anatomisch nicht möglichen Radius verdrehen. Dass ausgerechnet diese beiden sich mitten in der Nacht durch die Kälte schleichen, kann nichts Gutes bedeuten. Ich vernehme ihre Schritte, dann ein Stolpern, dicht gefolgt von einem Zischen. Sie scheinen stehen zu bleiben. Doch in der nächsten Sekunde ertönt ein erstickter Aufschrei, der weder von Melchior noch von Brian stammt.

Was zur Hölle?

So leise ich kann, öffne ich den Reißverschluss meines Schlafsacks, setze mich auf und kippe das Zelt in einem Winkel, der es mir ermöglicht, die Beine möglichst sacht auf den vereisten Waldboden zu stellen. Der Schnee und die Zweige knistern und knacken, doch ich erreiche meine Stiefel, ziehe sie an und greife nach meiner Jacke.

»Halt die Schlampe einfach fest«, zischt Melchior so laut, dass ich jedes Wort verstehe. Es folgt eine Abfolge von Geräuschen, die auf … einen Kampf hindeuten? Ich gleite zwischen den Zelten hindurch, doch die anderen scheinen zu schlafen. Das Mondlicht fällt zu schwach durch die Baumwipfel, als dass ich viel erkennen könnte, doch ich nehme zwei Gestalten wahr, die etwas Richtung Waldrand tragen. Etwas oder *jemanden*?

Ich folge ihnen so unauffällig wie möglich. Als sie zwischen den Birken ins Mondlicht treten, stockt mir der Atem. Denn Melchior und Brian mühen sich mit einer sich energisch wehrenden Nemesis ab. Sie haben sie an den Knöcheln gefesselt, ihr die Arme auf den Rücken gebunden und irgendwas in ihren Mund gestopft. Melchior umklammert ihren Oberkörper, während Brian versucht, ihre Beine festzuhalten. Doch obwohl sie gefesselt ist, wirft sie sich so stark hin und her, dass Melchior in die Knie gehen muss, um sie nicht fallen zu lassen.

»Hey«, rufe ich und laufe los. Gleißender Zorn beschleunigt meine Schritte, als ich verstehe, dass sie Nemesis in Richtung See schleppen.

Melchiors Kopf ruckt zu mir. »Scheiße! Schneller!« Er und Brian rennen los, Nemesis irgendwie an Stiefeln und Jackenkragen festhaltend. Sie haben genug Kraft und Ausdauer, um in einer Geschwindigkeit auf den See zuzulaufen, die ich den zwei Arschlöchern nicht unbedingt zugetraut hätte. Sie erreichen vor mir das Ufer, schlittern auf dem Eis einige Meter voran, dann kommen sie wackelnd zum Stehen und schleudern die gefesselte Nemesis mit solcher Gewalt von sich, dass sie krachend auf das Eis aufschlägt und meterweit in Richtung Seemitte rutscht. Noch während sie wie ein Puck über die vereiste Oberfläche schlittert, rennen Melchior und Brian zurück zum Wald. Am Ufer des Sees bleibe ich stehen. Ich kann mich entscheiden: Entweder ich verfolge die zwei Wichser oder ich helfe Nemesis. Da mir Letzteres notwendiger erscheint, betrete ich den See, doch bereits bei meinem ersten Schritt höre ich das Knacken.

Wissen Melchior und Brian, dass der Winter bisher zu mild war und sich die Temperaturen selbst nachts im niedrigen einstelligen

Minusbereich befinden? Geht es hier womöglich nicht nur um Rache oder Angstmache, sondern nehmen sie in Kauf, dass Nemesis einbricht und … stirbt?

Instinktiv gehe ich zurück, sehe deutliche Risse im Eis, die vermutlich durch Melchiors und Brians Gewicht verstärkt wurden. Nemesis befindet sich gut zehn Meter vom Ufer entfernt, hat sich auf den Bauch gedreht, die Handschuhe abgestreift und versucht nun mit nackten Fingern, die Fesseln an ihren Handgelenken zu lösen.

Obwohl ich ihre Mimik nicht genau ausmachen kann, strömt eine Hitzewelle der Wut von ihr aus, die das Eis versengt und meine eigene verstärkt. Als sie ihre Hände befreit hat, reißt sie sich ihren Knebel aus dem Mund und macht sich an ihren Füßen zu schaffen.

»Das Eis ist zu dünn«, rufe ich.

»Ich weiß«, keift sie zurück, ihre Stimme schwer vor Zorn, doch nicht vor Panik. »O nein, Mercy, das tust du nicht.«

Ich halte in der Bewegung inne.

»Du wirst mich nicht retten. Das kann ich selbst.« Sie strampelt die Fessel von den Fußgelenken.

»Ich weiß, dass du dich selbst retten kannst«, knurre ich, mir schmerzlich darüber bewusst, dass wir einen Scheindialog führen. Denn sie will meine Hilfe in erster Linie nicht, weil wir beide genau wissen, dass ich mich in dieselbe aussichtslose Lage versetze, sobald ich das brüchige Eis betrete. Zu ihr zu gehen, wäre lebensmüde. Es nicht zu tun …

Ich laufe zurück zum Waldrand. In meinem Rucksack befindet sich ein Seil, doch ich kann nicht so viel Zeit riskieren, also renne ich zu den ersten Birken und suche nach einem halbwegs stabilen gefallenen Ast. Als ich zum Seeufer zurückkehre, schiebt sich Nemesis auf allen vieren über das Eis. Ihre Bewegungen sind langsam, bedacht, und ich frage mich, wie zur Hölle es ihr gelingen kann, in so einer Ausnahmesituation die Ruhe zu bewahren.

»Sehr gut«, lobe ich erbärmlich, denn auch ich höre das bedrohliche Knacken des Eises. Nemesis hat ungefähr die Hälfte des Weges hinter sich gebracht, während sich in meinem Kopf die bestialischsten Möglichkeiten abspielen, wie ich Melchior und Brian für das, was sie getan haben, zur Rechenschaft ziehe. »Weiter, einfach weiter.« Ich bin nicht sicher, ob ich beruhigend auf sie oder vielmehr auf mich einrede.

Nemesis hebt den Kopf und sieht zu mir. Ihr Haar schleift über den gefrorenen See, während sie sich Zentimeter für Zentimeter vorarbeitet. Ihre Haltung scheint gefasst, doch zu wissen, dass sie gerade Todesängste erleiden muss, lässt mich eine schmerzhafte Lebendigkeit fühlen, von der ich nicht gedacht hätte, sie überhaupt spüren zu können.

»Du hast es gleich ge…«

Meine Silbe geht in ihrem Schrei unter. Das Eis bricht unter ihren Handflächen weg, und Nemesis stürzt ins Wasser.

Ich packe den Ast und eile auf die Fläche. Doch dann – als der Himmel den Atem anhält, als Nemesis um ihr Überleben kämpft, als mein Herz so lebendig in meiner Brust schlägt wie seit Jahren nicht mehr – halte ich inne. Länger als für den Bruchteil einer Sekunde.

Wenn ich sie ihrem Schicksal überlassen würde? Wenn ich sie sterben ließe? Dann würde sich klammheimlich der um wenige Zentimeter verschobene Deckel der Büchse der Pandora zurückschieben und ich könnte zu einem Zustand zurückkehren, den ich *Stabilität* nenne.

Wenn ich Nemesis jetzt im Schwanensee ertrinken lassen würde, wären nur die Sterne Zeugen meiner Tat.

Nemesis' Kopf bricht durch die Wasseroberfläche und sie ringt nach Luft. Ihre Arme rudern in schwimmenden Bewegungen, doch ihre Kleidung muss so schwer sein, dass sie nicht lang durchhalten wird. Den Rest übernimmt die Eiseskälte. Doch dann sehe ich in ihr Gesicht, sehe ihre verzweifelt aufgerissenen Augen, ihren stählernen Kampfwillen, sehe, wie sie in meinem Albtraum erscheint, weil sie anscheinend an Größenwahn leidet und denkt, sie könne ungesehen herumspionieren. Ich hasse, was sie mit meinem Leben macht, und gleichzeitig erinnert sie mich daran, dass ich überhaupt ein Leben habe.

Ich lege mich flach aufs Eis und robbe zu ihr. »Zieh dich hoch«, rufe ich und schiebe ihr den Ast zu. Sie greift danach, doch sobald sie sich annähernd daran emporziehen will, bricht das Eis unter ihr weg. Nemesis ist so geistesgegenwärtig und schwimmt zu einer anderen Bruchstelle, sodass ich den Ast nach ihr ausrichte und sie sich mit beiden Händen daran festhalten kann. Sie zieht sich erneut daran hoch, ich halte den Ast fest, und als sie mit dem Oberkörper auf dem Eis liegt, flutet mich Erleichterung, obwohl wir beide noch nicht außer Gefahr sind. Sie klappert nicht mit den Zähnen, ihre Kiefermuskeln schlagen regelrecht gegeneinander, als sie zu mir kriecht. Ich ergreife ihre Hand und gemeinsam robben wir zum Ufer, Stück für Stück. Als wir endlich festen Boden unter uns wissen, dreht sich Nemesis völlig entkräftet auf den Rücken und atmet in den Nachthimmel.

»Du hast mir … das Leben gerettet.«

23

Nemesis

»Betrachte es als Begleichung meiner Schuld.« Mercy stemmt sich hoch und sieht auf mich herab. »Es war schließlich *mein* Traum, in dem du verletzt wurdest.«

Das Zusammenspiel aus Mondschein und Polarlichtern lässt den Schnee und das Eis glänzen, als wäre ein silbergrünes Universum über uns explodiert. Die Eiseskälte hat sich tief in mein Innerstes gefressen, sodass ich meinen tauben, steifen Körper nur mit Mühe zum Aufstehen zwingen kann. Ich bin bis auf die Knochen durchgefroren, und das Gewicht der nassen Kleidung erschwert jeden Schritt, den ich auf den Waldrand zugehe.

»Du musst dich sofort umziehen«, sagt Mercy eher unterkühlt als besorgt.

»Weißt du«, meine Zähne schlagen aufeinander, sodass jedes Wort wie ein gefrorenes Stottern klingt, »ich wollte mich zum Schlafen eigentlich direkt so in den Schnee legen und mich wundern, wenn ich erfriere. Ah nein, wundern könnte ich mich dann ja nicht mehr.«

Mercy sieht mich von der Seite an. »Sind diese schlechten Witze deine Bewältigungsstrategie für Ausnahmesituationen? Ich erinnere mich an *süße Waschbär-Babys* aus meinem Traum.«

Als er eine andere Richtung als zu den Hängezelten einschlägt, bleibe ich protestierend stehen. Er bemerkt meine Reaktion und deutet mit ausgestrecktem Arm auf den Unterstand, der sich hundert Meter von uns entfernt in der Dunkelheit abzeichnet. »Wir machen ein Feuer.«

Alles, wonach mein Körper lechzt, ist Wärme. *Und Melchior sowie Brian leiden zu lassen,* aber das ist ein Thema, über das ich ausführlich nachdenke, sobald ich diese vollgesogene Kleidung ausgezogen habe. Unter meinem Zähneklappern gehen wir zu dem Laavu, unter dem ich vor wenigen Stunden noch zwischen Victoria und Esra gesessen und heißen Tee getrunken habe. Der Schnee knirscht unter unseren Stiefeln, ich versuche, mich auf dieses Geräusch zu konzentrieren, doch mein Körper hat sich für heute Nacht genug zusammengerissen, sodass ich kraftlos auf der Holzbank zusammensinke, sobald wir den Unterstand erreicht haben.

»Ich hole Wechselkleidung und Holz«, sagt Mercy, während er bereits Scheite zur Feuerstelle bringt. Unter dem Unterstand ist es so dunkel, dass ich seine Bewegungen nur noch schemenhaft ausmachen kann, doch er muss sich gemerkt haben, an welcher Stelle die Utensilien für das Feuer lagern, denn er steuert präzise eine Ecke an und wenig später entflammt er ein Streichholz.

Als die Flammen zaghaft über das Brennholz züngeln, mustert mich Mercy im schwachen Schein. Sein Blick liegt so lange und regungslos auf mir, dass ich ihn nicht erwidern kann, denn ich ahne, was für einen miserablen Anblick ich abgeben muss und es ist mir unangenehm.

»Ich werde sie …«

»Später«, unterbreche ich erschöpft.

Mercys Blick ruht noch weitere Sekunden auf mir, dann wendet er sich mit den Worten »Schlaf nicht ein« von mir ab.

Ich sehe ihm nach, sehe, wie seine in Schwarz gekleidete Statur über die offene Fläche zum Waldrand geht, und erlaube mir, etwas tiefer in mich zusammenzusacken. Das Adrenalin ebbt ab und hinterlässt nichts als ein schwelendes Loch aus Wut und Angst. Als Tränen so plötzlich in meine Augen schießen, dass ich sie nicht zurückblinzeln kann, sondern sich die ersten verstohlen über meine Wangen schleichen, rapple ich mich auf und bringe Bewegung in meinen Körper. Ich werde mich nicht selbst bemitleiden, ich werde ganz sicher nicht das Opfer sein, dass diese feigen Arschlöcher in mir sehen wollen.

Das Feuer wird stärker, die Flammen zügelloser und die Hitze so verführerisch, dass ich erlöst aufstöhne. Zuerst lege ich die bleischwere Jacke ab, dann steige ich aus Stiefeln und Hose. Dicht vor dem Feuer stehend, ist keine Kleidung sinnvoller als Lagen aus gefrorenem Nass, sodass ich mich bis auf die Unterwäsche ausziehe, selbst die Socken streife ich ab und halte die Fußsohlen abwechselnd in Richtung der Flammen.

Beladen mit Kleidung und einem Schlafsack kommt Mercy zurück. Mein Anblick lässt ihn mitten auf dem Schnee verharren. Ich sehe, wie er von Mondschein und Polarlicht begossen dasteht, während er sehen muss, wie ich nur in Unterwäsche im Flammenschein zittere und meine nassen Haare über die Schulter kämme. Diesmal wende ich den Blick nicht ab, diesmal sehe ich nicht weg, diesmal starre ich zurück zu dem Mann, der mir das Leben gerettet hat, obwohl es so leicht gewesen wäre, mich ertrinken zu lassen. Wäre er an meiner und ich an seiner Stelle gewesen, hätte der Gedanke, die einzige Person sterben zu lassen, die von meiner Schlafwandlerei weiß, mich verführen können.

Mercy löst sich aus seiner Starre, doch seine Augen verfolgen jede meiner Bewegungen, während er auf den Unterstand zukommt. Sie folgen meinen Fingern, die mühevoll durch mein Haar kämmen, dieses erfolglose Unterfangen aber aufgeben. Sie folgen meinen Armen, die ich schützend vor meiner Brust kreuze. Sie folgen meinen Beinen, die vor dem Feuer in kleinen Schritten auf und ab gehen. Sie verweilen auf der Narbe auf meinem Oberschenkel.

»Hier.« Seine Stimme ist belegt, sodass er sich räuspert. In einem säuberlichen Stapel legt er die Kleidung auf die Bank, den Schlafsack zusammengerollt daneben. Er wendet sich ab und tut so, als kontrolliere er das Feuer, während ich zu den Klamotten gehe und mir den trockenen Fleecepullover überziehe. Er ist zu groß, sodass die Ärmel über meine Hände fallen, doch das ist mir egal. Ich möchte meine Nase nicht auffällig in den Stoff drücken, doch er riecht unverkennbar nach Mercy.

»Ich wusste nicht genau, wo dein Zelt hängt«, sagt er immer noch mit dem Rücken zu mir.

Die Hose fällt mir bis auf die Hüftknochen und der Saum schleift über das morsche Holz des Bodens, doch ich trete neben ihn ans Feuer. »Danke schön.«

Er dreht den Kopf zu mir, sein Blick fällt auf mich, schnellt von seiner Kleidung in mein Gesicht, das sicher von zerzausten Strähnen umrahmt ist.

»Nemesis, ich …«

»Versprich mir, dass weder du noch deine Tante Melchior und Brian zur Rechenschaft ziehen werden.«

»Zur Rechenschaft ziehen?« Seine dunkelgrauen Augen treten beinah aus ihren Höhlen. »Du tust gerade so, als hätten sie dir einen verdammten Streich gespielt.«

»Nein.« Ich seufze entschieden und lege den Kopf in den Nacken, um in den schwarzen Himmel zu sehen, der gesprenkelt ist von Sternen. »Das tue ich nicht. Ich weiß genau, dass sie mich in Lebensgefahr gebracht haben. Aber weißt du, was schlimmer war, als ins Eis einzubrechen? Weißt du, was schlimmer war als diese gnadenlose Kälte? Der Moment, in dem ich aufgeschreckt bin, ihre widerlichen Fratzen über mir gesehen habe und nicht wusste, was sie mit mir vorhaben. Diese ganz bestimmte Panik, als ich verstanden habe, dass ich ihnen körperlich unterlegen bin, dass sie mit mir machen können, was sie wollen. Ich weiß nicht, ob ein Mann jemals diese vernichtende Angst nachvollziehen kann.«

Ich drehe den Kopf nach vorn. Mercy hat die Lippen zusammengepresst, und eine Härte überzieht seine Mimik, die mir mittlerweile fast vertraut vorkommt.

»Ich konnte mich vielleicht nicht körperlich wehren, aber ich werde mich anders wehren. Es tut mir fast leid, dass diese Idioten nicht verstanden haben, mit wem sie sich angelegt haben.« Trocken lache ich auf. »Rache ist so etwas wie mein Spezialgebiet, schließlich wurde ich nicht umsonst nach der griechischen Göttin der ausgleichenden Gerechtigkeit benannt.«

Und mit diesem Satz schlage ich den Bogen von Melchior und Brian zu Mercy und mir. Mit diesem Satz bringe ich unsere Welt aus gegenseitiger Schuld und Sühne wieder ins Gleichgewicht. Denn ich bin immer noch ich, und er ist immer noch er, ganz gleich, ob ich ihn aus einem Albtraum oder er mich aus einem Eissee gerettet hat.

Mercy versteht. Er schweigt, doch ich sehe das Verständnis in seinen Augen. Aus der Ecke, aus der er das Feuerzeug geholt hat, kramt er nun eine Kanne sowie Pulver, um Kaffee zuzubereiten. Ich sinke auf die Holzbank, mein Körper schreit vor Müdigkeit, auch wenn die Synapsen in meinem Kopf noch wie elektrisiert verarbeiten, dass ich überlebt habe. Mit dem Hintern rutsche ich so weit vor, dass ich meine Füße und Hände am Feuer wärmen kann.

Während Mercy Wasser in die von Ruß verschmierte Kanne gibt und sie über das Feuer hängt, fragt er unvermittelt: »Wer weiß, dass du eine Schlafwandlerin bist?«

Erschöpft schnalze ich mit der Zunge. »Ich dachte, wir sind quitt.«

»Wissen es deine Eltern und haben es der Akademie absichtlich verheimlicht?«

Ich schließe die Lider, hinter denen das Feuer orangerot flackert. Die Wärme hüllt mich ein, die Flammen scheinen meinen Namen zu flüstern, meinen Namen gefolgt von dem Wort *Versagerin*. In Mercys Traum einzudringen, war unfassbar töricht und unvernünftig. Meine Lippen verziehen sich zu einem zynischen Lächeln. Ich bin am Arsch. Ich bin auf die schlechteste Weise gefickt. Spielt es überhaupt noch eine Rolle, ob ich seine Frage wahrheitsgemäß beantworte? Er wird keine meiner beantworten, aber ich bin so erschöpft von diesem Hin und Her, so vollkommen kraftlos.

Ich öffne die Augen. »Meine Eltern wissen nichts davon. Für sie bin ich eine einzige Enttäuschung, denn natürlich haben sie gehofft, dass ich ebenso schlafwandle wie mein Bruder.«

»Was du tatsächlich kannst.«

Seufzend werfe ich mein Haar zurück. »Was ich tatsächlich kann. Aber …«

»Aber?«

»Neiro hat mich davon abgehalten, es ihnen oder der Welt zu zeigen«, sage ich so abgeklärt, als würde ich diese Tatsache nicht das erste Mal in meinem Leben verbalisieren. »Du musst wissen, dass … dass das Verhältnis zu meinen Eltern angespannt ist. Neiro war der einzige Mensch«, ich beiße mir kurz auf die Zungenspitze, doch fahre dann fort, »der mich je richtig geliebt hat. Der mich beschützt hat. Dem ich wirklich etwas bedeutet habe. Niemand hat sich schützend vor ihn gestellt, als sich seine schlafwandlerischen Fähigkeiten offenbart haben. Er ist als Kleinkind in die Maschinerie meiner Mutter und der ach so renommierten *Academy of Dream Analysis* gekommen. Er hatte keine Kindheit, durfte keine Fehler machen, musste genau so funktionieren, wie Erwachsene das von ihm wollten. Nachdem Schlafwandelnde innerhalb unserer Gemeinschaft über Jahrzehnte hinweg ausgelöscht wurden, wurde Neiro nicht als Einzelperson gesehen, sondern als Stellvertreter einer ganzen Gruppe, er war DER LETZTE Schlafwandler.« Mit einer Geste unterstreiche ich die Bedeutsamkeit meiner Worte. »Dabei wollte er das nie. Er wollte weder die Aufmerksamkeit noch gegen die Ablehnung ankämpfen, die ihm große Teile der Traumgeborenen trotz der Veränderungen, die deine Mutter angestoßen hatte, entgegenbrachten. Geschweige denn wollte er die enorme Arbeit leisten, die es kostete, derart aus der Masse der Gewöhnlichen herauszustechen. Und als ich mit vier Jahren begann, immer wieder von meinem Bruder zu träumen und mich darüber zu freuen, ihn jede Nacht sehen zu können, obwohl er an der sagenumwobenen Akademie der Träume war, ist er unerwartet nach Hause gekommen, hat sich an die Kante meines Betts gesetzt und mir gesagt, dass ich nicht *von ihm* träumen, sondern ihn in seinen Träumen besuchen würde. Dass ich etwas ganz Besonderes sei und dass das unser Geheimnis bleiben müsse. Dass niemand etwas davon wissen dürfe, auch nicht Mama oder Papa. Dass ich gern ihn in seinen Träumen besuchen könne, aber niemanden sonst.« Ich stütze die Arme auf der Bank ab und strecke die Beine aus.

Mercy sieht mich unverwandt an, doch ich möchte seinen Blick nicht deuten.

»Ohne dass ich es gewusst oder mich aktiv dazu entschieden habe, bin ich schlafgewandelt und in die Träume meines Bruders eingedrungen. Weil ich ihn so schrecklich vermisst habe, weil meine Mutter lammfromm wurde, sobald Neiro in München war, weil ich dann in meinem Kinderzimmer schlafen durfte und nicht im Keller, weil sich ihre Kontrolle nicht mehr auf mich richtete, sondern auf Neiro.«

Vermutlich hallen auch in Mercys Kopf Melchiors Worte wider: *Missbildung, Missbildung, Missbildung.*

Ein verheerendes Gemisch aus Wut, Trauer und Verzweiflung lässt mich schwören, dass ich ihn für die Verachtung meines Bruders doppelt bezahlen lasse.

Unter dem Fleecepullover berühre ich Neiros Armband. Das holzartige Material scheint vollgesogen von Wasser. »Wenn es einen Mann gibt, der mein Leben gerettet hat, dann war es mein Bruder. Denn du weißt selbst, wie unsere Welt auf Schlafwandelnde blickt.«

»Und dennoch«, Mercy nimmt den dampfenden Kessel von der Feuerstelle und gießt durch einen Filter schwarze Flüssigkeit in einen Becher aus Blech, »wirst du nicht davor zurückschrecken, Gebrauch von deiner Fähigkeit zu machen, um deinen Bruder zu rächen.« Sein Ton ist nüchtern, seine Hände sind ruhig, seine Miene wirkt fast schon entspannt.

Dieses Gespräch steht im kompletten Kontrast zu unserem Streit nach Professorin Achebes Kurs. Wir haben gezittert, gewütet und uns gegenseitig bedroht, jetzt sind wir hier, wenige Meter voneinander entfernt, und sprechen geradezu sachlich miteinander, vollkommen schmucklos ohne die großen Gefühle.

»Es tut mir leid, dass ich deinen Glauben an Jupiter Sterling zerstöre, aber ich habe keine andere Wahl.« Ich meine es genau so, wie ich es sage. Denn es tut mir aufrichtig leid, Mercy den einzigen Menschen zu nehmen, der ihm geblieben ist, aber sie hat mir wiederum den einzigen Menschen genommen, den ich je hatte.

Mercy kommt auf mich zu und hält mir den dampfenden Becher hin. Mir entgeht nicht, dass er darauf achtet, dass sich unsere Finger nicht berühren, während ich das Getränk annehme.

»Sie ist keine Mörderin«, sagt er und setzt sich mit Abstand neben mich. »Aber ich …«

»Aber du?«

Doch er schüttelt nur den Kopf. Die Flammen spiegeln sich in seinen Augen, der Schein lässt seine Haut glänzen, er nimmt die Mütze vom Kopf und schüttelt seine schwarzen Strähnen aus. Das Geräusch des sich öffnenden Reißverschlusses schneidet durch das Knistern des Feuers. Mercy schält sich aus der Jacke, fährt mit beiden Händen über sein Gesicht, und ich halte ihm den Kaffee hin, an dem ich genippt und mir die Zunge verbrannt habe.

Er ergreift den Becher, wieder mit spitzen Fingern.

»Wieso glorifizierst du deine Tante so? Es tut weh, sich in Menschen zu täuschen, aber ist das nicht … die Regel?« Ich zucke ernüchtert mit den Schultern. »Victoria hätte sich sicherlich auch eine andere Mutter gewünscht als die, die sie als Kind bereits vergiften wollte.«

Victoria … oder ich. Auch ich hätte mir eine andere Mutter gewünscht.

»Ich glorifiziere sie nicht.« Mercys Ton klingt erregter, nicht mehr so stumpf. »Ich versichere dir nur, dass meine Tante deinen Bruder nicht ermordet hat. Aber deine Nachforschungen … Du musst damit aufhören. Du weißt nicht, welche Kettenreaktion du in Gang setzt, solltest du Jupiter stürzen.«

»Ach?« Ich hebe die Augenbrauen. »Was setze ich denn in Gang?«

Anstatt mir zu antworten, führt er nur den Becher an die Lippen und trinkt einen Schluck Kaffee. Minuten verglühen im Feuer, dann wispert Mercy: »Ich habe darüber nachgedacht, dich ertrinken zu lassen. Dich einfach sterben zu lassen.«

»So weit gehst du, um die zu schützen, die du liebst?«, frage ich. »Verständlich.«

»Es geht nicht nur unmittelbar um die, die ich liebe.«

»Sondern?« Doch während ich nachhake, weiß ich bereits, dass er mir nur diese unverständlichen Brocken hinwerfen wird. Mercy vertraut mir nicht. Er hätte mir auch nie von seinen Albträumen erzählt, wenn ich nicht gewaltsam in sie eingedrungen wäre. Oder von den Höllenkreaturen darin.

Mercury Sterling hat keine einzelnen Geheimnisse, er ist ein einziges verschlossenes Desaster.

Und ich? Ich werfe ihm mein verheerendstes Geheimnis zum Fraß hin. Ein scheußliches Lachen bricht aus meiner Kehle. »Was hat dich so gebrochen?«

Er reißt den Blick von den Flammen und versenkt ihn in meinem. »Ich bin nicht gebrochen.«

Ich starre zurück, wobei sich unsere Blicke weniger wie eine Konfrontation, sondern mehr wie eine Berührung anfühlen. »Du lügst so schön.«

»Ich bin nicht gebrochen«, wiederholt er zärtlich.

Instinktiv rücke ich auf der Bank näher an ihn heran, so nah, dass ich fürchte, er weicht zurück, doch das tut er nicht. »Lüg noch mal«, bitte ich, mein Blick so fest in seinen gestoßen, dass ich sicher bin, seine nächsten Worte würden sich wie Tinte auf Papier in mein Herz schreiben.

»Auch du bist nicht gebrochen, Nemesis.« Er lehnt den Oberkörper nach vorn, nun trennen nur noch Zentimeter unsere Gesichter, ich spüre seinen warmen Atem auf meiner Haut, spüre die Erinnerung an seine Lippen, die zu hässlicher Sehnsucht wird. Er löst den Blick von meinen Augen und sieht auf meinen Mund herab. Er muss dasselbe denken. Dasselbe erinnern, fühlen, wünschen. Ich kann in seiner Mimik ein unterdrücktes Flehen erkennen, das ihn jeden Moment bitten lässt: *Schlaf bei mir. Schlaf mit mir.*

Doch er erstickt jegliches Verlangen und reißt sich von mir los. Erst vom Anblick meiner Lippen, dann von meiner Nähe, indem er von mir wegrutscht und nach seiner Jacke greift.

»Du solltest noch ein paar Stunden schlafen«, sagt er und hält sie mir hin.

»Bei dir? Oder mit dir?«, provoziere ich und genieße, wie er versucht, meinem Blick zu entgehen. Er wendet den Kopf ab und sieht in die Flammen. Wir müssen beide weder aussprechen noch leugnen, dass die Hitze nicht allein vom Feuer kommt.

»Diese Nacht ist nicht endlos.« Mercy klingt unbeugsam. »Und wenn der Morgen dämmert, sind wir immer noch wir und kehren zurück in unsere Leben. Wir würden jede Intimität bereuen, ob es geteilte Geheimnisse oder Küsse sind. Wir sind nicht gebrochen, und wenn wir«, er deutet auf sich, dann auf mich, »einander nicht zu genau ansehen, können wir weiterhin so tun, als wären wir es tatsächlich nicht.«

***

Ich bin die Letzte, die zum Frühstück kommt. Meine Mitstudierenden haben sich um die Feuerstelle versammelt, in der das verkohlte Holz nur noch schwach glüht. Übermüdet reibe ich mir die Augen, doch jedes Mal, wenn ich auf die Holzbank des Unterstands gucke, sehe ich nicht die Barbosa-Zwillinge, sondern Mercy und mich.

Ein lederner Handschuh schiebt sich in mein Sichtfeld. »Tee?«, fragt Victoria und hält mir einen gelben Plastikbecher unter die Nase.

Ich blinzle sie an, greife nach dem Becher und puste. »Danke.«

Ihr Mundwinkel knickt leicht nach oben, was ich als Lächeln deute. »Es gibt noch Toast und Marmelade, keine kulinarische Glanzleistung, aber besser als nichts.«

Über den Rand des dampfenden Bechers hinweg nicke ich und bedanke mich erneut. Es ist nicht nur ihre Nettigkeit, die mich verunsichert, sondern auch ihre braunen Augen, die so lange auf mir ruhen, dass ich mich unangenehm berührt darunter hinwegducken will.

»Äh …«, mache ich etwas unbeholfen. »Ist was?«

Victoria hebt amüsiert die Brauen. »Sag du es mir.«

»Ich?«

»Mhm«, summt sie und wippt erwartungsvoll auf den Fußballen vor und zurück.

Gespielt reiße ich den Becher von den Lippen. »Der Tee ist vergiftet.«

»Haha.« Sie hört auf zu wippen. »Manchmal bist du noch geschmackloser als ich. Aber auf eine besorgniserregende Art und Weise respektiere ich dich dafür.«

»Gleichfalls«, gebe ich zu und verstecke mein Schmunzeln hinter dem Getränk.

»Jedenfalls dachte ich an diesem abartig kalten Morgen, dass es eine gute Gelegenheit wäre, dich noch einmal an das Sigillenritual zu erinnern.« Mit beiden Armen macht sie eine ausschweifende Geste, die die Szenerie einfangen soll. Nebel, schwer wie Rauch, hat sich über den Schwanensee gelegt, der Himmel ist derartig zugezogen, dass die Sonnenstrahlen nur vereinzelt durch die Wolkendecke brechen, sodass das uns umgebende Grau wie gestreift aussieht. Die Kälte riecht frisch und heilsam, doch ich weiß genau, wie erbarmungslos sie sein kann.

»Unser nächstes Ritual wird nicht nur bei Vollmond stattfinden, sondern auch in einer Raunacht. Wenn das keinen Erfolg garantiert, muss ich meine Recherche infrage stellen, und ich stelle selbstverständlich nie etwas infrage, das ich tue.« Sie zwinkert kokett.

»Meine Meinung hat sich …« *Nicht geändert?* Bin ich mir da sicher? Obwohl ich Victoria seit ihrem Zusammenbruch in Os Kurs unweigerlich mit anderen Augen sehe?

»Vielleicht sollte ich noch erwähnen, dass ich Mercy vor deinem Zelt habe sitzen sehen.«

Prompt verbrenne ich mir die Zungenspitze an der heißen Flüssigkeit, weil ich den Becher zu stark kippe. »Wie bitte?«

»Ich weiß nicht genau, was ihr beide heute Nacht gemacht habt, aber als ich in den frühen Morgenstunden aufgewacht bin, um in dieser Outdoorhölle auf die Toilette zu gehen, habe ich ihn vor deinem Zelt gesehen. Besser gesagt gegen den Stamm eines Baums gelehnt, an dem dein Zelt festgebunden war. In einen Schlafsack gehüllt, kauerte er auf dem eisigen Boden und hat … Ja, was hat er eigentlich getan? Die Aussicht auf das schneebedeckte Moos genossen? Auf sich selbst eingeredet, dich nicht aus dem Hängezelt zu schubsen? Dich beschützt? Vor …« Ihr Blick geht suchend durch die Reihe der Studierenden. »Wo sind sie eigentlich? Michael und dieser andere Trottel?«

Nachdem mir Mercy seine Jacke geradezu aufgedrängt hat, habe ich sie angezogen und bin zu meinem Zelt zurückgekehrt. Ich war so müde, dass ich keinen Gedanken an die Angst, Melchior und Brian könnten es erneut auf mich absehen, verschwendet habe. Keinen einzigen. Doch offenbar hat Mercy das anders gesehen.

»Er hat vor meinem Zelt gekauert?«

»Als ich von meiner Toilettenexpedition zurückgekommen bin, saß er da immer noch. Vermutlich hat er die ganze Nacht dort verbracht.«

Möglichst unauffällig schaue ich zu ihm herüber. In seinem beigefarbenen hochgeschlossenen Fleece und schwarzer Skihose steht er vor Esra und Elio und teilt sich ein Marmeladentoast mit ihnen. Ich höre nicht genau, was Elio sagt, doch ich bemerke seinen Fußballtrainer-Tonfall. Mercy lacht, wirft leicht den Kopf zurück, sodass sein glänzendes Haar wippt. Selbst aus dieser Entfernung kann ich die Schatten unter seinen Augen erkennen.

Ich bin nicht gebrochen.

Nein, das bist du nicht. Du bist nur der Mann mit den ruhelosen Nächten. Der Mann mit den selbst gewählten Albträumen. Der Junge, der zwischen seinen toten Müttern kniet und ihnen die Hände hält.

»Ich weiß nicht genau, was zwischen dir und Mercy abgeht«, fährt Victoria neben mir fort und hat sicherlich meinen Seitenblick auf ihn bemerkt, »aber ich werde es herausfinden. Jupiter Sterling und dein Bruder waren eiserne Konkurrenten, rivalisierten um die Akademieführung, und mir scheint, als würden Mercy und du diesen Familienstreit fortsetzen. Ihr meidet euch wie die Pest, aber dann kauert er wie ein liebeskranker Idiot vor deinem Zelt.« Sie hebt einen behandschuhten Finger. »Pass bloß auf, dass er dich nicht jede Nacht beim Schlafen beobachtet.«

»Ich weiß deine Sorge wirklich zu schätzen«, sage ich sarkastisch. »Aber im Grunde drohst du mir gerade, richtig? Wenn ich nicht beim Sigillenritual mitmache, machst du etwas, das es zwischen mir und Mercy überhaupt nicht gibt, publik?«

Sie tippt sich gegen die Schläfe und lächelt mich zuckersüß an. »Unter anderen Umständen könnten wir wirklich beste Freundinnen sein. Ich mag, wie schnell dein Kopf schaltet.« Victoria greift nach dem Plastikbecher in meinen Händen. »Ob es am Ende stimmt oder nicht, ist völlig irrelevant. Die Menschen werden es glauben *wollen*, einfach weil sie so tragisch schön ist – diese unmögliche Liebe zwischen zwei Menschen aus verfeindeten Familien. Auch wenn ich es eher für eine miserable *Romeo und Julia am Nordpol*-Version halte.« Sie prostet mir zu und trinkt den Tee aus.

Ich kann nicht anders, als sie für ihre Skrupellosigkeit zu bewundern. Victoria wäre die Tochter, die meine Mutter sich gewünscht hätte. »Du musst diese Show nicht abziehen, denn ich hätte auch so beim Sigillenritual mitgemacht.«

Das scheint sie ernsthaft zu überraschen. Ihre Brauen springen unkontrolliert in Richtung Haaransatz. »Hättest du?«

Ich nicke. »*Sollten Eltern ihre Kinder nicht über alles und jeden lieben?* Das waren deine Worte.«

Sofort verzieht sie das Gesicht, als würde ich sie mit etwas Übelkeiterregendem konfrontieren.

»Aber wenn man das nicht erfährt, wenn man in einer traumatisierenden Kindheit gefangen ist, in der alle anderen etwas vermeintlich Selbstverständliches bekommen, nur man selbst nicht, dann … dann fühlt man sich betrogen. Auf eine Art betrogen, die nie wiedergutzumachen ist.« Mein Blick geht über den Schnee, über diese makellose, unberührte Fläche von Weiß. »Was auch immer du mit diesem Ritual bezwecken willst, es ist dein Versuch, diesen Betrug abzumildern. Du wirst scheitern, aber das weißt du. Tief in dir weißt du, dass kein Ritual dieser Welt diese klaffende Wunde in dir heilen kann. Aber bis dahin«, ich zucke die Schultern, »bin ich dabei.«

Victoria schweigt. Es ist beängstigend und befriedigend zugleich, sie sprachlos zu sehen.

»Nemesis«, ruft Esra.

Ich wende mich ab, doch Victoria schnellt hervor und hält mich zurück, indem sie ihre Hand auf meinen Unterarm legt.

»Ich möchte die beste Version meiner selbst werden.« Ihre Stimme ist leise, vermutlich um die Unsicherheit darin zu überspielen, doch ich höre sie.

»Die Göttin des Sieges«, sagt mein Mund, doch meine Augen sagen: *Du wirst nie die beste Version deiner selbst sein, das ist ein Hirngespinst, um es deiner Mutter zurückzuzahlen, eine dich selbst zerstörende Utopie, ein Verdrängen deines eigentlichen Schmerzes.*

Victoria ist klug genug, um meinen Blick zu lesen, und stur genug, um ihn zu ignorieren.

»Ich werde die Beste sein. Die Allerbeste.«

»Das wirst du«, versichere ich ihr und lasse sie sich noch einen Moment an mir festhalten. Doch als Esra erneut meinen Namen ruft, gleitet Victorias Hand von meinem Arm, sie räuspert sich verlegen und tritt zurück.

Ich gehe auf Esra, Elio und Mercy zu. »Guten Morgen«, grüße ich und erhalte ein Lächeln der Zwillinge als Antwort.

»Hast du gut geschlafen?« Obwohl Esra sonst ungeschminkt ist, ziert feiner Glitzer ihre Wangen.

Ich schiele zu Mercy, der demonstrativ auf den Boden sieht. »Ja, danke. Und ihr?«

»Hab's mir tatsächlich schlimmer vorgestellt, bei Minusgraden im finnischen Wald zu übernachten«, sagt Elio und schiebt sich den letzten Bissen Marmeladentoast in den Mund. »War eigentlich ganz romantisch.«

»Mercy sieht so fertig aus, als hätte er kein Auge zugemacht.« Mit der Stiefelspitze stupst Esra gegen Mercys Schienbein.

Nun hebt er doch den Kopf und sieht Esra an, doch sein Blick springt dabei über mich. »Ich werde Jupiter sagen, was für eine Scheißidee dieser Ausflug ist.«

»Wie ich deine Tante kenne, wird sie es dann im monatlichen Rhythmus stattfinden lassen.« Elio lacht, doch als ein Schrei über den Schnee fegt, verstummt er.

Nahezu gleichzeitig drehen sich die Köpfe der Studierenden unter dem Unterstand in Richtung Waldrand. Ich schiebe die Hände in die Taschen meiner Trekkinghose und sehe, wie Melchior zwischen den Bäumen hindurchbricht und auf den See zurennt, Brian ist ihm dicht auf den Fersen.

Ich weiß nicht, was mich mehr schockiert: die Tatsache, dass Melchior komplett nackt ist oder dass Brian ihm lediglich in Unterhose folgt.

»Bei der Mondgöttin!« Esra erhebt sich von der Holzbank und geht an der Feuerstelle vorbei, mit gefurchter Stirn kommt Elio ihr nach und ruft: »Melchior! Brian! Was ist los mit euch?«

Doch die beiden sind nicht empfänglich für Elios Frage. Stattdessen hetzen sie wie Gejagte über den Schnee, ihre unbekleideten weißen Körper verschwimmen mit der Landschaft, aber so deplatziert, als wären sie Puzzleteile, die einfach nicht ins Bild passen.

»Sie dürfen auf keinen Fall den See betreten!« Elios Stimme hat einen alarmierenden Befehlston angenommen. »Das Eis könnte noch zu dünn sein und brechen.«

Elio und Ivan laufen los, um die zwei von ihrem Eisbad abzuhalten. Ich kann förmlich spüren, wie die anderen von Verwirrung über Schock zum Handeln wechseln. Selbst Victoria eilt zu Hilfe, nicht ohne laut genug »Solche Trottel!« zu rufen.

Als Melchior den auf sich zukommenden Elio sieht, schlägt er wie ein Hase einen Haken und schreit: »Der Schwan von Tuonela! Wir müssen ihn fangen!« Sein bebender Körper und die aussichtslose Verzweiflung in seiner Stimme lassen mich fast Mitleid empfinden.

Auch Brian duckt sich zwischen Ivan und Victoria hindurch und hält weiter Kurs auf den See. Seine Miene gleicht einer zu Tode verängstigten Fratze. »Sie werden uns holen. Sie werden kommen und uns holen!«

»Bei der Mondgöttin«, stöhnt Esra erneut, die wenige Meter vor mir und Mercy steht. »Was ist in sie gefahren?«

»Sie leiden an einer Psychose.« Mercys Ton ähnelt einer nüchternen Feststellung, doch ich merke, wie angespannt seine Körperhaltung ist. »Vermutlich haben sie Wahnvorstellungen.«

Zugegeben, von der Schwelle aus war es nicht ganz einfach, Melchiors und Brians Träume zu unterwerfen, aber wenn ich sie übertreten hätte, wäre ich wie bei Mercy Gefahr gelaufen, dass sie mich erkennen und als Schlafwandlerin überführen. Doch mein Rachewunsch war so verzehrend, dass ich ihnen konsequent die Kontrolle über ihre Träume entzogen und sie von *Tuonelan Joutsen* habe träumen lassen. Dem schwarz gefiederten Schwan aus der finnischen Unterwelt, bei dem man selbst zugrunde geht, wenn man sich ihm auch nur nähert.

Ich habe nicht gewusst, ob mein Vorhaben gelingt, schließlich habe ich noch nie fremde Träume unterworfen und verfüge nur über die lückenhafte Theorie aus Neiros Büchern. Doch seit ich an der ADA bin, kann ich die Praxis testen. So wie bei Melchior und Brian. Denn wenn eine Schlafwandlerin in Träume eindringt und diese gewaltsam unterwirft, kann der Kontrollverlust für luzide Träumende so stark sein, dass sie mit Wahnvorstellungen aufwachen. Dass Melchior splitterfasernackt ist und Brian einen tannengrünen Schlüpfer präsentiert, sind Extras, die ich nicht unbedingt gebraucht hätte.

Elio wirft Melchior kurz vor dem gefrorenen See zu Boden. Während sie durch den Schnee rollen, schreit Melchior wieder und wieder: »Der Schwan von Tuonela! Der Schwan von Tuonela!« Auch Brian wird von Victoria und Ivan niedergerungen, doch er schlägt wild mit Armen und Beinen um sich. Andere Kommilitonen kommen mit Jacken, Stiefeln und Hosen angelaufen, Esra bückt sich nach der Thermoskanne mit Tee und läuft zum See.

»Niemand wird dich holen«, höre ich Victorias entnervte Stimme, während sie Brians Arm fixiert. »Niemand würde freiwillig dein Scheißgelaber aushalten.«

Um uns bricht Hektik aus, Elio verlangt nach Decken, während Melchior und Brian in Tonlagen schreien, die glauben lassen, sie würden bei lebendigem Leib verbrennen.

Nur Mercy und ich bewegen uns nicht. Weder aufeinander zu noch voneinander weg, wir bewegen uns keinen Zentimeter.

»Eine Psychose«, wiederholt er langsam, löst den Blick von dem Getümmel im Schnee und sieht mich an. Treibt seinen Blick tief in meinen, sagt: »Vom ersten Moment an wusste ich, dass du wie Licht bist. Kein Sonnenschein, nein, du bist wie ein Blitz, Nemesis, wie ein Blitz.«

Ich nehme die Hände aus den Hosentaschen, verschränke sie vor der Brust, erwidere aber seinen Blick. »Bereust du es schon, mich gestern Nacht nicht zurückgelassen zu haben?«

24

Mercy

Jupiter greift nach der Badeente auf ihrem Schreibtisch und drückt sie mehrmals, sodass eine Abfolge an Quietschgeräuschen ertönt. »Was ist in der Nacht am Schwanensee passiert?«

Noch vor meinem ersten Kaffee hat mich meine Tante am Montagmorgen in ihr Büro zitiert. Auf dem Tisch liegen mehrere ausgebreitete Plakate, die die Feierlichkeiten zur Wintersonnenwende am 22. Dezember ankündigen. Gelbe Klebezettel haften darauf, sodass ich über Kopf lese: *Catering?, Abfolge der Redebeiträge, Termin Schneiderei.*

Ich reibe mir die Augen. Eine weitere schlaflose Nacht liegt hinter mir, sodass ich Koffein dringend nötig hätte. »Du musst Melchior Olsson und Brian Miller suspendieren.«

»Ach ja? Weil sie Nemesis von Winther einen kindischen Streich gespielt haben?«

»Sie haben sie gefesselt auf den gefrorenen See geschleppt, wohl wissend, dass sie einbrechen könnte, ich glaube nicht, dass es sich dabei um einen *kindischen Streich* handelt«, sage ich mit Nachdruck.

»Doch jetzt sind es Melchior und Brian, die auf der Krankenstation behandelt werden müssen, weil sie immer noch irgendwelche Schwäne aus irgendwelchen Volksmärchen sehen!« Jupiter quetscht die Badeente so sehr, dass ich um ihre Existenz fürchte.

Ihre grünen Augen sind zusammengekniffen, ihr Ausdruck kompromisslos. »Also frage ich dich ein letztes Mal: Was ist in dieser Nacht passiert?«

Die Ellbogen auf die Stuhllehnen gestützt, lege ich die Hände aneinander und starre auf meine Finger. Es liegt nicht am fehlenden Koffein, dass ich nicht bereit bin für dieses Gespräch. Seit Melchior und Brian völlig außer sich in Richtung See gerannt sind, grüble ich über mein weiteres Vorgehen nach. Noch immer steigt blanker Zorn in mir auf, wenn ich darüber nachdenke, dass sie Nemesis in Lebensgefahr gebracht haben, und ich finde ihre Reaktion darauf gerechtfertigt. Sie sollte nicht dafür bestraft werden, sich gewehrt zu haben. Aber die Art und Weise, wie sie sich gewehrt hat, hat mir unmissverständlich vor Augen geführt, wozu sie fähig ist. Wie gefährlich sie ihren Feinden – und damit meiner Tante – werden kann.

»Mercy«, drängt Jupiter.

Ich verschränke die Finger, löse den Blick und sehe sie an. »Ich habe dir schon fünfmal erzählt, was passiert ist. Melchior und Brian sind Arschlöcher, die Nemesis aufgrund ihrer Herkunft provoziert haben. Sie hat sich gewehrt, und da männliche Egos so verdammt fragil sind, dass sie mit einer sich widersetzenden Frau nicht umgehen können, haben sie sie in der Nacht überfallen und zum See geschleppt.«

»*Diesen* Teil der Ereignisse hast du mir schon fünfmal erzählt«, erwidert meine Tante und lässt endlich von der unschuldigen Ente ab. »Aber wieso Melchior und Brian am nächsten Morgen nackt durch den Schnee gerannt sind und irgendwelche nicht existenten Schwäne erlegen wollten, warum ich nach einer harmlosen Exkursion *zwei*«, sie hebt Zeige- sowie Mittelfinger, »Studenten auf der Krankenstation habe, die immer noch unter einer Art Psychose leiden, sodass ich ihre Eltern benachrichtigen, von Wahnvorstellungen berichten und Rechenschaft dafür ablegen muss, wie so etwas unter meiner Führung passieren kann, *das* hast du mir noch nicht erzählt.« Sie schlägt auf den Schreibtisch, wobei ein gelber Klebezettel an ihrer Handfläche hängen bleibt und sich von dem Plakat löst.

Um Zeit zu gewinnen, greife ich nach dem Wasserglas meiner Tante und trinke einen Schluck. Ich kann Nemesis nicht als Schlafwandlerin enttarnen, denn dann würde sie mit Sicherheit zurückschlagen und von den Wesen in meinen Träumen erzählen. Selbst wenn ihr die breite Masse nicht glaubt, würde Jupiter wissen, dass sie recht hat, und das kann ich nicht riskieren. Ich *muss* darauf vertrauen, dass meine Tante ihr Innenleben besser schützt als ich.

Unter Jupiters stechendem Blick wird mir heiß, doch ich halte meine Miene ahnungslos. »Ich weiß nicht, was mit Melchior und Brian passiert ist. Vielleicht gibt es doch so etwas wie Karma?«

»Karma?«, wiederholt sie und blinzelt, als hätte sie sich verhört. »Willst du mir tatsächlich etwas von …«, ruckartig erhebt sie sich aus ihrem Stuhl und baut sich vor mir auf. »Verdammt, Mercy! Muss ich dir wirklich sagen, was auf dem Spiel steht? Muss ich dich wirklich daran erinnern, dass wir«, sie deutet erst auf mich, dann auf sich, »uns keinen weiteren Fehler erlauben dürfen? Keinen einzigen? Als ich dich zu diesem Studium zugelassen habe, habe ich von meinem Veto als Direktorin Gebrauch gemacht. Ich habe mich über die Köpfe aller anderen hinweggesetzt und allein entschieden. Lass mich diese Entscheidung nicht bereuen.«

Ihr harter Ausdruck weicht auf, und ich erkenne sie wieder. Erkenne meine Tante, die nicht nur die Verantwortung für mich übernommen hat, sondern mich trotz jedes unentschuldbaren Fehlers liebt. Die für mein Vergehen eingestanden ist, für mich manipuliert und gelogen hat, mich zum Weitermachen gezwungen hat, als ich nichts weiter wollte, als in Trauer und Selbsthass zu versinken. Viele Menschen beteuern, ihre Liebe sei bedingungslos, doch Jupiter hat das nie behauptet. Sie hat es mir auf Gedeih und Verderb bewiesen.

Ich schulde ihr nicht nur meine psychische Gesundheit, ich schulde ihr mein Leben.

Der Stuhl knarzt, als ich ihn zurückschiebe und aufstehe. Mit langsamen Schritten gehe ich um den massiven Schreibtisch herum und bleibe vor ihr stehen. Als ich die Arme öffne und nach ihr ausstrecke, werden ihre Augen wässrig. Sie weiß, welche Überwindung mich die Berührung kostet, und tritt behutsam in meine Umarmung.

»Du wirst diese Entscheidung nicht bereuen«, sage ich und spüre nur ihr Nicken.

***

Gerade als ich die Bürotür hinter mir zuziehe und mich zum Gehen abwende, sehe ich sie.

»Esra«, rufe ich über das morgendliche Treiben anderer Studierender und Dozierender hinweg.

Sie fährt herum, und als sie mich erblickt, spannt sich ein breites Lächeln auf ihrem Gesicht auf. »Mercury Mercy Merc«, frohlockt sie, als ich sie erreiche. »Was geht, mein Bester?«

Doch selbst ein oberflächlicher Blick reicht, um zu sehen, wie fertig Esra ist. Zwar hat sie mit Make-up versucht, ihre Müdigkeit zu überschminken, doch ihre braune Haut wirkt gräulich, ihre Schritte sind langsam, und sie stützt sich immer wieder gegen die Wand.

»Die Nacht am See hat dir nicht gerade gutgetan«, stelle ich besorgt fest.

»Seit unserer Rückkehr schimpft Elio ununterbrochen mit mir. Von wegen ich hätte überhaupt nicht mitgehen sollen, er hat es mir doch gleich gesagt, bla, bla.« Sie lacht ihr helles Lachen, das wie kein anderes verspricht, dass alles gut wird. Ihr Lachen ist für Narren heilsam und hoffnungsvoll, für alle anderen unerträglich.

»Hat er recht?« Auch wenn Elio seine Schwester auf den letzten Kilometern auf dem Rücken getragen hat und ich seinen Rucksack übernommen habe, möchte ich ihr nicht ihre Selbstbestimmung absprechen.

Sie lehnt sich mit der Schulter gegen die Steinwand und presst das Buch in ihren Händen vor die Brust. »Es mag sein, dass mich die kilometerlange Schneewanderung mit Übernachtung in einem Hängezelt etwas überfordert hat«, gibt sie zu, »aber wer weiß, wann ich das nächste Mal die Chance bekomme, unter Polarlichtern zu schlafen?«

Als wir langsam weitergehen, sage ich vorsichtig: »Dein Vater macht sich Sorgen um dich. Wir alle machen uns Sorgen um dich.«

Beruhigend tätschelt sie mir den Oberarm. »Ich weiß eure Sorgen nicht einmal mehr zu schätzen, so unnötig sind sie.« Sie grinst und nimmt die Hand von meinem Arm. »Was ist mit dir? Wird es diese Woche in *Kartografie des Unterbewussten* besser für dich laufen?«, fragt sie leise, als würden ihre Worte durch Lautstärke an Bedeutsamkeit verlieren.

»Sicherlich, ich …« Wem mache ich hier etwas vor? Ich möchte von Esra ehrlich wissen, wie es ihr geht, nur um sie selbst anzulügen? Nachdem Nemesis ihr und Elio von meinem Albtraum in der Kartografiesitzung erzählt hat, spüre ich ihre sorgenvollen Blicke überdeutlich.

»Meine Träume sind einfach der ideale Ort, um sich so richtig lebendig zu fühlen«, antworte ich achselzuckend. »Der Adrenalinkick … einmalig, wirklich einmalig.«

»Mieser Witz, Merc, wirklich mies«, entgegnet sie. »Vor allem, weil es in dem Kurs darum geht, sich seinem Unterbewusstsein zu nähern und nicht einzuschlafen.«

Wir erreichen die Treppe und gehen sie hinab. Ich bin überrascht, wie viel Betrieb bereits am Vormittag herrscht, doch vermutlich ist das den Feierlichkeiten zur Wintersonnenwende geschuldet.

»Diese Tür sollte ich wahrlich nicht öffnen«, sage ich zu Esra, und mein Tonfall klingt grotesk albern. »Sonst bin ich der Nächste, der sich Elios Besserwisserei anhören muss.«

»Ich habe es dir doch gleich gesagt«, äfft sie ihren Bruder nach und trifft erstaunlich akkurat Elios tiefen Bass.

Lachend betreten wir den Innenhof. In der Nacht ist zentimeterhoher Neuschnee gefallen, die weiße Kristalldecke funkelt in der aufgehenden Sonne. Ich schlage den Kragen meines Mantels hoch. »Wohin gehst du?«

»In die Bibliothek.« Esra hebt das Buch in die Höhe. »Ich will mir in Vorbereitung auf *Psychoanalyse* später schon einmal Freuds Strukturmodell der Psyche ansehen.«

Zu wissen, wie viel Energie Esra in eine Zukunft steckt, die es aller Wahrscheinlichkeit nach nicht geben wird, bildet einen gigantischen Kloß in meiner Kehle.

»Hey«, sie stupst mich mit dem Ellbogen an. »Guck nicht so. Nicht jeder ist in der Akademie aufgewachsen und hat schon im Grundschulalter gelernt, was das *Ich*, das *Über-Ich* und das *Es* sind. Ich will mir einen kleinen Lernvorsprung verschaffen.«

»Esra, ich …« Mein Gestotter lässt mich wütend die Hände zu Fäusten ballen. Wenn sie an meiner Stelle wäre, würde sie auf Anhieb die richtigen Worte finden, mitfühlend, aber nicht mitleidig, interessiert, aber nicht übergriffig. »Wir haben schon lange nicht mehr darüber gesprochen.«

»Darüber?« Sie bleibt überrascht neben einer Laterne stehen. Doch als sich unsere Blicke treffen und sie meinen gequälten Ausdruck liest, sagt sie: »Oh! *Darüber.*«

»Bitte entschuldige, wenn das unsensibel von mir ist.«

Sie schüttelt den Kopf, sodass ihr fliederfarbenes Haar hin- und herschaukelt. »Manchmal tut es gut, *darüber* zu sprechen. Meine Familie denkt, dass sie mir einen Gefallen tut, wenn sie es verschweigt, wenn wir um den Elefanten im Raum drum herumdiskutieren, aber ich bin nun einmal krank. Ich möchte nicht immer und mit jedem über meine Krankheit sprechen, möchte keinesfalls darauf reduziert werden, aber sie ist Teil von mir.« Sie schlingt ihren gelben Mantel enger um ihre schmalen Schultern und setzt sich wieder in Bewegung. »Meine Familie durfte dich in deinen dunkelsten Stunden begleiten, ich denke, wir haben eine gewisse Vertrauensbasis, also sprechen wir darüber, Mercy.« Da ist es wieder – ihr sonniges Lächeln, das an einem Ort wie diesem entweder als noch störender oder als noch notwendiger wahrgenommen wird.

Sekundenlang gehen wir schweigend nebeneinanderher, nur der knirschende Schnee unter unseren Stiefeln und unser Atem sind zu hören. Ich schäme mich. Nicht unbedingt für mein Gestammel *darüber,* sondern weil mir wieder einmal bewusst wird, wie selbstbezogen mich mein eigener Scheiß macht, wie stark ich um *meine* Trauer, *meinen* Verlust, *meinen* Schmerz kreise.

»Deine Familie hat mich in meinen dunkelsten Stunden begleitet, und deswegen ist es umso verwerflicher, dass ich so wenig über deine Krankheit weiß.«

Esra sieht hinauf zur schwachen Sonne. »Wenn man bedenkt, wie lange wir uns kennen, ist es in der Tat verwerflich. Ich werde dich nicht von deinem schlechten Gewissen freisprechen, aber ich kann dir erzählen, dass meine Träume kurz nach meinem siebten Geburtstag verschwunden sind.« Ihr Blick ist immer noch gen Himmel gerichtet, als wir auf die Bibliothek zugehen.

»Wie du weißt, können wir Luzide uns präzise an unsere Träume erinnern, also ist mir sofort aufgefallen, dass ich in Schwärze geschlafen habe. Es war eine Schwärze wie ein Vakuum, völlig leer und sehr beängstigend. Am nächsten Morgen habe ich es meinen Eltern erzählt, die meine Panik nicht steigern wollten und meinen traumlosen Schlaf zunächst heruntergespielt haben, doch als meine folgenden Nächte auch so … so blank, verlassen und unaushaltbar drückend gewesen sind, brachen sie in formvollendete Panik aus.« Mit einer Geste unterstreicht sie die Worte *formvollendete Panik*. »Jedenfalls haben meine Eltern die besten Schlafmedizinerinnen der Welt aufgesucht, und es hat sich bestätigt, was mein Vater seit meinen ersten Schilderungen vermutet hat: Ich leide unter dem Charcot-Wilbrand-Syndrom, kurz CWS.«

Ich habe zwar nicht den genauen Zeitpunkt ihrer Erkrankung gekannt, aber worunter sie leidet, gewiss. Menschen, die am Charcot-Wilbrand-Syndrom erkranken, verlieren infolge einer lokalen Hirnschädigung ihre Fähigkeit zu träumen. Das ist niemandem zu wünschen, aber für Nicht-Traumgeborene nicht lebensgefährlich. Traumgeborene wie Esra hingegen sterben langsam, aber unaufhaltsam an dem Traumverlust. Ihr schwaches Immunsystem und ihre Vergesslichkeit sind Anzeichen für einen fortschreitenden Krankheitsverlauf.

Selbst ich merke, wie viel Bedauern in meinem Blick liegt.

»Schau mich nicht so an«, sagt sie prompt. »Ich bin zwar krank, aber wenigstens leben meine Eltern noch.«

»Wie wunderbar«, schnaube ich sarkastisch. »Nicht du siehst deine Eltern sterben, wie ich es getan habe, sondern sie dich.«

Esra lacht makaber auf, doch in dem Blick, den wir tauschen, liegt so viel gegenseitige Anteilnahme, dass mein Herz wimmert.

Wir erreichen das Bibliotheksgebäude neben dem goldenen Theaterkuppelbau, und ich ziehe die imposante Flügeltür auf, um hinter Esra einzutreten. Der Geruch nach altem Papier und Druckerschwärze hängt schwer in der Luft, sofort überkommt uns eine

Stille, die nur Bibliotheken innehaben. Es ist kein Anhalten der Zeit, aber durchaus ein Verlangsamen, als würden die langen Zeiger der astronomischen Uhr bedächtiger vorrücken. Der Mann an der Rezeption nickt uns zu, und wir gehen auf dem marmorierten Boden in Richtung Treppe, die in den ersten Stock führt. Esra stützt sich an dem Geländer mit aufwendigen Schnitzarbeiten ab, während unsere Stiefel nasse Abdrücke auf dem Stufenteppich hinterlassen.

»Nemesis und du …« Esra kneift die Lippen zusammen, als würde sie ihren Satzanfang bereuen.

Erwartungsvoll hebe ich die Brauen und dränge sie so weiterzusprechen. Auf halber Treppenhöhe hält sie inne und gibt vor, ihren Mantel aufzuknöpfen. Ich tue es ihr gleich und ziehe mir die Lederhandschuhe von den Fingern.

»Elio hat mir gesagt, dass sie Jupiter des Mordes an ihrem Bruder verdächtigt«, flüstert sie mit Blick auf die metallischen Knöpfe. »Glaubst du, da ist was dran?«

Ihre Frage trifft mich so überraschend, dass ich stammle. »Äh … natürlich nicht.«

»Hm«, macht Esra und geht weiter.

»Hm?«

Doch Esra konzentriert sich auf die Stufen. Als sie am Treppenabsatz angekommen ist, versucht sie, ihr Schnaufen zu kaschieren, indem sie mehrmals gähnt.

»Hm?«, wiederhole ich und folge ihr, als sie eine Bank aus poliertem Granit ansteuert. »Was meinst du mit *hm?*«

Sie setzt sich, legt das Buch ab und klopft neben sich. Mit einigem Abstand rutsche ich neben sie, sodass wir auf das übergroße Gemälde an der Wand gucken. Es zeigt eine Nachahmung von Michelangelos weltberühmtem Fresko *Die Erschaffung Adams,* ein Schlüsselwerk der Renaissance.

Mit Blick auf die Darstellung der Figuren – links der eher träge wirkende Adam, rechts Gott, von Engeln umgeben – lehnt sich Esra in meine Richtung und sagt: »Mein Vater hat eine Zeit lang Oneiros von Winther für meine Krankheit verantwortlich gemacht.«

Verwirrt sehe ich sie von der Seite an, ihr kantiges Profil, den feinen Diamantring an ihrer Nase, doch Esra schaut stur geradeaus auf das Gemälde. Dennoch bemerkt sie mein Starren, sodass sie bestätigend nickt. »Du musst wissen, dass mein Vater in engem Austausch mit Neiro stand, vielleicht würde man es sogar als Freundschaft bezeichnen. Er hat Potenzial in dem jungen Schlafwandler gesehen, nicht nur in seinen Fähigkeiten, sondern auch in ihm als Mensch. Er hat wohl geglaubt, dass Neiro Neptune Sterlings progressive Ausrichtung der Akademie weiter ausbauen würde.« Sie klatscht leise in die Hände. »Das hat aber nicht funktioniert, denn wie wir wissen, war er so von seiner eigenen Karriere getrieben, dass er an einer Überdosis Schlafmohn gestorben ist.«

Ihr Blick fliegt zu mir, als wäre das meine Gelegenheit, doch noch zu verkünden, dass Jupiter für Neiros Tod verantwortlich ist. Doch als ich schweige, richtet sie ihre Augen wieder nach vorn und fährt fort: »Neiro ist bei uns ein und aus gegangen, stundenlang haben mein Vater und er über das luzide Träumen, Politik, Wirtschaft, aber auch über Privates debattiert. Ich erinnere mich noch gut daran, wie Elio und ich aus dem Salon verbannt wurden, wenn die Themen nicht mehr kindgerecht waren. Vielleicht ist Neiro zu dieser Zeit mehr ein großer Bruder für Elio und mich gewesen als für Nemesis.« Sie hält inne, schluckt, spricht gedämpfter weiter: »Er hat mit uns gespielt, Süßigkeiten mitgebracht, die unsere Eltern uns nicht gekauft haben, hat uns mehr und mehr in die Welt der Träume eingeführt. Am Abend vor unserem siebten Geburtstag, da …« Esra schließt die Augen, mein Blick fällt auf ihre langen silbernen Wimpern, und ihr Ton verrät, dass alles, was jetzt kommt, schrecklich ist. »… hat mich Neiro ins Bett gebracht«, wispert sie mit geschlossenen Augen. »Das ist bereits vorgekommen, er hat uns eine Gutenachtgeschichte vorgelesen und uns spielerisch daran erinnert, wie wichtig es ist, dass wir uns an unsere Träume erinnern. An diesem Abend hat Elio bei unseren Großeltern geschlafen, er hat es sich als verfrühtes Geburtstagsgeschenk gewünscht. Doch anstatt nach der Geschichte mein Zimmer zu verlassen, hat Neiro sich zu mir ins Bett gelegt. Ein Mann um die zwanzig legt sich zu einer nicht einmal Siebenjährigen ins Bett?«

Ich möchte sie umarmen, möchte sie festhalten, aber ich bin so gefangen in mir selbst, dass ich nicht einmal näher an Esra heranrutschen kann. Dennoch schwillt das Wimmern meines Herzens zu einem Klagen an.

Sie öffnet die Lider und sieht mich an, in ihren violetten Augen schwimmen glasklare Tränen. »Er hat mir gesagt, dass ich einschlafen und träumen soll. Dabei hat er meine Hand gehalten. Ich habe weder geschrien noch mich widersetzt. Mein eigener Vater hielt Neiro doch für eine Art Superheld, und als dieser Superheld mir gesagt hat, dass ich schön schlafen soll, habe ich das eben getan. Ich weiß nicht, was er mit mir gemacht hat, ich weiß nur, dass das meine erste traumlose Nacht war.«

»Esra, es tut mir so schrecklich leid.«

Mit den Zeigefingern tupft sie sich die Tränen aus den Augenwinkeln. »War es Missbrauch? Ich weiß es bis heute nicht. In den folgenden Wochen bin ich viel zu abgelenkt gewesen, viel zu müde und genervt von dem Ärztemarathon, den meine Eltern mit mir veranstaltet haben. Ich wollte mein altes Leben zurück, wollte in die Schule gehen, mir einbilden, eine Prinzessin zu sein, und ganz prinzessinnenhaft meinen Bruder vermöbeln.«

»Hast du deinem Vater auch davon erzählt? Also dass … dass Oneiros sich zu dir ins Bett gelegt hat?«

»Ja«, sie winkelt die Beine an und zieht sie auf der Granitbank zu einem Schneidersitz zusammen. »Aber erst Jahre später. Da war Neiro schon tot. Mein Vater war rasend vor Wut; auf mich, weil ich nichts gesagt hatte, aber vor allem, weil er einen Zusammenhang zwischen seinem Verhalten und meiner unmittelbar ausbrechenden Krankheit feststellen wollte. Neiro war ein Schlafwandler, ja, aber meines Wissens können diese keine Träume stehlen, geschweige denn die Traumfähigkeit für immer tilgen.«

Wie Funken stieben die Gedanken in meinem Kopf auseinander. *Kein sonderlich guter Mensch*, so hat meine Tante Neiro genannt, und auch Henrique war bei der Erwähnung seines Namens alles andere als erfreut. Nemesis hingegen sieht in ihrem Bruder den einzigen Menschen, der sie je geliebt hat, der sie beschützt hat, indem er ihr geraten hat, ihre Schlafwandlerei zu verbergen.

Wer war Oneiros von Winther wirklich? Ein Kinderschänder? Ein überehrgeiziger Stratege, der sich, von Macht besessen, selbst zugrunde gerichtet hat? Ein Todfeind meiner Tante? Ein liebevoller großer Bruder? Alles davon?

»Kannst du sicher sein, dass Neiro nichts mit deinem Traumverlust zu tun hat?«

Esra fixiert das Bild, fixiert die ausgestreckten Zeigefinger, die sich jeden Moment berühren. Adam, der Mann, der von Gott den Funken des Lebens erhält.

»CWS ist in den letzten vier Jahren so häufig aufgetreten wie in den vorherigen 124 Jahren seit Bestehen der ADA nicht, ein Dutzend Träumer und Träumerinnen sind erkrankt, andererseits schließen immer mehr Studierende ihren Bachelor mit einem funktionierenden Nexus ab. Könnte beides mit dem erhöhten Schlafmohn-Konsum zusammenhängen? Wenn ja, bin ich dann einfach ein unglücklicher Zufall? Ich kann nur Vermutungen anstellen, denn an tatsächlicher Forschung scheint niemand interessiert zu sein. Das alles geschieht lange nach Neiros Tod. Viele sind dem Schlafwandler skeptisch gegenübergetreten, doch andere …« Ihr Blick bohrt sich geradezu in Adams und Gottes Finger. »Andere haben ihn für einen Übermenschen gehalten. Vielleicht hat sich auch Neiro selbst so gesehen? Seit meiner ersten Begegnung mit Nemesis versuche ich, meine Abneigung gegen ihren Bruder nicht auf sie zu projizieren, denn eine Frage lässt mich nicht los: Wenn dein Bruder zu einem Gott gemacht wird, was hält dich davon ab, der Teufel zu werden?«

25

Nemesis

Die Hand auf die Brust gepresst, atme ich gegen die Panik an. Mein Herz rast vor Angst, doch ich rede beruhigend auf mich ein. »Es ist okay. Ich bin in Sicherheit.« Ich liege unverletzt in meinem trockenen Bett und weder Melchior noch Brian und auch nicht Mercy haben Zugang zu meinem Zimmer.

Die letzten zwei Nächte bin ich elendig im lethischen Wasser ersoffen. Doch das Schlimmste daran ist nicht die Gefahr, etwas von dem Wasser zu schlucken und meine Existenz zu vergessen, sondern die Retraumatisierung. Sobald mein schwacher Verstand registriert, dass ich mich unter Wasser befinde, katapultiert er mich zurück in den Schwanensee. Lässt mich die Kälte noch intensiver fühlen, lässt Melchiors und Brians widerliches Lachen in meinem Kopf widerhallen, lässt mich an Mercy denken, der mich auf das Eis zurückzerrt.

Ich hoffe, dass die beiden auf der Krankenstation verkommen, bis sie den Verstand verlieren.

In Jupiter Sterlings Erinnerungen zu gelangen, gestaltet sich schwieriger, als ich wahrhaben wollte. Es könnten Wochen, Monate, sogar Jahre vergehen und ich würde Nacht für Nacht im Fluss des Vergessens landen, weshalb ich immer ungeduldiger werde. Doch diese innere Unruhe ist nicht nur ein Fehler, sie könnte zu meinem Verhängnis werden, wenn ich unvorsichtig und übereilt handle. Ein Schluck von dem Wasser und ich werde mich vergessen. Fragen flackern am Rand meines Bewusstseins auf: Wäre ein Identitätsverlust wirklich das Schlimmste? Würde ich um mein Leben trauern? Wäre es nicht vielleicht heilsam zu vergessen? Doch ich lasse keine davon zu, denn sie alle sind feige und armselig.

Ich rutsche erneut in die Kissen, atme langsam und kontrolliert aus, ehe ich die Augen schließe und mich detailliert an das Gespräch mit Jupiter Sterling in ihrem Büro erinnere. Dank meiner Übung bin ich binnen weniger Sekunden im hypnagogen Zustand und wappne mich für den Moment, in dem ich in den Fluss des Vergessens stürze. Doch die gläserne Oberfläche unter meinen Sohlen bleibt beständig, sie erbebt nicht und bricht nicht ein, obwohl ich mit angehaltenem Atem darauf warte, dass genau das passiert.

Die Luft verlässt so gepresst und angespannt meine Lunge, als würde ein unkontrollierter Hauch ausreichen, um das fragile Nichts um mich herum einstürzen zu lassen. Sekundenlang verharre ich wie eine Statue, und je steifer ich werden will, desto mehr beginnt mein Körper zu zittern. Irgendetwas ist heute Nacht anders. Für gewöhnlich ringe ich im lethischen Wasser längst ums Erinnern, doch heute starre ich immer noch reglos auf den unsichtbaren Boden unter meinen Füßen. Ich möchte mich nicht sofort der trügerischen Hoffnung hingeben, am Ziel zu sein, stattdessen mache ich einen winzigen Schritt. Im Grunde schiebe ich lediglich die Schuhspitze über den Boden, doch als er nicht nachgibt, werde ich mutiger, hebe das Bein und gehe nach vorn. Mit der Hand bereits über Mund und Nase, warte ich darauf, ins Wasser zu stürzen, doch nichts passiert.

Scheiß drauf. Falls ich falle, ist es egal, ob ich selbstbewusste Schritte gemacht habe oder völlig verunsichert über den Boden gerobbt bin. Ich hebe den Blick und sehe mich um. Nichts. Eine merkwürdig flirrende Leere umgibt mich, cremeweiß und schwer wie ein Schleier, doch ich kneife die Augen zusammen und konzentriere mich auf die Ferne. Wenn mein Hirn mich nicht mit einer Fata Morgana täuscht, meine ich, ein Gebäude auszumachen. Schwebend bewegt es sich in dem zähflüssigen Hintergrund auf mich zu. Es ist ein quadratischer Bau mit Flachdach, komplett aus Glas gearbeitet. Jupiter Sterlings abstraktes Gedächtnis steht in seiner kühlen Funktionalität in völligem Kontrast zu dem heillosen Chaos in ihrem Büro. Als das Gebäude auf mich zukommt, schwingt die Tür auf, und ich betrete es, wie andere in einen Bus einsteigen.

Es riecht nach Desinfektionsmittel und Zitrone, der verlassene Flur liegt steril und unberührt vor mir, es gibt kein einziges Möbelstück, keinen Teppich, kein Gemälde, nichts außer dem ewigen Reinweiß des Korridors. Am Ende des Flurs führt eine Treppe hinauf. Sobald ich einen Fuß auf die erste Stufe gesetzt habe, löst sich die Treppe vom Grund und steigt empor, ich rudere mit den Armen, bewahre jedoch das Gleichgewicht. Als ich über die Schulter hinabblicke, wird der Gebäudeeingang von der wabernden Leere verschleiert, und auch die Stufe unter meiner Stiefelsohle beginnt zu bröckeln, sodass ich hastig nach oben eile. Ehe hinter mir die schwebende Treppe in sich zusammenfällt, springe ich vom Absatz und gerate in einen weiteren Korridor. Regale, die bis in die cremefarbene Endlosigkeit zu ragen scheinen, erstrecken sich den Flur hinab, darin reihen sich Abertausende Bücher aneinander. Oder ist es nur ein einziges Buch in tausendfacher Ausführung? Es scheint nämlich der immer gleiche Einband zu sein, hellgrau gegerbtes Leder. Doch als ich näher herantrete, erkenne ich am unteren rechten Rand jedes Buchs eine winzige Jahreszahl.

Jupiter Sterlings Erinnerungen sind in einer leblosen Bibliothek gespeichert.

In einer vorsichtigen Berührung gleitet mein Zeigefinger über den kalten Einband, ehe ich wahllos ein Buch aus dem Regal ziehe. Als ich es aufklappe, strömt mir nicht der Geruch nach altem Papier entgegen, sondern ein leicht alkoholischer Zitronenduft. Ich sollte mich selbst auslachen, während ich durch die Seiten blättere, denn natürlich sind sie leer. Habe ich wirklich geglaubt, dass es so einfach ist, Einblick in die Erinnerungen der Akademiedirektorin zu bekommen?

Ich möchte mich nicht reinsteigern, möchte nicht plötzlich das Gefühl bekommen, beobachtet zu werden, und fürchten, nicht rechtzeitig aufzuwachen. Und dennoch stellen sich die Härchen auf meinem Körper auf. Meine Gänsehaut wird noch stärker, als ich durch die Seiten blättere und plötzlich etwas wahrnehme. Vor Schreck lasse ich das Buch fallen, fange es aber in der Luft wieder auf und schüttle mich, um die verdammte Gänsehaut loszuwerden. Meine Finger rasen durch die Seiten, und etwa in der Hälfte des Buchs füllen sie sich. Nicht mit Schrift, nicht mit Worten, sondern mit lebendigen Bildern, als würde ein Film ablaufen.

Auf Seite 281 sehe ich eine Erinnerung Jupiter Sterlings, die sich aus einer Abfolge bewegter Bilder zusammensetzt wie bei einem Daumenkino. Die Gänsehaut auf meinem Körper steigert sich ins Unermessliche, und ich verfolge, wie eine deutlich jüngere Jupiter Sterling ein altmodisches Büro betritt. Sie trägt einen knöchellangen Faltenrock, in dessen Bund eine Bluse mit Spitzenbesatz steckt. Mit säuberlich zurückgestecktem Haar und einer kerzengeraden Körperhaltung schließt sie die Tür hinter sich und geht über den olivgrünen Teppichboden auf einen Schreibtisch zu, an dem ein mir unbekannter Mann sitzt. Er ist viel älter als Jupiter, trägt einen schlammfarbenen Anzug, besitzt eine Halbglatze, und sein Hemd spannt über seinem Bauch, als er sich erhebt und um den Tisch herum auf sie zugeht.

Ich sehe sofort, dass er ihr wehtun wird. Ich sehe es an der

Selbstverständlichkeit, mit der er viel zu nah an sie herantritt, in ihre Privatsphäre eindringt und nicht die nötige Distanz wahrt, die zwischen Studentin und Professor angemessen wäre. Und ich sehe es an ihrem Zusammenzucken, minimal zieht sie die Schultern zu den Ohren, presst die Bücher enger an ihre Brust und versteift in ihrer Mimik, doch im nächsten Moment ist ihre Fassade aalglatt.

»Miss Sterling.«

Nun bin ich es, die erschrocken zusammenfährt, als ich die Reibeisenstimme des Mannes höre. Ich habe weder die sich schließende Tür noch Jupiters Schritte noch irgendein anderes Zwischengeräusch dieser Szene gehört, aber das gesprochene Wort hallt in der sterilen Bibliothek wider.

»Wie schön, Sie zu unserer Nachhilfestunde zu sehen«, fährt der Professor fort und umkreist Jupiter, als wäre sie Vieh auf dem Jahrmarkt, das er zu kaufen gedenkt. Sein Blick klebt wie Pech auf ihrem Körper, voller Gier und dem widerlichen Selbstverständnis, dass sie ihm gehört.

»Ich weiß Ihr Angebot zu schätzen, aber ich brauche keine Nachhilfe mehr.« Jupiters Stimme ist klar und unbeugsam, ihr Blick stur geradeaus auf den Schreibtisch gerichtet.

Der Professor holt aus und schlägt mit der flachen Hand auf ihren Hintern, so stark, dass sie nach vorn taumelt. »Vielleicht keine fachliche Nachhilfe, aber Sie sind trotzdem darauf angewiesen, meinen Kurs zu bestehen.«

Ihre Miene verhärtet sich. Es ist, als könnte ich förmlich sehen, wie sie innerlich zumacht, wie sie versucht, sich von der Jupiter, die hier verharren muss, zu distanzieren und zu einer seelenlosen Hülle zu werden, die einfach nur aushält. Der Mann packt sie am Arm und reißt sie vorwärts, ein spitzer Schrei entweicht ihrer Kehle, gefolgt von einem so bitteren »Nein«, dass mein Herz zu knittern beginnt.

Ich will das nicht sehen. Ich will lediglich die Erinnerungen erfassen, die Jupiter Sterling für mich zur Mörderin machen, nicht die, die sie für mich zum Menschen machen.

Doch ich kann den Blick nicht abwenden, sondern starre wie paralysiert auf die Seite und sehe mit an, wie Jupiter zum Schreibtisch gezerrt und darübergebeugt wird, wie die Hände des Professors ihren Rock heben und ihren Slip beiseiteschieben, wie er den Reißverschluss seiner Hose öffnet. Wie sie mit jeder Sekunde mehr erstarrt.

»Eine Frau«, stöhnt der Professor, als er gewaltsam in sie dringt, »braucht weder Bücher noch ihren Kopf. Das Einzige, was eine Frau braucht, ist eine enge Fotze.«

Galle steigt meine Kehle empor. *Das ist nicht die richtige Erinnerung,* versuche ich mir einzureden, *das geht mich nichts an.* Doch meine Hände zittern so sehr, dass die Seiten beben, als ich weiterblättere, Seite für Seite Abstand gewinne und mich gleichzeitig fühle, als würde ich Jupiter ebenso Gewalt antun, indem ich wegsehe und das Erlebte nicht wahrhaben will.

Der Boden unter meinen Füßen vibriert, meine Sicht franst an den Rändern aus, und das Buch in meinen Händen verschwimmt. Nein. Ich darf meinen hypnagogen Zustand nicht verlieren, ich muss mein Entsetzen verdrängen. Also zwinge ich mich, meine Finger zu fokussieren, bis ich wieder scharf sehe.

Mein fahriges Geblätter wird durch eine neue Erinnerung gestoppt.

»Wie lange?«, schreit eine Frau, die Jupiter trotz erheblichem Altersunterschied zum Verwechseln ähnlich sieht. Sie haben dasselbe glatte eisblonde Haar, dieselben grünen Augen, dasselbe imponierende Charisma. Das muss Neptune Sterling sein, Mercys Mutter.

Jupiter lehnt mit dem Rücken gegen eine Badewanne, Neptune

kniet vor ihr, packt ihre Schwester bei den Schultern und schüttelt sie. »Wie lange tut er dir das schon an?«

Aus halb geöffneten Lidern blinzelt Jupiter Neptune an, ihr Mund steht leicht offen, sie scheint nicht wirklich bei Bewusstsein. Die Erinnerung wirkt gräulich und verzerrt, Neptunes Stimme klingt gespenstisch. Plötzlich weitet sich das Bild, als würde herausgezoomt werden, sodass ich nicht nur die Brustkörbe und Köpfe der Schwestern in einer Nahaufnahme sehe, sondern das gesamte Badezimmer.

Instinktiv schlage ich mir die Hand vor den Mund, sodass das Buch bedrohlich kippt.

In Jeans und ärmellosem Top stützt sich Jupiter gegen den Wannenrand, die Beine von sich gestreckt, doch ihre Arme … Die Innenseite ihres linken Unterarms ist bis zur Beuge übersät von Narben – feine, zentimeterlange Ritze, die ihre Haut schimmern lassen. In ihrer rechten Hand umklammert sie eine Badeente.

»Wie lange fickt dich dieses Schwein gegen deinen Willen?«, schreit Neptune erneut, und der schwingende Zorn in ihrer Stimme könnte Erdbeben erzeugen.

Jupiter wimmert, ihre Lippen zittern, sie flüstert: »Monate.«

Das Bild verdunkelt sich, als würde der Stecker gezogen werden, nur um mich im nächsten Moment in eine weitere Erinnerung zu werfen. Die beiden Frauen befinden sich in dem Raum, der heute Jupiter Sterlings Büro ist. Jupiter ist immer noch eine junge Frau, kann unmöglich älter als Anfang zwanzig sein. Zwischen anderen Angestellten der Akademie sitzt sie in einem Stuhlkreis. Ihre deutlich ältere Schwester Neptune tritt in die Mitte des Kreises. Sie faltet die Hände vor dem Schoß und sieht niemand Bestimmten an, als sie verkündet: »Professor Clarke ist heute Nacht an einem Infarkt gestorben. Die Akademie wird ein Begräbnis in Auftrag geben.«

»Einer unserer besten und ehrenhaftesten Mitarbeiter«, sagt ein Mann aus dem Kreis kopfschüttelnd.

Eine Frau, die einen ähnlichen Faltenrock trägt wie Jupiter in der ersten Erinnerung, stöhnt: »Clarkes armes Herz.«

»Ja«, wiederholt Neptune Sterling, und ihr Blick geht zu ihrer Schwester. »Clarkes armes Herz.«

Ich klappe das Buch zu und habe genug gesehen. Das sind nicht die Erinnerungen, die ich suche. Es geht mich nichts an, bläue ich mir wieder und wieder ein, während ich das Buch zurück ins Regal schiebe, das nächste hervorziehe und darin blättere. Doch die Seiten sind und bleiben leer, keine bewegten Bilder, keine Dialoge, nichts als ahnungsloses weißes Papier. Mit jedem Buch, das ich aus dem Regal ziehe und vergeblich durchsuche, schnellt mein Puls weiter in die Höhe. Und wenn ich in Jupiter Sterlings Erinnerungen nie das finde, was ich finden will? Finden muss? Wenn ich nie erfahren werde, was mit Neiro geschehen ist, weil am Ende Aussage gegen Aussage steht und es keine Beweise gibt? Wie lange kann diese Wunde in meiner Brust eitern und nässen, ehe ich verfaule?

Immer schneller ziehen meine Hände ein Buch nach dem anderen aus den Regalen, die so endlos über mir aufragen, dass es völlig aussichtslos ist, sie alle durchblättern zu wollen. Aber je ungeduldiger und hektischer ich werde, desto größer wird die Gefahr, dass Jupiter mein Eindringen in ihre Erinnerungen bemerkt. Ich stelle es mir vor wie einen Geruch, der umso intensiver haften bleibt, je mehr Panik sich daruntermischt. Also zwinge ich mich zum Innehalten und Nachdenken. Der Schaden ist bereits angerichtet, ich werde zwangsläufig eine Spur hinterlassen. Die Frage lautet vielmehr, wie viel Zeit mir bleibt, bis Jupiter darauf kommt, dass ich diejenige bin, die in ihr Intimstes einbricht wie eine ehrlose Diebin. Mich durchzuckt die Frage, was mich von ihrem Peiniger Clarke unterscheidet, doch ich lasse keinen weiteren Gedanken in die Richtung zu. Stattdessen gehe ich entschieden den Flur hinab, nehme nur noch die Bücher aus dem Regal, auf deren Einband Neiros Todesjahr abgedruckt ist, und schlage die Seiten um.

Endlich. Endlich offenbart sich mir eine neue Abfolge von Bewegtbildern. Ich halte so still, als würde ein falscher Atemzug reichen, um die Szene vor mir auszulöschen.

Ich sehe eine Frau und einen Mann in den unterirdischen Tunneln der Akademie. Ihre Schatten flammen über die von Fackeln beschienenen Steinwände, und ich weiß sofort, dass sie in Richtung der Schlaflabore gehen.

Jupiter Sterling trägt ihr helles Haar in ihrem ikonischen Dutt, ihr weinroter Umhang umweht ihre Silhouette, und ihre Schritte strotzen bereits vor dem Selbstbewusstsein, mit dem sie heute die Gänge entlangschreitet. Keine Spur der jungen Studentin mit dem narbenübersäten Arm. Neben ihr geht ein breitschultriger Mann, der so groß ist, dass sein Umhang nur bis zu seinen Waden reicht. Sein dunkelblaues Haar fällt ihm in leichten Wellen bis zu den Schultern.

Es fühlt sich falsch an, Neiro durch die Erinnerung einer anderen Person zu sehen. Ich habe ihn nie als den Raum einnehmenden, imposanten Mann gesehen, der er offenbar war, für mich war er stets so sanft wie der Ton, in dem er zu mir gesprochen hat.

Vor einer Metalltür bleiben sie stehen, Jupiter öffnet das Schloss und lässt Neiro zuerst eintreten. Als würden sie einer einstudierten Choreografie folgen, zieht Neiro seinen Umhang aus und legt sich auf die Liege. Das Innere eines Schlaflabors scheint ähnlich karg eingerichtet zu sein wie die Räume, in denen wir uns unserem Unterbewusstsein nähern. Neben einer Liege gibt es zahlreiche Messinstrumente und Monitore, einen Schrank voller Arzneimittel und einen Stuhl – von behaglicher Einschlafatmosphäre kann nicht die Rede sein.

Das Erste, das mich stutzig macht, ist, dass Jupiter Neiro an der Liege festbindet. Sie fixiert seine Fuß- und Handgelenke, schnallt einen Gürtel um seine Mitte und befestigt einen Riemen um seinen Kopf. Er lässt es geschehen, seine Miene ist gelassen, sein Körper wirkt entspannt. Niemand hat je Neiros Sucht geleugnet. Obwohl es meine Mutter zu keinem Moment in der Deutlichkeit ausgesprochen hat, hat selbst sie es nicht abgestritten. *Primus inter pares,* mit diesen Worten rechtfertigt sie noch heute, dass Neiro regelmäßig Morphin konsumiert hat, um öfter und länger zu schlafen, um öfter und länger zu träumen. *Primus inter pares* – der Erste unter Gleichen, eine Art künstliche Bescheidenheit, die meine Mutter in Bezug auf ihren Sohn zu besitzen vorgab, die sie aber nie wirklich gehabt hat. Stattdessen hat sie ihren ganzen Stolz über alles geliebt und Neiro nicht unter Gleichen gesehen, sondern über allen anderen stehend. Manchmal frage ich mich, was sie am Ende mehr geliebt hat – ihn als Mensch oder ihn als Schlafwandler.

»Bist du bereit?«, fragt Jupiter, und Neiro nickt.

Mein Herz ächzt, denn ich hätte gern seine Stimme gehört, so gern.

Jupiter Sterling tritt an den Schrank heran und nimmt eine Ampulle sowie eine steril verpackte Spritze hervor. Meine Augen verfolgen minutiös, wie sie die Spritze auspackt, die Kanüle in die Ampulle stößt und aufzieht, wie die durchsichtige Flüssigkeit Zentiliter für Zentiliter in den Zylinder fließt.

Wiegenden Schrittes kommt Mercys Tante auf die Liege zu, lehnt sich über meinen Bruder und setzt die Nadel in seiner Armbeuge an. »Ich bin aus tiefstem Herzen nicht länger bereit, mich von Männern bloßstellen zu lassen. Auch nicht von dir, Oneiros.« Damit rammt sie ihm die Spritze in die Vene, und die folgenden Sekunden stimmen genau mit den Schilderungen meiner Mutter überein.

Neiro bäumt sich auf, zerrt an seinen Fesseln, schreit. Doch Jupiter hält seinen Arm fest und stößt die Nadel tiefer und tiefer.

Sie hat ihn umgebracht, höre ich meine Mutter schluchzen. *Die Schlampe hat ihn umgebracht.*

26

Mercy

In der Kartografiesitzung Mittwochnacht muss ich neidlos anerkennen, wie schnell Nemesis Fortschritte macht. Es ist erst die vierte Sitzung, und sie betritt ihr Unterbewusstsein wie andere Menschen ihr Wohnzimmer. Ihr Gesicht ist vor Konzentration gequält verzogen, und wüsste ich es nicht besser, würde ich glauben, sie befindet sich in einem Albtraum. Doch ich weiß es besser. Denn wenn sich Nemesis in einem Albtraum wiederfindet, dann neuerdings in meinem.

»Tür am Ende des Flurs«, murmelt sie. »Dreieckförmig … kann … kann nicht öffnen.« Auch wenn ihr Körper völlig reglos daliegt, die Arme schlaff an den Seiten, stelle ich mir vor, wie sie vor der Tür steht und an der Klinke rüttelt. Vermutlich verbirgt sich dahinter etwas, das Nemesis' Unterbewusstsein ihr nicht offenbaren will, und es erfüllt mich mit einer kruden Ehrfurcht zu beobachten, wie furchtlos sie sich dem stellt, das sie eigentlich verdrängen möchte. Doch ich schlage meine Ehrfurcht in den Wind, denn davon abgesehen verunsichert sie mich. Ich kann ihren nächsten Schritt nicht absehen, kann nicht einschätzen, wie weit sie gehen wird, um meiner Tante zu schaden, weshalb ich jede Gelegenheit nutzen muss, um mir einen Vorteil zu verschaffen.

Langsam überschlage ich die Beine und rutsche tiefer in den

Stuhl. Den Überraschungsmoment auf meiner Seite wissend, frage ich mit lauter und deutlicher Stimme: »Wer ist Lucy von Winther?«

Ich höre, wie ihr Atem stockt, doch ich wiederhole erbarmungslos: »Wer ist Lucy von Winther?«

Ihren zutiefst vulnerablen Zustand auszunutzen, könnte mindestens eine Verwarnung, wenn nicht die Suspendierung von der Akademie bedeuten. Doch unfairerweise bin ich mir sicher, dass Nemesis sich als Letztes an Jupiter wenden und mich verpfeifen würde. Bevor das passiert, lande ich eher mit einer Psychose bei Melchior und Brian auf der Krankenstation.

»Sag mir, wer Lucy von Winther ist.« Jedes Wort tönt überdeutlich und gestochen scharf aus meinem Mund. Ich spekuliere auf eine Kurzschlussreaktion ihres Unterbewusstseins, darauf, dass diese Information aus ihr heraussprudelt, ehe ihr Verstand einsetzen und sie davor bewahren kann.

Doch Nemesis ist alles andere als bereit, sich von mir ausnutzen zu lassen. Wenige Sekunden später öffnet sie die Augen und setzt sich auf, ihr Atem stockt nicht mehr, er qualmt vielmehr aus ihren Nasenlöchern.

Fuck.

»Das ist peinlich, richtig peinlich«, sagt sie, während sie die Beine über die Liege schwingt und ihr wadenlanger Rock knistert. »Du denkst, ich bin *so* schwach? Also wirklich *so* instabil? Ja, es war ein Fehler, in deinen Albtraum zu gelangen und mich dir als Schlafwandlerin zu offenbaren. Um ehrlich zu sein, war es nicht irgendein Fehler, sondern der größte Fehler meines Lebens, aber du hältst mich wirklich für labil?«

Was hat sie nur immer mit ihrer Charakterschwäche? Mir würden viele Adjektive einfallen, die auf sie zutreffen, allen voran zerrissen, aufopfernd und hartnäckig, aber nicht *schwach*.

»Weißt du«, sie richtet sich zu voller Größe auf und streicht ihren tannengrünen Satinrock glatt, »bei all dem, was zwischen uns steht, habe ich geglaubt, dass wir uns zumindest nicht mehr gegenseitig unterschätzen.«

Ich lege die Skizze auf dem Beistelltisch ab und erhebe mich aus dem Stuhl. Meine Finger spielen mit dem Stift, als ich mit der Spitze auf sie zeige. »Dann bei vollem Bewusstsein: Wer ist Lucy von Winther?«

Es ist wie so oft. Ich sehe sie an, blicke in ihre tiefseeblauen Augen und habe das Gefühl, ihr wehzutun. Doch heute geht es tiefer, die Frage nach Lucy berührt etwas in ihr, von dem ich nicht sagen kann, ob es Trauer oder Wut ist – in jedem Fall handelt es sich um reinen, klaren Schmerz.

»Wer hat dir von Lucy erzählt?«

»Das ist irrelevant.«

»Ist es nicht. Denn die Person ist anscheinend bestens über meine Familie informiert.« Nemesis kommt auf mich zu, das Meer ihrer Augen stürmisch.

Sie ist wunderschön. Auf eine verzehrende Weise. Ich weiß, dass meine Faszination für sie daraus resultiert, dass ich sie nicht haben kann. In der Sauna, im Wandschrank, am Feuer – ihr Begehren ist der Spiegel von meinem. Als ich sie nur in Unterwäsche bekleidet vor den Flammen gesehen habe, hat alles in mir danach verlangt, sie zu berühren. Ich – *ich!* – habe das übermächtige Bedürfnis ihrer Haut auf meiner gespürt. Wenn ich an das harte, kurze Lippen-Aufeinanderpressen aus meinem Traum denke, möchte ich mich aus meinem Körper schälen, so abscheulich komme ich mir vor. Weil sie nur mein Reiz war, ich es aber noch einmal tun möchte. Weil ich sie *richtig* küssen will.

»Ist Lucy deine Schwester?« Unbeugsam blicke ich auf sie hinab, sie ist wenige Zentimeter nah und doch Lichtjahre entfernt. Meine

Sehnsucht schlägt Risse in meine Brust, die niemals geflickt werden.

»Meine Schwester?« Sie lacht verächtlich, und mir wird bewusst, dass ich sie erst einmal ehrlich habe lachen hören. Es war Esra, die sie dazu gebracht hat. Nicht ich.

Nemesis macht einen Schritt nach vorn, doch da ich den schmalen Durchgang zwischen Liege und Wand blockiere, kann sie nicht passieren. Vielleicht möchte sie mich aus eigenem Antrieb nicht anfassen, vielleicht nimmt sie Rücksicht auf mich, doch sie versucht nicht, sich an mir vorbeizuschieben, stattdessen sieht sie erwartungsvoll zu mir auf und hebt die Brauen. »Die heutige Sitzung ist beendet. Viel Spaß mit deinen süßen Träumen.«

Ihr Ton ist so herrlich herablassend, dass ich unweigerlich grinsen muss. »Ach, wirst du mich nicht wieder aus meinen Träumen retten?«, frage ich mit so viel aufgesetztem Pathos in der Stimme, dass Nemesis' Augen blitzen.

»Mach dich ruhig lustig über mich. Das nächste Mal schaue ich genüsslich dabei zu, wie dich diese Monster mit ihren Krallen aufschlitzen.«

Ich verschränke die Arme vor der Brust und bemerke, wie Nemesis dieser Bewegung folgt, wie ihr Blick zu meinen Unterarmen schnellt, denn ich habe das Hemd bis zu den Ellbogen hochgekrempelt. »Selbstverständlich ist Lucy auch eingeladen. Wie wäre es, wenn ihr das nächste Mal gemeinsam dabei zuseht, wie ich um mein Leben fürchte?«

»Hervorragende Idee.« Sie tritt so weit vor, dass sich unsere Schuhspitzen berühren. Ihr Duft steigt mir in die Nase. Nemesis riecht viel sanfter, als sie auftritt, eindeutig nach Rosen, aber nicht so intensiv wie ein ganzer Rosengarten, eher so, als würde man ein Blatt von der Blüte reißen und es zwischen den Fingerkuppen verreiben.

»Beim nächsten Mal. Und jetzt lass mich durch.«

Ich lasse ein, zwei Sekunden verstreichen, ehe ich zur Seite trete. Doch in diesen Sekunden beuge ich etwas den Kopf, sodass sich unser Atem berührt, unsere Blicke kollidieren, mein Herz beschämend lebendig pocht. Für den Bruchteil des Moments habe ich das Gefühl, als könnte ich *jetzt* eine Antwort auf meine Frage bekommen, jetzt, wo sie mich ansieht, als würde sie in mich hineinfallen. Doch ich räuspere mich und mache einen Schritt nach rechts. Sie blinzelt verzögert, doch dann wirft sie ihr mitternachtsblaues Haar zurück und geht zur Tür. Sie muss meinen siedenden Blick auf sich spüren, denn sie zieht zwar die Tür auf, doch ehe sie hindurchschreitet, reckt sie ihren Mittelfinger in die Höhe und sagt: »Fuck off, Mercury Sterling.«

***

»Oh, Mercy, ich …«

Ich bleibe in der Tür stehen, sehe verwirrt zwischen meiner Tante und Professor O hin und her, dann deute ich mit dem Daumen über die Schulter. »Es tut mir leid. Ich wollte nicht stören.«

»Nein, nein«, wiegelt Jupiter ab. »Du störst nicht. Wir sind sowieso gerade fertig, oder, Oros?«

»Sicher«, bestätigt O und klappt sein gebundenes Notizbuch zu.

Weil Nemesis die Kartografiesitzung abgebrochen hat, habe ich das Büro meiner Tante früher als vereinbart erreicht und bin offenbar in eine Sitzung gestolpert, deren Inhalt nicht für mich gedacht ist. Wäre es anders, würde sich meine Tante nicht verhalten, als hätte ich sie und O beim Sex erwischt.

Ich versuche, die Stimmung des Moments zu verstehen. Das Deckenlicht ist gedimmt, sodass das Büro nur noch durch ein schwaches Orange beleuchtet wird, wären da nicht die großen Stumpenkerzen, die meine Tante entflammt hat. Eine Kanne Tee oder Kaffee steht auf dem unordentlichen Schreibtisch, ebenso zwei Tassen und eine geöffnete Dose Kekse. Ist die Atmosphäre zu romantisch für ein kollegiales Gespräch zwischen Direktorin und Professor? Außerdem ist es weit nach Mitternacht, keine ungewöhnliche Uhrzeit für die Akademie, doch sicherlich für fachliche Besprechungen, oder?

Als O sich erhebt, fällt sein Gewand bis auf den teuren Teppichboden und die Ketten an seinen Fuß- wie Handgelenken klirren. »Alles Weitere morgen«, sagt er, woraufhin meine Tante nickt und wiederholt: »Alles Weitere morgen.«

Ich trete aus der Tür in den Raum, um Professor O passieren zu lassen. Als er auf meiner Höhe ist, nickt er mir zu. »Ich freue mich auf unser Seminar nächste Woche. So langsam können wir von der Ideenfindung in die malerische Praxis übergehen.«

O ist so groß, dass ich das Kinn heben muss, um in seine taubenblauen Augen zu sehen. »Ich freue mich ebenfalls«, behaupte ich, doch sein Umgang mit Victoria steckt mir nach wie vor in den Knochen, sodass ich den Kurs am liebsten hinschmeißen würde.

Klickend fällt die Tür hinter O ins Schloss.

»Kennst du eigentlich seine Unterrichtsmethoden?«, frage ich Jupiter, als ich an den Tisch herantrete und einen Keks aus der Dose nehme.

»Du meinst seine geradezu sadistischen *Methoden*, die er unter dem Deckmantel der Kunst praktiziert? Ich habe jedes Semester Studierende, die sich darüber beschweren.«

»Aber er arbeitet immer noch als Dozent? Wieso schmeißt du ihn nicht raus?« Zitrone und weiße Schokolade erfüllen meinen Mund, als ich in den Keks beiße und kaue.

Tief seufzend sinkt Jupiter in das cognacbraune Leder ihres

Bürostuhls und hebt die Tasse an die Lippen. Sie sieht erschöpft aus, und das passiert meiner Tante für gewöhnlich nicht. Egal wie lange sie arbeitet und wie wenig sie schläft, sie achtet penibel darauf, auszusehen wie ein Fitnessmodel. Ich habe sie nicht ein Mal über ihre leitende Position klagen hören, nicht ein angebrachtes Wort der Kritik, stattdessen lächelt sie jede Belastung weg. Wie ein unzerstörbares Uhrwerk scheint sie immer zu funktionieren, und dennoch wirkt sie heute erschöpft, nicht müde, sondern kraftlos, geradezu kränklich.

»Geht es dir gut?«, frage ich und weiß gleichzeitig, dass sie nicht ehrlich antworten wird. Sie sieht mich stets als Kind, das beschützt und nicht belastet werden sollte, sie würde nie ihre Sorgen mit mir teilen, mir meine aber umgehend und vollumfänglich abnehmen. Ein Grund, warum ich meine Albträume auf eine kranke Art und Weise genieße. Denn sie stellen die Bestrafung dar, die ich verdiene, durch meine mich liebende Tante aber nicht erhalte.

»Natürlich.« Sie reibt sich über die Stirn. »Ich fühle mich nur ein bisschen … merkwürdig.«

Merkwürdig. Sofort frage ich mich, ob Nemesis etwas damit zu tun hat. Nachdem ich gesehen habe, was sie mit Melchior und Brian gemacht hat, habe ich keinerlei Zweifel daran, dass sie ihre Drohungen bezüglich meiner Tante in die Tat umsetzt. Obwohl ich mich frage, wie Nemesis davon profitieren würde, in Jupiters Träume einzudringen. Ich glaube kaum, dass meine Tante jede Nacht von einem Mord träumt, den sie nicht begangen hat.

Den sie nicht begangen hat. Das ist die Überzeugung, an die ich mich klammere.

»Genug von mir. Wie geht es dir, mein Liebling?«

»Gut.« Ich lecke die letzten Kekskrümel von meinen Fingern. Nachdem ich Nemesis' vulnerablen Bewusstseinszustand nicht nur umsonst ausgenutzt, sondern ihr damit meinen Kenntnisstand über Lucy verraten habe, bin ich zu Handlung gezwungen. Henrique hat Lucys Namen geradezu beiläufig erwähnt, sie kann also kein großes Geheimnis sein. Dennoch muss ich mich nervös räuspern, ehe ich frage: »Wer ist Lucy von Winther?«

Jupiter verschluckt sich, hustet und klopft mit der Faust auf ihre Brust. »Verdammte Kekskrümel«, röchelt sie und trinkt einen Schluck Tee. »Du bist in letzter Zeit aber sehr an den von Winthers interessiert.«

Ich spüre, wie meine Wangen sich röten. »Ist sie Nemesis' Schwester?«

Doch statt zu antworten, sieht mich meine Tante nur an und nippt an ihrem Getränk. Ihre langen rot lackierten Nägel klicken gegen die Keramiktasse. »Weißt du eigentlich, dass Augusta von Winther mich für Neiros Tod verantwortlich macht? Es ist ihr ein Mal über die Lippen gekommen, kurz nachdem sie seine Leiche gesehen hat. Ein Mal, dann nie wieder, aber dieses eine Mal ist es aus ihr herausgeplatzt wie aus einer überreifen Frucht.«

Nicht nur mein Gesichtsausdruck, mein gesamter Körper steht unter Schockstarre. Sie *weiß*, dass die von Winthers sie für die Mörderin ihres Sohnes halten?

»Meine Güte, du guckst, als wäre eine solche Anschuldigung das Schlimmste, das mir in meiner bisherigen Karriere passiert ist.« Jupiter lacht, doch als es mir immer noch nicht gelingt, wieder Bewegung in meinen Ausdruck zu bringen, verstummt sie und neigt den Kopf zur Seite. »Lass mich raten«, sie stellt die Tasse auf den Schreibtisch, »es ist auch schon aus ihrer Tochter herausgeplatzt wie aus einer überreifen Frucht? Wie gut, dass ich euch in meinem Kurs zu Teampartnern gemacht habe.«

Misstrauisch beäuge ich sie. »Warum?«

»Mehr noch als Neiro hat seine Mutter den Konkurrenzkampf mit mir gesucht. Ich bin über zehn Jahre älter als ihr Sohn, hatte bei seinem Studienanfang bereits meinen PhD, und dennoch hat mich Augusta bei unseren ersten Aufeinandertreffen nur *junge Dame* und *Fräulein* genannt, während sie bei ihrem achtzehnjährigen Bengel auf *Mister von Winther* bestand.« Sie verdreht die Augen, schiebt ein entnervtes Seufzen hinterher. »Bitte versteh mich nicht falsch, aber es kommt mir zugute, wenn Nemesis Kontakt zu dir aufbaut … Zeit mit dir verbringt … Gefühle für dich entwickelt.«

»Du willst, dass sie sich in mich verliebt?«, frage ich, und mein Misstrauen ist umgeschlagen in Fassungslosigkeit.

»Verlieben ist übertrieben. Ich will, dass ihre Gefühle sie verwirren, dass die alberne Familienfehde, die ihre Eltern angezettelt haben, ein bisschen …«, mit beiden Händen macht sie kreisende Bewegungen, »aufgewirbelt wird.«

Ich unterdrücke ein zynisches Schmunzeln. Wüsste Jupiter von meinem Wahrtraum, würde sie nicht so nonchalant von verwirrten Gefühlen sprechen. Denn dann wüsste sie, dass *ich* davon geträumt habe, wie Nemesis *mir* das Herz bricht, noch bevor ich sie das erste Mal persönlich gesehen habe.

Mit Zeige- und Mittelfingern massiert sich Jupiter die Schläfen. »Mercy«, sagt sie in einem Ton, der mich zum Schulkind degradiert. »Du verstehst sicherlich, dass ich es schlicht nicht gebrauchen kann, mich mit einer Erstsemesterstudentin aus einer zerrütteten Familie auseinanderzusetzen. Ich habe ihr mein Mitgefühl bereits mitgeteilt, mehr kann ich nicht tun.«

»Aber *ich* kann mehr tun?«

»Wie gesagt, ich spreche weder davon, dass du ihr Herz ruinierst, noch davon, dass du sie heiratest. Verunsichere einfach ihre Gefühle für einen Sterling ein wenig.«

Jupiter hat ihre Schwester verloren, doch es wirkt so, als könne sie Nemesis' Ausmaß der Trauer dennoch nicht nachvollziehen. Als könnte sie nicht nachempfinden, dass man über bestimmte

Verluste nicht hinwegkommen und weitermachen kann, sondern auf der Stelle tritt – Jahr für Jahr dieselbe Stelle, derselbe niedergetrampelte Schmerz. Verdrängt meine Tante ihre Gefühle für mich? Ist sie so hart, damit ich weich sein darf?

»Schau mich nicht an, als wäre ich ein herzloses Monster. Du weißt, dass ich es nicht bin.«

Doch mein Schweigen scheint ihr nicht Zustimmung genug, sodass sie die Finger von den Schläfen nimmt und sich bedrohlich vorbeugt. »Ist dir bewusst, dass ich Nemesis wie eine lästige Fliege innerhalb kürzester Zeit erschlagen könnte? Glaubst du, wenn ich nicht so viel Mitgefühl für ihre Situation hätte, würde ich es mir gefallen lassen, dass eine Göre glaubt, ich hätte ihren Bruder auf dem Gewissen?« Jupiters Augen glühen, das Grün lodert auf wie eine Stichflamme. »Sie kann dankbar sein.«

»Dankbar für …«

»Es reicht, Mercury.« Sie schiebt ihren Stuhl zurück und steht ruckartig auf, sodass die Kerzen durch den plötzlichen Luftzug flackern. »Dass ich überhaupt mit dir darüber diskutieren muss! Ausgerechnet mit dir! Du weißt doch am besten, was auf dem Spiel steht, wenn ich die Leitung der Akademie verliere. Es geht weder um deinen Studienplatz, den du verlieren würdest, noch um mein eigenes Ego. Es geht um die Demokratisierung und Reformation dieses beschissen frauenfeindlichen, rassistischen, elitären Scheißhauses, das sich renommierte Akademie nennt.« Jupiter bückt sich und ich höre, wie eine Schublade geöffnet wird. Im nächsten Moment taucht sie wieder auf, in ihrer Hand eine Flasche Gin, deren Inhalt sie in die Tasse schüttet. »Normalerweise würde ich mich für meine Ausdrucksweise entschuldigen, aber heute nicht.« Bevor sie den Deckel zurückschraubt, deutet sie mit dem Verschluss auf mich. »Und normalerweise würde ich dich nicht daran erinnern, aber heute muss ich es offenbar tun.« Sie knallt die verschlossene

Flasche auf den Tisch, hebt die Tasse zu ihren Lippen und stürzt den Alkohol hinunter. »Manchmal heiligt der Zweck eben doch die Mittel. Das wusste bereits deine Mutter, und auch du weißt es.«

Ihr Blick ist bitter, doch unbezwingbar. *Manchmal heiligt der Zweck eben doch die Mittel* – wäre ich ein besserer Mensch, würde ich widersprechen.

Jupiter füllt erneut Gin in die Tasse und schiebt sie mir zu. Als sie in ihren Stuhl sinkt, atmet sie schwer aus. »Also schön – du willst wissen, wer Lucy von Winther ist?«

27

Nemesis

Als ich nach der Kartografiesitzung die Studierendenunterkünfte erreiche, beben meine Hände so stark, dass ich drei Anläufe brauche, ehe mein Zimmerschlüssel im Schloss steckt.

Mercy steht mir in Sachen Skrupellosigkeit in nichts nach. Er hat absichtlich genau den Moment abgewartet, in dem ich am angreifbarsten war, um mich nach Lucy zu fragen. Allein ihr Name hat mein Innerstes erzittern lassen wie ein Erdbeben höchster Stärke. Ich hoffe, dass ich eine passable Fassade aufrechterhalten konnte und mir nicht habe anmerken lassen, wie mich Lucys Erwähnung von den Füßen reißen wollte. Aber allein, dass er ihren Namen kennt, entsetzt mich zutiefst.

»Nemesis?«

Erschrocken sehe ich den Flur hinab. »Mein Gott, Esra, du willst wirklich, dass ich einen Herzinfarkt erleide, oder?«

Sie lacht und schüttelt den Kopf, schließt die Tür ihres Zimmers hinter sich zu und kommt den Gang entlang. Meine Augen weiten sich, und ich pfeife zwischen den Zähnen. Esra trägt eine oben hautenge Hose mit ausgestelltem Bein, dazu ein weit ausgeschnittenes Paillettentop. Ihr Haar ist zu zwei seitlichen Buns gebunden, und Glitzer ziert ihre nackten Arme, ihr Dekolleté und ihre Lippen. »Du hast heute eindeutig noch etwas vor.«

Sie nickt. »Und du kannst mich begleiten, wenn du willst. Heute findet die letzte Gewächshausparty vor der Wintersonnenwende und den Ferien statt. Beim Ausflug zum Schwanensee habe ich mich wieder erkältet und wollte eigentlich nicht hingehen, aber«, sie macht eine wegwerfende Handbewegung über die Schulter, »man lebt nur einmal, oder? Und Schmerzmittel regeln fast alles.«

Ich sehe von Esra zu meinem Schlüssel, der halb gedreht im Schloss steckt. Ein bisschen Ablenkung würde mir sicherlich guttun, zumal das Kontrastprogramm zur Party wahrscheinlich darin bestehen würde, dass ich erneut in Jupiter Sterlings Erinnerungen einbreche, nur um mich Neiro auf eine kranke Art und Weise näher zu fühlen.

»Wenn du *so* aussiehst«, ich deute auf Esra, »kann ich nicht *so* aussehen«, beende ich mit Blick auf meinen wadenlangen Rock. »Gib mir zehn Minuten.«

Sie jubelt.

Wenig später gehe ich hinter ihr durch die roten Reihen Schlafmohn. Anders als beim ersten Mal höre ich keine mit Beats versetzte klassische Musik, sondern dreckigen, dunklen Techno. Das Blumenmeer zu unseren Füßen leuchtet in einem gespenstischen Glimmer, die Blüten nicken mit ihren schwarz-roten Köpfen, als würden sie uns freundlichst zum Konsum einladen.

Obwohl wir langsam gehen, atmet Esra schwer, doch als ich sie frage, ob alles in Ordnung ist, wiegelt sie ab und scherzt: »Immunsystem einer Neunzigjährigen.«

Wieder gibt es eine improvisierte Theke, wieder Sitzgelegenheiten aus Paletten und umgedrehten Blumenkübeln.

»Ihr seht aus wie die Bitches, die ihr seid.« Victoria hebt ihr Kristallglas und prostet uns zu.

»Danke.« Esra deutet einen Knicks an. »Das Kompliment können wir nur zurückgeben.«

Victoria trägt Strumpfhose und Rock der Akademieuniform, darüber einen mausgrauen Pullover mit Rollkragen, doch sie sieht nicht minder gut aus, im Gegenteil. Ihr Blick saugt Esras Erscheinung geradezu auf, und ich glaube, dass ich Victoria noch nie so fasziniert erlebt habe. Das ist mehr als Bewunderung, das ist gravitationsähnliche Anziehung. Doch dann reißt sie sich los und mustert mich von den Stiefeln über meinen kurzen Rock bis zur transparenten Bluse mit Flatterärmeln. Mein Haar ist zu einem hohen Pferdeschwanz gebunden.

Wir lächeln uns verhalten an. Seit ich ihr zugesichert habe, beim nächsten Vollmond erneut am Sigillenritual teilzunehmen, herrscht eine Art Waffenstillstand zwischen uns.

»Geht es dir … besser?«, fragt Victoria Esra so leise, als wäre ihr die Frage unangenehm.

Doch Esra winkt ab, balanciert ein untröstliches Lächeln auf ihren Glitzerlippen und verkündet: »Heute Nacht möchte ich mich einfach lebendig fühlen.« Sie tritt zur Theke und kehrt mit zwei Gläsern zurück, von denen sie mir eins in die Hand drückt. »Auf uns!«

Weder Victoria noch ich stimmen ihr zu, doch wir stoßen an. Die Flüssigkeit brennt meine Kehle hinab, sodass sich mein Körper instinktiv schüttelt.

»Ist das reines Ethanol?«, frage ich angewidert.

»Was auch immer es ist, ich bin nicht sicher, ob Esra es trinken sollte«, höre ich Elios Stimme hinter mir. Sein Ton ist unverfänglich, weit entfernt davon, seiner Schwester Vorschriften machen zu wollen, und dennoch sieht er sie zweifelnd an.

»Ich sollte definitiv.« Esra stürzt ihren Drink hinunter. »Denn meiner ist alkoholfrei, also entspann dich, Bruderherz.«

Wenn Elio hier ist … Wie magnetisch angezogen gehen meine Augen über die tanzenden und trinkenden Studierenden hinweg, bis sie Mercy finden. Er sitzt auf einer Palette in der Ecke, die langen

Beine von sich gestreckt, den Rücken gegen die Glaswand des Gewächshauses gelehnt. In seiner Hand hält er eine Zigarette, die an ihrem Ende nicht rot, sondern golden glüht. Wirr fallen seine Haare in einem unordentlichen Scheitel zu beiden Seiten, die Knopfleiste seines gerüschten Hemds ist so weit geöffnet, dass man das Tattoo am Hals deutlich erkennen kann.

Ist er nach unserer Kartografiesitzung direkt hierhergekommen?

Als er seine beringten Finger an die Lippen führt und an der Zigarette zieht, erwidert er meinen Blick so zielsicher, als hätte er mein Starren schon vor Sekunden bemerkt. Seine Augen glühen auf eine Art, die unweigerlich verrät, dass er nicht nüchtern ist. Gold schimmernder Rauch strömt zwischen seinen Lippen hervor, ehe er sie zu einem Lächeln verzieht, das meinen Untergang bedeutet.

Wer ist Lucy von Winther?

Eine Tote, Mercy. Eine Tote.

Als Victoria mit Elio darüber zu diskutieren beginnt, dass er seiner Schwester gar nichts zu sagen hat, Esra für ihn in die Bresche springt und versichert, Victoria verstehe das falsch, fasse ich mein Kristallglas fester und trete aus dem Kreis.

Die Körper der Studierenden bewegen sich zu den dunklen Technobeats – geschlossene Lider, Schweiß, zuckender Rhythmus. Die Stimmung ist hemmungsloser als bei der ersten Party, Leiber reiben aneinander, Küsse werden getauscht, als würde in wenigen Stunden kein neuer Tag beginnen, sondern diese Nacht tatsächlich endlos gehen. Goldene Linien werden von zitternden Fingern zurechtgeschoben und von stärker zitternden Herzen inhaliert. Eine Frau mit raspelkurzem Haar steigt auf die riesige Box, reißt johlend ein Tütchen Schlafmohn-Pulver auf und verstreut den Inhalt über der ekstatischen Menge. Jubel bricht los, als die Droge wie feenhafter Sternenstaub über unsere Köpfe rieselt. Ich will nicht einatmen, was mich so viel intensiver fühlen lässt, will nicht einatmen, was meinen Bruder den letzten Atem gekostet hat, will nicht und … will doch. Denn wie verführerisch ist die Option, die Verantwortung für die eigenen Gefühle abzugeben, sich schlicht hinzugeben, eine Nacht lang kopflos mehr zu geben.

Das Pulver fällt auf mich herab, verfängt sich in meinem Haar, auf meinen nackten Beinen, ich spüre es in meinen Wimpern und auf den Lippen. Meine Zunge fährt träge über meine Unterlippe, langsam, um mir zu beweisen, dass ich die Kontrolle habe, dass ich anders als Neiro nicht die Beherrschung verliere. Der Schlafmohn schmeckt bitter und süß auf meiner Zunge, zergeht wie das Versprechen, dass Glück mehr als eine Illusion sein könnte.

Ich spüre Mercys atemlosen Blick auf mir. Die ganze Zeit über starrt er mich unverhohlen an, ohne sich die Mühe zu machen, die Augen auch nur eine Sekunde von mir zu nehmen. Ich schiebe mich aus der Menge und trete an die Palette heran, auf der er sitzt und raucht.

»Was fühlst du?«, frage ich mit einem Nicken zur golden glimmenden Zigarette zwischen seinen schlanken Fingern.

Er klemmt sie zwischen die Lippen, zieht daran, und Rauch dringt aus seinem Mund. Sein Blick zieht mich gleichzeitig an und aus. Er gleitet über mich hinweg, wie ich mir wünsche, seine Hände oder sein Mund würden es tun, so intensiv und entblätternd.

»Begierde.«

Unter Mercys rot unterlaufenen Augen trete ich einen weiteren Schritt vor. Würde er sich aufrichten und nach vorn beugen, könnte er meine Beine berühren. Meine Stimme ist gerade laut genug, dass er meine Worte versteht: »Ich werde dich nicht anfassen, bevor du mich nicht darum bittest.«

Ruckartig steht er auf und ertränkt den Zigarettenstummel im Inhalt eines Glases. Er steht so plötzlich so dicht vor mir, dass ich zurückstolpere, Schritt für Schritt zurückweiche, während er Schritt für Schritt auf mich zukommt, mich immer noch mit seinem regenverhangenen Blick berührt.

Ich lecke mehr Pulver von meinen Lippen, bilde mir eine sofortige Wirkung ein, bilde mir ein, schärfere Konturen zu sehen, die Vibration des Basses bis in die Knochen zu spüren, nur noch Mercys Geruch zu riechen, während er mich in die Ecke drängt und ich mit dem Rücken gegen die Glaswand stoße.

Einen Arm neben meinen Kopf gestützt, sieht er auf mich herab. Sein Ausdruck ist so abgefuckt, dass er mich erschrecken würde, würde sich darin nicht mein eigener Zustand spiegeln. Doch mein verwüstetes Herz echot in Mercys wider. Er beugt seinen Kopf, sodass sich seine Lippen dicht an meinem Ohr befinden, als er flüstert: »Das zwischen uns ist nur stupides Verlangen. Es ist Trieb, kein Verstand. Es ist … bedeutungslos.«

»Es ist bedeutungslos«, bestätige ich, hoffe jedoch, dass Mercy nicht sieht, wie eine hitzige Gänsehaut meinen Körper überzieht. Sein Atem trifft auf meinen Hals und ich möchte mich am liebsten winden, so durchdringend sind die Schauer, die über mich hinwegrollen.

»Es gab in meinem Leben bisher nur eine Sache, die ich mehr wollte als dich, Nemesis. Und das war, den Tod um Gnade zu bitten. In dieser Liga spielst du.«

»Du musst mich nur bitten«, wispere ich und drehe den Kopf, sodass unsere Lippen nur noch wenige Zentimeter voneinander entfernt sind. Alles ist anders als in Mercys Albtraum und dennoch verheerend ähnlich. Wir befinden uns auch jetzt – in dieser Ecke des Gewächshauses – in einer Art anderem Bewusstseinszustand. Unsere Empfindungen sind gesteigert, die Nerven zum Zerreißen gespannt, ich weiß, dass Mercy dieselbe zerstörerische Sehnsucht empfindet wie ich, doch ebenso, dass es keine Rolle spielt. Es ist genau so, wie er es gesagt hat: Verlangen, kein Verstand.

Mercy nimmt mein Kinn zwischen die Finger und dreht meinen Kopf weiter zu sich. Anders als in seinem Albtraum löst seine Berührung keinen brennenden Schmerz, sondern ein schmerzliches Brennen in mir aus. Millimeter liegen zwischen unseren Lippen, ich kann bereits erahnen, wie es ist, von ihm geküsst zu werden, und meine Sehnsucht lässt mich beinah durchdrehen.

Er lässt mich los, tritt zurück, sodass ich verwirrt in der Ecke verharre. Alles in mir schreit, dass er nicht gehen darf, dass er mich nicht an den Rand treiben und mit nichts über die Klippe stoßen darf, doch Mercy entfernt sich von mir.

Seine Tätowierung prangt auf seinem Hals, doch der Einzige, der kein Erbarmen hat, ist er – mit mir.

Als würde er sich ergeben, hebt er die Hände. »In unzähligen Nächten habe ich den Tod um Begnadigung angefleht. Doch heute Nacht bitte ich nicht den Tod um Gnade, ich bitte dich, mich zu küssen.«

Ich gehe schnell auf ihn zu und pralle so heftig gegen ihn, dass wir zurücktaumeln und auf die Palette fallen. Mein Rock rutscht nach oben, als ich breitbeinig auf Mercys Schoß gleite. Seine Hand legt sich an meinen unteren Rücken, und er presst meinen Oberkörper an seinen. Meine Finger graben sich in seinen Nacken, in seine schwarzen Strähnen, während ich dicht vor seinen Lippen stoppe und flüstere: »Sollte ich innerhalb weniger Wochen nach dem größten den zweitgrößten Fehler meines Lebens begehen?«

»Du sollst nicht«, antwortet er in einem Ton, der schwer auf meiner Haut vibriert. »Du musst.«

Ich küsse ihn. Er küsst mich. Unsere Lippen treffen aufeinander wie lang ersehnter Regen nach einer Dürre. Meine Finger krallen sich in sein Haar, seine Hand in meinem Rücken zieht mich näher, während er die andere auf meinen Oberschenkel legt und hinaufgleiten lässt, unter jeder Fingerspitze so viel Druck, als würde er Erinnerungen in meine Haut prägen.

Er schmeckt rauchig und zuckrig, seine Lippen bewegen sich so meisterhaft auf meinen, als würden sie miteinander tanzen. Als sich unsere Zungen berühren, stöhne ich in seinen Mund und spüre, wie er den Arm um meine Hüfte schlingt und mich noch enger an sich presst.

Es ist mir scheißegal, dass uns alle sehen können. Die Konsequenzen sind mir vollkommen gleichgültig. Alles, was ich will, ist spüren. Schmerz, Scham, Sehnsucht. Mercy stillt meine Gier, mich lebendig zu fühlen. Er küsst nicht nur meine Lippen, er küsst meine verkümmerte Seele und mein trostloses Herz.

Er greift nach meinem Pferdeschwanz und zieht meinen Kopf zurück, seine Lippen gleiten von meinem Mund über den Unterkiefer bis zu meinem Hals. »Nemesis«, wispert er ehrfürchtig, als wäre mein Name ein Gebet. »Nemesis, Nemesis, Nemesis. Oder sollte ich lieber Lucy sagen?«

Von Frost überzogen halte ich inne, werde kalt und kälter. Er weiß es. Aber wie? Die Erkenntnis trifft mich wie ein Schlag. Ich bringe Abstand zwischen unsere Köpfe, sehe in sein Gesicht, und das abgründige Lächeln auf seinen Lippen beschwört meinen inneren Winter. Er spielt mit mir. Wie viel Überwindung muss es ihn kosten, sich von mir anfassen zu lassen? Wie viel Abscheu empfindet er unter meinen Küssen? Wie viel seiner Leidenschaft speist sich aus blankem Hass?

»Fick dich.« Ich stoße ihn so heftig von mir, dass er mit dem Rücken gegen die Glaswand prallt. »Fick dich, Mercy. Fick. Dich.«

Er lacht. Der Bastard lacht und ich bin das erste Mal in meinem Leben kurz davor, zu meiner Mutter zu werden und ihn zu ohrfeigen. Stattdessen rutsche ich von seinem Schoß, schiebe den Rock über meine Oberschenkel und zwänge mich durch die tanzende Menge. Mein Herz hämmert so unkontrolliert in meiner Brust, dass ich fürchte, jeden Moment auf die Knie zu sinken. Ohne einen Blick zurückzuwerfen, renne ich zwischen den meterlangen Blumenbeeten in Richtung Ausgang.

»Nemesis!«, tönt seine Stimme hinter mir, doch ich haste vorwärts. Erst als ich die Tür des Gewächshauses aufstoße und in die Nacht hinaustrete, werde ich auf meinen wankenden Beinen langsamer.

Ich höre Mercys Schritte, doch ich bleibe nicht stehen.

»Warum das alles?«, ruft er, offensichtlich nicht bereit, mich davonkommen zu lassen. »Lucy von Winther, das bist du, richtig? Das ist der Name, der im Geburtenregister hinter dem 1. Mai 2004 steht. Der erste Name, der eigentliche Name, *dein* Name.« Seine Stimme peitscht durch die Dunkelheit, jedes seiner Worte wie Fesseln, die sich um mich schlingen und in eine Vergangenheit zurückzerren wollen, die ich hinter mir gelassen habe.

»Du verschweigst deinen Eltern deine Schlafwandlerei, bist aber von ihrem Wunsch nach Vergeltung besessen. Du vertraust deinen Eltern nicht, richtest aber dennoch dein Leben nach ihnen aus. Du lässt zu, dass sie Lucy begraben und Nemesis einzig mit dem Ziel großziehen, ihren Bruder zu rächen. Warum das alles?«

Ich kann noch immer seine Lippen auf meinen spüren und ich hasse nichts mehr als die Sehnsucht danach.

»Wer bist du? Lucy oder Nemesis?«

»Hör auf.«

»Nein.« Mercy hat mich eingeholt und fasst nach meinem Handgelenk. Seine Finger schließen sich um mich, und seine Berührung ist genauso schmerzhaft wie in seinem Albtraum.

»Hör auf!« Ich entreiße ihm meine Hand, wirble jedoch herum

und bleibe stehen. »Es geht dich einen Dreck an, wer Lucy ist oder was mit ihr passiert ist. Himmel«, ich lache grotesk auf, »ausgerechnet du fragst mich nach meinem *Warum*?« Ich deute mit dem Zeigefinger auf seine Brust. »Warum hast du diese Albträume? Warum habe ich das Gefühl, dass du die Monster darin gar nicht bezwingen willst? Warum hast du mich in deinem Horrortraum nur geküsst, damit ich diese Kreaturen nicht zerstöre? Warum sagt dein Mund, dass das zwischen uns nur stupides Verlangen, nur bedeutungsloser Trieb ist, während deine Augen mich anflehen, dich in deiner Trauer zu *sehen*?«

»Eine Wahrheit für eine Wahrheit.«

Jetzt. Hier. Frierend im Schnee, unweit des Husky-Zwingers, dessen Geruch die kalte Luft erfüllt. Unsere eigenen Grenzen vom Schlafmohn verwischt.

Ich nicke. »Eine Wahrheit für eine Wahrheit. Ich will Neiros Tod nicht nur für meine Eltern oder meinen Bruder rächen, sondern auch für mich. Weder Lucy noch Nemesis existieren als eigenständige Personen, sie … *Ich* stehe mein Leben lang in Neiros Schatten. Und solange ich nicht genau weiß, wie er gestorben ist, kann ich nicht daraus hervortreten, kann nicht mit ihm abschließen. Ich bin es ihm schuldig, seinen Tod aufzuklären, ja, aber ich bin es auch mir schuldig, Lucy *und* Nemesis. Denn nur dann habe ich eine Chance auf mein eigenes Leben, nur dann kann ich herausfinden, wer *ich* bin, wer *ich* sein möchte. Es ist nicht die Rache meiner Eltern, es ist die Suche nach mir selbst.«

Mercy schluckt, ich sehe seinen Adamsapfel hüpfen. Unsere Wahrheiten stehen so eisern zwischen uns, dass sie einen unüberbrückbaren Graben schlagen. Er auf der einen, ich auf der anderen Seite.

»Nach dem Tod meiner Mütter war ich so verzweifelt, dass ich angefangen habe, mit dem Nexus zu experimentieren. Ich war nicht mehr ich selbst, ich war Trauer, einfach nur Trauer. Und ich konnte die Endgültigkeit nicht akzeptieren, ich konnte nicht begreifen, dass man auf Knien um Gnade bitten, betteln und winseln kann, sie aber dennoch nicht erfährt. Dass es keine zweite Chance geben wird, kein weiteres Wort, keine Umarmung, nichts als ihre leblosen Körper, die Tag für Tag mehr in der Erde verrotten.«

Mein Blick geht zu den Lettern auf seiner Haut. *NO MERCY*.

»Aber«, er fährt sich mit beiden Händen durch das rabenschwarze Haar, legt den Kopf in den Nacken und sieht hinauf zu den Sternen, die alles sehen und dennoch nicht eingreifen. »Aber man ist ein Narr, wenn man den Tod um Gnade bittet, und ein Größenwahnsinniger, wenn man dann versucht, ihn zu überlisten.« Sein Kopf fällt nach vorn, und sein Blick ist so gebrochen, so unwiederbringlich gebrochen. »Meine Tante ist keine Mörderin. Aber ich bin einer.«

28

Mercy

»Das Strukturmodell der Psyche wird auch Drei-Instanzen-Modell genannt. Es besteht aus dem Ich, dem Über-Ich und dem Es. Das wiederhole ich nur, weil mir vermehrt gesagt wurde, Studierende würden Wiederholungen brauchen. Ich persönlich sehe wenig Sinn darin, etwas bereits Gesagtes erneut auszusprechen.« Professor Sharma redet in doppelter Geschwindigkeit. »Das Über-Ich stellt eine Art moralische Instanz dar, in der soziale Normen sowie gesellschaftliche Ge- und Verbote gespeichert sind.« Sharma malt einen unrunden Kreis auf das Whiteboard. »Das Ich beinhaltet das bewusste Denken im Alltag und unseren kritischen Verstand. Anstatt sich dem Lustprinzip hinzugeben, wählt Freuds reifer und psychisch gesunder Mensch das Realitätsprinzip.«

Meine Lippen formen ein abgekämpftes Lächeln. Elio sieht mich stirnrunzelnd an, doch ich schüttle den Kopf. Dass ich laut Sigmund Freud kein reifer, psychisch gesunder Erwachsener bin, erheitert mich auf eine makabre Weise. Als ich Nemesis im Gewächshaus gebeten habe, mich zu küssen, habe ich nicht einmal versucht, gegen das Lustprinzip anzukämpfen, ich habe mich ihr ebenso hingegeben wie dem Alkohol und dem Schlafmohn, bin unter ihren Küssen nur noch gieriger und verwahrloster geworden.

»Die Ich-Instanz steht andauernd im Spannungsverhältnis zwischen dem triebhaften Es, dem moralischen Über-Ich und der sozialen Umwelt. Zwischen Reizen, die sofort befriedigt werden wollen, und gesellschaftlichen Wertvorstellungen ist es Aufgabe des Ichs, die Reaktionen zu kontrollieren und gleichzeitig ein Selbstbild, also eine Vorstellung der eigenen Person, zu entwickeln und aufrechtzuerhalten.« Unter den Kreis, in dem ICH steht, malt Sharma einen unförmigen Pfeil, in den er ES schreibt. »Das Es ist jene unbewusste Struktur, in der sich Triebe, Bedürfnisse und Affekte zeigen. Beispiele? Bitte, Miss Alliata.«

»Nahrungstrieb, Sexualtrieb oder der umstrittene Todestrieb«, antwortet Victoria in einer Geschwindigkeit, die Sharmas beinahe überholt. »Beispiele für Bedürfnisse sind das Geltungsbedürfnis oder das Bedürfnis, angenommen zu werden und zugehörig zu sein, unter Affekte fallen alle möglichen Gefühlsregungen: Neid, Hass, Scham, Freude …«

»Et cetera«, unterbricht der Professor, nickt jedoch wohlwollend. »Freud nannte das Es ein Chaos, einen Kessel voll brodelnder Erregungen.«

Ich möchte meinen eigenen Kessel voll brodelnder Erregungen gern in die Kanalisation kippen. Je angestrengter ich versuche, die Erinnerungen an Nemesis abzuschütteln, desto penetranter drängen sie sich auf. In der Sekunde, in der ich sie im Gewächshaus gesehen habe, habe ich nichts sehnlicher gewollt, als sie an ihrem Pferdeschwanz zurückzuziehen und mich ihren Hals hinabzuküssen. Ich fühle ihre Lippen, ihre Hände, ihr Herz wie Brandmarken auf meiner Haut, fühle ihr sofortiges Gefrieren, als mir wie von Sinnen Lucys Name über die Zunge kommt, fühle ihren peitschenden Zorn, der nach mir ausschlägt.

Ich muss nur den Kopf nach links drehen und über die Schulter schauen, um sie zu sehen. Sie wird zwanghaft versuchen, meinen Blick nicht zu erwidern, denn dieses Spiel spielen wir seit letzter

Woche. Seit der Nacht unseres *Warum* gehen wir uns nicht aus dem Weg, wir tun regelrecht so, als würde die andere Person gar nicht existieren. Denn wohin sollen uns unsere Wahrheiten führen? Wohin das destruktive Verlangen, sie zu küssen? Sollen ihre Lippen mich um den Verstand bringen, während sie weiterhin versucht, meine Tante zu ruinieren? Soll meine Zunge jeden Zentimeter ihres Körpers erkunden, während ich sie davon abhalte, die Antworten zu finden, die sie so dringend braucht? Reicht es nicht, dass ich die Erinnerung ihres Kusses Nacht für Nacht als Reiz missbrauche, um mich aus meinen Träumen erwachen zu lassen?

Es ist nicht die Rache meiner Eltern, es ist die Suche nach mir selbst.

Es war ausgerechnet Jupiter, die aus dem Husky-Zwinger getreten ist und Nemesis und mich dabei beobachtet hat, wie wir daran gescheitert sind, in unseren Wahrheiten eine gemeinsame zu finden. Nach unserem Gespräch in ihrem Büro ist meine Tante vermutlich zu den Tieren gegangen, weil diese eine beruhigende Wirkung auf sie haben, doch ihr Auftauchen hat mir den Rest gegeben. Denn ich weiß nicht, was sie mitbekommen hat. Ob sie gehört hat, wie ich das erste Mal in meinem Leben zugegeben habe, ein Mörder zu sein. Wenn ja, hat sie diesen Umstand galant überspielt, indem sie um Entschuldigung bittend und jovial lächelnd zwischen uns getreten ist. Nemesis hat die Gegenwart meiner Tante keine halbe Minute ausgehalten. Wie ein Vulkan, der jeden Moment zu explodieren droht, hat sie auf dem Absatz kehrtgemacht und ist in Richtung Schlafhäuser gegangen. Augenblicklich ist Jupiters wohlwollende Miene einem Ausdruck unerbittlicher Härte gewichen. »Drogen, Mercy, wirklich?« Sie hat mich mit offenem Ekel gemustert und mich wie ein Kind auf mein Zimmer geschickt, doch ich habe es mir gefallen lassen.

Meine Tante ist keine Mörderin. Aber ich bin einer.

Aber ich bin einer – vier Wörter, sechs Silben, fünfzehn Buchstaben. Ein Satz, der nichts Konkretes sagt, der nichts direkt zugibt, der *Mörder* noch nicht einmal beinhaltet. Und dennoch beschreibt er die Wahrheit.

»Hey«, Elio berührt mich mit dem Ellbogen, »alles okay?«

Obwohl ich kläglich nicke, weiten sich seine hellblauen Augen vor Sorge. »Mister Sharma.« Seine Hand schnellt in die Höhe, doch er wartet nicht darauf, dass ihm das Wort erteilt wird. »Mir geht es nicht gut, darf ich einen Moment mit Mister Sterlings Unterstützung vor die Tür gehen?«

Sharma dreht sich nicht einmal zu uns um, sondern vervollständigt seine Skizze auf dem Whiteboard, als er sagt: »Sicher. Gehen Sie, gehen Sie.«

Elio greift nicht nur nach seiner Tasche, sondern auch nach meiner. Ich bin ihm einerseits dankbar, mich aus diesem zu vollen, zu stickigen Kursraum zu holen, andererseits fühle ich mich bloßgestellt. Um nicht noch mehr Aufmerksamkeit auf uns zu ziehen, schiebe ich mich leise hinter Elio durch die Reihen zur Tür, doch ich spüre Nemesis' gewitterschweren Blick bei jedem Schritt.

»Was soll das?«, brause ich halbherzig auf, als die Tür hinter uns zugefallen ist.

»Esra ist eine viel talentiertere Schauspielerin als du«, Elio drückt mir meine Ledertasche gegen die Brust, »und dennoch durchschaue ich sie. Also hör auf, mich für dumm zu verkaufen, und sag mir, was du seit Wochen mit dir selbst ausmachst.«

Ich sehe in das Gesicht meines besten Freundes, verbinde die Sommersprossen auf seinen Wangen zu krummen Sternbildern und frage mich nicht das erste Mal, wann es einmal nicht Elio ist, der sich sorgt, sondern der umsorgt wird. Die Menschen in seinem Umfeld sind so kaputt, dass sie alle Reparaturen für sich beanspruchen, doch wann bricht Elio unter dieser Last zusammen?

»Lass uns ein paar Körbe werfen.«

»Du willst …«

Ich lasse ihm keine Zeit, meinen Vorschlag zu hinterfragen, sondern gehe in Richtung Sportzentrum.

»Das ist doch albern«, schnaubt Elio, als wir den Westflügel betreten. »Du spielst nicht mal gern Basketball.«

Ich nicht, aber er. Elio brilliert nicht nur im Basketball, er ist in nahezu allen Sportarten gut, ob Ballsport, Leichtathletik oder Schwimmen, lediglich beim Tanzen bewegt er sich, als wüsste er nicht, was eine Hüfte ist.

Als ich die Hallentür aufziehe, strömt uns der Geruch von Schweiß und Gummi entgegen. Wir machen uns nicht die Mühe, unsere Kleidung zu wechseln, sondern ziehen lediglich die Pullover aus, legen die Krawatten ab und rollen die Ärmel der Hemden auf.

Aus dem Abstellraum holt Elio einen Basketball, lässt ihn mehrmals auf dem Linoleum aufspringen, um dann zielsicher den ersten Korb zu werfen. Er läuft zum Ball und wirft ihn mir zu.

»Du bist dran«, sagt er, doch er betont die Worte auf eine Weise, die mich noch durchsichtiger macht als sein Blick.

Ich bin dran, mich zu öffnen und ihm zu erzählen, was nicht mit mir stimmt.

Dribbelnd laufe ich auf den Korb zu und werfe, der Ball schlägt einen zu hohen Bogen, wird jedoch vom Gitter aufgefangen, rotiert und geht ins Netz.

»Nemesis' Anschuldigungen, dass Jupiter ihren Bruder umgebracht haben soll, sind einfach lächerlich.« Ich passe den Ball zu Elio.

»Natürlich sind sie das.« Er fängt ihn mühelos in der Luft und leitet ihn direkt zum Korb weiter. »Aber es macht dich trotzdem fertig. *Sie* macht dich fertig.«

Ich habe sie gebeten, mich zu küssen, und als sie meiner Bitte nachkam, habe ich einen Moment lang tatsächlich an so etwas wie Erlösung geglaubt.

»Und dich?«, will ich wissen, als Elio um mich herumdribbelt. Der Ball verhält sich an seiner Hand wie eine Verlängerung seines Körpers. »Was macht dich fertig?«

Er setzt zum Wurf an und trifft aus einer Distanz, aus der ich den Korb nicht einmal mehr gesehen hätte.

»Vielleicht denkst du, dass das Erlernen von Magie etwas Intuitives ist, etwas eher Handwerkliches und Pragmatisches, aber nein.« Er schüttelt den Kopf. »Ganz im Gegenteil. Ich brüte über Büchern, lese höchst theoretische Abhandlungen und sitze so lange am Schreibtisch, dass mein Rücken schmerzt.«

Es war stets Esra, die die Magie ihrer Familie erlernen und praktizieren wollte, Elio hat sich davon ferngehalten. Während sie begierig das Wissen ihres Vaters aufgesogen hat, hat Elio im Garten Fußball gespielt. Doch mit Voranschreiten ihrer Krankheit ist Esra nicht nur vergesslicher geworden und hat von zu viel Theorie schnell Anzeichen von Ermüdung gezeigt, die Barbosas scheinen auch verstanden zu haben, dass Esra – so furchtbar es klingt – vermutlich nicht lange genug leben wird, um die Sternenmagie der Familie weiterzutragen. Elio ist nicht dazu genötigt worden, den Platz seiner Schwester einzunehmen, er hat es freiwillig getan – vermutlich ihr zuliebe.

Ich fange den Ball, den er mir zuwirft. »Vielleicht sagt Esra es dir nicht oft, aber sie sieht, was du für sie tust. Und vermutlich liebt sie dich dafür noch mehr.«

Elio läuft zum Korb, ergreift meinen Ball noch in der Luft und klemmt ihn sich unter den Arm. »Ich weiß, dass sie es sieht«, sagt er, bevor er den Ball zurück in den Abstellraum bringt.

Als er wieder herauskommt, halte ich ihm Pullover, Krawatte sowie Ledertasche hin. »Du bist besser darin, mir zu zeigen, wie tief deine Freundschaft ist. Aber ich hoffe, dass du weißt, dass auch ich immer für dich da bin«, sage ich.

Elio nimmt seine Kleidung entgegen. »Das weiß ich seit dem Winter, in dem du bei uns gewohnt hast.« Er zieht den Pullover über, und als sein Kopf aus dem Halsausschnitt hervorlugt, sehe ich sein Grinsen. »Du hast mich flennend im Bett erwischt. Erst dachtest du, ich weine wegen Esra, aber als ich dir erzählt habe, dass mich das Mädchen aus der Parallelklasse hat abblitzen lassen, hast du dich kommentarlos zu mir gesetzt und mich flennen lassen.« Er legt sich seine Krawatte um den Hals und bindet sie fest. »Wir waren sechzehn, Merc. Du hättest mich problemlos auslachen können.«

»Wie hätte ich lachen können, wenn du ihren Namen gehaucht hast wie ein Sterbender?«, frage ich schmunzelnd, als wir uns dem Ausgang nähern. »*Melina, o Melina!*«

»Vermutlich hat mich ihre Zahnspange schwach werden lassen. Weder Esra noch ich haben eine gebraucht, aber irgendwie dachte ich, dass das zu einer vollständigen Jugend dazugehört.«

Ich lache.

Auch wenn ich mich alles andere als gern an diesen Winter erinnere, hat mich die aufkommende Freundschaft zu Elio über Wasser gehalten. Zu diesem Zeitpunkt wusste er noch nicht, was ich getan hatte, sondern nur, dass sein Vater mir half, doch er ist mir vom ersten Moment an mit so viel aufrichtiger Freundlichkeit entgegengetreten, dass ich mit den Monaten wirklich glaubte, dass mir nach all dem Schlechten etwas Gutes passiert war.

Elio zieht die schwere Tür auf und bedeutet mir mit einer Geste hindurchzugehen.

Wir umschiffen zwar das Thema wie einen Eisberg, aber ich frage mich regelmäßig, ob und wann es für meinen besten Freund eine neue *Melina* gibt. Doch wenn ich mich bei ihm nach Dates oder

Bekanntschaften erkundige, blockt er stets ab und gibt vor, für so etwas keine Zeit zu haben. Ich glaube aber, es besser zu wissen.

Elio hat noch größere Angst als ich, sich auf jemanden einzulassen. Denn seine Zwillingsschwester sterben zu sehen, macht es ihm unmöglich, sein Herz für jemand Neues zu öffnen, die er eventuell ebenfalls verlieren könnte.

Als wir das Sportzentrum hinter uns lassen, stößt er mit seiner Schulter federleicht gegen meine. »Bereit für das Schwarze-Romantik-Seminar bei O? Du kannst dir nicht vorstellen, wie dankbar ich darüber bin, im Parallelkurs zu sein.«

»Doch«, erwidere ich, »das kann ich mir vor…«

Meine Schritte verlangsamen sich, dann bleibe ich stehen. Elio hält wenige Meter vor mir inne und sieht mich fragend über die Schulter an. »Was ist?«

Am Ende des Gangs stehen Melchior und Brian. Wie sie sich grölend unterhalten und gegenseitig gegen die Wand stoßen, wirken sie wieder völlig gesund. Lediglich die roten Armbänder um ihre Handgelenke deuten noch auf ihren Aufenthalt auf der Krankenstation hin.

Elio folgt meinem Starren. »Na sieh mal einer an«, sagt er. »Die zwei Schwanenjäger.«

Wenn sie sich ihre Psychosen erklären können, wenn sie auch nur den Verdacht hegen, dass Nemesis dafür verantwortlich ist, könnte sie in großer Gefahr schweben. Ich muss sie warnen.

Zögerlich setze ich mich wieder in Bewegung und schließe zu Elio auf. Doch als wir an Melchior und Brian vorbeigehen und um die Ecke biegen, wird meine Sorge um Nemesis von dem Abbild der roten Armbänder verdrängt, die beide tragen.

Denn ich habe sie schon einmal gesehen.

An den Handgelenken der fünf Studierenden, die meinetwegen an Amnesie leiden.

In der Nacht, in der ich mit meinem Nexus experimentiert habe, sind sie unglückliche Zeugen meiner Tat geworden, weshalb Jupiter sie gezwungen hat, lethisches Wasser zu trinken und dadurch einen vollständigen Gedächtnisverlust zu erleiden. Seit dieser Nacht vor vier Jahren befinden sich die fünf auf der Krankenstation.

An meinen Händen klebt nicht nur Blut, sondern so viel Leid.

Elio scheint meinen Stimmungswechsel zu spüren, denn er sieht mich von der Seite an und fragt: »Alles okay?«

Doch ich nicke nur mechanisch.

In ebendieser Nacht, kurz bevor mein Nexus explodiert ist, habe ich in meinem Traum eine körperlose männliche Stimme gehört. Sie hat mich zu sich gerufen, hat sich mir als *Sandmann* vorgestellt, als Sagengestalt, die es überhaupt nicht gibt. Sie hat mir Versprechen gegeben, die nichts als Lügen waren. Nicht einmal Jupiter weiß davon, ich schäme mich viel zu sehr für die Halluzination. Nur Elio weiß von der Stimme, doch was nicht einmal mein Freund weiß, ist, dass ich mir manchmal einbilde, sie wieder zu hören.

29

Nemesis

Jupiter Sterlings Lippen sind zu einem freundlichen Lächeln verzogen. »Nemesis«, sagt sie beschwingt, und mir fällt sofort auf, dass ich nicht mehr *Miss von Winther* bin, sondern dass sie mich duzt.

Das war's.

Die Erkenntnis versetzt mich nicht in Panik, ich verspüre auch keinen Sturm der Reue, aber ein wenig Bedauern. Einen Tag vor den Feierlichkeiten zur Wintersonnenwende war's das für mich. Einen verdammten Tag davor werde ich mindestens mit dem Rauswurf aus der ADA bezahlen müssen, wenn nicht mit deutlich härteren Konsequenzen, schließlich bin ich nicht in irgendwelche Räumlichkeiten der Direktorin eingebrochen, sondern in ihre Erinnerungen.

Einen Moment lang habe ich mich der Illusion hingegeben, dass sie nicht meinetwegen vor unserem Kursraum gewartet hat, doch dann ist ihre Aufmerksamkeit so treffsicher wie ein scharf geschossener Pfeil auf mich gefallen. Nicht nur ihre Augen richten sich auf mich, ihre gesamte Körperhaltung und Mimik lassen mich in dem Irrglauben, Jupiter Sterlings kostbare Zeit wert zu sein. Das muss ich ihr lassen. Sie kann einem wie keine Zweite das Gefühl geben, gesehen zu werden.

»Es freut mich sehr, dich hier anzutreffen«, fährt sie fort, als wäre unsere Begegnung mehr Zufall als Kalkül.

Die Studierenden recken neugierig die Köpfe nach uns. Ich frage mich, ob die Direktorin gleich hier, gleich jetzt ein Exempel an mir statuieren wird, um die anderen eindrücklich davor zu warnen, was mit ihnen geschieht, sollten sie den Übermut besitzen, sich mit ihr anzulegen. Doch das Gegenteil ist der Fall. Jupiter strahlt mich an, ihre Augen von fröhlichen Falten geziert. »Würdest du mich ein Stück begleiten? Wir haben uns lange nicht gesprochen.«

Ich verziehe das Gesicht. Was soll dieses Theater? Das plötzliche Duzen? Warum tut sie so, als wäre sie an meinem Wohlergehen interessiert, wenn ich doch die letzten Wochen daran gearbeitet habe, ihrem zu schaden? Doch ich fasse den Gurt meiner Ledertasche fester und nicke. »Klar.«

Sie macht eine elegante Handbewegung, die mir den Vortritt lässt. So gehen wir den Gang hinab; Jupiter Sterling so dicht hinter mir zu spüren, lässt meine Kopfhaut unangenehm kribbeln. Ich höre ihre selbstsicheren Schritte, nehme immer wieder einen Hauch ihres klaren Dufts wahr, die Direktorin riecht sehr sauber, fast so steril wie ihre Gedächtnisbibliothek, und ich habe das Bedürfnis, schneller zu gehen. Erst als sich die Menge der Studierenden auf der breiten Treppe verläuft, tritt Sterling neben mich.

»Wie geht es dir?«, fragt sie, während sie in ihren schwarzen Stilettos den golden gesprenkelten Marmor hinabschreitet, als wäre der Stein nicht aalglatt.

Ist es ihre Taktik, mich in Sicherheit zu wiegen, um dann umso härter zuzuschlagen? Oder verkauft sie mich für dumm, indem sie denkt, ich ahne nichts? Wenn auch nur die minimale Chance besteht, dass sie meinen Einbruch in ihre Erinnerungen noch nicht bemerkt hat, wäre es wahrlich blamabel, mich selbst auffliegen zu lassen.

»Gut, danke«, antworte ich und zwinge mich zu fragen: »Und Ihnen?«

»Bestens.« Sie strahlt mich an wie die Sonne, die im finnischen Winter so dringend gebraucht wird. Mein Blick springt zu ihrem linken Arm. Sie trägt einen cremefarbenen Blazer, dessen Ärmel am Handgelenk nur ein Perlenarmband offenbart, nicht ihre Narben. *Die mich nichts angehen,* rüge ich mich innerlich und blicke auf die Treppe vor uns. Doch Stufe für Stufe drängt sich mir mehr die Erinnerung auf, wie Jupiter als Studentin von ihrem Professor vergewaltigt wurde.

Das Einzige, was eine Frau braucht, ist eine enge Fotze.

Ich bin mir sicher, dass es Jupiter Sterling bestens geht. Ihr Leben lang ging es ihr vermutlich *bestens.*

Sie steuert den Hauptausgang an, und ich folge ihr, immer noch ahnungslos, wohin mich diese Situation führt. Als wir in den frühen Abend hinaustreten, schlingt sie ihren dünnen Blazer enger um die Schultern, während ich meinen Mantel zubinde. Ihre Absätze hinterlassen kleine Kreise auf der Schneeschicht. Während wir über das Gelände gehen, das Schweigen zwischen uns kälter als die Temperatur, muss ich mir dennoch eingestehen, dass mir etwas Fundamentales weggenommen werden würde, sollte ich von der Akademie suspendiert werden. In den letzten Wochen habe ich mich trotz des Schmerzes, trotz der Wut und all meiner negativen Gefühle so frei gefühlt wie nie zuvor. Zeit meines Lebens habe ich nicht ganz gewusst, wie flach ich in Gegenwart meiner Eltern atme, doch jetzt, während ich ihre Abwesenheit Tag für Tag mehr begreife, ist es, als würden meine Lungenflügel an Spannweite gewinnen.

Als wäre sie in meine Gedanken eingedrungen wie ich in ihre Erinnerungen, sagt Jupiter: »Es freut mich, dass du dich hier wohlfühlst. Es ist mir ein persönliches Anliegen, dass die Studierenden diesen Ort nicht nur als Ausbildungsstätte, sondern als ihr Zuhause wahrnehmen.«

Lügnerin. Lügnerin, Lügnerin, Lügnerin. Denn wenn es so wäre, würde sie es nicht zulassen, ja geradezu fördern, dass Studierende Drogen konsumieren, um ihre Leistung zu steigern. Doch ich nicke bloß und sehe in den Dezemberhimmel, der heute so trügerisch sommerblau scheint. Schnee fällt fein und seicht, beinah unsichtbar, würde er nicht unsere Haare benässen.

»Ich glaube, dass dein Vater die *Academy of Dream Analysis* ebenfalls als sein Zuhause verstand.« Jupiters Ton ist unverfänglich, als würden wir weiterhin belanglosen Small Talk führen und nicht schlagartig über meine Eltern sprechen. »Er liebt die Architektur, besonders das *Sigismund Schlomo Theatre* versetzt ihn immer wieder in Staunen. Aber wer könnte es ihm verübeln?«

Sie weiß genau, was sie macht. Sie weiß genau, wie harmlos zuckrig sie klingt, während ich nur Bitterkeit schmecke. Ich hasse mich dafür, sehenden Auges in ihre Falle zu tappen, doch ich kann nicht widerstehen.

»Kannten Sie meine Eltern gut?«

»Definiere gut, Nemesis.« Obwohl sie bei den Minusgraden frösteln müsste, zittert sie nicht ansatzweise. Weder ihre Schultern beben, noch klappern ihre Zähne. »Sie haben mit meiner älteren Schwester studiert, Neptune Sterling, falls dir ihr Name etwas sagt.«

Falls dir ihr Name etwas sagt – ich könnte vor Wut die Fäuste ballen. Natürlich sagt mir ihr Name etwas, und das weiß Jupiter genau. Sie will mich vielmehr durch ihre gekünstelte Bescheidenheit manipulieren, will ein Bild der Sterling-Frauen in mir erzeugen, das sie als durchschnittlich erfolgreich, aber ebenso durchschnittlich relevant darstellt. Dabei sind sie die mit Abstand mächtigsten Frauen in der Geschichte der ADA. Vor Neptune Sterling hat es noch nicht einmal eine Frau in führender Position gegeben, geschweige denn eine Direktorin.

»Schon mal gehört, ja.« Sofort beiße ich mir auf die Zungenspitze. Verdammt. Ich hätte diplomatischer antworten sollen, sicherlich durchschaut Jupiter mich. Aber ihr perfides Schauspiel macht mich rasend.

»Deine Mutter hatte es sehr schwer an der ADA. Als Tochter der von Winthers wurde sie nicht nur wie eine Aussätzige behandelt, sie wurde regelrecht attackiert.«

Ich weiche ihrem Seitenblick aus. Weiß sie von Melchiors und Brians Versuch, mich im See zu ertränken? Natürlich weiß sie von den Psychosen, die beide durchleiden, aber wenn Mercy ihr nichts erzählt hat, würde sie mich jetzt nicht so ansehen, als würde sie zwischen meinen Zeilen lesen wie in einem offenen Buch.

»Aber Augusta hat sich nicht unterkriegen lassen. Das war laut meiner Schwester überhaupt nicht ihre Art. Wenn deine Mutter angegriffen wurde, hat sie zuverlässig dafür gesorgt, mit doppelter Härte zurückzuschlagen.«

Das sieht ihr ähnlich. Hart zu sein, *stark* zu sein, ist für sie die wichtigste Eigenschaft eines Menschen. Sie verachtet jene, die sie als gefühlsduselig bezeichnet, wie meinen Vater.

»Neptune hat sie auch als clever beschrieben, schließlich warf sie sofort ein Auge auf deinen Vater, der ebenso aus einer schlafwandelnden Familie kommt. Du musst wissen, dass die Akademie deinen Eltern zu dieser Zeit nur gestattete zu studieren, weil sie explizit keine schlafwandlerischen Fähigkeiten besaßen.«

Der zarte Schnee wirbelt um uns herum, als wollte er uns zum Tanz auffordern. »Warum erzählen Sie mir das? Ich kenne die Geschichte meiner Familie.«

»Kennst du *die* Geschichte … oder Geschichten?«

Ihr manipulatives Spiel ist reine Provokation, denn ich kenne die Dynamik meiner Eltern. Es hört sich an wie eine märchenhafte Liebesgeschichte: Die aus einer deutschen verarmten Familie stammende Augusta von Winther trifft an der Akademie der Träume den schüchternen Franzosen Edouard Morel. Sie mit dem nachtblauen Haar, der schnellen Zunge, die auf jede Frage eine Antwort weiß, völlig angstfrei und so willensstark, dass der Boden unter ihren Füßen zu beben scheint. Er mit den ruhigen Händen und dem noch ruhigeren Blick, der nie spricht, es sei denn, er wird namentlich dazu aufgefordert, der alles, was er benutzt, direkt hinter sich aufräumt, als wäre er nie da gewesen, der seine Kleidung akkurat faltet, um möglichst wenig Platz einzunehmen. Was für ein Paar! Doch ich glaube, dass es der größte Fehler meines Vaters war, sich in meine Mutter zu verlieben. Ich weiß, dass er ihr von der ersten Sekunde an verfallen ist, sie jedoch nur seiner schlafwandlerischen Abstammung. Das Schlimmste ist jedoch, dass sie ihm sein zartes Herz genommen hat, und er es sich hat nehmen lassen. Er hat nie widersprochen – nicht ein Mal –, hat zwar nicht zu-, aber durchaus wegschauen können, hat sich noch kleiner gemacht, noch weniger Raum beansprucht, hat sich nie für sich eingesetzt … oder für mich.

Nichts davon spreche ich laut aus, weil ich mir wie eine Deserteurin im Kampf um unser Familienansehen vorkommen würde, doch Jupiter Sterlings Blick … Sie sieht mich beinah mütterlich an, beinah therapeutisch, voller Mitgefühl und Verständnis. Und für einen Moment richtet sich meine Wut nicht gegen sie, sondern gegen Mercy. Dass er seine Mütter verloren hat, ist ebenso furchtbar wie der Verlust meines Bruders. Aber Mercy hat Jupiter, er hat seine verdammte Tante, die ihn sicherlich schon Tausende Male liebevoll angesehen und ihm zugehört hat, die seinen Verlust zwar nicht ersetzen kann, aber ihm beweist, dass ihn die Liebe noch sieht, während sie mich schon lange keines Blickes mehr würdigt.

»Dein Bruder …«

Nun kommt mir doch ein ungehaltenes Schnauben über die Lippen. »Wollen Sie auch noch von Neiro anfangen?«

»Ich fürchte, dass ich auch noch von Neiro anfangen muss, ja. Wie viel weißt du über seine Drogensucht?«

»Er war nicht süchtig«, schnappe ich. »Er hat gelegentlich leistungsfördernde Substanzen konsumiert, aber er war kein … kein Junkie.« Alles in mir sträubt sich dagegen, Neiro so zu sehen. Sucht ist schwach, Sucht ist schmutzig, Sucht ist *nicht* mein Bruder.

Ich ertrage Jupiters Bedauern keine Sekunde länger. Ihr Blick liegt so sanft auf mir, als wäre ich zerbrechlich, und ihre Stimme klingt nach einer Umarmung, als sie sagt: »Oh, Nemesis.«

Der Abend schlittert so schnell in die Nacht hinein, dass das Blau mit jeder Minute dunkler wird. Hier ist immer Nacht. In mir ist immer Nacht.

»Ich … ich möchte …«

»Was möchtest du?«

Jedes Wort, das von ihren pastellrosa Lippen perlt, ist eine Verführung, jedes Wort lässt mich daran glauben, dass sie wirklich daran interessiert ist, was ich möchte. »Auf dein Zimmer? Oder die Wahrheit über Neiro erfahren?«

Die Wahrheit, die Wahrheit. Und wenn ich sie nicht wissen will? Wenn mir meine Lügen reichen, weil sie mein Fundament bilden? Wenn ich Mercys Wahrheit nie hatte hören wollen, weil ich mir jetzt nicht mehr vormachen kann, die Gebrochenere von uns beiden zu sein?

Jupiter geht einen Schritt und winkt mich behutsam zu sich. Wie fremdgesteuert folgen ihr meine Beine. Wir gehen um die Front des Hauptgebäudes herum und steuern auf einen Eingang zu, den ich noch nie bewusst wahrgenommen habe.

»Neiro hatte ein großes Morphium-Problem. Versteh mich nicht falsch, ich gebe nicht ihm die Schuld, es war und ist immer noch gängig unter Traumstudierenden, diese Substanz zu konsumieren, um ihre Leistungen zu steigern.«

Gestochen scharf sehe ich vor meinem inneren Auge, wie sie die Nadel in Neiros Armbeuge setzt und ihm den goldenen Schuss verpasst. Während des gesamten Aufenthalts im Schlaflabor schien ihr Umgang miteinander mindestens kollegial, wenn nicht sogar vertraut. Doch Jupiter Sterling missbrauchte das Vertrauen meines Bruders zutiefst.

Die Direktorin schließt eine runde Holztür auf, die so niedrig ist, dass wir beide den Kopf einziehen müssen, um einzutreten. Modrig riechende Feuchtigkeit wallt uns entgegen, als wir eine schmale Steintreppe hinabgehen. Der Gang ist so eng, dass ich bei jedem Schritt unweigerlich gegen Jupiter stoße. Am Ende der Treppe ist eine Fackel in die Erde getrieben, deren Schein unseren Weg nur dürftig erhellt.

Ich will gerade fragen, wohin wir gehen, als sie sagt: »Deine Mutter hat Neiro zu den Drogen gebracht.«

»Wie bitte?«

»Das scheinst du nicht gewusst zu haben.« Ihre Stimme wird leiser, als würde sie sie der Umgebung und Thematik anpassen. »Augusta war diejenige, die Neiro dazu aufforderte, Schlafmohn zu konsumieren, um häufiger und länger zu träumen. Sie war diejenige, die seine Einwände ignorierte und ihn schließlich dazu zwang, es zu tun.«

Ich möchte erneut *Wie bitte?* fragen, als würde ich nicht verstehen, was Jupiter sagt. Aber ich verstehe es genau. Und leider habe ich an dem Wahrheitsgehalt ihrer Aussage wenig Zweifel. Ist meine Mutter eine Person, die ihren eigenen Sohn an die Drogen verkauft, nur um mehr persönlichen Profit rauszuschlagen? Ich möchte es abstreiten, kann aber nicht. Umso stärker sticht mein Herz bei dem Gedanken, wie viel ich Neiro bedeutet haben muss, um mich davor zu schützen. Er wusste, was auf mich zukäme, wenn Mama erfahren würde, dass ich ebenso schlafwandele wie er. Wäre ich heute das, was Mercy so taktvoll als »Junkie« bezeichnet hat? Hätte zuerst meine Mutter, dann ich mich selbst an den Sandmann verscherbelt?

»Sie sah, was die Drogen mit ihm machten. Jeder und jede konnte es sehen, wenn er oder sie die Augen nicht verschlossen hätte.«

»Und dann ist er an einer Überdosis gestorben, die …«, ich verschlucke den letzten Halbsatz, blicke stattdessen über die Schulter zur runden Holztür hinauf.

Abgelenkt von der *Wahrheit* über meinen Bruder bin ich Jupiter fast tranceartig gefolgt. Unter welchem Vorwand könnte ich jetzt noch kehrtmachen? Ich glaube kaum, dass mich die Direktorin in diesen Keller lockt, um mich ebenso umzubringen wie Neiro, andererseits fühle ich mich in ihrer Gegenwart alles andere als wohl und sicher. Wenn ich ihr jedoch folge, könnte ich ähnlich wertvolle Informationen wie die von der Sternenmagie im Wandschrank erhalten.

Als wir den Treppenabsatz erreichen und einen kurzen, ebenso schmalen Gang hinabgehen, siegt meine Wissbegierde über mein Misstrauen. Wassertropfen lösen sich von der steinernen Decke und fallen in den Kragen meines Mantels. Ich schlage ihn um, als wir um die Ecke biegen und sich vor uns ein riesiger Raum eröffnet. Deckenhohe Regale mit Büchern, getrockneten Pflanzen und Kerzen, ein riesiger Globus, mehrere Liegen, wie ich sie aus den Erinnerungen an das Schlaflabor kenne, ein in die Ecke gedrängter Sekretär, technische Gerätschaften, die aussehen, als wären sie aus dem letzten Jahrhundert – dieser Raum ist ein heilloses Chaos und trägt eindeutig Jupiters Handschrift. Doch die meiste Aufmerksamkeit erweckt ein gläsernes Gefäß, in dem eine Materie wabert, die ich noch nie gesehen habe.

»Was ist das?«, frage ich und deute auf den geisterblauen Schimmer, der eine netzartige Struktur aufweist.

»Wir versuchen, den Nexus nachzubilden, doch bislang laufen

unsere Versuche ins Leere.« Jupiter tritt so dicht neben mich, dass sich unsere Schultern streifen. Sie geht leicht in die Knie und deutet mit dem Zeigefinger auf das Gefäß. »Wenn du genau hinsiehst, kannst du einzelne Fäden ausmachen. Doch anders als beim Nexus, der uns erlaubt, von unseren Träumen in die Realität zu gelangen, hat unser bisheriges Forschungsmaterial die gegenteilige Eigenschaft. Luzide Träumende auf höchstem Niveau haben unsere Nachbildung mit in ihre Träume genommen, um zu testen, ob es sich zum Durchschreiten der Welten eignet, aber das ist bisher nicht der Fall. Statt permeabel, also durchlässig zu sein wie der Nexus, scheint das Material eher einschließend.«

»Wie eine Art Kleber?«

»So könnte man es nennen, ja.« Jupiter richtet sich zu voller Größe auf, und während ich nach wie vor diesen weiß-blau leuchtenden Schimmer anstarre, geht sie tiefer in den Raum. »Komm mit«, fordert sie mich auf, und ich reiße mich los, folge ihr bei ihrem Slalom um Gerätschaften, Liegen und Regale, umrunde den Globus in Kleinwagengröße, bis ein Plätschern an meine Ohren dringt. Wir drängen uns zwischen deckenhohen Bücherregalen hindurch, aus denen so viel Staub aufwirbelt, dass kurz meine Sicht verklärt wird, doch als der Staub sich lichtet, traue ich meinen Augen nicht.

Im orangeroten Fackelschein, zwischen Schatten und Flammen, stehen auf verrosteten Füßen zwei hohe Kessel. An einem der Kessel steht Professor O, seine tätowierte Erscheinung wirkt in dieser Szenerie noch unheimlicher. Aus einer Kanne schüttet er eine klare Flüssigkeit in den Kessel. Doch neben dem anderen Kessel steht ein Stuhl. Auf dem sitzt Mercy, dessen Hände hinter seinem Rücken gefesselt und dessen Fußgelenke an die Stuhlbeine gebunden sind.

Die Angst, die mich packt, verhöhnt mich gleichzeitig. Es ist *doch* Neiros Mörderin, der ich so neugierig und naiv gefolgt bin.

»Ich bedaure die unschicklichen Umstände«, sagt O in dem für ihn so typisch gefühllosen Ton, während er die Kanne auf dem Boden abstellt und zu Mercy hinübersieht. »Aber dein Neffe hat sich nicht gerade kooperativ gezeigt, Jupiter.«

»Was soll der Scheiß?« Mercys Kieferpartie ist zum Bersten gespannt.

»Muss das wirklich sein?«, fragt Jupiter mit Blick auf ihren Neffen, doch der Professor zuckt nur mit den Schultern.

Ich überlege keine Millisekunde länger, ich drehe mich um und haste los. Doch ich habe mich noch nicht einmal zwischen den Bücherregalen hindurchgezwängt, als ich von großen Händen zurückgerissen werde.

»Miss von Winther«, höre ich O. »Gehen Sie mit gutem Beispiel voran und lassen Sie das Gezeter.« Sein Griff um meinen Oberarm ist schraubstockartig, als er heftig an mir zieht, sodass ich widerwillig zurückstolpere.

»Lassen Sie mich los«, rufe ich, die Stimme hoch vor Panik, doch O ist erbarmungslos.

»Wenn Sie mir glaubhaft versichern, dass Sie nicht flüchten, gern«, erwidert er in einer Abgebrühtheit, dass ich mich frage, was der Professor außerhalb seiner fragwürdigen Kunstseminare noch tut.

»Bitte.« Jupiters Blick geht zwischen mir und Mercy hin und her. »Benehmt euch.«

»Wir sollen uns … benehmen?« Mercys Augen treten ihm jeden Moment vor Fassungslosigkeit aus den Höhlen. »Uns be-nehmen?«

»Das, was gleich passiert, ist wahrlich nicht schön, aber es ist nötig.« Noch immer schwenken die Augen der Direktorin von Mercy zu mir und zurück.

Ich möchte ihr ins Gesicht spucken. Und dann das Gleiche bei mir selbst tun. Denn ich habe mich von ihr täuschen lassen, habe mich in dieses Gespräch über meine Familie verwickeln und mich von meinem Schmerz ablenken lassen, habe zugelassen, dass ihr Mitgefühl mein Herz aufweicht. Mein Herz verseucht. Und jetzt bin ich hier, irgendwo tief unter der Akademie, dort, wo niemand meine Schreie hört.

Mercy versucht, den wandernden Blick seiner Tante aufzufangen, doch sie gibt ihm keine Gelegenheit.

»Oros«, sagt sie, während sie so tut, als würde sie mir in die Augen schauen, doch stattdessen fixiert sie meinen Nasenrücken. »Fangen wir an.«

Professor O stößt mich vor in Richtung des linken Kessels. »Bei allem Verständnis, aber ich glaube nicht, dass wir beide unter Kontrolle bringen. Es sei denn, du willst selbst Hand anlegen.«

Uns beide unter Kontrolle bringen … Meine nervenaufreibende Angst erfüllt jeden Zentimeter meines Körpers. Noch einmal versuche ich, mich mit aller Kraft aus Os Griff zu lösen, ich ziehe und zerre, doch obwohl er angestrengt atmet, bleibe ich dicht an ihn gepresst.

Jupiter seufzt, doch dann pfeift sie kurz und schrill zwischen den Zähnen. Ich sehe Mercy an, kann und will weder meine Panik noch meinen Vorwurf verbergen, er starrt zurück in einer Mischung aus Entsetzen und dem kläglichen Versuch, mich zu beruhigen.

Als sich zwischen den Regalen vier Männer in schwarzer Uniform durchdrängen, einer größer und muskulöser als der andere, zerrt Mercy so stark an seinen Fesseln, dass der Stuhl kippt.

»Bitte, Liebling, verletz dich nicht«, sagt Jupiter, doch sie kann ihren *ach so geliebten* Neffen nicht ansehen. Stattdessen ist sie so feige und lässt zwei der vier Männer an Mercy herantreten, seine Fesseln lösen und ihn harsch auf die Füße ziehen. Mercy wehrt sich, doch es ist aussichtslos; zwischen ihnen fixiert, zerren sie ihn vor den rechten Kessel.

Auch mich packen Hände an den Oberarmen und tragen mich so mühelos vorwärts, als würde ich mich nicht mit meinem gesamten Gewicht dagegenlehnen.

»Bitte«, wiederholt Jupiter sanft wie die Morgenröte. »Lasst uns gemeinsam dafür sorgen, dass der Schaden so minimal wie möglich wird.«

»WAS ZUR HÖLLE?«, schreit Mercy. »Was tust du hier, Jupiter, was tust du?«

Doch seine Tante ignoriert ihn. »Oros, würdest du diese Sache mit dem Blut machen? Du weißt, dass mein Kreislauf den Anblick nicht sonderlich gut verträgt.«

Ein Ausdruck des Genusses springt über das Gesicht des Professors, ehe er seine Miene glättet. Dieses sadistische Arschloch. Es bereitet ihm Vergnügen, mit einem Messer an Mercy heranzutreten, abzuwarten, bis die Männer ihn so niedergerungen und zurechtgerückt haben, dass Mercy mit schmerzverzerrtem Gesicht die Hand ausstrecken muss. Er schneidet ihm in die vernarbte Handfläche. Sofort tritt dunkles Blut aus der frischen Wunde, das O mit einer Pipette auffängt.

Im Namen der Mondgöttin … Was passiert hier?

»Ihr seid krank, völlig krank«, zischt Mercy, doch er muss mit ansehen, wie der Professor an den Kessel vor mir tritt und sein Blut in die durchsichtige Flüssigkeit träufelt. Tropfen für Tropfen. Strudel für Strudel.

Als die Männer gewaltsam meinen Oberkörper vorbeugen und meine Arme schmerzhaft hinter meinem Rücken fixieren, schaltet mein Körper in den Überlebenskampf. Ich zerre, trete und werfe den Kopf zurück, das Adrenalin pumpt durch meine Venen, ich bin kurz davor zu flehen und zu betteln. Doch egal, wie verzweifelt ich zu entkommen versuche, ich werde gegen meinen Willen vornübergebeugt und mein Gesicht nähert sich der Oberfläche.

»Nicht einatmen«, weist mich O an, als würden wir uns in einer Unterrichtsstunde befinden. »Öffne weder den Mund noch die Augen. Du darfst auch kein Wasser durch die Nase aufnehmen, keinen Tropfen, sonst verlierst du dein Gedächtnis.«

Lethisches Wasser. Meine Gedanken blitzen durcheinander, doch keiner dringt zu mir durch, stattdessen höre ich Mercy.

»Nein, bitte.« Er bettelt tatsächlich. Sein Ton ist so flehend, dass er brutal durch mein Herz schneidet. »Bitte tut ihr nichts, bitte, bitte nicht.«

»Es tut mir so leid, mein Liebling.«

Mein Kopf wird gewaltvoll unter Wasser gedrückt. Ich presse Lippen und Augen so fest wie möglich zusammen und versuche mit aller Kraft, die alarmierende Panik niederzuringen, denn ich weiß, dass mir noch schneller die Luft ausgeht, je ängstlicher ich bin. Doch mir bleibt keine Zeit, um Selbstbeherrschung zu ringen, denn plötzlich ist mein Kopf von Bildern erfüllt, die nicht meine sind.

Augenblicklich erkenne ich sie wieder. Die Straße aus Mercys Albträumen. Ein silberner Wagen fährt die asphaltierte Straße entlang, über ihm die nie untergehende Mitternachtssonne. Auf der Rückbank schläft ein Junge, während zwei Frauen vorn das Radio leiser drehen und flüsternd mitsingen. Der Junge schreckt auf, fängt furchtbar an zu weinen, die Frau auf dem Beifahrersitz dreht sich zu ihm um und versucht, ihn zu beruhigen.

»Es war nur ein Traum«, wiederholt sie mantraartig. »Nur ein böser Traum.«

Der Junge mit demselben krähenschwarzen Haar wie die Frau nickt, blinzelt die runden Tränen weg und streckt seine kleine Hand nach der Frau aus, doch ehe er ihre erreicht, schlingert der

Wagen. Schlingert so stark, dass alle drei Insassen in ihren Gurten durchgeschüttelt werden. Schlingert so stark, dass der Junge in einer Tonlage schreit, die kein Herz jemals wieder schlafen lässt. Schlingert so stark, dass sich das Auto überschlägt, aufkommt und wieder überschlägt, bis es auf der verlassenen Straße zum Stehen kommt. Der Motorraum fängt Feuer, brennt wie die Mitternachtssonne, lässt die Luft schmutzig gelb wabern. Der Junge schafft es aus dem Wrack, blutüberströmt reißt er an der Beifahrertür, verbrennt seine zarte Haut, versucht, an der Frau mit dem schwarzen Haar zu zerren, wimmert wieder und wieder »Mummy, Mummy, Mummy«, doch seine Mummy regt sich nicht. Im glühenden Rostgelb läuft der Junge um den Wagen herum, reißt und verbrennt sich an der Fahrertür, rüttelt an der Frau mit dem silberblonden Haar, wieder »Mummy, Mummy, Mummy«, doch auch sie bleibt starr hinter dem Lenkrad, als würde sie jeden Augenblick weiterfahren.

Ich kann sehen, wie er bricht. Nicht sein Herz, sondern alles von ihm, der gesamte Junge. Vor dem lichterloh brennenden Wrack fällt er auf die Knie, robbt so nah heran, als wolle er sich am Feuer wärmen. Er hält sich die Ohren zu, weil es so still, so totenstill ist. Die Mitternachtssonne steht erbarmungslos am Himmel, geht nicht unter, während die Welt des Jungen untergeht.

An den Haaren wird mein Kopf nach oben gerissen, ich breche durch die Oberfläche, höre verzerrte Stimmen, schnappe nach Luft, schnappe, schnappe und werde wieder unter Wasser gedrückt.

Derselbe Junge, ein wenig älter, neben einer Frau, die der auf dem Fahrersitz zum Verwechseln ähnlich sieht, nur ist sie deutlich jünger. »Kannst du das noch mal erzählen mit dem Nixnux, Tante J?«, fragt er, während er einen Keks in einen Becher Milch taucht.

»Nexus«, verbessert die Frau. »Es heißt Nexus, mein Liebling. Ich mache dir eine Aufnahme, okay? Die kannst du so oft anhören, wie du möchtest, denn wenn ich mich noch einmal wiederhole, fault meine Zunge ab.«

Mein Kopf wird hochgerissen, meine Lunge ringt nach Luft, doch ich öffne erst gar nicht die Augen, denn in der nächsten Sekunde befinde ich mich wieder im lethischen Wasser.

»… für die meisten Studierenden ähnelt die Annäherung an den Nexus einer Nahtoderfahrung, vielleicht denkst du, dass man eine solche Erfahrung nur in einer lebensbedrohlichen Situation machen kann, doch beispielsweise auch eine Meditation kann Nahtoderlebnisse hervorrufen, jedenfalls ist das Durchschreiten des Nexus eine Transzendenzerfahrung, in der das Gefühl des luziden Träumens um ein Vielfaches gesteigert wird, die dissoziative Störung ist so stark, dass eine Depersonalisation hervorgerufen wird …«

Der Junge, nun im Teenageralter, geht vor einem Schreibtisch auf und ab. Die Tonbandaufnahme spielt eine weibliche blecherne Stimme ab, während die heruntergebrannten Kerzen auf dem Tisch nur noch blau glühen. Bücher über Bücher stapeln sich neben und zwischen den Wachsresten. Der Junge tippt sich gegen die Lippen. »Und wenn es funktioniert? Wenn ich mithilfe des Nexus in die Vergangenheit gelangen kann?«

Ich bin kurz davor, das Bewusstsein zu verlieren. Als mein Kopf an die Luft gezerrt wird, reagiert mein Körper zwar und flutet meine Lunge mit Sauerstoff, doch alles ist verschwommen, schwankend und milchig. Meine Gefühle, meine Wahrnehmung, meine körperliche Reaktion – es ist alles und nichts, zu viel und zu wenig. Längst habe ich aufgehört, mich zu wehren, ich lasse es einfach geschehen, lasse zu, dass sie meinen Oberkörper erneut zum Kessel beugen und meinen Kopf unter Wasser drücken.

Ich werde in Mercury Sterlings Schmerz ertränkt.

Die Akademie bei Nacht. Verlassene dunkle Flure, eine Stille wie ein Schwarzes Loch, verschlingend und mächtig, dann eine

Tür, die aus den Angeln gerissen wird. Zwei Höllenkreaturen dringen in den Flur, spindeldürre Glieder, deformierte Häupter, aus denen pechschwarzer Nebel dringt, ihre Augen nichts als glühende Abgründe. Sie bewegen sich gleitend, huschend, in einem grotesken Tanz, während sie ein liebliches Heulen von sich geben, ein Säuseln, das zu einer Art grausamem Schlaflied anschwillt. Der Junge erscheint im Türrahmen, seine Haare stehen ihm zu Berge, das Gesicht vor Entsetzen verzerrt, in seinem karierten Pyjama wirkt er so verdammt verloren. »Nein, nein«, stammelt er, während er barfuß auf den Flur läuft. »Nein, nein, bitte nicht«, wiederholt er, als er den Monstern nacheilt. »Was habe ich nur getan?«, fleht er zu einem Gott, den es für ihn noch nie gegeben hat.

Doch es ist das letzte Bild, das meinen Kopf endgültig zum Explodieren bringt. Während meine Lunge lodert, mein Bewusstsein schwankt und mein Herz rostet, sehe ich die Hinrichtung einer Frau. Wie bei einer Opfergabe liegt sie entblößt im Schnee, das dünne Schlafkleid zerfetzt, sodass ihre weiße Haut im Mondlicht schimmert. Ihr Brustkorb ist entzweit, Blut tränkt den Schnee wie Wein eine Tischdecke. Mit lechzenden Mäulern beugen sich die Bestien über sie, lecken das Leben aus ihr, in ihren Krallen das noch pumpende Herz.

Nicht nur mein Kopf wird in die Höhe gerissen, mein gesamter Körper wird zurückgezerrt und ich falle auf die Knie. Hektisch japse ich nach Luft, immer noch sicher, jeden Moment in Ohnmacht zu fallen. Erst als sich meine Atmung ein wenig stabilisiert hat, wage ich es, die Augen zu öffnen.

Professor O. Jupiter Sterling. Mercy.

Mercy, Mercy, Mercy. Seine silbergrauen Augen sehen mich an, als würde er das Gegenteil von Hass für mich empfinden.

»Nemesis«, stürzt mein Name über seine rissigen Lippen. »Bist du okay?«

Doch ich habe weder die Zeit noch die Kraft, ihm zu antworten, denn ich werde auf beide Beine gezogen und mein rechter Arm so weit nach vorn gebogen, dass O das Messer an meine Hand führen kann. Als ich stur versuche, die Finger zur Faust zu ballen, sagt er: »Seien Sie nicht albern. Sie wollen Mister Sterling doch nicht diese einmalige Erfahrung entgehen lassen.« Er biegt Finger für Finger auf, bis er in meine Handfläche schneiden und mein Blut auffangen kann.

Ich schreie. Nicht meinetwegen, nicht wegen meiner glühenden Lunge oder dem Schnitt, sondern weil ich nicht zulassen kann, dass Mercy leidet. Ich habe es versucht, ich habe an seiner Liege gesessen und ihn sich vor Schmerz krümmen lassen, doch letztendlich kann ich es nicht. Letztendlich bin ich zu schwach dafür.

»Nein«, keuche ich. »Jupiter, sieh mich an, bitte sieh mich an. Es ist okay, es mir anzutun, aber ihm nicht, bitte nicht.« Ich höre selbst, wie jämmerlich ich klinge. Wäre meine Mutter hier, würde sie mich ohrfeigen, bis mein Trommelfell reißt.

»Es tut mir doch so leid«, beteuert Jupiter, doch sie sieht mich weder an noch unterbindet sie, dass O mein Blut vor Mercy in den Kessel tropft, die zwei Männer ihn noch rigoroser fixieren und mit zwei Händen seinen Hinterkopf runterdrücken.

Ich sehe nicht Mercy, der unter Wasser gedrängt wird, ich sehe den kleinen Jungen, der vor den Flammen kauert, als würden seine Mütter jeden Moment wie Phönixe aus der Asche steigen.

30

Mercy

»Du darfst keinen Schluck trinken, hast du verstanden? Keinen einzigen.«

Das ist das Letzte, das ich höre, bevor ich untergetaucht werde. Das Wasser ist nicht klar und kalt, es ist purpurfarben und brodelnd, weil ich so verflucht wütend bin. Auf meine Tante, auf Professor O, auf diese lächerlichen Handlanger und auf mich. Weil ich Nemesis nicht helfen konnte, weil ich …

Plötzlich werden meine rasenden Gedanken von einer Erinnerung gesprengt, die nicht die meine ist.

Ein kleines Mädchen sitzt auf einem Küchenstuhl, hat die Hände unter die Oberschenkel geklemmt und wippt mit den Beinen, die den Boden nicht erreichen. Eine Frau kniet sich vor sie, rückt ihre Brille zurecht und greift das Mädchen bei den zarten Schultern. »Du kannst Mami nachts nicht in ihren Träumen besuchen? Bist du sicher?« Das Mädchen senkt den Blick und schüttelt den Kopf. »Bist du dir wirklich sicher, Lucy? Hast du dich genug angestrengt?«

Nun nickt das Mädchen eifrig, kann jedoch der Frau immer noch nicht ins Gesicht sehen. »Ich habe alles so gemacht, wie es Neiro gesagt hat, aber da ist nicht eure Schlafzimmertür.«

Die Frau wird hart und kalt wie Stahl. Mit der einen Hand packt sie das Mädchen fester an der Schulter, ihre Finger pressen sich so grob in das Fleisch, dass die Kleine zusammenzuckt, mit der anderen Hand holt sie aus und schlägt ihr so stark ins Gesicht, dass der Kopf zurückfällt. »Du bist eine Schande«, sagt die Frau und sieht das Mädchen voll Abscheu an. »Und wenn du jetzt anfängst zu weinen, gebe ich dir einen richtigen Grund für Tränen.«

Ich werde aus dem Wasser gerissen. Anstatt nach Luft zu ringen, keuche ich: »Was. Zur. Hölle?«, reiße die Augen auf und mein Blick flieht zu der einzigen Person, die mir ein Anker sein kann. Nemesis ist geisterblass, und ehe ich meinen Namen aus ihrem schönen Mund hören kann, werde ich wieder getränkt.

Das Mädchen ist gerade so groß, dass sie auf Zehenspitzen die Türklinke erreicht. Wieder und wieder drückt sie sie hinunter und schluchzt: »Bitte, Mami, lass mich raus.« Ihr kleiner Körper zittert hemmungslos. Der Raum ist bis auf eine Matratze leer. Plötzlich geht das Deckenlicht aus, sodass eine sternlose Finsternis aus den Ecken kriecht.

»Du musst träumen, Lucy«, dringt eine weibliche Stimme durch die Tür. »Du weißt, dass wir das nur tun, weil wir dein Bestes wollen. Mami liebt dich.«

Mein Kopf bricht durch die Wasseroberfläche, frischer Sauerstoff gelangt in meine Lunge, doch ich will zurück zu ihr. Jedes Bild, das ich sehe, jedes Wort, das ich höre, jede Emotion, die ich empfinde, prägt mir Nemesis unter die Haut, tätowiert sie in mein Herz.

Sie ist älter, ihre Beine baumeln nicht länger in der Luft, vielmehr stehen ihre reinweißen Ringelsöckchen auf dem teuren Parkettboden. Sie sitzt wieder auf einem Stuhl, wieder hat sie die Hände unter ihre Oberschenkel geklemmt. Die Frau trägt inzwischen eine andere Brille, aber immer noch ihren stählernen Ausdruck. »Edouard«, herrscht sie den Mann neben sich an. »Tu es!« Der Mann mit welligem hellbraunem Haar tut es nicht. »Du bist ein

Schwächling, Edouard. Du wirst sie nie schlagen können. Wahre Stärke ist, wenn man denjenigen wehtun kann, die man am meisten liebt, dann ist man wirklich in der Lage, sich im entscheidenden Moment alles abzuverlangen.«

Als ich diesmal an die Luft gezogen werde, macht es keinen Unterschied. Ich versinke dennoch in Nemesis.

Ein Acker. Es regnet so stark, dass das Mädchen und die Frau knöchelhoch im Schlamm versinken. »Ich werde Neiro rächen, Mama, ich werde es tun, bitte, hör auf zu weinen.« Unbeholfen tätschelt sie der Frau den Rücken. Ihre Mäntel sind durchnässt, die Haare tropfen, Wasser rinnt über ihre Gesichter.

»Nein, nein«, schluchzt die Frau, legt ihre Arme um das Mädchen und zieht sie an ihre Brust. »Ich weine vor Freude. Das sind Freudentränen, Nemesis, Freudentränen.« Zu ihren Füßen steckt ein kleines Kreuz aus Holz im Schlamm, die Buchstaben so grau wie der Regen: *Lucy von Winther.*

Obwohl ich mehr sehen will, obwohl ich bereit bin, meine Lunge bis zum Äußersten zu strapazieren, werde ich vom Kessel fortgerissen. Die Hände, die mich so eisern gefangen gehalten haben, lassen los, und ich sinke zu Boden. Rinnsale Wasser strömen über mein Gesicht, doch ich presse die Lippen so stark aufeinander, als würde mein Leben davon abhängen.

»Geht es dir gut?« Jupiter stürzt an meine Seite, fällt in ihrer sauberen beigefarbenen Hose sogar auf den dreckigen Boden, doch ich habe nur Augen für Nemesis. Mit beiden Händen wische ich mir über das Gesicht und rapple mich auf.

Nemesis sieht mich mit der finsteren Qual an, die wir soeben durchschritten haben. Ihr langes Haar klebt in Strähnen um ihr Gesicht, ihre Bluse ist durchnässt, und ihr Brustkorb hebt und senkt sich immer noch so schnell, als würde sie gegen die Panik anatmen.

Als ein Wimmern über ihre zitternden Lippen bricht, zerschellt etwas in mir. Wenige Schritte, dann bin ich bei ihr, sie fällt geradezu gegen mich, unsere Körper prallen hart aneinander. Sie schlingt ihre Arme um meinen Hals und möchte ihren Kopf in meiner Beuge vergraben, doch mit beiden Händen umfasse ich ihre Wangen. Meine Finger streichen nasse Strähnen aus ihrer Stirn, und meine Augen greifen nach ihrem fahrigen Blick. »Ich bin hier, okay? Halt dich an mir fest, halt dich einfach an mir fest.« Ich flüstere Wort für Wort, Wort für Wort, bis ihre aufgelöste Atmung und ihr gehetzter Blick ruhiger werden. Sie krallt ihre Finger in den Stoff meines Hemds und presst ihren Körper so eng an meinen, dass ich ihren Herzschlag spüre.

Wir halten uns aneinander fest, halten uns zusammen, halten uns, damit keiner endgültig zerfällt.

»Ich bin hier, okay? Ich bin bei dir.«

***

Jupiter räuspert sich. »Ihr könnt gehen«, weist sie die vier schwarz gekleideten Männer an. »Und du auch, Oros, vielen Dank.«

Ich trete aus der Umarmung, lasse Nemesis widerwillig los und wende mich meiner Tante zu. »Vielen Dank?«

So schnell, wie die Bastarde gekommen sind, verschwinden sie wieder, gefolgt von O, dessen klingende Gewänder noch zu hören sind, als er schon zwischen den Regalen hindurchgetreten ist.

»Vielen Dank?«

Es ist das erste Mal, seitdem Nemesis und ich zu diesem Horror gezwungen wurden, dass meine Tante mich ansehen kann. Ihr Blick ist zwar vorsichtig, aber er bittet nicht um Verzeihung. Stattdessen macht sie einen Schritt auf mich zu und streckt den Arm nach mir aus.

Ich hebe die Hand. »Wehe, du fasst mich an.«

Jupiter zuckt sofort zurück. Sie seufzt abgrundtief, als wäre sie diejenige, der Unrecht widerfahren ist, als wären Nemesis und ich zu einfältig, die Situation richtig zu verstehen.

»Wie konntest du? Wie konntest du uns …?« *… das antun?* Denn wenn nicht nur ich Nemesis' schmerzhafteste Prägungen gesehen habe, sondern sie auch meine, dann hat Jupiter uns völlig voreinander entblößt. Ich fühle mich, als wäre ich emotional zerrissen und zum Ausbluten liegen gelassen worden. Ein Seitenblick auf Nemesis sagt mir, dass es ihr ähnlich gehen muss.

»Ihr habt mir keine andere Wahl gelassen«, sagt meine Tante leise, doch ohne das geringste Bedauern. »Mercy, bitte, ich sehe doch, was zwischen euch passiert.«

»Ach ja?«, donnere ich. »Was passiert denn zwischen uns?«

Aber Jupiter antwortet nicht, sondern sieht mich an, wie sie mich die ganze letzte Woche angesehen hat: als wäre nicht ich derjenige, der Nemesis' Gefühle verwirrt hat, sondern Nemesis diejenige, die meine in Aufruhr bringt.

»Du hast vor ihr …« Sie presst die Lippen aufeinander.

Ich habe vor Nemesis zugegeben, ein Mörder zu sein. In der Nacht der letzten Gewächshausparty, auf Schlafmohn, mein Innerstes in Flammen durch Küsse, von denen ich nicht weiß, ob sie von Nemesis oder Lucy waren, habe ich es gestanden. Und offensichtlich hat meine Tante alles mit angehört, hat gehört, wie ich Nemesis eine Wahrheit anvertraut habe, die ich noch nie zuvor ausgesprochen habe, eine Wahrheit, die nur mir gehörte.

»Irgendwann werdet ihr verstehen, warum ich das tun musste.« Jupiter zupft an den Ärmeln ihres Blazers, dann geht sie. Nicht um Entschuldigung bittend, nicht von Reue beschwert, sondern in der Überzeugung, das Richtige getan zu haben.

Ich starre ihr nach, sekundenlang, bis ich brülle: »Du hörst dich an wie eine kryptische Gegenspielerin, deren Begründung am Ende nur halb so heroisch ist, wie sie denkt!«

Als ich mich zu Nemesis umdrehe, sind ihre Wangen gerötet. Vor Wut? Vor Scham? Jetzt, da das Adrenalin aus unseren Körpern gespült wird und sich unser Verstand langsam wieder klärt, brennt die plötzliche Intimität unangenehm auf meiner Haut.

»Bist du …?«

»Okay?«, beendet sie meine Frage. »Natürlich bin ich das. Genauso wie du. Wir sind immer okay.«

Ich fahre mir durch die noch nassen Haare. »Ich habe … Du hast … Fuck!« Voller Wucht trete ich gegen den Stuhl, dessen Holz splittert.

»Ganz genau«, pflichtet sie mir bei, während sie gegen einen der Kessel tritt, dessen massive Füße jedoch so fest im Boden verankert sind, dass er nicht einmal vibriert. »Ich habe und du hast und dann haben wir beide.« Erneut holt sie aus, ihr Rock schwingt, ihr Fuß trifft auf das Eisen, und diesmal höre ich das Wasser im Kessel schwappen. »Bisher habe ich angenommen, dass lethisches Wasser nur die Erinnerungen von Traumgeborenen schützt, nicht dass ich im Wachzustand in den Traumata eines Fremden ertrinken kann.«

»Soweit ich weiß, wurde das Wasser aus dem Fluss des Vergessens geschöpft, und offenbar kannst du im Wachzustand sehr wohl in den Traumata eines Fremden ertrinken, wenn der zuvor zur Blutprobe gezwungen wurde. Wobei es mich etwas verletzt, dass du mich als Fremden bezeichnest.«

Sie tritt ein letztes Mal gegen den Kessel, dann wirbelt sie herum. »Mein Fehler. Das war intimer als Sex, aber vielleicht sollten wir die Kennenlernphase ein wenig entschleunigen? Irgendwelche Allergien? Lieblingsfarbe? Hobbys?«

Es ist ein völlig absurder Gefühlsrausch, doch ich muss lachen. Nemesis stimmt mit ein.

»Nichts für ungut, aber dass du den Topfschnitt aus deiner Jugend losgeworden bist, macht heute circa neunzig Prozent deiner Attraktivität aus«, sagt sie.

»Ach? Während du immer noch Ringelsöckchen trägst, ja?«

»Hey«, protestiert sie prustend. »Die sind süß.« Um ihre Aussage zu unterstreichen, hebt sie ihren Rock an und präsentiert mir eine muschelweiße Socke mit geringeltem Saum, die aus ihrem schwarzen Ledermokassin herausragt.

»Ja«, bestätige ich, doch mir ist nicht mehr nach Lachen zumute. »Sehr süß.«

Nemesis hebt die Augen von ihrem Bein, und als sich unsere Blicke treffen, verflüchtigt sich auch jedes Amüsement aus ihrer Miene.

»Ich bin mir nicht sicher, ob ich über das, was ich gesehen habe, sprechen kann«, sagt ihr Mund so langsam, wie ihre Augen über mein Gesicht gehen. »Doch vielleicht«, sie stockt, schluckt, schweigt, »kann ich es in einer anderen Realität?«

Mein Blick wandert ebenso träge über sie. »Wie du weißt, sind meine Träume kein besonders schöner Ort.«

Sie schüttelt den Kopf, ihr feuchtes Haar schwingt. »Das sind sie nicht, aber …« Behutsam rollt sie den Ärmel ihrer Bluse hoch und zieht ein Armband von ihrem Handgelenk. Es sieht aus wie aus einem Stück Holz geschlagen, das von silbernen Fäden durchzogen ist. Nemesis presst es gegen ihre Lippen, schließt die Augen und spricht lautlose Worte, als wollte sie das Schmuckstück beschwören. Als sich ihre Lider öffnen, streckt sie es mir entgegen. »Aber das sollte dir dabei helfen, deine Träume zu kontrollieren. Es schützt vor negativen äußeren Einflüssen und stärkt deine Selbstbestimmung.«

31

Nemesis

Die asphaltierte Straße kommt aus der eisengrauen Leere und führt in die eisengraue Leere. Es riecht leicht verbrannt, der Himmel über uns glänzt wie Stahl, und ich habe das Gefühl, dass ich nicht auf festem Untergrund, sondern wie auf Watte gehe. Es gibt kein brennendes Autowrack, keine Leichen, keine Höllenkreaturen, die Jagd auf uns machen.

Das Adrenalin ist tiefer Erschöpfung gewichen, und dennoch spüre ich, wie mein Herz nervös schneller schlägt, als ich auf Mercy zugehe. Mit angewinkelten Beinen sitzt er auf der Straße und starrt ins flimmernd graue Nichts. Ich habe ihm Neiros Armband nicht gegeben, um ihn bloßzustellen oder vorzuführen, ich möchte ihm damit helfen. Aber ich verstehe, dass sich das Tragen wie ein Eingeständnis anfühlt. Denn kann Mercy nun noch behaupten, er hätte die Macht über seine Träume? Ist die friedliche Trostlosigkeit, in der wir uns befinden, nicht Beweis für seinen Kontrollverlust?

»Du … trägst es bei dir«, sage ich, als ich ihn erreiche.

In einer fließenden Bewegung richtet er sich auf. »Es scheint zu funktionieren.«

Obwohl ich mich Mercy nach dem Kessel emotional so verbunden fühle wie keinem anderen Menschen jemals zuvor, ist unser Vertrauen nicht natürlich gewachsen. Wir wurden dazu gezwungen, einander den eigenen Schmerz zu zeigen, wir haben ihn nicht freiwillig geteilt. Es ist übereilt; als hätten wir zu weite Distanzen in zu kurzer Zeit hinter uns gebracht, sodass ich mich furchtbar verletzlich fühle. Doch vielleicht ist das unsere Chance, etwas Echtes aus dem künstlich erschaffenen Anfang zu machen, weshalb ich frage: »Macht dir das Angst?«

Er blickt auf das Armband in seiner Hand hinab, verzieht minimal die Brauen, und ich sehe, wie er mit sich ringt, doch schließlich sagt er: »Ja. Es macht mir Angst.«

»Du kannst die Kontrolle wiedererlangen«, versichere ich. »Du bist ein luzider Träumer.«

Doch Mercy steckt nur das Armband in die Tasche seiner schwarzen Bundfaltenhose und bittet mich mit einer Geste an seine Seite. »Gehen wir ein Stück?«

Wir laufen die endlose zweispurige Straße entlang, kein Horizont in Sicht, nur wattierter Asphalt unter und ein wolfsgrauer Himmel über uns.

»Keine Lügen, keine Halbwahrheiten, kein Verschweigen«, sagt Mercy, der uns offensichtlich eine ähnliche Chance geben möchte wie ich. Der Kragen seines Hemds ragt aus seinem Seidenpullover und lässt das Tattoo an seinem Hals erahnen. In aufgewühlten Strähnen fällt sein Haar in die Stirn, er sieht nicht müde aus, sondern geradezu ausgezehrt.

Ich nicke. »Wusstest du von dem Vorhaben von O und Jupiter?«

»Ich hatte keine Ahnung. O hat vorgegeben, etwas bezüglich meines Kunstwerks für das Seminar besprechen zu wollen, er hätte den Eindruck, mir würde die künstlerische Auseinandersetzung mit meinem tiefsten Schmerz noch schwerer fallen als allen anderen. Jedenfalls dachte ich, er führt mich in sein Büro.«

»Und deine Tante?«

Er seufzt erschöpft. »Sie hat mein Vertrauen noch nie so sehr erschüttert. Ich bin nicht einmal wütend, auch nicht enttäuscht, ich bin verwirrt und irgendwie … zweifelnd.«

Müsste mich das nicht mit Befriedigung erfüllen? Dass Mercy endlich an Jupiter zweifelt, dass er erkennt, zu welchen Gräueltaten seine Tante imstande ist? Sie hat ihn gewaltsam gezwungen, seine eigenen Grenzen zu überschreiten, hat nicht aufgehört, als er sie darum gebeten hat, hat unerbittlich ihren Willen durchgesetzt. Doch es befriedigt mich nicht, ich fühle kein bisschen Genugtuung.

Mercys Schritte verlangsamen sich, und ich spüre seinen Blick auf mir. Er sieht mich anders an als zuvor, nicht zwei-, sondern dreidimensional, nicht länger, sondern tiefer. Wir kennen die bittersten Geheimnisse des jeweils anderen, das macht uns zu einer Art Komplizen.

»Was hast du gesehen?«, fragt Mercy widerwillig, als würde er die Antwort hören und gleichzeitig nicht hören wollen.

Die Augen auf meine Schuhspitzen gerichtet, sage ich: »Den Autounfall deiner Mütter, wie deine Tante dir erklärte, was der Nexus ist, dann … Ich glaube, ich habe gesehen, wie die Kreaturen aus deinen Albträumen in die Akademie eingedrungen sind und wie … sie gemordet haben.«

Mercy räuspert sich hölzern. »Du hast die Nacht des Infernos gesehen.«

»Die Nacht des Infernos?«

Er nickt, doch seine Miene ist gequält. »So hat es Henrique Barbosa genannt. Die Nacht, in der die Hölle über die ADA gekommen ist.«

Ein schauerliches Gefühl der Angst kriecht mir in die Glieder, doch ich schüttle es ab, denn meine Verwirrung ist größer. Wie kann es sein, dass ich diesen Begriff zum ersten Mal höre? Mit Sicherheit hätte mir meine Mutter davon erzählt, wenn so etwas Unvorstellbares unter Jupiter Sterlings Leitung passiert wäre.

Mercy liest meinen verstörten Gesichtsausdruck. »Du hast Fragen.«

»Tausende.«

Nebeneinander gehen wir die Straße weiter entlang. »Dann stell die erste.«

Ich versuche, das Chaos meiner Gedanken zu ordnen, eine möglichst logische Reihenfolge in dem zu finden, was unbegreiflich scheint. »Unmittelbar vor dem Unfall bist du auf dem Rücksitz aus einem Traum aufgeschreckt.« Das ist zwar keine Frage, aber Mercy versteht, worauf ich hinauswill.

»Das war mein zweiter Wahrtraum. In dem Moment wusste ich es natürlich nicht. Ich habe geträumt, dass sich unser Wagen überschlägt, schemenhafte Umrisse, Sekundenaufnahmen, doch mein träumendes Kinder-Ich wusste, dass etwas Schlimmes passiert. Als ich aufgewacht bin und meine Mutter Alba mich beruhigt hat, bin ich so erleichtert gewesen. Nur ein Traum, nur ein belangloser Albtraum, morgen vergessen.« Sein zynisches Lachen klingt eher wie ein trockenes Schluchzen. »Ich bin so erleichtert, so *verdammt erleichtert* gewesen. Bis der Wagen in der nächsten Sekunde tatsächlich geschlingert ist, sich überschlagen und Feuer gefangen hat.«

Sein zweiter Wahrtraum und gleichzeitig der furchtbarste Albtraum, den man sich vorstellen kann. Mein Herz verkrampft, als ich an den Jungen denke, der verzweifelt versucht, seine sterbenden Mütter aus dem brennenden Auto zu retten. Ich bleibe stehen und fasse vorsichtig nach Mercys Arm, greife absichtlich nicht nach seiner Hand, sondern nach dem Ärmel seines Pullovers. Ich spüre sein Stocken, doch dann gibt er nach und dreht sich zu mir. Meine Finger gleiten behutsam seinen Unterarm hinab, bis ich den Saum des Pullovers erreiche und mein Blick um Erlaubnis bittet. Mercy schluckt sichtbar, doch schließlich nickt er.

Als würde ich die fragilen Blätter einer Blüte berühren, öffnen meine Finger seine, sodass seine vernarbte Handfläche sichtbar wird. »Du hast versucht, sie aus dem Auto zu ziehen.«

Mercy nickt minimal und starrt auf seine verbrannte Haut hinab, als könne er mit seinen Händen immer noch über das Schicksal seiner Mütter entscheiden. »Ich habe es nicht geschafft. Ich habe es nicht geschafft, sie auch nur einen Zentimeter zu bewegen. Stattdessen stand ich da, so hilflos und schwach, und habe dabei zugesehen, wie sie von den Flammen verschlungen werden.« Seine Stimme selbst klingt ausgebrannt. »Das erwachsene Ich in meinen Albträumen schafft es zwar, sie aus dem Wagen zu holen, aber auch da sind sie tot. Ich knie zwischen ihren verkohlten Leichen und halte beide so fest an den Händen, dass meine Haut verwest. Ich verdiene das, Nemesis, ich verdiene jede Sekunde davon.«

»Nein«, widerspreche ich. »Das tust du nicht. Es war ein Unfall, und du warst ein Kind.«

Er entzieht mir seine Hand, legt beide wie zum Gebet aneinander und richtet sie gen Himmel. »Ich habe gebettelt, gebeten, gefleht: *Bitte, bitte, bitte Gnade*. Denn ist sie nicht die höchste Form der Nächstenliebe? Man hat nichts anzubieten, kann keinen Tausch oder Handel eingehen, hat nichts, gar nichts, wovon die andere Partei profitiert. Man bittet nur, mit leeren Händen und hoffendem Herzen.« Er lässt die Arme fallen, seine Mimik gezeichnet von Verzweiflung. »Aber der Tod hat mich nicht begnadigt, er hat mich verhöhnt. In den Stunden, in denen ich auf dem kochenden Asphalt kniete und dabei zusah, wie meine Mütter im Wrack verbrannten, hat mir der Tod ins Gesicht gelacht. Also habe ich ihn herausgefordert.«

»Du hast angefangen, mit dem Nexus zu experimentieren?«

Mercy nickt. »Nach dem Tod meiner Mutter Neptune hat Jupiter die Leitung der Akademie und meine Erziehung übernommen. Sie hat mir alles durchgehen lassen, jeden Wutanfall, in dem ich sie beschimpft habe, jeden Zusammenbruch, in dem ich mich schluchzend entschuldigt habe. Als ich mich zunehmend für das luzide Träumen interessierte, hat sie das als Zeichen der Besserung interpretiert. Doch ich habe das Wissen über uns Träumende nur aufgesogen, weil in mir eine Idee gekeimt ist. Wenn man mithilfe des Nexus die Realität betreten konnte, dann müsste es doch auch einen Weg geben, in bereits vergangene Realität zu gelangen.«

Meine Augenbrauen springen in Richtung Haaransatz. »Du wolltest durch den Nexus in die Vergangenheit reisen?«

»Genau. Mein jugendliches trauerndes Ich hat das für eine Möglichkeit gehalten, meine Mütter von dieser Autofahrt abzuhalten. Nacht für Nacht habe ich von dem Moment geträumt, *bevor* wir an diesem Junitag in den Wagen gestiegen sind, und habe gehofft, dass ich einen Nexus erzeugen und durch ihn in ebendiesen Moment zurückkehren kann.«

»Aber das … Aber das ist …«

»Völlig wahnsinnig? Das weiß ich inzwischen auch.« Mercy geht weiter, und ich folge ihm. »Denn natürlich ist es nicht möglich, mithilfe des Nexus in die Vergangenheit zu gelangen. Doch etwas anderes ist möglich geworden.« Er hält inne. Im Platin seines Traums wirkt er wie eine Bleistiftskizze.

»Ich habe bereits mehrere Jahre mit meinem Nexus experimentiert«, sagt er mit so viel Unheil in der Stimme, dass ich erschauere, »als eines Nachts meine Gebete erhört wurden. Das habe ich zumindest in dem Moment geglaubt, in dem ich ihn in meinen Träumen gehört habe.«

»*Ihn?*« Mit Mühe kann ich den Reflex unterdrücken, mich zu allen Seiten umzudrehen, doch ein warnendes Kribbeln rieselt meine Wirbelsäule entlang.

»Zuerst habe ich gedacht, er wäre der Tod. Ich habe geglaubt, ich hätte endlich lang genug gebettelt und gefleht, um ihn auf mich aufmerksam zu machen. Doch es war nicht der Tod, sondern dessen Bruder, der Sandmann.«

»Der Sandmann?« Mit meinen wiederholenden Fragen komme ich mir vor wie eine gesprungene Schallplatte, doch das, was Mercy sagt, ist zu ungeheuerlich. »Aber … den gibt es nicht. *Die Seele an den Sandmann zu verkaufen* ist doch nur eine Redewendung.«

Meinen Einwand übergehend, fährt er fort: »Mit meinen mittlerweile sechzehn Jahren bin ich nicht nur ausgesprochen gut darin gewesen, luzide zu träumen, ich konnte auch zuverlässig einen Nexus erschaffen. Das ist nicht verwunderlich, wenn man bedenkt, wie hartnäckig ich dafür gearbeitet habe. Doch in dieser Nacht habe ich zum ersten Mal die Kontrolle über meine Träume verloren. Statt in mein Elternhaus zu gelangen …«

Die schwarz-weiße Leere um uns wirbelt auf, als würde sie sich zu einem Sandsturm erheben. Schützend kreuze ich die Arme vor meinen Augen, doch im nächsten Moment klärt sich die Sicht. Wir befinden uns am Eingang einer Höhle, durch die ein Fluss fließt. Nebel steigt über dem Wasser auf. Dicht am Eingang wachsen Kräuter sowie Sträucher voll Lavendel und Baldrian, die von drei gesichtslosen Frauen gepflückt werden.

»Das sind die Göttinnen der Muße, Ruhe und Vergesslichkeit«, erklärt Mercy mit Blick auf die Frauen, die uns nicht bemerken.

»Wo sind wir?«, flüstere ich, während ich ihm tiefer in die Höhle folge. Ich habe noch nie so eine Dunkelheit gesehen, eine Dunkelheit, die immerwährend zu dämmern scheint und dennoch so tiefschwarz ist, als fürchtete sich der Gott des Lichts persönlich vor diesem Ort.

Die Höhle weitet sich zu einer Kammer, die überwuchert scheint von blühendem Lavendel. Trotz der Finsternis erkenne ich in der Mitte ein riesiges Bett aus weiß glänzendem Elfenbein.

»Statt in mein Elternhaus zu gelangen, bin ich hierhergekommen«, fährt Mercy fort und treibt mit jedem Wort mehr Schauer über meine Haut. »Es war eine körperlose männliche Stimme, die sich mir als *Sandmann* vorgestellt und mich aufgefordert hat, mich in dieses Bett zu legen. Wenn ich meine Mütter wirklich wiedersehen wollen würde, müsste ich genau das tun. Und ich habe es getan. Die Stimme hat mich aufgefordert, einen Nexus zu beschwören, und ich habe instinktiv gewusst, dass ich einen Handel mit dem Teufel eingehe. Aber was hatte ich noch zu verlieren? Also habe ich den Nexus kreiert, doch er hat nicht mir als Eintritt in die Vergangenheit gedient, sondern den ewig Schlafenden als Weg in die Realität.« Gepeinigt wendet er sich ab.

Ich gehe rückwärts, weil ich den Anblick des elfenbeinweißen Betts noch nicht loslassen kann. Es scheint eine regelrechte Sogwirkung auf mich zu haben. »Die ewig Schlafenden?«, vergewissere ich mich. »Ich habe versucht, etwas über den Totenglauben der Barbosas zu recherchieren, aber bin nicht wirklich fündig geworden.«

»Es ist kein Glaube«, sagt Mercy. »Du hast selbst erfahren, wie real der Schaden ist, den sie anrichten können. Das Reich der ewig Schlafenden ist kein Totenreich im eigentlichen Sinne, es sind nicht wirklich die Verstorbenen, die sich in dieser Zwischendimension aufhalten, sondern Projektionen unverarbeiteter Trauer. Zu ewig Schlafenden werden die, die von ihren Hinterbliebenen nicht losgelassen werden können.«

Mit Mühe reiße ich mich von dem Bett los, das mich mit unsichtbaren Ketten an sich zu binden scheint, und gehe hinter Mercy her durch die Höhle. Plötzlich habe ich das Gefühl, die Wunde an meinem Bein pochen zu spüren. »Die Kreaturen – die ewig Schlafenden – sind in der Nacht des Infernos aus deinem Traum in die Wachwelt gelangt?«

Mercys Stimme ist matt. »Mein Nexus ist explodiert, meine

Traumwelt ist explodiert, und ich bin in meinem Akademiebett hochgeschreckt. Das Erste, das ich wahrgenommen habe, war das Flattern und Piepsen meiner Eule Peach. Ihre Flügel haben so panisch geschlagen, wie ihr Gesang schrill war, dann habe ich nichts als das dumpfe Aufschlagen ihres Körpers auf dem Käfigboden gehört – und in diesem Moment, genau in dieser Sekunde, habe ich ihre Anwesenheit gespürt.«

»Die Dämonen sind in die Akademie eingedrungen und haben gemordet«, bringe ich seine Erzählung und die gesehene Erinnerung zusammen.

Wir erreichen den Eingang der Höhle, Nebel steigt über dem Fluss auf. »Bis meine Tante die Situation unter Kontrolle gebracht hat, haben die Wesen fünf Studierende verletzt und eine Studentin …«

Er verstummt, doch ich sehe deutlich vor mir, wie die zwei Bestien das Herz aus dem Brustkorb der jungen Frau reißen und sich daran laben wie an einer Köstlichkeit. Ich möchte gern die Augen vor der Erinnerung verschließen, doch sie lässt sich nicht vertreiben, denn sie ist jetzt auch meine.

»Wer war sie?«

Mercys Schultern sacken herab, seine Schritte werden langsam, seine gesamte Haltung ist beschwert von Schuld. »Ihr Name war Amélie Morel.«

Ich bleibe abrupt stehen und starre ihn wenige Meter vor mir an. »Hast du Morel gesagt?«

Meine Überraschung irritiert ihn sichtlich. Mit gefurchter Stirn erwidert er: »Ja, Amélie Morel. Wieso?«

»Das ist der Name meines Vaters«, sage ich zögernd. »Er hat mit seiner Familie gebrochen, weshalb auch ich keinen Kontakt zu meiner französischen Verwandtschaft habe, aber Morel …« Mit einem Mal zweifle ich daran, dass meine Eltern nichts von der Nacht des

Infernos wissen. Aber falls meine Mutter Kenntnis davon hat, dass unter Jupiter Sterling eine Studentin ums Leben gekommen ist, hätte sie diese Tragödie doch sicherlich genutzt, um die Direktorin zu stürzen?

»Meine Tante zahlt der Familie seit Jahren einen Haufen Geld.«

Schweigegeld. Ich spreche es nicht aus, denn Mercys schmerzverzogenes Gesicht verrät mir, dass er es ohnehin weiß.

Als wir aus der Höhle treten, sammeln die Göttinnen nicht länger Kräuter und Pflanzen, vielmehr befinden wir uns wieder auf der asphaltierten Straße.

»Verstehst du jetzt, weshalb nicht Jupiter die Mörderin ist, sondern ich? Ich bin schuld an ihrem Tod. Ich bin so besessen von dem Wunsch gewesen, meine Mütter wiederzusehen, dass ich auf die Stimme gehört habe, die sich mir als Sandmann vorgestellt hat. Und wohin hat das geführt? Ins reinste Verderben.«

Ich strecke die Hand nach ihm aus, doch er entzieht sich mir, fährt sich stattdessen über das Gesicht.

»Was sagt deine Tante zu dieser Stimme?«, frage ich leise, als könnte ein sachter Tonfall irgendetwas besser machen. »Sie muss sich doch irgendwie erklären können, was es damit auf sich hat.«

»Sie weiß nichts davon.«

»Sie weiß nichts davon?« Mein Ton springt so überrascht in die Höhe wie meine Brauen.

»Nein. Ich habe es ihr nie erzählt.« Mercy lässt die Hände fallen, und Wut funkelt in seinen Augen, doch ich weiß, dass sie sich nicht gegen mich richtet. »Ich weiß, dass *Die Seele an den Sandmann verkaufen* nur ein Sprichwort ist, um die Sucht nach Morphin zu verklären, und der Sandmann nicht mehr als eine Sagengestalt. Vermutlich habe ich mir die Stimme nur eingebildet, habe halluziniert, um die Verantwortung abwälzen zu können und einen Schuldigen zu haben.«

Er klingt so hoffnungslos, so rettungslos. Ich empfinde so viel Mitgefühl für ihn, wie ich es nicht im Ansatz für mich und Neiro gefühlt habe. »Mercy, du warst ein trauernder Junge. Bitte, du musst dir selbst verzeihen.«

»Mir selbst verzeihen«, echot er, die Worte grotesk verzogen. »Wäre Jupiter nicht gewesen … ich weiß nicht, wo ich heute wäre.«

Jupiter Sterling. Die Frau, die nicht nur meinen Bruder auf dem Gewissen hat, sondern auch die Nacht des Infernos vertuscht hat, die mindestens einen weiteren Mord zu verschleiern versucht, indem sie Schweigegeld zahlt, und mit den fünf Studierenden, die ebenfalls von Mercys ewig Schlafenden verletzt wurden, sonst was gemacht hat – alles, um ihren Neffen zu schützen. Ihre Bedingungslosigkeit verlangt mir widerwillige Ehrfurcht ab.

»Was hat deine Tante getan?«, frage ich Mercy, der den Kiefer anspannt, die Nasenlöcher bläht und schweigt, doch ich erinnere ihn: »Keine Lügen, keine Halbwahrheiten, kein Verschweigen.«

»Geistesgegenwärtig, wie sie war, hat sie nicht die Kreaturen verfolgt, sondern mich als Quell allen Übels ausgemacht«, antwortet er schließlich. »Sie hat mir Sternenmagie eingeflößt. Zu dem Zeitpunkt habe ich natürlich noch nicht gewusst, was das ist, aber sie hat mich gezwungen, es zu trinken. Ich erinnere mich sehr eindrücklich an den Schmerz, den die Flüssigkeit ausgelöst hat. Es hat sich angefühlt, als würde mir die Haut abgezogen werden, ich habe fürchterlich geschrien, doch Jupiter hat nicht nachgegeben, dann bin ich in Ohnmacht gefallen und erst aufgewacht, als die Nacht des Infernos bereits einen Namen hatte.« Er hebt die Hände, als hätte er kapituliert. »Die folgenden Monate habe ich bei Esras und Elios Familie verbracht und unter anderem gelernt, dass die Substanz aus dem Baum der Barbosas die ewig Schlafenden nicht auslöschen kann. Aber sie kann die Wesen schwächen und zurück in ihr Reich drängen, indem sie ihre Lust am Leid eindämmt.« Ein bitterzynisches Grinsen verzieht seine Lippen. »Was für ein Glück, oder? Dass ich gerettet wurde.«

Mein Herz will sagen: *Das ist Glück, großes Glück*, doch es verstummt unter der Last seiner Worte. Sekunden verrauchen im endlosen Grau seines Traums, dann kann ich nicht mehr an mich halten und trete nah an ihn heran. Wie ein morscher Baum kippt Mercy in meine Umarmung, ich schließe die Arme um ihn und versuche, ihn zusammenzuhalten.

»Ich schäme mich«, wispert er in mein Haar. »Für meine Taten, meine Schwäche, meinen Kontrollverlust. Ich schäme mich so sehr, Nemesis.«

Ich halte ihn fest, fest, fest. Während seine Umarmung nach dem Erlebnis am Kessel heilsam für mich war, gebe ich mich nicht der Illusion hin, ich könne Mercy tatsächlich retten. Aber das ist auch nicht mein Anspruch. Ich will ihn lediglich wissen lassen, dass er nicht allein ist.

Als er sich von mir löst, ist sein Blick in die Ferne gerichtet, doch gefasster als zuvor. Er bringt Abstand zwischen uns, nimmt das Armband aus der Hosentasche und dreht es zwischen den Fingern. »Das ist der friedlichste Albtraum, den ich je hatte«, murmelt er mit Blick auf die verlassene Straße vor uns.

Ich lächele zaghaft. »Alles Liebe zum Geburtstag.«

Verblüfft sieht er mich an. »Woher weißt du …?«

»Während des Sigillenrituals hat Victoria erwähnt, dass du zur Wintersonnenwende geboren wurdest.«

»Und das hast du dir gemerkt?«

Nun weitet sich mein Lächeln zu einem peinlich berührten Lachen. »Bild dir bloß nichts darauf ein, ich habe mir auch die Geburtstage aller anderen gemerkt.«

»Soso«, sagt er und überbrückt die geringe Distanz zwischen uns, indem er eine Hand nach mir ausstreckt.

Zögerlich ergreife ich sie, während mein Puls in die Höhe schnellt. Unsere Finger liegen mehr aufeinander, als dass wir uns an den Händen fassen, doch ich lasse mich an seine Brust ziehen.

»Danke«, raunt er, während sein Blick so schwer auf mir liegt, dass ich fürchte, jeden Moment unter ihm zusammenzubrechen.

»Gern«, bringe ich befangen hervor. »Das Armband ist ursprünglich von Neiro, aber ich möchte, dass du es behältst.«

»Es ist ein Geschenk?«

»Nun«, ich räuspere mich und blicke entschlossen in seine Augen. »Ich weiß, dass du nicht darauf angewiesen bist. Ich weiß, dass du stark genug bist, um deine Albträume zu bezwingen. Aber du willst nicht, weil du davon überzeugt bist, sie zu verdienen. Sieh das Armband als meine Art an, dir zu sagen, dass ich nicht glaube, dass du diesen Horror verdienst.«

***

Es fühlt sich verboten an, Mercy die Tür zu meinem Zimmer zu öffnen. Doch wenige Minuten, nachdem ich selbst aufgewacht bin, höre ich sein Klopfen und bitte ihn herein.

Nach allem, was ich über ihn erfahren habe, nach allem, was ich nicht nur gesehen, sondern er mir erzählt hat, ist es nur fair, dass auch ich mich ihm öffne und über die Erinnerungen spreche, die Mercy miterlebt hat. Doch das möchte ich nicht in seinem schmutzig grauen Traum, sondern in meinem farbig realen Leben tun.

»Als ich das letzte Mal hier war, hatte ich gar keine Zeit, mich umzusehen«, sagt er und lässt seinen Blick durch den Raum schweifen. Es riecht nach getrocknetem Lavendel, und die Kerzen auf dem Schreibtisch brennen.

»Entschuldige bitte, dass dich mein blutendes Bein von einer

Room Tour abgehalten hat«, erwidere ich ironisch, doch seine Präsenz lässt mein Zimmer schrumpfen und mein Herz merkwürdig stolpern.

Nach wie vor trägt er die Bundfaltenhose, ein Hemd und einen Seidenpullover, auch ich bin noch in der Akademieuniform, denn nach dem Wahnsinn am Kessel hatten wir beide nicht die innere Ruhe, uns zum Schlafen umzuziehen.

Mercy sieht vom Erkerfenster zum Himmelbett und scheint den Raum zu studieren, als würde sein eigener nicht deckungsgleich aussehen. Als seine Augen zum Schreibtisch gehen und auf den gerahmten Bildern verweilen, wappne ich mich innerlich für das, was kommt.

Er tritt an den massiven Tisch aus dunklem Holz heran. »Ich erkenne sie aus deinen Erinnerungen wieder. Deine Eltern und …«

»Neiro.« Ich bleibe neben Mercy stehen und blicke auf das Foto hinab, das er in die Hand nimmt. »Das Bild zeigt meine Eltern und Neiro kurz nach seiner Geburt. Ein Familienfoto.«

»Ein Familienfoto ohne dich?«

Ein Laut dringt aus meiner Kehle, der mehr als Lachen gedacht ist, aber eher nach einem Schnauben klingt. Ich deute auf den zweiten Bilderrahmen. »Da bin ich.«

Mercy stellt das erste Foto zurück und ergreift das zweite. Mit seinem schlanken Daumen fährt er über das kichernde Mädchen, das gerade so über das Lenkrad gucken kann. »Lucy.« Er spricht den Namen aus, als würde er um sie trauern.

Ich löse den Blick von dem Foto, denn in Neiros lachendes Gesicht zu schauen, kommt jedes Mal einem Dolchstoß nahe. »Oneiros von Winther«, sage ich und wende mich ab, sodass ich die Kante des Tischs an meiner Hüfte spüre. »Was für ein Name! Meine Mutter hat ihren erstgeborenen Sohn nach den *Oneiroi* benannt, die in der griechischen Mythologie die Verkörperung der Träume sind.

Mich hingegen …« Nun lache ich tatsächlich. »Sie hat meine Namensfindung Neiro überlassen, er hat entscheiden dürfen, wie seine kleine Schwester heißen soll, und sein Entschluss ist auf Lucy gefallen. Während er hieß wie ein Gott, klingt mein Name nach dem eines Haustiers.«

Mercy stellt das gerahmte Bild ab und dreht sich zu mir um, ich spüre seinen Blick auf meinem Profil. »Oder nach Luzifer persönlich.«

Mit erhobenen Brauen sehe ich ihn an. »Soll das ein Kompliment sein?«

Er stützt eine Hand auf dem Schreibtisch ab und lehnt sich in meine Richtung. »Wenn du es als solches verstehst, Lu-zi-fer.«

Er betont jede Silbe so deutlich, dass ich auf seine wunderschönen Lippen starren muss.

»Ich schätze …« *Atmen, Nemesis, schlucken und blinzeln.* »Ich schätze, dass ich mit Nemesis noch meinen Göttinnennamen bekommen habe.«

Mercys kontrollierte Mimik stürzt erdrutschartig in sich zusammen. »Deine Mutter … sie schlägt dich.«

Das Mitgefühl in seinem Ausdruck wärmt. Es ist nicht genug, um zu heilen, aber genug, um mich für den Moment zu trösten. »Gelegentlich.« Als er mit der Faust auf die Tischplatte donnert, fahre ich zusammen.

»Mondgöttinnen verdammt«, knurrt er, doch als er mein Zucken bemerkt, legt er augenblicklich seine Anspannung ab und hebt reflexartig die Hand an mein Gesicht. »Entschuldige«, murmelt er und will die Hand sinken lassen, doch ich ergreife sie. In einem ersten Impuls will er sie zurückziehen, doch er gibt nach.

Erst mit den Augen, dann mit den Fingern fahre ich die Narben auf seiner Handfläche nach, ehe ich sie an meine Wange lege. »Es ist okay. Ich bin so daran gewöhnt wie du an deinen Schmerz.«

»Es ist *nicht* okay«, widerspricht er und presst seine Hand stärker an meine Wange, sodass ich seine rissigen Schrunden deutlicher spüre. Ich drehe den Kopf, lasse nicht zu, dass er seine Hand sinken lässt, sondern nehme sie in meine und führe sie an meinen Mund.

Mercy seufzt, als ich seine Narben küsse, seufzt halb erschrocken und halb erlöst, als ich meine Lippen so sacht auf seine verbrannte Haut lege, dass ich ihn kaum berühre.

»Was ist das zwischen uns?« Seine Stimme vibriert vor Verlangen.

»Ein Missverständnis mit Eros' Beteiligung.«

»Ein Missverständnis?«

Ich nicke bedächtig, lasse meine Lippen auf seiner Haut, hebe jedoch den Blick. Wie zwei Minuspole, die gewaltsam dazu gezwungen werden, sich zu berühren, treffen unsere Augen aufeinander, und etwas scheint in Mercy zu reißen. Ohne mir seine Hand zu entziehen, tritt er zwischen meine Beine, die ich bereitwillig öffne, und drängt mich auf den Schreibtisch. Sein Blick geht wie ein Sturm auf mich nieder, Blitze voller Begierde, Donner, grollend vor Sehnsucht.

»Ein Missverständnis, ja?«, fragt er, während er seine Finger gegen meine Lippen presst.

Obwohl mein Herz erhitzt rennt, fühle ich mich bleischwer vor Verzehren. Mercy presst sich enger zwischen meine gespreizten Beine, und mein Unterleib pulsiert vor Erregung. Als ich seinen Daumen in den Mund nehme, ihn zwischen meine Zähne ziehe und mit meiner Zunge umkreise, stöhnt er. Mit geschlossenen Lidern fällt mein Kopf zurück, als er seine andere Hand an meine Kehle legt. Ich spüre die Kälte seiner Ringe und die Hitze seiner Haut, ein zartes Würgen, das mich seinen Finger nur begieriger umspielen lässt.

»Ich glaube nicht, dass das zwischen uns ein Missverständnis ist«, wispert er in mein Ohr, sodass sein Atem einen Schauerregen über mich rieseln lässt.

Langsam lasse ich seinen Finger aus meinem Mund gleiten, blinzle unter trägen Lidern zu ihm empor. »Sondern?«

»Es ist eindeutig. Du willst mich.« Seine Hand rutscht von meiner Kehle, berührt flüchtig meine Schlüsselbeine unter der Bluse, ehe er sie zurückzieht. Der Ausdruck seiner Augen ist nicht mehr so lustverhangen, eher so, als sei das Gewitter vorbeigezogen.

»Und du?«, frage ich, während mein süßes Verlangen zerrinnt. »Willst du mich?« Ich fürchte mich vor seiner Antwort, fürchte mich vor seiner Ablehnung. Nach all den Wahrheiten, die er mir heute Nacht offenbart hat, ist es ausgerechnet diese, die mich am meisten ängstigt, doch ich muss es wissen, weshalb ich wiederhole: »Willst du mich?«

»Ich will«, sagt er, schmucklos und nüchtern. »Aber was sind wir bereit, für unser Wollen zu geben? Bist du bereit, Neiros Vergeltung dafür zu opfern? Oder bin ich bereit, mit meiner Tante zu brechen?«

Ich verabscheue, dass er recht hat, verabscheue, wie abgeklärt er spricht, während ich nur Bitterkeit auf der Zunge schmecke. »Am Schwanensee hast du gesagt, dass wir immer noch wir sind, wenn der Morgen dämmert.«

Obwohl es keine Frage ist, nickt Mercy. »Was sind wir bereit für unser Wollen zu geben?«, fragt er erneut, doch der Subtext lautet: Sind wir bereit, uns für unser Wollen selbst aufzugeben?

Mein Blick geht zu dem gerahmten Foto von Neiro und Lucy, Neiro und mir. Bin ich bereit, sie aufzugeben?

Ich sehe Mercy nicht an, als ich sage: »Es ist besser, wenn du jetzt gehst.«

32

Nemesis

Als ich nach wenigen Stunden Schlaf erwache, steckt mir die vergangene Nacht noch tief in den Knochen. Ich fühle mich emotional ausgebrannt, fast wie verkatert, aber mir bleibt keine Zeit, um mich zu erholen. Neben zahlreichen Traumgeborenen reisen auch meine Eltern zu den Feierlichkeiten zur Wintersonnenwende an, weshalb ich vom Bett in die Dusche und dann in Kleidung steige.

»Meine Kleine!«, ruft Mama eine Stunde später, als sie aus dem schwarzen Wagen steigt. »Wie schön, dich zu sehen.«

Ich rieche ihren Vanilleduft, als ich sie umarme, wende mich dann aber meinem Vater zu, der das Gepäck aus dem Kofferraum hebt. »Hallo«, sagt Papa und drückt mich fest.

Als ich meine Eltern vor knapp einem Monat am Münchner Flughafen verabschiedet habe, hätte ich nicht damit gerechnet, dass ich mich bei unserem Wiedersehen fühlen würde wie eine Verräterin. Wie eine Versagerin vielleicht, weil ich Neiros Tod noch nicht vergolten habe, aber nicht wie eine Verräterin. Doch hier bin ich – umarme sie und lache ihnen ins Gesicht, während ich erst vor wenigen Stunden von der Nacht des Infernos erfahren habe und damit Jupiter Sterling ausliefern könnte. Aber ich würde nicht nur sie ausliefern, sondern in erster Linie Mercy. Der mir gesagt hat, dass er mich will.

Mein Vater legt den Kopf in den Nacken und schaut an der imposanten Fassade des Hauptgebäudes empor. »Es tut gut, wieder hier zu sein«, sagt er. »Weißt du, welche kanonische Szene das Relief links im Giebeldreieck zeigt?«

Ich folge seinem Blick. »Nein, aber du wirst es mir sicher gleich …«

»Das kann doch warten, oder?«, unterbricht Mama, klemmt sich ihr Handgepäck unter den Arm und winkt uns hinter sich her. »Am besten zeigt uns Nemesis erst einmal ihr Zimmer.«

Papa und ich wechseln einen Blick, doch dann zuckt er die Schultern, und ich führe meine Eltern über den Campus zu den studentischen Unterkünften. Nachdem meine Mutter das Zimmer inspiziert hat und sich einen zynischen Kommentar über die beheizbaren Erkerfenster nicht verkneifen konnte, machen wir einen ausschweifenden Spaziergang über das Akademiegelände. Immerhin kommt auch mein Vater auf seine Kosten, denn wir besuchen das *Sigismund Schlomo Theatre*, wo er mir einen Kurzvortrag über das Deckenfresko hält.

Dass zur Wintersonnenwende Traumgeborene aus ganz Europa nach Finnland gereist sind, machen die überquellenden Flure deutlich. Ich habe den Speisesaal noch nie so überfüllt gesehen, es ist das reinste Gedränge an den Tischen, doch die Stimmung ist ausgelassen. Meine Mutter lächelt Henrique Davi Barbosa nur verkniffen zu, während sie sich mit Victorias Vater so lange unterhält, dass ich vor Langeweile nach einem bekannten Gesicht suche, doch in der Menge keins finde. Höhepunkt sind die Tagträume, die zu späterer Stunde wie leuchtende Seifenblasen durch das Hauptgebäude schweben. Ich ermutige Papa, einen Tagtraum zu berühren, und als er es tut, ist sein Blick leer und seine Augen werden glasig. Nach einer Minute sagt er: »Ein klassisches Konzert, wie überaus angenehm.«

Doch dann ist es Zeit, uns für den Abend herzurichten, und nachdem meine Mutter mehrmals meine Kleiderwahl infrage gestellt, mir das Haar zurechtgebürstet und am Smoking meines Vaters herumgezupft hat, betreten wir den Festsaal der Akademie.

Sofort wird mir klar, weshalb dieser Ort den Feierlichkeiten zur längsten Nacht des Jahres vorbehalten ist. Die gewölbte Decke ist ein monumentales Fresko, das die Geburt der Träume zeigt. Nyx, die Göttin der Nacht, spannt ihr blauschwarzes Seidentuch auf und erschafft damit den Himmel, über den sich ihre Kinder – die Träume – verteilen. Eine brillante Konstruktion sorgt dafür, dass Sterne und Planeten über das Fresko kreisen, so funkelnd und leuchtend wie das Universum selbst. Die Wände sind von Säulen und Stuck überzogen, alles ist bis auf den letzten Zentimeter verziert.

»Das sind korinthische Säulen, die kunstvoll mit Ranken, Blumen und Blättern geschmückt sind.« Papas Blick geht so erlöst durch den Saal, als würde beim Anblick der Innenarchitektur ein Feuer in ihm gelöscht werden, das sonst seinen Brustkorb versengt. »Ein griechischer Klassiker.«

»Beeindruckend«, erwidere ich, auch wenn mir das Deckenfresko mit der Geburt der Träume weitaus mehr imponiert.

»Edouard«, sagt Mama, »dort drüben steht Lana Perković, die sich im Europaparlament für die konservative Partei einsetzt. Das könnte für die nächste Wahlbeeinflussung relevant sein.« Sie winkt meinen Vater hinter sich her, während sie bereits auf die Frau in einem waldbeerroten Abendkleid zugeht. Mit einem entschuldigenden Lächeln sieht er mich an, ehe er meiner Mutter nacheilt.

Erst als sich meine Eltern von mir entfernt haben, fällt mir auf, wie flach ich den Tag über in ihrer Gegenwart geatmet habe. Es ist nicht so, dass ich die Nemesis, die ich in ihrer Gegenwart bin, nicht kenne, natürlich ist sie mir bestens vertraut. Aber nach den Wochen an der ADA kommt sie mir auch fremd vor, wie sie sich von ihrer Mutter das Haar kämmen lässt und jedes Gespräch über Architektur aufnimmt, nur um überhaupt mit ihrem Vater zu kommunizieren.

»Du siehst atemberaubend aus.«

Mein Kopf fährt herum, und ich entdecke Esra, deren Anblick mir wiederum den Atem raubt. Sie trägt ein Ballkleid mit ausgestelltem Rock und herzförmigem Dekolleté, dessen perlmuttfarbener Stoff glänzt wie die Oberfläche einer Muschel im gleißenden Sonnenlicht. Der violette Lippenstift unterstreicht den Ton ihres fliederfarbenen Haars, das ihr in üppigen Locken weit über die Schultern fällt.

»Falls du jemals heiratest, bin ich überfragt, wie du diesen Look übertreffen willst.«

»Ach«, winkt sie ab und lächelt, wobei sich die Kette, die von ihrem linken Ohr bis zu ihrem Nasenring reicht, verzieht. »Man sollte die Feste feiern, wie sie fallen, oder? Wer weiß, auf wie vielen wir noch tanzen.«

Sie zwinkert, doch ich höre Elios Stimme in meinem Kopf: *Esra retten.*

»Hast du zufällig meinen Bruder oder meinen Vater gesehen?«, fragt sie, als hätte mein Kopfinhalt ein Echo in ihrem.

»Leider nicht«, entgegne ich, während mein Blick auf jemand anderen fällt. In einem zurückhaltend schwarzen Kleid schiebt sich Victoria durch die Menge, das Haar zu einem schlichten Pferdeschwanz gebunden. Als sie mich und Esra sieht, schenkt sie uns ein apartes Lächeln, doch dann nippt sie an ihrem Getränk und sagt: »So viel Tamtam, und dann ist der Champagner nicht einmal richtig kalt.«

Esras Blick geht über Victoria. »Du siehst umwerfend aus«, sagt sie, woraufhin mir fast die Augen aus dem Kopf fallen, denn Victoria errötet. Ein zartes Hellrot, doch ihre Wangen laufen zweifellos an.

»Äh … danke … gleichfalls«, bringt sie hervor und trinkt schnell noch einen Schluck Champagner, doch als sie das Glas sinken lässt, scheint sie wieder ganz die Alte. »In fünf Tagen ist Vollmond. Ich hoffe, ihr seid bereit für das Sigillenritual.« Streng sieht sie mich an. »Oder muss ich die nächste Szene *Romeo und Julia am Nordpol* mit ansehen?«

Theatralisch legt Esra ihren Handrücken an die Stirn und sinkt leicht in die Knie. »O Romeo«, seufzt sie. »Ich darf dich nicht lieben.«

»Julia, meine holde Julia«, erwidert Victoria mit gespielt tiefer Stimme. »Mich darfst du zwar nicht lieben, aber sicherlich meinen Schwanz für eine Nacht.«

»Deinen …« Esra errötet, als würde sie der vulgäre Romeo tatsächlich in Verlegenheit bringen. Sie nimmt ihre Hand von der Stirn und platziert sie beschämt auf ihrer Wange.

»Richtig, Baby«, fährt Pseudo-Romeo fort. »Es mag sein, dass unsere Familien an ihrem Konkurrenzkampf erstickt sind, aber bedeutet das wirklich, dass du nicht an meinem …« Demonstrativ blickt Victoria auf ihren Schritt hinab und macht Würgegeräusche.

»Haha«, sage ich nur halb so trocken wie beabsichtigt, denn ich muss lachen.

Esra fällt in mein Lachen ein, und auch Victoria grinst breit. Unauffällig geht mein Blick zwischen den beiden hin und her. Victoria sieht die lachende Esra an, als wäre sie die aufgehende Sonne.

»Im Ernst.« Mit geglätteter Miene guckt Victoria zu mir. »Was geht da für eine kranke Scheiße zwischen dir und Mercy ab? Glaub nicht, dass euer Trockenfick auf der Gewächshausparty unbeobachtet geblieben ist.«

»Ich muss zugeben, dass ich ein bisschen neidisch wurde, so heiß, wie das aussah.« Mit der Hand fächert sich Esra Luft zu.

»Das … ähm … Da war n… nichts«, stottere ich, während mein Kopf und Körper einen Moment brauchen, um sich an den Abend zu erinnern, denn noch deutlicher spüre ich Mercys Finger von letzter Nacht in meinem Mund und seine Hand an meiner Kehle.

»Mhm«, macht Victoria. »Natürlich. Aber mir ist es egal, solange ihr beide in fünf Tagen für das Ritual funktioniert.«

Vor unser aller Augen betritt Mercy den Festsaal. Wir stehen unweit der Doppelflügeltür, sodass wir einen uneingeschränkten Blick auf ihn haben.

»Wenn man vom Teufel spricht«, sagt Victoria, dann schreit sie über die Musik und die Menschen hinweg: »Sterling, wir haben gerade über dich gesprochen.«

Mercys Kopf schwingt in unsere Richtung, und als Esra mit beiden Armen winkt, kommt er auf uns zu.

Ich möchte bei Mercys Anblick umgehend zerfließen. Er sieht so beängstigend gut aus, dass ich ihn wie gefangen anstarre, während er Schritt für Schritt auf uns zugeht, doch Blick für Blick nur mich zu sehen scheint.

Er trägt eine taillierte schwarze Stoffhose, eine Schnürweste und ein weißes Hemd, das weit ausgeschnitten ist. So weit, dass nicht nur sein Tattoo, sondern auch seine Brust- sowie die oberen Bauchmuskeln zu sehen sind. Seine Haut schimmert seidig, die Muskulatur darunter wirkt stählern und zart, als wäre sein Oberkörper in Marmor geschlagen. Mehrere Ketten schmücken seinen Hals und betonen den Ausschnitt des Hemds. Bevor er uns erreicht, greift er einem vorbeieilenden Kellner ein Glas Champagner ab.

»Auf euch«, prostet er uns zu und führt das Getränk an die Lippen.

Victoria hebt ihr Glas ebenfalls in die Höhe. »Wir haben gerade von dir und Nemesis gesprochen. Und davon, dass wir uns schon sehr auf das Sigillenritual freuen.«

Mercys dunkle Augenbrauen zucken in die Höhe. »Von mir und Nemesis?«

»Ganz genau«, bestätigt Victoria und scheint sich nicht daran zu stören, dass ihr Gesprächspartner nicht sie, sondern mich ansieht. »Bezüglich der Ritualzusammenarbeit freuen wir uns, dass ihr euch neuerdings so gut zu verstehen scheint.« Aus dem Augenwinkel nehme ich wahr, wie sie sich bei Esra unterhakt. »Und damit das so bleibt, werden wir euch jetzt die nötige Zweisamkeit gewähren.« Ihr Ton ist salbungsvoll, doch im nächsten Moment fasst sie sich in den Zopf, drückt ihren Kopf herunter und gibt dreckige Würgegeräusche von sich.

Esra lacht, ich schmunzle unweigerlich, und Mercy sieht Victoria zweifelnd nach.

»Ich …«, beginnt er, doch dann schüttelt er nur den Kopf, wendet sich mir zu und lässt seinen Blick über mich gleiten, über mein schwarzes Kleid, dessen Stoff leicht transparent ist und über und über mit Strass besetzt, sodass es funkelt wie der Sternenhimmel. Der Ausschnitt lässt meine Schultern und Schlüsselbeine frei, während ein seitlicher Schlitz bis zur Mitte meines nicht vernarbten Oberschenkels reicht.

Mercy tritt nah an mich heran, beugt den Kopf zu meinem Ohr hinab und flüstert mit einer Stimme schwer wie Samt: »Du siehst aus wie die Göttin der Nacht persönlich.« Sein Duft vernebelt mir die Sinne, er trägt heute ein anderes Parfüm als sonst, riecht sinnlicher, nach Zedernholz und Amber mit einer floralen Note.

Ich muss mich räuspern. »Danke.«

»Darf ich um einen Tanz bitten?« Mercy streckt mir seine Hand entgegen. Er trägt fingerlose schwarze Spitzenhandschuhe, die im Kontrast zu seinen groben Silberringen stehen.

»Meine Eltern sind hier.«

Er dreht den Kopf zu allen Seiten, während er einen Schritt zurücktritt. »Deine Eltern sind hier?«

Ich nicke. »Sehen und gesehen werden.«

Sein Blick kehrt zu mir zurück, und er schiebt minimal die Unterlippe hervor. »Ich habe immer noch Geburtstag.«

Ich lächle, versuche jedoch, das Risiko abzuschätzen. Meine Eltern besuchen die Akademie so selten, dass sie Besseres zu tun haben, als mich den ganzen Abend im Auge zu behalten, zumal ich über die kommenden Weihnachtstage sowieso mit ihnen nach München fliege, doch sollte mich meine Mutter ausgerechnet mit Mercury Sterling tanzen sehen …

Du willst mich.

Willst du mich auch?

Ich will.

»Zum Geburtstag«, gebe ich nach, und Mercy lächelt siegessicher.

Nachdem er das Glas geleert und abgestellt hat, deutet er mit dem Kopf zu einer Säule, einer *korinthischen* Säule, wie mein Vater mich gelehrt hat. Ich lasse mich von Mercy hinter die Säule schieben, vergewissere mich mit einem Blick über die Schulter, dass meine Eltern nicht in Reichweite sind, und lege meine Hand in seine.

Mercy und ich – das scheint nur vom Moment und im Moment zu existieren. Alles, was uns bleibt, sind diese Augenblicke in der zweifelhaften Zwischendimension, die wir uns erschaffen. Eine Dimension, in der wir nicht leugnen, dass ich Neiros Schwester bin und er Jupiter Sterlings Neffe ist, in der wir aber darüber hinwegsehen. Wir wissen, dass wir uns selbst täuschen, dass wir naiv, egoistisch und kurzsichtig handeln, dass wir auf dem besten Weg sind, einander klaftertief zu verletzen, und dennoch wiegen wir uns zu der Klaviermusik.

Die Luft scheint zu glänzen, als würden mikroskopisch winzige Funken auf uns herabrieseln. Ich schließe die Augen, und Mercy lehnt seine Stirn gegen meine. Ich spüre seinen warmen Atem auf meinen Lippen, mein Körper geht schmerzlich in Flammen auf. Alles in mir zerrt mich zu ihm, mein Verlangen, ihm unter die Haut zu kriechen, ist so übermächtig, dass meine Lippen dicht vor seinem Mund zu zittern beginnen und ich nur mit Mühe ein peinliches Stöhnen zurückhalten kann.

Ruckartig zieht er mich noch dichter an sich, verstärkt den Druck an meinem unteren Rücken und presst die Stirn fester gegen meine. »Du bist nicht die Frau meiner Träume, Nemesis.« Wie elektrisierende Stöße treffen seine Worte auf meine Lippen.

»Das bin ich wahrlich nicht«, entgegne ich, eher keuchend als gezügelt.

»Du bist die Frau meiner Albträume. Ich glaube, das ist das Schönste und Schlimmste, das mir je hätte passieren können.«

»Und dennoch tanzen wir in einer Ecke hinter einer Säule.«

»Und dennoch tanzen wir in einer Ecke hinter einer Säule«, wiederholt er.

Sein sündiger Mund ist so nah. Ich will ihn schmecken, will ihn fühlen, will mich so selbstvergessen von ihm küssen lassen, bis ich mich selbst vergesse.

Plötzlich verstummt die Musik. Mercy bringt Abstand zwischen uns, hebt den Kopf, sodass auch ich über die Schulter sehe. Zielstrebig strömen die Gäste in die Mitte des Festsaals, als würden sie sich versammeln wollen. Ich lasse Mercy los und trete hinter der Säule hervor, nur um zu sehen, wie Jupiter Sterling eine Art marmorne Bühne betritt. Auf meinen hohen Absätzen versuche ich, noch mehr auf die Zehenspitzen zu kommen, um über die Köpfe der Gäste hinwegzusehen. Ich mache Elio, Esra und ihren Vater in der Menge aus, kann aber Victoria nicht erkennen. Dann fällt mein

Blick auf meine Eltern, die etwas abseits der Menge am Rand stehen. Meine Mutter wirft der Direktorin keine Blicke, sondern Blitze zu, während mein Vater die Augen auf das Deckenfresko gerichtet hat.

»Meine sehr verehrten Damen und Herren«, fließt Sterlings Honigstimme durch den Saal. »Es ist mir eine außerordentliche Freude, Sie heute Abend in der Akademie der Träume willkommen zu heißen. Die längste Nacht des Jahres – wenn das für uns Träumende kein fulminanter Anlass ist zu feiern!«

Applaus bricht los. Auch die Direktorin fällt mit ein, klatscht in die Hände, als würde sie nicht wollen, dass der Beifall ihr gebührt, sondern uns allen. Wie so oft trägt Jupiter einen Hosenanzug, doch der Festlichkeit angemessen trumpft ihr heutiger cremeweißer Look mit einer langen Schleppe auf. Ihre Lippen sind auffallend bordeauxrot geschminkt, sodass das Weiß ihrer Zähne unterstrichen wird, als sie lächelnd fortfährt: »Wir Träumende verändern die Welt. Und das meine ich nicht nur, wenn wir unter Höchstleistung die Weltpolitik beeinflussen und somit aktiv zu einer besser funktionierenden Ordnung beitragen, sondern auch im Alltäglichen.«

Als meine Mutter sich mit hasserfüllter Miene von der Bühne abkehrt und ihr Blick durch die Gäste geht, mache ich einen großen Schritt zur Seite, sodass sich mehrere Personen zwischen Mercy und mir befinden. Ich spüre seine Irritation, doch ich kann weder Rücksicht darauf nehmen noch mich erklären.

»Ich möchte diesen besonderen Abend für eine wichtige Verkündung nutzen.« Jupiters Ton klingt nicht nur dramatisch, sondern geradezu gerührt, als würde sie gleich eine langersehnte Schwangerschaft verkünden. »Ich bin mir der Tragweite dessen, was ich mit Ihnen teilen werde, absolut bewusst. Umso deutlicher möchte ich mich für einen konstruktiven Umgang einsetzen, einen

Umgang auf Augenhöhe, denn weder das Zu-ihnen-Hinaufsehen noch das Auf-sie-Hinabsehen hat uns in der Vergangenheit gestärkt. Verblendete Verehrung wird uns genauso wie verblendete Verteufelung in die immer gleiche Sackgasse führen.«

Ich vergewissere mich, dass meine Mutter nicht zu mir sieht, dann drehe ich den Kopf in Mercys Richtung und begegne seinem Blick. Meine Mimik sagt: *Wovon spricht deine Tante?*, doch er zuckt nur ebenso verwirrt die Schultern.

»Dennoch ist es mir eine Ehre, eine *große* Ehre, bekannt zu geben, dass wir Träumende eine neue Schlafwandlerin in unseren Reihen begrüßen dürfen. Nemesis von Winther, meine Damen und Herren, eine Schlafwandlerin, die ihrem talentierten Bruder sicher in nichts nachsteht.«

Jupiter applaudiert, doch niemand fällt mit ein. Der gesamte Festsaal ist in stillem Schock gefangen, nur die Direktorin klatscht ekstatisch in die Hände, klatscht und strahlt dabei, als wäre sie die verdammte Sonne, an der man sich nur verbrennen kann. Ihr Blick sucht meinen, und ich sehe in ihrer ach so freudigen Fratze genau, was sie mir sagen möchte: *Du hättest dich nie mit mir anlegen dürfen.*

Vereinzelt fallen Menschen in Jupiters anhaltenden Applaus ein, ich meine, Elio aufmunternd jubeln zu hören. Doch ich habe nur Augen für Jupiter – auf ihrer Marmorbühne, weißblondes Haar, cremefarbener Hosenanzug, so viel finstere Helligkeit, so viel dreckige Reinheit, so viel erstklassige Scheinheiligkeit.

Jupiter Sterling hat mein Leben zerstört.

Geraune brandet auf, Köpfe, die sich zu mir umdrehen, Finger, die unverhohlen auf mich zeigen.

In meinen Ohren summt es wie in einem Bienenstock, lauter, immer lauter, bis das Sirren meinen ganzen Körper erfasst und ich zu zittern beginne. Mein Verstand sucht fahrig nach Handlungsmöglichkeiten, alle starren mich an, alle erwarten eine Reaktion, doch das Summen übertönt jede logische Stimme.

Vielleicht Angriff, also leugnen, abstreiten und Gefahr laufen, eine öffentliche Diskussion mit Jupiter Sterling führen zu müssen, während sich meine Mutter im selben Raum befindet …

Vielleicht ausharren, also das Geraune, Gestarre und Gezeige dulden, bis … bis Mama nicht länger warten wird.

Ich entscheide mich für Möglichkeit drei, hebe mein Kleid an und verlasse den Raum, konzentriere mich bei jedem Schritt darauf, so fest und aufrecht zu bleiben, wie es mir mein surrender Körper erlaubt. Auch wenn ich davonrennen will, zwinge ich mich zu kontrollierten Schritten mit geradem Rücken und erhobenem Kopf.

Es mag sein, dass Jupiter Sterling mein Leben zerstört hat, doch meine Würde und Selbstbeherrschung kann sie mir nicht nehmen.

Erst als ich die monumentalen Flügeltüren passiert habe und den leeren Korridor betrete, werde ich schneller, bis ich schließlich renne. Ich will mir die Hände auf die Ohren pressen, um dieses verstörende Summen zu unterdrücken, doch stattdessen umklammere ich den dünnen Stoff meines Kleids und stürme voran.

»Nemesis! Bitte warte!« Es ist Mercys gehetzte Stimme hinter mir, doch worauf soll ich warten? Auf ihn? Ausgerechnet *auf ihn*?

Im Gehen drehe ich mich zu ihm, sodass ich zwangsläufig langsamer werde. »Du!«, schreie ich so laut, dass das Wort von den Steinwänden widerhallt. »Du hast es ihr gesagt. Du hast mich verraten! Wie konnte ich auch nur eine Sekunde davon ausgehen, dass du es nicht tust?« Ich lache, doch ich verhöhne mich nur selbst. »Ich war so dumm, so naiv, wie konnte ich …«

»Nemesis, bitte!«

Kopfschüttelnd wende ich mich ab, stürme voran, weg von ihm, dabei will ich nur weg von mir. »Du hast mir nie etwas versprochen, richtig? Du hast nie behauptet, mich nicht zu verraten. Im Gegenteil, du hast mir offen gesagt, was mit Menschen passiert, die deine Familie bedrohen. Nur ich … ich war so töricht.« Wieder bricht ein Lachen aus meiner Kehle. Es klingt viel zu hoch, viel zu verzweifelt, dem Wahnsinn viel zu nah.

»Bleib stehen«, brüllt Mercy. »Bleib stehen und sieh mir ins Gesicht. Sieh mir ins Gesicht und beschuldige mich noch mal des Verrats.«

Irgendetwas in seinem Zorn lässt mich langsamer werden, doch erst als er zu mir aufgeholt hat und sich seine Finger um meinen Oberarm schließen, drehe ich mich zu ihm um. Grob schüttle ich seine Hand ab und trete zurück, um Abstand zwischen uns zu bringen.

»Sieh mir ins Gesicht«, verlangt er. »Schau mir in die Augen und sag noch mal, dass ich dich verraten habe.«

Mein Körper summt. Schock, Verzweiflung, Wut – all diese Empfindungen schwellen zu einem Strom an, der mein Herz mitreißt. Doch ich sehe in Mercury Sterlings Gesicht. Schaue ihm in die Augen. Und weiß – ich weiß es einfach –, dass er mich nicht an seine Tante verraten hat. Er war es nicht.

»Ich würde nie …«, beginnt er, doch es spielt keine Rolle.

Im nächsten Moment bricht meine Mutter um die Ecke, gefolgt von meinem Vater. Mit Lawinengewalt kommt sie auf uns zu, ich sehe die herannahende Katastrophe und kann dennoch nichts dagegen tun. Ich bin ausgeliefert. Ein ausgeliefertes Kind.

Es spielt keine Rolle, dass Mercy mich nie verraten würde. Denn ich habe es getan. Am Ende habe ich mich selbst verraten.

33

Mercy

»Wie konntest du ihr das antun?« Ich stürme hinter meiner Tante in ihr Büro und versetze der zufallenden Tür einen solchen Tritt, dass sie gegen die Wand schmettert.

Jupiter fährt herum, sieht von der Tür zu mir, der Aufprall war so stark, dass die Klinke eine Kerbe in die Tapete geschlagen hat. »Zügle dich, Mercury.«

Mich zügeln? Ich bin scharlachrote Wut und bittere Verzweiflung, denn ich musste mit ansehen, wie Nemesis von ihrer Mutter mitgerissen wurde. Am liebsten hätte ich sie fortgezogen und ihren Eltern befohlen, sie nicht anzurühren, aber Nemesis' resignierter Blick hat mich gebeten, ihre Situation nicht weiter zu verschlimmern.

»Wie. Konntest. Du?«, bringe ich zwischen den Zähnen hervor, mein Kiefer ist so angespannt, dass er schmerzt. »Wie konntest du sie vor aller Augen so vorführen?«

Meine Tante trennt ihre Schleppe vom Rest des Hosenanzugs und wirft sie achtlos zu Boden. Sie seufzt erschöpft und massiert sich die Schläfen. Vermutlich hat sie nicht damit gerechnet, dass Edouard und Augusta von Winther ihre Tochter umgehend dazu drängen würden, ihren Koffer zu packen und die Akademie zu verlassen. Nicht einmal das Überraschungsmoment scheint auf

Jupiters Seite, im Gegenteil, die versammelten Traumgeborenen schienen verwirrt, ungläubig und vor den Kopf gestoßen.

»Setz dich«, sagt meine Tante, doch ich weigere mich. »Setz dich, verdammt noch mal«, wiederholt sie, ihr Tonfall kurz vor schreienden Höhen.

Widerwillig sinke ich auf einen Stuhl nieder, dabei kann mein aufgewühltes Inneres alles andere als still sitzen.

»Bitte halte ihre Eltern auf.« Ich krümme den Rücken und lasse den Kopf in meine Hände fallen. »Bitte, halte sie auf. Wer weiß, was sie mit ihr machen? Und ob sie überhaupt jemals zurückkommt? Bitte, Jupiter, *bitte.*« Ich klinge so verzweifelt, wie ich mich fühle.

»Ich kann nicht. Sie muss da durch.«

Ich reiße den Kopf hoch, meine Verzweiflung schlägt in Zorn um. »Weißt du, was für eine Mutter Augusta ist? Weißt du das? Sie schlägt sie, sie sperrt sie ein, sie terrorisiert sie psychisch.«

Jupiter nimmt in ihrem geschwungenen Ledersessel Platz, stützt die Ellbogen auf die Lehne und massiert weiterhin ihre Schläfen. »Ich weiß genau, was für eine Mutter Augusta von Winther ist.«

»Und dennoch lieferst du ihr Nemesis aus!« Mit beiden Händen schlage ich auf den Tisch, stemme mich aus dem Stuhl und beuge den Oberkörper vor.

Jupiter lacht. »Was wird das, Liebling? Möchtest du mich bedrohen?«

Nein. *Oder doch?* Ich flüstere nur: »Bitte, bring sie zurück.«

Meine Tante streckt die Hand nach mir aus, doch sie berührt mich nicht. »O Mercy. Kann es sein, dass nicht du ihre, sondern sie deine Gefühle verwirrt hat?« Ihr Blick wird so sanft und mitfühlend, dass ich einen Moment lang glaube zu gestehen.

Doch ich falle nur zurück in den Stuhl und lege die Hände vor das Gesicht. *Fuck, fuck, fuck!*

Es klopft, ich reiße den Kopf herum und sehe Elio sowie seinen Vater im Rahmen der immer noch geöffneten Tür stehen.

»Henrique«, sagt Jupiter nickend und bedeutet ihm mit einer Geste, ebenfalls am Schreibtisch Platz zu nehmen. »Danke, dass du so schnell gekommen bist.«

Ich wechsle einen verständnislosen Blick mit Elio, als sein Vater die Tür hinter ihnen schließt und sie auf uns zukommen.

»Du musst umgehend zu den Feierlichkeiten zurückkehren, Jupiter, ansonsten wirkt deine Ansprache noch …«

»Schwächer?«, beendet sie und seufzt erneut. »Ich weiß, dass ich Rede und Antwort stehen und mein Gesicht zeigen muss. Aber Nemesis von Winther als Schlafwandlerin zu offenbaren, war unabdingbar. Ich wusste, auf welch dünnes Eis ich mich begebe.«

»Nun«, Henrique wirft seinen Frack zurück, ehe er sich auf einen dunklen Holzstuhl setzt, »das Eis ist zwar gebrochen, aber niemand scheint sich dafür zu interessieren. Ich habe eher den Eindruck, dass die Traumgemeinschaft nach Oneiros von Winther nicht bereit ist, eine weitere Schlafwandlerin zu akzeptieren.«

Als Elio sich neben mich setzt, klopft er mir tröstend auf die Schulter. »Bist du okay?«, wispert er.

Ich sehe in die lagunenblauen Augen meines Freundes und kann nicht anders, als den Kopf zu schütteln. Sein Griff verstärkt sich.

Jupiter nickt mir über den Tisch hinweg zu. »Das Armband, das du neuerdings trägst.«

»Wie bitte?«

»Du hast mich schon verstanden. Das Armband.«

»Ich habe kein …«

»Mercury Sterling«, ihr Ton ist wie ein präzise geworfener Dolch, »*das* Armband.«

Ich schiebe den Ärmel meines Hemds hoch und rolle den Handschuh ab, bis Nemesis' Armband freiliegt. Elios Finger rutschen von meiner Schulter, und Henrique lehnt sich über mich, sodass ich deutlich seinen Moschusduft rieche.

»Woher hast du das?«, fragt Elio mit einem Ausdruck von Furcht und Verwunderung.

Ich ziehe das Armband von meinem Handgelenk und schließe die Faust darum, weil ich das Gefühl habe, es beschützen zu müssen. »Von Nemesis. Sie hat es ursprünglich von ihrem Bruder.«

»Dieser Bastard!«

Elio, ich, selbst meine Tante blickt bestürzt zu Henrique.

»Pardon my French«, sagt er, »aber dieser …«

»Bastard«, bestätigt meine Tante und tippt mit ihrem langen Fingernagel fordernd auf die Tischplatte. »Das Armband.«

Widerstrebend öffne ich die Faust und lege das Schmuckstück auf den Tisch. Das braune Holz ist rissig, an manchen Stellen wie von silbrigen Fäden durchzogen, an anderen verfärbt wie helles Kork. »Was ist damit?«, frage ich vorsichtig.

»Oneiros von Winther hat es gestohlen.« Mit einer Kopf- sowie Handbewegung leitet Jupiter zu Henrique.

»Das Armband besteht eindeutig aus der Rinde unseres magischen Baums. Es beinhaltet die Sternenmagie unserer Blutlinie und verschwand vor über zehn Jahren aus unserem Familienbesitz.«

»Nemesis sagt, das Armband beschütze sie vor negativen äußeren Einflüssen«, erkläre ich, verschweige aber, wie überrascht ich von der tatsächlichen Wirkung bin. Seit Jahren habe ich keinen meiner Träume so kontrollieren können wie den von letzter Nacht. Obwohl ich die Kreaturen selbst gewählt in meine Träume und mich freiwillig von ihnen jagen lasse, ist von ihnen stets ein unkalkulierbares Risiko ausgegangen. Nicht so in der vergangenen Nacht, in der die asphaltierte Straße so verlassen war wie seit der

Nacht des Infernos nicht mehr. Ich rede mir ein, dass das allein an meiner Willenskraft gelegen hat, dass ich Nemesis unter keinen Umständen erneut einer solchen Bedrohung aussetzen wollte und den Wesen eigenständig den Zutritt zu meinen Träumen verboten habe, aber weiß ich es nicht besser? Vor allem, wenn Henrique jetzt von der Sternenmagie spricht, die das Armband wirkt, wird mir schmerzlich bewusst, weshalb mein Traum so trügerisch friedlich gewesen ist.

»Vor negativen äußeren Einflüssen«, wiederholt Elios Vater verächtlich. »Das ist sehr allgemein gehalten.«

Mein Blick geht zu meinem besten Freund, der die Augen auf das Diebesgut gerichtet hat. Obwohl Esra das Barbosa-Kind war, das die Sternenmagie der Familie erlernen und praktizieren wollte, ist es heute Elio, der im Büro meiner Tante sitzt und über einem magischen Artefakt brütet.

»Nemesis versucht seit geraumer Zeit, in meine Erinnerungen einzudringen«, kommt es geradezu beiläufig von Jupiter. »Ich habe ihren ersten Versuch sofort durchschaut, angesichts der Fähigkeiten ihres Bruders war es keine höhere Mathematik zu schlussfolgern, dass sie auch eine Schlafwandlerin ist.«

»Sie versucht *was*?«, fragen Elio und sein Vater wie aus einem Mund.

Mich hingegen erfüllt wieder diese makabere Ehrfurcht. Natürlich ist sie in die Erinnerungen meiner Tante eingebrochen. Was auch sonst? Fast muss ich anerkennend lächeln, kann es gerade so unterdrücken, indem ich mir auf die Unterlippe beiße.

»Vermutlich möchte sie durch meine Erinnerungen den Tod ihres Bruders aufklären. Sie hofft wahrscheinlich zu sehen, wie ich Neiro umgebracht habe.« Jupiter lacht, Falten fächern um ihre waldgrünen Augen, doch sie greift zur Badeente und drückt sie einmal kurz.

Elio sieht mich an und hebt die Augenbrauen. *Hast du davon gewusst?*, steht in seiner Miene, woraufhin ich den Kopf schüttle.

»Ihr Handeln zeigt, wie wahnsinnig vor Trauer dieses Mädchen ist.«

»Sie ist kein Mädchen, sie ist eine erwachsene Frau«, korrigiere ich meine Tante, die zweifelnd die Stirn furcht.

»Manche würden ihr Vorgehen als waghalsig bezeichnen, andere als völlig blauäugig. Denn wie kann sie annehmen, dass sie unbemerkt in Jupiter Sterlings Erinnerungen eindringen kann?«, fragt Henrique rhetorisch.

Jupiter nickt. »Ein vor Trauer sehr verzweifeltes Mädchen. Und dennoch muss ich sie dazu zwingen, genauer hinzusehen, denn momentan sieht sie nur, was sie sehen will.«

»Was sieht sie denn im Moment?«, will Elio wissen, hält den Blick aber auf das Armband gerichtet.

»Das geht dich nichts an, mein Junge«, rügt sein Vater.

»Ich verstehe immer noch nicht, weshalb du sie ausgerechnet an den Feierlichkeiten zur Wintersonnenwende als Schlafwandlerin enttarnen musstest.«

»Dieses Mädchen muss zu einer wirklich erwachsenen Frau werden. Sie muss wachsen, ob sie will oder nicht. Sie muss hinsehen, die Wahrheit sehen, und nicht nur das, was sie dafür hält. Sie muss ihre Komfortzone aus Trauer und Rache verlassen, denn am Ende hält sie sich selbst klein.«

Meine Kehle ist wie ausgetrocknet. »Du … du willst ihr helfen?«

»Andersrum.« Jupiter atmet entkräftet aus, als könne sie selbst nicht glauben, was sie sagt. »Sie muss uns helfen.«

»Wobei?« Nun sind es Elio und ich, die unisono sprechen.

Henrique fasst nach dem Armband, wobei seine Berührung vorsichtig und ehrfurchtsvoll ist. »Sternenmagie kann die ewig Schlafenden nicht auslöschen, sie kann lediglich ihre Gier nach

Leid schwächen. Da ewig Schlafende Projektionen unverarbeiteter Trauer sind, sind es die Hinterbliebenen selbst, die sie vernichten können, indem sie ihren Verlust tiefgreifend heilen.« Er erhebt sich, hält mit zwei Fingern das hölzerne, silbrig durchzogene Armband fest und schwenkt es wie ein unheilvolles Pendel. »Ich weiß, dass Neiro Kenntnis über die ewig Schlafenden und die Sternenmagie hatte, doch in meiner Wahrnehmung hat er sich eher dem Unglauben seiner Mutter angeschlossen, als davon überzeugt zu sein. Dass er jedoch ein magisches Schmuckstück aus unserem Familienbesitz entwendet hat, um es seiner Schwester zu geben, beweist das Gegenteil.«

Meine Tante steht ebenfalls auf und tritt an Henriques Seite. Wie hypnotisiert starren sie auf das Armband.

»Oneiros von Winther«, sagt Jupiter, und ihre Stimme ist gespenstisch dünn, »war von der Existenz der ewig Schlafenden so überzeugt, dass er seine kleine Schwester vor ihnen in Schutz nehmen wollte.«

34

Nemesis

Meine Kindheit riecht nach Vanille. Das Shampoo meiner Mutter: *Golden Kukui Vanilla*, das Waschmittel: *Vanilla & Cotton*, der Raumerfrischer: *Soft Vanilla*. Auch jetzt erfüllt dieser süßlich pudrige und blumige Duft die Luft, als Mama eine Aromakerze anzündet. Dabei führt sie jeden Schritt penibel genau aus, von dem Feuerzeug, das sie aus einer aufgeräumten Küchenschublade nimmt, über den Winkel, in dem sie es über den Docht hält, bis zur Flamme, die sie stets drei Sekunden entflammen lässt, um die Kerze anzuzünden. Nachdem sie das Feuerzeug zurückgeräumt hat, setzt sie sich mir auf dem beigefarbenen Sofa gegenüber, der helle Couchtisch mit der duftenden Kerze zwischen uns.

»Du bist eine Schlafwandlerin.«

Eine Feststellung, keine Frage. Die gesamte Rückreise nach Deutschland über hat sie kein Wort mit mir gesprochen. Alles, was für mich bestimmt war, hat sie meinem Vater gesagt, der es dann an mich gerichtet hat, selbst wenn ich danebengestanden und mitgehört habe. *Sag Nemesis, sie soll ihren Koffer schneller packen. Sag Nemesis, sie soll das Sandwich im Flieger nicht essen, da ist sicher fettige Mayonnaise drauf. Sag Nemesis, sie wird wegen ihrer Lüge noch ihr blaues Wunder erleben.*

Ich nicke. »Ja.«

»Du. Bist. Eine. Schlafwandlerin.« Unter ihren runden Brillengläsern schließt meine Mutter die Augen, als würde sie sich entweder an eine höhere Macht wenden wollen oder versuchen, sich zu beruhigen. »Du hast es dein Leben lang gewusst, aber verschwiegen. Warum? Nach allem, was mit Neiro …« Ihre Stimme schwankt, und als sie die Augen öffnet, stehen Tränen darin.

»Bitte nicht«, flüstere ich kopfschüttelnd. »Bitte nicht weinen.«

Aber Mama schluchzt auf, presst sich die Hand vor den Mund, und Tränen quellen aus ihren Augenwinkeln. Ich kenne niemanden, der so anmutig zusammenbricht wie meine Mutter. Im gedimmten Honiggelb des Wohnzimmers sitzt sie kerzengerade auf dem Sofa, nimmt sich die goldene Brille vom Nasenrücken und tupft sich mit ihren manikürten Fingern die Tränen von den Wangen.

»Ich habe zwei Kinder bekommen, von denen ich Großes erwartet habe. Mein Erstgeborener hat meine Erwartungen übertroffen, er hat nicht nur sein Potenzial erkannt, er hat es bis auf den letzten Tropfen ausgeschöpft, bis er mir gewaltsam genommen wurde«, wimmert sie. »Meine Zweitgeborene hat meine Erwartungen enttäuscht, doch über die Jahre habe ich gelernt, damit umzugehen, ich habe es akzeptiert, nur um zu erfahren, dass …« Sie schluchzt, ihr Körper bebt, mehr Tränen rinnen ihre Wangen hinab.

Mein Blick geht zu Neiros Urne, die auf dem Kaminsims steht. Obwohl es in Deutschland verboten ist, die Urne mit der Asche eines Verstorbenen bei sich zu Hause aufzubewahren, ist es meiner Mutter wie auch immer gelungen, die Überreste meines Bruders zu sichern. *Hilf mir,* will ich ihn anflehen, *bitte, hilf mir,* doch im nächsten Moment reiße ich mich vom Anblick der Urne los.

Neiro kann mir nicht helfen, niemand wird mir helfen, ich allein muss diese Situation richten, weshalb ich mich vorbeuge und die Hand versöhnlich nach meiner Mutter ausstrecke, doch sie schüttelt den Kopf.

»Wie konntest du nur?« Ihr Ton wird härter, knochiger. »Hättest du dein perfides Spiel nicht so weit getrieben, hättest du deine Fähigkeiten offenbart und hättest zu deiner wahren Natur gestanden, hätte Neiro nicht sterben müssen! Er wäre nicht Jupiter Sterlings einzige Zielscheibe gewesen, weil es zwei schlafwandelnde von Winthers gegeben hätte.«

Obwohl ich mich seit meiner frühen Kindheit vor diesem Moment gefürchtet habe, mir wieder und wieder vorgestellt habe, wie zerschmetternd es wäre, würde meine Mutter von meiner Schlafwandlerei erfahren, fühle ich mich jetzt erstaunlich leer. Irgendwie so, als könnte sie nicht mehr in mir zerbrechen, als würde mein Innerstes bereits in Trümmern zu ihren Füßen liegen.

Die Schultern meiner Mutter sacken herab und sie weint ungezügelter, ihre Augen schwellen an, ihre Nase wird rot. »Du bist schuld«, keift sie, und Speichel spritzt auf den Tisch zwischen uns. »Du bist schuld am Tod deines Bruders!«

Als sie sich erhebt, zucke ich zusammen, obwohl ich es nicht will. Seit sie die Kerze angezündet hat, habe ich damit gerechnet, dass sie auf mich losgeht, doch ich wollte es mit Würde über mich ergehen lassen, wollte mich nicht wie ein verängstigtes Tier wegducken, und doch tue ich es.

»Ich bin deine Mutter«, schreit sie so laut, dass selbst die Kerzenflamme erzittert. »Ich habe dich geboren, ich habe dir das Leben geschenkt, du bist mein! Doch du entpuppst dich nicht nur als Enttäuschung, nein, auch als Erniedrigung. Denn ich muss ausgerechnet von Jupiter Sterling erfahren, dass meine Tochter eine Schlafwandlerin ist. Weißt du, wie beschämend das ist?« Tränen und rote Flecken überziehen ihr Gesicht, ihre Halsschlagader pocht vor gleißendem Zorn.

»Es tut mir leid.«

»Es tut dir leid?« Ihr Tonfall wird immer schriller. »Du bist eine Schande für diese Familie, Nemesis, eine Schande.« Aus ihren geröteten Augen starrt sie auf mich hinab, und ein vertrautes Gefühl kriecht durch mich hindurch, so vertraut, dass ich es mit fünf, zehn, fünfzehn und heute spüre: Ich bin ihr schutzlos ausgeliefert.

Meine Mutter beugt sich über den Tisch und holt aus. Als ihre flache Hand mich im Gesicht trifft, riecht und schmeckt der Schmerz nach Vanille. Meine Wange brennt, mein Ohr piept, doch ich kann die Tränen niederringen.

»Es gibt Tausende Gründe, weshalb du dir das verdient hast«, spuckt sie mit einer Stimme und Mimik, getränkt von Abscheu. »Aber diese Ohrfeige war einzig dafür, dass du diesen Hurensohn Sterling fickst.«

Ihre Strickjacke hebt sich, als sie um den Tisch geht, mich am Oberarm packt und vom Sofa zieht.

»Bitte nicht«, flüstere ich wieder, schäme mich jedoch für meinen erbärmlich kriecherischen Ton.

»Glaubst du, ich habe euch nicht tanzen sehen?«, keift Mama, während sie mich aus dem Wohnzimmer in den Flur und zur Treppe zerrt. »Glaubst du, ich habe nicht verstanden, was zwischen euch ist, als ich euch im Korridor gesehen habe? Ein Blinder mit Krückstock würde verstehen, dass du nicht nur deine Unschuld, sondern auch dein Herz an ihn verloren hast.«

Sie schubst mich Stufe für Stufe die Kellertreppe hinab. Ich möchte mich wehren. Ich möchte mich losreißen und zurückschreien und mich wehren. Ich kann mich wehren. Aber bei ihr werde ich zum Kind, unfähig, mich selbst zu beschützen, also bricht nur ein weiteres »Bitte nicht« über meine Lippen.

»Bitte nicht, bitte nicht«, äfft sie mich nach. »Du lässt einem ja keine

andere Wahl! Und du weißt, dass du diese Strafe verdienst, tief in dir weißt du das genau.«

Im Keller stehen wir vor einer Tür, die zum Kinderzimmer meiner Albträume führt. Mama dreht den Schlüssel im Schloss, sperrt auf und drängt mich über die Schwelle. Hinter mir wird die Tür erst geschlossen, dann verschlossen, ihre Stimme ertönt gedämpft: »Du lässt mir keine andere Wahl.«

In diesem fensterlosen Kellerraum kann es nicht nach Vanille riechen, selbst die Bettwäsche verströmt nur den Geruch von Einsamkeit. Im Dunkeln taste ich mich bis zum Bett, lege mich hinein und meine kalte, verschwitzte Hand an meine pochende, glühende Wange.

Dafür, dass du diesen Hurensohn Sterling fickst.

Das war die demütigendste Ohrfeige meines Lebens. Ich erlaube mir nicht, die Hand von der Wange zu nehmen, aber ich erlaube mir ein, zwei Tränen.

***

Du musst schlafen, meine Kleine, du musst schlafen und träumen. Mit diesen Worten hat mich meine Mutter in mein *zweites* Kinderzimmer gebracht, den dunklen Raum im Keller, vor dem ich mich gefürchtet habe. Doch ich habe getan, wie mir geheißen, ich habe geschlafen und geträumt und die Kontrolle über meine Träume erlangt, sodass ich bald jede Nacht davon träumen konnte, dass Neiro nach Hause kommt und mich aus dem Keller holt.

Er ist zu selten gekommen, doch wenn, habe ich in meinem *ersten* Kinderzimmer unter dem Dach geschlafen, das man nicht abschließen kann.

Obwohl der Raum im Keller mit der Zeit zu einem schönen Kinderzimmer wurde, habe ich verstanden, dass der sich von außen im Schloss drehende Schlüssel nicht richtig war. Trotz weicher, gepunkteter Bettwäsche, einem Wandtattoo, das ein schlafendes Waschbär-Baby mit Zipfelmütze zeigt, liebevoll ausgewählter Kuscheltiere und einer Auswahl an Hörbüchern, die beim Einschlafen helfen sollten, habe ich mich vor dem Moment geängstigt, in dem die Tür abgeschlossen wurde. Aber am nächsten Morgen war es ebenso meine Mutter, die mich aus dem Zimmer geholt und an den Frühstückstisch gesetzt hat, nie war es mein Vater.

Ich richte mich auf und knipse die pilzförmige Nachttischlampe an. Der Schmerz in meiner Wange hallt nur noch in meinem Herzen nach, meine abgezählten Tränen sind getrocknet, mein Blick geht gefasst durch den Raum, in dem sich alles an seinem unverrückbaren Platz befindet.

Vielleicht habe ich gehofft, ihn nie wieder betreten zu müssen. Vielleicht habe ich nach den Wochen an der ADA getrennt von meinen Eltern geglaubt, dieses Zimmer zurücklassen zu können. Doch vielleicht ist es auch der Ort, an den ich zurückkehren muss, wieder und wieder und so lange, bis ich Neiros Tod aufgeklärt und damit meine Kindheit und Jugend endgültig hinter mir gelassen habe.

Unter dem Kopfkissen ziehe ich ein dünnes Fotoalbum hervor. Es beinhaltet die wenigen Bilder, die ich von Neiro und mir habe, versehen mit Datum und Ort. Es sind fünf. Fünf, weil seine Besuche in Deutschland meist nur für einen kurzen Abstecher zu uns gereicht haben, doch jedes Mal bin ich vor Freude beinahe geplatzt. Meinen heldenhaften Bruder zu sehen, war besser als Weihnachten, Geburtstag und Sommerferien zusammen. Denn das hat meine Mutter gekonnt wie keine Zweite: meinen Bruder zu einem Helden zu erzählen. Sie hat von ihm gesprochen wie von einem Gott; in ihren ausufernden Erzählungen ist Neiro klüger, gewitzter, schöner, einfach *besser* als alle anderen gewesen. Andere Kinder hatten ihre Superhelden, Serienstars und Idole, ich meinen großen

Bruder. Und wenn er da war, war mein Leben wirklich so viel einfacher, denn ich habe mich nie in seinen Schatten gestellt gefühlt, ich habe mich eher darin ausgeruht.

Das erste Foto ist das, was ich als Kopie in meinem Akademiezimmer stehen habe, ich als Kleinkind auf Neiros Schoß in seinem ersten Auto. Das zweite zeigt mich im Grundschulalter, wie ich neben Neiro auf einer Picknickdecke sitze und Freibad-Pommes esse. Das dritte Foto stammt aus demselben Sommer, es ist eine Aufnahme vor einem Karussell auf der Kirmes, die Zuckerwatte in meiner Hand ist fast so groß wie ich. Ich erinnere mich gut an diesen Sommer, denn Neiro ist ausnahmsweise mehrere Tage zu Hause gewesen, und ich hatte das Gefühl, dass das Eis in seinem Beisein noch cremiger schmeckte, die Wasserrutsche im Freibad noch turbulenter war, sich meine Tage vor Glück ausdehnten. Das vierte Bild hält den womöglich glücklichsten Moment meines Lebens fest, denn zwischen die dunkelblauen Haare meines Bruders und mir schiebt sich der haselnussbraune Schopf meines Vaters, und wir lachen in die Kamera. Das fünfte und letzte Foto in meiner überschaubaren Sammlung stammt von dem letzten Weihnachten, das ich mit Neiro verbracht habe – wenige Monate vor seinem Tod.

Der Schmerz, den die Bilder in mir auslösen, ist mir so vertraut wie ein langjähriger Freund. Er erinnert mich an meinen Verlust, aber auch daran, dass es schöne, unbeschwerte Augenblicke meiner Kindheit gegeben hat. Auch mit meinen Eltern, selbst mit meiner Mutter, die mich allein durch ihr Äußeres an meinen Bruder erinnert – das gleiche Haar, die gleichen Augen. Es mag absurd klingen, doch dass Mama so auf Neiros Rache pocht, macht meinen Bruder präsent, es hält ihn am Leben. Wäre ich mit meinem Vater allein, wäre Neiro nur noch eine milchige Erinnerung, eine Art *Weißt du noch …*

Ich presse das Album an meine Brust, schwinge die Beine aus dem Bett und lege mich flach auf den harten Boden. Stück für Stück schiebe ich mich unter mein Kinderbett in meinen *Safe Place.* Es gibt so viele Gefühle, die in mir toben, dass die Enge unter dem Bett verspricht, ich könnte sie alle verdrängen. Da ist Wut auf meine Mutter, Wut auf mich, weil ich mich nicht wehre, Enttäuschung über meinen Vater, gleichzeitig fühle ich mich schuldig und dreckig, weil ich meine Eltern angelogen habe. Die Lüge katapultiert mich zu Jupiter Sterling, und weiß glühender Zorn durchzuckt mich, Zorn, der im nächsten Moment von Mercy beschwichtigt wird, der mich nicht verraten hat. Da ist so viel. Zu viel, viel zu viel, also zähle ich die Bretter des Lattenrosts. Es sind achtundzwanzig. Es sind immer achtundzwanzig. Ich zähle so lange, bis ich mit Neiros Fotos im Arm wegdämmere.

35

Nemesis

An Heiligabend backt meine Mutter so viele Vanillekipferl, dass das gesamte Haus danach riecht.

Als ich das Wohnzimmer mit offener Küche betrete, sitzt mein Vater auf dem Sofa und schaut sich einen Bildband über Monet an.

»Hey«, grüße ich, verunsichert, wie ich ihm gegenübertreten soll, denn im Gegensatz zu Mama hat er noch kein Wort über meine Schlafwandlerei verloren. Kein einziges.

Papa schlägt das Buch zu und legt es auf dem Couchtisch ab. »Hallo.« Er lächelt. »Möchtest du spazieren gehen?«

Beunruhigt sehe ich zu Mama, die sich nach den Plätzchen um den Braten für heute Abend kümmert, doch erstaunlich beharrlich sagt Papa: »Lass uns spazieren gehen.«

Als wir aus dem Haus treten, fällt die späte Nachmittagssonne durch die kahlen Baumwipfel. In München ist es nicht so kalt wie in Lappland, doch weil ich es mittlerweile so gewohnt bin, mir Mantel, Handschuhe, Schal und Mütze anzuziehen, beginne ich unter meinen Lagen zu schwitzen. Schweigend gehen wir die Straße entlang, bis wir einen Park erreichen.

Immer wieder fasst sich mein Vater in sein braunes Haar und zerwühlt es nur noch mehr. Seine Nervosität lässt meine Verunsicherung immer größer werden. Während der gestrigen Auseinandersetzung mit meiner Mutter war er arbeiten im Krankenhaus, doch selbst wenn er zu Hause gewesen wäre, bin ich sicher, dass er nicht dazwischengegangen wäre. Weil ich auch für ihn eine Enttäuschung bin? Eine Schande? Schuld am Tod seines Sohnes? Was denkt mein Vater über mich, und warum fällt es mir so schwer – so unendlich schwer –, ihm auch nur eine meiner Fragen zu stellen?

»Nächstes Jahr sollten wir in den Urlaub fliegen«, durchbricht Papa die anhaltende Stille, während wir einen Weg zwischen zwei Grünflächen entlanggehen. Krähen krächzen, fliegen von Baum zu Baum. »Vielleicht nach Rom, das Kolosseum ist eine architektonische Meisterleistung.«

Ich sehe ihn von der Seite an, und plötzlich schlägt mein Herz nicht mehr vor Aufregung schneller, sondern vor Wut und Enttäuschung. Es nimmt derart Anlauf, dass sich auch meine Atmung beschleunigt.

Noch vor wenigen Wochen hätte ich auf seinen Vorschlag geantwortet, dass er toll klinge und wir das auf jeden Fall machen sollten, wohl wissend, dass eine solche Reise mit meiner Mutter nicht zustande kommen würde. Doch heute sage ich etwas keuchend: »Ich will nicht nach Rom.«

Papa bleibt stehen, ich ebenfalls. Im graugelben Schein der untergehenden Dezembersonne sehen wir uns an, doch dann senkt mein Vater den Blick und fixiert seine Stiefelspitzen. »Wohin willst du dann?«

»Das … das weiß ich nicht.«

»Ich glaube schon«, murmelt er in den Kragen seines Mantels, doch ich höre ihn, und seine Worte lassen mein Herz nur noch stürmischer werden. Er glaubt schon? Er glaubt, etwas über mich zu wissen? Wenn das so ist, warum sagt er dann nichts? Das Chaos aus Zorn, Frustration, Verzweiflung und Liebe schlägt so heftig zu, dass ich sicher bin, der Moment, den ich gefürchtet habe, ist gekommen. Der Moment, in dem ich meinem Vater sage, dass er schwach ist. Ein Feigling. Der größte Feigling von uns allen.

Meine Lippen öffnen sich, meine Zunge setzt an, da hebt Papa den Kopf und sagt: »Meinetwegen musst du nicht bleiben, Nemesis.«

Ich verstumme.

Sein Blick liegt unsicher auf mir, zuckt immer wieder zur Seite, weil es ihm schwerfällt, mir in die Augen zu sehen. »Falls du denkst, dass du meinetwegen bei deiner Mutter bleiben musst, dann will ich dir sagen, tu es bitte nicht. Geh, wenn du willst. Geh, wohin du willst.«

Geh, wenn du willst.

»Aber …« Einen Moment lang droht mein Chaos noch mehr zu verknoten und zu einem undurchdringlichen Knäul zu werden, doch im nächsten entwirrt es sich. Entwirrt sich so sehr, dass nur noch eine Emotion offenliegt: Traurigkeit.

»Aber wenn ich gehe, was ist dann mit dir?« Erst als ich die Worte ausgesprochen habe, wird mir bewusst, wie wahr sie sind. Denn was passiert mit meinem Vater, wenn ich gehe? Bin ich dann nach Neiro nicht das zweite Kind, das ihn verlässt?

Verständnis tritt in seine braunen Augen. »Du trägst keine Verantwortung für mich. Ich muss mit den Entscheidungen, die ich getroffen habe, leben. Niemand hat mich dazu gezwungen, deine Mutter zu heiraten oder mit ihr Kinder zu bekommen, das habe ich freiwillig getan. Aber du … Konntest du jemals eine Entscheidung nur für dich treffen?«

Er kommt auf mich zu, legt eine Hand auf mein Schulterblatt und streicht mir tröstend über den Rücken. »Seit der Wintersonnenwende ringe ich mit mir, dieses Gespräch zu führen«, sagt Papa. »Und sicherlich mache ich keinen sonderlich souveränen

Job, aber ich habe Angst, dass es zu spät ist, wenn ich es dir jetzt nicht sage.«

Tränen schwimmen in meinen Augen. Ich blinzle dagegen an, doch mein Vater sieht sie und verstärkt den Druck seiner Hand auf meinem Rücken. »So gut es mir möglich ist, habe ich mich aus der Gemeinschaft der Traumgeborenen rausgehalten. Ich habe eine weltliche Karriere verfolgt, bin kein Luzider auf höchstem Niveau geworden, sondern einfacher Chirurg. Ich kann zwar meine Träume kontrollieren, aber an meinem letzten Nexus habe ich mich vor über dreißig Jahren versucht.« Er pausiert und sieht hinauf zu den Ästen, auf denen die Krähen sitzen, als würden sie uns zuhören. Ihr schwarzes Gefieder glänzt von den letzten Sonnenstrahlen.

»Das alles habe ich für mich entschieden. Was du willst, wohin du willst, ist deine Sache, Nemesis, aber *du* musst diese Entscheidung für *dich* treffen. Ich weiß, wie schwer es ist, unter deiner lauten Mutter überhaupt noch die eigene Stimme zu hören, aber ich weiß auch, dass du es kannst. Denn du bist willensstark. So viel stärker als ich.« Papas Hand gleitet von mir, und er tritt zurück, räuspert sich mehrmals, als wäre er froh, die Worte hervorgebracht zu haben.

Seit der Wintersonnenwende habe ich nicht mehr so tief durchgeatmet wie in diesem Moment. Die kalte, nach Moos riechende Luft strömt in meine Lunge, und ich fühle keine Wut, Enttäuschung oder Verzweiflung, sondern Dankbarkeit. Es mag sein, dass da immer noch so viel Subtext ist, an dem wir scheitern, so viel lautes Schweigen zwischen uns, doch es mag auch sein, dass wir das Wichtigste gesagt haben.

Ich sehe ihm fest in die Augen, lasse seinen Blick nicht los. »Auch du musst nicht meinetwegen bei ihr bleiben, Papa, ich hoffe, das weißt du.«

***

Später sitze ich mit meinen Eltern am Tisch, esse Braten, Kartoffeln und Crème brûlée, kann jedoch das Ende des Zusammenseins nicht erwarten. Während Chopin aus dem Schallplattenspieler dröhnt, meine Mutter dreimal fragt, ob das Essen schmecke, mein Vater dreimal antwortet: »Ganz hervorragend, danke«, kann ich nur an seine Worte während des Spaziergangs denken.

Geh, wenn du willst. Geh, wohin du willst.

Obwohl Mama die Nase rümpft, dass ich nach dem Essen so schnell in mein Zimmer möchte, schiebe ich Müdigkeit vor und entschuldige mich. Unser Verhältnis ist angespannt, und auch wenn sie heute nichts über meine Schlafwandlerei gesagt hat und so tut, als wäre alles beim Alten, kann ich bereits erahnen, wie sich der nächste Sturm zusammenbraut.

Ich mache mir nicht einmal die Mühe, meinen Laptop aufzuklappen, sondern buche den Flug direkt von meinem Handy aus. *Geh, wohin du willst* – und ich weiß genau, wohin ich will: zurück an die ADA. Denn ich vermisse sie. Auf eine verquere Art und Weise ist die *Academy of Dream Analysis* zu einem Ort geworden, an dem ich so viel mehr gefunden habe als meinen toten Bruder. Ich vermisse die andauernde Nacht, die magisch-träumerische Aura, von der man nicht wissen kann, ob sie einen Wunsch erfüllt oder ein Geheimnis enthüllt, mein Himmelbett, ich vermisse Esra, selbst Victoria und … und Mercy.

Der kurzfristige Flug am zweiten Weihnachtsfeiertag ist astronomisch teuer, aber eine erste der Entscheidungen, von denen mein Vater gesprochen hat. Auch wenn ich nicht weiß, welche Konsequenzen Jupiter Sterlings Offenbarung für mich hat, auch wenn ich nicht einschätzen kann, wie ich künftig als Schlafwandlerin behandelt werde, weiß ich sicher, dass ich nicht in meinem Elternhaus bleiben und mich dort verstecken kann. Ich muss unter dem Bett hervorkommen. Ich muss zurück.

Nachdem ich das Licht gelöscht habe, ziehe ich die Beine an und die Bettdecke bis zu den Schultern. Stunden vergehen, in denen ich daran scheitere, nicht an Mercy zu denken. Er ist überall, wie der Nachthimmel, der mit endgültiger Gewissheit hereinbrechen wird, ganz gleich, wie sehr man sich an den Tag klammert. Sein Bild glänzt hinter meinen geschlossenen Lidern, und ein dominierender Gedanke lässt mich nicht los: Er hat mich nicht verraten. Was auch immer das am Ende bedeutet, aber er hat es nicht getan.

Als ich schließlich einschlafe und in der REM-Phase zu träumen beginne, drängt sich der wirbelnde Nebel als Eingang in seine Träume auf, als wäre ich keine Hunderte von Kilometern von ihm entfernt. Das Band, das ich durch das Besuchen seiner Träume geknüpft habe, scheint so fest, dass sein Traum mich einlädt, obwohl wir uns in verschiedenen Ländern befinden.

Ich kann nicht widerstehen. Am Ende bin ich nur eine Frau mit verführbarem Herzen, und so durchschreite ich den dunkelgrauen Strudel, bin bereits an meine sich kurzzeitig maximal erhöhende Herzfrequenz und an das Gefühl gewöhnt, zu fallen, um wieder in die Höhe katapultiert zu werden, um wieder zu fallen. Als ich hindurch bin, erwarte ich die asphaltierte Straße. Mercy hat noch immer mein Armband bei sich, er sollte seine Träume also besser kontrollieren können und nicht von albtraumhaften Kreaturen gejagt werden, aber das, was ich sehe, verschlägt mir Sprache, Atem und Herzschlag.

Durch unsere körperliche Distanz ist sein Traum unscharf, wie mit einem seidigen Schleier überzogen, doch ich erkenne genug, um ein Himmelbett auszumachen, auf dem sich zwei Personen befinden. Obwohl die Details verschwimmen, steht das Bett auf einer schmalen Lichtung, eingerahmt von meterhohen Bäumen. Blumen ranken sich um das Bettgestell, Hunderte verworrene Blumen. Zwischen den Laken ein Mann und eine Frau, nackt, ihre Haut schimmert in der nebelhaften Traumskizze. Ihr langes Haar ergießt sich über ihren Rücken, während sie mit gespreizten Beinen auf seinem Schoß sitzt und ihn reitet. Ich kann ihre Gesichtsausdrücke nicht präzise ausmachen, doch ihr Stöhnen dringt zu mir durch. Atem, Keuchen, lustvolle, verlangende Geräusche.

Als ich verstehe, was passiert, ist es bereits zu spät. Denn ein brutaler Gefühlssturm bricht in mir aus, der mich augenblicklich von den Füßen reißt. Ich schrecke hoch, doch die Erinnerung an Mercys Traum ist frisch und brodelnd heiß. Meine Hand schiebt sich unter die Bettdecke, unter meinen Slip, zwischen meine Beine. Ich ertaste meine erregte Feuchtigkeit, spüre, wie ich selbst unter meiner Berührung mehr will, so viel mehr. Ich ziehe die Finger zurück, presse die Oberschenkel eng aneinander, um das begierige, qualvolle Pochen meiner Mitte zu lindern.

Vergeblich.

Denn ich bin in Mercys Träume gedrungen, nur um zu sehen, wie er mit einer Frau schläft. Und dieser Anblick turnt mich einerseits so sehr an, dass ich vor Verlangen vergehe, andererseits lässt er mich mit maximaler Intensität eine Empfindung fühlen, die ich bisher noch nie so stark erfahren habe: Ich bin giftgrün und in jeder Zelle stechend voll von Eifersucht.

36

Nemesis

»Wenn du uns deine Schlafwandlerei nicht verheimlicht hättest, könntest du heute ganz woanders sein.« Mama schiebt mir den mit Zuckerstangen verzierten Plätzchenteller hin und bedeutet mir mit einer Geste zuzugreifen. »Du müsstest dich nicht mit dem Studienbeginn herumschlagen, den gewöhnliche Traumgeborene vielleicht nötig haben, nicht aber ein Ausnahmetalent wie du.«

Versucht sie mir zu schmeicheln? Nachdem sie mir vor drei Tagen noch vorgeworfen hat, durch mein Schweigen Schuld am Tod meines Bruders zu sein? Ich greife nach einem Vanillekipferl, doch anstatt hineinzubeißen, rolle ich es zwischen den Fingerkuppen, bis der Teig bröselt.

»Wir hätten dich ganz anders fördern können, und du hättest dein Potenzial so ausschöpfen können wie Neiro. Ich habe ein Leben lang mit der Gewissheit leben müssen, dass meine Tochter nichts Wertvolles ist, doch nun bist du es doch.«

Mein Blick geht zur Küchenuhr. Noch circa zwei Stunden, dann fährt mich Papa zum Flughafen, und ich bringe so viel Abstand zwischen mich und mein Elternhaus, dass ich freier atmen und freier denken kann.

»Nemesis, verstehst du denn nicht?« Mama beugt sich erwartungsvoll über den Tisch, ihre gesamte Präsenz leuchtet vor Machthunger und der Option, ihn zu stillen. »Du kannst die nächste große Schlafwandlerin sein. Durch dich kann der Name von Winther endlich wieder zu alter Größe aufsteigen.« Nicht nur Stimme und Worte, auch Körperhaltung und Mimik meiner Mutter werden feierlich. Es ist, als könnte ich sie krönen, würde ich nur endlich die Anerkennung über unsere Familie bringen, die sie bereits von Neiro erwartet hat. Ich könnte Augusta von Winther zur Königin machen. Doch ich will es nicht. Ich will weder eine herausragende Schlafwandlerin werden noch die höchste Position der Traumakademie bekleiden, ich will weder Ruhm noch Ansehen, die Menschen sollen meinen Namen nicht in den Mund nehmen, als wäre er entweder Heilung oder Fluch.

Es klingelt.

Ein Mal kurz und sacht, ein zweites Mal deutlich länger und härter. Verwirrt dreht Mama den Kopf in Richtung Haustür und fragt: »Ist dein Vater schon von seinem Spaziergang zurück?«

Ich schüttle den Kopf. »Das kann nicht sein, er ist doch gerade erst losgegangen«, sage ich, doch ich bin bereits im Flur. Erleichtert über die Unterbrechung unseres Gesprächs öffne ich die Tür, nur um im nächsten Moment meinen Augen nicht zu trauen.

»Wie konntest du *mir* nicht sagen, dass du eine Schlafwandlerin bist? Wir sind doch beste Freundinnen«, sagt Victoria mit einem diabolischen Grinsen.

»Hey«, protestiert Esra und schiebt gespielt beleidigt die Unterlippe vor. »Ich war immer viel netter zu Nemesis und wusste auch von nichts. Aber das«, hinter ihrem Rücken zieht Esra ein Flugticket hervor, »können wir auf dem Rückweg ausführlich besprechen.«

»Rück … Rückweg?«, stammle ich und nehme das Ticket entgegen, das mir Esra in die Hand drückt. Es zeigt den Flug, den ich in ein paar Stunden nehmen will. »Ich … ihr … was …?« Die Tatsache, dass sie hier sind, dass sie mich abholen, sickert so langsam in meinen Verstand, dass ich nur stottern kann.

»Steht sie unter Schock?«, fragt Esra, woraufhin Victoria nah vor mein Gesicht tritt und mir mit den Fingern gegen die Stirn schnippt.

»Würdest du vor meiner Tür auftauchen, würde ich auch unter Schock stehen«, sagt Victoria über die Schulter zu Esra, die lacht und erwidert: »Hoffentlich unter positivem.«

Erst als ich meine Mutter hinter mir wahrnehme, kann ich mich aus meiner Starre lösen. Ich drehe mich zu ihr um, trete so weit zur Seite, dass sie Victoria und Esra sehen kann, und sage: »Ich reise zurück zur ADA.«

»Wie bitte?«, fragt Mama, doch als sie den Flur entlangkommt und genau ausmachen kann, wer da vor unserer Tür steht, weiß ich, dass ich gewonnen habe.

Obwohl Papa versichert hat, mich zum Flughafen zu bringen, hatte ich Sorge, dass er am Ende doch vor meiner Mutter einknicken würde und ich bis ins neue Jahr in München bleiben müsste. Doch vor Henrique Davi Barbosas Tochter und dem italienischen Adelsgeschlecht Alliata wird Mama nicht ihr Gesicht verlieren und mich zwingen zu bleiben. Ich werde ohne die Diskussion, die ich vermutlich hätte führen müssen, gehen können.

***

Als Esra, Victoria und ich circa eine Stunde später den Münchner Flughafen erreicht haben, kann ich immer noch kaum glauben, dass sie gekommen sind, um mich zu holen. Ich habe mich zwar nicht mehr von Papa verabschieden können, da er noch nicht von seinem Spaziergang zurück war, doch er wird mich verstehen. Mama hat nur gefroren gelächelt und den Kopf darüber geschüttelt, dass Esra und Victoria nicht hereinkommen wollten, doch ich habe so schnell meinen bereits gepackten Koffer geholt, dass wir ohnehin wenige Minuten später aufbrachen. Bei ihrer Abschiedsumarmung hat mir meine Mutter dennoch ins Ohr geflüstert: *Wenn du die Sterlings aus dem Weg räumst, ist er frei für uns.*

Kurz nach Weihnachten und vor Silvester ist der Flughafen so überfüllt, dass wir uns zu dritt auf eine winzige Sitzbank quetschen und ich die Tüte Pommes in der Hand halte, die wir uns teilen.

»Ich möchte mich nicht brüsten, aber ich habe den Braten von Anfang an gerochen«, sagt Victoria, während sie Ketchup von ihrem Finger leckt. »Bereits bei unserer ersten Begegnung wusste ich, dass irgendwas nicht mit dir stimmt. Und ich spreche nicht von deinem fehlenden Charme.«

Ich kippe die Tüte nach links, sodass Esra hineingreifen kann.

»Nem ist durchaus charmant«, verteidigt sie mich, während mich ihr blumiges Parfüm einhüllt.

»Nem?« Ich kann in Victorias Stimme hören, wie sie skeptisch die Augenbrauen hebt.

»So langsam wird es auch für dich Zeit, sie Nem zu nennen, Vicky.«

»Warum das denn?«

»Weil sie eine verflucht mächtige Schlafwandlerin ist«, flötet Esra und spießt mit ihren langen Fingernägeln weitere Pommes auf. »An deiner Stelle würde ich mir beleidigende Bemerkungen zukünftig doppelt überlegen.«

»Ich glaube, davon lebt unsere Dynamik«, gibt Victoria zurück, und ich spüre ihren Ellbogen leicht in meiner Seite.

»Unsere rivalisierende Dynamik?« Ich sehe Victoria an, die bedächtig kaut, schluckt und nachzudenken scheint. Kurz erwidert sie meinen Blick, doch dann geht er über meinen Kopf hinweg zu Esra. »Ich fürchte, der Konkurrenzkampf mit dir muss warten, *Nem*. Ich habe andere Prioritäten.«

»Hört, hört!«, ruft Esra, die Victorias Blick nicht bemerkt zu haben scheint.

Ich sehe zwischen den zwei Frauen hin und her. Esra, die eine Mütze mit Bärenohren trägt und riecht wie ein Frühsommertag, Victoria in schwarzer Funktionsjacke und ihrer klirrenden Ausstrahlung. Ich kann keine von beiden länger angucken, stattdessen sehe ich auf meine Hand hinab, die nach wie vor die Papptüte voll salziger Pommes hält. »Danke«, murmle ich, mehr in mein Haar als zu meinen Sitznachbarinnen. »Danke, dass ihr mich zurückholt.«

Esra lehnt ihren Kopf gegen meinen und drückt unterstützend meinen Arm. »Immer, Nem, immer.«

Victoria sagt: »Ich bin nur hier, damit ich deine Teilnahme am Sigillenritual sicherstellen kann«, aber ich könnte schwören, dass ihr Ton wintermild ist.

***

Noch am selben Tag betrete ich um kurz vor Mitternacht den Wintergarten. Obwohl ich von den studentischen Unterkünften dorthin gerannt bin, ist es so kalt geworden, dass meine Hände und Wangen rot glühen. Ich streife meine schneenassen Stiefel am Eingang des gläsernen Gebäudes ab und nähere mich in Wollsocken dem Kreis aus Victoria, Esra und Elio.

»Wie schön, dass zumindest *Julia* pünktlich auftaucht«, sagt Victoria, hält allerdings den Blick auf die feuerfeste Schale mit Meersalz gerichtet, in die sie zusätzlich getrocknete Blütenblätter streut. »Jetzt fehlt nur noch dein *Romeo*.«

Esra rutscht näher an ihren Bruder heran und klopft mit der flachen Hand auf den Platz neben sich.

»Bereit, deinen sehnlichsten Wunsch zu erfüllen?«, fragt Elio, während ich mich im Schneidersitz neben seiner Zwillingsschwester niederlasse. Wir sitzen so eng beieinander, dass sich unsere Knie berühren.

»Absolut«, versichere ich, doch Victoria zieht die Brauen zusammen, während Esra meinen Oberschenkel tätschelt. »Schon okay, Nem, wir wissen es zu schätzen, dass du mitmachst, obwohl du das Ritual für Hokuspokus hältst.«

Während Elio ein Streichholz entflammt und die schwarzen Kerzen, die, wenn ich mich recht erinnere, mit Wolfsblut versetzt sind, gegen den Uhrzeigersinn anzündet, lege ich den Kopf zurück. Das gläserne Dach wird mit von Efeu berankten weißen Holzbalken gestützt, an denen mehrere Laternen befestigt sind. Dicke Stumpenkerzen brennen in den wachsgeträufelten Laternen und schenken ein Licht, als würde man unter einem orange-golden schimmernden Himmel sitzen. Rosensträucher wachsen um die gläsernen Rundbogenfenster und verströmen ihren lieblichen Geruch, der sich mit der Dezemberluft von draußen zu einem Duft kalter Eleganz vermischt.

Um ihr dunkles Seidentuch in der Mitte des Wintergartens auszubreiten, musste Victoria eine Staffelei und eine in die Jahre gekommene Kiste zur Seite schieben.

»Na endlich!«, stöhnt sie, und mein Kopf dreht sich zum Eingang.

Ich will mich nicht vor dem Wiedersehen mit Mercy fürchten, doch jetzt, als er mit großen Schritten auf uns zukommt, die Hüfte wiegend, fürchte ich mich vor allem. Vor seinem Blick, seinen Nicht-Berührungen, seinen Worten und vor allem vor der Erinnerung an seinen Traum. Während ich mich in meinem Elternhaus ausgerechnet in seine Träume flüchte, begehrt er in ihnen eine andere Frau. Er ist mir zwar nichts schuldig, hat mir keinerlei Versprechen gegeben und kann Sex haben, mit wem er will, doch ich spüre wieder den Stachel der Eifersucht.

Mercy trägt wadenhohe Stiefel, deren Schnallen bei jedem Schritt klirren, eine dunkle Hose und ein weites Hemd mit Flatterärmeln über einem Rollkragenpullover.

»*Romeo,* bitte setz dich doch zu uns.«

»Um ehrlich zu sein, ist der Witz langsam abgenutzt«, sagt Elio zu Victoria, während Mercy sich neben ihn setzt.

»Habe ich dir bisher irgendeinen Anlass dazu gegeben anzunehmen, dass ich qualitative Ansprüche an meine Witze stelle? Ich bin ein durch und durch humorloser Mensch.«

Esra lacht, während Victoria vergilbtes Papier und Kugelschreiber herumreicht. Mir ist alles andere als zum Lachen zumute. Ich schiele zu Mercy, der mir in dem Kreis gegenübersitzt, doch ich spüre Abneigung, die von ihm ausgeht. Seine regengrauen Augen kreisen zwar um mich, meiden jedoch das Zentrum. Warum ignoriert er mich? Oder anders: Was habe ich erwartet? Dass wir uns in die Arme fallen? Saure Galle schießt mir empor und vermischt sich mit der Eifersucht, sodass ich meine Hände auf den Bauch pressen und mich krümmen möchte.

»Heute ist nicht nur Vollmond, sondern auch eine der zwölf Raunächte zwischen den Jahren«, beginnt Victoria, und ihre Stimme hat einen ehrfürchtigen, erhabenen Ton angenommen. »Wenn das Mondjahr eine Dauer von 354 Tagen hat, das Sonnenjahr aber 365, dann entsteht eine Diskrepanz von elf Tagen und zwölf Nächten, den Raunächten. Diese Nächte fallen sozusagen aus der Zeit, was sie besonders magisch und kraftvoll macht.« Sie greift mit einer Hand nach dem Mondstein, mit der anderen fasst sie den Amethyst. Sichtlich verstärkt sie ihren Griff um die Steine und presst die Lider zusammen. »In den Raunächten ist die Grenze zwischen den Welten noch dünner als für Traumgeborene ohnehin schon. Es ist der ideale Zeitpunkt, um den Blick nach innen zu richten, um zu reflektieren und zu manifestieren.« Sie reißt die Augen auf und sieht uns der Reihe nach an, so durchdringend, als wäre sie keine achtzehnjährige Studentin, sondern ein göttliches Wesen aus der Schwellenwelt. »Es ist Zeit für unsere sehnlichsten Wünsche und abgründigsten Geheimnisse.«

Als die Zwillinge nach Papier und Stift greifen, tue ich es ihnen gleich.

Glaube ich an dieses Ritual? Nein.

Würde ich es ohne die Gruppe wiederholen wollen? Unter keinen Umständen.

Sitze ich dennoch voller Überzeugung hier? Ja, Victoria und Esra zuliebe.

Mein Blick schnellt zu Mercy, doch der starrt auf das gebeizte Blatt auf seinem Knie, die Stirn gerunzelt, einen harten Zug um den Mund.

Mein sehnlichster Wunsch …

Es kann nur eine Antwort geben: Neiro rächen. Denn wenn ich das getan habe, wenn ich endlich geschafft habe, was mein ganzes Leben bestimmt, was mich ausmacht, was der Sinn meiner Existenz ist, dann bin ich frei. Dann kann ich jenseits von Lucy und Nemesis herausfinden, wer ich wirklich bin. Doch anstatt die Vergeltung meines Bruders zu notieren, bohre ich die Spitze des Kugelschreibers nur tiefer in das Papier.

»Vergesst nicht, euren ausformulierten Wunsch auf ein abstraktes Symbol zu reduzieren«, erinnert Victoria. »Streicht erst die doppelten Buchstaben raus, dann ordnet den Rest beliebig an und formt durch Ligieren ein grafisches Symbol.«

Ich bin nicht sicher, was ich tue, aber ich schreibe auf, streiche durch, ordne an und verbinde. Immer wieder unterdrücke ich das Verlangen, zu Mercy zu blicken, und zwinge mich stattdessen dazu, meine Worte weiter zu abstrahieren. Wir sitzen im Schein der schwarzen Kerzen und des golden schimmernden Efeuhimmels über uns, und vielleicht habe ich mich noch nie so zugehörig gefühlt wie in dieser merkwürdigen Konstellation.

»Am Ende bleibt eine Gesamtsigille«, schließt Victoria und ist die Erste, die ihr Papier mehrmals faltet. »Wenn ihr so weit seid, gebt euren Wunsch in die Schale.«

Erst Esras, dann Elios, schließlich mein und als letztes Mercys gefaltete Zettel landen in dem feuerfesten Gefäß.

»Wir werden unsere Wünsche nun verbrennen. So werden sie von unserem Bewusstsein vergessen und gelangen ins Unterbewusstsein, wo die Sigillenmagie wirkt.« Victoria entflammt ein Streichholz und zündet damit nacheinander unsere Papiere an.

Ich lehne mich vor, um dabei zuzusehen, wie meine Bitte in Flammen aufgeht. Auch Esra und Elio blicken gespannt in die Schale, nur Mercy hat den Kopf in den Nacken gelegt und blickt gen gläserne Decke.

Mit jeder Minute, die vergeht, bläht sich das Schweigen zwischen uns weiter auf. Ich bin fast versucht, eine Melodie zu summen, nur um den Moment weniger künstlich aufzuladen.

»Und?«, fragt Esra, als von unseren Sehnsüchten nur noch Aschehäufchen übrig sind. »Spürt ihr schon etwas?«

»Bis auf meinen knurrenden Magen noch nichts«, murmelt Elio.

»Nichts für ungut, Vicky, aber kann es sein, dass Nemesis recht hat? Dass dieses Ritual doch mehr Hokuspokus als tatsächliche Magie ist?«

»Was?«, schnaubt Victoria so heftig, dass ihr Atem eine der Kerzen im Kreis flackern lässt. »Wie kommst du denn darauf?«

»Nun ja«, Esra faltet ihre Hände im Schoß, vermutlich um sich davon abzuhalten, eine ihrer Haarsträhnen zu drehen. »Ich … ich möchte meine Lebenszeit nicht mehr damit verschwenden, Dinge unausgesprochen zu lassen. Ich möchte meine sehnlichsten Wünsche nicht auf Zettel schreiben und diese verbrennen, wenn ich sie auch direkt wahr machen kann, indem ich sie ausspreche und anderen anvertraue. Ich möchte nicht auf irgendeine nebulöse Magie meines Unterbewusstseins hoffen, wenn ich die reale Magie der Nächstenliebe erfahren kann. Es kommt mir heuchlerisch vor, den intimen Kern meines Herzens in die Hände einer höheren Macht zu legen und nicht in … eure.« Esras Wangen färben sich rosa, und sie rutscht etwas unbeholfen hin und her.

»Wow, Schwesterherz«, sagt Elio. »Was für eine pathetische Rede, mir kommen gleich die Tränen.«

»Halt die Klappe, du Idiot.« Sie stößt mit der Schulter gegen ihn und fährt fort: »Ich weiß, dass an dieser Akademie schnell die Oberflächlichkeiten durchbrochen werden. Und dennoch kommt es mir so vor, als würden wir uns vor echter Tiefe fürchten. Vor echter Verletzlichkeit, Nähe und Vertrauen. Also«, sie atmet laut ein und aus, »was ist, wenn wir aufgrund unserer Geburtsdaten kein elitärer Kreis Auserwählter sind, sondern fünf Menschen mit Bindungsproblemen?«

Victoria sieht Esra so stechend an, als wollte sie sie entweder erwürgen oder küssen. Esra hebt eine Hand aus ihrem Schoß und streckt sie ihr über die verkohlten Reste unserer Manifestationen entgegen. Victoria blickt so verängstigt auf Esras Hand, als würde sie eine Waffe darin halten, doch dann begegnen sich ihre Finger. Es ist eine scheue, kurze Berührung, doch ich bin mir nicht sicher, ob ich in meinem Leben je eine aufrichtigere Form der Zuneigung gesehen habe.

Wieder zuckt mein Blick zu Mercy, doch er hat sich Elio zugewandt.

»Vielleicht wirkt das Sigillenritual, vielleicht nicht.« Esra zieht ihre Hand zurück und setzt sich vom Schneidersitz auf ihre Unterschenkel. »Aber ich möchte euch unabhängig davon von meinem sehnlichsten Wunsch erzählen. Ich …«

»Halt.« Victoria hebt eine Hand. »Wenn du erlaubst, möchte ich den Anfang machen.«

Esra hebt ungläubig die dünn gezupften Brauen, doch dann nickt sie.

Und obwohl ich bereits erahne, was kommt, obwohl Victoria in Professor Os Kurs dazu gezwungen wurde, sich zu offenbaren, ist es etwas völlig anderes, wenn Vertrauen aus freien Stücken geschenkt wird. Sie zieht die Ärmel ihres übergroßen Strickpullovers über die Hände und legt sie an ihre erröteten Wangen. Sie kann niemanden von uns angucken, stattdessen fixiert sie die Schale mit Meersalz, getrockneten Blütenblättern und verkohlten Papierresten.

»Ich will unbedingt die beste Version meiner selbst werden«, sagt Victoria, und ich habe sie noch nie so unsicher erlebt. »Ich will meiner Mutter ein für alle Mal beweisen, dass sie den Vergleich mit mir verlieren wird, dass ich so viel besser bin als sie und dass ... ich sie nicht brauche.« Sie schüttelt den Kopf, die Hände immer noch an die Wangen gepresst. »Ich brauche sie nicht. Weder ihre Liebe noch ihren Schutz.«

Victoria dabei zuzuhören, wie sie lügt, lässt mich an meinen eigenen Lügen ersticken. Nein, wir brauchen unsere Mütter gewiss nicht.

»Aber du ...«, beginnt Elio, doch Esra unterbricht ihn, indem sie ihren Zeigefinger gegen ihre dunkellila gefärbten Lippen presst. »Lassen wir es erst mal unkommentiert, okay?«

Victoria hebt den Kopf. »Nemesis, du bist dran.«

Ich schlucke. Das ist mit Abstand die herausforderndste Aufgabe des Semesters.

Neiro rächen. Neiro rächen. Neiro rächen.

»Einen«, ich stocke, räuspere mich und spüre meinen sich beschleunigenden Herzschlag. Es ist, als würde ich am Rand einer

Klippe stehen, in die Tiefe blicken und wissen, dass ich den Sprung überleben werde, aber einfach nicht diesen letzten Schritt machen kann. Mich zu öffnen, fühlt sich überhaupt nicht befreiend oder heilend an, im Gegenteil, ich fühle mich ausgeliefert, elendig schwach und nackt.

Zum ersten Mal in dieser Nacht schaut Mercy mich an. Mit der mir so vertrauten Schwere liegen seine Augen auf mir, doch sie haben keine beruhigende Wirkung, vielmehr lassen sie mein Herz weiter durchdrehen.

Er hat meine schmerzhaftesten Erinnerungen gesehen. Er hat mich nicht als Schlafwandlerin verraten. Er will vielleicht nicht mich, aber immerhin meinen Körper. Aber was bedeutet das schon, wenn wir so meilenweit entfernt sind von echtem Vertrauen und Nähe. Doch ich weiß, dass sich daran nur etwas ändern kann, wenn eine Person endlich diesen letzten Schritt geht und springt. Also sage ich mehr für ihn als für mich: »Ich habe mir einen Funken Selbstliebe gewünscht. Einen Funken. Das reicht für den Anfang.« Mein Blick bohrt sich in seinen. »Und jetzt du, Mercury.«

Als Mercy langsam den Kopf schüttelt, bin ich nicht sicher, ob ich meinen Sprung von der Klippe wirklich überleben kann. »Nichts«, sagt sein Mund, während seine Augen mich weiter festhalten. »Ich habe nichts notiert, rein gar nichts.«

»Komm schon.« Elio stößt mit seinem Ellbogen gegen ihn. »Schäl dich aus deiner künstlich harten Schale.«

»Niemand muss sich öffnen«, geht Esra dazwischen. »Wir respektieren deine Grenzen, Mercy, schließlich sind wir nicht wie O.«

Ich habe gesehen, wie er vor dem niederbrennenden Wagen gekniet hat, wie er in der Nacht des Infernos geschrien hat, wie er in seinen Träumen die verkohlten Hände seiner Mütter gehalten hat, doch jetzt sind wir zu einem *Nichts* zurückgekehrt? Zu *rein gar nichts*?

Mercy erwidert Elios Geste. »Bitte, mein Freund.«

»Nun«, ich sehe ihn schon in die Hände klatschen, doch er legt nur seine Handflächen aneinander und sucht den Blick seiner Schwester. Die Zwillinge verständigen sich wortlos, und mich überkommt eine tiefe Eifersucht auf das, was sie haben: einander. Eine unterstützende, liebevolle Geschwisterbeziehung. Genau das, was Neiro und ich hätten haben können.

»Ich möchte einen Weg finden, meiner Schwester das Leben zu ret…«

»Und ich möchte, dass du aufhörst, mir das Leben zu retten«, fährt Esra brausend dazwischen. Ihre Stimme ist nicht laut, aber hart.

Elios Miene passt sich innerhalb von Sekunden ihrem Tonfall an, wird eisern und unbeugsam. »Hör auf, Esra. Hör verdammt noch mal auf, die Heldin zu spielen, und lass uns gemeinsam eine Lösung finden.«

»Eine Lösung finden?« Als könne sie seine Nähe keine Sekunde länger ertragen, rutscht Esra zurück und steht auf. »Hör du verdammt noch mal auf den Helden zu spielen. Hör auf, dein Leben für mich aufzugeben. Hör auf, mein Leben für mich zu leben.«

Esra retten. Aber wovor?

Elio springt so schnell auf die Beine, dass die Bewegung vor meinen Augen verschwimmt. Mit beiden Händen fasst er sich in seine schwarzen Locs. »Glaubst du, dass ich dein Leben leben will? Du weißt genau, dass die Sternenmagie deine Bestimmung ist, nicht meine. Ich will dir helfen, ich will dich retten.«

»Retten?«, höhnt Esra mit geweiteten Augen. »Es gibt keine Rettung. Ich bin krank, Elio, sterbenskrank.«

Manche Worte haben die unwiderrufliche Macht, die Welt zu verändern. Nicht die ganze, aber die eigene. *Sterbenskrank* ist so ein Wort, ein Wort, nach dem nichts ist wie zuvor.

Elio und Esra funkeln sich an, ihre Halsschlagader pocht, er hat die Hände aus den Haaren genommen und zu Fäusten geballt.

»W … was?«, wispert Victoria mit kreidebleichem Gesicht. »Du bist *was?*«

Als Esra sich zu ihr dreht, wird ihr Ausdruck sanfter, beinahe so, als würde sie um Verzeihung bitten. »Ich wollte es dir sagen, Vicky, wirklich, ich habe nur nicht den richtigen Zeitpunkt gefunden.«

Victoria erhebt sich. Ihre Beine zittern, ihre Stimme zittert. »Du bist was?«, wiederholt sie, und der Blick, mit dem sie Esra begegnet, ist unversöhnlich.

Esra schaut zu Boden, zur Decke, selbst mich streift sie. Sie sieht überallhin, nur nicht zu Victoria, doch sie flüstert: »Ich kann nicht träumen.«

Ich möchte mir die Hand vor den Mund schlagen, kann diese abgedroschene Geste jedoch im letzten Moment unterdrücken. Stattdessen verzieht sich mein Gesicht zu einer gequälten Miene. Esra kann nicht träumen. Bedeutet das, sie …

»Seit meiner Kindheit leide ich am Charcot-Wilbrand-Syndrom, ich kann nicht …«

»Ich weiß, was das ist«, zischt Victoria. »Eine Krankheit, an der Menschen für gewöhnlich nicht sterben, aber wenn Traumgeborene die Fähigkeit verlieren zu träumen, dann … dann …«

Esra macht einen großen Schritt auf sie zu, erwischt dabei eine der brennenden Kerzen, die umfällt und erlischt, das Wachs spritzt über den Boden zu Mercy, doch dieser rührt sich nicht. Er sieht nur zwischen den zwei Frauen hin und her, sein Ausdruck trieft vor Mitgefühl.

»Dann sterben sie daran.« Victoria stolpert vor Esra zurück. »Für Traumgeborene ist diese Krankheit tödlich, für dich, für *dich* ist diese Krankheit tödlich, du …« Sie schüttelt so vehement den Kopf, dass ihr braunes Haar hin- und herfliegt. »Du stirbst. Und du hast mir nichts davon erzählt, du hast zugelassen, dass ich mich in dich verliebe, aber du hast kein Wort davon gesagt, dass *du stirbst*«, schreit sie und kickt gegen die feuerfeste Schale, die durch den Wintergarten schlittert.

»Bitte, Vicky.« Flehentlich geht Esra noch einen Schritt auf sie zu, doch Victoria weicht zurück.

»Nein«, spuckt sie bitter. »Nichts *bitte*. Du hast nicht den Mut, es mir unter vier Augen zu sagen, sondern nutzt dieses Ritual als Vorwand. Du nutzt es, um von echter Verletzlichkeit und Nähe zu sprechen, aber du bist der größte Feigling von uns allen.« Tränen treten in ihre Augen, doch sie wischt sie erbost weg. »Du kannst mich küssen, du kannst mit mir schlafen, aber du kannst mir nicht sagen, dass du stirbst?« Erneut reibt sie harsch mit dem Ärmel ihres Pullovers über ihre Augen. »Du bist eine feige Lügnerin, Esra Barbosa, und ich hasse Lügnerinnen.« Mit einem letzten Blick voll verachtendem Schmerz stürmt Victoria aus dem Wintergarten. Ein, zwei Herzschläge vergehen, in denen sich niemand rührt, selbst die Flammen der übrigen Kerzen scheinen stillzustehen, dann läuft Esra ihr nach.

»Verdammte Scheiße«, knurrt Elio, da ist Mercy auch schon bei ihm und nimmt ihn in den Arm.

Ich fühle mich so fehl am Platz, als würde ich mir etwas nehmen, das mir nicht zusteht, nämlich marianengrabentiefe Einblicke in die Herzen anderer.

Mercy hält Elio so fest, als hätte er keinerlei Berührungsängste, und ich frage mich, ob das der eigentliche Mercury ist. Jemand, der diejenigen, die er liebt, auch körperlich an sich ranlassen kann, nicht jemand, der vor jeder Berührung zurückzuckt. Doch etwas an der Art, wie Elio sich in Mercys Umarmung erst verkrampft, dann zögerlich nachlässt, sagt mir, dass Elio von Mercys Geste ebenso überrascht ist wie ich.

Mit tränennassem Gesicht löst sich Esras Zwilling aus der Umarmung. »Ich brauche einen Moment für mich, okay?«

Mercy nickt. »Natürlich.«

Ich habe nicht nur volles Verständnis dafür, dass Elio sich nicht von mir verabschiedet, ich bin sogar erleichtert darüber, denn ich komme mir immer noch so unfassbar falsch und störend vor. Kälte strömt in das Glashaus, als hinter Elio die Tür zuschwingt, eine so klirrende Kälte, dass ich zwar klarer denken kann, mein Herz aber weiter fröstelt.

Ich puste die übrigen Kerzen aus, erhebe mich und kehre mit den Füßen die Überreste der Schale zusammen. Mercy steht wie angewurzelt da und beobachtet mich, ich spüre, wie sein Blick jede noch so kleine Bewegung verfolgt. Vorsichtig staple ich die Scherben übereinander und trage sie zu dem Seidentuch, auf dem Victoria ihre Art Altar errichtet hat. »Wusstest du davon?«

»Von Esra?« Mercy nickt.

Ich seufze. »Natürlich.« Natürlich wusste er es, hat aber nichts gesagt. Warum auch? Er ist mir nichts schuldig, und ich hätte die Möglichkeit gehabt, mich bei Elio zu erkundigen. Mein eigenes Verhalten ekelt mich an. Ich bin so verbohrt in meinem Schmerz und der Trauer, meine Rache ist so egoistisch, dass ich anscheinend nur emotionale Kapazitäten für mich persönlich aufbringen kann. Esra ist immer gut zu mir gewesen, so viel besser, als ich es je hätte sein können. Sie ist eine Freundin, die ich nicht im Ansatz verdiene.

Mercy geht einen minimalen Schritt auf mich zu. »Wie geht es dir?«

Ein dumpfes Lachen bricht mir aus der Kehle. »O bitte, spar's dir.« Als ich alle Utensilien auf dem Tuch zusammengetragen habe, hebe ich zwei der vier Ecken an und binde die Enden zusammen.

»Ich meine es ernst. Bist du okay?«

Mich aus der Hocke hochstemmend, verschränke ich die Arme

vor der Brust und mustere Mercy abschätzig. »Du siehst mich nach der Wintersonnenwende wieder und hast kein Wort, nicht mal einen Blick für mich übrig. Aber jetzt, im Angesicht von Esras Krankheit, wird dir *was genau* deutlich? Unser aller Vergänglichkeit? Hast du einen rührseligen Moment?«

Es macht mich völlig fertig, dass nur wenige Meter zwischen uns liegen, dass mein Körper mitsamt meinem verräterischen Herzen danach lechzt, die Distanz zu überbrücken, ich in seinem Ausdruck aber nichts als Widerwillen lese. Da liegt dieser harte Zug um seine wunderschönen Lippen, da liegt diese sture Angst in seinen Augen.

Ich löse die Verschränkung meiner Arme, klemme mein Haar hinters Ohr und frage, so offen, wie es mir mein verschlossenes Inneres ermöglicht: »Was willst du? Was willst du wirklich, Mercy? Und wenn du jetzt *dich* sagst, wenn du wieder sagst, dass du mich willst, dann sei dir der Konsequenzen bewusst. Sei dir des Schmerzes bewusst, der auf uns beide zukommt, der Arbeit; sei dir der Verantwortung und Verbindlichkeit bewusst. Wenn du jetzt *dich* sagst, dann entscheide dich. Kannst du diese Entscheidung treffen?«

Seit unserer ersten Begegnung heißt es, dass ich ihm wehtun und das Herz brechen werde. Doch es ist Mercy, der meines splittern lässt. Unter diesem schimmernden Himmel aus Kerzen, umgeben von Glas und Dezemberkälte, vergoldet der Moment, was bedeutet, dass er zur Leblosigkeit erstarrt.

Mercy schüttelt den Kopf. »Das kann ich nicht.«

Ich nicke. »Gut.« Unablässig bejaht mein Kopf, während mein Herz kläglich verneint. »Gut.« In dem Tuch schleife ich die eingewickelten Überreste des Sigillenrituals hinter mir her, doch auf halbem Weg halten meine Beine inne, und ich fahre zu ihm herum. »Weißt du, was du willst? Du willst das Dazwischen. Du willst diese kranke Anziehung, die uns beide um den Verstand bringt. Du genießt es, wie du mich allein mit deinen Blicken in Brand setzt, du genießt das zerreißende Sehnen und die bittersüße Gewissheit, dass du diese Macht über mich hast. Für dich ist das alles nur ein grausames Spiel.« Speichel spritzt, Tränen drohen, meine Stimme schlingert, doch ich bin wie eine unaufhaltsame Naturkatastrophe. »Nach dem Tod deiner Mütter kannst du durch mich endlich etwas anderes fühlen als Trauer, aber am Ende waren es doch Esra und Victoria, die mich an die ADA zurückgebracht haben. Du wärst nicht gekommen, habe ich recht? Du wärst nie gekommen. Weißt du, was das Problem zwischen uns beiden ist? Es sind nicht unsere Familien. Wir sind es. Das Problem ist, dass du so geliebt wirst, Mercury Sterling.« Ich spucke ihm seinen Namen förmlich entgegen. »Du wirst und wurdest so sehr geliebt. Von deinen Müttern, deiner Tante, deinen Freunden, selbst von mir. Ich hingegen werde nicht geliebt, weder von meiner Mutter noch von mir selbst. Und dennoch stehe ich hier und überlasse dir die Entscheidung. Ich …« Ich bin so kurz davor, in Tränen auszubrechen wie noch nie in meinem Leben. Selbst an Neiros Trauerfeier habe ich erst geweint, als ich das Schluchzen meiner Mutter gesehen habe und es ihr gleichtun wollte.

Mercy ist bei mir, er fasst nach meiner Hand, doch ich entziehe sie ihm.

»Nein«, bringe ich brüchig hervor. »Du kannst diese Entscheidung nicht treffen, aber ich. Ich entscheide mich *für mich*.«

37

Nemesis

»Ichbinokayichbinokayichbinokay.« Vergeblich versuche ich, den Zimmerschlüssel ins Schloss zu schieben.

»Nemesis?«

»Ichbinokay.«

»Ich habe den ganzen Abend nach dir gesucht.«

Dieser verfluchte Schlüssel! Der Bund rutscht mir aus der Hand und fällt klirrend zu Boden. Ich bücke mich danach, doch eine andere Hand ist schneller. Als ich mich aufrichte, sehe ich in das Gesicht von Jupiter Sterling.

»Wie schön, dich wieder an der Akademie zu wissen.« Mit einem Halblächeln hält sie mir meinen Schlüsselbund hin. »Ich hoffe, du hattest schöne Weihnachtstage und konntest dich von der ereignisreichen Wintersonnenwendfeier erholen.«

Ich springe vor ihr zurück, als wäre sie ein gefährliches Tier. »Weg! Gehen Sie weg von mir.«

Sie macht einen Schritt auf mich zu und hält mir unbeirrt meine Schlüssel entgegen. »Geht es dir gut?«

»Sie!« Ich deute mit dem Finger auf sie. »Sie haben mein Leben zerstört. Sie haben mich als Schlafwandlerin entblößt. Ihretwegen …« Ein Wimmern bricht über meine Lippen.

Jupiter Sterling lässt die Hand sinken und runzelt besorgt die

Stirn. »Ich möchte nicht despektierlich klingen, aber ist *Leben zerstören* nicht ein bisschen überdramatisch?«

Ich presse mich enger an die Steinwand in meinem Rücken, während die Direktorin näher an mich herantritt. Im dunklen Flur mustert sie mein Gesicht, ihr Blick geht minutenlang über meine Mimik, bis er schließlich auch meinen Körper umfasst.

Ichbinokayichbinokayichbin …

»O Nemesis«, sagt sie bedauernd leise und öffnet die Arme. »Komm her.«

Nicht okay. Ich bin nicht okay.

Die Beziehung zu meinen Eltern, Neiros Rache, Esras Krankheit, Mercy – ich fühle mich wie in Stücke gerissen. Und dann falle ich ausgerechnet der Frau in die Arme, die an meiner Situation mitschuldig ist. »Sie haben mein Leben zerstört«, schluchze ich, während ich in ihre Umarmung sinke, mich an ihr festhalte und zulasse, dass sie mich hält.

»Schsch«, macht sie und streicht beruhigend über meinen Rücken. »Nach der Zerstörung folgt der Wiederaufbau. Ich weiß, dass du stark genug bist, um dich wiederaufzubauen, um dich überhaupt zu erbauen.«

Ich weine in Jupiter Sterlings Armen, weine Tränen, Rotz und Verzweiflung in ihren faltenfreien Blazer, weine, wie ich seit meiner Kindheit nicht mehr geweint habe. Doch sie lässt mich, hält mich, stützt mich.

»Schsch«, murmelt sie wieder und wieder. »Lass es raus. Es ist okay.«

Vermutlich sind es Minuten, doch es kommt mir vor wie Stunden, in denen wir so in dem Korridor vor meinem Zimmer verharren und nichts als Schluchzen, Wimmern und beruhigende Laute von den Wänden widerhallen.

Meine Tränen werden von Scham abgelöst. Ich würde mir gern

die Nase putzen, habe aber nur meinen Blusenärmel, sodass ich aus der Umarmung trete und mir beschämt über das Gesicht wische.

»Nach dem Gewitter ist die Luft so rein.« Sanftmütig lächelt mich Jupiter an, aber ich komme mir wie die letzte Vollidiotin vor, ausgerechnet in ihren Armen zusammenzubrechen.

Mit so viel Würde, wie es mein rot geflecktes Gesicht und meine geschwollenen Augenlider zulassen, nehme ich meinen Schlüssel entgegen und wende mich der Zimmertür zu.

»Können wir uns einen Moment unterhalten?«, höre ich die Direktorin in meinem Rücken, ihr Tonfall ist nuanciert freundlich und dennoch bestimmt, nicht die leiseste Spur von Fremdscham schwingt darin mit. Nein, Jupiter Sterling ist eine Meisterin darin, zwischenmenschliche Komplikationen galant zu händeln, ganz anders als meine Wenigkeit.

»Ich wüsste nicht, worüber.« Endlich dreht sich der Schlüssel im Schloss, und die Tür springt auf. »Es sei denn, Sie möchten sich darüber unterhalten, weshalb Sie mich als Schlafwandlerin offenbart haben?«

Als wäre ihr die Tragweite ihrer Tat entweder nicht bewusst oder völlig gleichgültig, erwidert sie ungerührt: »Gern.«

Kopfschmerz pocht hinter meinen Schläfen. Ich fühle mich ausgehöhlt und leer. Die Gemeinschaft der Traumgeborenen hat erfahren, dass es unter ihnen eine lebende Schlafwandlerin gibt, und ich kann überhaupt nicht abschätzen, welche Konsequenzen das für mich hat. Die einzige konstante Verbindung zwischen meiner Mutter und mir hat darin bestanden, Jupiter Sterling zur Feindin zu erklären und Neiro zu rächen, doch jetzt habe ich das Gefühl, dass Neiros Schicksal zweitrangig geworden ist, solange ich meine schlafwandlerischen Fähigkeiten dazu nutze, eine ruhmreiche Karriere zu machen. Was bedeuten würde, dass ich mein Studium an der ADA fortsetze. Aber wie kann ich so tun, als wäre ich eine reguläre Studentin, wenn mein Bruder nach wie vor tot ist, Jupiter Sterling weiß, dass ich nicht nur in ihre Träume, sondern auch in ihre Erinnerungen eindringen kann, und Mercy … Mercy mein Herz schwarz färbt.

Kraftlos stoße ich die Tür auf und gebe Jupiter in einer kapitulierenden Geste zu verstehen, dass sie eintreten darf. Sie nickt und lächelt, als würde ich ihr noch Kaffee und Kuchen anbieten, doch ich sinke nur erschöpft auf die Kante meines Betts.

»Nun, Nemesis.« Die Direktorin sieht sich in meinem Zimmer um. »Schön hast du es hie…« Ihr Blick fällt auf die Fotos auf dem Schreibtisch. Das eine zeigt meine Eltern und Neiro, das andere Neiro und Lucy – ich, Nemesis, bin nirgends zu sehen.

Ich springe auf, eile zum Tisch und klappe die Bilderrahmen um.

»Seit wann wussten Sie, dass ich eine Schlafwandlerin bin?«

»Oh.« Jupiter reißt ihre grünen Augen vom Schreibtisch. »Ich wusste es von Anfang an.«

Von Anfang an bedeutet, dass sie es bereits bei unserem ersten Gespräch in ihrem Büro gewusst hat, als sie sich heuchlerisch darüber vergewissert hat, dass ich im Gegensatz zu meinem Bruder ohne schlafwandlerische Fähigkeiten geboren wurde. Ein Wort brennt mir auf der Zunge. Ein Wort, das das Geheimnis meines Lebens endgültig zu Fall bringen wird.

»Woher?«

Woher wusste sie es? Woher? Außer mir und Neiro hatte kein Mensch eine Ahnung davon, ein sprechender und ein verstummter Mund, doch es wäre uns beiden so oder so nie über die Lippen gekommen.

»Das spielt keine Rolle.« Sie zieht den Schreibtischstuhl zum Bett und setzt sich darauf. Als ich widersprechend den Mund öffne, hebt sie die Hand. »Es spielt *noch* keine Rolle.«

»Noch?«

Jupiter seufzt, und ich habe den Eindruck, dass ich nicht die einzige Frau in diesem Raum bin, die abgekämpft ist. »Liebes«, beginnt sie und weiß genau, dass sie mich allein mit dieser Ansprache in eine unterlegene Position bringt. »Ich kann sagen: *Nimm es mir nicht übel*, aber du wirst es mir zu Recht übel nehmen. Dennoch musst du hören, was ich zu sagen habe. Du bist keine starke Frau, du bist ein von unverarbeiteter Trauer, Einsamkeit und häuslicher Gewalt gepeinigtes Mädchen. Dein Schmerz quillt dir aus jeder Pore. Als jemand, die selbst viel Leid durchleben musste, sehe ich das sofort. Ein Blick auf dich reicht, um zu wissen, dass dir nie jemand gezeigt hat, wie man Verletzungen nachhaltig heilt.« Sie hebt die Hände. »Das ist okay. Aber du musst das Mädchen endlich zurücklassen und zur Frau werden. Zu einer Frau, die mit ihrem eigenen Schmerz so vertraut ist, dass andere ihn nicht gegen sie verwenden können.«

Ihre Ansprache macht mich weder wütend noch defensiv, vielmehr lässt mich die Wahrheit darin noch leerer fühlen. *Ich bin nicht okay*. Besteht der erste Schritt darin, dies anzuerkennen? Es zuzulassen und zumindest vor mir selbst auszusprechen?

»Ich wusste bereits vor deinem Studienbeginn, dass du eine Schlafwandlerin bist, also habe ich nur darauf gewartet, dass du in meine Träume eindringst.« Sie lässt ihre erhobenen Hände sinken und faltet sie im Schoß. »Was du nicht getan hast, das muss ich dir lassen, dein Vorgehen war cleverer, denn du bist in meine Erinnerungen gelangt. Dennoch – mit Verlaub – eine törichte Aktion. Hast du wirklich geglaubt, ich würde es nicht bemerken?«

Ich verziehe das Gesicht. »Gehofft, ja.«

Jupiter lacht glockenhell, und ich komme nicht umhin anzuerkennen, wie schön sie ist. Falten um Mund und Augen fächern auf ihrer Haut auf, während sich ihre Schultern beiläufig und dennoch elegant heben. »Eine wahrlich naive Hoffnung«, fährt sie ernst fort. »Aber das ändert nichts daran, dass ich dich bitten, *wirklich bitten* muss, endlich zu der großen Frau zu werden, die ich in dir sehe. Nicht meinetwegen, auch nicht deinetwegen, sondern für die Existenz der Traumgeborenen.« Die Heiterkeit ist restlos aus ihrer Mimik gewichen, und sie sieht mich so drängend an, dass das Gewicht ihres Blicks meine Brust niederdrückt.

»Ich …« Kopfschütteln. »Ich verstehe nicht.«

Jupiter rutscht so weit vor, dass sie nur noch auf der Stuhlkante sitzt. Sie streckt die Arme aus und legt ihre Hände auf meine Knie. Ich unterdrücke den Impuls, von ihr zu weichen, und versuche stattdessen zu verstehen, was sie mir sagen will.

»Sieh genauer hin. Deine Sicht ist durch deine Gefühle getrübt, du siehst, was du für die Wahrheit hältst, was du für die Wahrheit *halten willst*. Aber ist es wirklich so? Sieh genauer hin.«

Ich spüre ihre Berührung, spüre die Dringlichkeit ihrer Worte, spüre einen Moment der Aufrichtigkeit, den ich mit meiner Mutter noch nie gehabt habe. Meine Kehle ist trocken, das Herz erschöpft, der Kopf überquellend. *Sieh genauer hin, sieh hin.*

Eine Frage. Eine Antwort. Eine Lebensveränderung.

»Haben Sie Oneiros von Winther umgebracht?«

»Nein. Aber ich wünschte, ich hätte es getan. Ich wünsche es mir wie nichts anderes.«

***

Du siehst, was du für die Wahrheit halten willst. Aber ist es wirklich so? Sieh genauer hin. Sieh genauer hin. Sieh genauer hin.

»Verflucht!«, zische ich und schlage mit den Fäusten auf die Bettdecke ein.

Nachdem Jupiter Sterling mein Zimmer verlassen hat, versuche ich das zu tun, was sie von mir verlangt, doch ich ende stets im

Fluss des Vergessens. Statt mich ihrem abstrakten Gedächtnis zu nähern, strample und rudere ich im lethischen Wasser, bis mein Kopf durch die Oberfläche dringt, ich einen annähernd klaren Gedanken fassen kann und mich zum Aufwachen zwinge.

»Mondgöttinnenverflucht.« Mein Kiefer knackt vor Anspannung.

Das Schlimmste ist, dass ich den Grund meines Scheiterns kenne. Ich bin emotional so aufgelöst, dass meine Gefühle völlig unkontrolliert durchdrehen. Esra ist sterbenskrank, Jupiter Sterling hat mir versichert, Neiro nicht umgebracht zu haben, Mercy kann sich nicht für mich entscheiden. Atemübungen können mich nicht beruhigen, ich bin gleichzeitig müde und aufgekratzt, je verbissener ich versuche, in Jupiters Erinnerungen zu gelangen, desto weiter entferne ich mich von meinem eigenen Innenleben.

Ich bin ein emotionales Wrack und dennoch will ich, *muss* ich genauer hinsehen.

Zähneknirschend sinke ich zurück in die Kissen und ziehe die Bettdecke unter die Arme. Vier-sieben-acht. Vier-sieben-FUCK! Ich will um mich schlagen und strampeln und mit den Fäusten trommeln, doch stattdessen werde ich steifer, ignoriere jedes Jucken und Kribbeln meines Körpers und atme gewaltsam vier Sekunden ein, halte sieben und atme acht Sekunden lang aus. Ich kann den hypnagogen Zustand wie eine Sommerbrise im Wind spüren, wie den Duft von karamellisiertem Zucker riechen, wie das süße Versprechen nach Erlösung. Doch gleichzeitig spüre ich mein hetzendes Herz und meinen verkrampften Körper und weiß, dass es so nicht funktionieren wird.

»Bitte, bitte, bitte«, knurre ich mit zusammengepressten Lidern. »Bi…«

Ich rutsche ab, rutsche aus, schlittere vom Schwebezustand der Hypnagogie geradewegs in den Schlaf. Für den Bruchteil einer

Sekunde nehme ich meinen Fall wahr, spüre, wie mein Körper ruckartig entspannt, meine Fäuste sich lockern und die Lider erschlaffen.

Mein Herz sackt herab, wird in die Höhe katapultiert, nur um mich noch deutlicher das Gefühl vom freien Fall empfinden zu lassen. Dann verwaschen grauer Nebel und die Gewissheit, keine selbstbestimmte Entscheidung getroffen zu haben.

Ich kenne diese schwarz-weiße Traumskizze. Sie gehört Mercury Sterling, und ich betrete dessen Traum, weil es anscheinend das ist, wodurch sich mein verwundetes Herz Linderung verspricht.

Als uns Hunderte von Kilometern getrennt haben, habe ich seinen Traum wie durch Milchglas gesehen, verschwommen und schemenhaft, doch heute Nacht erkenne ich *alles*.

Die Waldlichtung, in deren Mitte das Bett steht. Das Bett, dessen Gestell von Rosen umwuchert ist. Die Rosen, deren rote Blätter in Mercys Traum schwarz wirken und abblätternd auf die Liebenden herabfallen. Die Liebenden.

Ich höre ihr Stöhnen, ihr lustvolles Seufzen und begehrliches Keuchen, höre die stoßenden Bewegungen ihrer schweißnassen Körper. Und ich sehe sie. Ich sehe Mercy, der unter ihr sitzt, seine Brust gegen ihre Brüste presst und ihre Hände auf dem Rücken verschränkt. Er hält sie fest, zieht sie enger an sich, enger auf sich, dringt in sie ein, während sie breitbeinig auf ihm sitzt, sich auf den Knien abstützt und seinen Bewegungen entgegenkommt. Sie wirft den Kopf zurück, ihr langes Haar fließt über ihren Rücken bis zu den Handgelenken, die von Mercy umfasst werden. Während er in sie stößt, küsst er ihren Hals wie ein Verhungernder. Ich kann nicht viel seines Ausdrucks ausmachen, doch ihre … Ich habe in meinem Leben noch nichts gesehen, das den Inbegriff von Hingabe, Genuss und Leidenschaft mehr spiegelt als ihre Mimik. Als *meine* Mimik.

Denn ich bin die Frau, mit der Mercy schläft.

Es ist mein welliges Haar, das in feuchten Strähnen über die Schultern fällt, es ist mein Gesicht, das vor Lust und Erregung verzerrt ist, mein Mund, der stöhnt und keucht, mein Becken, das ihn in tiefen Bewegungen reitet.

Mir entweicht ein Laut, halb Schrei, halb Seufzen, und Mercys Kopf zuckt zu mir.

Nein.

Er hört nicht auf, in sie – mich – zu stoßen, hört nicht auf, ihren – meinen – Hals zu küssen, hört nicht auf, mich anzuschauen. Sein Blick treibt sich in meinen, berührt mich so tief, dass ich glaube, er würde meine Seele sehen.

Ich verliere den Halt, meine Sicht verklärt, Mercys Traumgrau verschwimmt, alles wird zu einem nebligen Strudel, bis ich in der nächsten Sekunde die Augen aufschlage und an die stuckverzierte Decke meines Zimmers starre.

Mercury Sterling, du elendiger Feigling.

38

Nemesis

Ich liege auf der Theaterbühne und blicke hinauf zu Füsslis *Der Nachtmahr*. Würde ich ein Bein leicht anwinkeln und die Arme über den Kopf von mir strecken, könnte ich eine ähnlich dramatische Haltung einnehmen wie die schlafende Frau auf dem Deckenfresko – mit der Ausnahme, dass auf meiner Mitte glücklicherweise kein dämonischer Inkubus sitzt und ich nicht von einem tollwütigen schwarzen Pferd angestarrt werde.

Meine Nacht ist schlaflos geblieben. Zu groß die Angst, an Jupiter Sterlings Erinnerungen zu scheitern und in Mercys schamlosen Träumen zu enden. Sobald der Tag annähernd seinen Anfang nahm, habe ich mich angezogen und bin über den Campus gelaufen. Wenige Tage vor Silvester ist das Akademiegelände gespenstisch verlassen. Schneewehen wirbelten über die Ebene, während blassrosa Licht den Horizont erhellte, das Knirschen meiner Stiefelsohlen und das Krächzen der Krähen waren die einzigen Geräusche, die die Stille unhöflicherweise unterbrachen.

Von einer Schneewehe habe ich mich ins *Sigismund Schlomo Theatre* treiben lassen, und nun liege ich hier auf der Bühne und rede mir ein, weniger dramatisch zu sein als die Dame auf dem Deckenfresko der Innenkuppel.

Dass die Kuppel von zwanzig kreisförmig angeordneten korinthischen Säulen gestützt wird, hat mich mein Vater gelehrt, und dass ich Entscheidungen für mich treffen soll, auch. Doch habe ich das in der vergangenen Nacht wirklich getan? Ich wollte mich dazu zwingen, in die Erinnerungen der Direktorin zu gelangen, um *genauer hinzusehen*, aber bin trotz eiserner Entschlossenheit gescheitert.

Weil du dich fürchtest.

Das hat mir das endende Jahr in der Winterkälte zugeflüstert, und ich hatte dem nichts entgegenzusetzen außer einem zitternden Herzen.

Ich fürchte mich. Ich fürchte mich, genauer hinzusehen, denn was auch immer ich sehen werde, wird mein Leben verändern. Wer bin ich, wenn mein Bruder nicht von Jupiter Sterling ermordet wurde? Wer ist Nemesis? Und wer … Lucy?

»Wenn das nicht die Voyeurin aus meinem Traum ist.«

Auf die Ellbogen gestützt, richte ich mich auf. Mercy kommt durch die Reihen an Samtstühlen direkt auf mich zu, knöpft im Gehen seinen Kaschmirmantel auf und zieht sich die Handschuhe von den Fingern.

Ich sinke zurück auf den Theaterboden, richte meinen Blick wieder zur Innenkuppel und ignoriere ihn.

Nicht heute, Teufelsjunge, nicht heute.

Mercy hängt seinen Mantel über einen Stuhl und schwingt sich hoch auf den Bühnenrand. Der kalte Duft seines Parfüms weht zu mir und möchte mir eine Regung entlocken, doch ich halte eisern an meinem gleichmäßigen Puls und den zur Decke gerichteten Augen fest.

Nicht heute. Nicht, wenn ich gerade einen klaren Gedanken fassen und ein unterdrücktes Gefühl zulassen kann.

»Hat dir gefallen, was du gesehen hast?« Sein Ton ist so blasiert, dass Wut sich bereitwillig als Reaktion anbietet, doch ich atme sie tief ein und aus, ein und aus. »Hat dir gefallen, dabei zuzusehen, wie du mich geritten hast?«

Nicht …

»Hat dir gefallen, dabei zuzusehen, wie tief ich dich genommen habe?«

Doch heute. Ganz eindeutig doch heute.

»Dafür benutzt du Neiros Armband?«, frage ich und rapple mich auf. »Ist dir das nicht furchtbar peinlich?«

Mercy sieht von meinem Haar, das mir zerwühlt über die Schulter fällt, in mein Gesicht. Sein Ausdruck ist so arrogant, dass meine Selbstbeherrschung immer dünner wird. Wie kann er es wagen, mir nach unserem Streit im Wintergarten so gegenüberzutreten?

»Nein«, erwidert er. »Es ist mir nicht peinlich, von dir zu träumen.«

Ich lache. »Du kannst mich kaum anfassen und nur unter Drogen küssen, aber mich in deinem Traum nach allen Regeln der Kunst zu vögeln, das geht?«

Da ist sie wieder, diese dunkle Schwere in seinem Blick, die mich gleichermaßen an- und auszieht. Zielsicher sieht er auf meine Lippen, fixiert meinen Mund auf eine so intensive Weise, dass meine Beherrschung weiter aufreibt wie zu dünner Stoff.

»Nach allen Regeln der Kunst«, sagt er langsam, geradezu sinnlich.

»Du benimmst dich wie ein Pubertierender, der sich unter der Bettdecke klammheimlich einen runterholt«, entgegne ich, doch meine Stimme klingt nicht so geradlinig wie erhofft.

Mercy lächelt charmant. »Und was genau veranlasst dich dazu, mich in meinen Träumen zu besuchen, wenn es nicht deine eigene Sehnsucht ist, die sich darin spiegelt? Dein eigenes Verlangen?«

»Es war ein … Versehen.«

Wir sitzen einen halben Meter voneinander entfernt, ich auf der

Bühne, er am Rand, während das blasse Tageslicht durch die Rundfenster fällt und Staub durch die Luft wirbelt.

Mercy rückt minimal näher, legt den Kopf schief und tut so, als würde er tatsächlich über meine Worte nachdenken. »Ein Versehen also?«

Ich setze mich auf, komme auf die Unterschenkel und verschränke die Arme vor der Brust. Er denkt, er ist der bessere Spieler? Mein taktlos schlagendes Herz wird ihn eines Besseren belehren. »Vergiss das mit dem Versehen. Im Gegensatz zu dir kann ich auch in der Realität zu meiner Sehnsucht stehen.«

»Hm«, macht er, springt jedoch im nächsten Moment vom Bühnenrand und steht vor mir. Sieht mich an. Sieht mich so an, wie er mich vergangene Nacht in seinem Traum angesehen hat, als er mich gevögelt hat. *Scheiße, nein.* Meine Selbstbeherrschung, meine arme …

Er hebt herausfordernd die Brauen, aber wie ein unschuldiger Engel die Hände, als er sagt: »Wenn das so ist, komm her.«

Boom. Das war's mit meiner Contenance.

In wenigen Sekunden bin ich von der Bühne gesprungen und falle gegen ihn. Gemeinsam stolpern wir in Richtung der Stühle. Seine Hände liegen in meinem Nacken, während ich meine im Kragen seines Hemds festkralle. Wie bei unserem ersten Kuss in seinem Albtraum presst er seine Lippen hart auf meine, doch im Gegensatz zu damals löst er sie nicht. Stattdessen wird sein Kuss weicher, sanfter, aber nicht weniger verzweifelt. Ich erwidere drängend den Rhythmus seiner Lippen, lege all meine sehnsüchtigen Gefühle in diesen Kuss, nur um unter Mercys Berührung stärker zu zergehen. Wir öffnen die Münder, unsere Zungen treffen aufeinander, unser Atem wird vermischt. Ich kann hören, wie wir gegen einen Stuhl stoßen, der polternd umfällt, doch ich kann es nicht spüren, weil ich nichts als ihn fühle.

»Ich habe davon geträumt, doch die Erfüllung meines Traums ist so viel besser«, keucht Mercy zwischen zwei verschlingenden Küssen.

Wir können unmöglich im Theater miteinander schlafen, und dennoch will ich nichts mehr, als ihn zu spüren. In den letzten Wochen hat sich meine Lust so gesteigert, dass sie mir den Verstand raubt. Ich lege die Finger an die Knopfleiste seines Hemds.

»Darf ich?«, flüstere ich, und Mercy nickt.

Den obersten Knopf geöffnet, spüre ich seine Hände an meiner Taille, seine Finger, die sich verlangend in den Blusenstoff drücken.

»Darf ich?«

»Scheiße, ja«, ist alles, was ich hervorbringe, während ich mich weiter von ihm besinnungslos küssen lasse.

Mercys Finger gleiten über meinen Bauch zum Verschluss des Rocks, und als er den Knopf löst, stöhne ich ungehalten in seinen Mund. Doch anstatt seine Finger unter den Rockbund zu schieben, greift er nach meiner Hand und führt sie zu meiner Mitte.

»Fass dich an«, verlangt er mit einer Stimme, getränkt in Begierde.

Ich bringe Abstand zwischen unsere Münder und sehe auf meine Hand hinab, die unter Mercys liegt. Die Augen wieder auf ihn gerichtet, schiebe ich meine Hand nicht nur unter den Rock, sondern unter den Bund der Strumpfhose und unter den Slip. Meine Finger sind kalt, doch meine Mitte pulsiert vor Hitze.

»Küss mich«, wispere ich, und Mercy kommt meiner Bitte nach, legt seine Lippen auf meine, und während unsere Zungen einander umspielen, kreisen meine Finger auf meiner empfindlichsten Stelle, kreisen und lassen mich vergessen, dass es außer Mercury Sterlings Küssen noch etwas anderes gibt, für das es sich zu leben lohnt.

Mercy gräbt eine Hand in mein Haar und zieht meinen Kopf so

zurück, dass seine Lippen von meinem Mund über den Kiefer bis zu meinem Hals gleiten. Er küsst und leckt, und ich bin so kurz davor zu kommen, so kurz davor, völlig zu zerfließen.

»K… kannst du mich anfassen?« Die Worte fallen lustverhangen über meine Lippen.

Er lässt von meinem Hals ab, um mich anzusehen, und ich glaube zu verstehen, was er meint, wenn er sagt, dass seine Blicke mir wehtun. Tun sie. Aber auf eine verzehrende, albtraumhaft schöne Weise.

Mercy kommt meiner Bitte nach und schiebt seine Hand in meinen Slip. Meine Nervenenden liegen unter seiner Berührung blank, ich spüre den Druck seiner Finger, die Risse seiner Haut, die Kühle seiner Ringe. Als er die Finger auf meine Klitoris presst, fängt er mein Stöhnen mit seinem Mund auf.

»Komm für mich«, wispert er zwischen zwei Küssen, doch er muss mich nicht bitten, muss mich nicht fragen, ich komme so explosiv zum Höhepunkt, dass meine Beine zittern.

Ich keuche seinen Namen, während er seine Hand aus dem Slip zieht, die feuchten Finger an seine Lippen legt und mit einem Lächeln darüberleckt.

Ich schließe die Augen. Hinter meinen Lidern pulsiert es mohnrot, mein Herz überschlägt sich, mein Körper bebt. Als ich die Augen öffne, blicke ich zu Mercy empor, der mich mustert, als wäre ich nicht die Erfüllung seiner Träume, sondern seiner Albträume.

Er öffnet die Lippen, doch ich schüttle kaum merklich den Kopf, sodass er stumm bleibt, während ich zwei weitere Knöpfe seines Hemds öffne. »Ist das alles, was wir können?«, frage ich heiser. »Im Schmerz des anderen wühlen, streiten und … vögeln?« Zögerlich hebe ich die Hand und nähere mich so langsam seiner Kehle, dass er zurücktreten oder sich verweigern kann. Doch er lässt zu, dass ich mit den Fingerspitzen über seinen Kehlkopf fahre, über den schwarzen *NO MERCY*-Schriftzug, und wiederhole: »Ist das alles, was wir können?«

Er schluckt sichtlich, ich spüre es unter den Kuppen. »Und du kannst mir sagen, dass ich geliebt werde. Selbst von dir.«

Ich leugne nichts, stattdessen erwidere ich seinen glühenden Blick mit derselben Intensität. Sekunden vergehen. Sekunden, in denen meine kalten Finger seinen erhitzten Puls berühren und er mich ansieht, als würde er sein ruchloses Herz endgültig in meinem verlieren.

Als er so weit zurücktritt, dass mein Arm herabfällt, fürchte ich, dass er nichts erwidern wird, doch dann räuspert er sich und sagt: »Eigentlich habe ich dich aufgesucht, um dir etwas zu sagen.«

»Ach?« Ich rücke Slip und Strumpfhose zurecht, stecke die Bluse in den Bund des Rocks. »Du hast nicht nach mir gesucht, um Sex zu provozieren?«

Er dreht den Kopf nach links und runzelt die Stirn, als müsste er darüber nachdenken. »Ich habe nicht *nur* nach dir gesucht, um Sex zu provozieren.«

Ich sinke auf einen der Stühle. »Dann bitte, sprich.«

Mercy seufzt tief, als würde ihm alle Luft aus der Lunge weichen. Plötzlich ist jeder Flirt, jede Spielerei aus seiner Miene verschwunden, und er sieht mich so ernst an, dass mein Herz aussetzt.

»Du hast mich vergangene Nacht um eine Entscheidung gebeten, die ich nicht treffen konnte«, sagt er und setzt sich, lässt jedoch zwei Stühle zwischen uns frei. »Aber heute – heute möchte ich sie treffen. Auch wenn sie mir eine Scheißangst macht.« Er überschlägt die Beine und breitet die Arme über den Stuhllehnen aus, schaut aber nicht mehr mich an, sondern das Deckenfresko. »Wenn man sich durchgerungen hat, die eigene Wahrheit zu sprechen, fühlt sich das erleichternd an, oder? Befreiend? Der Weg mag widerlich gewesen sein, aber endlich klärt sich die Sicht, endlich hält man die blütenweiße Wahrheit in der Hand und weiß um ihren erlösenden Moment. Für mich ist das nicht so.« Sein Kopf geht zur Seite, sein Blick fällt auf mich. »Die Wahrheit ist: Ich habe mich in dich verliebt, Nemesis. Aber das zu sagen, fühlt sich weder erleichternd noch befreiend an.«

Wie kann sich mein Herz gleichzeitig so leicht und schwer anfühlen? Wie kann sich mein Innerstes gleichzeitig zusammenziehen und aufspannen? Wenn Mercury Sterling mir sagt, dass er sich in mich verliebt hat, will ich vieles in seinem Gesicht sehen, aber nicht diese Melancholie.

»Du hast selbst gesagt, dass ich so sehr geliebt werde«, fährt er fort, und mit jeder Silbe scheint der Schmerz in ihm nur zuzunehmen. »Und es stimmt. Ich verdiene es nicht, aber ich werde geliebt, von Menschen, die mich buchstäblich zusammenhalten.« Er rückt einen Stuhl auf, fasst nach meiner Hand, presst sich meine Finger gegen die Lippen. Seine Verzweiflung ist wie beißender Qualm, doch ich weigere mich, ihn einzuatmen.

»Mich zu lieben, ist quälend«, raunt er, küsst nach jedem Wort meine Haut. »Weil ich so kaputt bin. Von mir geliebt zu werden, ist quälend, weil ich für meine Liebe so viel kaputt mache.«

Ich rutsche neben ihn, so dicht, dass unsere Oberschenkel gegeneinanderdrücken. Seine Fragilität kann sich nicht auf mich ausdehnen, denn zumindest in dieser Hinsicht fühle ich mich sicher. Kompromisslos und stur für uns beide.

Ich verstärke die Verschränkung unserer Finger. »Sag mir nicht, wie es ist, dich zu lieben, wenn ich es selbst herausfinden möchte. Sag mir nicht, wie es ist, von dir geliebt zu werden, wenn ich gerade erst in den Genuss komme.«

Mercy lacht zynisch. »Genuss?«, höhnt er. »Vergiss nicht, mit wem du sprichst. Ich bin immer noch der Junge, der für die Nacht des Infernos verantwortlich ist.«

Die Finger meiner freien Hand suchen sein Kinn, und ich hebe seinen Kopf an, sodass er mir in die Augen sieht. »Wenn ich könnte«, versichere ich, ganz sanft, aber ebenso entschieden, »würde ich jeden Tropfen Selbsthass aus deiner Seele küssen.«

Er kippt nach vorn, seine Stirn fällt gegen meine. »Du weißt nicht, was du sagst. Ich bin kein Mensch, ich bin nur Fleisch und Knochen um ein gebrochenes Herz.«

»Gib mir dieses Herz«, beharre ich. »Gib mir alles, was davon übrig ist.«

»Du hast es längst.«

Behutsam lege ich die Hände an seine Wangen, woraufhin Mercy den Blick hebt. Angst steht schutzlos in seinen Augen. Auch ich habe Angst. Vor allem, was kommt; ich fürchte mich nicht nur vor dem Morgen, sondern bereits vor dem Heute.

»Was glaubst du denn, was ich erwarte?«, frage ich. »Dass wir eine Beziehung führen, in der ich dich meinen Eltern vorstelle? Dass wir Zukunftspläne schmieden, die über die nächste Woche hinausreichen, obwohl ich gerade erst als Schlafwandlerin offenbart wurde?« Ich lächle matt, schüttle den Kopf. »Nein, Mercy, ich sage dir, dass du mir alles, was von deinem Herzen übrig ist, geben sollst, weil ich selbst kaum mehr zu bieten habe.«

Er sieht, dass das *meine* kümmerliche Wahrheit ist. Er sieht es – und er küsst mich.

***

Als wir wenig später auf dem Weg in mein Zimmer durch den Flur gehen, hören wir Schreie hinter Esras Tür.

»Du hättest mir doch nie eine Chance gegeben, wenn du von meiner Krankheit gewusst hättest«, brüllt Esra in einer Lautstärke, die ich ihr nicht unbedingt zugetraut hätte.

Victoria ist leiser, doch man versteht dennoch jedes Wort. »Nie eine Chance gegeben?«, zischt sie. »Verdammt, Esra, hast du dich auch nur eine Sekunde im Spiegel angesehen? Hast du ein Wort mit dir gewechselt? Dich einmal lachen hören? *Ich* hatte nie eine Chance.«

Mitgefühl flutet mich. Ich sehe Mercy an und flüstere: »Es tut mir so leid.«

»Immerhin reden sie miteinander«, erwidert er, als wir vor meiner Zimmertür stehen bleiben und ich sie aufschließe. »Elio ist so fertig, dass er über den Jahreswechsel nach Portugal geflogen ist.«

Ich spüre in jeder Faser meines Körpers, wie furchtbar Esras Schicksal ist. »Gibt es keinerlei Heilmethode?«

Mercy schließt die Tür hinter sich und jede Zuversicht aus seiner Miene. »Bisher nicht. Aber glaub mir, wenn ich sage, dass Henrique Barbosa alles daransetzt, eine zu finden.«

Als ich auf mein Bett zugehe, merke ich bei jedem Schritt, wie ich umkehren will. Angst – ich habe Angst davor, mich dem zu stellen, was mich in Jupiter Sterlings Erinnerungen erwartet, Angst davor, genauer hinzusehen. Aber diese Entscheidung treffe ich in erster Linie für mich, oder? *Ich* muss wissen, was mit Neiro geschehen ist.

Mercy scheint meinen inneren Kampf zu bemerken. An der Hand zieht er mich zu sich. »Ich bin hier, okay? Ich werde die ganze Zeit hier sein, von der ersten bis zur letzten Minute. Wenn du aufwachst, bin ich hier, ganz gleich, was du über deinen Bruder erfährst.«

Als ich ihm im Theater von dem Gespräch mit Jupiter Sterling erzählt habe, hat er nur schlicht genickt und wiederholt, was er mir von Anfang an gesagt hat: dass seine Tante keine Mörderin ist. Er hat es nicht besserwisserisch oder voller Genugtuung gesagt, sondern so, als würde ihn dieser Umstand selbst erleichtern.

Mit jedem Atemzug weicht meine ängstliche Anspannung der

Überzeugung, dass es sowieso keine Alternative gibt und ich da durchmuss.

»Na dann«, mein Ton klingt viel zu aufgesetzt, »wollen wir mal sehen, was deine Tante damit meint, wenn sie sagt, ich solle genauer hinschauen.«

Ich lege mich ins Bett, Mercy setzt sich ans Kopfende. Er nimmt meine Hand, und obwohl sich die Situation absurd anfühlt, werde ich mit Blick auf unsere ineinander verschränkten Finger innerlich immer ruhiger.

»Das könnte … mein Leben verändern«, sage ich.

Mercys gewittergraue Augen lassen mich keine Sekunde los. »Du schaffst das. Du bist stark, Nemesis.«

Ich bin stark genug.

Mit dieser Überzeugung sinke ich in die Kissen, fühle den Druck von Mercys Berührung, weiß, dass er da sein wird, sobald ich die Lider öffne, was auch immer gleich geschehen wird.

Mit der Erinnerung, wie ich in Jupiter Sterlings Armen weine, bin ich innerhalb von wenigen Minuten im hypnagogen Zustand und spüre nicht einen Tropfen lethisches Wasser, sondern nur den festen Glasboden unter meinen Füßen. Als Jupiters abstraktes Gedächtnis in Form des Würfelbaus auf mich zukommt, renne ich dem Gebäude entgegen, bremse nicht einmal vor der Tür ab, die aufschwingt und mich eintreten lässt. Die Treppe in den ersten Stock kann nicht hinter meinen Fersen wegbrechen, denn ich bin zu schnell. Ich haste die Stufen hinauf und springe vom Treppenabsatz in den Gang mit den endlosen Bücherregalen. Zielsicher steuere ich das Buch an, auf dessen hellgrauem Ledereinband Neiros Todesjahr geprägt ist. Als ich durch die Seiten blättere und darauf warte, eine Abfolge an Bildern zu sehen, zittern noch nicht mal meine Hände.

Ich bin stark genug.

Und ich werde hinsehen.

Die leeren Seiten füllen sich mit Bewegtbildern. In ihren Umhängen gehen Neiro und Jupiter den Gang hinab, betreten das Schlaflabor, und Neiro legt sich auf die Liege. Als die Direktorin meinen Bruder festschnallt, nehme ich nicht den Blick von den Seiten. Ich spüre mein Herz, das so gewaltsam gegen seinen Rippenkäfig ankämpft, als wollte es aus meinem Brustkorb brechen. Aber nicht vor Angst, auch nicht vor Trauer oder Rache, sondern weil ich hinsehe. Genau hinsehe.

»Bist du bereit?«, fragt Jupiter, und als Neiro nickt, tritt sie zum Schrank und nimmt eine Ampulle heraus. Sie füllt die Spritze mit der Flüssigkeit und kehrt zu Neiro zurück, lehnt sich über ihn und setzt die Nadel in seiner Armbeuge an.

»Ich bin aus tiefstem Herzen nicht länger bereit, mich von Männern bloßstellen zu lassen. Auch nicht von dir, Oneiros.« Sie rammt ihm die Spritze in die Vene, Neiro bäumt sich auf, zerrt an seinen Fesseln und schreit.

Bis hierher stimmen die Schilderungen meiner Mutter und mein bisheriger Einblick in Jupiters Erinnerungen überein. Ich fürchte, dass die Erinnerung wieder an diesem Punkt abbricht, und wage nicht zu blinzeln, sondern starre mit brennenden Augen auf das, was folgt.

Mein Bruder zerrt und schreit, dann erschlafft sein Körper. Leblos. Nein. Nicht leblos, denn eine Ewigkeit an Herzschlägen später regt er sich. Jupiter zieht die Spritze aus seiner Armbeuge, Neiro zuckt mit den Fingerspitzen … Er zuckt mit den Fingerspitzen, ich sehe die Bewegung genau.

»Ich werde dich nicht bloßstellen, Jupiter«, flüstert er.

Der Boden bebt, die Regale schwanken, Bücher fallen auf mich herab, sodass ich schützend die Arme über den Kopf reiße. Die Gedächtnisbibliothek erzittert, das Cremeweiß wird rissig und fleckig, dann ertönt Jupiter Sterlings schallende Stimme: »Sieh genauer hin, Nemesis.«

»Das habe ich«, brülle ich zurück, während immer mehr Bücher auf mich stürzen. »Das habe ich«, flüstere ich, während immer mehr meines Inneren einstürzt. Denn kann das, was ich gesehen habe, wahr sein? Kann mein Bruder …?

Ich reiße die Augen auf. Sofort ist Mercy da, beugt sich mit sorgenvoller Miene über mich und fasst mich an den Schultern. »Bist du okay?«, fragt er, doch als ich nicht antworte, schüttelt er mich, wiederholt: »Bist du okay?«

Bin ich das?

Tränen fließen so schnell über meine Wangen, dass ich sie nicht einmal aufsteigen spürte. Ein Wimmern, dann ein Schluchzen. Mercy zieht mich in eine Umarmung, drückt mich so fest an sich, dass ich seinen Herzschlag spüre.

»Nemesis«, keucht er. »Was ist passiert?«

»Ich …«, bringe ich hervor. »Ich bin nicht okay. Ich bin mehr als das. Denn Neiro … er lebt.«

Die Worte lassen mein Herz explodieren. Ich empfinde weder Erleichterung noch Freude, es ist ein so allumfassendes Gefühl von Glück, dass ich glaube, dem nicht standzuhalten. Meine Atmung beschleunigt, wird flacher, Schwindel erfasst mich, ein glücklichkeitstaumelnder Schwindel.

»Er lebt«, hauche ich. »Er lebt, Neiro lebt.«

Damit ich tiefer atmen kann, löst Mercy die Umarmung. Er sieht, wie ich nach Luft ringe, sieht in mein aufgelöstes Gesicht und wiederholt: »Dein Bruder … lebt.«

Aber warum spiegelt sich mein Glück nicht in ihm?

39

Mercy

Ich komme nicht gegen den Schock an, der mich überfällt, und spüre, wie meine abgrundtiefe Verwirrung Nemesis' Moment des Glücks raubt.

Sie löst sich vollständig aus meiner Umarmung und rückt bei meinem Anblick ein Stück zurück. »Was … Was hast du?«, fragt sie mit tränenfeuchten Wangen und erstickter Stimme.

Die Erschütterung sitzt mir so tief in den Knochen, dass es weitere Sekunden braucht, bis ich es schaffe, minimal den Kopf zu schütteln. »Nichts«, bringe ich hervor, doch das Wort schmeckt wie Asche auf meiner Zunge.

Oneiros von Winther soll leben.

Und diese Tatsache schockiert mich zutiefst.

Aber warum?

Weil ich mich mit aller Willenskraft an seinen selbstverschuldeten Drogentod geklammert habe? An die Überzeugung, er hätte sich eigenhändig den goldenen Schuss verpasst, damit ich mich nicht fragen muss, ob meine Tante eine Mörderin ist? Weil ich diese Version der Geschichte so bitter für meine eigene Stabilität brauche?

»Mercy.« Nemesis fasst nach meiner Hand, und ich zwinge mich, ihr in die Augen zu schauen. Noch immer glänzen Tränen darin, und ich hasse mich dafür, ihr den Moment kaputt zu machen, ihr durch meine unerklärliche Erschütterung die Erkenntnis zu verschmutzen, dass ihr Bruder am Leben sein soll.

Gerade ich sollte doch ihren Freudentaumel teilen können, schließlich scheint es, als hätte der Tod Nemesis erhört. Als hätte sie es geschafft, ihn um Gnade zu bitten.

An der Hand ziehe ich sie zu mir. Sie zögert, fällt dann jedoch an meine Brust, sodass ich die Arme um sie schließe.

»Neiro lebt«, sage ich und endlich – endlich – klingt meine Stimme nicht mehr so staubtrocken.

Nemesis nickt. »In Jupiters Erinnerung habe ich gesehen, dass Neiro zwar Schlafmohn konsumiert hat, doch er ist nicht daran gestorben. Weder deine Tante noch er selbst hat sich eine Überdosis gespritzt. Ich habe genau hingesehen, länger als beim letzten Mal, und ich habe gesehen, dass er …« Ihre Stimme ist tränenschwer, sodass ich sie fester an mich drücke, meine Hand an ihren Hinterkopf lege und sie halte.

»Er lebt«, schließt sie mit einem Schluchzen.

Ich lasse sie in meinen Armen weinen. Doch verabscheue mich mit jeder ihrer Tränen mehr. Denn während Nemesis vor Erleichterung bebt, ihr Atem hektischer wird und sich ihr Brustkorb schnell bewegt, werde ich immer steifer vor Schock. Immer regungsloser, immer … lebloser.

Oneiros von Winther lebt. Kann das wirklich möglich sein?

Als Nemesis sich beruhigt, löst sie sich zaghaft von mir. Ihr Gesicht ist rot gefleckt, Augen und Nase geschwollen.

»Du bist erschöpft«, stelle ich fest und kann nur erahnen, welche Kraftanstrengung sie gerade innerlich vollbringt und was es sie kostet, die Neuigkeit zu verarbeiten. Sowohl ihr Herz als auch ihr Kopf müssen vollkommen überwältigt sein.

Ich schlage die Bettdecke zurück und rutsche neben sie. Obwohl zartgelbes Tageslicht durch die Erkerfenster fällt und das

Zimmer erhellt, lege ich mich hin und fordere Nemesis mit einer Geste auf, es mir gleichzutun.

»Hier«, sage ich, als ich ihr Armband von meinem Handgelenk abgenommen habe und es ihr reiche. »Nimm es und schlaf ein bisschen. Du bist innerlich so aufgewühlt, dass ich möchte, dass du es an dich nimmst.«

Einen Moment lang starrt sie auf das holzig-silberne Schmuckstück, das Henrique mir aufgrund der schützenden Sternenmagie überlassen hat. Als sie es ergreift, flüstert sie den Namen ihres Bruders, dann bettet sie den Kopf auf meiner Brust.

»Ich fühle mich so ausgelaugt«, wispert sie. »So vollkommen abgekämpft.«

»Das ist verständlich.« Ich küsse sie auf den Ansatz ihres mitternachtsblauen Haars. »Deswegen solltest du dich ausruhen. Und wenn du erwachst, kümmern wir uns um Neiro, okay? Wir können gemeinsam mit meiner Tante sprechen, denn ich bin bei dir. Ich habe mich für dich entschieden, Nemesis, ich werde dich nicht alleinlassen.«

Ich spüre ihr schwerfälliges Nicken. »Und ich habe mich für dich entschieden«, murmelt sie.

Es braucht wenige Minuten, bis ich hören kann, dass sie eingeschlafen ist. Ich presse sie enger an mich, atme ihren Duft nach Rosen tief ein und schließe ebenfalls die Augen.

Doch sobald meine Lider geschlossen sind, spüre ich *es*.

Spüre, was mein Bewusstsein nicht erfassen konnte. Spüre, was mein rationaler Verstand versucht hat zu begreifen, doch nicht in der Lage dazu war.

Mein Unterbewusstsein verlangt nach mir.

Es ruft nicht, es bittet nicht, es *verlangt*.

Es kostet mich den Bruchteil einer Sekunde, in einen hypnagogen Zustand zu gelangen und meinen wachen Verstand auszuschalten. Im nächsten Moment sehe ich sie bereits, die Treppe des Bewusstseins, umnebelt wie von Rauchschwaden.

Wenn ich eine Antwort auf meinen Schock will – auf meine knochentiefe Erschütterung, als ich erfahren habe, dass Neiro lebt –, dann muss ich ohne jeden Zweifel die Treppe hinabschreiten.

Denn sie kennen die Antwort. Ich fühle es.

Meine Schritte sind schwerfällig. Stufe für Stufe schleppe ich mich die Treppe des Bewusstseins hinab, Stufe für Stufe weiß ich, dass damit all mein Ringen der letzten Jahre vergeblich war. Ich bin kein besserer Mensch geworden, ich habe meine Schuld nicht beglichen, meine Buße war nichts als eine Lüge.

Henrique hat recht, wenn er sagt, dass ich die Verbindung nicht gelöst habe. Ich weiß nicht, was zuerst da war: mein Unterbewusstsein in Form der Katakomben oder die Toten, die mein Unterbewusstsein zu Katakomben machen. Wie einfach es war, Nemesis zu täuschen, wie klaglos sie hingenommen hat, ich könnte mich meinem Unterbewusstsein nicht nähern.

Am Ende der Treppe blicke ich nicht zurück, aber ich bringe es auch nicht über mich, nach vorn zu schauen. Denn ein weiterer Schritt genügt, um die Katakomben zu betreten. Wenige Zentimeter, und ich kann nicht einmal zu einem Ringen, einem Versuch, einer Lüge zurückkehren. Wenige Zentimeter, und ich überschreite jene Grenze, die alles Menschliche in mir verkümmern lässt.

Doch ich habe Nemesis gesagt, dass ich eine Entscheidung getroffen habe. Und das habe ich. Eine Entscheidung *für sie*. Weder für mich noch für uns, sondern einzig für sie. Wenn das bedeutet, dass ich mich für ihre Wahrheit selbst aufgebe, dann bin ich bereit, es zu tun.

Mit geschlossenen Augen übertrete ich die Grenze und zwinge mich zum Öffnen der Lider, als es zu spät ist und es für mich kein Zurück gibt.

Schimmlige Feuchtigkeit tropft von den Steinwänden, Nebel wabert um meine Waden, die Stille ist erdrückend. Ich rieche sie. Ich rieche ihren verwesten Geruch, noch bevor ihr Heulen an meine Ohren dringt.

Mercy, Mercy, Mercy.

Ich durchschreite die vor Verwesung dampfenden Gänge, bis ich die Grabkammer erreiche.

Als wären sie immer noch Liebende, kauern sie dicht aneinandergeschmiegt in der Ecke. Ihre spindeldürren Glieder liegen aufeinander, sodass man nicht ausmachen kann, welches Körperteil zu welcher ewig Schlafenden gehört. Rauch steigt aus ihren geöffneten Schädeldecken empor, und ihre schwarz unterlaufenen Augen richten sich auf mich, als ich die Kammer betrete.

Sie zucken aus der Ecke hervor, strecken ihre Krallen nach mir aus, lechzen nach meinem Blut, doch ohne Erlaubnis werden sie mir nicht zu nahe kommen. Oder?

Sicher. Ich kontrolliere sie.

Meine Stimme gehört nicht mehr mir, eine dämonische Finsternis hat von ihr Besitz ergriffen, als ich sage: »Ihr habt nach mir verlangt, Mütter.«

Sie legen ihre deformierten Schädel zurück und kreischen zustimmend. Ich konnte zwar meine beseelten Mütter nicht davon abhalten, in das Auto zu steigen, habe den Tod nicht ausgetrickst, aber ich habe erreicht, dass ich sie nicht gehen lassen musste. Seit der Nacht des Infernos hausen meine Mütter in den Katakomben meines Unterbewusstseins, und wenn ich sie des Nachts herauslasse, wenn ich sie in meine Träume bitte und ihnen erlaube, mich zu jagen, erhalte ich endlich die Bestrafung, die ich verdiene.

Ich dringe tiefer in die Grabkammer. »Was wollt ihr?«

Meine Mütter heulen und wetzen ihre Krallen an den Steinwänden. Mein Herzschlag geht so flach, als wäre ich einer der ihren.

Oneiros von Winther, jammern sie in einem abscheulichen Singsang, *ist unser Meister!*

Und

plötzlich

verstehe

ich.

Das Gekreische meiner Mütter schwillt an, schlingert zwischen schrillen Höhen und animalischem Bellen.

Er ist unser Meister!

Ihre Krallen kratzen über den Stein, als sie sich erheben. Rauch steigt von ihren Köpfen empor, Verwesung, nichts als Verwesung. Sie setzen sich in Bewegung, strömen raus aus der Grabkammer und tiefer in die Katakomben meines Unterbewusstseins.

Ich verstehe die Aufforderung, ihnen zu folgen. Doch wohin wollen sie mich führen? Zu ihrem Meister?

War es so? War die körperlose männliche Stimme, die mich in der Nacht des Infernos zu sich rief, keine Halluzination? Keine Einbildung? Sondern Oneiros von Winther, der als lebender Schlafwandler in meinen Traum gelangte und diesen unter seine Kontrolle zwang? War es Oneiros, der sich mir als *Sandmann* vorgestellt hat?

Ist es nicht so, meine geliebte Nemesis? Ist dein Bruder nicht der Sandmann, und ich bin sein widerlicher Handlanger? Ist dein Bruder nicht der Herrscher der Albträume und ich bin sein Königsmacher?

Ich muss meinen Müttern nur folgen.

Und ich tue es.

Dank

Dieses Buch zu schreiben, war das Schönste und Herausforderndste, das ich 2023 getan habe. Doch ohne meine Agentin Franziska Tometschek wäre es überhaupt nicht so weit gekommen, weshalb ich ihr von ganzem Herzen für ihre unerschütterliche Arbeit danke. Dafür, aber vor allem für deine Freundschaft, Franzi.

Zudem gilt mein tiefster Dank meiner Lektorin Margit Schulze, die die Geschichte auf die beste Art auseinandergenommen und mit mir wieder zusammengesetzt hat. Ohne dich wäre *Vengeance* nicht das Buch, das es heute ist. Auch bei Annalena Ehrlicher möchte ich mich für den klugen Blick und die überaus gelungene Zusammenarbeit bedanken.

Ein Buch zu schreiben und es dann einer Leserschaft vorzustellen, sind zwei unterschiedliche Dinge, weshalb ich mich herzlich bei Melina Kochan und Katharina Fack bedanke. Euer Brennen und Herzblut lässt auch meine zweifelnde Schreiberinnenseele glauben, dass *Vengeance* Spotlight verdient. DANKE an das gesamte Forever/Ullstein-Team, das mir den Rücken stärkt.

Danke an meine Freundinnen Joana und Nena. Es ist von unschätzbarem Wert euch zu haben, die ihr nicht nur die Branche kennt, sondern auch die Höhen und Tiefen eines Schreibprozesses. Danke für jedes Wort, jede Umarmung, euch und eure Geschichten.

Ohne die Liebe meiner Familie wäre ich nicht der Mensch, der ich bin, und vermutlich auch nicht die Autorin. Danke für ALLES. Besonders dir, Ina: Du bist die beste große Schwester, die ich mir vorstellen kann.

Mein größter Dank gebührt dir, Marco. Ohne dich würde es dieses Buch nicht geben. Du glaubst an mich, wenn ich es nicht tue, du unterstützt mich so bedingungslos, dass Aufgeben nicht zur Debatte stehen muss. Danke, dass leben mit dir so schön ist.

Und zuletzt ein kleiner, bescheidener Dank an mich selbst: I appreciate your stubbornness, bitch. Aber sei ein bisschen netter zu dir, okay?

Folgende Themen können retraumatisierend wirken:

- häusliche Gewalt
- sexueller Missbrauch/Vergewaltigung
- Tod/Trauer
- Drogenmissbrauch